Vendetta

Van Jackie Collins verschenen eerder:

STAD VAN VERLEIDING
ROCK STAR
DE MINNAARS VAN HOLLYWOOD
LUCKY
DE OVERSPELIGEN
DE PEETDOCHTER
DE WELLUSTIGEN
DE WERELD IS VOL GESCHEIDEN VROUWEN
DE LIEFDESFORMULE
HET KRENG
DE MACHO
DE WERELD IS VOL GETROUWDE MANNEN
LADY BOSS
SUPERSTARS
DE ERFGENAMEN VAN HOLLYWOOD

VENDETTA
Jackie Collins

Van Holkema & Warendorf

Deze roman is fictie. Namen, personages, plaatsen en gebeurtenissen zijn ofwel het product van de verbeelding van de auteur ofwel fictief gebruikt. Enige gelijkenis met werkelijke gebeurtenissen of bestaande personen berust geheel op toeval.

Tweede druk 1998

Oorspronkelijke titel: *Vendetta: Lucky's Revenge*
Copyright © Jackie Collins 1996
Nederlandse vertaling: J. van Zanten
Copyright Nederlandse vertaling:
© 1997 by Unieboek bv, Postbus 97, 3990 DB Houten
Omslagontwerp: Julie Bergen

ISBN 90 269 7459 0/NUGI 340/CIP

Alle rechten voorbehouden. Niets uit deze uitgave mag worden verveelvoudigd, opgeslagen in een geautomatiseerd gegevensbestand, of openbaar gemaakt, in enige vorm of op enige wijze, hetzij elektronisch, mechanisch, door fotokopieën, opnamen of enig andere manier, zonder voorafgaande schriftelijke toestemming van de uitgever.

Voor mijn Italiaanse held,
Ti Amo,
Jake

Los Angeles
1987

Proloog

De ijskoude blik van Donna Landsman schoot over de chique, mahoniehouten vergadertafel, waardoor ze de aandacht van drie zeer invloedrijke advocaten en haar goedige echtgenoot, George, op zich wist te vestigen. 'Hoe lang duurt het nog voor we genoeg aandelen in ons bezit hebben om Panther Studio's over te nemen?' vroeg ze ongeduldig. 'Het duurt veel te lang.'
Een van haar advocaten, een man met een hoogrood gezicht, bijna in elkaar overlopende borstelige wenkbrauwen en een stompe neus, zei: 'Donna, je hebt gelijk, het vergt meer tijd dan we verwacht hadden. Maar zoals je weet, ben ik nooit een voorstander geweest van deze...'
Donna legde hem met een minachtende blik het zwijgen op. 'Heb je me goed verstaan, Finley?' vervolgde ze. 'Anders kun je nu beter vertrekken. Ik ben niet geïnteresseerd in negativiteit. Als ik iets wil, kan niemand me daarvan weerhouden. En... ik... wil... Panther.' Finley knikte en kon zijn tong wel afbijten. Donna Landsman luisterde nooit naar goede raad. Ze was de koningin van de vijandige overname; aan elk bedrijf waar ze haar zinnen op had gezet verdiende ze weer een kapitaal. Dat was een van de redenen waarom Finley niet begreep waarom ze er zo op gebrand was Panther over te nemen. Het was een studio die in financiële moeilijkheden verkeerde, enorme schulden en uiterst wisselvallige bedrijfsresultaten had – niet wat je noemt een project om geld aan te verdienen.
'Heus, Donna,' zei hij, 'we weten allemaal wat je wilt, en neem nu maar van mij aan dat eraan gewerkt wordt.'
'Dat is wel het minste,' zei Donna, die zich inprentte dat ze tegen George moest zeggen dat het binnenkort tijd was om in elk geval twee van hun advocaten te vervangen. Finley zou er als eerste uitgaan.
Ze stond op, ten teken dat de bespreking afgelopen was. Het had geen zin om nog meer tijd te verdoen.
George stond ook op. Hij was een onopvallende man van in de vijftig, met een zwaar brilmontuur en bruin haar dat te kort geknipt was. Iedereen wist dat hij het financiële brein achter Donna's imperium was. Zij had de ideeën en hij het geld. Ze vormden een ongelooflijk paar.
'Ik zie je straks,' zei Donna tegen haar man, hem met een handgebaar wegsturend.
'Goed, schat,' antwoordde hij, zonder een spier te vertrekken over haar kort aangebonden manier van doen.
Donna liep met grote passen van de vergaderruimte naar haar kantoor – een vorstelijke suite van onderling verbonden vertrekken met een adembenemend uitzicht op Century City. Heel even bleef ze in de deuropening staan om het allemaal in zich op te nemen.

Advocaten, wat wisten zij ervan? Helemaal niets. Het enige wat ze goed konden was torenhoge rekeningen sturen. Gelukkig had ze iemand achter de hand die precies datgene kon doen wat zij in haar hoofd had. Haar team van advocaten had geen idee hoe slim ze dit had aangepakt – zelfs George wist er niets van.
Iedereen heeft zijn zwakke plek.
Zoekt en gij zult vinden.
Zij had iets gevonden.
Ze ging haar badkamer binnen, bleef even voor de rijkbewerkte antieke spiegel boven de wastafel staan en nam haar spiegelbeeld aandachtig op.
Ze zag een vrouw van drieënveertig, met blond haar dat in een elegante wrong was opgestoken. Een vrouw met krachtige gelaatstrekken – de trots van haar plastisch chirurg. Een slanke vrouw die haar Chanel-mantelpakje en de Winston-diamanten met gratie droeg. Ze was aantrekkelijk op een harde, bestudeerde manier die ik-ben-heel-rijk uitstraalde. Ze was aantrekkelijk omdat ze zich ertoe had gedwongen dat te zijn.
Donna Landsman.
Donatella Bonnatti.
O ja... ze stond ver af van haar eenvoudige afkomst. Een stoffig dorpje in de zuidoosthoek van Sicilië. Daar stond ze een heel eind van af.
En als ze Lucky Luciano op de knieën dwong, zou ze ervoor zorgen dat het kreng precies zou weten met wie ze te maken had.

Boek een

1

Lucky Santangelo Golden reed in haar rode Ferrari door het metalen hek van Panther Studio's, wuifde vriendelijk naar de bewaker, en reed toen over de parkeerplaats naar de voor haar gereserveerde plek voor haar prachtig ingerichte kantoren. Lucky was een heel mooie vrouw van achter in de dertig, met een grote bos donkere wilde krullen, een olijfbruine huid, een volle, sensuele mond, zwart opalen ogen en een slank en lenig figuur.

Ze had Panther in 1985 gekocht en sindsdien had ze de studio geleid. Na twee jaar boordevol actie was het nog steeds spannend, want ze genoot het meest van een uitdaging, en leiding geven aan een Hollywood-studio was de grootste uitdaging van allemaal. Het was enerverender dan het bouwen van een casinohotel in Vegas – iets wat ze twee keer had gedaan – of het runnen van het scheepsimperium van haar overleden tweede echtgenoot – een taak die ze uit handen had gegeven aan de raad van bestuur.

Lucky was dol op het maken van films – Amerika beïnvloeden – beelden op het scherm brengen die uiteindelijk op duizend verschillende manieren mensen over de hele wereld zouden beïnvloeden. De weerstand tegen een vrouw die een grote studio overnam, was heel groot geweest. Vooral tegen een vrouw die er uitzag als Lucky. Vooral tegen een vrouw die alles leek te hebben – ook drie kinderen en een man die filmster was. Iedereen wist dat Hollywood een grote jongensclub was waar vrouwelijke leden niet bepaald welkom waren.

De legendarische filmmagnaat Abe Panther had haar de studio pas verkocht toen ze bewezen had dat ze in staat was het bedrijf over te nemen. Abe had haar uitgedaagd om als undercover-secretaresse voor Mickey Stolli te gaan werken – zijn sluwe kleinzoon die indertijd aan het hoofd van de studio had gestaan. Abes aanbod was dat hij haar Panther zou verkopen als ze boven water wist te krijgen wat Mickey allemaal uitvoerde. Ze had meer dan genoeg ontdekt om Abe aan zijn woord te houden. Naar bleek hield Mickey op alle mogelijke manieren geld achter; het hoofd van de productie-afdeling was aan de cocaïne en leverde voor tweeduizend dollar per nacht callgirls aan filmsterren en belangrijke mensen; het hoofd distributie smokkelde samen met de legitieme producties van Panther pornofilms naar het buitenland en streek zo onderhands een massa geld op; de films die Panther maakte stonden bol van goedkope seks en uitzinnig geweld; producers kregen enorme provisies; en vrouwen werden op alle fronten als tweederangs burgers behandeld en het maakte niet uit of het om topactrices of secretaresses ging – machogedrag domineerde alles.

Lucky bood Abe een heleboel geld en ze was de redding voor een studio waarvan de reputatie langzaam ten gronde werd gericht.

Abe Panther hield van haar aanpak en deed het bedrijf aan haar over.
Lucky pakte de zaak op grootse wijze aan.
Abe had haar ervoor gewaarschuwd dat het een hele klus zou zijn om Panther terug te brengen tot het oude niveau van zijn glorietijd.
En of hij gelijk had gehad.
Om te beginnen weigerde ze nog langer de goedkope rotzooi te produceren die Panther had voortgebracht. Daarna ontsloeg ze de meeste managers die bij Mickey in dienst waren geweest en verving ze door een nieuw, eersteklas team. Vervolgens was het een kwestie van nieuwe projecten ontwikkelen, een traag proces dat veel tijd en geduld vergde.
De studio had al jaren met verlies gedraaid, met astronomisch hoge bankleningen. Na het eerste jaar, met een teleurstellend nettoverlies van zeventig miljoen dollar, maakte Lucky de balans op en besloot dat het tijd was iets van haar oorspronkelijke investering terug te verdienen en het kapitaal wat te spreiden. Morton stelde voor wat aandelenpakketten te verkopen aan een aantal bedrijven en een paar particuliere investeerders. Dat leek een uitstekend idee. Morton had overal voor gezorgd: het zoeken van de juiste investeerders die het leiding geven aan haar zouden overlaten, het opzetten van een raad van bestuur die zich nergens mee zou bemoeien, en hij had ervoor gezorgd dat ze nog steeds veertig procent van de aandelen in haar bezit had.
Het goede nieuws was dat Panther twee grote films had uitgebracht die allebei goed liepen. *Finder*, een film die speciaal geschreven was voor de controversiële superster Venus Maria, die toevallig ook een van Lucky's beste vriendinnen was. En *River Storm*, een spannende thriller met Charlie Dollar in de hoofdrol, de oudere held van weed-rokend Amerika. Lucky was vooral heel blij dat beide films onder haar leiding waren uitgebracht. Ze hoopte dat dit de ommekeer teweeg zou brengen waar ze naartoe had gewerkt. Geef ze goede, interessante films, dan komen ze wel, was haar credo.
Ze liep haastig haar kantoor binnen, waar Kyoko, haar trouwe Japanse assistent haar verwelkomde met een lange, uitgetypte telefoonlijst en een somber hoofdschudden. Kyoko was een tengere man van in de dertig, die gekleed ging in een Joseph Aboud-colbert en een grijze broek met een scherpe vouw. Zijn glanzende zwarte haar droeg hij in een paardenstaart en zijn gelaatsuitdrukking was ondoorgrondelijk. Kyoko kende alle aspecten van de filmindustrie, omdat hij sinds de universiteit als persoonlijk assistent voor een aantal topmanagers had gewerkt.
'Wat is er, Ky?' vroeg Lucky, terwijl ze haar Armani-jasje uittrok en zich in een comfortabele leren stoel nestelde achter haar reusachtige Art Deco-bureau.
Kyoko somde op wat er die dag op de agenda stond. 'Je moet vijftien mensen bellen, om halfelf heb je een bespreking met de Japanse bankiers, gevolgd door een productiebespreking over *Gangsters*, om twaalf uur een afspraak met Alex Woods en Freddie Leon, lunch met Venus Maria, om drie uur nog een productiebespreking, daarna een interview met een journalist van *Newstime*, om zes uur met Morton Sharkey en-'

'Ik hoop dat ik thuis eet,' viel ze hem in de rede. Ze wilde dat een dag meer uren telde.

Kyoko schudde zijn hoofd. 'Om acht uur vanavond vertrekt uw vliegtuig naar Europa. De limo komt u om zeven uur ophalen.'

Ze glimlachte als een boer die kiespijn heeft. 'Hmm... twintig minuten voor het avondeten. Je planning gaat er niet op vooruit.'

'Iemand met minder kwaliteiten zou gek worden van zo'n schema,' zei Kyoko. Lucky haalde haar schouders op. 'Gek worden kan ik altijd nog. Ik geloof niet in tijd verspillen.'

Haar antwoord verbaasde Kyoko niet. Hij werkte sinds Lucky's overname als haar assistent. Ze was een fanatieke workaholic die nooit energie tekort kwam. Ze was ook de intelligentste vrouw die hij ooit had ontmoet. Intelligent en aantrekkelijk – een verpletterende combinatie. Kyoko werkte veel liever voor haar dan voor zijn vorige werkgever – een heetgebakerde magnaat met een ernstige cokeverslaving en een kleine pik.

'Kijk eens of je Lennie op de portable kunt bereiken,' zei Lucky. 'Hij probeerde me vanochtend in de auto te bellen, maar de verbinding was zo slecht dat ik er geen woord van kon verstaan.'

Lennie Golden, haar grote liefde. Ze waren vier jaar getrouwd en het leek elke dag nog beter te worden.

Lennie was haar derde echtgenoot. Op het moment was hij op locatie op Corsica voor de opnames van een avonturen-actiefilm. Drie weken gescheiden zijn was vreselijk; ze kon haast niet wachten een lang weekeinde naar hem toe te gaan om te luieren en niets anders te doen dan langzaam en ontspannen vrijen.

Kyoko had het productiekantoor op Corsica aan de lijn. 'Lennie is op de set op het strand,' zei hij, met zijn hand de hoorn bedekkend. 'Zal ik een boodschap voor hem achterlaten?'

'Ja. Zeg maar dat hij pronto zijn vrouw moet bellen. Mevrouw Golden kan overal gestoord worden.' Ze grinnikte toen ze mevrouw Golden zei, Lennies vrouw zijn was het allerleukste in haar leven.

Lennies film was helaas geen Panther-productie. Ze hadden helemaal in het begin al besloten dat het niet verstandig zou zijn de indruk te wekken dat hij voor zijn vrouw werkte. Hij was als filmster beroemd genoeg door zijn eigen merites, en een film voor Panther maken zou alleen maar aanleiding geven tot valse geruchten over nepotisme.

'Bel Abe Panther even voor me,' vroeg ze Kyoko.

Af en toe belde ze Abe voor advies. Met zijn negentig jaar was hij een ware Hollywoodlegende. De oude baas had alles meegemaakt en er aan meegedaan, en was nog steeds even geslepen en snel van begrip als een man die half zo oud was als hij. Wanneer ze met hem praatte was hij altijd een en al bemoediging en wijsheid, en aangezien de banken haar op de nek zaten, had ze zijn verzekering nodig dat hun houding snel zou veranderen nu er twee kassuccessen in roulatie waren. Soms reed ze naar Abes grote, oude

buitenhuis dat uitzicht op de stad bood. Dan zaten ze op het terras naar de ondergaande zon te kijken, terwijl Abe haar onthaalde op fantastische verhalen over Hollywood in zijn gouden glorietijd. Abe had iedereen gekend, van Chaplin tot Monroe, en hij mocht graag boeiende verhalen vertellen.
Ze had zin hem vandaag een bezoek te brengen, maar er was doodgewoon geen tijd voor. Ze zou haar kinderen al nauwelijks zien – de twee jaar oude Maria en baby Gino, die een halfjaar was. Bobby, de negenjarige zoon uit haar huwelijk met de overleden Griekse miljardair Dimitri Stanislopoulos, bracht de zomer bij familie in Griekenland door.
'Meneer Panther is niet bereikbaar,' zei Kyoko.
'Goed, dan proberen we het straks nog eens.'
Ze keek naar de foto's van haar kinderen die in zilveren lijstjes op haar bureau prijkten. Bobby, zo lief en knap; baby Gino, die naar zijn grootvader was genoemd, en Maria, met haar grote groene ogen en de liefste glimlach van de hele wereld. Ze had Maria naar haar moeder vernoemd.
Even liet ze haar gedachten afdwalen naar haar moeder. Zou ze ooit de dag kunnen vergeten waarop ze haar in haar eigen zwembad had zien drijven, vermoord door haar vaders levenslange vijand Enzio Bonnatti? Ze was vijf jaar geweest, en het was of haar hele wereld in elkaar was gestort. Twintig jaar later had ze wraak genomen door de klootzak te vermoorden die opdracht tot de moord op haar moeder had gegeven, als vergelding voor de familie Santangelo, want Bonnatti was ook het brein geweest achter een moordaanslag op haar broer, Dario, en de eerste grote liefde van haar leven, Marco.
Ze had Enzio Bonnatti met zijn eigen pistool doodgeschoten en had zich op noodweer beroepen. 'Hij wilde me verkrachten,' had ze met een stalen gezicht tegen de politie gezegd. En ze werd geloofd omdat haar vader Gino Santangelo was, die rijk was en op de juiste plaatsen zijn invloed kon doen gelden. De zaak kwam niet eens voor de rechter.
Ja, ze had hen allemaal gewroken en had er nooit spijt van gehad.
'Zullen we met de telefoontjes beginnen?' vroeg Kyoko, haar gemijmer afkappend.
Ze wierp een blik op haar horloge. Het was al over tienen, de ochtend was omgevlogen, hoewel ze toch al om zes uur was opgestaan. Ze pakte de telefoonlijst. Kyoko had de namen in volgorde van belangrijkheid opgeschreven, een volgorde waar ze het niet mee eens was. 'Je weet dat ik liever met een acteur praat dan met een agent,' zei ze berispend. 'Bel Charlie Dollar.'
'Hij wil een gesprek.'
'Waarover?'
'Hij is het niet eens met de illustratie op de Europese poster voor *River Storm*.'
'Waarom niet?'
'Hij zegt dat het lijkt of hij te dik is.'
Lucky zuchtte. Acteurs en hun ego. Dat hield nooit op.

'Is het te laat om die te veranderen?'
'Ik heb met de tekenstudio gepraat en het kan nog wel. Maar het kost een berg geld.'
'Ach, het is de moeite waard om een superster tevreden te houden,' zei ze met slechts licht sarcasme in haar stem.
'Als jij het zegt.'
'Je weet wat mijn filosofie is, Ky. Als ze tevreden zijn, zullen ze zich des te meer inspannen om de film te promoten.'
Kyoko knikte. Hij wist dat hij niet tegen Lucky in moest gaan.

Lennie Golden had een hekel aan flauwekul, en het vervelendste van zijn leven als filmster was dat je er de helft van de tijd tot over je oren in verdronk. Mensen reageerden zo raar op beroemdheden. Of ze maakten een enorme toestand over hem, of ze beledigden hem vreselijk. Vrouwen waren het allerergst. Zodra ze hem zagen, wilden ze met hem naar bed. En het ging niet per se om hem, elke filmster was goed. Costner, Redford, Willis – vrouwen hadden geen bepaalde voorkeur, als het maar een beroemde man was.
Lennie had geleerd de verleidingspogingen te negeren; zijn ego had het niet nodig om voortdurend te scoren, hij had Lucky, en dat was de meest bijzondere vrouw van de wereld. Met zijn negenendertig jaar was Lennie een charismatisch aantrekkelijke man. Hij was lang, gebruind en fit, maar niet aantrekkelijk op de gebruikelijke manier. Hij had lang asblond haar en heel open zeegroene ogen, en bovendien trainde hij elke dag om zijn lichaam in perfecte conditie te houden.
Hij was al een aantal jaren filmster, wat hem meer verbaasde dan anderen. Zes jaar geleden was hij een van de vele cabaretiers geweest die hoopte op een optreden, een paar dollar, wat dan ook. Nu had hij alles waarvan hij had gedroomd.
Lennie Golden. Zoon van de humeurige oude Jack Golden, solo-entertainer in Vegas en van de niet te stuiten Alice. Of 'Alice-de-nepper' zoals zijn moeder werd genoemd in haar glorietijd als zo-zie-je-ze-wel, zo-zie-je-ze-niet-stripper in Las Vegas.
Hij was naar New York gegaan toen hij zeventien was en had het gemaakt zonder enige hulp van zijn ouders. Zijn vader was al lang dood, maar Alice wist nog steeds voor problemen te zorgen, waar ze ook was. Ook nu ze zevenenzestig was en nog zo dartel als een geblondeerd sterretje, had ze zich er nooit bij neer kunnen leggen dat ze ouder werd, en beroemdheid was de enige reden waarom ze toegaf dat Lennie haar zoon was. 'Ik was een kindbruidje,' zei ze onnozel lachend tegen iedereen die het wilde horen. Dan knipperde ze met haar valse wimpers en krulde haar te zwaar aangezette lippen tot een wellustige lach. 'Ik heb Lennie gebaard toen ik twaalf was!'
Hij had een huisje voor haar gekocht in Sherman Oaks, waar ze de buurt domineerde, en toen ze tot de conclusie was gekomen dat ze nooit een ster

zou worden, was ze helderziende geworden. Een verstandige zet, want nu verscheen ze – tot Lennies grote schaamte – regelmatig op de kabeltelevisie en kletste maar een eind weg over van alles en nog wat. Voor zichzelf betitelde hij haar als 'mijn moeder, de wandelende mond'.

Soms was het allemaal net een droom – zijn huwelijk met Lucky, zijn succesvolle carrière, alles.

Hij leunde achterover in zijn regisseursstoel en wierp een blik op de locatie. Er paradeerde een blondje met een niet onaanzienlijke boezem over het strand. Ze was al een paar keer voor hem langs gelopen met de duidelijke bedoeling te worden opgemerkt.

En opgemerkt had hij haar; hij was getrouwd, maar niet dood, en hij had ooit een zwak gehad voor blonde spetters met een lichaam om u tegen te zeggen. Eerder op de dag had ze gevraagd of hij met haar op de foto wilde. Dat had hij beleefd geweigerd; foto's met fans, zeker de aantrekkelijke, hadden de vervelende gewoonte om altijd in de roddelbladen terecht te komen.

Ze had de boodschap begrepen en kwam een paar minuten later terug met een knappe bodybuilder die geen Engels sprak. 'Mijn verloofde,' zei ze met een oogverblindende glimlach. 'Alstublieft?' Hij was gezwicht en had zich met hen beiden op de foto laten zetten.

Het blondje kwam nog eens langslopen. Lange benen. Ronde billen in een nauwelijks zichtbare string. Stevige borsten met stijve tepels die zich door de dunne stof aftekenden. Kijken kon geen kwaad. Maar een stap verder gaan was uitgesloten.

Het huwelijk was een verbond voor beiden. Als Lucky hem ooit ontrouw zou zijn, zou hij het haar niet kunnen vergeven. Hij was ervan overtuigd dat zij er hetzelfde over dacht.

Het blondje besloot dat ze haar kans moest waarnemen. 'Meneer Golden,' zei ze kirrend met een imitatie Marilyn-stem met een licht Frans accent. 'Iek ben dol op uw fielms. Het ies zo'n eer om eraan te mogen meewerken.' Diepe ademhaling. Tepels dreigden door de stof heen te komen.

'Dank je,' mompelde hij, zich afvragend waar haar verloofde nu uithing.

Adorerend gegniffel. 'Ik ben u heel dankbaar.' Kleine roze tong schoot naar buiten om haar pruilende roze lippen te likken. Een uitnodiging om met haar naar bed te gaan straalde uit haar begerige ogen.

Jennifer, de knappe Amerikaanse tweede assistente, schoot hem te hulp. Ze droeg een short, een strak T-shirt en een honkbalpetje van de Lakers. Verleidingen had je overal.

'Mac is klaar voor de repetitie, Lennie,' zei ze, beschermend als altijd.

Hij hees zijn slanke lijf uit de regisseursstoel en rekte zich uit.

Jennifer wierp het blondje een neerbuigende blik toe. 'Je kunt beter bij de andere figuranten blijven,' zei ze kortaf. 'Je weet nooit wanneer ze je nodig hebben.'

Het blondje droop niet bepaald gelukkig af.

'Dat waren nog eens siliconen prothesen,' mompelde Jennifer.
'Hoe weet je dat?' vroeg Lennie, die zich afvroeg waarom vrouwen zoveel sneller dan mannen zagen welke borsten nep waren.
'Dat is toch duidelijk,' zei Jennifer misprijzend. 'Jullie mannen tuinen ook overal in.'
'Vind je?'
'Jij valt nog mee,' zei Jennifer, vriendelijk glimlachend. 'Het is een genoegen voor een ster te werken die niet verwacht dat ik hem ook nog pijp als ik hem zijn ochtendkoffie breng.'
Jennifer zou bij Lucky in de smaak vallen, dacht Lennie. Hij glimlachte ongewild als hij aan zijn vrouw dacht. Ruwe bolster, blanke pit. Beeldschoon. Sterk, koppig, sensueel, door de wol geverfd, kwetsbaar en gek.
Lennie was eerder getrouwd geweest. Een overhaast huwelijk met Olympia Stanislopoulos, de eigenzinnige dochter van Dimitri Stanislopoulos, die met Lucky getrouwd was.
Olympia was een tragische dood gestorven, een overdosis in een hotelkamer met Flash, een verslaafde rockster.
Dimitri had een fatale hartaanval gekregen.
En al gauw waren Lucky en Lennie bij elkaar gekomen. Olympia had een dochter, Brigette, achtergelaten, die nu negentien en een van de rijkste meisjes ter wereld was. Lennie was dol op haar, ook al zag hij haar niet zo vaak als hij zou willen.
'Ik wil dat je Lucky een keer ontmoet als ze komt,' zei hij tegen Jennifer. 'Jullie liggen elkaar vast heel goed.'
'Het is voor haar niet interessant mij te ontmoeten,' zei Jennifer. 'Zij leidt een studio, Lennie, ik ben maar een tweede assistent.'
'Dat kan Lucky niet schelen. Ze mag mensen om wie ze zijn, niet om wat ze doen. Bovendien is er niets verkeerd aan om tweede assistent te zijn. Op een dag ben jij de regisseur. Is dat je plan niet?'
Jennifer knikte. 'Ik heb geregeld dat er morgen een auto is om je vrouw af te halen van luchthaven Poretta,' zei ze volkomen zakelijk.
'En ik zal op tijd klaarstaan,' zei Lennie.
'Misschien heb je wel een opname.'
'Die doen ze dan maar zonder mij.'
'Je zit in elk shot.'
'Doe maar alsof.'
'Ik doe nooit alsof.'
Ja, Lucky zou haar beslist graag mogen.

2

Alex Woods had de lach van een krokodil – breed, uitnodigend en uiteindelijk dodelijk. Zijn lach kwam hem goed van pas bij de filmdirecteuren met wie hij dagelijks noodgedwongen moest omgaan. Die lach overrompelde ze en verstoorde het delicate machtsevenwicht tussen schrijver/producent/regisseur en studiobons die meestal elke filmer kan maken en breken – hoe beroemd en getalenteerd ze ook zijn.

Alex Woods met zijn dodelijke glimlach had in een periode van tien jaar zes belangrijke films met een groot budget geschreven, geregisseerd en geproduceerd. Zes controversiële meesterwerken die bol stonden van seks en geweld. Alex noemde ze meesterwerken, maar daar was niet iedereen het mee eens, want hoewel al zijn films waren voorgedragen voor een Academy Award, had hij er nooit een gekregen. Dat stak. Alex hield van erkenning en alleen een nominatie was niet genoeg. Hij wilde dat gouden beeldje op de schoorsteenmantel van zijn strandhuis hebben staan, zodat hij er iedereen, bij wijze van spreken, de ogen mee kon uitsteken.

Alex was zevenenveertig, lang en op een gevaarlijke manier knap, met dwingende ogen, zware wenkbrauwen en een krachtige kaaklijn, maar was nog steeds niet getrouwd. Geen vrouw had hem nog weten te strikken. Hij viel niet op Amerikaanse vrouwen, hij had liever oosterse en bij voorkeur onderdanige vrouwen, zodat hij zich tijdens het vrijen de grote veroveraar kon voelen.

De waarheid was dat Alex een onbewuste angst had voor vrouwen die hij in alle opzichten zijn gelijke zou kunnen noemen. Dat kwam door zijn moeder, Dominique, een formidabele Française, die zijn vader, Gordon Woods – een redelijk succesvol filmacteur die gespecialiseerd was in de rol van beste vriend – voortijdig het graf in had gejaagd toen Alex elf jaar was. De artsen zeiden dat het een hartaanval was geweest, maar doordat Alex getuige was geweest van hun vele heftige ruzies, wist hij dat zij zijn vader met haar scherpe tong de dood in had gejaagd. Zijn moeder was een boosaardige, berekenende vrouw, die had gemaakt dat zijn vader, wanneer hij maar kon, troost zocht bij een fles drank. Doodgaan om aan haar te ontsnappen was zijn huzarenstuk geweest.

Kort na zijn vaders begrafenis had Madam Woods haar enig kind naar een strenge militaire academie gestuurd. 'Je bent dom, net als je vader,' had ze gezegd op een toon die geen tegenspraak duldde. 'Misschien steek je er wat op.'

De militaire academie was een nachtmerrie. Hij haatte elke minuut van de strenge discipline en de oneerlijke regels. Dat hielp niet, want als hij zich bij Dominique beklaagde over de slaag en de eenzame opsluiting, zei ze dat hij niet moest zeuren en een man moest worden. Hij had er vijf jaar doorgebracht en ging in zijn vakanties naar zijn grootouders in Pacific Palisades, terwijl zijn moeder uitging met een reeks ongeschikte mannen en zijn bestaan vrijwel negeerde. Hij had haar een keer in bed betrapt met een man die hij oom Willy moest noemen. Oom Willy lag op zijn rug met een reusachtige stijve, terwijl mammie geheel naakt op haar knieën naast het bed zat. Dat was een tafereel dat hem altijd was bijgebleven.

Toen hij van de academie af kwam en de vrijheid leerde kennen was zijn woede gigantisch. Terwijl zijn leeftijdgenoten lol hadden gemaakt op de middelbare school, had hij bij wijze van straf voor een of ander klein vergrijp opgesloten gezeten in een kamertje zonder raam, of had een afranseling op zijn blote billen gekregen omdat zijn houding hen niet aanstond. Soms duurde die opsluiting wel tien uur, en in die tijd kon hij niets anders doen dan op een harde houten bank voor zich uit zitten staren. Het was een vreselijk instituut voor rijke kinderen die thuis ongewenst waren.

Alex dacht vaak aan die verloren jeugdjaren en het maakte hem razend. Hij had pas voor het eerst gevrijd toen hij op de universiteit kwam, met een onsmakelijke, dikke hoer in Tijuana. Hij had het zo afschuwelijk gevonden dat hij een jaar niet meer naar seks had getaald. Zijn tweede ervaring was beter; hij studeerde aan de filmacademie, en een serieus blond meisje dat bewondering had voor zijn ontluikend talent had hem een halfjaar lang twee keer per dag gepijpt. Heel leuk, maar niet genoeg om hem volkomen tevreden te stellen. Na verloop van tijd was hij rusteloos geworden en in een dronken bui had hij besloten het leger in te gaan. Ze hadden hem naar Vietnam gestuurd, waar hij twee verbijsterende jaren doorbracht en dingen had meegemaakt die altijd in zijn hoofd bleven rondspoken. Toen hij terugkwam in L.A. was hij een ander mens, verward, snel geïrriteerd en altijd op het punt van exploderen. Na twee weken verliet hij de stad, liet een kort briefje voor zijn moeder achter waarin hij zei dat hij nog wel contact zou opnemen, en ging liftend naar New York.

Wraak... Hij liet vijf jaar niets meer van zich horen en voor zover hij wist, had ze nooit geprobeerd hem te vinden. Toen hij eindelijk belde, deed zijn moeder alsof ze hem de vorige week nog had gesproken. Madam Woods deed niet aan sentimentele flauwekul.

'Ik hoop dat je werk hebt,' zei ze met ijskoude stem. 'Want van mij hoef je geen douceurtjes te verwachten.'

Wat een verrassing.

Ja, mam, ik heb altijd gewerkt. Ik heb een paar maanden voor broodpoot gespeeld om aan de kost te komen. Ben portier geweest bij een tweederangs striptent. Heb de pooier uitgehangen voor een drukbezette hoer. Heb karkassen doormidden gezaagd in een vleesverwerkende industrie. Taxi gereden. De chauffeur geweest van een perverse theaterdirecteur. Ben lijfwacht geweest van een misdadiger. Heb samengewoond met een rijke oudere vrouw die me aan jou deed denken. Ik heb drugs geleverd aan haar kennissenkring. Ik heb een illegale gokclub gerund. Als assistent-regisseur gewerkt aan een serie goedkope horrorfilms. En toen kwam eindelijk de grote doorbraak: het schrijven en regisseren van een pornofilm voor een smerige, oude maffia capo. Strakke kutjes, grote pikken. Erotische porno waar mensen echt opgewonden van raken. Met

een verhaal. Hollywood lonkte. Want daar hebben ze oog voor goede porno.
'Ik ben op weg naar de kust,' had hij gezegd. 'Ik heb een contract bij Universal voor het schrijven en regisseren van een film.'
Ze was er niet van onder de indruk. Natuurlijk niet. Na een stilte zei ze: 'Bel me maar als je er bent.' En daar kon hij het mee doen.
Geen wonder dat hij vrouwen niet vertrouwde. Dat was achttien jaar geleden geweest. Nu was alles anders. Madam Woods was ouder en wijzer geworden. Hij ook. Ze hadden een haat-liefdeverhouding. Hij hield van haar omdat ze zijn moeder was en haatte haar omdat het een gemeen kreng was. Soms ging hij met haar uit eten. Een vreselijk corvee.
In die achttien jaar was hij als een komeet omhoog geschoten. Van onderschatte low-budget filmmaker was hij aan de top gekomen en had zich geleidelijk een reputatie verworven als een vernieuwende, risico nemende, originele filmer. Het was niet makkelijk geweest, maar het was hem gelukt en hij was trots op zijn succes.
Het zou prettig zijn als zijn moeder dat ook was. Maar ze prees hem nooit, hoewel de kritiek nog steeds makkelijk van haar dunne, vuurrode lippen rolde. Alex wist dat zijn vader, als hij nog had geleefd, blij voor hem zou zijn geweest en hem gesteund zou hebben.
Nu had hij een bespreking met Lucky Santangelo, het huidige hoofd van Panther Studio's, en het zinde hem helemaal niet dat hij naar een vrouw moest gaan om zijn laatste project, *Gangsters*, op de rails te houden. Hij was verdomme Alex Woods en hoefde niemands kont te kussen en zeker niet die van een wijf die de reputatie had dat ze eigenzinnig was. Niemand was eigenzinnig als het om een film van Alex Woods ging. Hij hoopte alleen dat haar studio met geld over de brug zou komen omdat Paramount het op het laatste moment had laten afweten. Hun excuus was dat er te veel expliciet geweld in *Gangsters* zat. Maar het was verdomme een film over Vegas in de jaren vijftig. Onderwereld, hoeren en gokken. Geweld was toen doodnormaal.
Het probleem was dat de studio's bang waren geworden vanwege alle kritiek van politici die zelf met prostituees sliepen, terwijl hun vrouw er met een gebeitelde glimlach en een droge kut naast stond. Over een dubbele moraal gesproken!
Alex verafschuwde hypocrisie. De waarheid en niets dan de waarheid was zijn motto, en dat was precies wat hij ook in zijn films liet zien. Hij was een controversiële filmer, die keiharde kritiek of briljante recensies kreeg. Zijn films zette mensen aan het denken, en dat kon soms gevaarlijk zijn.
Toen Paramount het liet afweten, had zijn agent, Freddie Leon, voorgesteld om met *Gangsters* naar Panther te gaan. 'Lucky Santangelo doet het wel,' had Freddie hem verzekerd. 'Ik ken Lucky, echt een verhaal voor haar. Bovendien heeft ze een kassucces nodig.'
Alex hoopte dat Freddie gelijk had, want hij had er een vreselijke hekel aan om aan het lijntje te worden gehouden. Hij was alleen gelukkig als hij zich helemaal kon overgeven aan het maken van een film. Handelen was bevredigend.

Freddie had voorgesteld dat ze elkaar zouden spreken voor ze naar Lucky gingen en had Alex uitgenodigd voor een laat ontbijt in de Four Seasons.
Alex was geheel in het zwart gekleed, van zijn sportschoenen tot zijn T-shirt, en reed naar het hotel in zijn zwarte Porsche Carrera. Toen hij binnenkwam, zat Freddie de *Wall Street Journal* al door te bladeren, waardoor hij meer op een bankier dan op een agent leek.
Freddie Leon was een man met een vriendelijk gezicht dat niets verraadde, begin veertig, met een snelle glimlach. Hij was niet zomaar een agent, hij was dé agent. Een Supermacht. Hij kon een loopbaan even makkelijk maken als breken. Hij werkte keihard. In de stad werd hij de Slang genoemd, omdat hij elke deal listig aanpakte, maar niemand durfde hem in zijn gezicht zo te noemen.
Alex ging zitten. De serveerster schonk hem een kop sterke zwarte koffie in. Hij nam snel een slok, brandde zijn tong en vloekte.
'Goedemorgen,' zei Freddie, die zijn krant liet zakken.
'Waarom denk je dat Panther *Gangsters* aandurft?' vroeg Alex ongeduldig.
'Dat heb ik je al verteld – Panther heeft een kassucces nodig,' antwoordde Freddie rustig. 'En het is een script dat Lucky zal aanstaan.'
'Hoezo?'
'Vanwege haar achtergrond,' legde Freddie uit en hij zweeg even om een slok van zijn kruidenthee te nemen. 'Haar vader, Gino Santangelo, heeft vroeger een hotel in Vegas laten bouwen, en hij was me er blijkbaar eentje.'
Alex leunde verbaasd voorover. 'Is Gino Santangelo haar vader?'
'Jazeker. Een van de grote jongens. En Lucky heeft haar eigen hotels gebouwd in Vegas. Zij begrijpt je script wel.'
Alex had van Gino Santangelo gehoord – hij was niet zo berucht als Bugsy Siegal of een van die andere op de voorgrond tredende gangsters – maar hij had zich in zijn tijd wel onderscheiden.
'Het verhaal wil dat Gino zijn dochter naar Lucky Luciano heeft genoemd,' zei Freddie. 'En naar wat ik zo gehoord heb, heeft ze al een opzienbarend leven achter de rug.'
Alex raakte ongewild door haar geïntrigeerd. Dus die Lucky Santangelo was niet zomaar een agressieve vrouw die uit het niets was gekomen. Ze had een geschiedenis; ze was een Santangelo. Waarom had hij dat niet eerder uitgezocht?
Hij sloeg de koffie in drie slokken achterover en concludeerde dat deze afspraak wel eens interessanter kon worden dan hij had gedacht.

Lucky had drie Japanse bankiers op bezoek, die heel correct en heel conventioneel waren. De bespreking verliep goed, hoewel Lucky bespeurde dat ze het niet zo prettig vonden dat ze met een vrouw te maken hadden.
Ach, dat was niets nieuws. Wanneer zouden mannen zich eens een beetje ontspannen en gaan inzien dat het er niet om ging wie het verst kon pissen? Ze had de Japanse bankiers nodig om over de hele wereld een keten van

Panther-winkels op te zetten. Het was een nieuwe trend om je naam aan producten te verbinden en Lucky wist dat het verstandig was er in een vroeg stadium in te stappen.

De bankiers hadden respect voor het hoofd Marketing, een man, en leken bijna overstag te zijn toen ze vertrokken en ze beloofden hun besluit binnen een paar dagen kenbaar te maken. Toen ze weg waren, belde ze meteen haar vader in Palm Springs. Gino klonk opgewekt en daar had hij alle reden toe; op zijn eenentachtigste was hij, net als Abe Panther, getrouwd met een vrouw die half zo oud was als hij, Paige Wheeler, een sexy, roodharige binnenhuisarchitecte, die uitstekend voor hem zorgde. Niet dat Gino verzorging nodig had, want hij was even actief als altijd, vol energie en levenslust, en richtte zijn aanzienlijke energie onder andere op het verhandelen van opties op de aandelenmarkt, een hobby waarvoor hij om zes uur 's ochtends opstond en die hem alert hield.

Lucky maakte een eind aan het gesprek met de belofte gauw op bezoek te komen.

'Daar reken ik op,' zei Gino. 'En breng de bambini mee, het wordt tijd dat ik ze bepaalde dingen bijbreng.'

'Zoals wat?' vroeg ze nieuwsgierig.

'Dat gaat je geen reet aan.'

Lucky glimlachte. Haar vader was een bijzonder mens. Er was een slechte periode geweest, waarin ze niet eens met elkaar spraken, en toen had ze hem met grote hartstocht gehaat. Nu hield ze met even grote hartstocht van hem. Ze hadden samen al zoveel meegemaakt. Gelukkig waren ze er allebei sterker door geworden.

Ze herinnerde zich de tijd dat ze zestien was en hij haar naar een kostschool in Zwitserland had gestuurd. En hoe hij haar had gestraft toen ze van de strenge privé-school was weggelopen en haar dwong tot een huwelijk met Craven Richmond, de oersaaie zoon van senator Peter Richmond. Wat een nachtmerrie! Ze was echter niet van plan geweest om gevangen te blijven in dat huwelijk. Toen Gino Amerika ontvluchtte om een gevangenisstraf wegens belastingontduiking te ontlopen, had ze haar kans schoongezien en had de leiding van het familiebedrijf overgenomen. Gino had verwacht dat haar broer Dario de zaak zou overnemen. Maar Dario was geen zakenman, dus had Lucky de bouw van Gino's nieuwe hotel in Vegas overgenomen en zo had ze bewezen dat ze in alle opzichten capabel was. Toen Gino eindelijk terugkwam, was er een behoorlijke machtsstrijd losgebarsten. Geen van beiden had gewonnen. Uiteindelijk hadden ze een wapenstilstand gesloten.

Dat lag echter allemaal achter ze. Ze leken te veel op elkaar om vijanden te kunnen zijn. Lucky haastte zich naar de directiekamer voor een korte productiebespreking voor ze Freddie Leon en Alex Woods zou ontvangen. Ze had al besloten *Gangsters* het groene licht te geven. Ze had het script gelezen en vond het briljant. Alex Woods was een uitstekende schrijver.

Nadat ze alle leden van haar team individueel had gesproken, was ze blij te kunnen concluderen dat ze allemaal instemden met haar beslissing. Iedereen was ervan overtuigd dat de studio veel geld aan de film kon verdienen. Alex Woods was een controversiële en riskante filmer, maar je kon er zeker van zijn dat hij waar voor zijn geld leverde.

De hoofden van productie, binnen- en buitenlandse distributie en marketing waren allemaal bijeen. Het was een groep van topmensen, en na de korte bijeenkomst was Lucky ervan overtuigd dat het project een succes zou worden.

Ze ging terug naar haar kantoor en wilde juist haar halfbroer Steven in Engeland bellen, toen Kyoko zijn hoofd om de deur stak.

'Alex Woods en Freddie Leon zijn er,' kondigde hij aan. 'Zal ik ze even laten wachten?'

Ze wierp een blik op het Cartier-klokje op haar bureau, een geschenk van Lennie. Het was precies twaalf uur. Ze legde de hoorn neer en nam zich voor Steven later te bellen. 'Laat ze maar binnen,' zei ze, want ze wist maar al te goed dat alleen de allerbelangrijkste en meest zelfverzekerde mensen nooit iemand lieten wachten.

Freddie kwam als eerste binnen met zijn nietszeggende glimlach en uitdrukkingsloze leigrijze ogen.

Lucky stond op om hem te begroeten. Ze hield wel van die zakelijke opstelling van Freddie. Hij draaide er nooit omheen; hij had een doel en stevende daar recht op af.

Na Freddie kwam Alex Woods haar kantoor binnen. Ze had Alex nooit ontmoet, maar had veel interviews met hem gelezen en had vaak foto's van hem in kranten en tijdschriften gezien.

De foto's hadden haar echter niet voorbereid op de daadwerkelijke verschijning van de man. Hij was lang, goed gebouwd, met donkere, krachtige trekken en een onweerstaanbare glimlach, die hij nu meteen op haar losliet.

Heel even was ze van haar stuk gebracht. Het kwam niet vaak voor dat Lucky zich kwetsbaar voelde, bijna als een meisje. Het was of ze zeventien was en haar oog op een spetter liet vallen, en in haar tijd als vrije meid had ze heel wat spetters de revue zien passeren, genoeg voor meerdere levens.

Freddie stelde hen aan elkaar voor. Ze gaf Alex een hand. Hij was een zelfverzekerde man met een stevige, krachtige handdruk.

Ze trok haar hand terug en begon iets te snel te spreken, terwijl ze haar donkere haar naar achteren streek. 'Eh... meneer Woods, wat een genoegen eindelijk met u kennis te maken. Ik ben een groot bewonderaar van uw werk.'

Hmm... Dat klonk alsof ze een domme fan was. Wat was er met haar aan de hand? Waarom reageerde ze zo?

Alex lachte nog eens naar haar en nam de tijd om te verwerken hoe onvoorstelbaar mooi deze vrouw was. Ze was op een ongebruikelijke manier oogverblindend. Alles aan haar was ongelooflijk sensueel, van de wirwar van zwarte krullen tot haar waakzame zwarte ogen en haar volle, zachte lippen. Een mond om mee te pijpen.

Hij merkte dat zijn blik afdwaalde naar haar ronde borsten die schuilgingen onder een witzijden blouse. Ze droeg geen beha en hij kon een lichte schaduw van haar tepels zien. Hij was benieuwd of ze überhaupt wel lingerie droeg. Allemachtig! Wat gebeurde er toch? Hij had al bijna een stijve. Waarom had Freddie hem hier niet voor gewaarschuwd?

Lucky was zich zeer bewust van zijn taxerende blik. 'Neem toch plaats,' zei ze en dwong zich haar aandacht op zaken te richten.

Freddie merkte niets van de seksuele spanning die in het vertrek hing. Hij had iets voor ogen en liet zich niet afleiden. Gladde agentenpraat vloeide als nectar van zijn lippen. 'Panther heeft een filmer als Alex Woods nodig,' zei hij. 'Ik hoef je niet te vertellen hoe vaak zijn films zijn genomineerd.'

'Ik ben me zeer bewust van de glansrijke staat van dienst van meneer Woods,' zei Lucky. 'En we zouden graag zaken met hem doen. Ik heb echter begrepen dat het geschatte budget voor *Gangsters* bijna tweeëntwintig miljoen dollar bedraagt. Dat is een enorme verbintenis.'

Freddie had meteen een antwoord klaar. 'Niet voor een Alex Woods-film,' zei hij kalm. 'Zijn films zijn altijd winstgevend.'

'Met de juiste rolbezetting,' vulde Lucky aan.

'Alex' casting is altijd perfect. En hij heeft geen grote sterren nodig – het publiek komt op zijn naam af.'

Alex boog zich voorover. 'Hebt u het script gelezen? Hij keek haar scherp aan. Haar ogen ontmoetten de zijne met een nietsverradende blik. Ze wist dat hij op complimenten uit was, maar besefte dat ze hem beter even in het ongewisse kon laten. 'Ja, inderdaad,' zei ze zonder een spier te vertrekken. 'Geweldddadig, maar realistisch.' Ze zweeg even. 'Mijn vader, Gino, was in die tijd in Vegas. Hij heeft het oorspronkelijke Mirage Hotel laten bouwen. Misschien vindt u het leuk hem eens te ontmoeten.'

Hij bleef haar aankijken. 'Dat zou ik graag willen.'

Ze vertikte het als eerste haar blik af te wenden. 'Dan zal ik dat regelen,' zei ze koel, terwijl ze deed alsof ze helemaal niet in een machtsstrijd op oogniveau verwikkeld waren. 'Hij woont in Palm Springs.'

'Daar kan ik naartoe rijden wanneer u maar wilt.'

'Zo,' zei Freddie, die een akkoord rook. 'Zijn we rond?'

'Min of meer,' antwoordde Lucky, die haar aandacht naar Freddie verlegde en vervolgens boos op zichzelf werd omdat ze haar blik toch als eerste had afgewend.

Freddie negeerde het feit dat haar antwoord wat onduidelijk was. 'Dit wordt een winnende combinatie,' voorspelde hij enthousiast. 'Panther Studio's presenteert *Gangsters* van Alex Woods. Ik kan de Oscar nu al ruiken.'

'Eén kleinigheidje nog,' zei Lucky, die haar lievelingspen oppakte – een ander cadeautje van Lennie – en er ongeduldig mee op haar bureau tikte. 'Ik weet dat Paramount ervan af heeft gezien vanwege het expliciete geweld, en ik zal u niet vragen dat af te zwakken. Maar de seks...'

'Wat is daarmee?' wilde Alex weten.

'Uit het script blijkt dat een aantal actrices in bepaalde scènes naakt zijn, terwijl het erop lijkt dat onze held en zijn vrienden keurig bedekt blijven.'
'Is dat een probleem?' vroeg Alex, die het werkelijk niet begreep.
'Nou...' zei Lucky langzaam, 'dit is een studio die mannen en vrouwen gelijk behandelt. Als vrouwen uit de kleren moeten, dan de mannen ook.'
'Wat?' zei Alex verbijsterd.
Ineens had Lucky weer de overhand. 'Laat ik het zo stellen, meneer Woods. Als we tieten en kont in beeld krijgen, willen we ook blote pikken zien.' Ze glimlachte fijntjes toen Freddie en Alex verschoten van schrik. 'En als we het daarover eens zijn, heren, is de overeenkomst beklonken.'

3

'Hoe oud ben je, schat?' vroeg de vijfenvijftigjarige geilaard met het Brioni-kostuum aan het ongelooflijk mooie, honingblonde meisje met het frisse gezicht dat tegenover hem aan zijn bureau zat.
'Negentien,' antwoordde ze waarheidsgetrouw, hoewel ze wel had gelogen over haar achternaam, Stanislopolous. Ze had zich voorgesteld als Brown. Haar eigen naam was een hele mond vol, terwijl Brigette Brown wel goed klonk. Bovendien was Brown anoniem, en Brigette wilde niet dat iemand erachter kwam wie ze was.
'Nou,' zei de man, 'je hebt beslist alles in huis wat een model nodig heeft.' Zijn blik bleef op haar borsten rusten. 'Je bent lang genoeg, knap genoeg, en als je vijf kilo afvalt, ben je ook slank genoeg. Als je zorgt dat je van dat babyvet afkomt, zal ik regelen dat er proefopnamen van je gemaakt worden.' Hij zweeg even. 'Ik nodig je uit om vanavond met me te gaan eten, dan kunnen we je toekomst bespreken.'
'Het spijt me,' zei Brigette, terwijl ze opstond. 'Ik ben vanavond bezet.' Bij de deur bleef ze staan. 'Maar ik ben blij met uw adviezen.'
De geilaard sprong overeind. Hij was verbaasd dat zijn uitnodiging werd afgeslagen. Dat overkwam hem niet vaak. Meisjes die model wilden worden hadden altijd trek, omdat ze geen geld hadden. Een gratis maal was nooit weg, en een maaltijd met hem werd als de top beschouwd.
'Morgenavond dan?' vroeg hij met een innemende glimlach.
Brigette glimlachte liefjes. 'Om daarna het bed met me in te duiken of om me een kans te bieden als model?' De man schrok zich wezenloos; hij was het niet gewend dat jonge meiden zo tegen hem praatten.
'Jij mag je mond wel eens spoelen, jongedame,' zei hij woedend.
Voor ze de deur uitglipte zei Brigette: 'U ziet me wel weer als ik op de cover van *Glamour* sta!'

Toen ze op straat stond, was ze nog razend over zijn neerbuigende houding. Mannen! Vijf kilo afvallen, hoe haalde hij het in zijn hoofd. Ze was slanker dan ooit. En dacht hij nu werkelijk dat ze uit eten zou gaan met zo'n ouwe geile bok? Vergeet het maar! 'In geen honderd jaar,' zei ze hardop terwijl ze over Madison Avenue liep.

Niemand reageerde erop. Dit was New York; daar keek niemand ergens raar van op.

Brigette was een meter zeventig en woog vijfenvijftig kilo. Ze had prachtig honingblond haar, dat schouderlang en steil was. Ze had volle lippen, blauwe, verstandige ogen, en haar huid glansde. Ze straalde een en al gezondheid en energie uit. De meeste mannen vonden haar oergezonde uitstraling seksueel onweerstaanbaar.

Brigette was dol op de stad. Ze hield van de warme, stoffige trottoirs en het ondergaan in de zich voorthaastende menigte. In New York was ze niet Brigette Stanislopoulos – een van de vermogendste meisjes ter wereld. In New York was ze gewoon het zoveelste knappe gezichtje dat dolgraag carrière wilde maken.

Goddank hadden Lennie en Lucky begrip getoond toen ze hun vertelde dat ze van school wilde en een poging wilde wagen om een succesvol model te worden in New York. Ze hadden er geen bezwaar tegen gemaakt; ze hadden haar moeders moeder, Charlotte, er zelfs van overtuigd dat ze het moest proberen, maar alleen op voorwaarde dat ze haar studie weer zou oppakken als het haar binnen een halfjaar niet lukte. Vergeet het maar. Want het zou haar wel degelijk lukken. Brigette geloofde er heilig in dat haar wel iets goeds moest overkomen. Tot dusver had het haar niet meegezeten. Oké, ze was rijk, maar wat zei dat nou? Ze had het geld niet zelf verdiend, haar kapitaal stond op de bank. Dat had ze geërfd van haar grootvader Dimitri, de multimiljonair en van haar moeder, Olympia. Allebei waren ze dood en begraven. Zij hadden uiteindelijk ook niets aan het geld gehad.

Haar echte vader, Claudio Cadducci, was ook dood. Dat was niet zo erg, omdat ze hem nooit had gekend; haar moeder was kort na de geboorte van Brigette van hem gescheiden vanwege zijn voortdurende slippertjes. Ze waren getrouwd toen Olympia negentien en Claudio vijfenveertig was. Naar wat ze gehoord had was Claudio een knappe Italiaanse zakenman geweest met enorm veel charme en een voorliefde voor dure kleding. Na zijn scheiding had hij onder andere twee Ferrari's en drie miljoen dollar gekregen. Helaas had Claudio nauwelijks de gelegenheid gehad ervan te genieten, want een paar maanden later stapte hij in Parijs uit een limousine en werd per ongeluk aan flarden geblazen door een terroristische bom.

Olympia hertrouwde meteen, dit keer met een Poolse graaf, met wie ze het precies zestien weken uithield. Brigette kon zich die stiefvader ook niet herinneren. De enige stiefvader die ze had gekend was Lennie, en die verafgoodde ze. Soms miste ze haar moeder en had ze een leeg gevoel dat door niets kon worden opgevuld. Ze was twaalf geweest toen Olympia stierf, en er was niemand geweest die haar plaats kon innemen, behalve haar grootmoeder Charlotte, een Newyorkse societydame die een heel druk leven leidde, en Lucky en Lennie die weliswaar tijd voor haar maakten wanneer ze maar konden, maar die het al druk genoeg hadden met hun werk en kinderen.

Brigette wist dat ze iets moest vinden wat die leegte kon vullen. En dat zou beslist geen man zijn. Mannen waren niet te vertrouwen. Mannen waren alleen op seks uit.

Ze was al eens met een man naar bed geweest en verlangde er niet naar terug. Dat kwam wel weer als ze het beroemdste model ter wereld was.

Vorig jaar was ze een kwartiertje verloofd geweest met de kleinzoon van een van de zakenrivalen van haar grootvader. Ze hadden een fantastische tijd gehad, tot ze ontdekte dat hij zwaar aan de coke was. Daar moest ze niets van hebben. Ze had de verloving meteen verbroken en was naar Griekenland gegaan om wat tijd bij haar familie door te brengen.

Ze was nu zeven weken in New York en dit was het derde modellenbureau waar ze geweest was. Je werd niet zomaar ontvangen, en aangezien ze niet van plan was haar connecties te gebruiken, moest ze gewoon haar best blijven doen. Een ergerniswekkende gedachte, want Brigette had haast.

Ze nam een taxi naar het appartement in Soho dat ze met een ander meisje deelde. Charlotte en Lucky hadden er allebei op gestaan dat ze een flatgenoot zou nemen. Lucky was met Anna aangekomen. Brigette vermoedde dat ze als betaalde spionne werd gebruikt om een oogje op haar te houden, maar dat gaf niets, ze had niets te verbergen.

Anna was achter in de twintig; een slank meisje met lang, bruin haar en dromerige ogen. Ze schreef gedichten, was meestal thuis en was altijd bereid iets met Brigette te ondernemen.

Toen ze thuiskwam, was Anna in de keuken bezig. 'Hoe ging het vandaag?' vroeg ze.

'Prima,' zei Brigette, niet geheel waarheidsgetrouw. Het verliep nooit prima. Misschien was ze wel gedoemd te mislukken.

Anna veegde een lok fijn haar voor haar ogen weg. 'Willen ze je hebben?'

'Ze willen dat ik vijf kilo afval,' zei Brigette verontwaardigd.

'Je bent helemaal niet te dik!'

'Ik weet het,' zei Brigette, haar extra korte rok omlaag trekkend. 'Hij zei dat ik babyvet had.'

'De idioot! En wat nu?'

'Ik blijf het gewoon proberen,' zei Brigette dapper.

Later bestelde ze een pizza en ging die op de brandtrap opeten, omdat het binnen zo ondraaglijk heet was. Ze had in weelde aan Park Avenue in een penthouse met airconditioning kunnen wonen, maar dat was niets voor haar.

Terwijl ze een stuk pizza at, dacht ze na over de wendingen die haar leven had genomen.

Soms was het nauwelijks te geloven. Soms barstte ze zonder aanleiding in tranen uit. Soms spookte de herinnering aan Tim Wealth door haar hoofd en kon ze het verleden niet meer van zich afzetten.
Tim Wealth, een populaire jonge filmster.
Op haar vijftiende had hij haar ontmaagd. Als dank was hij vermoord.
Ze kon zich hem nog zo goed herinneren. Ze had nog nachten gehuiverd bij de herinnering aan hem.
Die arme Tim had Santino Bonnatti, sinds jaar en dag een vijand van de Santangelo's, voor de voeten gelopen toen Santino probeerde Brigette en haar jongere stiefbroer, Bobby, te ontvoeren.
Santino's mannen hadden Tim nietsontziend vermoord, terwijl Bobby en zij onder dwang werden meegenomen naar het huis van Santino, waar ze seksueel werden misbruikt. Ze kon zich met misselijkmakende helderheid herinneren dat ze doodsbang en naakt op zijn bed gelegen had moeten toekijken hoe Santino haar broertje uitkleedde om een van zijn perversiteiten met hem te bedrijven.
Op dat moment had ze het pistool gezien dat nonchalant op het nachtkastje was gelegd, en toen Bobby vreselijk begon te schreeuwen, wist ze dat ze iets moest doen. Zacht snikkend schoof ze over het bed in de richting van het wapen. Santino had het te druk met Bobby om iets te merken.
Met trillende handen pakte ze het pistool, richtte hem op het monster en haalde de trekker over.
Een keer. Twee keer, drie keer.
Dag, Santino.
Ze schudde haar hoofd in een poging de herinnering te verjagen.
Zet het verleden van je af, Brigette.
Concentreer je op het heden...

'Wat een rotwijf,' zei Alex.
'Ze komt wel met het geld voor je film over de brug,' antwoordde Freddie kalmerend.
'Verdomme, wat is haar probleem toch?'
'Ik wist niet dat ze ergens moeite mee had.'
'Je hebt haar toch gehoord!'
Freddie zuchtte geduldig. 'Wat dan?'
'Ze wil acteurs zien die hun pik uit hun broek laten hangen. Dat is toch achterlijke flauwekul? Weet ze dan niet dat er een dubbele moraal heerst?'
'Laat je toch niet zo opfokken.'
'Ik verdom het,' zei Alex woedend, toen ze bij hun auto kwamen.
'Hoezo?' vroeg Freddie, met een hand op zijn glimmende Bentley convertible.
'Alles wat je opneemt, moet gemonteerd worden. Ze kan zich geen censuur permitteren, dat is dodelijk voor de omzet, en bovendien worden zulke films nauwelijks door bioscopen in roulatie genomen. Dat weet ze heus wel.'
'Wat een ziek wijf,' mopperde Alex.

Freddie lachte. 'Nou, ze heeft wel een raar effect op je. Ik heb je nog nooit zo gezien.'

'Omdat ze stom is.'

'Nee,' zei Freddie meteen, 'dat is Lucky bepaald niet. Ze heeft Panther twee jaar geleden overgenomen en ze doet het prima. Ze heeft nooit eerder in de filmindustrie gewerkt, maar ze is heel succesvol bezig.'

'Oké, oké, het is een genie. Maar ik ga mijn acteurs niet vragen piemelnaakt rond te lopen.'

'Keurig uitgedrukt, Alex. Ik bel je nog.'

Freddie stapte in zijn Bentley en reed weg.

Alex stond naast zijn zwarte Porsche nog steeds te sputteren over Lucky's verzoek. Begreep ze dan niet dat vrouwen niet opgewonden raken van mannelijke naaktheid? Dat wist toch iedereen.

Hij stapte in zijn auto en reed naar zijn productiemaatschappij. Hij had het bedrijf Woodsan Productions genoemd, omdat het vredig klonk en zijn eigen naam erin was verwerkt. Het gebouw was zijn eigendom, een van zijn betere investeringen.

Hij had twee assistentes: Lili, een aantrekkelijke Chinese van in de veertig, zonder wie hij naar eigen zeggen niet kon functioneren, en France, een prachtige Vietnamese van vijfentwintig, die een barmeisje in Saigon was geweest voor hij haar ridderlijk redde en mee naar Amerika had genomen. In het verleden had hij met allebei een relatie gehad, maar dat was vroeger, en nu waren het niet meer dan loyale assistentes.

'Hoe was je bespreking?' vroeg Lili bezorgd.

Hij liet zich in een versleten leren stoel achter zijn overvolle bureau vallen.

'Uitstekend,' zei hij. '*Gangsters* is onderdak.'

Lili klapte in haar handen. 'Ik wist het wel!'

France bracht hem een beker sterke thee, ging achter hem staan en begon zijn schouders te masseren. 'Veel te gespannen,' zei ze. 'Niet goed.'

Hij voelde de druk van haar stevige kleine borsten tegen zijn nek, terwijl haar verrassend sterke handen hem stevig masseerden. Het was heerlijk. Oosterse vrouwen waren de beste.

'Ik wil jullie iets vragen,' zei hij, nog steeds boos over Lucky's verzoek.

'Wat?' zeiden beide vrouwen in koor.

'Worden jullie opgewonden als je naar naakte mannen kijkt?'

Lili's gezicht verraadde niets, terwijl ze bedacht welk antwoord Alex zou willen horen.

'Wat voor naakte mannen?' vroeg ze om tijd te winnen.

'Acteurs, in een film,' zei Alex kortaf.

'Mel Gibson? Johnny Romano?' zei France hoopvol.

'Verdomme!' riep Alex, die nogal opvliegend was. 'Het maakt niet uit wie!'

'Jazeker wel,' antwoordde France, die haar massage onderbrak. 'Anthony Hopkins – *nee*! Richard Gere – *ja*!'

'Of Liam Neeson,' zei Lili met starende ogen.

'Ik heb het niet alleen over het bovenlijf,' zei Alex onheilspellend. 'Ik bedoel helemaal naakt, met alles erop en eraan.'

Lili dacht te weten wat hij wilde horen, en ook al meende ze niet wat ze zei, ze wist hoe ze haar baas tevreden moest stellen. 'O nee,' zei ze, 'daar zijn we niet in geïnteresseerd.'

'Precies,' zei Alex. 'Dat willen vrouwen toch helemaal niet zien.'

'Ik wel,' zei France, zo zacht dat hij het niet hoorde.

'Waarom wil je dat weten?' vroeg Lili.

'Omdat Lucky Santangelo denkt dat vrouwen geen haar beter zijn dan mannen.'

'Stom wijf,' zei France, terwijl ze dacht dat ze die Lucky wel eens wilde ontmoeten.

'Ik begrijp het niet,' mopperde Alex. Hij besloot Lucky Santangelo de volgende keer eens goed uit de droom te helpen. Op dat gebied kon ze nog wat leren, en van wie beter dan van hem, de meester?

4

Venus Maria was fantastisch in conditie. Daar werkte ze hard aan, stond elke ochtend om zes uur op en liep de Hollywood Hills op en af met haar persoonlijke fitnesstrainer, Sven, en ging dan naar huis voor een martelend uur aerobics en training met lichte gewichten.

Als je een prachtig figuur wilde, moest je er wat voor over hebben. Ze had een hekel aan het dagelijkse programma, maar ze lichtte er nooit de hand mee, want dan zou ze nooit het beste figuur van Hollywood houden. En haar volmaakte lichaam was haar heel wat waard.

Virginia Venus Maria Sierra was op haar twintigste naar Hollywood gekomen met haar beste vriend, Ron Machio, een aankomende, homoseksuele choreograaf. Ze waren liftend uit New York gekomen en wisten het in L.A. uit te zingen door alle baantjes aan te pakken die ze konden krijgen. Venus had boodschappen ingepakt in de supermarkt, had als naaktmodel gewerkt voor een kunstacademie, had in films gefigureerd en had als danseres en zangeres opgetreden in bars.

Ron had als ober gewerkt, had voor een koeriersdienst gewerkt en had als chauffeur limousines gereden. Ze hadden samen weten te overleven, en toen werd Venus op een avond ontdekt door een kleine platenproducent die in dezelfde nachtclub kwam als Ron en zij. Ze had al haar overtuigingskracht aangewend om ervoor te zorgen dat hij een plaat met haar opnam, en Ron en zij hadden daarna gezorgd voor een sexy videoclip. Venus had het imago en de stijl bedacht, en Ron had voor de choreografie gezorgd.

Ze scoorden meteen een hit; binnen zes weken stond haar plaat nummer één en was Venus Maria een bekendheid geworden.

Nu, vijf jaar later, op haar zevenentwintigste, was ze een van de grootste supersterren met een enorme cultaanhang. En Ron was een regisseur die al twee succesvolle films had gemaakt. Het had wel geholpen dat Rons vriend Harris Von Stepp was, een ongelooflijk rijke show-business magnaat, die Rons eerste film had gefinancierd. Maar als Ron niet over talent had beschikt, was het natuurlijk nooit iets geworden. Venus mocht Harris niet, hij was vijfentwintig jaar ouder dan Ron en vreselijk dominant.

Als actrice werd Venus afgemaakt door de critici, ook al waren al haar films een enorm kassucces geweest. Haar laatste, *Finder*, had alleen al in het eerste weekend acht miljoen dollar opgeleverd. Het zat de meeste – mannelijke – critici dwars dat een vrouw zo gewaagd kon doen, weigerde een blad voor de mond te nemen en toch zo succesvol als Venus kon zijn. Journalisten schreven altijd in kleinerende termen over haar – zeiden dat ze op haar retour was. Op haar retour! Ha! Haar laatste verzamel-cd had zeven weken nummer een gestaan.

Ze had massa's trouwe fans en als de critici haar niet konden uitstaan, was dat jammer voor ze. Ze was een blijver en daar konden ze maar beter snel aan wennen.

Twee jaar geleden was ze getrouwd met Cooper Turner, een aantrekkelijke filmster die de naam had een vrouwenjager te zijn. En ook al was hij bijna zevenenveertig – twintig jaar ouder dan zij – het lukte hem niet zijn pik in zijn broek te houden, had ze onlangs ontdekt. Hij was dol op vrouwen, en ook al wist ze dat hij van haar hield, aan dat gedrag van hem kon ze niets veranderen. Cooper was een charmeur, die het niet laten kon. Jammer, want ze waren een leuk stel.

Toen ze elkaar voor het eerst ontmoetten, had ze een relatie gehad met een van zijn beste vrienden, de New Yorkse onroerendgoedmagnaat Martin Swanson. Martin was helemaal weg van haar, maar ook erg getrouwd. Hun verhouding was uitgelopen op de zelfmoord van zijn vrouw, die voor hun ogen had plaatsgevonden. Cooper had altijd voor haar klaargestaan. Die tragedie had ze bij elkaar gebracht; ze waren verliefd geworden en getrouwd.

Cooper had het er een keer over gehad dat hij kinderen wilde. Ze had gezegd dat ze daar niet aan toe was, omdat ze precies wist wat er zou gebeuren: zíj zou de kinderen krijgen, terwijl híj de clubs afliep; zíj zou haar figuur kwijtraken, terwijl híj Armani-pakken kocht; zíj zou thuiszitten met de kinderen, terwijl híj buiten de deur met zijn beroemde Cooper-pik zou lopen pronken.

Nee, een gezin beginnen met Cooper behoorde voor haar niet tot de mogelijkheden.

Hun huwelijk, besefte ze, was vermoedelijk een vergissing geweest, en de laatste tijd overwoog ze een snelle scheiding.

Daar zouden de roddelbladen van smullen. Ze waren dol op haar. Sinds

haar broer Emilio, de rat, ze haar levensverhaal had verkocht, waren ze niet meer bij haar weg te slaan. Elke week hadden ze wel weer een nieuw sensatieverhaal over haar. Volgens de roddelbladen sliep ze met iedereen, van John jr Kennedy tot aan Madonna!
Als ze de waarheid eens wisten. Zij was de trouwe echtgenote, terwijl Cooper tekeer ging als een hoer op vrijdagavond. Nou, hij bekeek het maar; het werd tijd om in te grijpen.
Na haar fitnessprogramma nam Venus een douche en ging toen naar beneden, waar haar masseur, Rodriguez, op haar wachtte. Het was een bloedmooie Latino van tweeëntwintig, met de ervaren handen van iemand die twee keer zo oud was. Hij was gespierd, had donker, krullend haar en broeierige ogen. Ze had een zwak voor dit soort aantrekkelijke mannen, vooral als ze stevige billen en mooie benen hadden.
Ze had overwogen een verhouding met hem te beginnen, maar was hij niet wat jong voor haar? Onzin, dacht ze. Het was geen kind meer, en Rodriguez was bepaald niet wereldvreemd. Hij kwam uit Argentinië en vertelde haar graag verhalen over zijn escapades met oudere getrouwde vrouwen die bij hun rijke echtgenoot niet aan hun trekken kwamen.
Dat was een probleem dat zij niet kende. Cooper was een ongelooflijk goede minnaar. Hij nam er de tijd voor – en dat zijn de beste. Hij hield echt van vrouwen en zorgde ervoor dat ze in de zevende hemel kwamen. Jammer dat daar binnenkort een eind aan zou komen.

Venus was laat voor de lunch. Lucky zat er niet mee; ze gebruikte de extra tijd om via haar portable wat telefoontjes af te handelen.
Toen Venus binnenkwam, verstomden alle gesprekken. De blonde vrouw liep ontspannen naar het besloten, luxe eetgedeelte voor zakenlieden achterin het restaurant. Iets aan Venus schreeuwde SEKS! Er waren in Hollywood actrices die langer, slanker, jonger of mooier waren, maar Venus stak ze allemaal de loef af: ze slaagde erin er tegelijkertijd kwetsbaar, intelligent en sletterig uit te zien. Dat vormde een onweerstaanbare combinatie. Vrouwen bewonderden haar kracht en mannen konden niet wachten tot ze met haar naar bed konden.
Ze ging zitten en bestelde meteen een witte wijn met mineraalwater.
'Een kwartier te laat,' zei Lucky met een blik op haar horloge. 'Ik wil een excuus.'
'Ik dacht erover met mijn masseur naar bed te gaan,' fluisterde Venus uitdagend.
Lucky knikte. Niets van wat Venus zei verbaasde haar. 'Dat lijkt me een goede reden.'
'Dat vond ik ook.'
'En wat heb je besloten?'
Venus sloeg haar ogen ten hemel en bevochtigde haar lippen. 'Mmm, hij is volgens mij enorm getalenteerd.'
'En jij bent enorm getrouwd.'

'Dat geldt voor Cooper ook,' zei Venus scherp, terwijl haar stemming snel omsloeg. 'Maar dat weerhoudt hem nergens van.'

Dat was het moment waarop Lucky had gewacht. Iedereen was op de hoogte van Cooper en zijn buitensporige libido. Venus had er nooit over willen praten, en hoewel de twee vrouwen dik bevriend waren, had Lucky hun vriendschap niet in gevaar willen brengen. Ze had aangenomen dat Venus de escapades van haar man negeerde.

'Ik ben het zat,' zei Venus. 'In het begin dacht ik dat hij gewoon van flirten hield, en dat vond ik geen probleem, want ik ben zelf ook de braafste niet. Maar inmiddels weet ik dat hij alles bespringt wat beweegt.' Ze zweeg en schudde haar hoofd. 'Ik begrijp het niet,' zei ze met een wrang lachje. 'Hij heeft mij: de natte droom van iedere man. Wat wil hij in godsnaam nog meer?'

'Heb je hem er op aangesproken?' vroeg Lucky, die wist dat Venus niet over zich liet lopen.

'Ben je belazerd!' zei Venus woedend. 'Volgens mijn kapper, die alles weet, ligt mijn dierbare, ontrouwe echtgenoot nu in bed met Leslie Kane. En wat mij betreft kan hij daar blijven. Ik ben niet kwaad, ik wil gewoon een scheiding.'

'Lucky zweeg even. 'Als ik iets voor je kan doen...'

'Nou,' zei Venus, 'gewoon geen woord geloven van wat de kranten schrijven, want reken maar dat de roddelpers me nu te grazen gaat nemen.' Ze keek verontwaardigd en zei: 'Hij neukt zich helemaal suf, maar ik ben degene die voor goedkope del wordt uitgemaakt.'

Lucky wist dat ze gelijk had. Het was overbekend dat mannen altijd beschermd werden, terwijl vrouwen overal de schuld van kregen. Als Meryl Streep in een film speelde die flopte, kreeg zij het zwaar te verduren. Als Jack Nicholson drie flops achter elkaar maakte, stonden ze in de rij om hem miljoenen te bieden voor de volgende. Maar Panther deed daar niet aan mee. Lucky zorgde ervoor dat vrouwen op alle gebieden gelijk werden behandeld, en dat gold ook voor het salaris van de sterren.

'Waarom heb ik Lennie niet ontmoet voor jij er met hem vandoor ging?' klaagde Venus. 'Lennie is zo fantastisch, die zul je er niet op betrappen dat hij met zijn tegenspeelster het bed induikt.'

En als dat zou gebeuren, zou ik hem waarschijnlijk vermoorden, dacht Lucky. Ze had iets wraakzuchtigs in zich waar niet mee te spotten viel.

'Leslie Kane!' zei Venus op verachtende toon. 'Is Cooper dan de enige man in de hele stad die niet weet dat ze een van de hoertjes van Madam Loretta is geweest?'

'Heb je hem al gezegd dat het afgelopen is?'

'Leslie geeft vanavond een etentje bij haar thuis. Ik denk erover om het tijdens het nagerecht aan te kondigen – dan weet meteen iedereen het goede nieuws. Ik kan hem nu net zo goed met een flinke klap laten vallen.'

Lucky schudde haar hoofd. 'Weet je dat jij echt niet deugt?'

Venus trok een wenkbrauw op. 'Hoezo deug ík niet? Wat dacht je van die klootzak die me belazert?'

Tijdens de rest van de lunch praatten ze over werk, onder meer over de recette van *Finder*, een paar scripts waar Venus iets mee wilde doen, en de toekomstplannen voor haar eigen productiemaatschappij. Toen wilde Venus weten of ze beter van agent kon veranderen. Freddie Leon toonde belangstelling voor haar en ze voelde wel iets voor een verandering.
'Freddie is de beste,' zei Lucky. 'Ik heb toevallig vanochtend nog een bespreking gehad met hem en Alex Woods.' Ze liet een nonchalante stilte vallen. 'Ken je Alex?'
Venus reageerde prompt. 'Groot talent. Grote pik. Neukt alleen Oosterse vrouwen. Beft niet, maar wordt graag gepijpt.'
'Hoe weet jij dat allemaal?'
'Ik heb eens een avond stoned doorgebracht met een van zijn exen – een pittige Chinese tante. Ze gaf zeer gedetailleerde informatie.'
'Wij gaan zijn volgende project doen. *Gangsters* heet de film.'
Venus kon haar verbazing niet verbergen. 'Ga jij een Alex Woods-film maken? Je weet toch wel dat hij een vreselijke macho schijnt te zijn?'
'Die een fantastisch script heeft.'
'Nou, daar wens ik je dan veel geluk bij.'
Lucky glimlachte. 'Dank je, maar dat zal niet nodig zijn.'

De tweede productiebespreking van die dag verliep gladjes; de voorlopige casting van *Gangsters* werd besproken, en hoewel er een paar interessante namen naar voren werden gebracht, wist Lucky dat Alex Woods daar ook zijn eigen ideeën over zou hebben. Ze wist dat hij meestal niet met grote sterren werkte, maar Freddie had haar na de lunch gebeld om te zeggen dat hij Johnny Romano, een Latijns-Amerikaans filmidool, voor een van de hoofdrollen wilde. Lucky vond dat een prima idee: Johnny zou, met zijn enorme aanhang, tijdens het eerste weekend al voor flinke inkomsten kunnen zorgen.
'Daar sta ik helemaal achter,' zei ze.
'Goed. Ik neem contact op met Johnny.'
Toen de productiebespreking afgelopen was, had ze totaal geen zin meer in een interview voor een tijdschrift. Ze was zich echter bewust van de macht van goede PR, en het was belangrijk dat Panther Studio's weer op het goede spoor kwam. Nu *Finder* en *River Storm* het zo goed deden, was het belangrijk voor goede PR te zorgen, ook al had ze een hekel aan de pers en deed ze alles om te voorkomen dat er over haar geschreven zou worden.
Mickey Stolli, het vroegere hoofd van Panther – die nu Orpheus leidde – deed voortdurend negatieve uitlatingen tegen de pers. Dat het afgelopen was met Panther en dat niet één film geld opleverde. Hoewel alles wat hij zei een regelrechte leugen was, was het geen goede publiciteit. Het was tijd om terug te slaan.
Lucky liet zich interviewen door een serieuze zwarte man van in de dertig en vertelde zeer welsprekend over haar toekomstplannen voor de studio. 'Panther maakt films zoals ik zelf graag zie,' zei ze overtuigend, terwijl ze met haar hand

door haar springerige zwarte krullen streek. 'In mijn films zijn vrouwen intelligent. Hun plaats is niet alleen in de keuken, de slaapkamer of het bordeel. Het zijn sterke, veelzijdige vrouwen met een carrière en een eigen bestaan, die niet via een man leven. Dat is wat intelligente vrouwen graag zien. Ik ontwikkel en produceer films zoals Hollywood ze eigenlijk zou moeten maken.'

Tijdens het interview belde Alex Woods. 'Lucky – ik mag je toch wel bij je voornaam noemen, hè, nu we gaan samenwerken? Fijn. Ik wil graag gebruik maken van je aanbod om kennis te maken met je vader,' zei hij. 'Wat dacht je van dit weekend?'

'Tja, ik weet het niet,' zei ze aarzelend. 'Dat moet ik met Gino bespreken.'

Alex klonk vastberaden. 'Maar jij gaat met me mee. Dat is belangrijk.'

Ze had er niet op gerekend dat ze hem zou moeten vergezellen. 'Ik ben er dit weekend niet,' zei ze, terwijl ze zich afvroeg waarom ze het nodig vond om uitleg te geven.

'Waar ga je naartoe?' vroeg hij, alsof hij het recht had dat te weten.

Dat gaat je geen bal aan. 'Eh... ik ga een paar dagen met mijn echtgenoot doorbrengen.'

'Ik wist niet dat je getrouwd was.'

O nee? Lees je geen kranten? 'Met Lennie Golden.'

'De acteur?'

'Heel goed geraden.'

Hij negeerde haar sarcasme. 'Wanneer kunnen we wel gaan?' vroeg hij ongeduldig.

'Als je zo'n haast hebt, zal ik iets regelen voor de volgende week.'

Hij bleef aandringen. 'En ga je met me mee?'

'Als ik kan.'

Alex Woods was het type man waar ze voor had kunnen vallen. Voor ze Lennie kende... voor haar leven zo gestructureerd was, met de kinderen, en de studio die ze moest leiden en al die andere dingen waar ze mee bezig was.

Ze probeerde haar aandacht weer op de interviewer te richten, maar er tolden twee gedachten door haar hoofd die haar aandacht opeisten.

Alex Woods was een gevaarlijke verleiding.

En daar mocht ze niet aan toegeven.

5

Donna Landsman, de vroegere Donatella Bonnatti, bewoonde een villa in de stijl van een Spaans kasteel, dat op een heuvel boven Benedict Canyon lag. Ze woonde er met haar man, George, de voormalige accountant van haar overleden man Santino, en haar zoon Santino junior, een lastige, veel

te dikke zestienjarige. Haar andere drie kinderen waren allemaal het huis uit, omdat ze alles liever wilden dan hun leven delen met hun dominante, heerszuchtige moeder.
Santino junior – die Santo werd genoemd – had ervoor gekozen te blijven, omdat hij de enige was die haar met succes kon manipuleren. Bovendien was hij slim genoeg om te bedenken dat iemand immers het familiefortuin moest erven, en dat zou hij worden.
Santo was Donna's jongste kind en enige zoon. Ze aanbad hem. In haar ogen kon hij geen kwaad doen.
Voor zijn zestiende verjaardag had ze, tegen het advies van George in, een groene Corvette voor hem gekocht en een massief gouden Rolex. En alsof dat nog niet genoeg was, had ze hem een American Expresscard gegeven met onbeperkt krediet, vijfduizend dollar zo in de hand, en had een gigantisch feest voor hem gegeven in het Beverley Hills Hotel.
Voor haar zoon was heel de wereld nog niet genoeg. En Santo was het volkomen met haar eens.
George echter niet. 'Je verpest hem,' had hij Donna al vaak gewaarschuwd. 'Als je hem op deze leeftijd dit soort dingen geeft, wat heeft hij dan nog om naar uit te zien?'
'Onzin,' had Donna geantwoord. 'Zijn echte vader is overleden; hij heeft recht op alles wat ik hem kan geven.'
George had het opgegeven. Het was de strijd niet waard. Donna was een lastige en complexe vrouw. Soms had hij het gevoel dat hij niets van haar begreep.

Donatella Cocolioni werd geboren in een klein Siciliaans dorp, en haar ouders waren arme, hardwerkende mensen. De eerste zestien jaar van haar leven zorgde ze voor haar talrijke jongere broers en zusjes, tot er een oudere neef uit Amerika op bezoek kwam in haar dorp en haar uitkoos als de bruid voor de belangrijke Amerikaanse zakenman, Santino Bonnatti. Haar vader vond dat het een goede partij voor haar was, en hoewel hij Santino nooit had ontmoet, nam hij duizend dollar aan en stuurde haar, zonder zich om haar gevoelens te bekommeren, naar de Verenigde Staten.
Hij had haar verkocht aan een vreemde in een ver land en had haar gedwongen haar grote liefde, Furio, een jongen uit het dorp, op te geven. Donatella was kapot van verdriet.
Toen ze in Amerika was aangekomen, werd ze meteen naar het huis van Santino Bonnatti in Los Angeles gebracht. Hij nam haar op met zijn kleine oogjes en knikte naar zijn neef. 'Oké, het is geen schoonheid, maar het kan er mee door. Steek haar in de kleren, laat haar Engels leren en zorg ervoor dat ze goed weet wie ik ben, want ik wil geen last van haar hebben.'
Haar neef had haar meegenomen naar het huis van zijn vriendin, een blondje uit de Bronx. Daar had ze een paar weken gelogeerd, terwijl het blondje haar Engels probeerde bij te brengen. Het werd een ramp. Het beetje Engels dat Donatella leerde, sprak ze met een zwaar Siciliaans accent.

De tweede keer dat ze Santino zag was tijdens de huwelijksvoltrekking. Ze had een lange witte japon aan en keek angstig. Na de plechtigheid liep Santino een grote Cubaanse sigaar te roken en vertelde schuine moppen aan zijn vrienden, terwijl hij haar vrijwel negeerde.

Haar neef zei dat ze zich geen zorgen moest maken, dat alles wel goed zou komen. Later kwam ze erachter dat Santino hem tienduizend dollar had betaald om haar bij hem af te leveren.

Na de receptie waren ze naar Santino's huis gegaan. Santino leek in niets op de jongen van wie ze in Sicilië afscheid had moeten nemen. Hij was ouder, klein, achter in de twintig, met dunne lippen, een snel kalend hoofd en een ontzettend behaard lichaam. Dat ontdekte ze toen hij zich uitkleedde. 'Kom eens uit de kleren, schat,' zei hij. 'Laat me de koopwaar eens zien.'

Ze rende naar de badkamer, huiverend in haar satijnen trouwjurk, terwijl de tranen over haar wangen stroomden. Santo kwam achter haar aan, ritste haar jurk open, scheurde de beha van haar lijf, trok haar slipje omlaag en liet haar vooroverbuigen over de wastafel. Hij nam haar van achteren, kreunend als een varken.

De pijn was zo fel dat ze het uitschreeuwde. Santino stoorde zich er niet aan, maar drukte zijn behaarde hand tegen haar mond terwijl hij bleef doorpompen tot hij klaarkwam. Toen liep hij zonder een woord te zeggen weg en liet haar in de badkamer achter terwijl het bloed langs haar dijen droop.

Dat was het begin van hun huwelijk. Kort na elkaar baarde ze hem twee dochters, hopend dat hij daar blij mee zou zijn. Dat was niet het geval. Zijn woede over het feit dat ze hem geen zoon had geschonken nam met de dag toe – hij wilde een erfgenaam die de grote naam Bonnatti kon dragen.

Toen ze niet meer zwanger raakte, stuurde hij haar naar dokters, die haar binnenstebuiten keerden, maar niets konden vinden. Santino kleineerde haar en zei dat ze een mislukking was als vrouw.

Op een keer stelde ze voor dat hij zijn zaad zou laten onderzoeken. Ze had Amerikaanse tijdschriften als Cosmopolitan gelezen en het was tot haar doorgedrongen dat het niet altijd aan de vrouw lag als ze niet zwanger werd.

Santino was woedend. Hij sloeg haar zo hard in haar gezicht dat het haar twee tanden kostte. Het was de eerste keer dat hij haar had geslagen, maar het zou zeker niet de laatste keer zijn.

Na verloop van tijd kwam ze erachter dat hij er vele vriendinnen op nahield. Het kon haar niet schelen; hoe minder hij aan haar zat des te beter.

Ze vond troost in het bereiden en verorberen van grote schalen pasta. In de supermarkt sloeg ze grote hoeveelheden koekjes, chocola en ijs in. Binnen de kortste keren werd ze ontzettend dik.

Santino walgde ervan. Hij bracht steeds meer tijd bij zijn vriendinnetjes door, hoewel hij zich soms midden in de nacht bovenop Donatella stortte, als hij dronken genoeg was, en met geweld bij haar binnendrong. Hij bevredigde haar nooit; voor hem was ze alleen een baarmoeder die een zoon moest voortbrengen.

Eindelijk werd ze weer zwanger, en daar was hij opgetogen over, maar toen het derde kind ook een meisje was, werd hij zo razend dat hij een halfjaar niet

meer thuiskwam. Maanden die Donatella tot de gelukkigste uit haar huwelijk rekende.
Toen Santino weer thuiskwam, stelde ze zich keihard op. Ze was ouder en wijzer geworden en accepteerde niets meer van hem. Santino accepteerde haar nieuwe houding. Eindelijk had hij een vrouw die hij kon respecteren.
Om haar zoet te houden ging hij een keer per maand met haar naar bed, tot ze weer in verwachting raakte. Dit keer was het een zoon. Ze noemden hem Santino junior, en eindelijk was Santino een tevreden man.
Alle liefde die Donatella niet aan haar man kwijt kon, stopte ze in de relatie met haar zoon. Santino hield ook van de jongen. Ze wedijverden met elkaar wie hem de meeste aandacht kon geven. Zodra het kind op een leeftijd kwam dat hij dit begreep, speelde hij ze tegen elkaar uit, hoewel hij eigenlijk altijd de voorkeur aan zijn vader gaf.
Soms stelde Santino nog wel eens voor dat ze beter Engels zou leren, omdat hij zich schaamde voor haar zware accent. Hij zeurde er ook over dat ze moest afvallen. Ze negeerde zijn verzoeken en lachte hem vierkant uit.
In de zomer van 1983 stond Steven Berkely, een zwarte advocaat, bij haar op de stoep en vertelde haar dat Santino iemand van het laagste alooi was. Ha! Alsof zij dat zelf niet wist.
Ze vroeg hem binnen omdat ze benieuwd was wat hij te zeggen had. Hij smeet een nummer van een pornografisch tijdschrift op haar salontafel en zei woedend dat de naakte vrouw op de omslag zijn verloofde was. 'Haar gezicht is op het lichaam van iemand anders gemonteerd,' zei hij. 'Dit zijn montagefoto's.'
'Die vuiligheid bekijk ik niet,' zei Donatella en ze had er spijt van dat ze hem binnengevraagd had.
'Mijn verloofde heeft een zelfmoordpoging gedaan vanwege deze foto's,' zei hij kortaf. 'Alleen omdat die sadistische man van u zulke rotzooi uitgeeft.'
Ze wist dat Santino een uitgeverij had. Hij had haar altijd verteld dat ze technische boeken uitgaven, niet van die smerige blaadjes. Nu had ze porno in huis en een woedende advocaat die beweerde dat Santino er verantwoordelijk voor was.
De telefoon ging. Blij met de afleiding haastte ze zich hem op te nemen. 'Aan Bluejay Way staat een woning waar uw man zijn favoriete maîtresse heeft ondergebracht,' zei een hese vrouwenstem. 'Kom zelf maar kijken. Zijn auto staat voor de deur.'
Donatella werkte de advocaat de deur uit. Als ze Santino met een van zijn vriendinnetjes betrapte, zou ze het hem betaald zetten. Ze stapte snel in haar auto en scheurde weg om haar ontrouwe echtgenoot te betrappen. Bluejay Way was makkelijk te vinden. Ze parkeerde haar auto achter die van Santino, liep naar de voordeur en belde aan.
Toen de deur op een kier werd geopend, keek Zeko, een van de bodyguards van haar man, om de hoek. Donatella gaf een flinke trap tegen de deur. 'Waar is mijn man?' wilde ze weten.
'Mevrouw Bonnatti,' zei de verbijsterde Zeko, die de deur verder opendeed, maar niet de twee mannen zag die achter haar aanliepen.

'FBI,' zei een van de twee, terwijl hij zich identificeerde.
Zonder op de twee mannen te letten stormde Donatella het huis binnen tot ze oog in oog stond met een slanke blondine.
'Mevrouw Bonnatti,' zei het blondje, alsof ze haar had verwacht.
Donatella keek haar woedend aan. 'Is mijn Santino hier?'
'Ja, hij is hier,' antwoordde het blondje kalm. 'Voor u hem kunt zien, moeten we met elkaar praten.'
'Is hij met je naar bed geweest?' schreeuwde Donatella.
De twee FBI-mannen schoven Zeko aan de kant en kwamen met getrokken pistolen binnen.
'Wat zijn dat voor mensen?' riep Donatella.
'Handen tegen de muur en kop dicht,' commandeerde een van hen.
Er klonk een vreselijke klap van achter uit het huis, gevolgd door verscheidene schoten.
Donatella sloeg een kruis. Ze negeerde de FBI-mannen, rende de gang door op zoek naar de kamer waar het lawaai vandaan was gekomen.
Een man bracht haastig een kind en een tienermeisje naar buiten. Donatella wrong zich langs hen heen en betrad de kamer waar zij uit kwamen.
Het lichaam van Santino lag uitgestrekt op de grond naast het bed. Hij zat onder het bloed en was erg dood.
'O, mijn God, o mijn God,' riep Donatella.
Er was een donkerharige vrouw in de kamer. Donatella herkende haar als Lucky Santangelo, sinds jaar en dag de vijand van de Bonnatti's.
'Vuil wijf! Jij hebt mijn man doodgeschoten. Je hebt hem vermoord!' schreeuwde een hysterische Donatella.
De rest was een en al verwarring. De politie kwam Lucky arresteren voor de moord op Santino. Toen de zaak maanden later voorkwam, bleek dat niet Lucky de schuldige was, maar Brigette Stanislopoulos, een jonge erfgename die Santino had gekidnapt. Toen hij het zesjarige broertje van het meisje seksueel misbruikte, had ze hem doodgeschoten. Alles was op video opgenomen en dat werd voor de rechtbank als bewijsmateriaal ingebracht.
Brigette werd vrijgesproken en Lucky ook.
Donatella bleef achter als weduwe die vier kinderen moest grootbrengen. Ze werd vervuld door een meedogenloze woede. Santino was dan misschien een ontrouwe hufter geweest, hij was wel haar ontrouwe hufter en de vader van haar kinderen. Er moest iets ondernomen worden om zijn dood te wreken. Ze was immers een Siciliaanse, en als op Sicilië iemand wordt vermoord, moet er wraak genomen worden. Dat was een erekwestie. Het maakte niet uit hoe lang de vendetta duurde.
Carlos, de oudere broer van Santino, kwam bij haar op bezoek en bood aan alle zakelijke belangen van Santino over te nemen tegen een armzalige vijf procent voor haar. Donatella zei dat ze het zou overwegen, wat ze absoluut niet van plan was. Ze ging naar Santino's accountant, George, en liet zich informeren. Santino's voornaamste bron van bestaan was een im- en exportbedrijf, dat

miljoenen dollars per jaar opleverde, voornamelijk in cash. Hij bezat onroerend goed, had aandelen in twee casino's in New Jersey en had een zeer winstgevende uitgeverij, die inderdaad technische boeken uitgaf, maar daarnaast soft- en hardporno produceerde.

Donatella hoorde van George dat ze wettelijk Santino's zakenpartner was. Hij had haar inderdaad vaak papieren laten ondertekenen zonder dat ze hem daar iets over had durven vragen. En nu was alles van haar.

George Landsman was een bescheiden man, die altijd op de achtergrond bleef met zijn vriendelijke manier van doen en zijn zachte stem. Hij was Santino's rechterhand geweest; er was niets dat hij niet wist over de verschillende bedrijven. George mocht dan stil zijn, hij was een financieel genie. Donatella besefte al gauw dat hij heel goed in staat zou zijn alles verder in goede banen te leiden. Met Georges hulp en aanmoediging begon ze zich in het zakendoen te verdiepen en al gauw realiseerde ze zich dat ze haar accent moest zien kwijt te raken, moest afslanken en zich een ander kapsel moest laten aanmeten als ze een belangrijke rol in het geheel wilde spelen.

Toen ze eenmaal begon zich een ander image aan te meten, wist ze van geen ophouden meer. Eerst verdween haar accent, toen het overgewicht; bij een plastisch chirurg liet ze haar neus verkleinen, haar kin krachtiger maken en mat ze zich hogere jukbeenderen aan; ze liet haar borsten verkleinen, ging naar de kapper voor een andere coupe en liet ook haar haar verven; ze kocht een kast vol chique kleding en wat kostbare juwelen.

Tijdens die fase trouwde ze met George, die eigenlijk altijd al een oogje op haar had gehad, zelfs toen ze nog dik was en nauwelijks Engels sprak. Voor het eerst ervaarde ze wat een orgasme was. Ze was veel gelukkiger dan vroeger, vooral toen ze ontdekte dat ze over grote zakelijke capaciteiten beschikte.

Onder Georges leiding maakte ze zich in korte tijd een schat van kennis en ervaring eigen. En toen ze het gevoel had dat ze er klaar voor was, nam ze haar eigen beslissingen, gesteund door de goede adviezen van George. Eerst verkocht ze de uitgeverij en gebruikte de opbrengst ervan om een zieltogend cosmeticabedrijf over te nemen. Maanden later verkocht ze het cosmeticabedrijf en kocht met de winst een keten van kleine hotels op. Een halfjaar later verkocht ze de hotelketen voor het dubbele van de prijs die zij ervoor betaald had. Vanaf dat moment was ze eraan verslaafd. Overnames werden haar lust en haar leven.

Carlos, Santino's broer, was ervan onder de indruk. Hij bezocht haar nogmaals en stelde dit keer voor haar partner te worden. Dat wees ze af, wat bij Carlos niet bepaald in goede aarde viel.

'Hoe wil je Lucky Santangelo gaan aanpakken?' vroeg ze Carlos. 'We weten dat de Santangelo's verantwoordelijk zijn voor de moord op Santino, en jij pakt ze niet aan. Als jij het niet doet, zal ik zelf actie moeten ondernemen.'

Carlos wierp de weduwe van zijn broer een woedende blik toe. Wat een mens. Van een dikke, domme huisvrouw had ze zich ontpopt tot een zakenvrouw om rekening mee te houden en had ze zelfs haar accent afgeleerd, maar dacht ze nu echt dat ze in staat was om met Lucky Santangelo af te rekenen? Uitgesloten.

'Zo, wat ben je dan van plan?' vroeg Carlos met nauw verholen minachting.
'Waar ik vandaan kom houden we de traditie in ere,' zei Donatella onheilspellend.
'Maak je maar niet zo druk,' zei Carlos, woedend dat een vrouw het waagde zo tegen hem te spreken. Wat zij nodig had was een echte man die haar tong uit haar plastic gezicht zou slaan. 'Ik heb plannen voor dat kreng van een Santangelo.'
Donatella trok haar wenkbrauwen op. 'O ja?' zei ze.
Van Carlos' plan kwam echter niets terecht. In december 1985 maakte hij een onfortuinlijke val vanuit zijn Century City penthouse. Niemand wist hoe dat had kunnen gebeuren.
Donatella wel. Daar zou Lucky wel de hand in hebben gehad. Donatella besloot dat het haar verantwoordelijkheid was om Lucky voorgoed te ruïneren. En met dat doel voor ogen had ze een duivels plan gesmeed om haar ondergang te bewerkstelligen.

Santo kwam elke dag om vier uur uit school. Hij genoot van die paar uur rust voor die achterlijke moeder van hem thuiskwam en tegen hem begon te zeuren. Gelukkig kwamen zij en die zeikerd van een stiefvader nooit voor zeven uur thuis, zodat hij alle tijd had om te doen wat hij wilde voor een van hen twee zich ermee kon bemoeien.
Hij had een hekel aan zijn moeder. Elke dag ging door zijn hoofd wat een hekel hij aan haar had en hoe oneerlijk het was dat zij leefde terwijl zijn vader dood was.
Waarom was zij niet vermoord? Waarom lag zij niet een meter diep onder de grond?
Het enige goede aan haar was dat ze makkelijk te bespelen was. Meestal kon hij alles krijgen wat hij hebben wilde, vooral sinds de andere kinderen het huis uit waren en hij *numero uno* was.
En aan George had hij ook de pest. Die man was een slapjanus die zich door Donna liet domineren. Dat was geen stiefvader, dat was een nul.
Santo beschouwde de periode tussen vier en zeven als tijd voor zichzelf. Eerst rookte hij een paar joints, vervolgens propte hij zich vol met ijs en snoep en daarna bladerde hij wat porno door waarvan hij een enorme berg in een afgesloten kast had liggen. Als hij er opgewonden van werd, trok hij zich af, maar dat was een activiteit die hij meestal voor háár reserveerde. Zij was speciaal voor zijn plezier geschapen. Zij was alles wat een man zich kon wensen. Niet dat hij een man was; hij was zestien, en zestien zijn was vreselijk.
Elke ochtend als hij opstond en in de spiegel keek, wenste hij dat hij ouder en slanker was. Als hij ouder was, zou hij meer kans bij haar maken. Als hij slanker was, zou hij een poging kunnen wagen bij de populaire meisjes op school – de aantrekkelijke, met de Beverley Hills-houding, een bijgewerkte neus, zijdezachte huid en lang, blond haar. Die grietjes interesseerde het niet dat hij barstte van het geld en een fantastische auto had. Die waren zo dom dat ze het niet eens opmerkten. Ze hadden het veel te druk met achter domme sporthel-

den aanlopen die zich het zweet in de bilnaad trainden. Hij verafschuwde die meiden. Hij wilde ze ook helemaal niet. Niet als hij haar had.

Zij was een oogverblindende, blonde schoonheid, die alles op de juiste plaats had zitten. En zij had er geen bezwaar tegen het te laten zien. Hij had haar borsten gezien, haar kont en haar harige spleet. Hij had gelezen wat er in haar omging en wat ze van een man verlangde.

Hij besloot zich dit keer op haar te concentreren en die andere hoertjes uit zijn hoofd te zetten. Hij deed zijn slaapkamerdeur op slot, maakte zijn kast open en haalde achterin een koffer te voorschijn met zijn verzameling. Een verzameling die bestond uit vroege naaktfoto's, waarop ze met haar benen wijd zat en een grote bos zwart schaamhaar liet zien, tijdschriftartikelen over haar snel rijzende ster, cd's, posters, videoclips van haar singles, tv-optredens die hij had opgenomen en interviews.

Opwindende kost, die interviews. Ze hield ervan om gebeft te worden – *Playboy*; ze had een relatie met een vrouw gehad – *Vanity Fair*; ze verlangde voortdurend naar seks en fantaseerde over zwarte mannen – *Rolling Stone*.

Ja, het was een geile tante. En hij was rijk genoeg om een keer een wip met haar te kunnen maken. Hij wist dat hij ooit een keer aan zijn trekken zou komen. Venus Maria zou hem op meer dan één manier zien staan. Hij genoot van die gedachte. Het maakte elke dag de moeite waard.

6

'Ik kan niet geloven dat ik een heel uur vrij heb voor mijn volgende afspraak,' zei Lucky, die zich in een leren stoel achter haar bureau liet vallen.
'Dat is ook niet helemaal waar,' zei Kyoko verontschuldigend. 'Charlie Dollar is op het terrein. Ik heb gezegd dat het goed was dat hij om vijf uur langskomt en dat je tijd voor hem zou hebben na het interview.'
'O, fijn,' kreunde ze. 'Waarom heb je dat nu gedaan?'
'Hij is nu eenmaal een van de grootste sterren van Panther en ik weet toevallig dat Mickey Stolli hem een script heeft gestuurd waar hij wel oren naar heeft,' zei Kyoko.
'Ik weet het, je hebt gelijk, Ky. Ik moet aandacht aan hem besteden, ervoor zorgen dat hij tevreden is.'
'Dat zou wel verstandig zijn.'
'Goed, bestel twee margarita's en een schaal guacamole bij de Mexicaan aan de overkant. En zet dan mijn Billy Holiday-cd op. Ik ben eigenlijk best aan wat afwisseling toe en Charlie is altijd gezellig.'
Kyoko knikte, blij dat ze het met hem eens was.
Charlie, die in de vijftig was, kwam vijf minuten later haar kantoor binnen

met een brede grijns en een bos donkerrode rozen – haar lievelingsbloemen.
Charlie kon vreselijk lastig zijn, net als de meeste andere acteurs. Maar Lucky was dol op hem, omdat hij zichzelf niet al te serieus nam en geestig was, waardoor hij leuk gezelschap was. Als Lennie er niet was, zou Charlie misschien zijn plaats hebben bezet – hij was in elk geval aantrekkelijk genoeg en deed een beetje denken aan Jack Nicholson.
Charlie ging op de bank zitten en stak een joint op. 'Heb je mijn boodschap gekregen?' vroeg hij, diep inhalerend.
'Jazeker.'
Hij klopte op zijn buik. 'Die ga ik proberen kwijt te raken.'
'Bang dat je anders je publiek kwijtraakt, Charlie?' zei ze spottend.
Hij keek verontwaardigd. 'Ik probeer alleen het image in stand te houden dat de mensen willen zien.'
'Ach, ik plaag je maar; ik houd van je zoals je bent.'
Charlie trok nog eens flink aan zijn joint voor hij hem haar aanbood. Lucky zag ervan af nu ze nog een bespreking voor de boeg had.
'Lucky, Lucky,' zei hij spottend, 'wat moet ik toch met je beginnen?'
Lucky nam een hapje guacamole en zei: 'Niet wat je met al die andere vrouwen doet.'
'Hoor eens,' zei Charlie, 'kan ik het helpen dat ik van alle kanten besprongen word? En weet je, ik word er te oud voor; ik hou het niet meer de hele nacht vol. Zeker niet met die jonge meiden. Even iets anders: ik hoorde dat jij een weekendje aan de rol gaat, klopt dat?'
'Heet het ook aan de rol gaan als je een paar dagen met je eigen man gaat doorbrengen?' vroeg ze.
'Voor jou hoop ik van wel.'
Ze lachte en verlangde naar Lennie.
'Doe je best maar, maffia-prinses.'
'Dat ben ik niet en dat weet je,' zei ze berispend. 'Mijn vader heeft nooit bij de maffia gezeten. Gino was gewoon een slimme zakenman met de juiste vrienden.'
'Ja hoor, en ik klus er bij als chauffeur van een limousine. Hoe gaat het trouwens met Gino? Hij houdt zich goed voor een oude man, dat mag ik wel.'
'Gino is niet kapot te krijgen. Net als ik; dat is een familietrekje.'
'Ach, zo hebben we allemaal onze eigenaardige trekjes. Ik ben ijdel en wil een andere poster.'
Acteurs! Ze hadden altijd een verlanglijst op zak. 'Oké, Charlie,' zei ze met een zucht. 'Afgesproken. Kunnen we ons nu even vijf minuten ontspannen?'
Charlie Dollar glimlachte. 'Wat je maar wilt, schat.'

'Brigette?'
'Nona? Ben jij het? Hoe gaat het met je? Wanneer ben je teruggekomen? En hoe heb je me weten te vinden?'
'Ik heb je grootmoeder gebeld. Na een kort kruisverhoor heeft ze me je

nummer gegeven. Dat was beveiliging van de bovenste plank. Ik had god-weet-wie kunnen zijn.'
Nona Webster, ex-boezemvriendin die ze twee jaar niet had gezien, omdat Nona's rijke bohémien-ouders, Effie en Yul, hun enige dochter op wereldreis hadden gestuurd. Ze hadden samen op kostschool gezeten en heel wat escapades gemaakt.
'Wat leuk om weer iets van je te horen,' zei Brigette opgetogen. 'Waar woon je?'
'Ik zit helaas bij mijn ouders, omdat ik zelf nog geen woonruimte heb gevonden. Maar ik heb in elk geval een baan – researcher bij *Mondo*.'
Brigette was onder de indruk. 'Te gek! Dat is een fantastisch blad.'
'Ja, die baan heb ik via Effie. Wat doe jij trouwens in New York? Ik dacht dat voor jou alleen L.A. telde?'
'Dat was ook een poos zo. Toen ben ik van mening veranderd.'
'Ik hoor het al; je bent zeker iemand tegen het lijf gelopen?'
'Was het maar waar,' zei Brigette.
'Hoor eens, we moeten iets afspreken; ik heb je zoveel te vertellen.'
'Wat dacht je van een lunch?' stelde Brigette voor, die Nona ook het een en ander te vertellen had.
'Prima,' zei Nona.
Ze spraken af in Serendipity, waar ze enorme hotdogs aten en bijpraatten. Nona was niet mooi, maar wel aantrekkelijk. Ze had rood haar, schuine ogen en een gezicht met sproetjes. Ze kleedde zich funky en had een ontwapenend directe persoonlijkheid. Ze zaten amper toen ze al bekende dat ze drie vriendjes tegelijk had, die allemaal in een ander land woonden.
'Ik kan maar niet beslissen wie het beste bij me past, dus ben ik er maar tussenuit geknepen,' zei ze met een ondeugende lach. 'Ze willen allemaal trouwen; ik voel me zo'n slet.'
'Dat ben je ook,' was Brigettes antwoord.
'Dank je!' zei Nona verontwaardigd.
'Je bent altijd een enorme flirt geweest,' zei Brigette. 'Vergeleken met jou ben ik een amateur.'
'Dat is waar,' zei Nona. 'Maar genoeg over mij. Hoe gaat het met jou?'
'Ik probeer fotomodel te worden,' bekende Brigette.
'Fotomodel! Meen je dat?'
'Wat is daar zo raar aan?'
'Ik weet het niet... Het is zo'n rotberoep. Een en al uiterlijk, geen inhoud.'
'Dat vind ik geen probleem, Nona. Ik wacht alleen op een goede kans.'
'Je gaat het dus echt proberen, geweldig. Je ziet er fantastisch uit – nog steeds prachtige borsten en ik moet zeggen dat je op de juiste plaatsen bent afgevallen.'
'Dat geldt voor jou ook.'
'Geen wonder,' zei Nona, terwijl ze een vies gezicht trok. 'Het eten in sommige van de landen waar ik geweest ben: varkensoortjes, slangengal, buffelballen. Dan eet je toch liever niet!'

'Vertel eens over je drie aanstaande echtgenoten,' zei Brigette, die dolgraag alles wilde horen.
Nona wreef langs haar sproeterige neus. 'Allemaal heel lief. Een ervan is zwart. Mijn ouders zullen het besterven – of misschien niet, je weet hoe ruimdenkend ze zijn. O, ze geven vanavond trouwens een feest en je bent uitgenodigd.'
'Hoe is het met Paul?' vroeg Brigette terloops.
Paul Webster, Nona's aantrekkelijke broer die kunstenaar was. Brigette had heel lang een oogje op hem gehad, maar het was nooit wederzijds geweest, en later had ze zich verloofd. Toen pas had Paul de stoute schoenen aangetrokken en haar zijn liefde verklaard. Te laat. Toen had ze hem uit haar hoofd gezet.
'Getrouwd en heeft een baby!' riep Nona uit. 'Verbazingwekkend hoe het leven van sommige mensen verloopt.'
'Schildert hij nog steeds?' vroeg Brigette, die wist hoe ongelooflijk getalenteerd Paul was.
'Welnee, hij is effectenhandelaar op Wall Street. Heel burgerlijk. Gek, hè?'
'Ik kan me Paul niet voorstellen met een serieuze baan en een gezin. Hij moet wel erg veranderd zijn.'
'Ja, maar ik vermoed dat hij innerlijk nog steeds geen steek veranderd is.'
'Doe me een plezier,' zei Brigette ernstig. 'Wil je je ouders op het hart drukken dat ik niet wil dat iemand weet wie ik ben. Op het moment ben ik Brigette Brown. Dat is beter na alle ophef uit het verleden.'
'Ik vind het prima,' zei Nona. Toen keek ze op haar horloge en slaakte een kreet. 'Ik moet weer aan het werk,' zei ze, terwijl ze de rekening pakte. 'Ik zie je vanavond om negen uur. Trek iets bijzonders aan!'
Brigette knikte. 'Tot dan.'

Cooper Turner had een goed oog voor vrouwen, en Leslie Kane was onweerstaanbaar mooi. Het was geen wonder dat Amerika binnen de kortste keren aan de voeten lag van dit toonbeeld van Amerikaanse schoonheid met haar golvende rode haar, volle, sensuele lippen en een benijdenswaardig lichaam. Ze had twee films gemaakt en was in één klap beroemd geworden. Momenteel maakte ze opnamen voor een film met Cooper, en ook al was hij zevenenveertig en Leslie pas drieëntwintig, op het witte doek waren ze het ideale liefdespaar. Hollywood zag graag jonge sterren in de hoofdrol, en hoe oud de tegenspeler was deed er niet toe.
Leslie sliep met Cooper, zowel op het doek als daarbuiten. Hij hoefde haar maar aan te kijken met die blauwe kennersogen of haar knieën begonnen te knikken.
Toen ze veertien was, had ze een foto van hem op haar kamer hangen. Cooper Turner. Wat had ze een hekel gehad aan al die vrouwen die met hem uitgingen volgens de filmtijdschriften die ze verzamelde. Wist hij dan niet dat hij op haar hoorde te wachten?

Telkens wanneer haar stiefvader 's avonds laat naar bier stinkend en met een stijve haar slaapkamer kwam binnenzwalken, had ze zich innerlijk vastgeklampt aan de foto van Cooper boven haar bed, terwijl haar veel te dikke stiefvader bovenop haar lag te kreunen en hijgen. Ze had hem dolgraag een schop voor zijn ballen verkocht en er vandoor gegaan, maar dat kon niet zolang haar moeder ziek op bed lag en wegteerde door de kanker die aan haar vrat.

Op de dag dat haar moeder was overleden was ze ervandoor gegaan met duizend dollar op zak die ze van haar stiefvader had gestolen en met een hoofd vol ambitie. Vaarwel, Florida. Hallo, L.A.

Ze was achttien en opvallend mooi, en het duurde dus niet lang voor ze werd ontdekt door Madam Loretta, een vrouw die een goudmijn herkende als ze er een zag. Al jarenlang voorzag Madam Loretta heel Hollywood van bloedmooie, jonge meisjes. Ze wilde ze alleen als ze onervaren waren, en zodra ze Leslie ontdekte, haalde ze haar over haar baantje op Rodeo Drive op te zeggen, en installeerde ze haar in een chic appartement.

Leslie was een natuurtalent. Met haar pretentieloze charme wist ze al haar cliënten aan zich te binden, die, tot genoegen van Madam Loretta, meteen vaste klant werden.

Leslie was absoluut niet van plan altijd call-girl te blijven. Het in de watten leggen van rijke, verwende mannen was niet haar ambitie. Ze wilde meer van het leven. Ze zocht de ware liefde, en toen ze een keer haar auto liet wassen in Santa Palm, had ze die gevonden bij Eddie Kane, voormalig kindsterretje, die toen hoofd distributie was bij Panther Studio's.

Eddie Kane was een echt Hollywoodtype en als het om vrouwen ging, liet hij er geen gras over groeien. Na één blik op Leslie had hij bij wijze van spreken zijn adresboekje verbrand. Aanvankelijk had hij geen idee dat ze een van de best verdienende call-girls van Madam Loretta was geweest, maar hoewel ze haar uiterste best had gedaan om te voorkomen dat hij dat ooit zou ontdekken, was hij uiteindelijk achter de waarheid gekomen en dat had meteen tot een breuk tussen hen geleid.

Het was een periode geweest waarin Leslie ongelukkig was, maar ze was vastbesloten niet naar haar oude beroep terug te keren. Ze had een baan als receptioniste gevonden bij een modieuze schoonheidssalon, waar ze een paar weken later werd ontdekt door Abigaile, de vrouw van Mickey Stolli. Abigaile had erop gestaan dat Mickey deze schoonheid een screentest zou laten doen. Intussen was Eddie, onder de invloed van cocaïne, met zijn kostbare Maserati tegen een betonnen muur gereden, en was Leslie als piepjonge weduwe achtergebleven.

De screentest van deze jonge weduwe bleek een groot succes. En een jaar later was ze een ster. Leslie bedacht vaak dat het waar was dat in Hollywood alles kon gebeuren waar je je zinnen op had gezet.

Nu lag ze in bed met Cooper Turner en hij was alles wat ze gewild had; hij was haar vleesgeworden fantasie.

Ze boog zich naar hem toe en liet haar gemanicuurde nagels zacht over zijn naakte, gladde rug glijden. Het was lunchpauze en ze waren in een motel vlak bij de studio. Coopers idee van lunchen was haar een halfuur lang beffen. Ze was al zo vaak klaargekomen dat ze de tel was kwijtgeraakt. Deze man was een ongelooflijk goede minnaar.

Cooper lag slapend naast haar met een tevreden glimlach op zijn altijd nog jongensachtig knappe gezicht.

Het motel was zijn idee geweest. Ze waren ertussenuit geknepen zonder iemand iets te zeggen, wat hoogst onprofessioneel was. Leslie wist dat ze bij terugkomst de grootste ruzie zou krijgen met haar kapper en de make-upmensen, omdat het minstens een uur zou kosten voor ze weer voor de camera kon gaan staan.

'Wakker worden, schatje,' zei ze met sensuele stem. 'Kom, we moeten zo gaan.'
Cooper deed één oog open en stak loom zijn hand uit naar haar borsten. Volmaakt, net als de rest van haar lichaam. Hij duwde haar borsten tegen elkaar en streek met zijn vingertop over beide tepels.

Ze zuchtte van genot en haar tepels werden stijf onder zijn aanraking.
Hij ging op zijn rug liggen, trok haar bovenop zich en spreidde haar lange benen over zijn dijen. Langzaam schoof hij twee vingers bij haar binnen en genoot van haar opwinding. 'Laat je op me zakken,' gebood hij, ervan genietend dat hij haar zo geil en nat kon maken. 'Langzaam.'

'Maar, Cooper,' protesteerde ze, wetend dat het zinloos was nee te zeggen. Ze zou precies doen wat hij vroeg, en dat wist hij.

'Kom, schat,' fluisterde hij. 'Waar wacht je nog op?'
Haar adem stokte toen ze hem in zich voelde binnendringen. Ze spande haar spieren en maakte hem tot haar willige slachtoffer.

'Heerlijk, liverd, ga door,' kreunde hij, terwijl hij haar billen omvatte. 'Je bent geweldig.'

7

'Wat is je moeder voor iemand?' vroeg Tin Lee.
Krankzinnig, wilde Alex antwoorden. *Egoïstisch. Een tiran. Een zeur. Ze heeft mijn vader aan de drank gebracht en hem voortijdig de dood ingejaagd. En zelfs nu ik succesvol en beroemd ben, kleineert ze me voortdurend.*
'Je mag haar vast wel,' zei Alex kortaf. 'Het is een leuk mens.'
'Vast wel,' zei Tin Lee met een milde glimlach. 'Ze heeft jou immers grootgebracht, Alex, en je bent een fantastische man.'
O, Jezus. Een keer lekker neuken en dan denken ze dat ze alles weten.
'Ik ben heel benieuwd naar haar,' vervolgde Tin Lee. 'Ik vind het een hele eer dat je wilt dat ik jullie gezelschap houd op haar verjaardag.'

Ach, lieve meid, als je toch eens wist. Ik houd het in mijn eentje niet uit met mijn lieve moeder. Ik kan haar niet uitstaan. Als we met ons tweeën zijn, vliegen we elkaar naar de strot. Net een griezelshow.
Ze stonden in de hal van Alex Woods appartement. Vriendinnetjes nam hij nooit mee naar zijn echte woning, het huis aan het strand. Dat was privéterrein waar geen losse vriendinnetjes werden toegelaten.
Alex kende Tin Lee pas zes weken. Ze was een frêle, kleine Thaise, een actrice van in de twintig. Ze was gekomen voor een auditie, en hij had een afspraakje met haar gemaakt. Hij was pas een keer met haar naar bed geweest en verlangde niet echt naar een tweede keer. Ze gaf hem geen jeugdig gevoel; ze gaf hem het gevoel dat hij oud en gebrekkig was. Maar vanavond had hij haar broodnodig als buffer tussen hem en zijn moeder.
'Ik hoop dat ze me aardig vindt,' zei Tin Lee bezorgd.
'Ze is vast dol op je,' zei Alex geruststellend.
Ja hoor. En als je dat gelooft, ben je dommer dan ik dacht.
'Dank je,' zei Tin Lee dankbaar.
Allemachtig, Dominique zou niets van het kind heel laten. 'Weer zo'n spleetoog, lieverd?' zou ze vragen zodra Tin Lee naar het toilet ging. 'Weer zo'n Aziatisch caféhoertje? Zoek toch eens een leuk Amerikaans meisje. Je wordt er niet jonger op, Alex. Je bent zevenenveertig en dat is je aan te zien. Straks word je nog kaal ook, en wie kun je dan nog krijgen?'
Ja hoor, hij wist precies wat zijn moeder zou gaan zeggen, nog voor de woorden van haar vuurrode lippen kwamen. Ze werd eenenzeventig, en ze was er in de loop der jaren niet milder op geworden.
Maar ja, wat moest hij anders? Het was zijn moeder en je hoort van je moeder te houden.

Morton Sharkey was een lange, magere man met een haakneus. Hij was achter in de vijftig. Hij was ook een briljante advocaat en een zeer gerespecteerd zakelijk adviseur. Hij was degene die Lucky had geholpen om Panther te kopen, en hoewel hij een pessimist was, was zijn intuïtie altijd feilloos.
Ze hadden wel meningsverschillen gehad. Sinds ze Panther had gekocht, zeurde hij erover dat ze er alleen maar geld op toe moest leggen.
'Maak je geen zorgen, Morty,' had ze al vaak tegen hem gezegd. 'Ik heb hotels in Vegas gebouwd, ik heb Dimitri's scheepsimperium gerund; ik weet heus wel hoe ik een filmstudio moet leiden.'
'De filmindustrie is anders,' had Morton haar gewaarschuwd, met een ernstige ondertoon in zijn stem. 'Het is de meest creatieve, oneerlijke bedrijfstak die er is.'
Als hij zoveel van de filmindustrie wist, zou hij toch zeker ook wel beseffen dat het tijd kostte om dingen te veranderen. En bovendien, toen ze op zijn aanraden zestig procent van de aandelen had verkocht, had ze vrijwel haar hele oorspronkelijke investering teruggewonnen. Waar maakte hij zich dus zo druk over? Ze had alles onder controle.

Morton luisterde aandachtig toen ze hem inlichtte over de bespreking met de Japanse bankiers. 'Als die merchandising doorgaat, brengt dat veel geld op. En dat is precies wat we nodig hebben om de banken tevreden te houden. Dat, en onze twee succesfilms.'
'Mooi,' zei Morton.
'Ik had gedacht dat je er bij zou zijn,' zei Lucky, die merkte dat Morton wat afwezig was.
'Sorry, ik werd opgehouden.'
'Ik ga dit weekend naar Lennie. Als ik terugkom, praten we er verder over. Maar als het zo doorgaat, staan we er prima voor, vind je ook niet?' zei ze.
Hij schraapte zijn keel. 'Eh, ja, Lucky.'
Er was iets raars aan de hand met Morton. Ze hoopte niet dat hij een midlifecrisis doormaakte. Hij zat te popelen om weg te kunnen gaan.
'Gaat het wel goed met je?' vroeg ze.
'Hoezo?' zei hij defensief.
'Het is maar een vraag.'
Morton sprong overeind. 'Ik geloof dat ik een griep onder de leden heb.'
'Bedrust en veel drinken,' zei Lucky medelevend. 'O ja, en kippensoep.'
'Prettig weekend, Lucky.'
'Dank je.'

Morton Sharkey reed bij Panther weg in zijn lichtbeige Jaguar XJS convertible – zijn persoonlijk eerbewijs aan de middelbare leeftijd. Een paar straten verderop zette hij zijn auto aan de kant en praatte op fluistertoon in de autotelefoon. 'Donna?' zei hij.
'Ja.'
'We zijn er bijna. Binnenkort krijg je wat je hebben wilt.'
'Hoe eerder hoe beter.' Klik. Ze had opgehangen.
Hij had in de loop der jaren heel wat ijskoude tantes ontmoet, maar deze sloeg alles. Ze deed of ze de hele wereld regeerde. Hij vond haar houding vreselijk. Nog erger vond hij dat ze hem ergens mee kon chanteren.
Hoe had hij zo stom kunnen zijn? Hoe had hij, Morton Sharkey, in de oudste val ter wereld kunnen lopen?
Morton Sharkey, getrouwd, twee volwassen kinderen, gerespecteerd in zakelijke kringen, echt een huisvader met hoogstaande waarden en normen die zitting had in de raad van bestuur van tal van prestigieuze liefdadigheidsinstellingen. Zijn hele leven hard gewerkt en veel teruggegeven door mensen te helpen die het minder goed hadden dan hij. Zijn vrouw Candice was nog steeds een aantrekkelijke vrouw. En niet alleen dat, ze was een liefdevolle, trouwe echtgenote, en in zesentwintig jaar huwelijk was hij maar twee keer vreemdgegaan.
Tot Sara op het toneel verscheen. De zeventienjarige Sara met haar lange, rode haar, magere witte dijen, afgekloven nagels, grote mond, kleine borsten en kastanjekleurige schaamhaar en... O God, zo kon hij uren doorgaan over

Sara. Ze was het bitterzoete dessert van zijn leven, en ook nu, na alles wat er gebeurd was, was hij nog steeds geil op haar.

Sara, die jonger was dan zijn dochter. Een vrijgevochten meid, die actrice wilde worden. Sara had twaalfduizend dollar aangenomen om hem erin te luizen. En nog hield hij van haar, werd geobsedeerd door haar. Geen groter dwaas dan een oude dwaas.

En als hij bij Sara was, haar zachte jonge huid tegen zich aan voelde en haar benen om zich heen voelde, en ze hun fantasieën uitleefden, telde niets anders dan dat. Zelfs chantage niet. Hij had Lucky niet willen verraden. Maar hij had geen keus gehad. Donna Landsman had gezworen dat ze hem ten gronde zou richten als hij niet meewerkte.

Lucky's huis in Malibu stond een stukje van de oceaan af en had een schitterend uitzicht over de kustlijn. Het was een prettig huis in mediterraanse stijl, vol met eenvoudig rotan meubilair, eindeloos veel boeken, schilderijen en kunstvoorwerpen die Lennie en zij verzameld hadden. Ze waren het er allebei over eens dat dit de ideale plek was om hun kinderen groot te brengen.

Ze kwam vroeg genoeg thuis om de kleine Maria nog op te vinden; ze zag er schattig uit in haar oranje pakje. Ze tilde haar dochtertje op en hield haar hoog boven haar hoofd. Maria kraaide het uit; net als haar moeder was ze dol op actie.

'Ze wilde niet naar bed voor ze je gezien had,' zei CeeCee, Maria's aantrekkelijke, zwarte kindermeisje.

'Zo, wilde jij niet naar bed?' zei Lucky plagerig en ze kietelde haar dochter tot die het uitschreeuwde van opwinding. Toen ze bedaard was, gaf Lucky haar een kus op haar voorhoofd en zei: 'Mamma gaat een paar dagen weg, dus zul je lief zijn en goed naar CeeCee luisteren?'

'Mamma weg,' zei Maria, die zich loswrong uit Lucky's armen en op onzekere beentjes door de kamer begon te lopen. 'Mamma weg, weg, weg.'

'Mamma gaat weg, maar komt gauw weer terug,' zei Lucky geruststellend.

'Mamma lief,' zei Maria, terwijl ze Lucky's gezicht streelde met haar kleine handjes. 'Mamma lief.'

Het was zo'n vreugde in haar leven dat ze zulke schattige kinderen had. Nadat ze Maria had ingestopt, ging ze even bij de kleine Gino kijken, die nog maar een baby was. Hij sliep met zijn duim in zijn mond. Toen ze haar zoontje zo zag slapen, besefte ze dat deze momenten alles vergoedden.

Ze ging naar haar slaapkamer, controleerde de inhoud van haar weekendtas en ging toen in de keuken een hapje eten voor ze haar vader belde om hem over Alex Woods te vertellen. Hij heeft een fantastisch script geschreven,' zei ze enthousiast. 'Heel realistisch. Ik ben benieuwd wat je ervan vindt.'

'Goed,' zei Gino wat knorrig. 'Ik zal het bekijken en die jongen ontvangen en hem misschien nog een paar tips aan de hand doen.'

'Is het goed als we eind volgende week naar Palm Springs komen?'

'Kom jij dan ook mee?'

'Ja, wat dacht je. Ik laat Alex niet alleen naar jou toe gaan; je zou hem de stuipen op het lijf jagen. En dan stapt hij misschien naar een andere studio.'
Gino lachte. 'Is het een lafaard?'
'Zo goed ken ik hem niet.'
'Dan zal ik je laten weten of hij ballen heeft.'
'Fijn.'
Ze had net opgehangen toen de telefoon ging.
'Liefste!' zei Lennie.
Na vier jaar huwelijk klopte haar hart nog steeds in haar keel als ze zijn stem hoorde. 'Lennie!' zei ze met een stralende lach. 'Ik probeer je de hele dag al te bereiken.'
'Nou,' zei hij, 'hier ben ik dan: ik verveel me en ben geil.'
'Ze lachte. 'Mij versier je niet met die gladde praatjes van je.'
'Waarom niet? Je bent altijd een makkie.'
'O ja?'
'Ja.'
'Hoe gaat het daar?'
'De gebruikelijke problemen, maar niets wat ik niet aankan,' zei hij. 'Ik mis je, Lucky. Ik wil je hier naast me hebben.'
'Ik mis jou ook, schat. Het is niet hetzelfde als jij er niet bent. En de kinderen missen je ook. Maria loopt de hele dag naar je te vragen. Pappa, pappa, pappa, is haar nieuwe mantra.'
'Kan ze al goed lopen?'
'Indrukwekkend.'
'Net haar moeder, hè?' Hij zweeg even. 'Weet je zeker dat je er zin in hebt? Zo'n lange vlucht maken om twee dagen met mij door te brengen?'
'Probeer me maar eens tegen te houden.'
'Dus er is geen ontkomen aan?'
'Ik houd van je,' fluisterde ze.
'Ik ook van jou. Een kusje voor de kinderen en zeg ze dat ik veel aan ze denk.'
'En mijn kus dan?'
'Die krijg je als je hier bent.'
Ze verheugde zich op hun tijd samen. 'Dat maakt de reis beslist de moeite waard.'
'Ik kom je afhalen van de luchthaven. Een goede reis.'
Ze hing op met een brede glimlach op haar gezicht.
Haar limousine kwam op tijd en werd bestuurd door Boogie, die sinds jaar en dag haar lijfwacht, privé-detective en chauffeur was. Hij was een Vietnamveteraan, zeer beschermend en waakzaam, en Lucky vertrouwde hem volkomen. Ze reden in een vertrouwelijk stilzwijgen naar de luchthaven. Boogie zei nooit iets, tenzij het absoluut noodzakelijk was.
De limousine zette haar vlak bij de Panther Lear-jet af. Hoewel ze geen zin had om te praten, stond de piloot erop haar een weersoverzicht te geven. De steward, een homo met kort, blond haar, onthaalde haar op idiote roddel-

verhalen die hij pas over Leslie Kane en Cooper Turner had gehoord. Alsof ze van Venus al niet genoeg had gehoord. Waarom werden sommige mensen toch zo door roddel gefascineerd?
Toen het vliegtuig opsteeg, leunde ze achterover en sloot haar ogen. Een weekend met Lennie... Ze kon haast niet wachten tot het zover was.

8

'Hallo, schoonheid,' zei Cooper Turner toen hij de luxe, geheel witte badkamer van Venus Maria binnenkwam.
Ze zat aan de kaptafel haar haar te borstelen. Hij kwam achter haar staan, legde zijn handen om haar borsten, kneep in haar tepels en kuste de achterkant van haar platinablonde hoofd.
Ze vertrok geen spier. Dit was haar voorstelling en die zou op haar manier verlopen. 'Hoe ging het werk vandaag?' vroeg ze terloops.
'Best goed,' antwoordde Cooper, terwijl hij een blik op zijn spiegelbeeld wierp. 'Zie ik er moe uit?' vroeg hij, hopend op een compliment.
'Hm, een beetje wel,' zei ze, wetend dat hij dat vreselijk vond.
'Meen je dat?' zei hij fronsend.
'Niets aan te doen, schat,' zei ze quasi-medelijdend. 'Je werkt ook zo hard. Je bent 's morgens, 's middags en 's avonds in de studio. Je hebt vast nauwelijks gegeten.'
Cooper deed er het zwijgen toe over zijn lunchpauze; hij wilde niet dat Venus erachter kwam dat hij met Leslie Kane naar bed was geweest. Zijn vrouw had een vreselijk temperament en Leslie was maar een tussendoortje.
'O, alleen een salade,' zei hij vaag. 'En jij?'
'Ik heb met Lucky geluncht.'
'Hoe gaat het met haar?'
'Prima. Panther financiert de volgende film van Alex Woods.'
'O nee!' riep Cooper uit. 'Alex die verantwoording aan Lucky moet afleggen. Dat wordt moord en doodslag.'
Venus borstelde nog steeds haar haar. 'Ken je hem dan?'
'We zijn samen een paar avonden wezen stappen. Alex is een beest.'
'Hmm,' zei Venus, blij met deze kans voor open doel. 'Met een van de grootste pikken van Hollywood.'
Nu had ze Coopers aandacht. 'Hoe weet jij dat?' vroeg hij verbaasd.
'Ik weet nu eenmaal alles.'
'Groter dan de mijne?' vroeg Cooper zelfverzekerd.
'Wat ben je toch een verwaand mannetje.'
'Nee, hoor, alleen realistisch.'

Ja, dacht Venus, we zullen zien hoe realistisch je bent als we vanavond onze confrontatie hebben gehad tijdens Leslies etentje. Eens zien hoe je dat aanpakt.

Brigette kwam binnenlopen op het feest van de Websters alsof ze al het beroemdste fotomodel ter wereld was. Ze had de fine fleur van aantrekkelijke meisjes al zo vaak over het plankier zien paraderen dat ze precies wist hoe ze moest lopen en welke houding ze zich moest aanmeten. *De wereld is van mij en jullie stellen niets voor,* sprak daaruit.

Ze had zich met zorg gekleed voor het feest en had verschillende kledingstukken afgekeurd voor ze besloot een oogverblindend mooie, zwarte Hervé Leger-wikkeljurk en heel hoge Manolo Blahnik-pumps aan te doen. Ze wist dat ze er fantastisch uitzag zonder beha, terwijl haar honingblonde haar licht over haar schouders streek.

Haar opzet was dat iemand haar die avond zou ontdekken, want ze was er vast van overtuigd dat elk moment de start van haar carrière kon zijn.

Nona's ouders begroetten haar bij de deur, verbijsterd door haar transformatie. Zij herinnerden zich Brigette als een leuk, mollig blond meisje. En nu kwam daar deze statige schoonheid binnenlopen met een houding die lef uitstraalde. Bij de toegang tot de woonkamer bleef ze even staan.

'Schat, je ziet er fantastisch uit,' zei Nona's excentrieke moeder bewonderend.

'Jij ook, Effie,' antwoordde Brigette, terwijl ze haar blik door het vertrek liet dwalen, op zoek naar de juiste mensen op wie ze indruk wilde maken.

'Nona vertelde dat je als fotomodel werkt,' zei Yul, een lange, indrukwekkende man.

'Eh... ja.'

'Dat moet spannend zijn.'

'Dat is het ook,' loog ze.

Yul leidde haar door het enorme vertrek dat uitpuilde van de gasten. 'Je zult vast tientallen mensen zien die je kent.'

'Dank je, vast wel,' zei ze om zich heen kijkend. Ze zag Nona niet eens. Nu had ze haar prachtige entree gemaakt en stond ze hier als de dorpsidioot. Heel even raakte ze in paniek, maar toen bedacht ze hoe Lucky zo'n situatie zou aanpakken. Met geheven hoofd liep ze naar de bar.

'Brigette?'

Ja hoor, de eerste die ze tegenkwam moest Paul zijn, Nona's broer en haar oude vlam. Ze had hem in geen jaren meer gezien. Hij was veranderd. Het lange haar, het stoppelbaardje en de gouden oorbel waren verdwenen. Hij had nu een blauwe blazer aan, een grijze broek, wit overhemd en een behoudende stropdas. Een echte koorbal!

'Paul!' riep ze uit.

'Wat zie jij er fantastisch uit,' zei hij met een waarderende glimlach.

'Jij bent anders behoorlijk veranderd,' antwoordde ze.

'En dit is mijn vrouw Fenella,' zei hij en hij sloeg een bezitterige arm om een

broodmagere vrouw met bruin haar en betrok haar bij het gesprek. 'Schat,' zei hij, 'ik wil je graag voorstellen aan Brigette Stanislopoulos. Je weet wel, Nona's beste vriendin.'
'Leuk je te ontmoeten,' zei Fenella met een bekakt Bostons accent.
Brigette richtte haar aandacht op Paul en zei: 'Ik heet tegenwoordig Brigette Brown. Wil je die andere naam niet meer gebruiken?'
'Sorry.'
Er viel een ongemakkelijke stilte, die Brigette doorbrak door te zeggen: 'Ik hoorde dat je een kind hebt.'
'Een zoon,' zei Paul trots.
Fenella klampte zich bezitterig aan zijn arm vast. 'De kleine Military lijkt sprekend op zijn vader.'
Brigette deed haar uiterste best niet in lachen uit te barsten. 'Military?' zei ze, Paul een blik toewerpend van dat-kun-je-niet-menen.
'We wilden een bijzondere naam,' zei Fenella.
Wat vreemd toch, dacht Brigette, vroeger zou ik alles voor deze man hebben over gehad. En nu sta ik met een volslagen vreemde te praten. Een vreemde die zijn kind Military noemt! Wat een engerd was Paul geworden.
'Leuk jullie ontmoet te hebben,' zei Brigette, hopend op een snelle aftocht. 'We zien elkaar straks vast nog wel.'
Ze liep door en voelde Pauls ogen in haar rug priemen. Een paar mannen probeerden een gesprek aan te knopen, maar ze negeerde hen en liep door.
Eindelijk zag ze Nona, die zich bij een van de ramen had opgesteld. Ze liep naar haar toe en probeerde de hautaine blik en het zelfverzekerde loopje vast te houden. Te oordelen naar de aandacht die ze trok, scheen dat wel te lukken.
Nona omhelsde haar. 'Ik ben zo blij dat je er bent,' zei ze met een mysterieus lachje. 'Er is heel wat gebeurd sinds de lunch.'
'Wat dan?' vroeg Brigette nieuwsgierig.
Nona trok een knappe, zwarte man dichterbij, die gekleed was in een lang, wijd Afrikaans gewaad. 'Dit is mijn verloofde! Zandino,' zei ze triomfantelijk.
Zandino maakte een buiging en keek haar stralend aan. Hij had oogverblindende tanden.
'Zandino,' herhaalde Brigette, licht verbijsterd.
'Zan is vandaag hiernaartoe gevlogen om me te verrassen,' zei Nona ingelukkig. 'We hebben elkaar leren kennen toen ik in Afrika was. Zans vader is een stamhoofd, maar Zan heeft hier op school gezeten, dus Amerika is niet nieuw voor hem.'
'Nou zeg,' zei Brigette hoofdschuddend. 'Dit is wel een hele verrassing.'
'Blijf je hier wonen?' vroeg Brigette aan Zandino.
Zandino's stralende witte lach was onweerstaanbaar. 'Jazeker,' zei hij, 'ik hoop hier rechten te gaan studeren.'
Nona knipoogde naar haar. 'Vind je hem niet fantastisch?' fluisterde ze, terwijl ze haar mond dicht bij Brigettes oor bracht. 'En hij heeft de grootste pik die ik ooit heb gezien.'

'Nona! Je hebt het over je aanstaande man!'
'Nou ja,' zei Nona lachend, 'dat is natuurlijk niet de enige reden dat ik hem heb uitgekozen. Zan is de aardigste, liefste man die ik ooit heb ontmoet.'
Brigette liet haar blik door het vertrek gaan. 'Weet je, Nona, ik moet vanavond wat contacten zien te leggen. Wie moet ik naar jouw idee leren kennen?'
'Tja, ik zou je natuurlijk kunnen voorstellen aan mijn baas bij *Mondo*. En er zijn een paar fotografen die erg in trek zijn. En, eens kijken, Michel Guy; dat is die wat oudere aantrekkelijke Fransman die aan het hoofd staat van het Starbright Modelling Agency.'
'Ik wil iedereen leren kennen,' zei Brigette met een vastberaden blik in haar ogen.
'Oké, oké, rustig maar. We gaan de ronde doen en grijpen iedereen die je van nut kan zijn in de lurven.'
Brigette knikte. 'Waar wachten we nog op?'

Leslie Kane woonde in een klein, maar leuk huis aan de Stone Canyon Road in Bel Air. Ze had het huis gekocht toen ze wat geld had verdiend, had een binnenhuisarchitect in de arm genomen en was zeer tevreden over het resultaat. Voor het eerst in haar leven had ze een eigen huis. Nu zocht ze alleen nog een man om er invulling aan te geven, en Cooper Turner was de perfecte kandidaat. Hij was weliswaar getrouwd, maar dat was een kleinigheid.
Leslie bulkte van het zelfvertrouwen als het om mannen ging. Zij had immers les gehad van Madam Loretta, en die had de succesvolste meisjes opgeleid – meisjes die met een filmster waren getrouwd of met een steenrijke zakenman.
Leslie wist dat ze met Cooper op het goede spoor zat. Hij was in elk geval enthousiast genoeg; elke gelegenheid die zich voordeed benutte hij om het bed met haar in te duiken. De man met de eeuwige stijve. Niet slecht voor een man van zijn leeftijd.
Terwijl ze zich kleedde voor het etentje, liet Leslie de drie gouden regels van Madam Loretta door haar hoofd gaan. Regels om een man gelukkig te maken.
Regel een: zoek iets in hem wat je het mooiste ter wereld vindt en prijs hem voortdurend.
Regel twee: zeg hem steeds dat hij de beste minnaar is die je ooit hebt gehad.
Regel drie: sta versteld over zijn kennis, ongeacht wat hij zegt. Kijk hem bewonderend aan en laat hem weten dat hij de intelligentste en slimste dingen zegt die je ooit hebt gehoord.
Leslie had deze drie regels in praktijk gebracht en had keer op keer gemerkt dat ze werkten. Nu ze een beroemde filmster was, hoefde ze natuurlijk geen indruk meer op mensen te maken – mannen prezen zich al gelukkig als ze konden zeggen dat ze naast haar hadden gestaan. Verder zouden ze het nooit schoppen, want ze was erg kieskeurig en met jan en alleman het bed

induiken trok haar niet aan. Wat haar wel aantrok was een vaste relatie, een trouwring, Cooper Turner.
Ze trok een strak kanten jurkje aan dat speciaal voor haar was gemaakt door Nolan Miller. Het was niet laag uitgesneden, maar het kant onthulde heel wat van haar lichaam. Terwijl ze haar spiegelbeeld bewonderde, vroeg ze zich af wat Venus Maria aan zou hebben. Vast iets ordinairs.
Leslie begreep niet waarom Cooper met Venus was getrouwd. De vrouw had geen stijl, met dat gebleekte, blonde haar en dellerige uiterlijk. Leslie had dan wel de hoer gespeeld, maar zij slaagde erin er als een dame uit te zien.
Ach, hij hoefde het niet lang meer met Venus uit te houden, want als Leslie iets wilde, kreeg ze het meestal. En ze wilde Cooper.
Voor vanavond had ze Jeff Stoner uitgenodigd, een jonge, knappe acteur die een kleine rol in de film had. In het verleden had Cooper haar vaak met Jeff geplaagd door te zeggen dat de jongen tot over zijn oren verliefd op haar was, dus ze wist zeker dat Jeffs aanwezigheid Cooper zou irriteren en misschien wel jaloers zou maken.
Als Cooper iets over Jeff zei, had ze gelachen en hem afgedaan als een saaie acteur. Maar als Cooper vanavond naast die ordinaire vrouw van hem zat en zij aanminnig deed tegen Jeff, zou Cooper gedwongen zijn een besluit over hun toekomst te nemen. Een huwelijk, dat was wat ze wilde.
Tevreden over haar verschijning liep ze de woonkamer binnen om haar gasten te begroeten.

9

'Laten we eerst even wat drinken,' stelde Alex voor, die op van de zenuwen was.
'Komen we dan niet te laat bij je moeder?' wierp Tin Lee tegen.
'Die wacht wel,' zei Alex. Hij had zo'n droge keel dat hij absoluut iets wilde drinken. Voor hij was weggegaan had hij een valiumtablet ingenomen en een halve joint gerookt, maar dat was niet genoeg om hem de avond door te helpen.
Tin Lee knikte. 'Als je dat graag wilt.' Ze vond hem aardig en hoopte dat het wederzijds was. Dat hij haar aan zijn moeder wilde voorstellen was een bemoedigend teken.
Alex vond haar prettig in de omgang. Ze waren een paar keer uit geweest en ze had nergens over gezeurd. Dat mocht hij wel in een vrouw. De rustige acceptatie dat een man altijd gelijk had. Niet van die feministische flauwekul.
In bed wijdde ze zich helemaal aan hem zonder aan haar eigen genot te denken. Er was niets erger dan een vrouw die op alle terreinen gelijkheid verwacht, zeker in de slaapkamer.

Hij liet zijn vierdeurs-Mercedes wegzetten door een parkeerhulp van het Beverly Regent en ging de bar binnen. Tin Lee volgde hem op de voet. Hij had de Porsche vanavond laten staan, zodat zijn moeder kon meerijden.
Ze gingen op een leren bankje bij de muur zitten. Tin Lee bestelde veenbessensap en legde uit dat ze niet van alcohol hield. Alex bestelde een dubbele whisky met ijs en stak een sigaret op. Hij had nogal wat slechte gewoonten en dat wist hij. Hij rookte te veel, dronk te veel, slikte pillen en rookte weed. Daar stond tegenover dat hij coke en crack had opgegeven. Zelfs Alex wist waar de grens lag. Zijn psychiater had uitgelegd dat hij de vijftig niet zou halen als hij de zwaardere middelen niet liet staan.
Tin Lee kuchte zachtjes. Hij rookte gewoon door.
'Alex,' zei Tin Lee, terwijl ze haar hand op zijn bovenbeen legde, 'zit je iets dwars?'
Ik zou alleen willen dat mijn moeder doodviel, meer niet.
'Hoezo? Wat zou me dwars moeten zitten?' vroeg hij geërgerd.
'Ik weet het niet, daarom vraag ik ernaar.' Een verwachtingsvolle stilte. 'Heb ik iets misdaan?'
Verdomme, hij was helemaal niet in de stemming om over hun relatie te praten. Maar hij had geweten dat het zo zou lopen; vrouwen hadden nu eenmaal de neiging om alles op zichzelf te betrekken.
'Niets,' verzekerde hij haar, in de hoop dat het eerlijk genoeg klonk.
'Maar waarom,' vroeg Tin Lee, 'zijn we dan na die eerste keer niet meer met elkaar naar bed geweest?' Ze was niet slim genoeg om te weten wanneer je iets beter kunt laten rusten.
Ze was net als al die anderen. Praten, praten, praten en seks, seks, seks. Dachten vrouwen nooit aan iets anders?
'Beval ik je niet, Alex?' vroeg ze, terwijl ze met een dun gouden kettinkje om haar linkerpols speelde.
Hij pakte zijn glas en nam een paar slokken whisky en overwoog wat hij zou zeggen. Hij moest voorzichtig zijn, want hij had haar vanavond nodig.
'Nee, liefje, het ligt niet aan jou,' zei hij uiteindelijk. 'Ik ben altijd gespannen als ik aan een nieuwe film ga beginnen. Ik heb veel aan mijn hoofd.'
'Vrijen is een prima afleiding,' zei Tin Lee dapper. 'Misschien kan ik je later op de avond een ontspannende massage geven. Een heel persoonlijke massage.'
Ze wilde een rol in zijn film, dat was zeker. En waarom ook niet? Iedereen wilde wel iets.
Er kwam een donkerharige vrouw de bar binnen. Hij zag haar langslopen en dacht even dat het Lucky Santangelo was. Maar nee, Lucky was veel mooier en intrigerender.
'Nog eentje, dan gaan we,' zei Alex, terwijl hij de aandacht van de ober trok.

'Wat doet hij hier in godsnaam?'
Coopers woedende gefluister stelde Leslie geheel tevreden. 'Waarom zou hij hier niet mogen zijn?' vroeg ze onschuldig.

'Je weet dat hij met je naar bed wil,' zei Cooper razend.
'Dat willen zoveel mannen,' antwoordde Leslie rustig, maar dat wil niet zeggen dat ik dat ook wil.'
'Weet je het zeker?'
'Absoluut,' zei ze, terwijl ze een bekende countryzanger begroette die met zijn weinig opzienbarende vrouw haar huis betrad. 'Sorry, Cooper,' zei ze, inwendig dolblij dat ze in haar opzet was geslaagd. 'Ik moet mijn gasten gaan begroeten.'
Hij zag haar weglopen in haar weinig verhullende kanten jurk en voelde ongewild een steek van jaloezie, ook al wist hij dat ze het expres deed omdat hij met zijn vrouw was gekomen.
Venus zat intussen aan de bar wijn met spa te drinken met de charmante Felix Zimmer, een oudere producer die erom bekend stond dat hij iedere vrouw die hij ontmoette vertelde dat hij graag befte. Felix was dik en bepaald geen Mel Gibson, maar zijn conversatiekunst maakte hem bij veel vrouwen populair, en natuurlijk het feit dat hij een succesvol producent was.
'Schat,' zei ze en wenkte Cooper, 'ken je Felix al?'
'Of ik hem ken,' antwoordde Cooper. 'Ik heb hem alles geleerd waarover hij opschept.'
Venus schoot in de lach. Cooper vond dat ze er vanavond opvallend mooi uitzag in een goudkleurige broekpak, met losjes opgestoken haar. Hij vond dat hij echt wat meer tijd thuis moest doorbrengen.
Leslie had een gevarieerd gezelschap samengesteld: Felix en Muriel, zijn echtgenote die volgens de geruchten lesbisch was; de countryzanger en zijn vrouw; Cooper en Venus; een populaire regisseur en zijn jonge vriendin die fotomodel was; een chagrijnig kijkende vrouw die kleding ontwierp voor een tv-serie die voor een Emmy was genomineerd; en Jeff Stoner.
Cooper verdacht Leslie ervan dat ze het feestje speciaal voor hem had gearrangeerd. Om de een of andere ziekelijke reden wilde ze Venus in haar huis zien. Heel even voelde hij zich schuldig. Hoe zou hij zich voelen als Venus hem zoiets aandeed?
Dat zou ze niet doen. Venus leek seksueel vrijgevochten en gedroeg zich uitzinnig in haar video's en films, maar in het echte leven was ze de volmaakte, trouwe echtgenote. Hij kon haar vertrouwen en deed dat ook.

'Mijn zoon,' zei Dominique Woods, terwijl ze haar diamanten ringen liet schitteren, 'was de aantrekkelijkste man ter wereld, net als zijn vader. En kijk nu eens; hij is oud en verlept. De tijd is niet vriendelijk geweest voor Alex.'
'Pardon?' zei Tin Lee beleefd, geschokt door de woorden van de oudere vrouw.
'Het is zo, liefje,' vervolgde Dominique nuchter. 'Hij had genoeg talent om een beroemd acteur te worden zoals zijn vader. De tragedie is dat hij zijn kans heeft verspeeld.'
'Ik heb nooit acteur willen worden,' zei Alex verbeten. 'Ik heb altijd willen regisseren.'

'Het is zo zonde,' zei Dominique met stemverheffing. 'Als acteur had je iets kunnen bereiken, echte erkenning kunnen krijgen.'
Godallemachtig. Zes Oscarnominaties waren niet voldoende voor haar. Dat mens wilde bloed zien.
'Nou ja, nu is het te laat,' zei Dominique met een wreed trekje om haar mond. 'Uiterlijk ben je al jaren op je retour en straks word je nog kaal ook.'
Het was altijd hetzelfde. Wat wilde ze nu eigenlijk? Iedereen kon zien dat hij dik, donker en krullend haar had. Hij was helemaal niet aan het kalen. Zijn moeder was gek en leek er lol in te hebben om hem te kleineren. Zijn psychiater had gezegd dat het zinloos was de strijd met haar aan te gaan. Het enige wat hij kon doen was haar stomme opmerkingen negeren.
'Alex heeft prachtig haar,' zei Tin Lee verdedigend.
'Nu nog wel,' zei Dominique onheilspellend. 'Maar kaalheid zit in de familie. Zijn grootvader was zo kaal als een biljartbal.'
'Toen hij vijfentachtig was,' mompelde Alex, en hij bestelde nog iets te drinken.
'De invloed van de tijd is niet te vermijden,' zei zijn moeder. 'Hoewel ik er elke dag tegen vecht.' Nu viste ze naar een compliment. 'Ik ben aan de winnende hand, liefje,' zei ze tegen Tin Lee. 'Dat zie je zeker wel?'
Tin Lee knikte, te verbijsterd om iets te kunnen uitbrengen. Alex nam zijn moeder eens goed op. Ze was mager en heel chic. Ze ging modieus gekleed en droeg een korte, zwarte pruik over haar dunner wordende haar. Haar probleem was dat ze te veel make-up gebruikte voor een vrouw van haar leeftijd. Haar huid was zo wit als albast. Haar lippen waren bloedrood. Haar ogen waren dramatisch zwart omrand. Van een afstand kon ze doorgaan voor een vrouw van vijftig, maar van dichtbij viel ze door de mand. Hij wist dat ze minstens twee keer een facelift had gehad. Zelfs op haar eenenzeventigste betekende het uiterlijk alles voor Dominique.
Alex had vaak geprobeerd te bedenken waar ze zo verbitterd over was en waarom ze het op hem afreageerde. Was het omdat zijn vader overleden was en ze in haar eentje een kind had moeten opvoeden? Was het omdat ze nooit was hertrouwd? Volgens haar was geen man bereid geweest de zorg voor een vrouw met een kind op zich te nemen. In de loop der jaren had ze hem er telkens weer aan herinnerd. 'Wie wilde mij nu hebben met een zoon van jouw leeftijd? Het is jouw schuld dat ik nu alleen ben. Vergeet dat niet, Alex.' Hoe zou hij het kunnen vergeten?
Ze was gelukkig altijd bemiddeld geweest. Niet dat ze hem ooit wat toestopte, maar dat zou hij ook niet gewild hebben.
Tin Lee stond op. 'Willen jullie me even excuseren,' zei ze.
Zijn moeder had het fatsoen te wachten tot Tin Lee buiten gehoorsafstand was voor ze in haar gebruikelijke stroom van kritiek losbarstte. 'Ken je geen Amerikaanse meisjes, Alex? Een van die actrices uit je films is toch veel geschikter om mee uit te nemen? Waarom kom je toch altijd met die Aziatische vrouwen aanzetten? Die komen hier alleen om een rijke man te zoeken, en je weet toch dat ze thuis niet meer dan een goedkope prostituee zijn.'

'Je hebt geen idee waar je over praat,' zei hij, maar probeerde zich niet te veel op te winden over haar stupiditeit.
'Zeker wel,' zei Dominique. 'Door jou ben ik het buitenbeentje van de bridgeclub.'
'Door mij?'
'Ja, Alex, door jou. Ze lezen over je in de roddelbladen. Ze vertellen me de vreselijkste dingen.'
'Wat voor dingen?'
'Waarom trouw je niet met een fatsoenlijk, Amerikaans meisje?'
Hoe vaak hadden ze dit gesprek al gevoerd? Hoe vaak was hij niet woedend geworden en tegen haar uitgevaren? Na jaren van therapie had hij geleerd dat het eenvoudig de moeite niet waard was. Wat ze zei was volslagen onzin, en hij weigerde zich nog op stang te laten jagen door haar venijn.
Aan het eind van het etentje was hij dronken. Toen ze het restaurant verlieten, ging Tin Lee als vanzelfsprekend achter het stuur van zijn Mercedes zitten.
'Ik kan heus wel rijden,' protesteerde hij.
'Nee, dat kun je niet,' zei ze vriendelijk maar vastberaden. 'Stap maar achterin, Alex.'
'Slimme meid,' mompelde zijn moeder, die voorin plaatsnam.
Alex ging achterin zitten en bleef broeierig zwijgen tot ze Dominique hadden afgezet bij haar appartement aan Doheny.
'Leuk u ontmoet te hebben, mevrouw Woods,' zei Tin Lee beleefd. Het meisje had onberispelijke manieren.
Dominique knikte hooghartig. 'Ik vond het leuk jou te leren kennen, kind.' Een korte stilte. 'Maar neem een goede raad aan van een oudere en wijzere vrouw. Alex is niets voor jou. Hij is te oud. Wees verstandig en zoek een jongen van je eigen leeftijd.'
Fantastisch, mam, je wordt bedankt.
Dominique liep zonder om te kijken de hal van het gebouw binnen.
'Ze is eh... best aardig,' zei Tin Lee, wanhopig op zoek naar de juiste woorden.
Alex bulderde van het lachen. 'Best aardig? Mijn reet! Het is een klerewijf, en dat weet jij net zo goed als ik.'
'Alex, zo moet je niet over je moeder praten. Dat is geen goed karma.'
'Karma interesseert me geen reet,' zei hij, terwijl hij vanaf de achterbank haar kleine borstjes betastte. 'Rijd me naar huis, schat, dan zal ik je laten zien wat een kalende man die op zijn retour is nog klaarspeelt in bed. Je zult versteld staan!'

Jeff Stoner liep door de kamer en keek om zich heen.
Cooper keek naar hem en begreep wat hij aan het doen was. Hij was vroeger net zo geweest: ambitieus, verlangend naar een doorbraak. Jeff had de blik die Cooper maar al te goed kende, maar niet graag zag, want hij wist dat Jeff Leslie zou weten te versieren als hij er geen stokje voor stak. Ze was te aantrekkelijk om alleen achter te blijven als iedereen naar huis ging.

Cooper wist precies hoe Jeff het zou gaan aanpakken: hij zou nog een afzakkertje blijven drinken, haar overladen met complimenten, haar over zichzelf laten praten en bwam! dan zou hij zijn kans waarnemen. Leslie was immers niet alleen mooi, maar had ook de hoofdrol in de film en dus het luisterend oor van de regisseur. Het zou haar niet veel moeite kosten hem ervan te overtuigen dat Jeffs kleine rol wat uitgebouwd moest worden.
'Is er iets aan de hand?' Venus onderbrak zijn gedachtegang door een hand op zijn arm te leggen. Ze was uitgepraat met Felix, wiens seksuele opschepperij haar de keel uithing.
'Nee, niets,' zei Cooper vaag.
Klootzak, dacht Venus. *Stomme, leugenachtige, ontrouwe klootzak.*
'Waar is het toilet?' vroeg ze.
Een strikvraag. Een val waar hij niet in zou lopen. 'Hoe moet ik dat nu weten? Ik ben hier nog nooit geweest.'
Wat een leugen. Hij had hier heel wat hitsige middagen doorgebracht als ze vroeg klaar waren met filmen.
'Help me even zoeken,' zei ze en ze trok hem mee naar de hal. Bij de voordeur vonden ze het toilet. 'Kom mee naar binnen, schat,' zei ze met overtuigingskracht.
Hij liep met haar mee. Hij bekeek zichzelf in de vele spiegels, terwijl zij de deur achter hem op slot deed. Hij zag er inderdaad moe uit. Als de film klaar was, moest hij maar eens naar een kuuroord.
Venus aarzelde niet. Ze sloeg haar armen om zijn nek, duwde hem met zijn rug tegen de marmeren wastafel en begon hem verleidelijk te zoenen.
Hij deed een halfslachtige poging haar weg te duwen.
'Ik ben ontzettend geil,' fluisterde ze volhardend. 'Ik heb de hele avond al in mijn hoofd wat ik met je zou willen doen.' Haar hand gleed omlaag, ritste zijn broek open en bevrijdde zijn pik uit de benarde behuizing van zijn Calvin Klein.
'Niet gek...' fluisterde ze met een hese lach, hem stevig masserend. 'Helemaal niet gek.'
Venus zou een standbeeld nog een erectie kunnen bezorgen! Toen ze zich op haar knieën liet zakken, zette hij de gedachte aan Leslie en Jeff uit zijn hoofd. O, die vrouw van hem...
'O nee,' kreunde hij. Hij kromde zijn rug toen haar tong heen en weer gleed over zijn eikel.
'Ssst...' Ze legde een vinger tegen zijn lippen. 'Je wilt toch niet dat iemand ons hoort?'
Nadat ze hem nog een poosje had geplaagd, sloot ze haar mond om zijn penis en deed hem alles vergeten. Hij gaf zich volledig aan haar over. Ze zoog hem helemaal leeg tot hij geen verlangen meer voelde, alleen maar bevrediging.
Het had nog geen drie minuten geduurd. En snelle seks was soms, net als een snelle hap, bevredigender dan een haute cuisine maaltijd.
'Jezus!' riep hij uit. 'Dat was echt fantastisch!'

Venus stond op, pakte een tissue en depte haar lippen. 'Ik vond je een tikkeltje gespannen, Cooper. Volgens mij was je hier hard aan toe.'
'Je bent ongelooflijk!' Hij lachte.
'Ik maak het je graag naar de zin.'
'Nou, dat lukt je aardig,' antwoordde hij, terwijl hij zich uitrekte.
'Je zou me missen als we niet getrouwd waren, hè Cooper?' zei ze plagend en keek hem via de spiegel aan.
Hij draaide zich om en trok haar dicht tegen zich aan. 'Ik mis je elke minuut die we niet samenzijn,' zei hij verleidelijk, de Cooper Turner-charme op volle toeren zettend.
Vuile, leugenachtige, ontrouwe klootzak!
'We kunnen beter teruggaan. Felix heeft vast nog wel wat vieze praatjes voor me. Over de bedrevenheid van zijn tong, bijvoorbeeld.'
'Over tongen gesproken,' zei Cooper. 'Als we vanavond thuiskomen...'
'Ja?'
'Ach, je zult het wel merken,' zei hij vol zelfvertrouwen.
'Weet je het zeker?'
Hij deed zijn rits dicht, wierp een laatste blik in de spiegel en deed de deur open. 'Laten we vroeg naar huis gaan, schat. Ik wil met je alleen zijn.'
'Ik voeg me helemaal naar jou,' zei Venus, die het spel tot het eind meespeelde.

10

'Waarom heb je mij overgeslagen?'
'Kwestie van pech, denk ik,' zei Brigette met een tikkeltje brutaliteit in haar stem.
Michel Guys ogen namen haar figuur op, bleven rusten op haar borsten die uitdagend uitkwamen in haar Hervé Leger-jurk. 'Kom morgen naar mijn kantoor,' zei hij. 'En neem je presentatiemap mee.'
'Dat zou ik graag doen,' zei Brigette, 'maar ik heb opnamen morgen.'
'Waarvoor?'
'Een buitenlandse catalogus.'
'Welke?'
'O, het is maar een vriendendienst.'
'Wie is de fotograaf?'
'Eh... de fotograaf...'
Michel begon te grinniken. 'Je bent een heel aantrekkelijk meisje,' zei hij. 'Heel aantrekkelijk. Maar het barst in New York van de aantrekkelijke meisjes. Neem een goede raad van me aan: wees eerlijk, draai niet om de zaak heen.'

'Als het enigszins mogelijk is,' zei ze, 'ben ik eerlijk.'
Hij wreef over zijn kin. 'Ben je de bureaus al af geweest?'
'Ik ben nog niet zo lang in New York.'
'Dus je bent nog niet bij andere bureaus geweest?'
'Nog niet,' loog ze.
'Hier heb je mijn kaartje,' zei hij. 'Kom morgen om tien uur naar mijn kantoor. Misschien is er wel iets dat geschikt voor je is.'
Brigette haastte zich Nona te vinden om haar te bedanken. 'Dit is zo geweldig,' zei ze met stralende ogen, 'ik probeer al tijden een afspraak met Michel Guy te krijgen.'
'Michel heeft de reputatie dat hij een billenknijper is,' waarschuwde Nona. 'Hij woont samen met dat Engelse model, Robertson, je weet wel, de vrouw die zo mager is dat je haar nauwelijks ziet. Iedereen weet dat hij bezet is, maar dat weerhoudt hem er niet van bij iedereen een poging te wagen.'
Brigette bleef vastberaden. 'Als hij met Robertson samenwoont, zal hij bij mij heus niets proberen; zij is zo mooi.'
'Heeft een man zich ooit door iets laten weerhouden?' vroeg Nona, die haar rode haar naar achteren wierp. 'En, zeg eens, wat vind je van Zandino?'
'Ontzettend leuk. Maar ik dacht dat je een ouder iemand zocht.'
'Nee, zei Nona, 'ze moeten wel onder de dertig zijn. Met mensen die nog ouder zijn weet ik niet om te gaan. Jij wel?'
Daar had Brigette niet over nagedacht. Tot dusver had ze alleen jongere mannen gehad.
Ze keek nog eens naar Michel Guy. Hij had kroezig grijs haar, een verweerde huid en fletsblauwe ogen.
'Hou oud denk je dat Michel is?' vroeg ze.
'Over de veertig, behoorlijk oud dus.'
'Nou, ik ben niet van plan met hem naar bed te gaan,' zei Brigette lachend, 'ook al is hij nog zo aantrekkelijk.'
'Kijk, daar is mijn baas,' zei Nona. 'Probeer haar in te pakken. Misschien zet ze je wel op de cover van *Mondo*.'
'Denk je heus?'
'Nee, dat was een grapje, maar je moet haar wel leren kennen.'
Ze gingen naar haar toe voor een tweede poging een goed contact te leggen.

'Kom bovenop liggen,' beval Alex.
'Het is mooi geweest, Alex, ik heb geen zin meer,' jammerde Tin Lee, haar naakte lichaam nat van het zweet.
Alex lag haar nu al twintig minuten te neuken, maar tot haar verontwaardiging bleef hij hard en kwam maar niet klaar. Hij had al twee amylnitraat capsules gepopt en was nog steeds dronken.
Tin Lee had er geen plezier in. Die vent was groot en ruw en zeker geen heer in bed. Ze wilde weg.
Alex pakte haar bij haar heupen vast en sjorde haar bovenop zich. Ze voelde

zich niet meer dan een object. Hij behandelde haar niet goed. Geen voorspel, geen strelingen. Niets anders dan genadeloos gebeuk.
Maar ja, de waarheid was dat ze een rol in zijn volgende film wilde. En hij was Alex Woods, een belangrijk en beroemd regisseur. En als hij haar de kans gaf, kon ze hem nog wel wat bijbrengen in bed, hoe je het een vrouw naar de zin maakt, bijvoorbeeld, want dit was alleen maar onprettig en vernederend. Zou hij ooit nog klaarkomen?
Alex sloot zijn ogen en probeerde zich te concentreren. Maar hij voelde zich misselijk en draaierig. God, wat had hij een hekel aan drinken. Vooral aan de gevolgen ervan, het opstaan en de kater.
Zijn moeder dreef hem er telkens toe. Die klotemoeder van hem met haar kutopmerkingen. Waarom liet ze hem niet met rust? Hij wist het niet en het kon hem niet meer schelen. Ze had gelijk gehad. Tin Lee moest maar een vriendje van haar eigen leeftijd zoeken. Wat zocht ze in vredesnaam bij hem? Hij schoof abrupt onder haar vandaan. Hij had nog steeds een stijve en trok zich af tot hij klaarkwam.
Daar was Tin Lee niet erg blij mee. Ze sprong uit bed en rende naar de badkamer. Toen ze even later te voorschijn kwam, was ze helemaal aangekleed.
'Ik ga naar huis, Alex,' zei ze met zachte, toonloze stem.
Hij knikte, moe en vervuld van zoveel weerzin dat hij geen woord kon uitbrengen.
Ze verliet zijn appartement en daarna hoorde hij stilte – een griezelige, oorverdovende stilte, waar je gek van werd.
Hij stopte zijn hoofd onder het kussen en viel in een geplaagde slaap.

Leslie Kane was nerveus. Er was iets gebeurd, maar ze wist niet wat. Cooper deed ontegenzeggelijk koeler tegen haar en ze begreep niet waarom. Hij zat rechts van haar aan de ronde eettafel, Jeff links van haar. Ze had gedacht dat dit Cooper gek van jaloezie zou maken. Maar dat gebeurde niet. Hij leek ongeïnteresseerd, bijna kil, terwijl hij in gesprek was met die pot van een vrouw van Felix. Leslie wist dat Muriel Zimmer lesbisch was omdat ze in haar vorige bestaan, als goed betaalde call-girl, op een keer naar het huis van Zimmer moest met twee andere meisjes. Ze hadden alle drie doorschijnende gewaden gekregen en prachtige Venetiaanse maskers en waren toen binnengelaten in een geheel zwarte slaapkamer waar mevrouw Zimmer hen had opgewacht in niets anders dan rubber lieslaarzen, en een verwachtingsvolle glimlach.
Leslie herinnerde zich die avond nog goed. Mevrouw Zimmer blijkbaar niet. Goddank had ze een masker gedragen!
Leslie kon het niet laten iets tegen Cooper te zeggen, ook al wist ze dat het niet bepaald het geschiktste moment was. 'Heb ik iets gedaan wat je vervelend vindt?' fluisterde ze, tastend naar zijn dijbeen onder het lange, damasten tafelkleed.
'Wat?' Hij keek haar afwezig aan alsof ze niet meer dan vage kennissen waren.
'Cooper,' fluisterde ze, terugdenkend aan hoe hij eerder op de dag met zijn

hoofd tussen haar benen had gelegen en met zijn strelingen haar huid in brand had gezet.
'Niet nu, Leslie,' mompelde hij. Hij duwde haar hand weg en praatte verder met Muriel Zimmer.
Leslie voelde een vreselijke brok in haar keel. Ze was hem aan het verliezen. Hoe had dat zo snel kunnen gebeuren? Toen hij twee uur geleden kwam binnenlopen, kon hij zijn handen niet van haar afhouden.
Jeff Stoner boog zich naar haar toe en praatte op zachte, intieme toon tegen haar. Hij leek op de jonge Harrison Ford. Het liet haar koud; ze was absoluut niet in hem geïnteresseerd.
'Leslie,' zei hij ernstig, 'ik vond het zo ontzettend aardig dat je me uitnodigde. Ik stel in Hollywood nog helemaal niets voor. Maar daar trek jij je niets van aan, jij ziet me gewoon als een vriend, een aardige vent. Je hebt geen kapsones.'
Nu dacht Jeff ook nog dat ze aardig was, terwijl ze hem alleen maar gebruikte. En haar slimme plan om Cooper jaloers te maken viel helemaal in het water.
Venus Maria, die aan tafel had gezeten bij de countryzanger en de kledingontwerpster, stond ineens op en tikte met haar vork tegen een champagneglas. 'Mag ik even het woord?' vroeg ze. 'Ik vind dat iemand iets moet zeggen omdat het zo'n bijzondere gelegenheid is.' Ze wierp Leslie een warme glimlach toe. 'Leslie, lieverd, je hebt er zo'n indrukwekkende avond van gemaakt! Leuk gezelschap, heerlijk eten, wat kan een mens zich nog meer wensen? Ik voel me hier vanavond zo op mijn gemak dat ik een groot geheim met jullie wil delen.'
Cooper vroeg zich af wat zijn onvoorspelbare vrouw zou gaan zeggen.
'Wil iedereen het glas heffen,' vervolgde Venus. 'Dan brengen we eerst een toost uit op onze lieftallige gastvrouw, Leslie Kane. O, en dit komt voor sommigen van jullie misschien als een verrassing, maar deze toost breng ik ook uit op mijn fantastische echtgenoot, Cooper. Het geval wil namelijk...' Een lange, provocerende stilte. 'Dat Leslie en Cooper een verhouding hebben.'
Overal om de tafel vielen monden open, en er viel een oorverdovende stilte.
'En hoewel ik een heel begrijpende echtgenote ben,' vervolgde Venus opgewekt, 'en ontzettend ruimdenkend, komt er in elke relatie een punt waarop het genoeg is geweest. Lieve Cooper,' ze hief het glas naar hem, 'ik wil dus van deze gelegenheid gebruik maken om jou en Leslie te laten weten dat jullie die relatie kunnen voortzetten zolang je wilt. Want, lieve Cooper, ik vraag echtscheiding aan.'
Iedereen zweeg.
'Terwijl wij hier zitten, Coop, wordt je kleding overgebracht naar het Beverly Hills Hotel, tenzij je natuurlijk liever bij Leslie intrekt. Ik heb geen idee hoe makkelijk ze is. Misschien heeft ze ook wel iets met onze jonge Jeff, wie zal het zeggen. En, Cooper, je moet niet verbaasd opkijken als je sleutel niet meer in het slot past.'

Cooper stond op, zijn gezicht rood van woede. 'Is dit een flauwe grap of zoiets?'
'Dat is nu precies wat ik in het begin dacht,' zei Venus. 'Toen ik hoorde dat jij met Leslie naar bed ging, dacht ik dat het een vergissing moest zijn, of het moest zijn dat jij de enige was die niet wist dat die lieve Leslie, Amerika's lieveling, een hoer is geweest, een van de meisjes van Madam Loretta.'
Leslie voelde de grond onder haar voeten wegzakken.
Venus richtte zich tot Leslie. 'Niet dat ik het je kwalijk neem, liefje, iedereen moet doen wat nodig is om te overleven. Dat heb ik zelf ook gedaan. Maar weet je? Je moet wel weten met wie je wel en niet het bed in kunt duiken. En als je iets met mijn man begint, kun je beter mijn toestemming vragen, anders word ik ontzettend giftig.'
Leslie zat doodstil terwijl de wereld om haar heen in duigen viel. Ze haatte Venus even intens als haar stiefvader, de man die haar avond na avond misbruikt had.
'Maar goed,' zei Venus, 'ik zal mijn toost afronden. Ik vond het een enige avond, maar ik moet er nu echt vandoor. Er zit thuis een lekker stuk op me te wachten en ik wil zijn geduld niet op de proef stellen. O ja, Felix,' zei ze met een knipoog naar de geile producer, 'misschien vind je het leuk te weten dat Cooper ook fantastisch kan beffen.'
Ze wierp een laatste blik op Cooper, draaide zich om en ging weg. Niemand had de tranen in haar ogen gezien.

11

Nona's baas, Aurora Mondo Carpenter, was een kleine, frêle vrouw met heldere ogen en porseleinen jukbeenderen. Ze was van onbestemde leeftijd, maar Nona had Brigette toevertrouwd dat ze in de zeventig moest zijn.
Brigette stond versteld. 'Nou, ze lijkt anders niet op het type grootmoeder dat ik ken,' zei ze.
Aurora drukte haar persoonlijke stempel op *Mondo*. Ze had aan de wieg van het tijdschrift gestaan en had vijfentwintig jaar de hoofdredactie gevoerd. Ze was getrouwd met een van de beste architecten van New York en schreef vaak ondeugende columns over hem, waarin ze beweerde dat ze het beste seksleven van New York hadden. Aurora was een bijzondere vrouw.
Nona liet zich niet door haar imponeren; ze had haar van kindsbeen af gekend, omdat Aurora een goede vriendin van haar moeder was, en ze voelde zich volkomen op haar gemak toen ze Brigette aan haar ging voorstellen.
'Dit is mijn vriendin,' zei ze. 'Brigette is het meest spraakmakende model van L.A.'

'O ja?' zei Aurora, terwijl ze haar dunne wenkbrauwen optrok. 'Op hoeveel covers heb je al gestaan?'
Brigette dacht razendsnel na en zei toen: 'Ik ben eigenlijk nog maar net uit Europa terug.'
'Op hoeveel Europese covers heb je gestaan?'
'O god,' riep Nona snel. 'Te veel om op te noemen.'
'Waarom heb je het nooit eerder over Brigette gehad?' wilde Aurora weten.
'Omdat ze in het buitenland zat. Weet je, Aurora, ik had een briljant idee. Zou het niet leuk zijn als *Mondo* haar als eerste gebruikte? Ze gaat het helemaal maken; Michel Guy wil haar een contract aanbieden.'
Aurora knikte vriendelijk naar Brigette. 'Kom morgen maar langs op kantoor, dan drinken we samen een kopje thee.'
'Dat lijkt me leuk,' zei Brigette met ogen die straalden van enthousiasme.
'Breng je map mee,' zei Aurora, 'dan kan ik je covers bekijken. En neem je proefopnames mee.'
'Komt voor elkaar,' zei Brigette.
Toen ze buiten gehoorsafstand waren vroeg Nona: 'Heb je eigenlijk wel foto's?'
'Nee, ik dacht dat ik die pas nodig had als ik werk kreeg.'
'Je bent een ramp,' zei Nona, die ongelovig haar hoofd schudde. 'Je wist toch zeker wel dat je je een beetje moest voorbereiden? Geen wonder dat je niets voor elkaar kreeg.'
'Zeg, dit is allemaal volkomen nieuw voor me,' zei Brigette verdedigend.
'Oké, rustig maar. Ik heb al een goed idee.'
'Wat dan?'
'Ik word je manager.'
'Jij?' riep Brigette uit, een spottend lachje onderdrukkend. 'Daar heb je toch helemaal geen verstand van?'
'Wie heeft je bij Aurora geïntroduceerd? Wie heeft een afspraak met Michel Guy voor je geregeld? Wie zorgt er voor proefopnames?'
'Tja, als je het zo stelt...'
'Tien procent,' zei Nona streng. 'En dat is op het moment precies tien procent van niets. Afgesproken?'
'Het valt te proberen,' zei Brigette aarzelend. Ze had immers niets te verliezen. Het was waar dat niemand voortvarender was dan Nona.
Nona knikte, tevreden over haar antwoord. 'Daar heb je Luke Kasway. Laat mij het woord maar doen. Het goede nieuws is dat het een flikker is, het slechte nieuws is dat hij nogal humeurig kan zijn. Trek het je niet aan als hij je beledigt.'
'Waarom zou hij?'
'Dat is zo zijn manier van doen. Hij noemt het opbouwende kritiek. Luke is zo'n fantastische fotograaf dat hem alles vergeven wordt.'
Luke Kasway was een kleine, stevige man met stekeltjeshaar. Hij had een veelkleurig Versace-overhemd aan, een oude spijkerbroek, witte sportschoe-

nen en een stalen brilletje op. In zijn ene oor droeg hij twee diamanten oorbellen, in de andere een klein diamanten stier.
Nona stelde Brigette voor en prees haar de hemel in.
Luke trapte er niet in. 'Doe toch normaal, Nona, je vriendin heeft nog nooit als model gewerkt.'
'Ze is heel bekend in Europa en L.A.,' hield Nona vol.
Luke lachte ongelovig. 'Ik ben bijna altijd in L.A. en ik heb haar nog nooit gezien.' Hij keek Brigette doordringend aan. 'Zeg eens eerlijk: heb je ooit iets gedaan?'
Brigette streek nerveus met haar hand door haar haar en vroeg zich af hoe ze het moest spelen. 'Nee, eerlijk gezegd niet.'
'Ik mag het wel als iemand de waarheid durft te zeggen,' zei Luke. Hij schoof zijn bril omhoog, die de neiging had om af te zakken. 'Als ik tijd heb, kunnen we wel eens wat proefopnamen maken, want je hebt beslist bepaalde kwaliteiten.'
'Ik zei het je toch!' zei Nona triomfantelijk.
'Of die kwaliteiten ook op de foto's tot hun recht komen, moet je afwachten,' zei Luke. 'Sommige meisjes zijn in werkelijkheid ontzettend sexy, maar als ze zich voor de camera geen houding kunnen geven, blijft daar niets van over.'
'Wanneer zou je kunnen?' vroeg Nona, die deze kans wilde benutten. 'Morgen heeft ze een afspraak met Michel Guy, en Aurora wil haar misschien voor een cover gebruiken.'
'De komende drie weken zit ik vol,' zei Luke. 'Dan ga ik naar het Caribisch gebied, waar ik alleen maar op het strand wil liggen om naar opwindende jongens te kijken.'
'Ach kom,' zei Nona, 'voor mij heb je toch wel iets over?'
'Het spijt me, liever,' zei hij, zijn hoofd schuddend. 'Ik ben helemaal volgeboekt.'
'Kan het nu niet?' pleitte Nona. 'Laten we naar je studio gaan en wat opnamen maken. Toe, Luke, het zou zoveel voor me betekenen.'
'Je bent een doordrammer, net als je moeder,' zei Luke zwak.
'Niemand is erger dan zij,' gaf Nona toe.
Hij begon te lachen. 'Vooruit dan maar,' zei hij.
'Vind je het goed dat ik mijn verloofde meeneem?' vroeg Nona.
'Ik wist niet dat je een verloofde had.'
'Hij is mooi en geil. Je valt vast op hem. Maar ik waarschuw je: handen thuis!'
'Je mag hem meenemen als hij niet te veel kletst.'

Brigette, Nona en Zandino gingen per taxi naar de studio van Luke Kasway, die in SoHo was, niet ver van de wijk TriBeCa. Ze gingen met de vrachtlift naar de bovenste verdieping van het oude bedrijfspand, waar ze werden opgewacht door Luke. Hij liet hen binnen in zijn reusachtige studio.
'Wat een ruimte!' zei Nona bewonderend.
Brigette keek naar de enorme vergrotingen van foto's die aan de witte wan-

den hingen. Ze vroeg zich af of ze ooit zo beroemd zou worden als deze topmodellen.
Nona stelde Zandino voor aan Luke. 'Mijn verloofde,' zei ze trots.
'Mooi gewaad heb je aan,' zei Luke.
Zandino lachte stralend. 'Traditionele kleding,' zei hij trots.
'We hoopten dat mijn ouders geschokt zouden zijn, maar ze vertrokken geen spier,' zei Nona.
'Effie en Yul zijn de ruimdenkendste mensen in New York, en de interessantste,' zei Luke.
Hij schonk voor iedereen iets te drinken in en deed toen een stapje achteruit om Brigette kritisch op te nemen. 'Goed, ga eens voor de camera staan. Doe je schoenen maar uit en probeer je te ontspannen.'
Brigette schopte haar Blahnik-pumps uit en ging voor een blauwe achtergrond staan. Nu ze voor een echte camera stond, voelde ze haar zelfvertrouwen afnemen. Ze had zich voorgesteld over een *catwalk* in Parijs te paraderen in een creatie van een topontwerper, hautaine blikken op het publiek werpend. Dit was echter heel anders, intimiderend.
Luke zette de stereo-installatie aan en de zwoele stem van Annie Lennox klonk door de studio.
'Ik schiet een paar zwart-witrolletjes vol en een paar in kleur. Dan zien we wel wat het oplevert. Doe maar alsof de camera je minnaar is. Probeer hem te verleiden. Je hebt toch wel een minnaar gehad?'
'Natuurlijk,' zei ze verontwaardigd.
'Laat je mooie ogen het werk maar doen. Laat je haar over je gezicht vallen, ja, zo... prima... kijk nu eens een beetje omlaag, dan zullen we zien of we iets fantastisch kunnen creëren.'
Ze begon te poseren en liet zich leiden door de muziek.
Zo gauw ze iets deed wat Luke als onnatuurlijk beschouwde, riep hij: 'Doe gewoon, laat je gaan, ontspan je.'
Hij schoot een paar rolletjes vol en pakte toen zijn Polaroid.
Nona en Zandino stonden haar aan te moedigen.
Na een uur van non-stop bezig zijn vond Luke het mooi geweest. 'Volgens mij hebben we genoeg.'
'Wanneer kunnen we de foto's zien?' vroeg Nona.
'Je kunt morgenochtend mijn assistent bellen.'
Brigette was ontzettend opgewonden. Ze liep nog eens door de studio en bekeek gefascineerd de foto's die er hingen. Er hingen ook heel wat foto's van beroemdheden tussen. Sylvester Stallone met een cowboyhoed. Winona Ryder met een rood topje aan. Jon Bon Jovi met ontblote borst. 'Ken je al die mensen?' vroeg ze Luke.
'Natuurlijk,' zei Nona. Ze pakte een groot formaat foto van Robertson en Nature, beroemde modellen die niets anders aan hadden dan een superstrakke spijkerbroek en betoverend lachten, terwijl ze hun handen voor hun borsten hielden.

'Wát een foto,' riep Nona enthousiast.
'Ja,' zei Luke. 'Dat is de foto voor de reclamecampagne voor Rock'n'Roll Jeans. Ooit van gehoord?'
'Nee, nooit.'
'Dat zal binnenkort veranderen. Dat merk wordt bekender dan Guess en Calvin Klein bij elkaar.'
'Echt waar?' zei Nona geïnteresseerd. 'Weet je wat ik eigenlijk vind? Die foto is niet verrassend genoeg. Hij is goed, twee meisjes, de droom van iedere man. Maar het is al vaker gedaan. Robertson en Nature hebben zo ongeveer op de omslag van alle belangrijke tijdschriften gestaan. Het is niet spannend of nieuw, Luke. Je vindt het toch niet erg dat ik dat zeg?'
'Ik kan niet zeggen dat ik er blij mee ben,' zei Luke gepikeerd.
'Ik probeer alleen maar eerlijk te zijn,' zei Nona onschuldig.
'Kun je dat niet ergens anders doen?'
'Doe niet zo lullig. Ik ben toevallig wel iemand uit je doelgroep.'
Hij keek haar aan. 'Bedoel je dat je die spijkerbroek niet zou kopen omdat je de fotomodellen kent uit advertenties voor andere producten?'
Ze haalde haar schouders op. 'Het is toch niets nieuws, die twee samen. Kijk, als Brigette die spijkerbroek aan had...'
'Je wilt zeker dat ik haar voor die campagne ga gebruiken. Is dat wat erachter zit?'
'Wat heb je te verliezen?' zei Nona.
Luke slaakte een zucht. 'Oké, Brigette. In de kleedkamer hangen de spijkerbroeken. Zoek er een in jouw maat en trek hem aan. Maar dat is het enige wat je mag aantrekken.'
'Ik doe geen naaktfoto's,' zei Brigette. Luke Kasway mocht dan een topfotograaf zijn, maar ze ging voor hem mooi niet uit de kleren.
'Hou je handen maar voor je borsten,' zei Luke. 'Net als de meisjes op die andere foto.'
Nona knikte instemmend. 'Doe het nou maar.'
Ja, Nona had makkelijk praten, die hoefde zich niet uit te kleden.
Ze ging de kleedkamer in en wrong zich in een spijkerbroek. Ze voelde zich als een idioot met haar handen voor haar borsten, maar ze hield zich voor dat een beetje bloot er nu eenmaal bijhoorde. Het was niet of ze voor de *Playboy* ging poseren.
Ze kwam te voorschijn en wachtte op instructies van Luke.
'Goed, kom eens hier staan,' zei hij, en hij wees haar op een andere achtergrond, een bakstenen muur. 'Ga met je gezicht naar de muur staan, benen uit elkaar en draai je om als ik het zeg.'
Hij keek door de lens en maakte goedkeurende geluiden.
Zandino stond wat afzijdig en zei: 'Dat ziet er fantastisch uit.'
Luke keek naar hem. 'Heb jij wel eens foto's laten maken?'
Zandino lachte. 'Nooit meer dan pasfoto's.'
'Nona, heeft hij een mooi lichaam?'

'Nou en of!'
Luke grinnikte. 'Dat had ik kunnen weten. We hadden altijd al dezelfde smaak, toen je twaalf was al.'
'Zandino, zoek eens een spijkerbroek in jouw maat uit en kleed je om.'
Nona zag meteen de mogelijkheden die dit bood en gaf hem een zetje. 'Doe maar, al is het maar voor de lol.'
Een paar minuten later kwam Zandino terug. Hij had inderdaad een prachtig lichaam, strak, gespierd en prachtig chocoladebruin. Zijn spijkerbroek zat hem als gegoten.
Nona keek bewonderend naar zijn kruis. 'De kroonjuwelen komen goed uit, schat.'
Zandino keek bezorgd omlaag.
'Grapje,' zei Nona snel.
'Ga eens bij Brigette staan,' zei Luke. 'Eens kijken wat voor interactie er tussen jullie ontstaat. Doe eens iets voor de camera.'
'Zoals wat?' vroeg Brigette zenuwachtig, omdat Zandino ineens zo dichtbij haar stond.
'Ik weet het niet... Ga eens rug aan rug staan, of tegenover elkaar. Zan, leg je handen eens op haar borsten, we zijn op zoek naar iets nieuws.'
'Ho eens even,' riep Nona. 'Zijn handen op haar borsten? Vergeet het maar!'
'Ja zeg, net zei je nog dat je haar manager was. Dit kan fantastisch worden!'
Nona knikte bedachtzaam. 'Ik begrijp wat je bedoelt. Zwart en wit – Rock'n'Roll Jeans.'
'Precies,' zei Luke enthousiast. 'Zwarte muziek, witte muziek.'
In het begin gedroegen ze zich geremd en onwennig. Luke liet Sting door de studio schallen en langzaam begonnen ze zich te ontspannen voor de camera.
Luke werkte snel door en gebruikte verschillende camera's. Hij schoot het ene rolletje na het andere vol.
Brigette genoot. Nu ze zich vertrouwder voelde met Zandino en er niet meer aan dacht dat hij haar borsten vasthield, kreeg ze er plezier in. Poseren was zwaar werk, maar opwindend.
Toen de sessie afgelopen was, voelde iedereen zich uitgeput.
Brigette pakte een handdoek. 'Ik ben bekaf, maar wat een fantastische ervaring.'
'Stel je er niet teveel van voor,' zei Luke. 'Het kan ook zijn dat we allemaal onze tijd hebben verdaan.'
'Nee,' zei Nona met stelligheid. 'Dit wordt je nieuwe campagne. Ik weet het zeker, Luke. Ik vergis me nooit.'

12

Lucky sliep het merendeel van haar vlucht naar Europa en werd zelfs niet wakker toen ze een tussenlanding maakten om brandstof in te nemen. Ze was van plan geweest een paar scripts te lezen en de dagelijkse rapporten te lezen over de twee films die ze in productie had, kortom: een heleboel werk te verzetten.
Maar het kwam er niet van. Ze at een lichte maaltijd, dronk een glas Cointreau en viel in slaap.
Voor ze wegdoezelde, waren haar laatste gedachten dat ze dit weekend alle zaken uit haar hoofd ging zetten en alleen een fantastische tijd met Lennie wilde hebben. Dat hadden ze allebei verdiend.

Lennie was niet moe nadat ze de hele dag op locatie op het strand hadden doorgebracht, dus in plaats van naar zijn kamer te gaan, ging hij met wat collega's en mensen van de *crew* naar de bar van een hotel om een paar pilsjes te drinken.
Hij kon aan niets anders denken dan aan Lucky die zou komen. God, wat hield hij veel van haar. Hij had oog voor niemand anders, en dat voor een man die de naam had gehad dat hij een gevaarlijke vrouwenversierder was! Er was heel wat veranderd. Hij was nu een modelechtgenoot en was dik tevreden met zijn bestaan.
'Ik ga naar huis,' zei hij tegen Al, de assistent-regisseur. 'Ik ga vroeg naar bed.'
'Kijk eerst nog even achterom naar die blonde vrouw daar. Wat een lichaam!'
Lennie keek. Het was hetzelfde blondje dat hij eerder op de set had gezien. In plaats van een bikini had ze een superkort rokje aan en een kort truitje dat haar middenrif vrijliet.
Ze kwam meteen naar hem toe. 'Hallo, Lennie,' fluisterde ze. 'Mag ik bij je komen zitten?'
Het verbaasde hem dat ze hem met zijn voornaam aansprak. Hij kende haar helemaal niet. Ze deed alsof ze goede vrienden waren.
'Je zult het met mijn collega's moeten doen,' zei Lennie. 'Ik ga naar huis.' Hij ging er snel vandoor, voor het blondje hem verder kon lastigvallen. Zijn intuïtie vertelde hem dat ze niets dan ellende zou betekenen.
Hij ging naar zijn kamer, kleedde zich uit en ging in zijn onderbroek op bed liggen om het script voor de volgende dag door te nemen.
De telefoon ging. Hij nam snel op, hopend dat het Lucky was die hem belde vanuit het vliegtuig.
'Lennie? Voel je je niet erg alleen?' zei een sensuele stem.
'Met wie spreek ik?' vroeg hij, ook al wist hij meteen dat hij de blonde vrouw aan de lijn had.

'Zal ik je even gezelschap komen houden? Misschien kunnen we iets drinken bij jou op de kamer.'
'Mijn moeder zei altijd dat ik nooit met onbekenden moest drinken,' zei hij in een poging het luchtig te houden. Dit was een onaangename situatie.
'Ik zou niet lang een onbekende voor je blijven,' zei ze met een stem vol belofte.
'Weet je wat? Bel morgen nog eens als mijn vrouw er is. Dan kunnen we samen iets met je drinken.'
De vrouw lachte zacht. 'O, hou je van triootjes?'
'Kom meid, ga iemand anders lastig vallen,' zei hij, maar hij besefte dat hij niet zo makkelijk van haar af zou komen. 'Ik ben niet geïnteresseerd.'
'Daar zou je anders over kunnen gaan denken als je zag wat ik voor je in petto heb.'
'Ik heb gezien wat je in huis hebt,' zei hij scherp. 'Net als iedereen.'
Ze gaf het nog niet op. 'Ben je echt zo'n brave echtgenoot?'
'Kom, laat me met rust,' zei hij, en hij gooide de hoorn erop.
Een paar minuten later ging de telefoon opnieuw. Hij wilde hem eigenlijk niet opnemen, omdat hij bang was dat het die hardnekkige tante weer zou zijn. 'Ja?' snauwde hij.
'Zo! Wat ben jij in een slechte bui.'
'O, Jennifer. Wat is er?'
'Ik heb geregeld dat je pas om twee uur op de set hoeft te zijn. Dan kun je eerst naar de luchthaven gaan. Vergeet je het niet? Opnamen om twee uur.'
'Je bent een schat.'
'Bedankt.'
'Wacht even. Herinner je je dat blonde meisje nog? Die me vandaag op de set lastig viel?'
'Wat is er met haar?'
'Weet je dat ze net naar mijn kamer belde?'
'Wat heb je tegen haar gezegd?'
'Dat ze met een fles wodka en een gezinspakket condooms naar mijn kamer moest komen. Wat dacht je anders?'
Jennifer was niet in de stemming voor grapjes. 'Wil je dat ik met je meerijd naar de luchthaven?'
'Nee,' zei hij droog. 'Ik denk dat ik het in mijn eentje wel kan vinden.'
'Vergeet niet dat je om twee uur weer hier moet zijn, Lennie.'
'Ja, ik weet het.'
'Ik ken je. Schrijf het op.'
'Doe ik.' Hij hing op, pakte het script en begon weer te lezen.
Na een paar minuten werd er op de deur geklopt. Hij wist dat het Jennifer zou zijn. Ze vertrouwde hem niet en kwam persoonlijk het opnameschema brengen, zodat hij het niet kon vergeten.
Hij grinnikte, stond op en deed de deur open. Daar stond Miss Siliconenborst en ze had niets anders aan dan hoge hakken en een kamerjas.

'Je voelt je vast eenzaam,' fluisterde ze. 'Zo'n beroemde Amerikaanse filmster, helemaal alleen.'
Die vrouw wist van geen opgeven. 'Hoor eens,' zei hij geduldig, 'ik weet niet hoe ik het je moet vertellen, maar ik ben volkomen gelukkig en het ontbreekt me aan niets. Ga naar huis.'
'Weet je het zeker, Lennie?' vroeg ze. Ze keek hem aan en liet haar kamerjas openvallen. Natuurlijk had ze er niets onder aan.
'O jee,' liet hij zich ontvallen, terwijl hij zijn blik over haar prachtige rondingen liet gaan.
'Ben je al van gedachten veranderd?' zei ze met een sexy stem.
'Hoor eens,' zei hij flink, 'doe me een lol en ga naar huis.'
Ze was niet van plan een centimeter te wijken. 'Dat meen je niet,' zei ze, als een vrouw die gewend is haar zin te krijgen.
'Ja, ik meen het. Ik wil je niet zien en ik wil je niet aanraken. En nu wegwezen.'
Ze likte aan haar wijsvinger en streelde ermee over haar stijve tepel. 'Bevalt het je niet wat je ziet?'
'Als je niet weggaat bel ik de beveiliging.'
Ze schudde haar kamerjas af. Hij viel in een hoopje aan haar voeten. Ze stond spiernaakt voor hem. 'Moet je vooral doen, Lennie. Dan zeg ik dat je me naar je kamer hebt gelokt en me hebt lastiggevallen.'
Nu werd hij kwaad. 'Sodemieter nou maar op,' zei hij en hij probeerde de deur voor haar neus dicht te gooien.
Voor hij dat kon doen, sloeg ze haar armen om hem heen en hield hem stevig vast.
Aan het einde van de gang dook ineens een fotograaf op; zijn camera flitste. Lennie probeerde haar van zich af te duwen en besefte te laat dat hij in de val was gelokt.
Toen hij zich had losgewurmd, rende hij achter de fotograaf aan. De man met de camera nam meteen de benen. Lennie zette de achtervolging in, tot hij zich realiseerde dat hij alleen een onderbroek aan had. Dat zou nog eens een goede foto opleveren. Hij kon beter gaan uitzoeken wat het blondje van plan was geweest.
Hij draaide zich om en sprintte terug naar zijn kamer. Ze was weg. Ze hadden de foto's, en nu waren ze allebei verdwenen.
Hij pakte de telefoon en vroeg naar de beveiliging. Even later stond de manager van het hotel voor de deur.
'Wat is er, mr. Golden?' vroeg de man, die duidelijk uit zijn slaap was gehaald.
Wat moest hij zeggen? Dat er een naakte vrouw voor zijn deur had gestaan met een fotograaf? Het klonk niet erg geloofwaardig.
Hij moest het maar van zich afzetten en hopen dat de foto's niet ergens zouden opduiken, ook al had hij het vervelende gevoel dat dat wel zou gebeuren.
'Ik eh... dacht dat ik een inbreker hoorde,' zei hij mat.
'Ik zal het persoonlijk onderzoeken, mr. Golden,' zei de manager met een vrijwel onmerkbare buiging.

'Graag.'
Weer iets geleerd. De *paparazzi* hadden er alles voor over om de foto's te krijgen die ze wilden hebben om in Amerika aan de roddelbladen te verkopen. Morgen zou hij zijn advocaten bellen en ze precies vertellen wat er was gebeurd, zodat ze publicatie konden tegenhouden als de foto's ergens opdoken.
Hij besloot naar Jennifers kamer te bellen.
'Dag, Lennie,' zei ze geduldig.
'Hoe heette dat blondje eigenlijk?'
'Lennie!' zei Jennifer berispend. 'Je vrouw komt morgen; ik dacht nog wel dat jij een fatsoenlijke man was.'
'Ik wil haar naam en telefoonnummer.'
'Komt voor elkaar,' zei Jennifer. 'Wil je haar maten ook weten?'
'Het is niet wat je denkt.'
Jennifer mompelde iets cynisch. 'Je zegt het maar, Lennie. Jij bent de grote ster.'
Hij wist dat ze hem niet geloofde, maar Lucky wel, en dat was het enige wat telde.
De volgende ochtend stond hij ruim voordat het tijd was om naar de luchthaven te gaan al klaar.
Dit weekend zou hij zijn vrouw heel gelukkig maken.

Lucky droomde. Ze lag op een vlot in zee, terwijl het vlot heen en weer geschommeld werd door de golven. Ineens lag Lennie naast haar, die haar schouder masseerde en zei dat hij van haar hield.
'Mevrouw Santangelo... Mevrouw Santangelo. We gaan over een uurtje landen. Misschien wilt u zich nog wat opfrissen.'
Geschrokken deed ze haar ogen open. Tommy, de steward, boog zich over haar heen.
'Koffie en sinaasappelsap, mevrouw Santangelo?' vroeg Tommy gedienstig.
Ze geeuwde, sliep nog half. 'Graag, Tommy. Ik neem even snel een douche en ben zo klaar.'
De Panther-jet was ingericht als een chique hotelsuite. In de badkamer nam ze een koude douche om wakker te worden. Toen ze weer te voorschijn kwam was ze opgefrist en boordevol energie. Ze had zich opnieuw opgemaakt, had haar haar gedaan en had een zijden blouse en een ruimvallende pantalon aan.
Eigenlijk was het idioot. Lennie en zij waren al vier jaar getrouwd en ze was nog steeds even opgewonden als ze hem ontmoette als de eerste keer.
Wie had ook al weer gezegd dat hartstocht nooit lang duurde?

'Staat mijn auto klaar?' vroeg Lennie aan de portier.
De portier knipte met zijn vingers en er kwam een oude Mercedes met chauffeur voorrijden. Andere auto, andere chauffeur.
'Waar is Paulo vandaag?' vroeg Lennie, toen hij achterin stapte.

'Hij is ziek.'
'O, vervelend. Ik wil naar de luchthaven.'
'Ik weet het,' zei de chauffeur en hij liet de oude Mercedes wegrazen.

De Panther-jet maakte een probleemloze landing op de luchthaven Poretta van Corsica. Lucky kon haast niet wachten met uitstappen; ze wilde Lennies armen om zich heen voelen, hem omhelzen.
Toen ze buiten kwam, was ze teleurgesteld te zien dat hij er niet was. Iemand vroeg of ze in een VIP-kamer wilde wachten. Dat deed ze, ook al was ze gek van ongeduld.
Ze belde meteen naar Lennies hotel. Ze werd doorverbonden naar zijn kamer. Een hese vrouwenstem zei: 'Hallo?'
'Lennie?' vroeg Lucky fronsend.
'O... Lennie... Die is vanochtend vroeg weggegaan,' zei de stem.
Lucky hoorde een licht Frans accent. Zou ze het kamermeisje zijn? 'Met wie spreek ik?' vroeg ze achterdochtig.
'Met een vriendin. Met wie spreek ik?'
'Met zijn vrouw.'
Er werd snel opgehangen.
Lucky voelde woede in zich oprijzen. Zou Lennie haar bedriegen? Uitgesloten. Hij was een man die haar niet zou teleurstellen. Ze hadden iets speciaals samen; ze vertrouwden elkaar. Ze hadden een heel bijzondere band.
Maar wie was er verdomme dan in zijn kamer!
Ze liep met grote stappen de kamer uit en bestelde een auto met chauffeur. Ze wilde niet langer wachten.

13

Venus had helemaal geen afspraak die avond; dat had ze verzonnen om Cooper op stang te jagen. Toen ze thuiskwam, wou ze dat ze had afgesproken dat Rodriguez er zou zijn. Ze had behoefte aan een warm, sensueel lichaam. Ze had er behoefte aan dat iemand van haar hield.
Was het te laat om hem te bellen?
Ja, dat zou de indruk maken dat de nood wel erg hoog was.
Mijn god! Dat gezicht van Cooper. Ze had zijn ego geen goed gedaan. Zijn leven lang had hij alle vrouwen met wie hij een verhouding had gehad bedrogen en hij was nooit met de consequenties geconfronteerd. Op zijn trouwdag had hij beloofd zijn leven te zullen beteren.
En wat denk je? Hij was geen steek veranderd.
Nu zat ze alleen in haar grote landhuis. Coopers kleren en bezittingen wa-

ren ingepakt en opgestuurd; zijn aanwezigheid was weggevaagd alsof hij hier nooit had gewoond.

Ze trok haar schoenen uit en liep op blote voeten door het huis en bekeek de foto's waar ze samen opstonden. Het was nog te kort geleden om zijn foto's uit de lijstjes te halen, maar ze wist zeker dat ze hem niet zou terugnemen.

De volgende ochtend was ze om zes uur op om te joggen met Sven, haar persoonlijke trainer. Na het joggen was ze klaar om de dag onder ogen te zien; ze haalde er energie uit.

Hijgend en zwetend renden ze de Hollywood Hills op en af. Toen ze bij haar huis terugkwamen, gingen ze meteen naar haar fitnessruimte voor een intensieve training: een uur looptraining en drie kwartier training van het onder- en bovenlichaam met losse gewichten. Ha! Als mensen dachten dat het makkelijk was om een lichaam als het hare te krijgen!

Om negen uur vroeg ze hem de televisie aan te zetten, zodat ze naar Kathie Lee en Regis kon kijken – hun vroege talkshow was altijd boeiend, zeker als Kathie Lee een van haar uitbundige buien had.

Het programma was net begonnen toen het werd onderbroken door een extra nieuwsuitzending. Venus' mond viel open toen ze hoorde wat de nieuwslezer te melden had.

'Vanochtend vroeg is bekendgemaakt dat de filmster Lennie Golden om het leven is gekomen nadat zijn auto was uitgebrand bij een ongeval op het eiland Corsica, waar hij voor filmopnamen was. Een woordvoerder van Wolfe Productions maakte bekend dat...'

Lennie Golden, dood! Lennie, Lucky's echtgenoot. Lennie, haar goede vriend.

'Ik moet meteen naar Lucky,' bracht ze uit terwijl ze wegrende.

Cooper had niet de moeite genomen naar huis terug te gaan. Als Venus zei dat ze zijn spullen had ingepakt en een ander slot op de deur had laten zetten, kon hij er zeker van zijn dat het waar was.

Nadat hij bij Leslie was weggegaan, was hij meteen naar het Beverly Hills Hotel gegaan, waar hij al een bungalow gereserveerd bleek te hebben. Venus had werkelijk overal aan gedacht.

Leslie had hem gesmeekt te blijven, maar dat had hij zelfs niet overwogen.

'Hoe is Venus erachter gekomen?' vroeg hij. 'Wie heb je het verteld?'

'Niemand. Mensen zijn niet achterlijk. Ze hebben ons samen gezien.'

Hij liep heen en weer door de kamer en probeerde te bedenken wie hem erin had geluisd. 'Je wilde graag dat ze het zou weten, is dat het?' vroeg hij.

'Nee,' zei ze koppig. 'Dat is wel het laatste wat ik wilde.'

'Nou, in elk geval is het voor mij niet verstandig om te blijven.'

De tranen sprongen haar in de ogen. 'Maar, Cooper, ik kan niet buiten je.'

'Daar had je dan maar eerder aan moeten denken.'

Hij was weggegaan en kon zich wel voor de kop slaan dat hij zo indiscreet was geweest. Hij kon er alleen nog maar over denken hoe hij het goed zou kunnen maken met Venus, want de waarheid was dat hij echt van haar hield.

Na een onrustige nacht werd hij laat wakker en pakte meteen de telefoon. Hij bestelde bij roomservice een ontbijt zoals hij bij Venus nooit kreeg, omdat ze altijd met haar gezondheid bezig was. Eieren met spek, jus d'orange, koffiebroodjes en koffie.

Toen de ober zijn bungalow binnenkwam, begroette Cooper hem kortaf. De man zag eruit alsof hij wilde kletsen en daarvoor was hij niet in de stemming.

'Wat een vreselijk nieuws over Lennie Golden,' zei de ober terwijl hij de gebakken eieren met spek neerzette. 'Hij kwam hier vaak lunchen. Iedereen zal hem vreselijk missen.'

'Wat voor nieuws?' vroeg Cooper, die een stoel bijtrok.

'Hij heeft een vreselijk auto-ongeluk gehad.'

'Maar hij leeft nog?'

'Zijn auto is van de rotsen gestort.'

'Lééft hij nog?'

'Nee, meneer Turner. Hij is... eh... dood.'

Cooper kon zijn oren niet geloven. Zijn vriend Lennie, dood! 'Wanneer hebt u dat gehoord?' vroeg hij.

'Het was op het nieuws. Het spijt me, ik dacht dat u het al wist.'

'Nee,' zei Cooper met toonloze stem, 'ik wist het nog niet.'

Alex kwam laat op kantoor en had een kater. Het was over twaalven en hij was in een klotestemming. Van de vorige avond kon hij zich alleen nog de beledigingen van zijn moeder herinneren. Ze flikte het elke keer en maakte hem zo kwaad dat hij niet meer helder kon denken. Nu had ze zijn dag bedorven omdat hij een belangrijke bespreking met zijn producer en zijn locatiemanager had gemist, en die waren nu allebei kwaad op hem.

Hij had zin in een borrel. Tot dusver had hij de verleiding weerstaan; gisteravond was al erg genoeg geweest.

'Goedemorgen, Alex,' begroette Lili, zijn assistente hem met lichte afkeuring in haar stem. 'Of zal ik goedemiddag zeggen?'

'Ik weet het, ik had er om negen uur moeten zijn. Er is iets tussen gekomen.'

'Ik heb naar je huis gebeld,' zei ze beschuldigend.

'Ik had de telefoon eruit getrokken.'

'Hmm.'

France, zijn andere assistente, kwam hem een beker sterke, hete thee brengen. 'Drink maar op, straks zul je me er dankbaar voor zijn.'

Hij onderdrukte de neiging om over zijn bureau te gaan kotsen. 'Wil je Tin Lee bloemen sturen?' vroeg hij.

'Hoeveel wil je eraan uitgeven?' vroeg France.

'Veel,' zei hij schuldbewust. Wie weet wat hij Tin Lee allemaal had aangedaan. Ze zou wel niets meer met hem te maken willen hebben.

'Alex, heb je het nieuws gehoord over Lennie Golden, de man van Lucky Santangelo?'

'Welk nieuws?'

'Hij heeft op locatie in Corsica een ongeluk gehad. Zijn auto is van de rotsen gestort. Hij is dood.'
'Jezus! Wanneer is dat gebeurd?'
'Het was vanochtend op de radio.'
Alex herinnerde zich dat Lucky had verteld dat ze Lennie ging opzoeken.
'Was Lucky bij hem?' vroeg hij snel.
'Ik weet het niet,' zei Lili met een vaag gebaar. 'Dat werd er niet bij verteld.'
Alex sprong op. 'Bel Freddie.'
Lili ging meteen naar de telefoon. 'Ja, Alex.'

Brigette en Nona liepen over Madison Avenue, aan een stuk door lachend en pratend over de vorige avond, het feest en de fotosessie bij Luke.
Brigette realiseerde zich hoe ze haar vriendin had gemist en hoe heerlijk het was dat Nona nu haar manager was. Ze hadden elkaar altijd geluk gebracht.
Toen ze langs een krantenkiosk kwamen, viel haar oog op een kop in de *New York Post*.

    LENNIE GOLDEN OMGEKOMEN BIJ ONGELUK OP CORSICA
    FILMSTER KOMT OM IN VLAMMENZEE

'O mijn God!' riep ze uit en ze pakte Nona bij de arm. 'Nee! Neee! Laat het niet waar zijn!'

Donna Landsman was niet verbaasd. Ze had de krant gelezen en glimlachte. Alles liep gesmeerd.
Lucky Santangelo. Hoe voelt het nu?
Hoe voelt het om je man te verliezen zoals ik de mijne heb verloren?
Hoe voelt het om alleen achter te blijven met drie jonge kinderen?
Rotwijf, nu weet je precies hoe het voelt.
En ik kan je verzekeren dat dit pas het begin is.

14

Lucky zat heel stil en staarde strak voor zich uit. Ze wist dat ze hoorde te huilen, het hoorde uit te schreeuwen. Alles zou beter zijn dan deze ijzige kalmte die haar had overvallen en alle gevoelens verdoofde.
Lennie was dood. Haar Lennie was er niet meer.
En toch bleef ze helder en beheerst alsof het leven in vage, vertraagde vorm aan haar voorbijtrok.
Ze was radeloos van verdriet. Kapot. Maar toch wilden de tranen niet stromen.

Ze zat op Lennies bed in een hotelkamer in een vreemd land. Haar man was dood en ze kon niet huilen.

De kleine Lucky Santangelo was vijf jaar geweest toen ze het verminkte lichaam van haar moeder in het zwembad zag drijven; vijfentwintig toen ze Marco hadden neergeschoten; nog jonger toen Dario werd doodgeschoten en uit een auto gegooid werd.

De dood was geen onbekende voor de Santangelo's. Lucky wist maar al te goed wat dat betekende. En nu was Lennie dood... haar Lennie, de liefde van haar leven.

Tenminste... Ze dacht aan de omstandigheden. De verschrikkelijke omstandigheden.

De rit van de luchthaven naar het hotel. De sleutel van zijn kamer uit de handen van een verbaasde receptionist grissen. Het 'niet storen'-bordje op zijn deur.

Ze kwam binnen in Lennies wereld en was teleurgesteld dat hij er niet was. Het bed was niet opgemaakt, de kamer was één grote wanorde. Maar ja, Lennie had nooit bekend gestaan om zijn huishoudelijke kwaliteiten.

Details...details... Ze nam ze een voor een in zich op. De overvolle asbakken op de beide nachtkastjes. Een vrijwel lege champagnefles... twee glazen, één met lippenstift aan de rand. Een zijden onderjurk die in een hoopje op de grond lag, half onder het bed.

Dit moest de verkeerde kamer zijn. Maar dat was niet zo. Een foto van haar lag ondersteboven op een tafeltje. Lennies kleren waren er, zijn script, zijn agenda, zijn speciale zilveren pen, die zij voor hem had gekocht bij Tiffany.

Ze belde de productiemaatschappij om te achterhalen waar hij was. Maar tegen die tijd kwamen er al berichten binnen over een vreselijk ongeluk op de verraderlijke bergwegen.

Twee mensen van de productiemaatschappij kwamen haar ophalen. Ze reden met de auto over een smalle kronkelweg naar de plaats van het ongeluk. Daar stonden ze vol afgrijzen te kijken hoe reddingswerkers de verongelukte auto probeerden op te takelen, die vele tientallen meters over de rots naar beneden was gestort en in brand was gevlogen voor hij in de woeste golven van de zee was terechtgekomen.

Op dat moment had Lucky met een overweldigend gevoel van angst geweten dat ze Lennie nooit meer terug zou zien.

Nu zat ze alleen in zijn hotelkamer, die door het kamermeisje was schoongemaakt; die champagnefles was weg, de asbakken waren schoon, en de foto van haar en de kinderen stond weer overeind.

Verdomme, Lennie hoe kon je ons zo in de steek laten?

De telefoon bleef maar rinkelen. Ze nam niet op, omdat ze met niemand wilde praten. Haar vliegtuig stond startklaar in afwachting van haar instructies. Maar op dit moment was ze niet in staat welk besluit dan ook te nemen.

Het lichaam van de chauffeur was uit zee gehaald en aan de hand van medi-

sche gegevens geïdentificeerd. Lennie was nog steeds niet gevonden.
'Ze hadden geen schijn van kans,' had een van de rechercheurs met behulp van een vriendelijke tolk uitgelegd.
Na een poosje stond Lucky op en begon werktuiglijk Lennies spullen in te pakken. Zijn T-shirts, sokken, truien. Zijn sportkleren. Zijn lievelingsjack. Zijn collectie denim-overhemden. Ze deed het langzaam, systematisch, bijna alsof ze in een trance verkeerde.
Toen ze klaar was met zijn kleren, pakte ze zijn script en een aantal blocnotes in, met de eerste versie van een script dat hij aan het schrijven was.
Toen ze de la van het nachtkastje opentrok, vond ze een aantal Polaroid-foto's van een naakte blonde vrouw. Ze keek er een poosje naar. De blonde vrouw was uitzonderlijk mooi en ze had een verleidelijke glimlach op haar domme gezicht.
Verdomme, klootzak. Ik dacht dat jij anders was.
Geen tranen. Teleurstelling. Gekwetstheid. Woede. Een overweldigend gevoel van verraad.
Ze dacht terug aan de keer dat ze haar tweede echtgenoot, Dimitri, in bed had betrapt met de operazangeres Francesca Fern. Toen had ze ook niet gehuild, en er was geen reden om dat nu wel te doen. Flink zijn, dat was haar motto. Dat was haar manier van overleven.
Er waren nog meer foto's. Lennie met de blonde vrouw, Haar naakte lichaam dicht tegen hem aangedrukt. En nog een foto van hun tweeën, die blijkbaar op de set was genomen. Lennie met zijn arm om haar schouders.
En nu ben je dood, en je kunt het nooit meer uitleggen.
Niet dat ze uitleg wilde. Er was niet veel uit te leggen. Lennie Golden was gewoon ook een man die zijn pik achterna liep. Geile acteur op locatie.
Het verdriet was ondraaglijk.
Ze pakte de rest van zijn spullen in twee koffers en stak de foto's in haar portefeuille.
Na een poosje belde ze haar vader in Palm Springs. Ze had al eerder met hem gebeld om te vragen of hij de kinderen wilde ophalen. Nu waren ze veilig bij hem.
'Kom toch naar huis,' zei Gino.
'Ja,' antwoordde ze mat. 'Ik wacht hier tot ze Lennies lichaam hebben gevonden... Ik wil hem met me mee terugnemen.'
'Tja... Lucky, dat kan misschien wel even duren. Jij hoort bij je kinderen te zijn.'
'Ik wacht nog één dag.'
'Je kunt daar niets doen. Als ze hem vinden, regelt de productiemaatschappij dat hij wordt overgevlogen. Jij moet nu naar huis komen.'
'Daar ben ik nog niet aan toe.'
'Jij hoort nu echt bij je kinderen te zijn,' zei Gino streng.
Ze liet zich niets voorschrijven. Niets kon haar meer schelen. 'Ik bel je nog wel,' zei ze met zachte lage stem.
Voor hij iets kon tegenwerpen, legde ze de hoorn neer en begon doelloos

door de kamer te lopen. Lennie, die zo lang en sexy was. Met zijn brede glimlach. Met zijn doordringende groene ogen. Zijn slanke lichaam. Lennie. Haar Lennie.
Ze kon aan niets anders denken. Ze voelde zijn huid, rook zijn geur en verlangde meer naar hem dan ze ooit in haar leven naar iets had verlangd.
Lennie.
De bedrieger.
Verdomme, Lennie, klootzak. Je hebt me bedrogen en dat kan ik je nooit vergeven.

Boek twee

15

'Hallo,' zei Lucky. Ze zat achter haar enorme bureau met Lennies zilveren pen te spelen toen Alex Woods haar kantoor binnenkwam voor hun bespreking van zes uur.

'Hallo,' zei Alex, die bij de deur even bleef staan. Hij had haar sinds de tragedie niet meer gezien, maar niet omdat hij het niet geprobeerd had. Hij had haar niet te pakken kunnen krijgen; ze was altijd bezet. Zelfs Freddie had geen afspraak voor hem kunnen regelen.

'Mensen gaan allemaal anders om met rouw,' had Freddie uitgelegd. 'Met een studio doen zich altijd wel problemen voor. Lucky heeft zich volledig op het werk gestort.'

'Ik ben ook werk,' had Alex gezegd. 'En ik moet haar spreken.'

Eigenlijk was het helemaal niet nodig dat ze een bespreking hadden. Alles was geregeld. Het budget was goedgekeurd, de casting was rond, de locaties waren gekozen en Lucky's productiehoofd had alles goed in de hand, daar had Alex geen klachten over. Als alles in zo'n tempo verder ging, zouden ze over een paar weken met de belangrijkste opnamen kunnen beginnen.

'Kom binnen, ga zitten,' zei Lucky. Toen hij dichterbij kwam, zag hij dat ze er moe uitzag; ze had donkere kringen onder haar ogen en hij zag een gespannenheid die hij nog niet eerder had gezien.

Maar ze was nog steeds de mooiste vrouw die hij ooit had gezien.

'Voor we beginnen,' zei hij, 'wil ik dat je weet hoe erg ik het vond te horen dat Lennie-'

'Laat maar zitten,' viel ze hem kortaf in de rede. 'Dat ligt achter me.' Ze wist dat ze vermoedelijk de indruk maakte dat ze keihard was en dat het haar niet kon schelen, maar ze lag niet wakker van wat Alex Woods van haar zou vinden. Dat deed er niet toe.

Ze leunde achterover en pakte automatisch een sigaret. Ze werd weer geplaagd door oude, slechte gewoonten.

Eerder op de dag had ze een bespreking gehad met Morton Sharkey. Ze wist intuïtief dat Morton iets in zijn schild voerde, ze kon er alleen niet achterkomen wat precies. Voor de verandering liep alles lekker met de studio, de banken hielden zich rustig en de Japanners hadden ingestemd met het plan voor merchandising. Eerlijk gezegd zou het zakelijk gezien niet beter kunnen gaan.

Toen Morton weg was, had ze een paar glazen whisky gedronken en had zich afgevraagd waardoor hij haar zo'n onbehaaglijk gevoel gaf. Hun bespreking was goed verlopen, op één ding na: Morton had haar niet durven aankijken en uit ervaring wist ze dat zoiets een slecht teken was.

Ze had echter andere dingen om zich zorgen over te maken. Ze wist heel goed dat het met haar persoonlijk helemaal niet goed ging. Iets in haar kon elk moment tot uitbarsting komen. Iets wat ze de afgelopen twee maanden diep had weggestopt.

Lennie was dood, maar zij gedroeg zich alsof er niets was gebeurd. Het werk ging gewoon door.

Nou, de pot op. Alles kon de pot op. Ze was moe en wanhopig en erg boos. Alex Woods keek haar aan; ze voelde de warmte van zijn blik. 'Gaat alles goed?' vroeg ze. 'Of ben je hier om te klagen.'

'Eerlijk gezegd heb ik niets te klagen,' zei hij, en hij noteerde dat zij in een defensieve bui was.

'Dat is nog eens een aangename afwisseling,' zei ze koel. 'Ik word stapelgek van alle anderen.' Ze zweeg. Hij had zich niet geschoren en de lichte stoppelbaard maakte hem nog aantrekkelijker. 'Gefeliciteerd,' zei ze. 'Ik hoorde dat Johnny Romano het contract heeft getekend. Hij is een uitstekende keus.'

'Ik ben blij dat je met mijn keus instemt.

'Anders had ik er mijn veto wel over uitgesproken.' Ze pakte haar lijstje met telefonische boodschappen, keek er een poosje naar en legde het toen weer neer. 'Wil je iets drinken?' stelde ze voor, want daar had ze zelf enorm veel zin in.

Alex keek op zijn horloge; het was over zessen, tijd voor een martini. 'Je ziet er uit alsof je een zware dag hebt gehad,' zei hij. 'Zullen we naar de bar van het Bel Air Hotel gaan?'

'Dat lijkt me een prima idee,' zei ze. 'Ik ga weg. Zeg al mijn andere afspraken maar af,' zei ze tegen Kyoko.

'Maar Lucky-' begon Kyoko.

'Ik wil nu geen gezeur aan mijn hoofd,' zei ze op scherpe toon. 'Ik zie je morgen weer.' Ze kwam achter haar bureau vandaan, pakte haar jasje en liep met Alex mee naar de deur. 'Verdomme! Als ik af en toe niet kan doen wat ik zelf wil, waar zou je het dan nog allemaal voor doen?'

'Ik zeg niets,' zei hij, terwijl hij registreerde dat haar adem naar whisky rook. Ze wierp hem een stralende glimlach toe. 'Mooi zo. Ik ben het namelijk spuugzat om de zielige weduwe te spelen.'

Hij was te verbaasd om iets te zeggen toen ze naar buiten liepen.

'Mijn wagen of de jouwe?' vroeg ze.

'Waar staat de jouwe?' vroeg hij. Hij probeerde zijn ogen van haar lange benen af te houden. Ze waren met zaken bezig.

'Hij staat daar geparkeerd, die rode Ferrari.'

Natuurlijk. 'De mijne is die zwarte Porsche daar.'

'Dan, beste Alex, wordt het de zwarte Porsche, want ik heb zo het vermoeden dat ik straks niet meer in de stemming ben om te rijden.'

Hij had niet meer dan een bespreking verwacht, maar er bleek meer in te zitten. Maar hij was overal voor in, ook al had hij om acht uur een afspraak met Tin Lee – een afspraak waarvan hij nu al wist dat hij hem waarschijnlijk niet zou nakomen.

Lucky nam plaats in zijn auto, leunde achterover en sloot haar ogen. O, wat was het heerlijk om er zo tussenuit te knijpen. Ze was het zat om zich bezig te houden met budgetten en vergaderingen en zakelijke beslissingen en al die andere shit. Ze was die hele klotestudio beu. Ze was het zat om een verantwoordelijke moeder, een respectabel lid van de maatschappij en de keurige weduwe te zijn. Het werd haar verdomme allemaal te veel. Ze ging door het lint. Ze kon de allesverterende woede niet kwijt die haar opvrat.
Lennie was dood. Onder de zoden.
Lennie was een ontrouwe klootzak gebleken en dat kon ze hem niet vergeven.
Ze reden een paar minuten in stilzwijgen. Toen zei Alex: 'Je ziet er goed uit.'
Ze had geen zin in beleefdheden. 'Heb je familie?' vroeg ze.
'Een moeder,' antwoordde hij voorzichtig, zich afvragend waar ze op aan stuurde.
'Hebben jullie een goede band samen?'
'Als een slang en een rat.'
'Slangen eten ratten.'
'Precies.'
Lucky lachte even. Ze had waarschijnlijke het juiste gezelschap uitgekozen om mee door te zakken en dat was precies wat ze vanavond nodig had: iemand die haar tempo kon bijhouden, die ze niet meteen onder tafel zou drinken.
'Ik heb zin in een joint,' zei ze rusteloos.
'Geen probleem,' zei hij en hij haalde een half opgerookte joint te voorschijn die hij toevallig op zak had.
Ze stak hem aan en inhaleerde diep. 'Aardig van je, Alex.'
'Ja, zo ben ik niet altijd.'
Ze wierp hem een onderzoekende blik toe. 'Je maakt zeker een uitzondering voor me omdat mijn studio met het geld voor jouw film over de brug is gekomen?'
Hij haakte in op haar bui. 'Precies, dat is het.'
Ze keek hem doordringend aan. 'Of heb je medelijden met me omdat ik mijn man heb verloren?'
Hij hield zijn ogen op de weg gericht. 'Jij redt het wel alleen.'
Ze zuchtte. 'Dat schijnt iedereen te denken.'
Hij wierp haar een snelle blik toe. 'Hebben ze gelijk of niet?'
'Als we nu eens naar Palm Springs rijden om Gino op te zoeken? Je zei toch dat je hem wilde ontmoeten? Nu ben ik ervoor in de stemming.'
'Prima.'
'Tjonge, zeg, wat ben jij meegaand.'
Ze moest eens weten! Alex Woods was nooit eerder meegaand genoemd. Lastig, ja. Seksistisch, ja. Humeurig, veeleisend, een perfectionist, dat allemaal wel. Maar meegaand? Nooit.
'Misschien krijg je een verkeerde indruk van me,' zei hij langzaam. 'Je kent dat wel: aardige vent helpt mooie vrouw die het moeilijk lijkt te hebben. Maar ergens diep van binnen heb ik natuurlijk wel iets ridderlijks.'

'Prettig om te weten,' zei ze, uit het raam starend. 'Laten we wat drinken voor we de snelweg op gaan.'

Ze stopten bij een Mexicaans restaurant aan Melrose. Lucky nam een tequila, Alex koos een margarita. Toen Lucky naar het damestoilet ging, bestelde hij nog een grote pils. Lucky belde naar huis, zei tegen CeeCee dat ze niet thuis kwam en dat ze haar bij Gino in Palm Springs kon bereiken.

Lucky wist maar al te goed dat ze niets had om zich over te beklagen: iedereen in haar omgeving had haar enorm gesteund, van Gino tot Brigette, die uit New York was overgevlogen en een paar weken bij haar gelogeerd had. Zelfs Steve en zijn vrouw waren uit Londen overgekomen om Lennies herdenkingsdienst bij te wonen. De dienst was heel bijzonder geweest. Ze had zich er met veel kracht en waardigheid doorheen geslagen. Na afloop had ze een feest gegeven in een restaurant voor al Lennies vrienden en collega's, want ze wist dat hij dat graag gewild zou hebben.

Zijn excentrieke moeder had erop gestaan een genante toespraak te houden. Lucky had zich er met droge ogen doorheen geslagen.

Nu, twee maanden later, stond ze op instorten.

Alex nam niet de moeite om Tin Lee te bellen. Om te beginnen kon hij zich haar nummer niet herinneren. En in de tweede plaats: wat maakte het uit? Miss Lee was met een sneltreinvaart uit zijn leven aan het verdwijnen.

'Zeg Alex,' zei Lucky, en ze liet haar hand even op zijn mouw rusten. 'Wat ik ook zeg vanavond, beloof me dat je het niet tegen me zult gebruiken. Ik ben in een rare bui.'

Hij keek haar nieuwsgierig aan. 'Wat zou je zoal kunnen zeggen, Lucky?'

'Alles wat me voor de mond komt,' zei ze kortaf.

Alex kreeg het sterke vermoeden dat het een interessante rit zou worden.

16

Venus had veel aan haar hoofd. Sinds ze Cooper de deur had gewezen, was het alsof ze weer helemaal opnieuw moest beginnen. Ze had Rodriguez een kans gegeven om zich in bed te bewijzen, maar tot haar teleurstelling was hij niet van Coopers niveau. Te jong en te zelfverzekerd. Elk gebaar was bedoeld om haar genot te schenken, maar zonder gevoel. Het was jammer, maar Rodriguez was niets voor haar.

De waarheid was dat ze Cooper miste, maar niet genoeg om hem terug te nemen, hoewel hij een paar pogingen in die richting had ondernomen. Ze hadden elkaar ontmoet tijdens de herdenkingsdienst voor Lennie, waar hij haar apart had genomen en haar had verteld dat ze een enorme vergissing maakte.

'Jij bent degene die een vergissing maakt,' zei ze beheerst, want ze wilde zich niet van streek laten maken. 'Jij hebt me als een meubelstuk behandeld, Cooper, en dat was niet slim van je.'
'Maar schat,' zei hij terwijl hij probeerde haar te omhelzen, 'ik houd van jou en van niemand anders.'
'Daar had je eerder aan moeten denken,' antwoordde ze, waarna ze er snel vandoor ging.
Daarna had hij haar elke dag bloemen gestuurd en haar om de haverklap gebeld. Ze had een ander privé-nummer genomen en had de bloemen naar een kinderziekenhuis gestuurd. Na een poosje was hij ermee opgehouden.
Ze had behoefte om er met Lucky over te praten. En dat was onmogelijk, want sinds ze uit Corsica was teruggekomen, had ze zich op haar werk gestort alsof er niets was gebeurd.
Dat verbaasde Venus. Ze beschouwde zich als een van Lucky's beste vriendinnen, maar zelfs zij kon niet met haar over haar verlies praten. Lucky had zich helemaal afgesloten.
Het goede nieuws was dat ze nu bij Freddie Leon onder contract stond. Hij was de agent waar ze altijd van had gedroomd – een man met ideeën die nog verder gingen dan die van haar. Hij had haar onlangs gevraagd of ze een karakterrol in Alex Woods' *Gangsters* wilde overwegen. 'Het is geen hoofdrol,' waarschuwde hij haar, 'maar wel een rol die voor een Oscar zal worden genomineerd, en ik vind dat je het moet doen.'
Ze had het script gelezen en was er enthousiast over. *Gangsters* speelde in de jaren vijftig en was een opwindende, onthutsend eerlijke film over Las Vegas en twee machtige mannen. De een was een sadistische maffiaman. De ander een beroemde zanger van Italiaanse afkomst die volledig in de greep van de maffia was. Johnny Romano speelde de zanger. Voor de rol van de maffiaman zochten ze nog iemand. De rol die Freddie voor haar in gedachten had was Lola, een leuke meid die een relatie met beide mannen krijgt. Het was geen grote rol, maar wel een opvallende.
'Alex is akkoord gegaan, hij wil je ontvangen,' zei Freddie.
'Wat ontzettend aardig van hem,' zei Venus sarcastisch. Ze vroeg zich af of Freddie werkelijk wist wie ze was en wat ze bereikt had.
Freddie negeerde haar sarcasme. 'Je mag je rol komen voorlezen.'
Venus schoot in de lach. 'Nee hoor, Freddie. Dat doe ik niet. Daarvoor zit ik al te lang in het vak.'
'Hoor eens,' zei Freddie zonder een spier te vertrekken. 'Marlon Brando heeft zijn rol gelezen voor *The Godfather* en kijk eens wat dat voor zijn loopbaan heeft gedaan. Frank Sinatra heeft auditie gedaan voor *From Here to Eternity*. Als grote acteurs weten dat het om een bijzondere rol gaat, doen ze er alles voor om die te krijgen. Als jij Lola wilt spelen, zul je Alex moeten overtuigen van je talent. Er zit niets anders op.'
De volgende dag zou ze naar het kantoor van Alex gaan.
Zoals ze verwacht had, waren de roddelbladen volkomen uit hun dak ge-

gaan toen bekend werd dat Cooper en zij uit elkaar waren. Ze stonden samen op alle covers. Leslie Kane was er op een of andere manier in geslaagd zich af te schilderen als de grote onschuld, terwijl Venus werd beschreven als een seksueel onverzadigbare superster die haar man in de armen van een andere vrouw had gedreven.

Wat een ongelooflijke flauwekul allemaal. Als ze de waarheid wisten over Leslie, zou de grootste kop nog niet groot genoeg zijn.

Het andere slechte nieuws was dat ze had gehoord dat haar broer Emilio, de nietsnut, terug was uit Europa waar hij een poos met een oudere Europese *contessa* had doorgebracht. Emilio sloeg er aardig wat geld uit dat hij haar broer was en waarschijnlijk was hij nu bezig verhalen over haar verleden aan de roddelpers te verkopen.

Een van haar spionnen had verteld dat Cooper niet meer in het Beverly Hills Hotel logeerde, maar was teruggegaan naar zijn vroegere penthouse aan Wilshire. Ze vond het een trieste gedachte dat hij zijn oude levensstijl weer had opgepakt, maar aan de andere kant was ze niet verantwoordelijk voor hem. Als hij de bijna vijftigjarige playboy wilde uithangen die elke avond een andere vrouw versierde, dan was dat zijn probleem.

Uit het roddelcircuit op de set had ze gehoord dat hij de relatie met Leslie had verbroken. Maar dat deed er eigenlijk niet toe; Leslie was niet het werkelijke probleem.

Rodriguez was onderweg naar haar huis. Ze had besloten hem nog één kans te geven in bed. Rodriguez was tenminste gezelschap. Ze was nu eenmaal niet graag alleen. Ach, het leven van een superster was niet zo vol glamour als iedereen scheen te denken.

Leslie Kane had een verhouding aangeknoopt met Jeff Stoner, de tweederangs acteur uit de film waar ze in speelde. Niet omdat ze dat graag wilde – hij zei haar niets – maar omdat ze nu eenmaal íets moest. Coopers gedrag was te vernederend voor haar geweest. Na de wrede, kwaadaardige woorden van Venus tijdens haar etentje had ze gehoopt dat Cooper nu eindelijk van haar zou zijn.

Maar nee, het zat er niet in. Hij had haar laten vallen alsof ze een vreselijke seksueel overdraagbare aandoening had; de zak was nauwelijks meer beleefd tegen haar. En de manier waarop hij haar op de set behandelde, maakte het nog erger. Als ze hun liefdesscènes speelden, deed hij gewoon, maar zodra de regisseur 'Cut!' riep, werd hij koel en onbenaderbaar. Waar had ze zo'n behandeling aan verdiend?

Nergens aan. Ze was alleen met hem naar bed gegaan als hij ervoor in de stemming was. En voor haar etentje plaatsvond was hij daar voortdurend voor in de stemming geweest.

Zou het zijn omdat hij had ontdekt dat ze een van de goedbetaalde call-girls van Madam Loretta was geweest? Dat zal haast wel. Mannen met hun dubbele moraal!

Jeff leek dat niets te kunnen schelen. Hij was dan ook wel twintig jaar jonger dan Cooper. En ze had ontdekt dat jongere mannen niet zo snel met hun oordeel klaarstonden.
Jeff was dik tevreden dat ze hem had uitgekozen. Hij bloeide helemaal op nu hij in de schijnwerpers stond. Ze was goed voor zijn carrière.
Cooper had het maar niets gevonden toen ze na een gesprek met de regisseur voor elkaar had gekregen dat Jeffs rol werd uitgebreid. Niet veel, alleen een extra scène aan het eind van de film en een paar close-ups, maar genoeg voor Cooper om de pest over in te hebben. En hij kon het niet meer terugdraaien, want zij was de grote ster van deze film. Met haar carrière ging het prima, maar Coopers ster was aan het afnemen.
Seksueel kon Jeff zich niet met Cooper meten. Het was een beginneling: veel uithoudingsvermogen, maar weinig raffinement. Het probleem met mannen was dat ze geen idee hadden hoe je de liefde moest bedrijven; neuken was het enige wat ze konden. Jeff was geen uitzondering op de regel.
Ze miste de trage sensualiteit van Cooper, die precies wist hoe en wanneer en waar hij haar moest aanraken met zijn onderzoekende tong en gevoelige handen. Tegen zijn ervaring kon niemand op. Cooper stak nu eenmaal met kop en schouders boven de rest uit.
Jeff kwam stralend uit de badkamer, nog helemaal opgewonden omdat ze hem had meegenomen naar een feest waar ze hem had voorgesteld aan zijn held, Harrison Ford.
'Wat een aardige man!' zei Jeff. Hij pakte de haarborstel uit haar hand, sloeg zijn armen om haar heen en kuste haar. Hij kuste te hard, ze kon nauwelijks ademhalen. En dan die tong van hem; ze griezelde ervan.
Na twee minuten zoenen, pakte hij haar borsten beet. Hij kneep wat in haar tepels, zoog er wat aan en begon haar toen te neuken, en had waarschijnlijk het idee dat hij een fantastische minnaar was.
Ze was niet in de stemming om hem iets te leren.
Toen Jeff even later naast haar lag te snurken, dacht ze na over Cooper en hoe ze hem weer voor zich zou kunnen winnen. Dat moest kunnen. En ze zou niets onbeproefd laten.

Toen Brigette terug was in New York, was ze vastbeslotener dan ooit om een succes van haar leven te maken. Ze had echt van Lennie gehouden en zijn dood had haar met een schok doen beseffen hoe snel er een einde aan je leven kon komen.
In L.A. had ze zoveel mogelijk tijd met zijn kinderen doorgebracht. Lucky was altijd en eeuwig in de studio en leek zo in het werk om te komen dat Brigette haar nauwelijks zag, ook al logeerde ze bij haar thuis.
Een paar weken na de herdenkingsdienst voor Lennie had ze Lucky gezegd dat ze terugging naar New York. Ze leek het niet erg te vinden, had haar veel geluk gewenst en had veel goeds voor haar carrière voorspeld.
Nu was ze terug en ze blaakte van werklust. Anna was blij haar te zien.

'Nona heeft vandaag drie keer voor je gebeld,' zei ze meteen toen Brigette binnenkwam. 'Ze zei dat het dringend was.'
Ze had Nona maar een paar keer gesproken toen ze in L.A. was. Nona had haar beloofd dat ze toch nog zou proberen een afspraak te maken met Aurora Mondo Carpenter en Michel Guy, en had gezegd dat Luke de foto's klaar zou hebben als ze terugkwam. Zo had ze tenminste iets gehad om naar uit te zien.
Toen ze Nona belde, viel die meteen met de deur in huis. 'Ik kom je zo ophalen. Luke Kasway wil dat we naar zijn studio komen. En wel nu meteen!'

Brigette nam een taxi naar Lukes studio. Nona had heel opgewonden geklonken over de telefoon, maar had niets verklapt.
Ze wist dat ze er niet op haar best uitzag in haar wijde broek en geruite blouse. Haar blonde haar droeg ze in een eenvoudige vlecht. Gelukkig had ze net een Porsche-zonnebril gekocht. Die zette ze op, hoewel het donker was buiten. Ze wilde niet dat Luke teleurgesteld zou zijn als hij haar terugzag.
Nona stond op het trottoir op haar te wachten.
'Wat had er zo'n haast?' vroeg Brigette terwijl ze de taxichauffeur betaalde.
'Ik weet het niet. Luke was door het dolle heen aan de telefoon. Hij wilde ons per se meteen zien.'
'Denk je dat hij een opdracht voor me heeft als model?'
'Ik hoop het van harte,' zei Nona. 'Maar we kunnen nu in elk geval de foto's bekijken. Die kunnen we morgen aan Aurora laten zien. En nu je terug bent, bel ik Michel ook voor een afspraak.'
'Dat klinkt goed.'
'Maak je geen zorgen, meid, wij komen er wel.'
Luke was met opnamen bezig toen ze binnenkwamen. Zijn assistente, een broodmager meisje in een kaki overall en afgetrapte legerkistjes, bracht hen naar de bar en vroeg of ze daar even wilden wachten.
Luke was foto's aan het maken van Cybil Wilde, het oogverblindend mooie fotomodel. Cybil droeg lingerie en had een stralende tandpastaglimlach. Ze leek zich niets aan te trekken van al de mensen om haar heen.
'Wie zijn dat allemaal?' vroeg Brigette.
'Reclamemensen, kappers, make-up, stilisten,' antwoordde Nona. 'Toen ze foto's maakten van mijn moeder voor *Vanity Fair*, draaiden er nog meer mensen om haar heen.'
Uit de luidsprekers schalde rockmuziek. Op een tafel stond een complete saladebar en allerlei andere hapjes. De sfeer was gespannen, ook al lachte Cybil veel.
Telkens wanneer Luke even pauzeerde, werd Cybil overspoeld door mensen die haar haar en make-up bijwerkten en iets verschikten aan de piepkleine beha en het slipje die haar weelderige vormen nauwelijks bedekten.
Brigette probeerde zich voor te stellen hoe zij zich in haar plaats zou voelen. Zou ze het eigenlijk wel leuk vinden?

Toen Cybil zich ging omkleden, kwam Luke naar hen toe. 'Als ik klaar ben, wil ik jullie mee uit eten nemen. We hebben het een en ander te bespreken.'
'Dat gaat niet,' zei Nona. 'Ik heb een afspraak met Zan en Brigette is doodmoe, want die is net uit L.A. gekomen.'
'Vraag maar of Zan hiernaartoe komt. Hij moet er ook bij zijn.'
'Maar wat is er dan? Houd ons niet zo lang in spanning.'
'O, had ik het jullie nog niet verteld?' zei Luke quasi-onschuldig. 'Rock'n' Roll Jeans wil Brigette en Zandino gebruiken voor de reclamecampagne. Je had gelijk, Nona, ze worden supersterren!'

17

Lucky dronk het merendeel van de karaf margarita voor ze in slaap viel. Toen ze wakker werd, wist ze even niet waar ze was. Toen wist ze het weer. Ze zat in de auto met Alex Woods en ze waren op weg naar Gino in Palm Springs.
Ze keek opzij naar Alex. Hij had de blik van een man die altijd zijn zin kreeg, een sterk profiel, krachtige kaaklijn – vast een egoïst als het om vrouwen ging. Ze vroeg zich onwillekeurig af of hij een goede minnaar zou zijn. Vast niet, veel te veel met zichzelf bezig.
'Zo,' zei ze, zich uitrekkend. 'Waar zijn we ergens?'
'We zijn weer onderweg. Je hebt alles opgedronken en bent in slaap gevallen.'
'Ja,' zei ze grinnikend, 'dat soort buien heb ik soms.'
'Dat geeft niet.'
'O, fijn, dank je,' zei ze. Ze nam een paar slokken van de fles margarita die ze had meegenomen. 'Misschien moet ik Gino even bellen. Dan weet hij dat we eraan komen.'
'Heb je hem in het restaurant dan niet gebeld?'
'Maak je geen zorgen, we zijn heus welkom.'
'Jij kunt het weten, het is jouw vader.'
'Ja, en hij is fantastisch, hoewel we niet altijd goed met elkaar overweg konden.' Hij had het gevoel dat ze wilde praten. 'Hoe kwam dat zo?' vroeg hij om het haar makkelijker te maken.
'Gino wilde een zoon. En hij kreeg mij. En ik was meer dan hij aankon. Ik was een onhandelbaar kind.'
'En nu?'
'Ik ben nog maar een flauwe afspiegeling van wat ik geweest ben.'
'Wat spookte je dan allemaal uit?' vroeg hij oprecht geïnteresseerd.
'O, niets bijzonders. Weggelopen van school, met veel jongens naar bed gaan, ik heb geprobeerd mijn vaders bedrijf over te nemen, heb gedreigd de

pik van een van zijn geldschieters af te snijden als hij niet met het geld over de brug kwam.'
'Gewoon een vlotte meid, dus,' zei Alex sarcastisch. 'En nu heb je een studio. Niet gek.'
'Mijn vader heeft me geleerd om niemand te vertrouwen. Iedereen te slim af te zijn.'
'Goed advies. Je vader is een verstandige man.'
'Ja, dat is hij zeker,' zei ze bedachtzaam.
'Is er iets? Wil je erover praten?'
'Er valt niet veel te vertellen. Ik heb alleen het gevoel dat er iets vervelends gaat gebeuren. Vraag me niet waarom.'
Ze reden zwijgend verder, tot Alex zei: 'Ik wist niet dat keurige Italiaanse meisjes met iedereen het bed in doken.'
Ze lachte. 'Jongen, jongen, wat heb jij een beschermd leventje geleid.'
'Ik?' zei hij ongelovig. Kende ze zijn persmap niet?
Ze zweeg even en stak een sigaret op. 'Hoe komt het dat je van alle dingen die ik je net verteld heb juist dit eruit pikt? Is het misschien zo dat jij als seksueel ruimdenkende man toch een beetje preuts bent?'
'Ben je nou helemaal!'
Ze lachte sluw. 'Vrouwen praten onder elkaar nu eenmaal. Wil je weten wat er over je gezegd wordt?'
Hij kon de verleiding niet weerstaan. 'Wat dan?'
'Leuke vent, maar hij beft niet.'
'Jezus!'
'Sorry hoor. Heb ik je gechoqueerd?'
'Jij zegt dat soort dingen, geloof ik, alleen om een reactie los te maken, is het niet?'
'Dat is toch leuk? Trouwens, waarom gaan we er bij de volgende afslag niet af? Ik zit hier op een droogje.'
Alex moest toegeven dat ze hem boeide. Hij had niet verwacht dat ze zo onvoorspelbaar zou zijn. Ze straalde zoveel kracht uit, dat het was of ze elke situatie aankon. Bijna griezelig. Hij was niet gewend aan vrouwen met zoveel zelfvertrouwen.
Ze had het tot dusver niet over Lennie gehad, en hij vond het niet gepast om dat onderwerp ter sprake te brengen. Als zij erover wilde praten, zou ze dat heus wel doen.
Hij nam de eerstvolgende afslag. Het was een troosteloos gebied, met niet veel meer dan een benzinestation, een hamburgertent en een louche café met een neonbord waarop stond: LIVE: NAAKTE MEISJES
Alex remde af. 'We zitten nu wel in een uithoek. Veel keus is er niet.'
'Levende naakte meisjes is weer eens iets anders dan dode naakte meisjes,' zei Lucky.
'Niet jouw favoriete café, denk ik zo.'
'Zoals je zei: er is niet veel keus.'

'Tja, daar kan ik weinig aan doen.'
'Alex, als je me beter kende, zou je weten dat ík me altijd verantwoordelijk voel.'
'Vroegere wildebras betert haar leven,' zei Alex spottend.
'Je kunt mijn reet op,' zei Lucky.
Hij keek haar aan. 'Is dat een dreigement of een belofte?'
'Je kunt vanavond maar beter je handen thuishouden, Alex. Ik zou je geen pijn willen doen.'
Terwijl ze dat zei, ging er door haar heen dat dat eigenlijk precies was wat ze wilde. Iemand pijn doen zoals Lennie haar pijn had gedaan. Het was al erg genoeg dat hij dood was, maar hij had zoveel bewijzen van zijn ontrouw achtergelaten, dat ze hem de rest van haar leven kon haten. Er was maar één manier om het hem betaald te zetten.
Ze parkeerden de auto en gingen de bar binnen. Het was er stampvol; voornamelijk mannen die met een bierflesje in de hand stonden te brallen.
Er liep een vermoeid uitziende serveerster rond met een cowboyhoed, laarzen en een ultrakort rokje. Ze was topless, had kleine hangborsten en een vreugdeloos lachje. Aan het ene eind van de bar was een rond platform waar een grote, blonde stripper haar weinig aantrekkelijke lichaam op en neer bewoog langs een glanzende paal, slechts gekleed in een roze G-string en armbanden van imitatiezilver. Dolly Parton schetterde uit de jukebox. Telkens wanneer de stripper hurkte, zag je vetrolletjes opbollen op haar buik en heupen.
'Fantastisch,' mompelde Lucky, die plaatsnam aan de bar, waar alle mannen haar verlekkerd opnamen.
Alex ging op de kruk naast haar zitten. In zijn auto had hij een pistool, waarvoor hij weliswaar geen vergunning had, maar nadat hij een blik om zich heen had geworpen had hij spijt dat hij hem niet meegenomen had.
'Tequila,' zei Lucky tegen de barkeeper. Hij negeerde haar en wachtte tot Alex zijn bestelling zou plaatsen.
'Tequila voor mevrouw,' zei Alex, die het begreep, 'en voor mij een bourbon met water.'
'Doe mij maar een dubbele,' zei Lucky, ongeduldig met haar nagels op de bar tikkend. De barkeeper slofte weg.
De lange blonde stripper was aan het eind van haar optreden gekomen, trok met een ruk haar G-string uit, draaide het publiek de rug toe, boog zich voorover en schudde met haar omvangrijke billen. Er steeg een gejoel en gefluit op uit het publiek.
'Wat een stelletje sukkels,' zei Lucky om zich heen kijkend. 'Wat een zielepoten; waarom zijn ze niet gewoon thuis bij moeder de vrouw?'
'Ik had je niet het Ritz in Parijs beloofd,' zei Alex. 'En praat niet zo hard.'
'Je hebt me helemaal niets beloofd,' zei Lucky, die nu een beetje aangeschoten was. 'Maar we zijn er, dus laten we er maar het beste van maken.'
De barkeeper bracht hun bestelling. Lucky gooide haar tequila in één teug

achterover. Een jongen die op John Travolta probeerde te lijken liet een bewonderende fluittoon horen.
'Nog een,' zei Lucky.'
'Denk je dat we ooit nog bij je vader zullen komen?' zei Alex zuchtend, terwijl hij de barkeeper wenkte.
'Zeg eens eerlijk,' zei Lucky, die niet meer goed rechtop kon blijven zitten. 'Is dat de enige reden dat je vanavond met me bent meegegaan? Om Gino te ontmoeten?'
'Wat denk jij?'
'Ik denk dat we bij elkaar zijn omdat we allebei behoefte aan iets anders hebben.' Ze wierp hem een veelbetekenende blik toe. 'Klopt dat?'
'Dat heb je goed door.'
'Ik heb alles altijd door. Behalve bij Lennie: ik dacht dat hij me echt trouw was.'
'En was hij dat niet?'
'Ik wil er niet over praten,' snauwde ze, omdat ze er spijt van had zoiets persoonlijks te hebben gezegd.
Een kleine man in een strak zittend pak sprong op het podium. 'En dan nu het moment waar we allemaal op hebben gewacht – de ster van vanavond! Geef haar een groot applaus! Onze speciale attractie: *Driving Miss Daisy!*'
Er kwam een lelijke zwarte vrouw op die een ongelooflijk mooi lichaam had. Ze was een brok energie. Ze was gekleed in een witte beha met franje, een bikinislipje en een chauffeurspet. Er klonk 'Honky Tonk Woman' van de Rolling Stones uit de juke-box, en Driving Miss Daisy begon te dansen. Het publiek ging uit zijn dak.
Alex keek naar haar vrijwel naakte zwarte lichaam. 'Ik heb wel een bijrolletje in *Gangsters* voor haar,' zei hij peinzend. 'Wat een lichaam!'
'Waarom niet?' zei Lucky koel. 'Wat zou je film voorstellen zonder de verplichte stripscène?'
'Waarom niet, dit soort dingen heb je nu eenmaal,' zei hij. Hij had kunnen weten dat ze er moeilijk over zou gaan doen.
'Dat mag wel zo zijn, maar waarom zijn jouw films altijd zo voorspelbaar? Er komen altijd wel twee acteurs in voor die samen naar een striptent gaan, zodat de camera voortdurend kan inzoomen op de tieten en kont van een stripper. Wanneer gaan mannen zoals jij nu eens beseffen dat zulke scènes al duizend keer gedaan zijn?'
'Wat is het toch met jou? De eerste keer dat we elkaar ontmoetten begon je al over acteurs die uit de kleren moesten.'
'En, heb je je daaraan gestoord?'
'Vrouwen willen dat helemaal niet zien. Het is nu eenmaal een mannenwereld.'
'Jij zou graag willen dat het een mannenwereld was,' zei ze fel. 'Je zou willen dat het een mannenwereld bleef. Maar vrouwen doen tegenwoordig wat ze

willen en vinden het helemaal niet vervelend om een naakte man te zien. Waarom denk je dat Richard Gere een ster is? Omdat hij in *Looking for Mr. Goodbar* zijn ballen heeft laten zien, en vrouwen zijn dol op hem, vanwege zijn lef.'
Driving Miss Daisy deed iets obsceens met de paal, waardoor het publiek bijna buiten zinnen raakte. Mannen gooiden dollarbiljetten op het podium.
'Toen een vriendin van me in het ziekenhuis lag, had ik een *Playgirl* voor haar meegenomen,' zei Lucky. 'En je zou toch denken dat verpleegsters meer dan genoeg naakte mannen zien, Maar, weet je, ze werden helemaal gek toen ze die naakte kerels zagen. De *Playgirl* is van hand tot hand gegaan op de afdeling. Ze vonden het prachtig.'
Hij schudde zijn hoofd. 'Je begrijpt er helemaal niets van.'
Ze glimlachte. 'Nee, Alex, jij begrijpt er helemaal niets van.'
Driving Miss Daisy was zich in hoog tempo van haar schaarse kleding aan het ontdoen. Ze wierp haar beha in het publiek en zwaaide met haar borsten. In plaats van het bikinislipje droeg ze alleen nog een nauwelijks zichtbare G-string. Haar hele lichaam glansde van het zweet en ze bewoog zich als een gazelle.
'Ik vraag me af hoe ze hier terechtgekomen is,' zei Lucky. 'In zo'n goedkope bar in niemandsland.'
'Dat is mijn specialiteit,' zei Alex. 'Uitzoeken wat voor verhaal iemand heeft.'
'Om er dan over te schrijven en er een film van te maken.'
'Het is beter dan aan de lopende band staan.'
Driving Miss Daisy hurkte en pakte een dollarbiljet op met haar dijen. De mannen joelden.
'Jij schijnt trouwens ook een interessant verhaal te hebben,' zei Alex, nieuwsgierig naar wat ze zou vertellen.
'Ik heb je al verteld dat ik een wilde meid was. Maar nog niet over de man die ik heb neergeschoten. Maar dat was natuurlijk zelfverdediging.'
Jezus! 'Nee, dat had je me niet verteld,' zei hij rustig.
'Enzio Bonnatti, de man die verantwoordelijk was voor de moord op mijn moeder en mijn broer. Nou ja, en verder waren er nog wel een paar kleinigheden die me gemaakt hebben tot wie ik nu ben.'
Ze zat hem doodleuk te vertellen dat ze iemand vermoord had. Misschien hadden ze meer gemeen dan hij had gedacht. Hij had in Vietnam mensen gedood, alleen had hij het excuus dat het toen oorlog was. Hij vroeg zich af of zij ook last had van nachtmerries die je in je slaap overvielen. Nachtelijke paniekaanvallen.
'Je bent een heel bijzondere vrouw, Lucky,' zei hij en hij schraapte zijn keel.
Ze nam hem aandachtig op. Hij wist de helft niet van haar. Misschien praatte ze te veel, misschien moest ze op een ander onderwerp overstappen voor hij te geïnteresseerd raakte. 'En jij, Alex? Ben je ooit getrouwd geweest?'
'Nee,' zei hij afwachtend.
'Nooit?' Ze schudde ongelovig haar hoofd. 'Hoe oud ben je?'

'Zevenenveertig.'
'Hmm... dan ben je erg verstandig of er mankeert iets aan je.'
'Speel je voor psychiater?'
'Mannen van jouw leeftijd die nog niet getrouwd zijn hebben meestal een behoorlijk probleem, anders waren ze allang door een vrouw gestrikt.'
'Daar is een eenvoudig antwoord op. Ik heb nooit iemand ontmoet met wie ik de rest van mijn leven zou willen doorbrengen.'
'Ik heb het anders drie keer gedaan,' zei ze luchtig. 'En na de eerste keer valt het best mee.'
'En de eerste was?'
'Craven Richmond. Het zoontje van senator Peter Richmond. God, wat was dat een lul! En ik zat mooi met hem opgescheept.' Ze lachte bij de herinnering. 'Gino had me uitgehuwelijkt omdat Peter flink bij hem in het krijt stond.'
'Vertel je me nog eens hoe dat in elkaar zat?'
'Misschien later, als ik je beter ken.'
'En na Craven?'
'Dimitri Stanislopoulos, een man die mijn vader had kunnen zijn.' Ze zweeg even. 'Hij was trouwens de vader van mijn beste vriendin, Olympia.' Ze schoot in de lach toen ze aan hun roemruchte verleden dacht. 'We waren twee meisjes die absoluut niet deugden en samen van school zijn weggelopen.' 'Toen ik met Dimitri getrouwd was, heb ik hem een keer in bed betrapt met Francesca Fern, de operazangeres. Hij wilde niet bij me weg, maar hij was wel bezig haar half suf te neuken.'
'Die man moet niet goed bij zijn hoofd zijn geweest.'
'En na Dimitri kwam Lennie.' Ze zweeg. Haar ogen versomberden. 'Lennie was mijn beste vriend. We betekenden zoveel voor elkaar. Ik hield zoveel van hem.' Ze keek Alex diep in de ogen. 'Heb jij wel eens het gevoel gehad dat je zo diep verbonden was met een ander?'
'Nee,' zei hij met spijt in zijn stem.
'Dat is zo'n fantastisch gevoel,' zei ze.
'Het moet vreselijk voor je zijn geweest, Lucky,' zei hij. 'Het ongeluk... Lennie verliezen...'
'Sommige dingen zijn blijkbaar voorbestemd,' zei ze terwijl ze haar glas pakte. 'Ik heb dit niemand verteld, Alex, maar ik ben erachter gekomen dat Lennie me belazerde. Er lagen foto's in zijn hotelkamer van hem en een blonde vrouw. Naaktfoto's van haar in het laatje van zijn nachtkastje. Toen ik kwam had hij duidelijk de vorige avond met haar doorgebracht. Ik begrijp niet waarom hij de sporen ervan niet had uitgewist voor ik kwam, maar hij zal gedacht hebben dat het kamermeisje alles zou opruimen als hij naar de luchthaven was.' Ze haalde diep adem. 'Maar inderdaad, het is een moeilijke tijd geweest, want ik geloof nu eenmaal in trouw. Het is prima om met iedereen het bed in te duiken als je alleen woont, maar als je met iemand getrouwd bent...'

'O jee,' zei Alex. 'Een vrouw met ouderwetse principes.'
'Vind je dat verkeerd?' vroeg ze fel, het betreurend dat ze zoveel over zichzelf had prijsgegeven. 'Ik vind het krankzinnig dat we in een land wonen waar iedereen zegt dat het prima is als een man buiten de pot pist alleen omdat hij een man is. Ik ben het er niet mee eens. Ik hield van Lennie en hij heeft me diep teleurgesteld. Dat was een klotestreek.' Ze zweeg om een nieuwe sigaret op te steken, boos dat ze zo emotioneel was geworden. 'Maar goed, bestel nog maar iets te drinken voor me.'
'Je hebt hem al om, Lucky.'
Ze keek hem misprijzend aan en knipte met haar vingers. De oude barkeeper kwam aansloffen. Ze hield hem een biljet van twintig dollar voor. 'Geef dit aan Driving Miss Daisy. Vraag haar of ze bij ons wil komen en geef mij nog een dubbele tequila.'
'Wat ben jij van plan?' vroeg Alex met gefronst voorhoofd.
'Ik ben benieuwd hoe die lelijke vrouw met dat prachtige lichaam hier als stripper is terechtgekomen. Jij niet?'
'Ik ben meer geïnteresseerd in Gino.'
'Daar komen we ook nog wel. Maak je maar geen zorgen.'
De man die op John Travolta leek boog zich voorover. Hij had een geel overhemd aan en een bruine broek. Hij had lang, vettig haar. 'Komen jullie uit L.A.?' vroeg hij.
'Waarom denk je dat?' vroeg Lucky.
Hij zette zijn bierflesje op de bar en streek met zijn vinger op een obscene manier over de rand van het flesje. 'Omdat jullie er niet uitzien alsof je hier uit de buurt komt.'
'Hè, wat vervelend nou,' zei Lucky, bijna flirtend. 'Ik hoopte nog zo dat ik niet zou opvallen.'
De man grinnikte. 'Ik heet Jed. En dit is een fantastische tent. Jullie hebben het getroffen.'
'Echt waar?' zei Lucky hem met donkere ogen aankijkend.
Jed boog zich verder naar haar toe. 'Ben jij soms zo'n Hollywood-actrice?'
Alex kon bijna ruiken dat de sukkel een stijve had. 'De dame hoort bij mij,' viel hij hem in de rede. 'En we zitten niet op gezelschap te wachten.' Oprotten, dus.
'Maak je niet druk,' zei Jed. 'Ik probeer alleen maar aardig te zijn.'
'Lucky,' zei Alex zacht. 'Ik heb geen zin om in een vechtpartij verzeild te raken, dus doe me een lol en geil die jongen niet zo op.'
Ze keek hem spottend aan. 'Ik dacht dat je wel zin had in een wilde avond. Zo'n saaie jongen ben je toch niet, Alex?'
'Ik ben behoorlijk in de minderheid, als je dat nog niet opgevallen was.'
'O, wat vervelend voor je.' Ze hield de barkeeper haar lege glas voor. 'Nog een dubbele.'
'Jezus!' mopperde Alex. 'Ken jij je maat niet?'
'Misschien is dit mijn maat wel.'

'Ik ga naar het toilet,' zei hij kortaf. 'Probeer het gezellig te houden terwijl ik weg ben. Als ik terugkom, gaan we weg.'
Ze salueerde voor hem. 'Komt voor elkaar.'
Alex was nog niet weg of de jongeman kwam terug om zijn versierpoging voort te zetten.
'Ik bedoelde het niet vervelend,' zei hij dichterbij schuivend.
'Het is oké,' zei Lucky, die zag dat hij opzij een paar kiezen miste, wat zijn aantrekkelijkheid niet bepaald verhoogde.
'Is dat soms je man?' vroeg Jed met een gebaar naar de kruk van Alex.
'Nee, dat is niet mijn man,' zei ze geamuseerd.
'Mag ik je dan misschien een pilsje aanbieden?'
'Ik drink tequila.'
'Ook goed.' Hij wenkte de barkeeper. 'Zet die tequila maar op mijn rekening.'
De barkeeper was een man die ellende van mijlenver zag aankomen. 'Dat lijkt me geen goed idee, Jed,' waarschuwde hij.
'Ze is niet met die man getrouwd,' zei Jed, alsof dat alles verklaarde.
'Toch is het geen goed idee.'
Jed stond op met een gezicht dat rood van woede zag. 'Ik wil haar verdomme iets aanbieden,' zei hij met zijn vuist op de bar slaand.
'Godsamme,' zei de barkeeper geïrriteerd.
'Laten we er geen groot probleem van maken,' zei Lucky tegen de geërgerde barkeeper.
'Jullie soort moet blijven waar je thuishoort,' snauwde de barkeeper met een woedende blik. 'Dat komt hier maar binnen alsof de zaak van jullie is. Tequila drinken alsof je een kerel bent.'
'Ach, mijn reet,' zei Lucky, die driftig begon te worden.
Jed pakte haar bij de arm. 'Hem kun je beter niet beledigen. Kom, dan gaan we ergens anders naartoe.'
Ze trok zich los. Drank benevelde haar beoordelingsvermogen. Alex had gelijk: ze moest die jongen niet aanmoedigen.
Jed pakte haar opnieuw bij de arm. Ze sloeg zijn hand weg.
'Wat mankeert je, stom wijf?' barstte Jed los.
'Je moet met je handen van me afblijven, klootzak,' waarschuwde ze hem woedend.
Zijn gezicht werd nog roder. 'Wat zei je tegen mij, stomme trut?'
Precies op dat moment kwam Alex terug van het herentoilet.

18

'Je zult wel helemaal gek worden van je fans,' zei Rodriguez, die loom over Venus' haar streek, terwijl ze buiten naakt in haar jacuzzi zaten en uitkeken over de lichtjes van de stad, die als een flonkerende deken voor hen uitgespreid lag.
'Soms wel,' zei ze nadenkend. 'Als ik in het openbaar verschijn en ze me willen aanraken. Je weet maar nooit of ze een mes of een pistool bij zich hebben. Je weet nooit of een van hen de maniak is die je wil vermoorden.'
'Heb je daarom bewaking bij je huis?'
'Dat soort bescherming is echt nodig. Net als bij vrijwel alles wat we tegenwoordig doen.'
'Zoals vrijen.'
'Precies. Je zei dat je er een hekel aan hebt om een condoom te gebruiken. Nou, ik heb er een hekel aan om bescherming nodig te hebben. Helaas zijn dat dingen waaraan we nu eenmaal niet kunnen ontkomen.'
'Ik heb geen enge ziektes.'
'Vast niet.'
'Zullen we die condooms dan maar weggooien?'
'Nee, dat doen we niet.'
'Waarom niet, mijn lief?'
'Laat maar een aidstest doen, dan zien we wel weer.'
Hij streek met zijn vingertoppen over haar tepels.
Ze huiverde toen ze stijf werden. Hij was vanavond beter geweest dan de voorgaande twee keer. Hij had haar doen kreunen van genot. Als beloning mocht hij wat langer blijven.
Hij stak zijn hand uit naar de fles champagne die naast de jacuzzi stond en zette hem aan haar lippen. Ze liet de zalige drank haar keel inglijden.
'Wil jij niets?' zei ze, haar lippen aflikkend.
'Ik zal je laten zien hoe ik champagne drink,' zei hij. Hij tilde haar op en zette haar op de rand van het bad.
'Wat ga je doen?' vroeg ze, licht protesterend.
'Sst, liefje,' fluisterde hij. Hij spreidde haar benen en streelde de zachte binnenkant van haar dijen. Toen pakte hij de champagnefles en liet de sprankelende vloeistof over haar schaamstreek stromen. 'Kijk, zo drink ik mijn champagne,' zei hij, de drank tussen haar benen vandaan slurpend. Zijn tong gleed heen en weer tot ze zuchtte van genot en bedacht dat Rodriguez misschien toch een blijvertje was.

Mario's was een kleurrijk en lawaaierig Italiaans restaurant dat afgeladen was met fotomodellen, agenten, kunsthandelaren en schrijvers. 'Dit is de plek waar alles gebeurt,' fluisterde Nona tegen Brigette terwijl ze zich met Zandino een weg baanden naar het tafeltje van Luke.

Ze waren allebei snel naar huis gegaan om zich om te kleden. Nona had een groene blouse aan van Dolce en Gabbana en een strakke zwarte broek; Brigette droeg een heel kort wit wikkeljurkje van Calvin Klein met sandalen.
Luke was niet alleen. Cybil Wilde en haar haarstilist zaten bij hem aan tafel. Cybil zag er zo stralend uit dat ze meteen het middelpunt van de aandacht werd. Ze was zo mooi dat zelfs Brigette er van onder de indruk kwam, ook al waren ze dan ongeveer even oud.
'Kom erbij zitten,' zei Luke hartelijk. 'Cybil kennen jullie allemaal al, en dit is Harvey, die ervoor zorgt dat zelfs mijn haar redelijk zit.'
Harvey stak zijn hand uit en voelde even aan Brigettes blonde haar. 'Mooi, liefje,' zei hij met een zwaar cockney-accent. 'Niet geverfd, houden zo, meid.'
'Dank je,' zei Brigette, die naast hem ging zitten.
Nona wilde graag ter zake komen. 'Kunnen we hier praten?' vroeg ze Luke.
'Natuurlijk,' zei hij met een gebaar naar allerlei vrienden.
'Nou, vertel op, we branden van nieuwsgierigheid,' zei Nona ongeduldig.
'Ik heb het reclamebureau de foto's van Brigette en Zan laten zien. Zij zijn ermee naar de klant gestapt. We hebben de opdracht!'
'O, niet te geloven,' zei Nona tegen Brigette. 'Heb je dat gehoord?'
'Te gek.'
'Te gek? Dit is domweg ongelooflijk.'
'Ik kreeg mijn eerste opdracht van de May Company-catalogus,' vertelde Cybil lachend. 'Ik was zestien, maar wel een goed ontwikkelde zestienjarige.'
'Wanneer verschijnen de foto's?' vroeg Brigette aan Luke. 'En waar?'
'We hebben ze nog niet gemaakt,' zei Luke, lachend om haar naïviteit. 'Eerst moet je agent een contract sluiten. Dan gaan we een echte fotosessie doen. En daarna kom je in alle tijdschriften. Rock'n'Roll Jeans gaat er veel geld insteken.'
'Waarom kwam ik niet in aanmerking?' vroeg Cybil pruilend.
'Omdat je veel te bekend bent. Dat vond Nona ook van Robertson en Nature, dus je bent in goed gezelschap.'
'We moeten een agent zien te vinden, zei Nona. 'Die hadden we gisteren al moeten hebben.'
Brigette dacht aan al die modellenbureaus die haar hadden afgewezen. De enige die belangstelling had getoond was Michel Guy.
'Elite,' zei Cybil behulpzaam. 'Dat is de beste agent.'
'Nee, het Ford Agency,' bracht Luke daar tegenin. 'Die zullen haar beschermen. Ze is een nieuwkomer. Ze heeft lijfwachten nodig om te voorkomen dat ze besprongen wordt door oudere playboys.'
'Die kerels zijn zo walgelijk,' zei Cybil, haar neus optrekkend. 'Volkomen pervers. Allemaal prins zus of graaf zo, en alleen maar geïnteresseerd in coke snuiven, gepijpt worden en dan willen ze je ook nog aan hun nog oudere vriendjes voorstellen. Wees gewaarschuwd. Ik zal je een lijstje met de ergste smeerlappen geven.'

'Graag,' zei Brigette. Cybil was zo aardig tegen haar dat ze helemaal weg van haar was.
'En hoe sta je tegenover popsterren?' vroeg Luke met een plagerig lachje.
Cybil schoot in de lach, want sinds kort ging ze om met een Engelse popster, Kris Phoenix. 'Ik ben zo verliefd,' zei ze, 'Kris is fantastisch.'
Brigette dacht aan een andere popster, de beruchte Flash. Haar moeder had een overdosis genomen en was in zijn aanwezigheid gestorven terwijl ze allebei volkomen stoned waren in een goedkope hotelkamer op Times Square.
O, God! Niemand mocht ontdekken wie ze in werkelijkheid was. Misschien moest ze een andere voornaam gebruiken.
'Ik kan bij iedere agent een afspraak voor je maken,' schepte Luke op. 'Zeg maar wie je wilt.'
'Michel Guy,' zei Brigette zacht, nog maar nauwelijks gelovend dat het nu echt ging gebeuren.
'Geen probleem,' zei Luke. 'Hij zit twee tafeltjes verderop met Robertson, maar als ze hoort dat zij deze campagne niet krijgt, ben je misschien niet zo welkom in de familie van Michel.'
'We zullen zien,' zei Brigette met een glimlach waar zelfvertrouwen uit sprak.

Toen Rodriguez weg was, merkte Venus dat ze niet kon slapen, en daarom maakte ze maar een rondje door het huis. Het was nog te vroeg om naar bed te gaan. Rodriguez had haar seksueel bevredigd, maar geestelijk was hij inhoudsloos. Het zou wel een teken van ouderdom zijn dat ze tegenwoordig meer wilde dan een mooi lichaam en geiligheid. Ze snakte naar gezelschap, iemand met wie ze kon praten als het vrijen afgelopen was. Cooper was goed geweest in beide.
Ze probeerde te bedenken wie ze op dit uur nog wakker kon maken. Misschien Lucky, die nooit meer over iets anders dan zaken wilde praten. Nou pech, misschien kon ze haar nu eindelijk bereiken.
'Miss Santangelo is in Palm Springs op bezoek bij haar vader,' zei CeeCee over de telefoon.
'Hoe gaat het met haar?' vroeg Venus.
'Ze werkt te hard,' zei CeeCee bezorgd.
'Vertel mij wat! Ik zie haar nooit meer omdat ze het altijd te druk heeft.'
Toen ze de hoorn had neergelegd probeerde ze een tijdschrift te lezen, maar merkte dat ze zich niet kon concentreren. Ze was zo rusteloos dat ze er niet goed van werd.
Hmm, dacht ze, wie zou ze verder nog kunnen bellen? Ron natuurlijk, haar beste vriend die sinds hij een verhouding had met Harris Von Stepp ook op de lijst van vermisten stond. Venus vond Harris een pompeus mannetje, met weinig gevoel voor humor.
'Had je niet een leukere flikker dan hem kunnen uitzoeken?' had ze Ron wel eens gevraagd.

'Pas een beetje op je woorden, jongedame,' had Ron berispend gezegd. 'Flikker is niet politiek correct.'
Ze miste Ron. Dat ze hem niet zo veel meer zag, gaf haar het gevoel alsof ze het had uitgemaakt met haar minnaar.
Ach, wat kon het haar ook schelen. Ze besloot hem gewoon te bellen.
'Je raadt nooit wie ik ben,' zei ze toen de telefoon werd opgenomen.
'Ach, wat een verrassing,' zei een totaal niet verraste Ron. 'Zit je in een crisis?'
'Eerlijk gezegd, ja. Ik vroeg me af of je kon langskomen om een beetje bij te praten, gewoon, gezellig, net als vroeger...'
'Natuurlijk, lieverd. Harris zal het enig vinden als ik de slaapkamer binnen ren en zeg dat ik even wegga om jou te bezoeken. Die man is al zo jaloers. Zeker op jou.'
'Waarom op mij? Ik ben een vrouw.'
'Nou, dan heb je meteen je vraag beantwoord, slimmerik.'
'Wanneer kunnen we elkaar ontmoeten?'
'In alle ernst, als het om iets serieus gaat, kom ik meteen naar je toe en neem de woede van Harris op de koop toe.'
'Nee, het kan wel wachten, maar ik mis je.'
'Ik jou ook. Wat dacht je van morgenmiddag?'
'Uitstekend.'
'Ik zit de hele ochtend in de montagekamer. Zullen we om halftwee afspreken?'
'Dan kan ik je alles over Rodriguez vertellen.'
'Ach, ben je eindelijk met je masseur naar bed geweest?'
'Maar natuurlijk!'
'Dan zorg ik dat ik er ben. Ik ben dol op details.'
Toen ze had opgehangen kreeg ze de belachelijke neiging om Cooper op te bellen en te zeggen dat ze hem alles had vergeven. Maar nee, ze had al vroeg geleerd dat je nooit twee keer dezelfde fout moest maken.
Cooper zou nooit veranderen. En tenzij ze zijn ontrouw voor lief kon nemen, kon ze het maar beter zonder hem stellen.

19

'Ach, Jezus!' kreunde Alex toen hij naar de bar liep en zag wat er gaande was.
'Niets aan de hand, echt niet,' zei Lucky snel, terwijl ze overeind sprong.
Jed stond zich op te vreten. 'Wat is er met jou, stom wijf?' vroeg hij uitdagend. 'Voel je je te goed voor ons?'
'Wegwezen jij,' zei Alex met een keiharde uitdrukking op zijn gezicht.
Jed stond op zijn benen te zwaaien. 'Zeg, opa, hou jij je er eens buiten.'

'Verdomme,' mompelde Alex, zich afvragend hoe hij hier in godsnaam in verzeild was geraakt. En hoezo: opa? Hij zou dat opdondertje eigenlijk bewusteloos moeten slaan.
Maar hij pakte wat bankbiljetten uit zijn zak, stak die de barkeeper toe en pakte Lucky bij haar arm. 'We gaan,' zei hij. Hij trok haar mee zonder nog om te kijken. Dat had hij in Vietnam geleerd. Als je wilde vechten, moest je de vijand in de ogen blijven kijken. Als je dat niet wilde, moest je er snel vandoor gaan.
'Hé,' zei Lucky toen ze bij de deur waren. 'En hoe zit dat met die twintig dollar die ik aan die barkeeper heb gegeven?'
Alex verstrakte zijn greep. 'Wat dacht je ervan in de auto te stappen en je grote mond te houden?'
'Gezellig ben jij, zeg.'
'Als je wilt lachen, heb je de verkeerde gekozen,' zei hij onverstoorbaar.
'Als ik je geheugen even mag opfrissen: jij was degene die naar mijn kantoor kwam en voorstelde om wat te gaan drinken.'
'Ik kwam voor een zakelijke bespreking,' hielp hij haar herinneren. 'Ik kon toch niet weten dat jij je wilde bezuipen?'
'Bezuipen?' zei ze woedend. 'Ik ben volkomen nuchter.' Maar terwijl ze het zei, wist ze dat ze op de rand van dronkenschap verkeerde.
'Ja, het is goed met je,' zei hij. Hij liep snel naar zijn Porsche. Vanuit zijn ooghoeken zag hij Jed met een stelletje lawaaierige vrienden naar buiten komen. Hij zette Lucky op de passagiersplaats, boog zich voorover en pakte zijn pistool uit het handschoenenvakje.
'Wat doe jij nou?' vroeg Lucky.
'Ter bescherming. Heb je daar bezwaar tegen?'
'Ben je helemaal gek geworden? Je kan die idioot niet neerschieten omdat hij op me valt.'
'Ik ben helemaal niet van plan iemand neer te schieten. Ik zorg ervoor dat we de tijd krijgen om ervandoor te gaan.'
'Gino heeft me geleerd dat je nooit je pistool moet trekken, alleen als je bereid bent hem te gebruiken.'
'Daar had hij gelijk in, en als dat tuig me lastigvalt, schiet ik hun ballen eraf.'
Jed en zijn vrienden bleven bij de ingang staan aarzelen. Misschien hadden ze het metaal zien glimmen, of waren ze van gedachten veranderd. Tot Alex' grote opluchting kwamen ze niet dichterbij. Gelukkig maar, want hij had gemeend wat hij zei.
Lucky kent me niet, dacht hij grimmig. Ze heeft geen flauw idee dat ik in Vietnam heel wat meer mensen heb moeten doden dan me lief was.
Het was een periode waar hij niet graag aan terugdacht; die tijd kwam hooguit in zijn nachtmerries terug.
Hij startte de auto zo snel mogelijk en reed in hoog tempo weg.
'Jammer nou,' zei Lucky, die zich behaaglijk in haar stoel nestelde. 'Ik had zo graag met Driving Miss Daisy willen praten.'

Die vrouw is gek, dacht Alex. Wat moet ik met haar? Ze is gekker dan ik.
Ze zaten al vijf minuten op de snelweg toen Lucky bedacht dat ze haar handtas in de bar had laten liggen. Ze schoot overeind en vertelde Alex het slechte nieuws.
'We gaan niet terug,' zei Alex verbeten. 'Zet dat maar uit je hoofd.'
'Dat zal wel moeten,' zei Lucky vastberaden. 'Mijn creditcards zitten erin, mijn Filofax, mijn rijbewijs, mijn sleutels, alles.'
'Je bent een lastig mens,' zei hij.
'Dat heb ik wel eerder gehoord,' zei ze monter.
Hij kon niet geloven dat hij echt deed wat ze wilde en bij de eerste afslag omkeerde. 'Hoor eens goed,' zei hij streng, 'jij blijft in de auto zitten, ik laat de motor lopen en ga je tasje halen. Begrepen?'
'Maar je laat je pistool hier.'
'Je hoeft mij niet te vertellen wat ik moet doen.'
'Nee, je hoeft mij ook niet te vertellen wat ik moet doen.'
'God, dat kan nog leuk worden als we samen een film gaan maken.'
'Reken maar.'
Moest ze nu echt altijd het laatste woord hebben?

Hij zette zijn Porsche vlak voor het café en stapte uit. Hij negeerde Lucky's waarschuwing en stak zijn pistool achter zijn broekband. Je kon maar beter op alles voorbereid zijn, die heethoofden van het platteland waren het ergst. Toen hij binnenkwam, was er een andere stripper bezig op het podium, die ieders aandacht gevangen hield. Een Chinese dit keer. Ze hielden hier wel van afwisseling.
Alex liep snel naar de bar. 'Mijn vriendin heeft haar tasje laten liggen,' zei hij.
De oude barkeeper bukte zich, pakte het tasje onder de bar vandaan en gaf hem aan Alex. 'We houden hier niet van rottigheid,' zei de man knorrig. 'Jullie rijke types uit L.A. met je geld en je opzichtige auto's. Rot toch op.'
'Hoor eens, het is een vrij land,' zei Alex. Hij stopte het tasje onder zijn arm en liep de deur uit.
Zijn Porsche stond nog op dezelfde plek, maar er was één probleem: Lucky zat er niet in.
Ziedend van woede stond hij naast zijn auto. Hij had haar verdomme toch gezegd dat ze in de auto moest blijven! Was dat te veel gevraagd? Ze was gewoon te onafhankelijk. Dat was haar probleem.
Eén ding was zeker. Hij had nooit een vrouw als zij ontmoet. Hij overwoog haar een lesje te leren, weg te rijden en haar alleen achter te laten. Maar dat kon hij niet maken; niemand verdiende het om hier te worden achtergelaten en bovendien financierde haar studio zijn film.
Hij ging weer naar binnen om haar te zoeken.
De barkeeper was kratjes bier aan het versjouwen en schudde zijn vinger toen hij Alex zag binnenkomen. Niet jij weer!
'Hebt u mijn vriendin gezien?' vroeg Alex.

'Ik heb je toch gezegd dat jullie soort hier niet welkom is,' zei de barkeeper. Alex verloor zijn geduld. 'Waar is het damestoilet?' vroeg hij.
'Buiten, op het parkeerterrein,' zei de man. 'En waag het niet om nog eens terug te komen.'
Alsof hij dat zou willen.

Het damestoilet buiten fungeerde tevens als kleedkamer voor de strippers. Ze kwamen haastig binnen met hun plastic beauty cases en doorzichtige kledinghoezen en verkleedden zich in de krappe ruimte. Toen Lucky binnenkwam, was de zwarte stripper die optrad onder de naam Driving Miss Daisy net omgekleed in een knalrode bodystocking.
'Hallo,' zei Lucky, 'mijn vriend en ik willen je graag iets te drinken aanbieden, maar ik geloof dat we hier niet zo welkom zijn.'
De stripper keek naar haar spiegelbeeld in de gebarsten spiegel boven de wasbak. 'Dit is een klotezaak,' zei ze, de lippenstift bijwerkend. 'Wat doen jullie hier?'
'Ik ben hier met Alex Woods, de filmregisseur,' legde Lucky uit. 'En we vragen ons allebei af waarom je je hier met het mooiste lichaam dat we ooit hebben gezien afbeult in zo'n goedkope tent.'
Driving Miss Daisy zette een lange rode pruik op. 'Hoor eens, meid, soms heeft een mens geen keus. Ik doe allerlei optredens, op besloten feesten, reünies, in goktenten en in dit soort zaken. En het belangrijkste is dat het de huur betaalt.'
'We zouden je betalen voor je tijd...'
'O nee,' zei Driving Miss Daisy met opgeheven vinger tegen Lucky. 'Ik moet niets hebben van triootjes en andere sekstoestanden. Je moet niet denken dat je me kunt kopen alleen omdat ik hier uit de kleren ga.'
'Zoiets bedoel ik helemaal niet,' stelde Lucky haar gerust. 'We willen alleen graag je levensverhaal horen. Alex wil je graag een rolletje geven in zijn nieuwe film.'
'In zijn film?'
'Kunnen we voor honderd dollar misschien twintig minuten van je tijd krijgen?'
'Dit is te gek voor woorden,' zei de stripper.
'Wat is hier nu gek aan? Het is een kans en die moet je grijpen.'
'Ik heb eigenlijk nooit kansen gehad,' zei de vrouw peinzend.
'Grijp deze dan,' zei Lucky.
'Ik moet nog naar een ander optreden.'
'We kunnen met je meekomen.'
'Tja, ik weet het niet...'
'Waar is dat?'
'In een poolzaal, een minuut of twintig hier vandaan.'
'Afgesproken,' zei Lucky snel voor de vrouw van gedachten kon veranderen. Ze liepen naar buiten en stuitten meteen op een woedende Alex.

'Ik had toch gezegd dat je in de auto moest blijven zitten,' barstte hij los.
'Ik laat me niet zo gauw iets zeggen.'
'Ja, dat is wel duidelijk.'
'Alex, dit is Driving Miss Daisy. Wat is je echte naam trouwens?' vroeg ze aan de stripper.
'Ik heet echt Daisy.'
'Prima. We gaan met Daisy mee naar haar volgende optreden en daarna drinken we iets.'
'Ik ga niet weer zo'n achterlijke tent binnen,' waarschuwde Alex.
'Ik zal het netjes houden,' zei Lucky. 'Geen rottigheid meer. Dat beloof ik.'
Alex geloofde er geen woord van. 'Alsof jij dat in de hand hebt,' sneerde hij.
'Daisy, we rijden wel achter je aan. Waar staat jouw auto?'
'Die gele Chevrolet is van mij,' zei Daisy en ze wees op een wrak van een auto.
'Oké, zullen we dan gaan?'
'Ben je niet goed bij je hoofd?' vroeg Alex toen ze in zijn Porsche zaten.
'Waarom doen we dit?'
'Als je er geen zin meer in hebt, zet je me maar af bij het eerstvolgende café, dan bel ik een limo,' zei Lucky, die het gezeur van Alex meer dan zat was.
'Ik kan je hier toch niet achterlaten,' zei hij. 'Al zou ik het nog zo graag willen.'
Ze snakte naar een drankje, maar het was net alsof de alcohol vanavond geen invloed op haar had. 'We nemen nog een tequila, gaan poolen, dat is toch niet zo'n straf? Wedden om twintig dollar dat ik je kan verslaan?'
Hij nam haar eens goed op. 'Je denkt dat je me op alle terreinen kunt verslaan, geloof ik.'
'Dat is misschien ook wel zo,' zei ze zonder aarzeling.
'Jouw ego leidt een compleet eigen leven.'
'Ja, en het jouwe zit zeker stil in een donker hoekje?' pareerde ze, en ze stak nog een sigaret op.
Hij lachte tegen wil en dank. 'Jij krijgt zeker altijd je zin?'
'Jij dan niet?' Ze kon het niet laten.
'Ik heb er keihard voor gewerkt altijd mijn zin te krijgen.'
'Ik niet zeker?'
'Dan lijken we meer op elkaar dan we dachten.'
De gele Chevrolet reed de parkeerplaats af.
'Kom, laten we gaan,' zei Lucky. 'Het avontuur wacht.'

20

Morton Sharkey had een ontmoeting met Donna Landsman in de beslotenheid van haar in kitscherige Spaanse stijl opgetrokken villa. Toen hij de lange, slingerende oprijlaan opreed, probeerde hij uit zijn hoofd te zetten dat hij Lucky verraadde. Hij wist dat het een klotestreek was, maar hij zat gevangen in een neerwaartse spiraal die te sterk voor hem was. Bovendien werd hij gechanteerd, dus was hij eigenlijk ook een slachtoffer.

En toch, ondanks alles, was hij nog steeds geobsedeerd door Sara. Als hij bij haar was, vergat hij al het andere.

Een Aziatische butler deed open en leidde hem door een enorme hal naar een reusachtig woonvertrek met een hoog plafond. Morton zag heel wat portretten van andermans voorouders aan de wand hangen.

Donna stond midden in de kamer, gekleed in Escada, haar gezicht tot in de puntjes opgemaakt, een martini-glas in de hand. 'Morton,' zei ze koel, zonder hem een drankje aan te bieden.

'Dag, Donna,' zei hij.

Ze vroeg niet of hij wilde gaan zitten. 'Ik heb begrepen dat je goed nieuws voor me hebt.'

'Het nieuws waar je op gewacht hebt,' zei hij. 'Alle investeringen zijn rond. Morgen heb je Panther Studio's in je bezit.'

Haar gezicht vertoonde een klein, boosaardig lachje. 'Ik ben heel blij dat je me daarbij hebt willen helpen.'

Alsof hij enige keus had gehad. Hij probeerde haar blik te vermijden en kreeg een zenuwtrekje aan zijn oog. 'Wanneer krijg ik de videobanden, Donna?'

'Morgen, zodra ik achter het bureau van Lucky Santangelo zit. Ik hoop dat je er bij zult zijn om me te feliciteren.'

'Dat was ik niet van plan.'

'Dat is nou niet aardig van je, Morton,' zei ze scherp. 'Je wilt toch zeker mijn triomf wel meemaken?'

'Niet echt.'

'Jammer.' Haar gezicht verhardde zich. 'Want ik wil namelijk dat je er bij bent. Je wilt vast niet dat in dit vergevorderde stadium de videoband van jou en die vindingrijke jongedame openbaar wordt gemaakt.'

Rotwijf! Waarom deed ze hem dit aan? Waarom was de Panther Studio zo belangrijk voor haar? Daar was hij nog steeds niet achter.

'Oké, Donna. Ik zal zorgen dat ik er ben.'

Weer dat boosaardige lachje. 'Mooi zo.'

Ze wachtte tot Morton weg was, liep naar de bar en maakte een tweede martini klaar om het te vieren.

Ze nam een slok en verheugde zich op wat er morgen zou gebeuren.

Wraak was zoet, zo ontzettend zoet.

Morton reed meteen naar het appartement van Sara, een appartement dat hij voor haar had betaald. Toen hij haar had leren kennen, woonde ze in een huis dat te erg was voor woorden; hij was altijd bang dat hij op weg daarnaartoe beroofd zou worden. Nu had hij haar in een respectabel flatgebouw geïnstalleerd en voelde zich veilig als hij van de parkeergarage de lift instapte. Hij maakte de deur open met zijn eigen sleutel. Eerst had ze daar bezwaar tegen gehad, maar hij had haar in herinnering gebracht dat hij de huur betaalde.

Sara was niet alleen, wat hem verschrikkelijk ergerde. Hij had haar herhaaldelijk gezegd dat hij niet wilde dat er vriendinnen op bezoek waren als hij kwam.

Hij had haar laten weten dat hij onderweg was, en toch zat haar vriendin Ruby er, een chagrijnig kijkend meisje met zwart haar en slechte manieren. Ze zaten op de vloer van de woonkamer, omgeven door tijdschriften, snoepgoed en allerlei flesjes nagellak. Ze zaten giechelend elkaars teennagels te lakken.

'We zijn aan het experimenteren.' zei Sara.

'Dag, Morton,' zei Ruby op spottende toon.

Hij knikte naar haar, torende hoog boven beide meisjes uit en verwachtte dat ze zouden opstaan. Dat gebeurde niet.

'Sara,' zei hij ten slotte, 'ik wil je spreken.'

'Dat kan,' zei ze terwijl ze verder ging met het lakken van Ruby's grote teen.

'Onder vier ogen,' zei hij, boos dat ze hem niet met meer respect behandelde.

Ze trok een lelijk gezicht. 'Je kunt vrijuit praten; Ruby interesseert het niet.'

Hij vroeg zich af hoeveel Ruby wist. Wist ze dat Sara hem in een zeer compromitterende situatie had gebracht? Wist ze dat Sara daar twaalfduizend dollar voor had opgestreken? En Sara had zich niet verontschuldigd en had geen enkele schaamte getoond toen hij erachter was gekomen. 'Het was een smak geld, Morton,' had ze domweg gezegd. 'Dat kon ik niet afslaan.' Toen had ze de liefde met hem bedreven zoals nooit tevoren. En hij was blijven terugkomen.

Hij deugde niet. Hij wist het.

Hij was gek van verliefdheid. Nu zorgde hij er alleen voor dat er geen verborgen videocamera's in het appartement zaten.

Ruby pakte de hint op. 'Ik ga naar Tower Records,' zei ze geeuwend. 'Kan ik iets voor je meenemen?'

'Ik zou best met je mee willen,' zei Sara, tot een blik op Mortons woedende gezicht haar op andere gedachten bracht.

Ruby trok haar sandalen aan en vertrok.

'Ik begrijp niet waarom je met haar bevriend bent,' zei Morton afkeurend.

'Omdat je geen fantasie hebt,' zei Sara, die nog een snoepje in haar mond stak. Ze sprong op, sloeg haar armen om zijn middel. 'Maar dat geeft niet, pappa, ik heb genoeg fantasie voor twee.'

'Ja, Sara, dat is waar,' zei hij, en hij voelde een golf van seksuele opwinding zoals hij de voorgaande vijfentwintig jaar niet had gekend.

Sara trok haar kleine topje uit en liet haar korte broek zakken. Ze had geen ondergoed aan. Ze was zo mager als een tienjarig jongetje, maar haar gebrek aan rondingen wond Morton alleen maar op. Zijn ogen richtten zich op haar kleine meisjesachtige naaktheid, naar haar warme, geile driehoekje.

'Wat zullen we vandaag doen?' vroeg Sara met een lachje. 'Zal ik serveerster spelen? Advocaat? Schoolmeisje? Of ben je meer in de stemming voor een jongetje? Zeg het maar, schat, de keus is aan jou.'

'Jongetje,' zei hij met half verstikte stem.

'O, wat zijn we stout vandaag. Als ik voor gouvernante speelde, zou ik je eerst een pak slaag moeten geven.'

En zo begon hun spel.

En Morton Sharkey dacht geen moment meer aan het feit dat hij Lucky Santangelo had verraden.

Het was Santo opgevallen dat zijn moeder in een uitzonderlijk goede bui was. Dat betekende dat hij haar alles kon vragen wat hij wilde en het vermoedelijk ook zou krijgen.

Hij liep de keuken in waar ze een pastasaus aan het maken was.

'Hallo, mam,' zei hij. Hij ging naast haar staan.

Donna straalde. 'Santo! Kom, proef wat,' zei ze, een lepel hete saus in zijn mond stekend.

Hij verbrandde er zijn tong aan. Stomme trut! wilde hij roepen, maar hij zei alleen: 'Lekker,' hoewel hij net zo'n hekel had aan de knoflooksmaak van de saus als aan zijn moeder.

Donna kookte niet vaak, maar wist dat ze de beste pastasaus ter wereld maakte. 'Lekker? Is dat alles?' vroeg ze zelfingenomen.

'Verrukkelijk,' zei Santo, die wist wat er van hem verwacht werd.

'Ik ga een deel invriezen,' zei Donna. 'Dan kun je je vrienden uitnodigen voor een lekker maal.'

Ze was zo dom dat ze niet eens wist dat hij geen vrienden had. De kinderen op school scholden hem uit voor Rijke Patser en Dikke Draaikont. Ze hadden de pest aan hem, en hij aan hen.

Het kon hem niet schelen. Op een dag zou hij die hele kloteschool in brand steken, met alle leerlingen erbij, dan kon ze zijn zogenaamde vrienden, voorzien van een knapperig korstje, opzoeken in het lijkenhuis.

'Mam, ik zat er net over te denken of een nieuwe auto te veel gevraagd zou zijn.'

'Ben je nou helemaal,' zei Donna, die geroutineerd de courgette klein sneed. 'Je hebt een Corvette gekregen voor je verjaardag.'

'Sinds die aanrijding is hij niet meer wat hij geweest is,' zei hij op zeurderige toon.

'We hebben hem toch laten repareren.'

'Dat weet ik wel, mam...' Hij wachtte tot hij haar onverdeelde aandacht had.
'Maar eigenlijk wil ik zo graag een Ferrari.'
'Een Ferrari?' zei ze geschokt.
'Waarom niet?' drensde hij. 'De vader van Mohammed heeft er ook een voor hem gekocht, en Mohammed is een nitwit.'
'Het is geen praktische auto om mee naar school te gaan,' zei Donna streng terwijl ze de courgette aan de saus toevoegde.
'Dan kan ik die in de weekenden gebruiken en met de Corvette naar school gaan,' zei hij op een toon alsof dat heel praktisch gedacht was.
'Tja...' aarzelde ze. Het was zo moeilijk om nee tegen haar zoon te zeggen.
'Ach, toe, mam,' drong hij aan. 'Ik gebruik geen drugs en ga niet laat uit en kom niet dronken thuis zoals andere kinderen. Ik zou je het leven veel lastiger kunnen maken.'
Donna schudde haar hoofd. Was dit een bedekt dreigement? Nee, niet van haar schat. Santo was een lieverd. 'Twee auto's,' zei ze peinzend. 'Ik denk niet dat George het ermee eens zal zijn.'
'Wat kan George ons nou schelen?' zei Santo verbitterd, terwijl zijn bolle gezicht zich verhardde. 'Hij is niet eens mijn echte vader. Mijn vader werd vermoord, en George kan hem niet vervangen als je dat soms dacht.'
'Dat denk ik ook helemaal niet,' bracht Donna er tegenin.
Santo probeerde een andere invalshoek. 'Er deugt niets van dat de gevoelens van George op de eerste plaats komen,' zei hij pruilend.
'Jij komt altijd op de eerste plaats, Santo,' zei Donna, geschokt dat hij daar anders over dacht.
Hij keek haar beschuldigend aan alsof hij haar niet geloofde.
'Toen ik zo oud was als jij hadden we helemaal niets,' zei Donna, hoofdschuddend bij de gedachte. 'We waren zo arm...'
'Dat is heel iets anders,' zei Santo. 'Jullie woonden in een klein dorp.'
'Een dorp waar ik je binnenkort eens mee naartoe zal nemen,' beloofde Donna, die met enige nostalgie terugdacht aan haar eenvoudige afkomst. 'Mijn familie zal zo trots op je zijn. Ik ben immers ook ontzettend trots op je.'
'Als mijn vader nog leefde, zou hij een Ferrari voor me kopen,' zei Santo, nu vol overgave inspelend op het schuldgevoel van zijn moeder. Als dat niet zou lukken, wat dan wel?
Donna keek haar zoon aan en capituleerde omdat het domweg te moeilijk was om nee te blijven zeggen. 'Als je dat nu echt zo graag wilt,' zei ze met een zucht.
Hij straalde. God, wat was ze toch makkelijk te bespelen.
'Ga maar naar de showroom en zoek er een uit.'
Hij viel haar om de hals. 'Je bent de beste moeder van L.A.'
Die woorden alleen waren een bom geld waard. 'George blijft vannacht in Chicago,' zei ze. 'Als je zin hebt, kunnen we naar de film gaan en eten bij Spago.'

Hij vond het vreselijk om het aanbod van zo'n goddelijke pizza van Spago af te slaan, maar de gedachte een hele avond met zijn moeder te moeten doorbrengen was te veel van het goede. 'Nee, mam, ik heb nog een heleboel huiswerk te doen.'
'Ach, wat jammer,' zei ze met een teleurgesteld gezicht. 'Kan dat niet wachten?'
'Je zou het vreselijk vinden als mijn cijfers achteruit gingen.'
'Ja, dat is waar.' Ze zweeg even. Die twee martini's hadden haar wat luchthartig gemaakt. 'Ik heb vanmiddag zo'n goede deal gesloten dat ik het eigenlijk wilde vieren.'
Alsof het iets nieuws was dat ze goede zaken deed. 'Wat was dat dan?' vroeg hij echter, want nu ze hem net een Ferrari had beloofd, moest hij een beetje belangstelling tonen.
'Ik neem een studio in Hollywood over,' kondigde ze trots aan. 'De Panther Studio.'
Dat was helemaal niet gek. Hij had meteen visioenen waarin hij een filmster was. 'Kan ik acteur worden?' vroeg hij hoopvol.
Donna's mond krulde zich tot een toegeeflijk glimlachje. 'Jij kunt worden wat je wilt.'
Tjezus! Dit was goed nieuws. Een Hollywood-studio. Venus Maria was actrice, en actrices hadden er alles voor over om een rol te krijgen, dat wist iedereen. Als zijn moeder een studio bezat, zou die macht op hem afstralen. Hij zou er persoonlijk voor zorgen dat Venus Maria een glansrol zou krijgen in elke film die de studio maakte.
Dit was een voorteken. Eerst de Ferrari, nu een grote filmstudio. Het werd tijd om contact met Venus op te nemen.
Hij zou natuurlijk zijn identiteit nog niet onthullen, maar zou haar een anonieme brief schrijven om te laten weten dat hij aan haar kant stond en dat ze zouden gaan trouwen zodra de tijd er rijp voor was. Voorgoed met elkaar verenigd.
'Ik moet aan de slag, mam,' zei hij. 'Tot straks.'
In zijn kamer ging hij achter de computer zitten en stelde een brief aan haar op. Hij had onlangs een plattegrond met de adressen van filmsterren gekocht en had het adres van Venus opgezocht. Toen had hij een verkenningsritje langs haar huis in de Hollywood Hills gemaakt, was uitgestapt en had door de smeedijzeren hekken staan kijken. Er was een bewaker gekomen die hem had weggestuurd.
Stomme klootzak. Wist hij dan niet dat hij, Santo, daar op een dag met Venus zou wonen? Het was alleen een kwestie van tijd. Hij overwoog de zak te vertellen wat zijn plannen waren, maar de lul zou hem vermoedelijk toch niet geloven. Nee, hij kon wachten. Op een dag zou iedereen het weten.
Hij probeerde zich op de brief te concentreren, maar om een of andere reden dwaalden zijn gedachten steeds af.
Hij stelde zich Venus voor zonder kleren, naakt en gewillig, haar volle lippen aflikkend, op het podium, alleen voor hem...

En als ze zou zien wat hij voor haar in petto had! Venus mocht haar handen dichtknijpen.
Hij kreeg verdomme al een paal terwijl hij aan haar schreef. Waarom had hij dat niet eerder gedaan?
Hij maakte zijn gulp open, pakte zijn pik en dacht aan Venus. Het was een geil stuk, en op een dag zou ze van hem zijn.
Hij had belangrijker dingen te doen met zijn handen dan typen. Haar brief moest maar even wachten.

21

Het was over tienen toen Lucky en Alex bij Armando's Strip Palace en Pool Bar kwamen, een uitgebreid complex dat ook al in een soort niemandsland stond.
'Weer zo'n imposante tent,' zei Lucky, die de neonreclame bekeek.
'Weet je zeker dat je naar binnen wilt?' vroeg Alex, die op de overvolle parkeerplaats achter de gele Chevrolet van Daisy ging staan.
'Ja hoor,' zei Lucky, die zich lichtzinnig voelde en overal voor in was. 'Het ziet er veelbelovend uit.'
Alex besefte dat ze niet zou terugkrabbelen. Niet Lucky Santangelo. Niet deze vrouw. 'Oké, laten we dan maar naar binnen gaan,' stelde hij voor.
Daisy kwam naar ze toe toen ze uitstapten. 'Ik moet de achteringang nemen. Dat zijn de regels van Armando. Waar is mijn honderd dollar?'
'Vertrouw je me niet?' vroeg Lucky.
'Als ik iedereen maar had vertrouwd, was ik in dit vak niet ver gekomen,' zei Daisy met haar handen in haar zij.
Lucky keek in haar portemonnee en haalde een biljet van honderd dollar te voorschijn.
'Zeg bij de ingang maar dat jullie vrienden van me zijn,' grinnikte Daisy. 'Dan krijgen jullie slechtere plaatsen.' Lachend liep ze weg op haar hoge hakken.
'Lucky,' vroeg Alex met een diepe zucht, 'wat doen we hier in vredesnaam?'
'We gaan iets drinken,' zei ze, haar lange zwarte haar achterover werpend.
'Wat dacht je van een hapje eten?'
Ze gingen Armando's binnen. Het was vier keer zo groot als de vorige tent en niet minder druk. Aan een kant van de ruimte stonden drie pooltafels. Een band speelde een bekend nummer van Loretta Lynn, en er was een lange bar waaraan bier drinkende cowboys zaten en vrouwen die op hun western-best gekleed waren.
'Hmm,' zei Lucky, die de zaak in zich opnam. 'Een echte country-and-westerntent. Zin in een quickstep?'
'Jij bent niet normaal,' zei Alex.

'Hoezo niet?' vroeg ze onschuldig.
'Je bent niet bepaald een rustig type.'
Ze schoot in de lach. 'O, jij bent op zoek naar een rustig, onderdanig vrouwtje, is dat je probleem?'
'Je weet best wat ik bedoel,' zei hij geërgerd.
Ze had geen idee wat hij bedoelde, en het kon haar eerlijk gezegd niet schelen ook. Hij was hier met een bepaald doel, en dat doel was haar te vermaken.
Haar wereld begon een beetje te draaien. Ze moest een beetje uitkijken met de drank.
Er waren geen tafeltjes vrij, dus namen ze genoegen met de laatste twee vrije krukken aan de bar, ingeklemd tussen norse cowboys. Alex stak de serveerster twintig dollar toe en zei dat hij het eerste het beste vrije tafeltje wilde.
'Als ik vanavond niet in een vechtpartij beland, mag ik God op mijn blote knieën danken,' mompelde hij toen ze zaten.
Lucky streek haar lange haar naar achteren en lachte. Ze wist dat ze aangeschoten was, maar dat gaf niet. Vanavond was ze niet Lucky Santangelo, zakenvrouw, hoofd van een studio, moeder. Vanavond was ze een alleenstaande vrije meid, en kon ze doen wat ze wilde. En ze had zin in een drankje. Het enige probleem was dat Alex haar niet kon bijhouden.
'Een tequila,' bestelde ze haar hik verbergend. 'We kijken naar het optreden van Daisy, spelen een potje pool en dan gaan we. Dat is de belofte van een Santangelo.'
'Jij en je mooie beloften,' zei hij, blij dat hij relatief nuchter was gebleven. Iemand van hun beiden moest toch weten wat ze aan het doen waren.
'Nee, echt,' zei Lucky. 'Ik zal je een andere keer aan Gino voorstellen. Je zult dol zijn op zijn verhalen.'
Alex wist dat hij een bezoek aan Gino die avond wel uit zijn hoofd kon zetten.
'Weet je, Alex,' zei Lucky terwijl ze vol begrip een hand op zijn schouder legde. 'Ik ben de hele avond al aan het woord. Zullen we het eens over jou hebben?'
'Waarom?' zei hij met een stalen gezicht.
'Ik begrijp nog steeds niet waarom je nooit getrouwd bent.'
'Ja, hoor eens, dat jij nou drie keer getrouwd bent geweest...'
'Ik vermoed dat je een dominante moeder hebt die je diep in je hart haat.'
'Dat is niet geestig,' zei hij fronsend.
'Een schot in de roos, zeker?'
De serveerster kwam naar hen toe met de mededeling dat er een tafeltje was vrijgekomen. Ze liepen er net naartoe toen Daisy als één brok energie op het podium verscheen.
Bij Armando stond er een zilveren palmboom op het podium en die begon Daisy te bewerken alsof het haar meest intieme minnaar was; ze deed dingen waar de meeste mensen alleen van konden dromen.
Het publiek wierp haar geld toe, stampte met de voeten en hief een goedkeurend fluitconcert aan. Daisy kickte op het applaus. Ze hurkte met gespreide dijen en begon daarmee de bankbiljetten op te rapen.

'Wat een spierbeheersing,' zei Lucky. 'Ik hoop dat er straks een mannelijke stripper komt.'
'Jij bent echt niet goed bij je hoofd.'
'Kom, Alex, je gelooft toch wel in gelijkheid van de seksen?'
'Dat is een en al gelul.'
'Krab het vernislaagje van een regisseur af en wat je overhoudt is een macho,' zei ze plagend.
'Wat heb jij toch vanavond?' zei hij ten einde raad.
'Niet iets wat jij zou begrijpen.'
Toen Daisy helemaal uit de kleren was, was het publiek volkomen buiten zinnen. Daisy wist haar publiek goed te bespelen. Toen ze klaar was, kwam ze bij hen aan tafel zitten, buiten adem en triomfantelijk, haar prachtige huid glanzend van het zweet.
'Wat willen jullie weten?' zei ze nahijgend.
'Alex, jij mag het woord doen,' zei Lucky.
Hij keek haar eens aan. Zij was degene die hem hier mee naartoe had genomen en nu mocht hij de vragen stellen. Ze wist toch best dat die stripper hem geen reet interesseerde, ook al had ze nog zo'n prachtig lichaam. Maar toch, Daisy zou beslist indruk maken in zijn film. Zeker als ze die truc met het geld zou doen.
'En, wat is je verhaal, Daisy?' zei hij met een valse ondertoon. 'Verkracht door je vader? Mishandeld door je stiefvader? Misbruikt door een oom? En toen ben je van huis weggelopen. Zit ik er ver naast?'
Daisy speelde met het lange rode haar van haar pruik en bestelde een pilsje.
'Mijn vader was dominee bij de doopsgezinde kerk. Bij ons thuis werd er niet over seks gepraat. Mijn vader was een strenge man. Ik ben een werkende vrouw met twee kinderen en een geliefde. Ik wil gewoon genoeg verdienen om mijn kinderen een goed leven te kunnen geven.'
'Niet het verhaal dat je had verwacht, hè Alex?' zei Lucky op plagerige toon.
'En waar is die nu dan, die geliefde van je?' vroeg Alex, die de opmerking van Lucky volkomen negeerde.
'Aan het babysitten. Ze is graag thuis.'
'Zé?' vroeg Alex.
Daisy knipoogde naar Lucky. 'Ach, weet je, als je eenmaal aan een vrouw hebt geroken, taal je niet meer naar een man. Een pik is niet het enige waar mensen achteraan lopen.'
'Fijn dat te weten,' zei Alex, die niet blij was met de wending die het gesprek nam.
'Waar kunnen we je bereiken?' vroeg Lucky die zich kostelijk amuseerde met Alex' duidelijke onbehagen.
Daisy nam een slok bier uit het flesje. 'Waarom wil je me kunnen bereiken?'
'Voor het geval Alex je in zijn film wil gebruiken.'
'Ik ben geen actrice,' zei Daisy bescheiden.
'Je hoeft ook niet te acteren,' zei Alex snel.

'Welnee,' zei Lucky. 'Je doet een stripscène. Je weet wel: twee mannen zitten te praten...'
Daisy begreep het meteen. 'O, die eeuwige scène waarbij je op de achtergrond een stripper met enorme tieten ziet.'
'Precies!' riep Lucky uit. Daisy was slimmer dan ze had gedacht.
Ze schoten allebei in de lach.
'Schrijf in elk geval een telefoonnummer op waar mijn castingmensen je kunnen bereiken,' zei Alex. Hij gaf haar een mapje lucifers en een pen.
Daisy schreef haar naam en telefoonnummer op.
Alex wilde weg. 'Zullen we gaan?' vroeg hij Lucky.
'Een partijtje pool. Dat had je beloofd.'
Hij keek naar de pooltafels en zag tot zijn opluchting dat er niet een vrij was. Lucky volgde zijn blik en zei: 'Ik zal er wel eentje voor ons vrijmaken.'
'Nee,' zei hij vastberaden. 'We gaan weg nu we nog lopen kunnen.'
Haar ogen stonden donker en uitdagend. Ze hield wel van een man die weerwerk gaf. 'Zeker bang om ingemaakt te worden?'
Hij was te nuchter en zij te dronken. Het was de moeite niet waard om op in te gaan.
Ze namen afscheid van Daisy en liepen naar het parkeerterrein.
Lucky voelde de drank pas toen ze overvallen werd door de koude nachtlucht. Ze kon nauwelijks meer op haar benen staan.
Alex ving haar op in zijn armen. 'Op één been kun je niet lopen, maar op twee blijkbaar ook niet,' zei hij. Hij snoof haar sensuele geur op.
'Ik voel me niet zo goed,' fluisterde ze, terwijl ze zwaar op hem hing.
Hij genoot van haar onverwachte kwetsbaarheid. Dit was een nieuwe, afhankelijke Lucky. Zo hoorden vrouwen zich te gedragen.
Zonder er bij na te denken drukte hij zijn lippen op de hare en kuste haar heftig en hartstochtelijk.
Het was een zinderende zoen die hen allebei verraste.
Lucky wist dat ze dronken was en dat ze dit niet moest doen, dat het een grote vergissing was. Maar ze zag alleen beelden voor zich van Lennie met de blonde vrouw. Ze voelde alleen de woede en de teleurstelling over het feit dat hij haar bedrogen had.
Lennie had haar zo verschrikkelijk laten vallen. Er was maar één manier om het hem betaald te zetten.
Alex moest het ontgelden.

Twee geliefden in een goedkoop motel. Een slordig kledingspoor over het versleten tapijt. Woest tekeergaand in bed, allebei verlangend naar snelle seks waarbij geen voorspel nodig was. Hij was harder dan ooit en zij was eraan toe.
Hij liefkoosde haar prachtige borsten.
Ze hield zijn pik vast en genoot van het opgewonden kloppen.
Ze kreunde toen hij in haar kwam. Een getergd geluid van hartstochtelijk verlangen en overgave.

Ze gaven zich allebei volkomen over. Hun genot werd niet getemperd door terughoudendheid – het was één lange, ongecompliceerde neukpartij.
Het was precies wat Lucky nodig had. En toen ze klaarkwam, kwamen alle opgekropte woede en frustratie die ze had weggestopt naar buiten.
Alex kwam gelijk met haar sidderend klaar. 'Jezus Christus!' riep hij uit.
Ze reageerde niet. Ze draaide zich om en trok haar knieën tegen haar borst.
Binnen enkele minuten waren ze allebei diep in slaap.

Boek drie

22

In de zuidoosthoek van Sicilië, hoog boven de onverharde weg van Noto naar Ragusa lag het kleine dorpje waar Donna was geboren. Haar geboortehuis werd nog steeds bewoond door haar zevenentachtigjarige vader, twee van haar jongere zusters en hun echtgenoten, haar broer Bruno, zijn vrouw en tal van neefjes en nichtjes. Donna ondersteunde de hele familie en stuurde hen regelmatig voedselpakketten, kleding en luxe-goederen die ongekend waren in zo'n primitief dorp.

Sinds haar vader haar als jong meisje voor geld had uitgehuwelijkt, was ze er maar één keer terug geweest. Ze was echter een legende in het dorpje en er werd op eerbiedige toon over haar gepraat.

Het geboortedorp van Donna lag op onherbergzaam terrein, maar na een wandeling van drie kwartier door de steile bergen kwam je bij een klif aan de kust waar een doolhof van geheimzinnige grotten was. Volgens plaatselijke legenden spookte het er, zodat er maar weinig mensen durfden komen.

Als kind hadden Donna, Bruno en haar jonge geliefde, Furio, veel van hun vrije tijd doorgebracht met het verkennen van de grotten. Ze waren niet bang voor die oude legenden, hoewel de dorpsoudsten over geesten en nog ergere dingen vertelden. Volgens de verhalen hadden zich er na de rampzalige aardbeving van 1668 die vele steden had verwoest heel wat dieven en moordenaars gevestigd. Toen een van hen een dorpsmeisje had verkracht en vermoord, waren de mannen van het dorp, vervuld van wraakzucht, naar de grotten getrokken en hadden iedereen afgeslacht en in een massagraf begraven.

Donna, Furio en Bruno hadden deze verhalen nooit geloofd; de grotten waren hun speelterrein en niets kon dat voor hen bederven.

Toen Donna voor haar huwelijk naar Amerika was gegaan, waren Bruno en Furio er niet meer naartoe gegaan.

Pas toen Donna Bruno liet overkomen om hem over haar plannen te vertellen, kwam het bij hem op om ernaar terug te gaan. Toen ze uitlegde wat er gedaan moest worden om de dood van haar man te wreken, was Bruno het volkomen met haar eens geweest dat de grotten een perfecte schuilplaats boden. Door hun ligging aan zee, omgeven door hoge rotsen, vormden ze een natuurlijke gevangenis.

Lennie Golden wist dat ze gelijk hadden. Want Lennie werd er al acht lange weken gevangen gehouden, zijn linkerenkel vastgeketend aan een onwrikbaar rotsblok, waardoor hij alleen door de vochtige grot kon hinken.

Elke ochtend werd hij wakker met dezelfde ontmoedigende aanblik: een baan licht die van ergens hoog boven hem kwam; de wanden van de grot

die klam en met mos begroeid waren; en ergens dichtbij kon hij de zee ruiken en horen.
Hoe dichtbij zou de zee zijn? Door de vochtigheid vermoedde hij gevaarlijk dichtbij. Wat zou er gebeuren als het ging stormen? Zou zijn grot onderstromen? Zou hij een vreselijke, wrede dood sterven omdat er geen ontsnappen mogelijk was? Dit was zijn thuis, zijn cel, zijn gevangenis.
Het ergst van alles was dat hij geen idee had waarom hij er was. Hij kon alleen bedenken dat hij ontvoerd was vanwege het losgeld. Maar als dat zo was, zouden Lucky of de studio dan niet allang betaald hebben?
Hij zat nu al acht vreselijke weken gevangen. Hij wist precies hoe lang, omdat hij streepjes in de wand had gekerfd aan het eind van elke dag. In die tijd had hij alleen de twee mannen gezien die hem elke dag een maaltijd brachten die uit brood en kaas bestond. Een keer per week werd de kaas vervangen door een stuk taai vlees, en twee keer had hij fruit gekregen. Inmiddels had hij zo'n honger dat hij in staat was alles te eten.
Geen van zijn beide gevangenbewaarders – beiden nors uitziende mannen van in de dertig – sprak Engels. Ze wilden zo min mogelijk met hem te maken hebben en vermeden zelfs alle oogcontact.
Een van hen kwam elke dag op ongeveer dezelfde tijd, zette het eten op een omgekeerd kratje en ging meteen weer weg. Om de paar dagen leegden ze de emmer die als toilet fungeerde en zetten een emmer onfris water voor hem neer waarmee hij zich moest wassen.
Er was geen spiegel en hij had geen toiletartikelen. Hij vermoedde dat hij eruitzag als een verwilderde man met lang, aan elkaar geklit haar en een baard van acht weken. Zijn kleren waren smerig. Hij had een keer geprobeerd ze te wassen, maar was tot de conclusie gekomen dat hij bijna omkwam van de kou terwijl hij wachtte tot zijn kleren droogden.
Het eten en de sanitaire voorzieningen kon hij wel accepteren. Hij kon zelfs de ijzige kou en de vochtigheid accepteren, en de ratten die de hele nacht door de grot trippelden en soms over zijn benen liepen als hij op de houten planken lag die hem tot bed dienden.
Wat hij niet kon accepteren was de wanhoop en de nooit aflatende verveling, omdat hij niets had om zijn geest af te leiden. Dag in dag uit zat hij er maar, zonder te kunnen lezen of schrijven, zonder muziek, zonder tv.
Er was helemaal niets. En langzamerhand werd hij compleet gek.
De laatste tijd praatte hij hardop in zichzelf. Het was een schrale troost naar zichzelf te luisteren, maar het was in elk geval een menselijke stem. Hij probeerde zich conférences te herinneren uit de tijd dat hij solo-optredens deed, en probeerde oude scènes uit films te herleven. Soms praatte hij met Lucky alsof ze bij hem was.
In gedachten had hij vaak de gebeurtenissen van die afschuwelijke ochtend doorgenomen. Hij wist nog hoe gelukkig hij zich voelde omdat Lucky op bezoek kwam. Hij stelde zich voor dat ze op hem af kwam rennen zodra ze uit het vliegtuig was gestapt. Ze hadden altijd zo goed bij elkaar gepast.

Hij herinnerde zich dat hij uit het hotel was vertrokken; de portier die hem de auto wees. Een nieuwe chauffeur, niet zijn vaste. Kort nadat ze op weg waren gegaan naar de luchthaven, had de chauffeur hem koffie aangeboden. Die had hij gretig geaccepteerd en had genoten van de bijna bittere smaak.
Daarna wist hij niets meer; hij had geen enkele herinnering tot hij als een hond was wakker geworden op de vloer van de grot, zonder dat er iemand was om hem uit te leggen wat er met hem was gebeurd.
Toen de eerste man verscheen, had hij gedacht dat hij gered was. Maar nee, het was slechts het begin van zijn nachtmerrie.
En nu kon hij niets anders doen dan wachten en wanhopig proberen bij zijn verstand te blijven. En hij kon alleen maar hopen dat Lucky hem zou vinden.
Soms vroeg hij zich af of hij al dood was. Misschien was dit de hel? Hij had geen idee.

23

Om halfzes 's ochtends werd Lucky wakker met de smaak van dode rat in haar mond. Haar hoofd bonkte genadeloos. Haar hele lichaam deed pijn en ze snakte naar een sigaret.
Ze draaide haar hoofd om en wierp een blik op Alex. Hij lag naakt breeduit in het wanordelijke bed en snurkte. Hij maakte een zeer ontspannen indruk.
O, God! Wat had ze gedaan?
Ze kroop stilletjes het bed uit en begon haar kleren bij elkaar te zoeken. Toen sloop ze naar de badkamer, kleedde zich haastig aan zonder zich te douchen, omdat ze maar één ding voor ogen had: er zo snel mogelijk vandoor gaan.
Buiten de motelkamer, in niemandsland, was het nog donker. Ze liep langs de Porsche van Alex en liep naar het verlaten kantoortje waar ze op de bel drukte en ongeduldig wachtte tot er iemand verscheen. Een magere hond snuffelde aan haar enkels en liep door. Ze huiverde en zette de kraag van haar jasje op.
Na een poos verscheen er eindelijk een jongen met verwarde haren die een *Star-Trek*-T-shirt in zijn broek stopte. 'Het is nog een beetje vroeg, mevrouw,' zei hij, de slaap uit zijn ogen wrijvend. 'Wat kan ik voor u doen?'
'Ik heb een limousine nodig,' zei Lucky, ongeduldig met haar vingers op de balie trommelend, vurig hopend dat ze weg zou zijn voor Alex haar zou missen.
'Wat?' vroeg de jongen verbaasd.

'Een limousine, een huurauto. Iets waarmee ik kan wegrijden.'
'Tja,' zei de jongen, 'ik weet het niet. Het tankstation gaat pas om zes uur open en die hebben vast geen limousines. Mijn grootvader zal het wel weten, maar die slaapt nog.'
'Heb jij een auto?'
Hij wreef over zijn kin. 'Ik?'
'Ja, jij.'
'Ik heb een oude Mustang uit '68,' zei hij trots.
'Kan ik daarmee naar L.A. rijden?'
'Mevrouw...'
'Ja?'
'Sorry, maar die buitenlandse auto daar is toch van u?'
Ze slaakte een ongeduldige zucht. 'Laat ik een lang verhaal kort maken. Ik wil hier nu weg. Wat kost het me om jouw Mustang te lenen?'
Vijfhonderd dollar later was ze onderweg. Ze reed in een zo hoog mogelijk tempo bij Alex vandaan. Ze had geen spijt van wat er gebeurd was. Ze had het gewild, ze had er zelf op aangestuurd vanaf het moment dat Alex haar kantoor was binnengekomen.
Achteraf bekeken had ze beter met die Travolta-engerd uit het café naar bed kunnen gaan. Dat zou minder complicaties hebben gegeven.
O God, ze hoopte niet dat Alex lastig zou gaan doen. Vast niet. Hij gebruikte vrouwen, dat wist ze wel zeker. Hij zou er vast niet wakker van liggen als het eens andersom uitviel. Alex Woods. In de toekomst zou ze de relatie met hem zakelijk houden.
De oude Mustang hield zich goed en schoot over de snelweg als een opgevoerde sportwagen. Ze zocht een soulzender op de radio en luisterde naar Otis Redding.
Ze reed naar Palm Springs in plaats van naar L.A. Ze had Alex beloofd dat hij mee mocht naar Gino, maar ze wilde even alleen zijn met haar vader. Als Alex hem per se wilde ontmoeten, kon dat een andere keer wel.
Toen ze bij Gino's huis kwam, was hij al wakker en aangekleed, en ging luid tekeer tegen zijn effectenmakelaar. Hij had een verhit gezicht en was zo opgewonden als een tiener die voor het eerst met iemand naar bed is geweest.
Hij legde zijn hand op de hoorn en zei: 'Kind van me! Wat doe jij hier in vredesnaam? Weet je niet dat het te vroeg is om voor de duvel te dansen?'
Ze omhelsde hem en verbaasde zich erover dat hij niet ouder leek te worden. Gino was eenentachtig, maar zag er uit als een vijfenzestigjarige met zijn dikke, licht grijzende haar en zijn brede lach. Hij was volkomen fris en fit, had zijn eigen tanden nog en, te oordelen naar de lach op Paiges gezicht, leidde hij nog een actief seksleven. Tijdens zijn jeugd in Brooklyn was zijn bijnaam Gino de Ram geweest. Ja, haar vader had een kleurrijk verleden en had zijn bescheiden afkomst ver achter zich gelaten.
Hij beëindigde het gesprek met zijn effectenmakelaar en smeet met een klap de hoorn erop. 'Die vent is waardeloos,' zei hij. 'Geeft me altijd de verkeerde

adviezen. Ik begrijp eigenlijk niet waarom ik nog naar hem luister, die klootzak kost me elke dag handenvol geld.'

Lucky liet zich in een stoel vallen en rommelde in haar tas naar haar sigaretten.

Gino keek haar aan. 'Wat is er aan de hand, meisje? Ik heb het sterke vermoeden dat dit niet zomaar een beleefdheidsbezoek is.'

'Ik ben dronken geworden,' zei ze berouwvol. 'En ik dacht dat we onze kater misschien konden delen.'

'Je leeft nog steeds als een vent,' zei Gino, afkeurend zijn hoofd schuddend. 'Weet je dan niet dat dames zich niet bezuipen?'

Ze had een sigaret gevonden en stak hem op. 'Volgens mij heb ik je heel lang geleden al eens gezegd dat ik geen dame ben; ik ben een Santangelo, net als jij.'

Hij lachte. 'Ja, hoe zou ik het kunnen vergeten? Je bent me toch een lastig kind geweest...'

Ze keek hem met een stralende glimlach aan. 'Maar ik ben best goed terecht gekomen, vind je niet?'

'Mij hoor je niet klagen.' Hij zweeg even. 'Maar hoe gaat het nu echt met je?'

Ze haalde geïrriteerd haar schouders op. Ze was moe en verward en wist domweg niet precies hoe ze zich voelde.

Hij keek haar begrijpend aan. 'Het heeft tijd nodig, kind.'

Even wilde ze dat ze een klein meisje was en zich in zijn beschermende armen kon laten vallen. 'Ik weet het, Gino.'

'We hebben samen al veel meegemaakt,' zei hij.

'Dat weet ik ook,' zei ze rustig.

'En denk eraan: je bent een Santangelo, vergeet dat niet.'

Ze glimlachte. 'Alsof ik dat ooit zou kunnen vergeten.'

'Wil je thee of koffie?'

'Nee, dank je,' zei ze een geeuw onderdrukkend. 'Is het goed als ik even een douche neem?'

'Gebruik de badkamer van de logeerkamer maar. Ik zal Paige zeggen dat je er bent.'

'Je hoeft haar niet wakker te maken.'

'Ha! Het Russische leger zou mijn vrouw nog niet kunnen wekken als ze daar nog geen zin in had.'

In de badkamer keek ze uit het raam. Een prachtig verzorgd gazon, weelderige struiken en een azuurkleurig zwembad. Ze hield niet meer zo van zwembaden sinds de noodlottige dag waarop ze haar moeder dood in het zwembad van haar ouderlijk huis had aangetroffen...

Nee! Daar wilde ze vandaag niet aan denken. Ze kleedde zich uit, bleef even voor de lange spiegel staan en nam haar spiegelbeeld op. Jeugdigheid zat in de familie: zelfs na drie kinderen was haar lichaam slank en stevig, olijfkleurig, met stevige borsten en lange benen.

Alex Woods had dit niet gezien. Na een hartstochtelijke kus op het parkeer-

terrein waren ze in een stroomversnelling beland. Ze waren naar een motel gegaan. Gepraat hadden ze niet. Ze waren zo geil geweest dat ze alleen maar geneukt hadden zonder voorspel. Hard en snel neuken. Gedreven.
Het deed haar denken aan haar wilde jaren toen ze met Jan en alleman het bed was ingedoken zonder zich daar schuldig over te voelen. Je hoeft mij niet te bellen, ik bel jou wel, was haar motto geweest.
God, wat leek dat lang geleden. Nog voor het aidstijdperk.
En toen had ze Lennie ontmoet. Haar grote liefde. Haar zielsverwant. En voor het eerst voelde haar leven compleet.
Toen ze aan Lennie dacht, kwamen eindelijk de tranen. Ze ging op de badkamervloer zitten en huilde alle woede, verdriet en frustraties weg tot ze helemaal leeg was.
Het was louterend, gaf ruimte voor een nieuw begin. Ze had Lennies ontrouw verjaagd. Nu kon ze eindelijk om hem rouwen.
Ze sprong op, nam een ijskoude douche en kleedde zich snel aan. Ze verlangde ineens enorm naar haar kinderen, wilde ze dicht tegen zich aan houden. Ze hield meer van ze dan van wie ook ter wereld. Gino zou het wel begrijpen dat ze meteen weer wegging. Ze besloot meteen naar L.A. te rijden en wat tijd met de kinderen door te brengen voor ze naar de studio ging.
Familie ging voor alles. Werk op de tweede plaats. En ze was nog steeds van plan Panther tot de meest succesvolle studio van L.A. te maken. Lennie zou gewild hebben dat ze gewoon doorging. Lennie zou gewild hebben dat ze de top bereikte.

Alex werd langzaam wakker. Er drong enig licht de kamer binnen. Hij probeerde het vroege daglicht af te weren door zijn hand over zijn ogen te leggen, maar dat hielp niet.
Hij rekte zich uit en kreunde, volkomen gedesoriënteerd, tot de werkelijkheid geleidelijk aan tot hem doordrong.
Lucky Santangelo. De vrouw die dronk als een tempelier.
Lucky Santangelo. Een prachtige, opwindende vrouw.
Ze hadden hartstochtelijk geneukt in dit vreselijke motel. Maar nu was het ochtend, en waar was ze?
Hij stapte uit bed en keek in de badkamer. Daar was ze niet.
Hij ging naar het raam, trok de luxaflex omhoog en keek naar buiten. Zijn Porsche stond er nog. Dat was een goed teken. Ze kon niet ver weg zijn.
Hij raapte zijn kleren van de vloer en inspecteerde de badkamer. Uit de douche kwam slechts een klein straaltje water. Nou, dat deed hij thuis dan wel.
Toen hij op zijn horloge keek, schrok hij ervan dat het al bijna negen uur was. Hij stond altijd om halfzeven op. Hij zou zijn slaap wel nodig hebben gehad. Hij voelde zich fantastisch. Hij had zelfs geen kater. Zij vermoedelijk wel.

Lucky Santangelo. Als hij aan haar terugdacht, speelde er ongewild een lach om zijn mond. In bepaalde opzichten leek ze op hem: rebels, volkomen onvoorspelbaar. En zo mooi...
Hij kleedde zich aan en verliet de kleine, deprimerende motelkamer. Hij liep naar het kantoortje waar een oude man pinda's zat te doppen.
'Goedemorgen,' zei hij.
'Goedemorgen,' zei de oude man, die nauwelijks opkeek.
'Kan ik hier ergens koffie krijgen?'
'Er is een café aan de overkant, vlak naast het benzinestation. Neem er een stuk bosbessentaart bij; die van Mabel is heerlijk.'
'Bedankt,' zei Alex. 'Dat zal ik onthouden.' Hij liep weg, maar bedacht zich en kwam terug. 'Hebt u de mevrouw uit kamer vier voorbij zien komen?' vroeg hij.
'Die vrouw is ongeveer drie uur geleden weggegaan,' zei de oude man. 'Ze heeft de auto van mijn kleinzoon geleend voor vijfhonderd dollar. Hij denkt nu dat jullie drugdealers zijn omdat jullie zo met geld smijten.'
'Heeft ze uw kleinzoon vijfhonderd dollar gegeven en is toen weggegaan?' vroeg Alex ongelovig.
'Ja.'
'Ik kan het niet geloven.'
'Ach, vrouwen...'
'Hoe krijgt hij zijn auto dan weer terug?'
'Ze zei dat ze haar chauffeur zou sturen. Ze heeft haar kaartje achtergelaten. Toen hij las dat ze voor een grote filmstudio werkte, was hij gerustgesteld. En als hij zijn auto niet terugkrijgt, is het zijn eigen stomme schuld.'
Alex was diep geschokt. Hoe kon ze nu zonder hem zijn weggegaan? Hij had moeten weten dat ze niet te vertrouwen was.
Maar misschien had ze gezien hoe diep hij sliep en had ze hem niet wakker willen maken.
Ze had hoe dan ook wel een briefje mogen achterlaten.
De koffie moest maar wachten. Hij wilde meteen terug naar L.A.

24

De ochtenden waren altijd druk bij Venus thuis. Anthony, haar knappe, blonde assistent, kwam al vroeg; Sven was er om met haar te joggen en te trainen; een paar dienstmeisjes maakten het huis schoon, en de telefoon ging aan een stuk door.
Meteen toen ze wakker werd, bestudeerde ze het script van *Gangsters*. Lola was zo'n complex personage – pittig, sexy, verdrietig – en Venus wist zeker

dat ze in haar huid zou kunnen kruipen en de wanhoop en het verdriet van de vrouw zou kunnen overbrengen.

Ze kon niet beslissen wat ze zou aantrekken voor haar ontmoeting met Alex Woods. Gewoon, gekleed als zichzelf? Of moest ze de gok wagen en als Lola gekleed gaan?

Aan twijfel ten prooi belde ze Freddie. 'Wat vind jij?' vroeg ze. 'Ik zou mezelf kunnen zijn, uitdagend, sensueel, je weet wel. Maar die kant van me kent hij al uit mijn video's. Hij weet immers toch wel wie ik ben?'

'Waarom denk je dat het zo moeilijk was een afspraak voor je te maken?' zei Freddie terecht.

Soms ergerde ze zich wild aan Freddie. 'O, leuk ben je. Je stelt me echt op mijn gemak.'

'Het was echt niet makkelijk, Venus. Ik moest door de barrière van je image heen breken en zijn vooringenomen oordeel over jou wegnemen.'

'Ga vooral door, Freddie. Je doet mijn ego enorm goed.'

'Ga maar als Lola. Alex kennende valt hij daar misschien voor.'

Het volgende besluit. Wát moest ze aantrekken?

Ze nam haar hele kledingkast door, wees alles af wat ze tegenkwam, kwaad op zichzelf dat ze hier de vorige dag niet aan had gedacht. Ze had naar een van die chique tweedehandszaken op Melrose kunnen gaan en iets fantastisch kunnen zoeken. Wat zou Marilyn, wat zou Jane Mansfield gedragen hebben?

Ze dook diep in haar kledingkast en vond de perfecte japon: van zijde, diep uitgesneden, die tot vlak boven de knie reikte. Hij liet veel van haar decolleté vrij, sloot nauw aan en had mooie kopmouwtjes die prachtig om haar welgevormde schouders sloten. Ze trok er heel hoge hakken bij aan, grote ronde gouden oorbellen, en ze stak haar haar op.

Zodra ze helemaal aangekleed was, liep ze door het huis om het oordeel van anderen te vragen. 'Hoe vind jij dit staan?' vroeg ze aan Sven, die in de trainingsruimte wachtte op nieuwe martelapparaten die geleverd zouden worden.

'Heel leuk,' zei hij zonder te kijken.

Ze draaide rond voor Anthony, haar Engelse assistent. Hij had schouderlang blond haar, een gespierd lichaam en een prachtige glimlach. 'Goddelijk,' riep hij uit.

Waarom waren de mooiste mannen toch altijd homoseksueel? Misschien moest ze hem aan Ron voorstellen, dan kon hij Harris misschien dumpen.

'Dit lag vanochtend op de stoep,' zei Anthony en hij gaf haar een envelop waar 'persoonlijk' op stond.

Ze scheurde de envelop open; het briefje was kort en draaide er niet omheen.

Hallo Venus,

Wat ben jij een hete, geile meid. Ik weet alles van je. Ik word ontzettend opgewonden van je grote tieten en je harige kut. Wees maar niet bang –

niemand zal je ooit kwaad kunnen doen, want je bent van mij. Je kunt maar beter op me wachten; het zal niet lang duren.
XXX
Een bewonderaar

P.S. Ik ruk me elke dag af terwijl ik aan je denk; ik vrij met niemand anders dan jou. Ik hoop dat je mijn gevoelens deelt.

'Verdomme!' riep ze uit en smeet de brief vol afkeer weg. 'Weer zo'n geobsedeerde seksmaniak. Hoe komen die hufters toch aan mijn adres?'
Anthony haalde zijn schouders op. 'Hij lag er vanochtend gewoon toen ik kwam.'
'Dan moet hij toch over het hek geklommen zijn? Waar was de beveiliging dan?'
'Ik heb geen idee.'
'Ik vind dit walgelijk,' zei ze. Ze voelde zich ineens heel kwetsbaar. 'Ik krijg er de zenuwen van. De vorige keer toen zoiets gebeurde is die engerd tot in mijn slaapkamer doorgedrongen. Gelukkig zat ik toen in New York.'
'Wat heeft hij toen gedaan?' vroeg Anthony sensatiebelust.
'Dat weet ik niet precies, want ik heb geen aanklacht ingediend. Ik zag er zo tegenop om voor de rechtbank te moeten verschijnen.'
'Misschien is het wel dezelfde,' zei Anthony. 'Is hij gevaarlijk?'
'Blaas het niet zo op,' zei ze streng, omdat zijn toon haar niet aanstond. 'Bel de beveiliging en laat ze de brief natrekken. En let goed op wie je binnenlaat.'
'Ja, Venus,' zei hij gehoorzaam.
Net toen ze naar haar afspraak met Alex wilde gaan, stond Rodriguez voor de deur. Hij had een bos witte rozen bij zich en had zich voor de gelegenheid gekleed in een donkerbruin zijden overhemd, een smetteloze beige broek en hij had een smalle riem van krokodillenleer om, die zijn slanke taille goed deed uitkomen. Het geheel werd gecompleteerd door tweekleurige leren schoenen.
'Prinsesje!' riep hij uit.
Ze was dat gedoe met die bloemen spuugzat en ergerde zich eraan dat hij zich permitteerde om onaangekondigd te verschijnen.
'Wat wil je?' vroeg ze niet al te vriendelijk.
Hij gaf haar de rozen. 'Ik ben hier, want bij elke harteklop moest ik aan jou denken.'
'Rodriguez, je mag wel eens een andere tekst instuderen,' zei ze. Ze gaf de rozen aan Anthony. 'Ik wil niet dat je zomaar langskomt. Ik was op weg naar een belangrijke bespreking.'
'Ik hoopte dat we zouden kunnen gaan lunchen.'
'Vandaag niet, ik heb het druk.'
'Heb je al met casting gepraat? Ik verheug me erop aan je video mee te werken.'

Dat was dus de reden voor zijn enthousiasme. Iedereen wilde nu eenmaal een ster worden.
'Ik zal vragen of Anthony dat regelt,' zei ze kortaf. 'Ga maar naar huis en wacht tot je gebeld wordt.'
Zijn hele gezicht drukte teleurstelling uit.
Pech. Als hij dacht dat hij haar kon gebruiken, had hij het mis.

Brigette blaakte van energie. Het was zo fantastisch 's ochtends wakker te worden als je iets had om naar uit te zien. Ze kon haast niet wachten Lucky in L.A. te bellen, maar wist dat het nu nog te vroeg was. Daarom ging ze naar de keuken waar Anna, haar huisgenote, aan tafel zat te schrijven.
'Raad eens?' zei ze opgewonden.
'Wat?' zei Anna, haar pen neerleggend.
'Het loopt allemaal zo lekker! Ik heb het je toch gezegd! Ik ben zo opgewonden.'
'Gisteravond was zeker een succes?'
'Fantastisch! Michel Guy heeft gevraagd of ik vandaag naar zijn kantoor wil komen, en de fotosessie met Luke is voor volgende week gepland. Goed, hè?'
'Je hebt het echt verdiend,' zei Anna.
'Ja, eigenlijk wel,' zei Brigette lachend omdat ze het maar nauwelijks kon geloven.
Later op de dag had ze met Nona afgesproken, die een actieplan had opgesteld. Eerst zouden ze naar Michel Guy gaan, dan naar Aurora om haar over Rock'n'Roll Jeans te vertellen en haar te vragen of ze Brigette op de omslag van *Mondo* wilde zetten.
'Dat klinkt goed,' zei Brigette.
'Nog iets anders,' zei Nona. 'Zan en ik gaan samenwonen. Zijn vader is stinkend rijk, dus de huur is geen probleem en ik wil dolgraag het huis uit. We vroegen ons af of je een appartement met ons zou willen delen?'
Brigette schoot in de lach. 'Ja, gezellig,' zei ze. 'Ik als vijfde wiel aan de wagen. Nee, dank je feestelijk.'
'Maar het is helemaal geen gek idee,' zei Nona. 'We werken immers samen en dan is het toch veel handiger om in één huis te wonen?'
Dat was eigenlijk niet zo'n gekke gedachte. 'Misschien moet ik het eens aankaarten bij Charlotte.'
'Je bent negentien, lieverd. Je hoeft met niemand te overleggen.'
'Goed, dan zal ik het tegen Charlotte zeggen.'
'O, dat kan een fantastische tijd worden.'
'Ik hoop het van harte,' zei Brigette.

Alex reed in totale verwarring terug naar de stad. Hij kon niet geloven dat Lucky er zomaar tussenuit was geknepen. Vrouwen lieten hem niet zitten, het ging altijd andersom. Hoe vaak had hij zijn antwoorddienst niet opdracht gegeven hem op een bepaalde tijd te bellen en te zeggen dat er een

noodgeval was. 'Sorry, maar ik moet ervandoor,' zei hij dan spijtig. En zijn vrouwelijk gezelschap stond dan op en reed in haar eigen auto naar huis. Verdomme! dit hoorde hem niet te gebeuren. Ze moest een reden hebben gehad, een verdomd goede reden.
Vanuit de auto probeerde hij de studio te bellen. Kyoko liet weten dat mevrouw Santangelo er nog niet was. Hij voelde zich een sukkel omdat hij haar privé-nummer niet had, en hij was niet van plan het aan haar assistent te vragen. Hij zou het natuurlijk aan Freddie kunnen vragen. *Hallo, Freddie, met mij, met Alex. Ik ben gisteravond met Lucky Santangelo naar bed geweest, maar ze heeft me haar privé-nummer niet gegeven voor ze er tussenuit kneep. Heb jij dat misschien voor me?*
Vergeet het maar.
Hij belde zijn kantoor.
'Waar zit je, Alex?' vroeg Lili, met haar gebruikelijke afkeurende gesnuif. 'Iedereen maakt zich zorgen over je. Je moeder heeft drie keer gebeld.'
'Maakt mijn moeder zich zorgen over me?' zei hij, zonder het een moment te geloven.
'Tin Lee is blijkbaar in paniek geraakt toen je gisteravond niet kwam opdagen voor jullie afspraakje. Ze heeft drie uur in jouw appartement zitten wachten en heeft toen Dominique gebeld. Ze waren bang dat je vermoord of gekidnapt was.'
'Ach, er kwam gewoon iets tussen.'
'Zeker een fles whisky?'
'Dat gaat je geen bal aan, Lili.'
Nu klonk er venijn door in haar stem. 'Tja, Alex, als je verwacht dat ik je productiemaatschappij run en ook je gedrag verontschuldig, moet je me af en toe een van je geheimpjes verklappen.'
Hij vond het vreselijk als Lili kwaad werd. 'Ik moest met Lucky Santangelo naar Palm Springs om over het script te praten,' legde hij uit.
'Dat had je toch even kunnen zeggen.'
'Je gedraagt je alsof we getrouwd zijn, Lili, maar ik mag niet eens met je neuken.'
Ze kon er niet om lachen. 'Mag ik je eraan herinneren dat je vanochtend twee afspraken hebt gemist. En om twaalf uur komt Venus Maria hier. En vanmiddag ga je met een locatiescout naar Vegas. Je vliegtuig vertrekt om drie uur.'
'Wat komt Venus doen?'
'Ze komt de rol van Lola lezen. Je had Freddie beloofd haar een kans te geven.'
'Moet dat echt?' Hij kreunde.
'Je hebt een afspraak gemaakt en het is niet professioneel om zo kort van voren af te zeggen.'
'Oké. Lili, maak je niet druk. Ik zal er zijn.'
'Wat moet ik tegen je moeder zeggen?'
'Niets.'

25

Lucky had heel wat te overdenken toen ze van Palm Springs terugreed naar L.A. Ze had een beetje het gevoel of ze uit een dichte mist te voorschijn was gekomen – Lennie was er niet meer en dat moest ze leren accepteren, hoe moeilijk het ook was.
Ze reed meteen naar huis, waar ze wat tijd met haar kinderen doorbracht. Ze pakte baby Gino op, drukte hem dicht tegen zich aan en genoot van zijn troostrijke warmte en hulpeloosheid. Ineens drong tot haar door hoe hard haar kinderen haar nodig hadden. Eén ding wist ze zeker: ze zou er altijd voor ze zijn.
Maria dribbelde als gewoonlijk door het huis. Ze had meer energie dan haar moeder, en dat wilde wel iets zeggen. Ze sprong op en neer van blijdschap toen Lucky vertelde dat ze de hele ochtend thuis zou zijn. 'Mamma, ik wil een verhaaltje,' zei ze smekend. 'Wil je me voorlezen?'
Lucky pakte een boek met verhalen en begon te lezen. Maria had enorm plezier in de verschillende stemmetjes die haar moeder opzette. Na een poosje nam Lucky haar dochter mee voor een wandeling langs het strand. Ze verklapte Maria het nieuwtje dat ze in het weekeinde samen een jong hondje voor haar zouden gaan uitkiezen. Maria was in de zevende hemel.
CeeCee liet haar bij terugkomst weten dat Venus had gebeld. Lucky besefte maar al te goed dat ze haar vrienden had verwaarloosd en besloot er iets aan te veranderen.
Toen ze om twaalf uur bij Panther Studio's arriveerde, parkeerde ze haar auto op haar vaste plek. Toen ze door het kantoor van Ky liep, verontschuldigde ze zich voor haar plotselinge verdwijning van de vorige dag. 'Ik moest er even tussenuit, anders was ik gek geworden,' zei ze. 'Heb je mijn afspraken verschoven?'
'Alles is geregeld,' zei hij terwijl hij meeliep naar haar privé-kantoor. 'Ik vermoedde al dat je laat zou zijn, en daarom heb ik al je afspraken van vanochtend ook verzet.'
'Hoe dat zo? Ben ik gisteren zo door het lint gegaan?'
'Nee, maar het lag in de lijn der verwachtingen.'
'Bedankt, Ky. Ik heb een leuke uitstapje gemaakt gisteren, en nu ben ik weer helemaal in mijn oude doen. Ik heb alleen een vreselijke kater. Zijn er aspirines?'
Ky zorgde voor aspirines en bracht haar een beker sterke koffie en een glas jus d'orange. Toen legde hij het telefoonlijstje voor haar neer.
Ze bekeek de namen die erop stonden en zag dat Alex Woods haar twee keer had gebeld. Ze was niet van plan hem terug te bellen. Ze moest hem maar wat tijd geven om te bekoelen, en als ze elkaar dan weer ontmoetten, zou het strikt zakelijk zijn.

Heel even dwaalden haar gedachten af naar de vorige avond, Alex in bed... snelle opwinding, geile seks... Maar nee, met Alex had ze alleen uit wraak geneukt. Eens, maar nooit meer.
'Ky,' zei ze, zo zakelijk mogelijk, 'als Alex Woods weer belt, vraag dan waar het over gaat. Ik wil hem alleen spreken als het iets met *Gangsters* te maken heeft. Wil je daarvoor zorgen?'
'Natuurlijk, Lucky,' zei Kyoko. Hij liet het wel uit zijn hoofd om vragen te stellen over dingen die hem niet aangingen.
'En wil je Venus voor me bellen?' vroeg Lucky, die met een grote slok jus d'orange twee aspirines innam.
Kyoko belde Venus' privé-nummer en kreeg Anthony aan de lijn. 'Ze is niet thuis,' zei hij. 'Zal ik haar autotelefoon proberen?'
'Graag.'
Even later had ze een dolblije Venus aan de telefoon. 'Ben je helderziend?' vroeg ze. 'Heeft CeeCee gezegd dat ik je gisteravond heb proberen te bereiken?'
'Ik wil dolgraag iets met je afspreken,' zei Lucky. 'We hebben elkaar al zo lang niet meer gezien. Heb je zin om te lunchen?'
'Ik kan jammer genoeg niet,' zei Venus teleurgesteld. 'Maar zullen we vanavond gaan eten?'
'Prima. Ik zal Kyoko een tafeltje bij Morton laten reserveren.'
'Uitstekend. En alle loslopende mannen mogen wel uitkijken!' Venus zweeg even voor ze zei: 'Ik had het eigenlijk niet willen zeggen, omdat het een van jouw films is, maar ik ben onderweg naar Alex Woods. Ik maak kans op de rol van Lola in *Gangsters*.'
'Lola?' zei Lucky, verbaasd dat Venus belangstelling had voor zo'n kleine rol.
'Hoezo dat?'
'Jouw vriend en mijn agent, Freddie, heeft me bezworen het te doen, omdat ik dan een andere kant van mezelf kan laten zien.'
'Freddie heeft meestal goede ideeën.'
'Ik heb het script bestudeerd en ben er helemaal weg van. Nu begrijp ik waarom je deze film wilde produceren.'
'Zie je Alex vandaag?'
'Over tien minuten. Dus... als hij iets over me vraagt...'
'Alex bepaalt zelf wie hij cast. Als het aan mij lag, zou jij de rol natuurlijk krijgen, hoewel je slecht voor ons budget bent. Vorige week heeft Alex Johnny Romano gecontracteerd.'
'Volgens Freddie had hij moeite moeten doen om een afspraak voor me te maken met de grote mr. Woods, dus ik sta niet bepaald te trappelen. Jij hebt met hem gewerkt, wat vind jij van hem?'
Lucky pakte nog een sigaret; haar verslaving werd met de dag erger. 'Ik dacht dat jij alles over hem wist,' zei ze neutraal.
'Alleen wat een van zijn ex-vriendinnen over hem vertelde.'
'Wat had ze ook al weer gezegd?'

'Even denken... O ja – gaat alleen naar bed met oosterse vrouwen en beft niet.'
'Klinkt leuk,' zei Lucky spottend.

Toen Venus het gesprek met Lucky had beëindigd, kwam ze net aanrijden bij het productiekantoor van Alex.
Een beveiligingsbeambte loodste haar de parkeerplaats op en vroeg met een stralende glimlach: 'Mag ik uw handtekening voor mijn zus? Ze is een van uw grootste fans.'
Hoe vaak had ze dat smoesje al niet gehoord?
Ze stapte uit en streek de rok van haar strakke zijden japon glad. De beambte kon zijn ogen niet van haar afhouden toen ze haar handtekening op het vodje papier zette dat hij haar voorhield. Haar beveiligingsadviseurs hadden haar aangeraden nooit alleen door L.A. te rijden. Wat jammer was, want ze zat graag alleen in de auto, luisterend naar de nieuwste cd's, dat bood tijd om na te denken en zich te ontspannen. En als ze met een chauffeur reed was het heel anders. Maar sinds Cooper en zij uit elkaar waren, ging ze nooit meer in haar eentje weg 's avonds.
Het huwelijk met Cooper was leuk geweest zolang het duurde en ze had er geen moeite mee gehad om trouw te zijn aan één man. Jammer genoeg was trouw voor hem een onbekend begrip gebleven.
Een knap oosters meisje kwam haar tegemoet bij de ingang van Alex' gebouw. 'Dag, ik ben France,' zei ze, haar kleine, gemanicuurde hand toestekend. 'Welkom bij Woodsan Producties. Het is een eer u te ontvangen. Mag ik u voorgaan?'
Prettige ontvangst. Misschien was Alex Woods toch wel nieuwsgierig naar haar.
France ging haar voor naar een grote ontvangsthal met ingelijste posters van Alex' films aan de wand. Het was een indrukwekkende collectie.
'Alex is wat aan de late kant,' zei France verontschuldigend. 'Wat kan ik u aanbieden? Koffie? Thee? Mineraalwater?'
Venus vroeg een Evian en kreeg het nieuwste nummer van *Rolling Stone*. Dit was een geheel nieuwe ervaring; niemand had haar de laatste jaren laten wachten. Was hij haar aan het uitproberen? Wilde hij weten of ze een prima donna was?
Na twintig minuten wachten, toen ze behoorlijk geïrriteerd was geraakt, verscheen er een andere oosterse vrouw. Iets ouder dan de andere en zeer aantrekkelijk.
'Ik ben Lili, de directie-assistente van Alex Woods,' zei de vrouw met een hartelijke glimlach. 'Alex moest gisteravond onverwacht de stad uit. Hij brengt u zijn oprechte verontschuldigingen over en kan hier elk moment zijn.'
'Wanneer is elk moment?' vroeg Venus. Ze was niet van plan veel langer te wachten; dat was niet goed voor haar image.

'Heel snel,' verzekerde Lili haar en liet erop volgen: 'Hij verheugt zich er zo op u te ontmoeten.'
Dat zal wel, dacht Venus, die haar zelfvertrouwen met de minuut voelde afnemen. Freddie heeft me hem opgedrongen; hij heeft nooit van me gehoord of hij heeft de pest aan me.
Waarom had ze zich zo volkomen onnodig in zo'n kwetsbare positie laten manoeuvreren? Ze was een ster, verdomme, en ze hoefden haar niet te laten wachten. Zeker Alex Woods niet met zijn macho-reputatie.
'Nog een Evian?' vroeg Lili.
Venus stond op. 'Weet u wat? Ik kan echt niet langer blijven. Zegt u tegen meneer Woods dat het een genoegen was hem bijna te ontmoeten.'
Lili was zichtbaar van streek en probeerde iets te verzinnen om Venus van haar besluit te weerhouden. 'Hij kan er elk moment zijn,' zei ze op sussende toon. 'Ik heb hem net gesproken via zijn autotelefoon en hij is al in de buurt.'
'Het geeft niet,' zei Venus. 'We maken wel een andere afspraak.'
Ze kreeg een visioen van Freddie Leon, die zei: 'Geen Oscar! Zet je trots opzij en blijf wachten.'
Ze was al bij de deur, met Lili in haar kielzog, toen Alex zijn entree maakte. Jachtig en ongeschoren liep hij Venus voorbij en herkende haar niet eens. 'Verdomme!' zei hij tegen Lili. 'Dat kloteverkeer! Ik kon er echt niet eerder zijn.'
'Alex,' zei Lili ijzig vriendelijk, 'dit is Venus Maria. Ze wilde juist gaan. Maar ik denk dat jij haar wel kunt overhalen om te blijven.'
Hij wierp een blik op de platinablonde ster. Niet slecht. Ze had geprobeerd zich als Lola te kleden en zat er niet ver naast.
'Het spijt me, lieverd,' zei hij en keek haar aan met de stralende jongenslach die hem al uit menig lastig parket had weten te redden. 'Kom binnen, dan kunnen we erover praten.'
Het 'lieverd' beviel haar niet, te vaderlijk. De lach mocht er zijn, maar was wel erg berekenend. Zijn truc om zijn zin door te drijven bij vrouwen. Hij was niet zo aantrekkelijk als Cooper, maar groter, mannelijker. Hij was eigenlijk heel aantrekkelijk op zijn machomanier. Je laat je vast graag pijpen, dacht ze. Ik ben benieuwd waarom hij niet graag beft.
'Vijf minuten dan,' zei ze kordaat. 'Dat is vast lang genoeg om je ervan te overtuigen dat ik Lola ben.'

26

Een mantelpakje van Chanel leek haar heel geschikt. Marineblauw met een gevlochten witte rand en mooie gouden knopen. Diamanten die geschikt

waren voor overdag. Haar kapsel straalde zakelijk succes uit.
Donna Landsman, voorheen Donatella Bonnatti, deed een stapje achteruit om haar spiegelbeeld te bewonderen. Ja, deze rol was haar op het lijf geschreven – er was geen spoor van Donatella meer te bekennen. Lucky Santangelo zou er nooit achterkomen. En Donna was niet van plan het haar te vertellen. Nog niet.
Donna vroeg zich vaak af hoe de reactie van haar overleden man zou zijn geweest als hij haar nu had kunnen zien. Als vrouw van de wereld, een zakenvrouw nog wel. In haar nieuwe rol zou ze een onbeschoft type als Santino, met zijn gebrekkige lichaamshygiëne en grove taalgebruik niet eens zien staan. Maar ondanks al zijn fouten had ze geprobeerd voor ogen te houden dat Santino de vader van haar kinderen was en dat het daarom de moeite waard was zijn dood te wreken.
Tot dusver had ze knap werk geleverd. Eerst Lennie Golden, en vandaag de geliefde Panther Studio's van Lucky. Ze had zelfs ontdekt waar Brigette Stanislopoulos uithing, en ook voor haar had ze een plan in gedachten.
Gisteren had ze haar broer Bruno gesproken, die op Sicilië woonde. Hij had haar verzekerd dat hij de zaak in de hand had. Lennie was hun gevangene, en niemand anders dan Furio en hij wisten ervan. De grotten waren, precies zoals ze gedacht had, een uitstekende schuilplaats.
Ze vond het een opwindende gedachte dat ze Lucky's echtgenoot verborgen hield op een plek waar niemand hem kon vinden. Beter nog: iedereen dacht dat hij dood was. Dat had ze werkelijk meesterlijk gepland.
Uiteindelijk zou Lucky er natuurlijk achterkomen – daar zou Donna wel voor zorgen. Maar pas als Lucky een relatie met een andere man had, misschien zelfs trouwplannen maakte. Dan zou Donna Lennie vrijlaten en naar huis sturen. Dat zou Lucky's echte straf zijn.
Als ze Panther eenmaal had overgenomen, zou ze opdracht geven af te rekenen met Gino, Lucky's vader. Dat was inmiddels een oude man, dus dat kon niet moeilijk zijn.
Het gaf haar een gevoel van trots dat zij verantwoordelijk zou zijn voor de ondergang van de familie Santangelo. De conflicten sleepten zich al heel lang voort, maar de Santangelo's hadden altijd gewonnen. Dat zou zij, Donna Landsman, allemaal veranderen. Met die gedachte reed ze naar de Panther Studio's, klaar om zich te wreken.

'Kijk eens of Charlie Dollar op het terrein is en vraag of hij met me wil lunchen,' zei Lucky, die een beetje opgebeurd wilde worden.
Kyoko deed wat ze gevraagd had en zei dat Charlie graag met haar wilde lunchen.
Ze hadden afgesproken in een besloten eetzaal van het directiekantoor. Charlie zag er niet uit in zijn wijde corduroybroek, een wijd Hawaiiaans overhemd en een diepzwarte zonnebril. Lucky zag er prachtig uit in een wit mantelpakje van Armani.

Charlie lachte toen hij haar zag. 'Je ziet er stralend uit. Het werd hoog tijd dat wij eens bijpraten onder een hapje en een drankje.'
'Hoe was het in Europa, Charlie?'
'Ze lagen aan mijn voeten. Mijn film doet het daar uitstekend.'
Lucky knikte. 'Ik heb het gezien; de cijfers spreken voor zich.'
Charlie drukte zijn nicotinebruine vingers tegen elkaar en zei: 'Het is heel simpel: geef het gepeupel iets wat ze willen zien, dan gaan ze in de rij staan om binnen te komen.'
'Je onderschat jezelf, Charlie. Jij oefent een heel speciale aantrekkingskracht uit op het publiek.'
'Nee,' zei hij, 'weet je waarvoor ze komen? Die scène in de douche waar ze mijn blote reet kunnen zien. Mensen hebben in geen jaren zo'n goede reet gezien.'
'Jij verandert ook nooit, Charlie,' zei ze terwijl ze zijn hand pakte.
'Hoe staat het leven, Lucky?'
'Ik heb Gino vanochtend gezien.'
'Is je beroemde vader in de stad?'
'Nee, ik ben gisteravond naar Palm Springs gereden.'
'Waarom heb je me niet gebeld? Ik ben goed gezelschap onderweg. Ik zing, kan kaartlezen, eet koekjes, wil om de haverklap even stoppen...'
'Je bent altijd goed gezelschap, Charlie. Heb je in Europa trouwens eindelijk een leuke vrouw opgedoken?'
'Mijn liefdesleven stelt niets voor. Vrouwen willen alleen met me naar bed omdat ik een filmster ben. En dan liefst nog een vluggertje, zodat ze gauw naar hun vriendin kunnen rennen om erover op te scheppen. Meer stelt het niet voor.'
'Er is vast wel ergens een leuke vrouw die geknipt voor je is.'
Hij lachte spottend. 'Een leuke vrouw? In Hollywood? Het zijn prostituées of actrices, en daar zit niet zoveel verschil tussen.'
'O, wat zijn we cynisch vandaag.'
Hij stak zijn hand op naar een paar producenten. 'Is dat geen goede taak voor jou? Als jij nou een leuke meid voor me zoekt, mag je getuige zijn bij mijn huwelijk.'
'Wat dacht je van Venus?'
'Ben jij wel goed bij je hoofd?'
'Cooper en zij zijn uit elkaar.'
'Dat zat er dik in.'
Ze waren halverwege de lunch toen Kyoko met een ontredderd gezicht naar hun tafeltje kwam. 'Lucky, je moet meteen mee naar kantoor komen,' zei hij.
'Is er iets met de kinderen? Wat is er gebeurd?' vroeg ze geschrokken.
'Nee, er is niets met de kinderen. Het is zakelijk. Kom nou alsjeblieft mee.'
'Iets waar je mijn hulp bij kunt gebruiken?' vroeg Charlie. 'Je weet dat ik je graag ridderlijk te hulp kom.'

Lucky stond op. 'Wacht hier maar, ik kom zo terug.' Ze liep achter Kyoko aan en wachtte tot ze in de hal waren voor ze vroeg wat er aan de hand was.
'Er zit een vrouw in je kantoor en ze vertikt het om weg te gaan.'
'Wat voor vrouw?'
'Dat weet ik niet. Morton Sharkey is met haar meegekomen. Ze liepen zo langs me heen je kantoor in. Ik kon ze niet tegenhouden.'
Lucky kreeg een vervelend voorgevoel. Ze was immers al bang geweest dat Morton iets in zijn schild voerde. Maar wat?
Ze liepen zonder veel te zeggen over het terrein. Toen Lucky haar kantoor binnenliep, zag ze dat achter haar bureau een vrouw met een Chanel-mantelpakje zat. Ook stond er een zeer onbehaaglijk uitziende Morton.
'Hier kunt u maar beter een heel goede verklaring voor hebben,' zei Lucky op gevaarlijke toon. 'Een heel goede verklaring.'
Donna draaide zich om in Lucky's stoel en keek haar vijand aan. 'Ik ben Donna Landsman, de nieuwe eigenaar van Panther Studio's,' zei Donna met een stem die nog dreigender klonk dan die van Lucky. 'En jij bent ontslagen.'
'Wat?' zei Lucky, naar adem happend.
'Ik neem de zaak over,' zei Donna, voldaan over het feit dat Lucky haar kennelijk niet herkende. 'Je hebt een halfuur om je persoonlijke bezittingen bij elkaar te pakken en het terrein te verlaten.'
'Wat is hier in godesnaam aan de hand?' vroeg Lucky, die zich woedend omdraaide naar Morton.
Hij schraapte zijn keel. 'Het is waar, Lucky,' zei hij met geknepen stem. 'Mevrouw Landsman heeft vijfenvijftig procent van de aandelen in haar bezit. En daarmee heeft ze een meerderheidsbelang verworven.'
'Dat is onmogelijk,' zei Lucky geschokt.
'O, zeker is het mogelijk,' zei Donna, die genoot van Lucky's reactie. 'Het is niet alleen mogelijk, het is gebeurd.'
Er daalde een ijzige kalmte over Lucky neer. Ze lag onder vuur, ze moest zich in de hand houden, uitzoeken hoe dit had kunnen gebeuren. 'Wist jij hiervan, Morton?' vroeg ze met een stem waarin ze haar woede nauwelijks kon onderdrukken.
Hij durfde haar niet aan te kijken. 'Ik hoorde dat er iets gaande was.'
Lucky's zwarte ogen schoten vuur. 'Bespaar me dat gelul, Morton. Je wist ervan, dat kan niet anders. Dit had zonder jouw medewerking onmogelijk kunnen gebeuren.'
'Lucky, ik...'
'Ik durf te wedden dat je haar zelfs hebt geholpen. Zeg op, Morton, is dat zo?'
Hulpeloos haalde hij zijn schouders op. 'Lucky... ik had geen keus.'
'Geen keus!' Ze wist dat ze schreeuwde, maar had zichzelf niet meer in de hand. 'Hoe durf je zoiets tegen me te zeggen? Schaam je je dan nergens voor, vuile hypocriet!'

'Dit is niet het moment voor een scheldpartij,' mompelde Morton, die zich werkelijk schaamde, maar zodanig in de val zat dat hij geen kant meer uitkon.
'O nee? Morton, jij, en niemand anders dan jij, bent verantwoordelijk voor wat hier gebeurd is. Jij vond het een goed idee om aandelen te verkopen. Jij hebt voor investeerders gezorgd en gezegd dat ik me nergens zorgen over hoefde te maken. En nu komt dat mens hier binnenlopen om me te vertellen dat ze mijn studio in handen heeft!' Ze wendde zich tot Donna. 'Verdomme, kutwijf, wie ben je eigenlijk?'
'Wat een onfatsoenlijke taal voor een zogenaamd slimme zakenvrouw,' zei Donna scherp, genietend van elke minuut van haar triomf.
Lucky was nog steeds razend. 'Ik wil iets zwart op wit zien.'
'Ik heb alle papieren bij me,' zei Morton en hij gaf ze haar. Ze bladerde erin.
'Je hebt me opzettelijk belazerd,' zei ze woedend. 'Niemand anders dan jij kan dit gedaan hebben.'
'De raad van bestuur heeft een spoedvergadering belegd en heeft besloten jou te ontheffen van je taak als hoofd van de studio. Je contract wordt natuurlijk afgekocht,' zei Morton.
'Afgekocht?' zei ze op ongelovige toon. 'Willen ze me afkopen? Maar begrijp je dan niet dat het míjn studio is? Alles wat hier gebeurt, gebeurt omdat ik ervoor heb gezorgd.'
'Maak je geen zorgen over de studio, schat,' zei Donna op neerbuigende toon. 'Ik haal Mickey Stolli er weer bij.'
'Dat meen je niet!' barstte Lucky los. 'Mickey Stolli heeft deze studio bijna om zeep geholpen!'
'Hij vindt het heerlijk om terug te komen,' zei Donna genietend.
'Waarom doe je dit?' vroeg Lucky, trillend van woede. 'Waarom in godsnaam?'
Donna keek op haar horloge. 'Er zijn al tien minuten om. Je hebt nog precies twintig minuten om je spullen te pakken en te verdwijnen. Ik hoop niet dat het nodig is dat ik de beveiligingsmensen moet roepen om je met harde hand te verwijderen.'
'Klotewijf,' zei Lucky, haar zwarte ogen fonkelend van woede. 'Wie je dan ook bent. Want je kunt er op rekenen dat ik de studio terugkrijg. Twijfel daar geen moment aan. Wacht maar af!'

27

'Je bent te laat,' zei Michel Guy stug. 'Acht weken te laat.'
'Pardon?' zei Brigette. Dit was niet de begroeting die ze verwacht had.

'Je zou hier twee maanden geleden komen, weet je nog? Toen ik je op het feest van Effie ontmoette, heb ik gezegd dat je de volgende dag kon komen.' Hij leunde acherover in zijn stoel en keek haar vragend aan. 'Weet je, een uitnodiging van mij betékent in deze stad iets.'
'Ik ben die dag niet gekomen omdat mijn stiefvader overleed. Ik ben naar L.A. gegaan voor de begrafenis.'
'O, wat vervelend voor je,' zei Michel, 'dat wist ik niet.'
'Maar goed, ik ben weer terug.'
'Ja,' zei Nona, 'ze is weer terug en ik ben haar manager.'
'Jij?' zei Michel, die zijn verbazing nauwelijks kon verhullen.
'Ja, ik,' zei Nona uitdagend. 'We hadden naar elk topbureau kunnen stappen, maar Brigette wil dat u haar vertegenwoordigt. Ik denk dat ze op uw Franse accent valt.'
De lichtblauwe ogen van Michel Guy keken geamuseerd. 'Dit is wel een heel nieuwe aanpak om bij een agent onder contract te komen,' zei hij. 'Ik dacht dat Brigette op zoek was naar een agent en dat ik degene was die haar een grote gunst bewees.'
'De zaak staat er nu anders voor,' zei Nona. 'Brigette heeft een fantastisch aanbod.'
'Wat mag dat dan wel zijn?'
'Wilt u me vertegenwoordigen?' vroeg Brigette, hem met haar blauwe ogen aankijkend.
'Ik overweeg het,' zei Michel langzaam. 'Maar ik wil eerst zien hoe je het er voor de camera afbrengt. En bovendien, Brigette, heeft een model geen manager nodig, niet voordat ze een superster is.'
'Ik ben van plan meer te worden dan zomaar een fotomodel,' zei ze vol vertrouwen.
'Het duurt een poos voor je een naam hebt opgebouwd,' corrigeerde Michel haar.
'Dat weten we,' zei Nona haastig. 'We komen dan ook bij u met een fantastisch aanbod op zak. Rock'n'Roll Jeans wil Brigette als vast model.'
'Wanneer is dat allemaal gebeurd?' vroeg hij, terwijl hij met een potlood op een kladblock doedelde. Hij dacht snel na. Dat was dus de reden waarom Rock'n'Roll Jeans Robertson en Nature de opdracht niet had gegeven.
'Luke Kasway heeft opnamen van haar gemaakt voor ze naar L.A. ging. Het reclamebureau heeft de foto's gezien en ze zijn helemaal weg van haar.'
Michel wist dat Robertson woedend zou zijn als hij Brigette contracteerde. Maar ja, bij Michel kwam geld altijd op de eerste plaats. 'Als het waar is,' zei hij tegen Brigette, 'zorg ik ervoor dat je het beste contract ter wereld zult sluiten.'
'Dat is precies wat ik wil,' zei Brigette vastberaden.
'We zijn op weg naar Aurora,' zei Nona. 'Als ze dit hoort, zal ze Brigette vast op de cover van *Mondo* willen zetten.'

'Nee, nee, niets daarvan,' schreeuwde Michel bijna. 'Dat doen jullie niet. Dat regel ik. En wel als volgt: ik geef een intiem etentje bij mij thuis. We nodigen Aurora, haar man en nog wat interessante gasten uit. In de loop van de avond laat ik me tegen Aurora ontvallen dat *Allure* en *Glamour* Brigette allebei op de cover willen hebben, omdat ze door deze opdracht beroemder zal worden dan welk fotomodel ook. En ik kan je verzekeren dat Aurora de volgende dag aan de telefoon hangt en ons zal smeken of zij Brigette als eerste mag gebruiken.'
'Dat klinkt goed,' zei Brigette met een brede glimlach.
'Ja,' zei Michel, 'je moet altijd je hersens gebruiken, vind je ook niet, *ma chérie?*'
'Beslist,' zei Brigette enthousiast. Ze was erg onder de indruk van hem. 'Zo is het.'

'Wat is je achtergrond?' vroeg Alex. 'Waar kom je vandaan?'
Venus besefte dat Alex Woods blijkbaar niet veel van haar wist. Nou ja, wat kon het haar ook schelen, ze speelde het spelletje gewoon mee. Hij was immers de grote filmmaker? 'Ik kom oorspronkelijk uit Brooklyn,' zei ze geduldig. 'Het lijkt wel of half Hollywood daar vandaan komt.'
'Ik niet,' zei Alex. 'Ik ben hier geboren.'
'Dat meen je niet,' zei Venus, licht flirtend. 'Dat kan niet, vrijwel niemand komt oorspronkelijk uit Los Angeles.'
'Ik wel.'
'Dat verbaast me,' zei ze. 'Jouw werk heeft zoveel New Yorks in zich.'
'Ik heb lang in New York gewoond,' zei hij. 'Maar dat is een zijspoor. Ik ben degene die jou vragen wil stellen.'
'Nou, zoveel valt er niet te vragen, Alex. Ik ben hier omdat je een uitstekend script hebt geschreven en omdat ik Lola wil spelen. Ik weet dat ik er een geweldige rol van kan maken.'
'Je bent behoorlijk zelfverzekerd.'
'Waarom zou ik dat niet zijn? Ik heb immers al heel wat bereikt.' Ze besloot zijn ego een beetje te strelen. 'Net als jij.'
Hij keek geamuseerd. 'Je hoeft jezelf niet aan te prijzen. Ik weet wie je bent.'
'Goddank, dat is een hele opluchting,' zei ze spottend, ervan overtuigd dat hij geen idee had wie ze was.
Hij stond op. 'Goed, nu dat duidelijk is, moet je me even excuseren. Ik moet even naar het toilet.'
O, mijn God, dacht ze. Hij snuift coke. Kan er nog geen vijf minuten buiten.
'Prima,' zei ze nonchalant. 'Ik zit hier pas een halfuur.'
'Toon een beetje begrip,' zei hij lachend. 'De roep der natuur kun je niet weerstaan.' Hij ging naar het toilet, deed de deur dicht en belde France op.
'Ja, Alex?' zei ze.
'Ik wil bloemen sturen naar Lucky Santangelo. Zorg ervoor dat de bloemist er iets bijzonders van maakt. Ik wil rozen, veel rozen.'

'Hoeveel wil je eraan uitgeven?'
'Zorg ervoor dat het wat lijkt. Vijftig, zestig rozen, zoiets. En laat ze bij haar thuis bezorgen, zodat ze er staan als ze thuiskomt.'
'Wat moet er op het kaartje staan?' vroeg France. 'Gewoon de gebruikelijke tekst?'
'Nee, niet de gebruikelijke tekst,' zei hij geïrriteerd. 'Ik schrijf zelf wel een kaartje.'
'En Tin Lee?'
'Wat is er met Tin Lee?'
'Een bloemetje omdat je haar hebt laten zitten?'
'Ja, dat zal wel moeten.'
Hij ging zijn kantoor weer binnen waar Venus in een typische Lola-houding op de bank hing. 'Dag schat,' zei ze, suggestief knipogend. 'Zin om naast me te komen zitten?'
Het was een zin uit haar tekst en ze had er plezier in hem te kunnen gebruiken.
'Je bent te duur voor ons,' zei Alex.
'Ik weet het. Je hebt je budget overschreden door Johnny Romano te nemen.'
'Ik werk meestal niet met sterren.'
'Ik werk meestal niet met een bekende regisseur die nooit van me heeft gehoord. Geef nu maar toe dat je niets van me afweet.'
'Ik heb geen tijd voor roddelpraat. Ik ben veel te hard aan het werk.'
'O,' zei ze boos. 'Denk je dat er over mij niet meer te weten valt dan dat?'
'Nee, dat heb ik niet gezegd. Toe, Venus, vertel eens iets over jezelf. Je komt uit Brooklyn. Uit wat voor gezin?'
'Wat wil je weten? Mijn hele levensloop?'
'Waarom vind je het zo'n vervelende vraag?'
'Zeg ik dat dan?'
'Nou, vertel me dan eens wat.'
Ze gaf een samenvatting van haar levensverhaal. 'Mijn vader was een charmante Italiaanse patriarch. Mijn moeder overleed toen ik nog vrij jong was. Ik had vier oudere broers, dus ik werd hun huishoudster; je weet wel: wassen, strijken, pasta koken; kortom, ik deed het huishouden. Het was een hele schok voor ze toen ik ervandoor ging met mijn beste vriend, Ron Machio. We zijn als een stelletje desperado's op avontuur gegaan. Al liftend naar L.A. heb ik van alles aangepakt, van optredens in armoedige clubs tot naaktmodel zijn voor een tekenacademie. Toen ontmoette ik een platenproducer die een opname van me wilde maken. Ron heeft mijn videoclip gemaakt. Die was zo fantastisch dat ik eigenlijk in één klap beroemd werd.'
'Waarom kom je dan bij mij voor zo'n bijrol?'
Haar kaken verstrakten. 'Omdat ik wil bewijzen dat ik wel degelijk kan acteren. Dat ik niet de een of andere seksmachine ben die het op het witte doek niet kan maken. De critici hebben de pest aan me. Ik heb vier films gemaakt

en ze hebben me elke keer afgekraakt.'
Alex zei: 'Dat overkomt mij ook voortdurend.'
'Van jou zeggen ze niet dat je een ordinaire sekspoes bent of een hoer zonder enig talent.'
'Ze hebben al heel wat over me geschreven,' zei Alex, 'maar nog niet dat ik een hoer zonder talent ben.'
'Je begrijpt best wat ik bedoel.'
'Je moet je niets van de kritieken aantrekken, dat doe ik ook niet.'
'Het valt niet mee, maar het lukt me aardig. Ik heb heel veel trouwe fans, en in hun ogen ben ik een van de besten.'
'Wil je een stukje uit je rol voor me lezen?' vroeg Alex. Misschien had ze het in zich, en hij mocht haar wel.
'Ik ben een beetje beledigd dat je me dwingt om te lezen,' zei ze, vastbesloten hem te laten weten hoe ze erover dacht.
'Ik ken je werk niet, Venus,' legde hij uit. 'Ik heb niet een van je films gezien. En als het waar is wat je me vertelt over de kritieken, zou ik wel gek zijn als ik je niet liet lezen.'
Ze knikte, stond op en liep naar het raam. 'Ik doe het als jij als tegenspeler fungeert,' zei ze, zich omdraaiend.
'Mijn castingteam komt zo binnen. Lindy zal met je lezen, ze is erg goed.'
'Vast wel, maar het is geen man,' zei Venus vastberaden. 'Ik heb interactie nodig, seksuele spanning. Toe, Alex, doe me dit plezier.'
Hij nam haar op en voelde zich aangetrokken tot de kwetsbaarheid die schuilging achter haar harde image. 'Welke scène wil je lezen?' vroeg hij.
'De scène waarin Lola instort, vreselijk in de nesten zit en niet meer weet tot wie ze zich moet wenden.'
Alex pakte het script van zijn bureau. 'Een goede keus,' zei hij. 'Oké, Venus. Doe je best en overtuig me maar.'

28

Toen Lennie uit zijn zoveelste nachtmerrie ontwaakte, dacht hij een geluid te horen dat afweek van de vertrouwde geluiden. Hij meende een vrouw te horen lachen.
Hij ging overeind zitten en spitste zijn oren. Niets, behalve het genadeloze beuken van de golven.
Hij had geen besef van tijd meer, maar te oordelen naar het licht dat binnenviel, was het vroeg in de ochtend.
Hij stond op en strekte zijn pijnlijke ledematen. Hij probeerde de laatste tijd wat oefeningen te doen, maar dat viel niet mee met die enkelboei. Toch

probeerde hij het om zijn krachten niet verder te doen afnemen.
Hij besefte ook dat het belangrijk was een bestaansreden te hebben en volgde elke dag een vast programma. Zonder orde was er geen hoop meer, en zonder hoop restte hem niets meer.
Vandaag was echter een van die dagen waarop hij het niet kon opbrengen.
Hij ging maar weer op de plank zitten die hem tot slaapplaats diende en dacht terug aan de eerste keer dat hij Lucky had ontmoet. Hij had in Las Vegas in haar hotel als cabaretier opgetreden. Ze had hem ontslagen en hem vervolgens proberen te verleiden. Hij lachte bij de herinnering.
Een jaar later waren ze elkaar weer tegen het lijf gelopen, toen hij met Olympia getrouwd was en zij met Dimitri. Het was liefde op het eerste gezicht geweest, en ze wisten dat ze zich door niets meer zouden laten scheiden.
Zijn prachtige, koppige, lieve Lucky. Hij zou er alles voor over hebben om bij haar te kunnen zijn. Hij vroeg zich af wat ze aan het doen was. Hadden zijn ontvoerders contact met haar opgenomen? Was het losgeld zo hoog dat ze het niet bij elkaar kon krijgen? Onmogelijk. Hij kende Lucky. Als het moest zou ze een miljard bij elkaar brnegen.
Weer hoorde hij het geluid – de zachte lach van een vrouw. Dit keer wist hij zeker dat hij het zich niet verbeeldde.
'Is daar iemand?' riep hij. Op de echo van zijn stem na bleef het stil. Misschien werd hij echt gek!
Kon hij die boei maar van zijn enkel krijgen; hij had het al zo vaak geprobeerd dat zijn enkel helemaal geschaafd was.
Hij liet zich weer op het bed vallen en sloeg zijn armen voor zijn gezicht. Hij werd overvallen door een diepe wanhoop. Lucky, Lucky, o, liefste, waarom kom je me niet bevrijden?
Hij viel in een lichte slaap en droomde dat hij in een speedboot over zee voer, de vrijheid tegemoet.
Hij werd wakker door de kreet van een meisje. Hij schoot overeind. Bij de ingang van de grot stond een jonge vrouw van begin twintig, met een massa bruine krullen en het gezicht van een Madonna. Hij zou wel dromen. Het was vast een visioen.
De vrouw zei iets in het Italiaans, een taal die hij niet beheerste, en sloeg toen haar hand voor haar mond.
Mijn God, ze is echt, dacht hij. *Een vrouw van vlees en bloed. Mijn redding!*
'Godzijdank dat je er bent,' riep hij. 'Goddank.'
Ze keek hem aan met ogen die wisselend angst en verrassing uitdrukten. Toen draaide ze zich om en rende weg.
'Kom terug!' riep hij haar achterna. 'Kom terug, ik doe je niets!'
Ze was weg.
Hij hoopte dat ze hulp was gaan halen, want zonder haar was hij reddeloos verloren.

29

Lucky pakte alleen de zilveren lijstjes met de foto's van haar kinderen en Lennie van haar bureau. Toen draaide ze zich om en liep zonder een woord te zeggen haar kantoor uit.
Kyoko rende achter haar aan toen ze naar haar auto liep. 'Wat is er gebeurd?' vroeg hij, net zo van streek als zij.
'Die leugenachtige klootzak heeft me erin geluisd!' zei Lucky woedend. 'Ik vermoord hem, Kyoko, ik maak hem af!'
'Kan ik iets voor je doen?' vroeg Kyoko.
'Ja. Wil je ervoor zorgen dat al mijn spullen uit mijn kantoor worden gehaald. Mijn bureau, mijn leren stoel, alles wat van mij is. En als dat mens er moeilijk over doet, bel je mijn advocaat maar. En zeg tegen Charlie Dollar dat ik onverwacht weg moest.'
'Natuurlijk, Lucy.'
'Je kunt bij me thuis komen werken tot we dit opgelost hebben. Is dat akkoord?'
'Ik beschouw het als een eer.'
Ze stapte in haar auto, ging achter het stuur zitten en legde de stapel fotolijstjes op de stoel naast haar. Lennies gezicht keek haar aan. Impulsief pakte ze de foto en kuste hem. 'Ik mis je zo, schat,' fluisterde ze.
Wat gebeurde er toch allemaal in haar leven? Eerst Lennie, nu dit. Alles stortte in elkaar.
Ze bedwong haar tranen en reed naar haar huis. Onderweg belde ze haar privé-advocaat, Bruce Grey, om hem op de hoogte te stellen van de situatie.
Bruce was net zo geschokt als zij. 'Hoe heeft Morton dit kunnen laten gebeuren?' vroeg hij.
'Hij heeft het zo in scène gezet.'
'Maar waarom dan?' vroeg Bruce verbijsterd.
'Geen idee, maar ik kom er wel achter. Intussen stuur ik een koerier naar je toe met de betreffende papieren. Ik wil alles weten van de mensen die aandelen bezaten. Ik wil weten of ze die aan haar hebben verkocht of alleen ten gunste van haar hebben gestemd.'
'Dat moet niet zo moeilijk zijn.'
'Ze heet Donna Landsman. Komt die naam je bekend voor?'
'Nooit van gehoord.'
'Ik wil een volledig dossier over haar hebben. En Bruce: voor het eind van de dag.'
De kinderen waren er niet toen ze thuiskwam; het was rustig en vredig. Ze liep naar het raam en keek uit over de oceaan. Ze besloot iets makkelijks aan te trekken en een stuk langs het strand te lopen. Ze was dol op de zee;

het was de beste plek om je gedachten op een rijtje te zetten en eens goed na te denken.
Wat overkwam haar allemaal? Waar had ze dit aan verdiend? Was het niet genoeg dat ze Lennie had verloren? Alles zat haar behoorlijk tegen. Maar dat had ze al eerder meegemaakt en ze was er altijd weer uitgekomen. En ook dit keer zou ze knokken en winnen.
Toen ze terugliep naar haar huis, voelde ze zich al een stuk beter. Ze wou alleen dat Boogie er was. Hij was nog op vakantie, maar zou de volgende dag al terugkomen. Ze had alle vertrouwde gezichten hard nodig. En niemand was trouwer dan Boogie.
De kinderen en CeeCee waren nog niet terug. Ze ging naar haar werkkamer en belde Abe Panther. 'Ik hoop dat je stevig zit,' zei ze, zich afvragend of hij het misschien al gehoord zou hebben.
'Wat is er aan de hand?' vroeg hij met zijn hese stem.
'Panther is overgenomen en, hou je vast, je favoriete schoonzoon Mickey Stolli is weer aangesteld als hoofd van de studio.'
Abe stikte bijna van nijd aan de andere kant van de lijn.
'Ik weet dat het niet makkelijk te bevatten is,' zei Lucky. 'Kan ik naar je toekomen, want ik heb je advies nodig.'
Ze kleedde zich haastig om. Toen ze het huis wilde verlaten, kwam er een bestelauto van een bloemenwinkel aanrijden. De chauffeur stapte uit en gaf haar een klein veldboeket. Ze keek snel op het kaartje dat er bij zat en las: 'Het spijt me van gisteravond. Ik bel je nog, Alex.'
Waar sloeg dat nou op? Nou, hij was niet bepaald het romantische type. Maar ja, dat hoefde van haar ook niet. Ze zat niet op hem te wachten. Ze bracht de bloemen naar binnen en stapte toen in haar auto.

Alex hoorde het nieuws toen hij in het vliegtuig naar Las Vegas zat. Lili vertelde hem over de telefoon dat het gerucht de ronde deed dat iemand Panther had overgenomen en Lucky Santangelo had ontslagen.
'Dat bestaat niet,' zei hij. 'Wie haalt dat nou in zijn hoofd.'
'Het schijnt een zakenvrouw te zijn, maar niemand weet precies wie.'
'Zoek precies voor me uit wat er gebeurd is, Lili en bel me in mijn hotel.'
'Tin Lee heeft gebeld.'
'Wat wilde ze?'
'Ze zei dat ze je graag wil ontmoeten en bedankt je voor de rozen en de uitnodiging.'
'Welke uitnodiging?'
'Geen idee, Alex. Ik houd jouw liefdesleven niet bij.'
Alex hing met een verbijsterd gezicht op. God, de kaartjes waren verwisseld. Tin Lee had de rozen en de uitnodiging gekregen en Lucky de bloemen van Tin Lee. O God!
Hij probeerde snel Lili te bereiken, maar er was te veel storing op de lijn.
Russell, zijn locatiemanager, een opgewekte man, kwam naast hem zitten.

148

'Hoe ging het vandaag met Venus Maria?' vroeg hij.
'Eigenlijk heel goed,' antwoordde Alex, die niet erg in de stemming was voor een praatje.
'Krijgt ze de rol?'
'Ik weet het nog niet.'
'Grijp je kans,' zei Russell. 'Mijn kinderen kopen al haar cd's. Ze staan in de rij voor haar concerten. Ze heeft een enorme aantrekkingskracht op jong publiek.'
Russell werkte al een poos voor hem en Alex hechtte waarde aan zijn oordeel. 'Denk je dat Johnny Romano en zij een goede combinatie vormen?'
'Daar gaat wel sex-appeal van uit,' zei Russell.
'Ik denk dat je gelijk hebt,' zei Alex. 'Als we in Vegas komen, zal ik Johnny bellen, dan kunnen we een screentest afspreken.'
'Denk je dat ze daaraan meewerkt?'
'Ze is vanochtend toch ook gekomen?'

Ron Machio, de beste vriend van Venus, kwam een paar minuten te laat in Orso, een druk Italiaans restaurant in Third Street. Hij was lang, slank, had een smal gezicht en droeg zijn haar in een paardenstaart. 'Zo, mevrouw,' zei hij tegen Venus, die op de patio een glas witte wijn zat te drinken. 'Heel erg jaren vijftig.'
Ze lachte, blij dat hij meteen het effect had herkend dat ze nastreefde. 'Ga zitten,' zei ze. 'Ik heb al voor je besteld: witte wijn en pasta. Ik trakteer.'
'Ben je bezig een nieuw image op te bouwen?' vroeg hij geïnteresseerd.
'Nee, Ron, dit is de nieuwe Venus die een rol in een film van Alex Woods probeert te krijgen. Dit is de Venus die een Oscar gaat winnen.'
Rons wenkbrauwen schoten omhoog. 'Echt waar?'
'Ja, als je iets echt graag wilt, kun je het bereiken. Neem ons nu; wij zijn daar een goed voorbeeld van. We zijn platzak naar L.A. gekomen en kijk nu eens: jij bent een succesvol regisseur en ik ben een superster. Niet gek als je weet dat we geen van beiden de middelbare school hebben afgemaakt.'
'Succesvolle mensen hebben nooit de middelbare school afgemaakt,' zei Ron met overtuiging. 'Het zijn allemaal vroegtijdige schoolverlaters. En al die arme stakkers die hun jeugd vergooien door naar school te gaan komen op de postkamer terecht.'
'Heel filosofisch, Ron. Is dat de invloed van Harris?'
'Ik wou dat je niet altijd op hem zat te hakken,' zei Ron geïrriteerd. 'Je zou hem best aardig vinden als je hem beter kende.'
De ober bracht twee borden pasta met oestersaus.
'Ik heb vanochtend mijn rol gelezen voor Alex en hij leek wel tevreden. Hij zou Freddie bellen.'
'Freddie?' vroeg Ron, zijn bestek pakkend.
'O, had ik dat nog niet verteld? Freddie Leon is mijn nieuwe agent.'
'Nou, nou, dat is niet de eerste de beste.'

'Het was tijd voor een ommezwaai,' zei ze.
'En jij moest natuurlijk de beste hebben!'
'Ja, wat dacht je dan? Trouwens, heb ik je al verteld over mijn nieuwe assistent, Anthony?'
'Nee...'
'Het is een prachtige blonde knaap, en daar val jij toch op, Ron?'
'Probeer je mijn interesse te wekken?'
'Dat zou niet in mijn hoofd opkomen...'
'Ja, ja.'
'Hoe oud is Harris von Stepp eigenlijk?' vroeg Venus op onschuldige toon.
'Wat heeft leeftijd hier nu mee te maken?'
'Ach, dat vaste patroon van oudere man met jonge knaap is zo achterhaald. Tijd voor iets nieuws.'
'Dat moet jij nodig zeggen,' zei Ron ad rem. 'Herinner je je Martin Swanson nog, de grote zakenman uit New York, die minstens twintig jaar ouder was dan jij?'
'Ja, daar heb ik het ook niet lang mee uitgehouden.'
'En hoe zit het trouwens met je masseur?'
'Ach, Rodriguez. Nou, niet helemaal wat ik ervan verwacht had,' zei Venus terwijl ze haar armbanden ronddraaide. 'Weet je, na Cooper...'
'Bedoel je dat Cooper zijn reputatie waarmaakte?'
'Cooper was de beste minnaar die ik ooit heb gehad. Het zal wel een poos duren voor ik weer zo'n goede heb gevonden.'
'En dan maar hopen dat hij hem alleen voor jou uit zijn broek haalt.'
'Ja,' zei Venus lachend. 'Bij Cooper kwam zijn verstand op nul te staan als hij zijn gulp opendeed.'
'Ik wil nog even terugkomen op die Anthony,' zei Ron.
'Wat ben je toch een sletje,' zei Venus grinnikend.
'Soort zoekt soort.'
'Dat betekent zeker dat we bij mij thuis koffie drinken?'
'Nou, als je er zo op aandringt.'

30

Abe Panther woonde al tien jaar als een kluizenaar in zijn oude vervallen landhuis – sinds de dag dat hij door een beroerte niet meer in de filmwereld kon meedraaien. Toen hij zijn studio aan Lucky had verkocht, was hij ervan overtuigd dat hij tot zijn dood bij haar in veilige handen zou zijn, en hopelijk nog lang daarna. Het nieuws dat iemand anders Panther had overgenomen had hem woedend gemaakt, zeker als het klopte dat Mickey Stolli, die oplichter van een aangetrouwde kleinzoon van hem, weer werd aangesteld als hoofd van de studio.

Voor Lucky kwam, belde hij zijn kleindochter Abigaile op om te horen wat er gebeurd was. Abigaile was een echte Hollywood-prinses; ze was een hebberige streber en leefde alleen voor feesten en grote diners.

Toen Abe zijn studio aan Lucky had verkocht, had een verbitterde Abigaile een tijdlang niet met hem gepraat. Pas toen Mickey hoofd van Orpheus werd, had Abigaile eindelijk de vrede getekend met haar grootvader.

Nu had hij haar aan de telefoon en probeerde informatie bij haar los te krijgen. Maar Abigaile was niet erg mededeelzaam. 'Er wordt morgen een persverklaring uitgegeven,' zei ze zonder verdere informatie te verstrekken.

'Dat zal best,' zei Abe kortaf. 'Maar ik wil nu weten wat er aan de hand is.'

'Dat is vertrouwelijke informatie,' zei Abigaile, die nog steeds gepikeerd was omdat haar grootvader in het huwelijk was getreden met Inga Irving, een onbekende Zweedse actrice, met wie hij al heel lang had samengewoond.

'Ik ben niet zomaar iemand,' zei Abe, 'ik ben je grootvader.'

'Ik zal het met Mickey overleggen, dan bel ik je later wel terug.'

Abe zat op het terras een grote Havanna te roken toen Lucky arriveerde. Ze kuste hem op beide wangen en verbaasde zich erover dat hij er zo goed uitzag.

'Ga zitten,' zei hij en hij gaf haar een samenvatting van zijn gesprek met Abigaile.

'Net iets voor haar,' zei Lucky terwijl ze een sigaret opstak.

'Wie heeft je erin geluisd?' vroeg Abe, die zich naar haar overboog.

'Morton Sharkey,' zei ze, een wolk rook uitblazend. 'En ik ben vast van plan erachter te komen waarom.'

'Het is onbegrijpelijk dat dit heeft kunnen gebeuren zonder dat jij er iets van afwist,' zei Abe, die een trekje van zijn sigaar nam. Hun rook vermengde zich in de lucht.

'Niet echt,' zei Lucky. 'Het is in het geheim gebeurd. Ze hebben de raad van bestuur bijeen geroepen zonder mij ervan in kennis te stellen.'

'Heeft niemand je gewaarschuwd?'

'Ze wilden me lozen, Abe. Het laatste wat ze wilden was mij waarschuwen.'

'Ja, oké,' zei hij zacht.

'Waarom heb ik Morton zoveel van mijn aandelen laten verkopen?' vroeg ze zich wanhopig af. 'Ik heb toch geen zaagsel tussen mijn oren? Ik had ter bescherming eenenvijftig procent zelf moeten houden.'

'Waarom heb je dat dan niet gedaan?' vroeg Abe, zijn ogen samenknijpend.

'Omdat ik het geld nodig had en Morton vertrouwde.'

'Een advocaat kun je nooit vertrouwen.'

'Je hoeft het me niet in te peperen,' zei ze. 'Het is al erg genoeg.'

'Heb je een plan, meisje?'

Ze stond op en liep heen en weer over het door bloemen omgeven terras. 'Reken maar dat ik Panther terugkrijg, Abe. Ik zweer het je; voor ons beiden.'

'Zo mag ik het horen,' zei Abe grinnikend. 'En het zal je nog lukken ook!'

Inga Irving kwam uit het huis en begroette Lucky koeltjes. Inga, die vroeger een schoonheid was geweest, was een stevig gebouwde vrouw van in de vijftig, met een gezicht dat altijd ontevredenheid uitstraalde. Lang geleden, toen Abe dé filmmagnaat van Hollywood was, had hij haar meegebracht uit Zweden in de hoop dat ze in Hollywood een grote filmster zou worden. Dat was niet gelukt. Inga had haar gebrek aan succes nooit kunnen verwerken. Twee jaar geleden was Abe eindelijk met haar getrouwd. Ook daardoor was haar ontevredenheid niet verdwenen.
'Dag Lucky,' zei Inga op haar gebruikelijke, hooghartige manier.
'Dag Inga,' zei Lucky, die de humeurigheid van de Zweedse gewend was.
'Tijd om een dutje te doen, Abe,' zei Inga op een toon die geen discussie toeliet.
'Zie je dan niet dat ik Lucky op bezoek heb?' zei Abe geërgerd.
'Dan moet ze een andere keer maar terugkomen,' zei Inga streng.
Abe sputterde nog wat tegen, maar Inga kon de negentigjarige om haar vinger winden.
'Ik ga al, Abe,' zei Lucky. Ze kuste hem op beide wangen.
Er verscheen een triomfantelijke blik op Inga's gezicht. Dit was een rol waarin ze uitblonk. Verpleegster van de ooit zo beroemde Abe Panther.
Lucky stapte in haar auto en reed naar huis. Er was werk aan de winkel.

'Hoe kon je nu zo stom zijn?' riep Alex door de telefoon.
'Het spijt me enorm,' zei France voor de derde keer.
'Wat koop ik daar nou voor? Hoe kon je zo stom zijn de kaartjes en de bloemen te verwisselen?'
'Het spijt me vreselijk, Alex,' zei ze nog maar eens, de hoorn een stuk van haar oor afhoudend.
Hij vroeg zich af of ze het opzettelijk had gedaan. Het was lang geleden dat ze een verhouding hadden gehad, maar Alex wist dat France en ook Lili nog steeds heel bezitterig waren. Ze hadden blijkbaar aangenomen dat hij de nacht met Lucky had doorgebracht en hadden ervoor gezorgd dat ze de verkeerde boodschap had ontvangen. Loyaliteit en jaloezie gingen niet goed samen.
'Kan ik het nog goedmaken?' jammerde France.
'Nee,' zei Alex. 'Bel Tin Lee maar af. Zeg maar dat ik de nacht in Las Vegas moet blijven. Lucky bel ik zelf wel. Geef me haar privé-nummer.'
Een paar seconden later zei Lili: 'Dat hebben we niet, Alex.'
Hij wist zeker dat ze het hem opzettelijk moeilijk maakte. 'Vraag het maar aan Freddies secretaresse,' snauwde hij.
'Oké. Kan ik je op je portable bereiken?'
'Ja, we gaan nu weg uit het hotel.'
'Ik bel je zo terug.'
'Wacht even,' zei hij nog steeds geïrriteerd. 'Vraag of Freddie me opbelt.'
'Kan ik een boodschap achterlaten als ik hem niet kan bereiken?'

'Ja. Regel een screentest voor Venus Maria met Johnny Romano. Voor morgenmiddag.'

Hij smeet de hoorn erop en liep naar de lobby van het hotel. Buiten stonden Russell en de rest van zijn team op hem te wachten. De aantrekkingskracht van de speeltafels was groot in het voorbijgaan. Hij was vroeger een hopeloze gokverslaafde geweest. Met behulp van een therapeut was hij er met veel tegenzin mee gestopt nadat hij er in een jaar een miljoen doorheen had gejaagd. Nu was zijn werk zijn enige verslaving.

Buiten stelde Russell hem voor aan Clyde Lomas, de plaatselijke locatiemanager. De man had zweethanden. Dat verbeterde het humeur van Alex niet, want hij kon nu alleen nog maar denken aan een plek waar hij zijn handen zou kunnen wassen.

'We hebben vijf huizen en drie hotels te bekijken,' zei Clyde met luide stem.

Alex keek op zijn horloge. 'Hebben we daar voldoende tijd voor?' vroeg hij aan Russell.

'Ik hoop het,' was zijn antwoord. 'We hebben om acht uur een vlucht naar L.A. geboekt. Maar als je liever de nacht hier doorbrengt, kan ik dat ook regelen.'

'Dat was ik niet van plan,' zei Alex. Als hij Lucky kon bereiken, zou hij liever de nacht met haar doorbrengen.

Ze stapten in een busje met airconditioning en gingen op pad.

Lucky overwoog het diner met Venus bij Morton af te zeggen, maar bedacht zich. Waarom zou ze? Dat was precies wat iedereen van haar verwachtte – dat ze zich zou terugtrekken in een donker hoekje om haar wonden te likken.

Hollywood was een stad zonder geweten. Een stad voor mannen. En zouden die het niet heerlijk vinden dat Lucky Santangelo gewipt was door de raad van bestuur?

Die lol gunde ze hen niet. Ze zou naar het etentje gaan en geen krimp geven. Het was maar een tijdelijke tegenslag.

CeeCee en de kinderen waren thuis toen ze terugkwam. Ze speelde een poosje met Maria en gaf baby Gino zijn flesje. Daarna bracht de altijd opgewekte CeeCee ze naar bed.

Donna Landsman. Zakenvrouw. Koningin van de vijandige overname. Een haai met een goede neus voor kleine bedrijven, die ze opkocht, uitkleedde en met flinke winst doorverkocht.

Lucky begreep het niet. Als Donna Landsman zo'n machtige zakenvrouw was, wat wilde ze dan met Panther? De studio had enorme schulden en het zou nog een tijdje duren voor het bedrijf winst ging maken. En er viel niet veel uit te kleden, tenzij het haar niet om de studio, maar om de waardevolle grond ging. Misschien was dat het!

De andere investeerders hadden twee keer zoveel voor hun aandelen ontvangen als ze er oorspronkelijk voor betaald hadden. En aangezien het mensen waren die Morton erbij had gehaald, nam ze aan dat ze zich ook op zijn advies hadden teruggetrokken. Snel verdiend geld, waarom niet?

Uit de papieren bleek dat Donna Landsman negenendertig procent van de aandelen bezat. De andere aandeelhouders waren Conquest Investments, een bedrijf dat op de Bahama's was gevestigd, dat tien procent bezat. En mevrouw I. Smorg, van wie ze alleen het adres van een advocaat in Pasadena kende, had zes procent in haar bezit. En verder had Morton nog vijf procent. Het was duidelijk dat hij de andere aandeelhouders ertoe had overgehaald ten gunste van Donna te stemmen.

Die hufter van een Morton! Er moest een reden zijn waarom hij dit deed. Er was altijd een reden. Als Boogie morgen terugkwam van vakantie, zou ze hem wat speurwerk naar Morton laten doen. Boogie was de man aan wie ze al jaren de beveiliging overliet, en als iemand iets zou weten te vinden, was hij het. Tot die tijd kon ze niets anders doen dan afwachten.

31

Robertson had gemene kattenogen. Ze volgden Brigette waar ze ook ging tijdens het etentje van Michel Guy. De boodschap was duidelijk: ik wil je hier nooit meer terugzien.
'Ze haat me,' zei Brigette tegen Nona.
'Natuurlijk haat ze je, waarom niet? Jij gaat het helemaal maken.'
'Toe nou,' zei Brigette. 'Zij is zo ontzettend beroemd dat ik haar geen strobreed in de weg kan leggen.'
'Een fotomodel is geen lange carrière beschoren,' zei Nona. 'Dat weet ze, en ze ziet dat jij een rijzende ster bent.'
Ze hadden een paar interessante dagen achter de rug. Michel Guy had woord gehouden en een zeer lucratieve deal gesloten met Rock'n'Roll Jeans. Meteen nadat het bedrijf het exclusieve contract had getekend, werd ze naar de studio gebracht voor een opnamesessie met Luke Kasway. Het reclamebureau had haar samen met Zan gewild, maar Nona had haar veto uitgesproken over Zans deelname; ze wilde niet dat haar toekomstige echtgenoot fotomodel speelde. Ze was een beetje een snob. In plaats van hem gebruikten ze nu Isaac, een jong, zwart model met kort haar en het image van een rapper. Brigette vond hem een stuk. Ze hadden telefoonnummers uitgewisseld, maar hij had haar nog niet gebeld. Ze dacht erover om zelf het initiatief te nemen.
De opnamen hadden de hele dag in beslag genomen: het reclamebureau had het schema verstrakt en het tempo was moordend.
Toen Brigette het resultaat zag, was ze stomverbaasd. Luke Kasway was een genie en had ervoor gezorgd dat ze er adembenemend uitzag.
Nona had gezegd: 'Niet naast je schoenen gaan lopen; het zit hem in de belichting. Laten we niet vergeten hoe je er 's ochtends vroeg uitziet!'

Iedereen – Michel, Luke, Nona en zijzelf – waren ervan doordrongen dat ze een doorbraak zou maken.
Door een gelukkig toeval had Nona een heel ruim appartement met uitzicht op Central Park gevonden. Het was eigendom van een vriendin van haar moeder, die voor een jaar naar Europa vertrok. Ze betrokken het meteen met hun drieën.
Het kostte Brigette best moeite om afscheid te nemen van Anna. Ze was er zo aan gewend geraakt iemand om zich heen te hebben. Maar het was tijd om zelfstandiger te worden en het verleden achter zich te laten. Brigette Stanislopoulos was dood. Leve Brigette Brown.
Ze belde Lucky op en vertelde haar over de verhuizing.
'Zolang je maar niet alleen gaat wonen,' had Lucky gezegd. 'En zorg dat je niet in moeilijkheden komt.'
'Vermaak je je een beetje?' vroeg Michel, die achter haar was komen staan.
'O, zeker,' zei ze, gevleid dat hij zoveel aandacht aan haar besteedde. 'Het is een indrukwekkende avond.'
'En jij bent een indrukwekkende jongedame,' fluisterde hij. '*Formidable.*'
'Meen je dat, Michel?' Uit haar stralende gezicht sprak duidelijk dat ze weg van hem was.
Hij boog zich voorover en fluisterde in haar oor: 'Aurora wil je op de cover. Zo snel mogelijk. Morgen heb je een afspraak met Antonio, de fotograaf. De opnamen zijn overmorgen. Ik zal Nona de bijzonderheden opgeven.'
'Wat goed van je!' riep ze spontaan uit.
Er verscheen een glimlach op zijn gezicht. 'Je hoeft me niet te vleien, *ma chérie.*'
Ze vond het leuk als hij Frans sprak; het klonk zo sexy. 'Woon je echt met Robertson samen?' vroeg ze ineens.
Zijn fletsblauwe ogen namen haar aandachtig op. 'Waarom wil je dat weten?' Ze hoopte dat ze niet te vrijmoedig was geweest. 'Ik vroeg het me gewoon af,' zei ze ontwijkend.
'Soms wel, soms niet,' antwoordde hij. 'We hebben zo onze afspraken.'
Ze zag dat Robertson nog steeds naar haar keek. Misschien dat haar idee over afspraken verschilde van dat van Michel.
'En, lieve kind, ben je tevreden over hoe het allemaal gaat?' vroeg hij. Hij legde zijn hand op haar arm.
'Heel tevreden.'
'Ben je blij dat ik tijdig in je leven ben verschenen?'
'Je hebt een fantastische timing,' zei ze glimlachend.
'Weet je, Brigette,' zei hij, 'je doet helemaal niet denken aan een Amerikaanse uit de provincie. Kom je soms uit Europa?'
'Ja, mijn moeder was een Griekse en mijn vader een Italiaan.'
'Ach, wat een interessante combinatie! Daarom straal je al zoveel sensualiteit uit.'
'Vind je dat, Michel?' vroeg ze gretig.

'Ja, *ma petite*. Heel Amerika zal verliefd op je worden.'
Het was lang geleden dat ze zichzelf had toegestaan met iemand te flirten, en het gaf haar een heerlijk gevoel. Ze vond het aantrekkelijk dat Michel ouder was. Misschien had ze behoefte aan een rijpere man, want met jonge mannen had ze niet veel geluk gehad.
Michel pakte haar hand en gaf haar een kneepje. 'Blijf straks nog even als de gasten weg zijn,' zei hij overredend. 'We hebben nog zoveel te bespreken.'
'En Robertson dan?'
'Ze heeft zelf een appartement. Vanavond gaat ze naar huis.'
Brigette ging op zoek naar Nona. 'Ik blijf nog even na het feest, Michel wil iets met me bespreken,' zei ze opgetogen.
'Aha, probeert hij je eindelijk te versieren?'
'Welnee,' zei Brigette verontwaardigd. 'Het is gewoon zakelijk.'
'Ik waarschuw je,' zei Nona. 'Het is een rokkenjager met een Frans accent, en jij bent gewoon een groentje voor hem.'
'Fijn, dank je.'
'En Robertson? Blijft die toekijken terwijl jullie het over zaken hebben?'
'Daar hebben ze hun afspraken over.'
'Jezus, dat is zo'n oude smoes. En voor je het weet zegt hij dat hij naar zijn vriendin moet omdat ze anders de pest in krijgt.'
'Nou, je hebt niet veel vertrouwen in me, geloof ik,' zei Brigette boos.
'Ik ben dol op je,' zei Nona, 'maar je ervaring met mannen is nogal beperkt. Tim Wealth, de filmster. Mijn broer, de hippie. En die rijke cokesnuiver met wie je verloofd bent geweest. Dat zijn ze, geloof ik, of ben ik er een vergeten?'
'Ik heb nu eenmaal geen normaal leven geleid,' zei Brigette. 'Maar dat wil niet zeggen dat het zo moet blijven.'
'Michel Guy is niet normaal,' zei Nona ernstig. 'Als je met hem het bed induikt, kom je nergens.'
Brigette was niet van plan zich door Nona de les te laten lezen. 'Ik zie je straks wel,' zei ze. 'Wacht maar niet op me.'

'Freddie Leon heeft voor je gebeld,' zei Anthony terwijl hij een stiekeme blik op Ron wierp. Hij was wel aantrekkelijk.
'Wat wilde hij?' vroeg Venus.
'Hij wilde weten of je morgenmiddag tijd hebt voor een screentest met Johnny Romano.'
'Een screentest?' zei Venus afkeurend. 'Daar begin ik niet aan.'
'Je hebt toch ook een uitzondering gemaakt voor Alex Woods?' zei Ron monter.
'Waarom biedt hij me die rol niet gewoon aan?'
'Ik neem aan dat je de recensies over je eerdere films hebt gelezen?' vroeg Ron scherp. 'Je mag blij zijn dat hij je een screentest laat doen.'
Venus wierp hem een woedende blik toe. 'Vergeet niet dat een van die films van jou was.'

'Meneer Machio,' kwam Anthony tussenbeide om ze af te leiden, 'ik ben een groot fan van u. Ik vond de choreografie en de regie van *Summer Startime* fantastisch.'
'O, dank je wel,' zei Ron, die Anthony nu pas opmerkte.
'Sorry, Ron,' zei Venus, die genoot van dit moment. 'Ik heb je nog niet voorgesteld aan mijn Engelse assistent – Anthony Redigio.'
'Is Redigio geen Italiaanse naam?' vroeg Ron met een plagerig lachje.
'Mijn vader was een Italiaan,' zei Anthony.
'De mijne ook,' zei Ron. 'Venus is dol op Italianen.'
'Ik ook,' zei Anthony speels.
De twee mannen namen elkaar op. Venus kon een triomfantelijk lachje niet verhullen. Die twee pasten heel goed bij elkaar.
'Ben je nog iets aan de weet gekomen over die brief van vanochtend?' vroeg ze.
'Ik heb hem aan de beveiligingsmensen gegeven,' zei hij, de papieren op haar bureau ordenend.
'Mooi. Wil je Freddie voor me bellen en zet dan even koffie voor Ron. Ik ben hiernaast.'
Ron schudde zijn hoofd met een lachje. 'Wat ben je toch een kreng,' fluisterde hij.
Freddie was even onverstoorbaar als altijd. 'Natuurlijk moet je die screentest doen,' zei hij.
'Maar als het uitlekt?' vroeg ze. 'Is dat niet slecht voor mijn image?'
'Welnee. Eerlijk gezegd denk ik dat je de rol wel krijgt. Alex vond je goed.'
'O ja?' Ze veerde op. 'Wat heeft hij dan gezegd?'
'Hij dacht dat hij bepaalde aspecten in je kon bovenbrengen die mensen nog nooit gezien hebben.'
'Vond hij me niet ongelooflijk sexy?' vroeg Venus voor de grap.
'Wat maakt dat nu uit? Je gaat niet met hem naar bed, je gaat met hem werken.'
'Oké,' zei ze. 'Ik zal er zijn morgen.'
Toen ze weer in haar kantoor kwam, zag ze dat Ron en Anthony het samen uitstekend konden vinden. Ze tutoyeerden elkaar al. 'Ik ben dol op je werk,' zei Anthony met respect. 'Ik heb alles van je gezien.'
Ron hoorde al die lovende woorden gretig aan, terwijl hij koffie dronk uit een beker waar een afbeelding van Venus opstond. 'Waar kom je vandaan, Anthony?'
'Ik ben geboren in Napels,' zei Anthony. 'Mijn ouders zijn naar Londen verhuisd toen ik twee was. Een jaar geleden ben ik naar L.A. gekomen. Dit is mijn tweede baan en het is heerlijk om voor Venus te werken.'
'Ja, je kunt moeilijk iets anders zeggen,' zei Venus plagerig.
'Natuurlijk. Je denkt toch niet dat ik gek ben,' zei Anthony met een vleugje *camp*.
'Waar woon je?' vroeg Ron.
Venus wist wel ongeveer wat er door Rons hoofd ging. *Waar woon je Antho-*

ny, dan kom ik bij je langs om dat prachtige gespierde lichaam van je te verwennen.'
'In West Hollywood,' zei Anthony. 'Daar heb ik een appartement dat ik een poos gedeeld heb met een vriend, maar... hij is ziek geworden en naar huis gegaan.'
'O, wat vervelend,' zei Ron medelevend. 'Ben jij...'
'Nee, ik mankeer niets. Ik laat me regelmatig testen.'
Ron knikte. 'De tijden zijn veranderd,' verzuchtte hij. 'De wilde jaren liggen achter ons.'
'Over wilde jaren gesproken,' zei Venus. 'We hebben vroeger een poos een flat gedeeld, en als er een knappe man binnenkwam, vroeg de portier automatisch: "Venus of Ron?"'
'Ik ben helaas te jong om die wilde jaren te hebben meegemaakt,' zei Anthony op spijtige toon.
'Hoe oud ben je dan?' vroeg Ron.
'Eenentwintig.'
'Ach, wat een jonkie nog.'
'Maar wel een jonkie met ervaring.'
'Altijd goed om te weten,' zei Ron. 'En heeft het jonkie toevallig een relatie?'
'Nee,' zei Anthony, die meisjesachtig met zijn wimpers knipperde. 'Jij wel?'
'Ik wel,' zei Ron, met enige tegenzin.
Anthony wierp hem een vrijmoedige blik toe. 'Wat jammer.'
'Zullen we gaan, Ron?' vroeg Venus, die vond dat de beide heren elkaar nu wel lang genoeg hadden gezien. De seksuele spanning mocht best nog wat oplopen. 'Ik wil je mijn nieuwe fitnessruimte laten zien.'

Alex werd langzamerhand gek van Clyde Lomas. Hij ergerde zich wezenloos aan die man met zijn harde stem. Telkens wanneer ze een nieuw huis binnengingen, begon Clyde zijn makelaarspraatjes af te steken.
'Hier is de bar. En daar is de ontvangstruimte. Dit huis is ontzettend geschikt voor grote feesten. Er zijn twee vaste barbecues, een binnen- en een buitenjacuzi, een zwartbetegeld zwembad en er zijn zeven slaapkamers met badkamer. De keuken heeft vier inbouwovens en twee vaatwasmachines.'
'Ik wil het huis verdomme niet kopen,' barstte Alex eindelijk uit. 'Ik wil er alleen doorheen lopen om te kijken of het iets is.'
Clydes gezicht betrok. 'Sorry, Alex,' zei hij bedremmeld.
Alex liep door het derde huis dat op hun lijstje stond en de leden van zijn team volgden hem op de voet. Als hij een locatie zag die geschikt was, wist hij dat onmiddellijk. Daar had hij Clyde niet voor nodig.
Dit huis was perfect. Het was een groot landhuis aan de rand van een golfbaan. Hij overlegde met de cameraman en de setdesigner, die het allebei met hem eens waren.
Hij gaf Russell opdracht het huis voor een paar dagen te huren. 'Vier, nee, voor de zekerheid vijf dagen.'

Alex liep naar het zwembad en belde Lili op zijn portable. 'Je zou me terugbellen om me het privé-nummer van Lucky te geven,' zei hij geërgerd.
'Ik kan het niet te pakken krijgen,' bekende Lili.
'Wat zeg je?' vroeg Alex, die niet gewend was om nee te horen.
'Freddies assistent mag haar nummer niet aan anderen geven.'
'De pot op. Zeg maar tegen Freddie dat ik het dringend nodig heb.'
'Sorry, Alex, niet zonder haar toestemming, zei hij.'
Alex wist dat hij niet nog meer kon aandringen zonder de indruk van een smoorverliefde puber te maken. 'Is er nog nieuws over Panther,' vroeg hij om van onderwerp te veranderen.
'Een zakenvrouw heeft de studio gekocht. Volgens de geruchten is ze Lucky's kantoor binnengelopen en heeft haar weggestuurd.'
'Is dit van invloed op *Gangsters*?'
'Volgens Freddie gaat alles gewoon door.'
'Weet hij wie die vrouw is?'
'Blijkbaar niet.'
'Verdomme!' riep Alex. 'Ik moet Lucky spreken. Hoe heet die knaap ook al weer die voor haar werkt?'
'Kyoko?'
'Vraag hem het nummer.'
'Ik heb geprobeerd hem te bereiken, maar hij werkt niet meer op kantoor.'
'Bel hem dan thuis.'
'Goed, Alex. Hoe gaat het daar?'
'Prima. Is de screentest geregeld?'
'Ja, voor morgenmiddag. Make-up en kapper zijn al op de hoogte. Venus komt om een uur, Johnny om twee uur. Om drie uur zijn ze klaar voor de camera. Komt dat uit?'
'Uitstekend, Lili. Heeft France Tin Lee gebeld om te zeggen dat ik vanavond niet terugkom?'
'Ik geloof het wel. O ja, je moeder heeft twee keer gebeld.'
'Wat wil ze in vredesnaam?'
'Misschien moet je haar zelf terugbellen.'
'Doe jij dat even. Zeg dat ik de stad uit ben.'
'Kom je vanavond nog terug?'
'Zorg maar dat ik Lucky's nummer krijg, dan zal ik het je laten weten.' Hij stopte de portable in zijn zak en voegde zich bij het team.
'Klaar voor de volgende locatie?' vroeg Russell.
'Breng me er maar naartoe. Ik wil vanavond terug naar L.A.'

32

Morton was de meest populaire gelegenheid voor de filmindustrie. Het zat er altijd vol met mensen die het hadden gemaakt of wilden maken in Hollywood; het was dé plek bij uitstek om gezien te worden. Toen Lucky binnenkwam draaiden alle hoofden zich om en keken haar na. Zij had vandaag nieuwswaarde en iedereen wist dat.

Ze was er eerder dan Venus en in plaats van aan de bar te wachten volgde ze de gerant naar haar tafeltje. Ze kwam langs heel wat bekenden. Ze kuste Arnold Kopelson, de producent, en Anne, zijn aantrekkelijke vrouw. Ze zwaaide naar Marvin Davises, bleef even staan praten met Joanna en Sydney Poitier, begroette Mel Gibson, stak haar hand op naar Charlie Dollar en kon toen eindelijk plaatsnemen.

Charlie kwam meteen naar haar toe. Onderweg stopte hij zijn overhemd in zijn broek. Hij was onverbeterlijk slordig. 'Zo, dame,' zei hij. 'Het gebeurt me niet vaak dat een vrouw me laat zitten.'

Ze slaagde erin te glimlachen. 'Sorry, Charlie. Onvoorziene omstandigheden.'

'Ja, dat heb ik gehoord,' zei hij. Hij trok een stoel bij en ging zitten.

Ze zuchtte. 'Net als iedereen die hier nu is, denk ik.'

'Je had me kunnen laten helpen. Ik ben heel goed in inpakken.'

'Het is maar tijdelijk, Charlie. Ik kom terug.'

Hij boog zich voorover. 'Krijg ik nog te horen wat er werkelijk gebeurd is? Er moet toch iets achterzitten?'

'Ik ben genaaid waar ik bij was. Maar dat gebeurt me niet nog een keer.'

'Lucky, zul je niet vergeten dat ik altijd voor je klaarsta,' zei hij gemeend.

'Bedankt, Charlie. Dat is aardig van je.'

Charlie had al weer een joint op en keek met rode oogjes om zich heen. 'Met wie heb je afgesproken?'

'Met Venus.'

'O, de dame aan wie je me wilde koppelen.'

'Je kunt straks koffie met ons komen drinken, als je wilt.'

'Ik zal zien,' zei hij. Hij stond op en ging terug naar zijn eigen tafeltje.

Even later kwam Venus binnen. Ze bleef net lang genoeg in de deuropening staan om de aandacht te trekken. Ze zag er sensueel uit in haar witte Thierry Mugler-pakje en grappige rijglaarsjes.

De gerant ging haar voor naar Lucky's tafel. Venus volgde hem zonder ergens te blijven staan, want als ze bij één tafeltje stopte, moest ze dat bij de andere ook doen. Venus had er nog steeds enorme lol in zich als een ster te gedragen, omdat ze nooit haar eenvoudige afkomst was vergeten. Als mensen haar wilde begroeten, kwamen ze maar naar haar toe.

Lucky stond op toen ze haar zag. Ze omhelsden en kusten elkaar.

'Ik ben zo blij dat we elkaar weer zien,' zei Venus. 'Ik heb je echt gemist.'

'Ik jou ook,' zei Lucky. 'En voor iemand anders het je vertelt, moet ik je waarschuwen dat dit niet bepaald de avond van mijn leven is.'
Er verscheen een attente ober. Lucky bestelde een Perrier en Venus een margarita.
'Wat is er dan gebeurd?' vroeg Venus, toen de ober buiten gehoorsafstand was.
'Panther is vandaag overgenomen,' vertelde Lucky, die met haar vingers op tafel tikte. 'Ik heb de zak gekregen als hoofd van de studio.'
'Dat meen je niet!' riep Venus uit.
'Helaas wel. Maar spaar me je tranen, ik kom terug.'
'Daar twijfel ik niet aan. Wie is de boosdoener?'
'Dat is het rare. Niet een van de grote bedrijven, maar een zakenvrouw die de reputatie heeft dat ze vijandige overnames doet. Ze wilde Panther per se hebben en heeft het voor elkaar gespeeld.'
'Gaat ze zelf de studio leiden?'
Lucky slaakte een zucht. 'Dit zul je net zo vreselijk vinden als ik. Weet je wie ze weer binnenhaalt? Mickey Stolli!'
'Ach, dat bestaat toch niet!'
'Echt waar,' zei Lucky. 'Die vrouw moet niet goed bij haar hoofd zijn. Iedereen met een beetje verstand weet dat Mickey alles onder je handen vandaan jat. Maar misschien is dat haar verdiende loon,' zei ze met een klein lachje.
'Ik begrijp er niets van,' zei Venus. 'Hoe heeft dit kunnen gebeuren?'
'Dat ben ik aan het uitzoeken.'
De ober bracht hun drankjes. 'Met de complimenten van meneer Dollar,' zei hij met een glimlach die duidelijk moest maken dat hij een werkloos acteur was die hoopte ontdekt te worden.
'Bedank meneer Dollar en zeg erbij dat we volgende keer alleen genoegen nemen met een fles goede champagne,' zei Venus. De ober knikte en ging weg. 'Weet je, Lucky, ik heb je zo vaak geprobeerd te bereiken. Waarom heb je je zo afgesloten voor je vrienden?'
'Lennies dood was een vreselijke schok voor me,' zei Lucky. Haar ogen versomberden. 'Ik heb voor hard werken gekozen, niet voor vrienden. Op die manier hoefde ik mijn gevoelens niet onder ogen te zien.'
'Ja, dat begrijp ik wel,' zei Venus zacht.
'En weet je?' zei Lucky. 'Ik mis Lennie elk moment van de dag.'
'Dat zal wel,' zei Venus.
Lucky probeerde dapper van onderwerp te veranderen. 'Genoeg hierover. Vertel eens hoe het met Alex is gegaan?'
'Ik doe morgen een screentest met Johnny Romano.'
'Echt waar?'
'Freddie raadt me aan het te doen.'
'Alex probeert je subtiel duidelijk te maken wie de baas is.'
'O God,' zei Venus. 'Wat gebeurt er met *Gangsters* nu jij de studio niet meer leidt?'

'Dat mens is vast niet zo stom dat ze het hele productieschema in de war gaat gooien.'
'Mickey heeft de pest aan me,' zei Venus. 'Herinner je je nog die film waarbij hij erop stond dat ik uit de kleren ging en geen van de mannelijke acteurs ook maar zijn sokken hoefde uittrekken? Wat hebben we daar een ruzie over gehad!'
Lucky kon het zich maar al te goed herinneren. 'Je bent inmiddels een beroemdheid geworden,' zei ze tegen haar vriendin. 'Van Mickey zul je geen last meer hebben.'
Er kwam een filmagent naar hun tafeltje die dolgraag wilde dat Venus het script van een van zijn cliënten zou lezen. Hij begroette Lucky kortaf – haar rol was immers uitgespeeld? – en richtte zich helemaal op zijn belangrijkste prooi.
Lucky liet haar gedachten afdwalen naar Alex Woods. Ze had een leuke avond met hem gehad, maar daar bleef het bij. Zijn rol was ook uitgespeeld. En uit het kaartje dat bij de bloemen zat bleek duidelijk dat hij er geen enkele waarde aan had gehecht. Dat kwam goed uit.
Jack Python, die een beroemde talkshow had, bleef bij hun tafeltje staan.
'Lucky,' zei hij, 'wat een vervelend nieuws hoorde ik over jou.'
'Wat bedoel je, Jack?'
'Ik hoorde dat je weg bent bij Panther.'
'Wat raar toch,' zei Lucky. 'Goed nieuws verspreidt zich traag, maar slecht nieuws gaat sneller dan een hoer die achter een klant aanzit.'
'Zeg, ik bedoelde het niet vervelend,' zei Jack. 'Ik wilde je uitnodigen voor mijn programma, dan kunnen we er een heel uur over praten.'
'Waar moet ik over praten, Jack?'
'Mensen zijn altijd geboeid door hoe het er in Hollywood achter de schermen aan toegaat, en jij bent een van de weinige vrouwen, misschien wel de enige, met een eigen studio. Dat kan heel interessant worden.'
'Waarom heb je me dan nooit gevraagd toen ik de studio nog had?'
'Omdat je publiciteitsmanager je volledig afschermde.'
Ze wilde helemaal niet kwaad worden op Jack. Jack Python was geen beroerde vent. Zijn programma was vrij intelligent, snel en stukken beter dan alle andere praatprogramma's die je op de late avond had.
Jack ging weg en Venus maakte een eind aan haar gesprek met de agent. Ze bestelden biefstuk en een fles rode wijn. Venus begon geestige verhalen over Rodriguez te vertellen, imiteerde zijn accent en beschreef hoe hij de liefde bedreef.
Lucky merkte dat ze zich begon te ontspannen terwijl ze naar haar vriendin luisterde. Venus was een sterke vrouw die altijd voor haar mening uitkwam. Ze beschikte ook over een gezond gevoel voor humor en als het op filmen aankwam, hoefde geen man te denken dat hij haar iets kon laten doen wat ze niet wilde. Regisseurs en producenten probeerden haar altijd te manipuleren, maar Venus hield voet bij stuk. Ze was voor niets of niemand bang.

'Rodriguez is oké, maar hij doet zo zijn best dat het soms te veel van het goede is.'
'En mis je Cooper?' vroeg Lucky.
'Ach, wat zou ik moeten missen?' vroeg Venus, omdat ze geen zin had om toe te geven dat ze hem verschrikkelijk miste.
Lucky keek om zich heen. Ze zag dat Charlie afrekende, wat betekende dat hij zo naar hen toe zou komen. 'Wat vind je van Charlie Dollar?' vroeg ze terloops.
'Charlie is een schat,' zei Venus. 'Het enige probleem is dat hij altijd stoned is.'
'Is dat niet een deel van zijn charme?'
'Coke en charme gaan niet goed samen,' zei Venus vastberaden. Ze nam nog wat sla.
'Zou je niet met hem uit willen?' vroeg Lucky onschuldig.
'Nee, veel te gevaarlijk. Volgens mij is Charlie niet in staat een normale relatie te onderhouden. Daarvoor is hij al te lang een beroemde filmster. Vrouwen versieren is voor hem een fluitje van een cent, maar hij geeft niet echt om ze.'
'Ja,' zei Lucky, 'een vaste relatie is niet zijn sterkste kant. De mijne trouwens ook niet. Ik heb alleen nog een hechte band met mijn kinderen en verder wil ik alleen mijn studio terug hebben.'
Toen Charlie naar hen toekwam, vroeg Lucky net om de rekening.
'En hier is je favoriete filmster,' zei hij met zijn gevaarlijke glimlach. 'Helemaal tot jullie beschikking.'
'Sorry, Charlie,' zei Lucky luchtig. 'We wilden net gaan.'
Hij richtte zijn blik op Venus. 'Zin om naar een nachtclub te gaan? Wat dacht je van een tango met je oude filmidool?'
'Ik ga vanavond vroeg naar bed, Charlie,' zei ze verontschuldigend. 'Ik heb morgen opnamen. En bovendien,' zei ze gemeen, 'wat moet jij nu met mij? Ik ben boven de achttien!'
'Ik kan je wallen onder je ogen bezorgen die je nooit zult vergeten,' bood hij aan.
'Dank je, misschien een andere keer.'
Toen ze buiten op hun auto's stonden te wachten, zei Venus: 'Dit moeten we vaker doen. Met vrouwen onder elkaar is toch veel leuker dan met mannen erbij.'
'Bedankt voor het compliment,' zei Lucky lachend.
Toen stapte Venus in haar zwarte limousine, die bestuurd werd door een gewapende beveiligingsman.
Lucky stapte in haar rode Ferrari.
Ze zwaaiden naar elkaar en reden de nacht in.

Lucky reed haastig naar huis over de San Vicente/Pacific Coast Highway. De afgelopen vierentwintig uur waren uitputtend geweest en ze verlangde enorm naar haar bed. Ze moest zo snel mogelijk weer een helder hoofd zien te krijgen om zich uit dit lastige parket te werken.

Zodra ze Boogie had verteld wat ze gedaan wilde hebben, ging ze met de kinderen een lang weekend bij Gino in Palm Springs doorbrengen.
Ze belde hem op via de autotelefoon.
'Ach, jij weer,' zei Gino met een zucht. 'Wat wil je van me, meisje? Eerst een onverwacht bezoek, en nu een telefoontje midden in de nacht.'
'Ik heb je toch niet wakker gebeld, hoop ik?'
'Nee, ik zit met Paige naar *The Godfather* te kijken. *Godfather One* en *Godfather Two* zie ik elk jaar een keer. *Three* is niet de moeite waard.'
'Zeker leuk om je oude vrienden weer te zien?' zei Lucky plagerig.
'Binnenkort zal ik je een keer mijn levensverhaal vertellen, kind,' zei Gino.
'Daar zou je een goede film van kunnen maken!'
'Daar twijfel ik niet aan. Ik heb inmiddels meer verhalen over je gehoord van anderen dan me lief is.'
'Maar wat is er aan de hand? Kan ik iets voor je doen?'
Ze besloot hem niet de hele waarheid te vertellen. Waarom zou ze hem met haar problemen opzadelen? 'Ik wilde met de kinderen een lang weekend komen.'
'Ha, dan zie ik eindelijk mijn kleinkinderen weer eens.'
'Die zie je anders vaak genoeg!'
'Ik plaag je maar. Ik zal vragen of Paige voorbereidingen treft.'
Gino maakte een tevreden indruk. Hij leek het stadsleven helemaal niet te missen. Hij genoot enorm van zijn grote huis in Palm Springs en van Paige, die hem gezelschap hield.
Ze vroeg zich even af of zij ook niet zoiets moest doen: een huis in Santa Barbara kopen, een rustig leven leiden met haar kinderen.
Nee, ze zou zich binnen een paar dagen te pletter vervelen. Ze had actie nodig.
Ze zette een cassette van Joe Cocker op, Lennies lievelingszanger.
Bij haar huis gekomen, sprong ze uit de auto en ging naar binnen. Iedereen sliep al. Ze keek eerst even bij de kinderen en ging toen naar haar slaapkamer, waar ze op het balkon ging zitten en terugdacht aan de keren dat Lennie en zij beneden op het strand hadden gevrijd bij het geluid van de bulderende golven.
De telefoon ging. Ze nam op. 'Weet je hoe moeilijk het is om jou aan de lijn te krijgen?' zei een boze Alex Woods.
Ze was er niet blij mee dat hij haar privé-nummer te pakken had gekregen.
'Ik ben vandaag niet erg bereikbaar geweest,' zei ze kalmerend. Ze had geen zin in ruzie.
'Ik heb vanochtend naar de studio gebeld,' zei hij beschuldigend. 'En ik heb een paar boodschappen voor je achtergelaten.'
'Je hebt vast wel gehoord wat zich vandaag heeft afgespeeld. Je begrijpt ongetwijfeld dat ik niet in de stemming was om je terug te bellen.'
'Ja, ik begrijp het wel. Gaat het wel met je?'
'Ik red me wel.'

'Even over de bloemen en het kaartje... Verkeerde bos bloemen, verkeerde kaartje.'
'O ja?'
'Hoewel ik eigenlijk niet begrijp waarom ik je bloemen heb gestuurd nadat je me vanochtend zomaar hebt laten zitten.'
Ze haalde diep adem. 'Hoor eens, Alex, laten we eerlijk tegen elkaar zijn. We hebben een nachtje plezier gehad, maar daar blijft het bij. Ik had iemand nodig en jij was er toevallig.'
'O, mooi is dat,' zei hij. 'En hoe denk je dat ik me nu voel?'
'Kom, het betekende voor ons allebei niet veel. Ik deed het om me op Lennie te wreken. Het spijt me.'
Er viel een lange stilte.
'Toen ik niets van je hoorde, ben ik maar in Las Vegas gebleven,' zei hij uiteindelijk.
'Wat ben je daar aan het doen?'
'Op zoek naar locaties. Ik kom morgen terug. Kunnen we een afspraak voor morgenavond maken?'
Ze zuchtte. 'Je hebt toch wel gehoord wat ik net heb gezegd?'
'Lucky, je hebt me hard nodig in deze vervelende situatie,' zei hij met overtuigingskracht.
'Wat kun je nu voor me doen, Alex? Mijn hand vasthouden terwijl anderen mijn studio overnemen?'
'Ik bel je niet op om ruzie met je te maken.'
'Waarom dan wel?'
'Om je te zeggen dat gisteravond heel bijzonder was.'
'Nee, Alex, luister alsjeblieft. Het was echt alleen voor een avondje, meer niet.'
'Dat zie je verkeerd, Lucky. Zulke avonden heb ik vaak genoeg gehad om te weten dat dit anders was.'
Waarom gaf hij het niet gewoon op? 'Het spijt me als ik de verkeerde indruk heb gewekt.'
Hij kon niet geloven dat ze hem afpoeierde. Dat hij, Alex Woods, aan de kant werd gezet door een vrouw... 'Ik hoor al dat je niet in de stemming bent om te praten,' zei hij ineens. 'Ik bel je morgen wel.'
'Vergeefse moeite.'
'Dat is mijn zaak.'
Ze legde de hoorn neer. Alex Woods liet zich niet zo makkelijk afschepen.

De lange, zwarte limousine van Venus reed langzaam de poort van haar landgoed binnen. Toen ze langs het wachthokje kwamen, kwam de beveiligingsman naar buiten en hield de auto aan.
De chauffeur liet het raampje zakken. 'Is er iets?'
'Nee, nee,' zei de beveiligingsman, 'maar zeg tegen Miss Venus dat haar broer er is.'

'Mijn wát?' zei Venus, die overeind schoot op de achterbank.
'Uw broer Emilio, Miss,' zei de portier.
'En je hebt hem binnengelaten?' barstte ze woedend los.
'Eh... ja, hij kon aantonen dat hij uw broer was,' zei de portier die een stapje terug deed.
'Hoe dan wel?'
'Foto's van u beiden, zijn paspoort. Ik weet dat uw echte naam Sierra is, dus daarom dacht ik dat het wel goed zou zijn als ik hem binnenliet.'
'Nou, dat is het niet,' zei Venus verbeten. 'Hoe vaak moet ik jullie nog zeggen dat je zonder mijn nadrukkelijke toestemming niemand in mijn huis mag toelaten?'
De beveiligingsman was gekwetst door haar toon. 'Ik heb alleen maar mijn plicht gedaan,' mopperde hij.
'Het is je plicht iedereen buiten te houden, tenzij ik nadrukkelijk toestemming geef iemand binnen te laten.'
Ze was zo buiten zichzelf van woede dat ze naar adem hapte. Emilio Sierra. Uitvreter nummer één. Hij had al zo vaak een verhaal over haar aan de roddelpers verkocht dat het lachwekkend werd. Daarna was hij naar Europa vertrokken, en ze had gehoopt en gebeden dat hij nooit meer zou terugkomen. Kort geleden had ze gehoord dat hij terug was en ze wist dat het alleen een kwestie van tijd zou zijn voor hij weer bij haar op de stoep zou staan. Maar verdomme, waarom uitgerekend vanavond?
Ze gaf haar chauffeur opdracht te wachten, pakte de autotelefoon en belde Rodriguez.
'Dag, lieverd,' zei Rodriguez, die dolblij was dat ze belde. 'Ik heb de hele dag naast de telefoon gezeten, maar er heeft niemand van casting voor me gebeld.'
Moest hij zo duidelijk laten merken dat het hem alleen om een rol in de nieuwe videoclip ging?
'Ik heb behoefte aan een lange, sensuele massage,' zei ze niettemin verleidelijk. 'Kun je nu komen?'
'Maar natuurlijk!'
Ze vroeg de chauffeur verder te rijden, stapte bij de voordeur van haar huis uit en ging naar binnen.
In de woonkamer zat haar geliefde broer met zijn voeten op haar marmeren salontafel met een flesje bier naar een pornofilm te kijken op haar grootbeeldtelevisie. Ze kreeg een déjà vu-gevoel.
'Je bent hier niet welkom, Emilio,' zei ze zo beheerst mogelijk. 'Ik kan nauwelijks geloven dat je weer terug bent. Besef je dan niet wat je me hebt aangedaan?'
'Wat?' zei hij, nauwelijks zijn ogen afwendend van het tv-scherm waar twee blonde meiden elkaars siliconenborsten aan het strelen waren.
Ze pakte de afstandsbediening en zette de film uit. 'Je hebt keer op keer over me uit de school geklapt,' zei ze boos.

Emilio ging staan en zette zijn pilsje op de marmeren tafel. Toen probeerde hij charmant te doen, maar dat ging hem niet goed af.

'Ik zat toen in de problemen, zus, ik had schulden. Nu ben ik helemaal clean. Ik ben bij de AA geweest, heb een ontwenningskuur gevolgd, alles. Je moet me nog een kans geven.'

'Ik hoef jou helemaal niets te geven,' zei ze woedend dat hij zoiets zelfs maar durfde vragen.

'Kijk nou om je heen,' zei hij. 'Jij hebt alles, ik heb niets.'

'Ik heb hard gewerkt voor wat ik allemaal heb en in die tijd heb jij op je krent gezeten, en daarom heb je niets.'

Emilio kneep zijn smalle ogen samen. 'Wat denk je dat onze moeder ervan zou zeggen als ze nog leefde?'

'Hou op, Emilio. Ik laat me door jou geen schuldgevoel aanpraten. Daar trap ik niet meer in.'

'Maar ik ben toch je broer,' zei hij op klagerige toon. 'We zijn bloedverwanten, familie. Ik ben een van de weinige mensen die echt om je geeft.'

Nu ging hij echt te ver. 'Eruit! De deur uit!' zei ze op een toon waar de afkeer duidelijk uit sprak.

'Nee, als je wilt dat ik ga, moet je de politie maar bellen.'

'Denk je dat ik dat niet durf?' zei Venus, hopend dat Rodriguez snel zou komen. 'Hoe is het afgelopen met die grote liefde van je in Europa?'

'Ze was veel te oud, maar niet oud genoeg' zei Emilio. 'Ik had geen zin om nog twintig jaar te wachten tot ze dood zou gaan.'

'Wat ben je toch een zak,' zei Venus. 'Ze heeft je zeker gedumpt toen ze ontdekte wat een niksnut je bent.'

'Ik ben zelf weggegaan,' zei hij wrokkig.

'En meteen sta je hier weer op de stoep om mij geld af te troggelen.'

Goddank kwam Rodriguez op dat moment binnen. Hij bleef staan toen hij Emilio zag.

'Ha, Rodriguez,' zei Venus opgelucht. 'Dit is mijn broer Emilio. Hij wilde net gaan.'

'Helemaal niet,' zei Emilio.

'O, jawel,' zei Venus.

Ze keken elkaar lang en doordringend aan.

Rodriguez keek van de een naar de ander en besloot zich er nog maar niet mee te bemoeien.

Venus betrok hem echter meteen bij de situatie. 'Ik praat niet meer met hem,' zei ze verhit. 'Ik mag hem niet en nu zit hij in mijn huis. Hoe kom ik weer van hem af?'

Rodriguez haalde zijn schouders op.

'Kun jij hem er niet voor me uitgooien?' zei Venus hoopvol. 'Ik kan iemand van de beveiliging laten helpen.'

'Als je mij eruit laat gooien, zus, dan zul je daar spijt van krijgen,' waarschuwde Emilio. 'Als je denkt dat ik me tot nu toe slecht heb gedragen, staat

je nog heel wat anders te wachten. Dan zal ik de roddelpers eens het een en ander vertellen en kun je het verder wel schudden.'
Ze begreep dat ze zo niet ver kwam. 'Weet je, ik geef je vijftig dollar, dan kun je een hotelkamer nemen. En morgen kun je een baantje gaan zoeken.'
Emilio's belangstelling was gewekt. 'Voor duizend dollar ga ik weg,' zei hij.
'Het is een eenmalig aanbod, we gaan er niet over onderhandelen,' zei ze zonder veel hoop.
Hij krabde aan zijn kin. 'Ik begrijp het niet; voor jou is duizend dollar toch niets? Je koopt schoenen die duurder zijn dan dat.'
Rodriguez nam haar terzijde. 'Geef hem het geld nou maar, dan gaat hij misschien wel.'
'Emilio blijft nooit weg,' zei ze wanhopig.
'Nou, dan is hij in elk geval het huis uit.'
En hij had gelijk. Van Emilio zien af te komen was het allerbelangrijkste.
'Heb jij toevallig duizend dollar op zak, Rodriguez?'
Daar gaf hij niet eens antwoord op.
Ze ging naar haar slaapkamer op de bovenverdieping, waar ze een kluisje had. Ze trok de deur achter zich dicht, want ze herinnerde zich de keer dat Emilio achter de cijfercombinatie was gekomen, foto's van haar en Martin Swanson had gestolen en haar er vervolgens mee had gechanteerd.
Ze pakte duizend dollar in contanten en ging naar beneden. Emilio hield zijn hand al op. Ze gaf hem het stapeltje bankbiljetten. 'Ik wil je niet meer zien,' zei ze koel.
Hij stopte het geld in zijn zak en schudde zijn hoofd, alsof zij degene was die niet deugde. 'Lieve zus, wat heb jij toch een slecht geheugen voor de leuke dingen uit onze jeugd.'
Dacht hij nu echt dat ze daar intrapte? Ze had voor haar vader en vier broers moeten zorgen. Ze hadden haar slechter behandeld dan een dienstmeid!
'Wegwezen,' zei ze streng en ze werkte hem de deur uit.
Ze moest nodig naar bed; morgen moest ze vroeg op en indruk zien te maken op Alex Woods. Haar screentest met Johnny Romano... Maar misschien was het maar goed dat Rodriguez er was, want vrijen deed wonderen voor haar huid, beter dan welke make-up dan ook.
Toen Emilio weg was, pakte ze Rodriguez bij de hand en nam hem mee naar haar slaapkamer. 'Ik moet er morgen stralend en ontspannen uitzien,' zei ze. 'Ik zou het heerlijk vinden als je lang en ontspannen met me vrijde en daarna naar huis ging. Zou je dat willen doen?'
'Mijn prinsesje,' zei hij, en zijn donkere ogen keken haar zwoel aan. 'Daarvoor ben je bij mij precies aan het juiste adres.'

33

'Nog wat champagne?' vroeg Michel.
'Graag,' zei Brigette. Ze hield haar glas bij.
Ze waren nu alleen in zijn appartement. Alle gasten waren vertrokken, ook de nijdige Robertson. Brigette had gehoord dat ze bij de voordeur in een verhitte discussie verwikkeld waren.
'Ik word kotsmisselijk van je,' had Robertson op lage, woedende fluistertoon gezegd. 'Je bent een vieze geile oude bok.'
'Zeg geen domme dingen waar je later spijt van krijgt,' had Michel kalm gezegd.
'Het enige waar ik spijt van heb is dat ik ooit bij je ben ingetrokken.' En toen was Robertson weggegaan en had de deur keihard achter zich dichtgetrokken.
Brigette wist dat ze zich op het terrein van een andere vrouw had begeven, maar ze kon er niets aan doen. Ze vond Michel nu eenmaal ongelooflijk aantrekkelijk, ook al was hij dan oud genoeg om haar vader te kunnen zijn. Ze zat op de bank in de woonkamer en wachtte af wat voor avances een oudere, ervaren man zou maken.
'Een toost op jou, Brigette,' zei Michel. Hij hief zijn glas en stootte het hare aan. 'Laten we het op zijn Frans doen – kijk, sla je arm om de mijne, zo ja.'
Zijn arm gleed even weg en streek langs haar borsten. Ze giechelde.
'Waar moet je om lachen?' vroeg Michel.
'Dat wij hier samen zijn,' zei ze. Ze voelde de invloed van een paar glazen wijn en nu de champagne. 'Een paar weken geleden kon ik niet eens een afspraak met je maken. Nu ben je mijn agent en zit ik bij je thuis.'
'Ik zal je vertellen wat ik zo leuk vind aan je, Brigette,' zei Michel, die met zijn vinger over haar wang streek. 'Je onschuld, die is zo verfrissend.'
Ze vertelde hem niet dat haar moeder een rijke erfgename was geweest en dat Lennie Golden haar stiefvader was geweest. Ze zei niets over haar jeugd die uit een en al rijkdom en luxe had bestaan, en evenmin dat ook zij een schatrijke erfgename was die vele miljoenen zou krijgen als ze eenentwintig werd.
Ze zou hem zeker niets vertellen over Tim Wealth of Santino Bonnatti. Dat waren haar geheimen en die zou ze aan niemand onthullen.
'Onschuldig ben ik niet,' zei ze. 'Ik heb al het een en ander meegemaakt.'
'Ach, mijn kind, je weet nog niets van het leven. Je hebt geen idee wat je allemaal zal overkomen als je beroemd bent en je gezicht overal te zien is.'
Bingo! De man van haar dromen die haar in bescherming wilde nemen...
'Ben je nog maagd, Brigette?' vroeg hij op een vaderlijk bezorgde manier.
Ze voelde aan dat hij ja wilde horen. Niet dat het hem iets aanging, trouwens, maar goed.
'Min of meer...' loog ze. Tim had haar ontmaagd toen ze vijftien was. Als ze Michel beter kende, zou ze het hem wel een keer vertellen.

'Je bent zo lieftallig en onschuldig,' zei Michel. 'Nog onberoerd door de minder prettige kanten van dit vak.'
'Wat zijn die dan?' vroeg ze nieuwsgierig.
'Veel fotomodellen gebruiken drugs. Uppers, downers, coke, zelfs heroïne.'
Nou, dat was bepaald geen geheim. Ze wist genoeg van drugs; dat had ze wel van haar coke snuivende verloofde geleerd. Maar ze had zich er nooit aan bezondigd; zo stom was ze niet. Haar moeder was er aan doodgegaan.
'Gebruikt Robertson drugs? Is ze daarom zo mager?'
'Veel te mager,' zei Michel, zonder haar antwoord te geven.
'Ik zou het niet erg vinden als ik wat slanker was.'
'Nee!' zei hij heftig. 'Je bent als een perzik die optimaal rijp is, zodat de juiste man je nectar kan drinken.'
Ze huiverde toen hij zijn arm om haar schouders legde en zijn lange, sensuele vingers haar huid streelden.
Hij was traag, te traag naar haar smaak, want ze voelde een plotselinge opwelling van verlangen. Het was anderhalf jaar geleden dat ze haar verloving had verbroken. Anderhalf jaar geleden dat er zelfs maar een man bij haar in de buurt was geweest. Ze wilde dolgraag dat hij haar borsten zou liefkozen. Ze leunde achterover tegen de leuning van de bank en voelde zich licht in het hoofd. Michel kuste haar hals.
'Dat is lekker,' fluisterde ze verlangend en ze rook zijn sterke eau de toilette en een lichte knoflookgeur.
Onverwacht knipte hij de schemerlamp uit die achter haar stond. Zonder enige waarschuwing dook hij bovenop haar en begon haar rokje omhoog te sjorren.
'Nee!' zei ze geschrokken terwijl ze overeind ging zitten. Hij was een Fransman – alle Fransen waren toch vreselijk ervaren minnaars? Zeker een oudere Fransman zoals hij? Michel gedroeg zich niet anders dan de gemiddelde man. Vijf minuten romantisch doen en dan hop erbovenop! Ze had heus niet anderhalf jaar gewacht om te worden afgescheept met een vluggertje op de bank...
'Is er iets?' vroeg hij, en zijn lichtblauwe ogen stonden heel wat minder vriendelijk.
'Ik wil niet dat je dit doet,' zei ze en ze ging een stukje van hem af zitten.
Hij stond op en kwam voor haar staan. Ze kon zijn erectie niet over het hoofd zien; zijn kruis was op ooghoogte.
'Ga ik te snel voor je?' vroeg hij op zakelijke toon, alsof er een vaste procedure moest worden afgewerkt.
'Ja,' zei ze, haar ogen afwendend.
'Dan spijt me dat,' zei hij. Hij pakte de champagnefles en schonk haar glas nog eens vol.
Ze wachtte geduldig af. Ze had het prettig gevonden dat hij haar hals kuste, daar mocht hij best mee verder gaan.
Hij wreef over zijn erectie toen hij naast haar ging zitten. 'Drink nog maar wat,' zei hij.

'Nee, dank je.' Ze bedacht dat ze misschien beter naar huis kon gaan.
'Ben je bang voor me?' vroeg hij met half verstikte stem.
'Nee, waarom zou ik?'
'Seks... volwassen worden... het onbekende... Allemaal beangstigende dingen. Ik kan je heel veel leren...'
Er ging een waarschuwingslampje bij haar branden. Michel was niet de man die ze gedacht had. Het was nu echt tijd voor een razendsnelle aftocht.
'Ik denk dat ik maar eens ga,' zei ze, en ze probeerde haar stem beheerst te laten klinken.
Ze ging staan. Met een snel, onverwacht gebaar pakte hij haar beide polsen beet, klemde ze in één hand en hield ze boven haar hoofd. Hij drukte haar op de bank en liet zijn volle gewicht bovenop haar vallen.
'Ben je nou helemaal gek?' schreeuwde ze en ze probeerde hem van zich af te duwen.
Tussen de kussens van de bank vandaan pakte hij een zijden sjaaltje waarmee hij snel haar polsen samenbond.
'Niet doen!' riep ze nu echt geschrokken.
'De inwijding kan zwaar zijn, maar later, als je beseft hoeveel genot je kunt beleven aan de dingen die ik je zal leren, zul je me dankbaar zijn,' zei hij.
O god! Een tweede Santino Bonnatti, een seksfreak! Kalm blijven, niet in paniek raken!
'Ga van me af!' zei ze hijgend. 'Als je me nu laat gaan, zal ik er mijn mond over houden.'
'Brigette,' zei hij plagend, 'je wilt toch zeker wel iets van me leren?'
'Hou op, Michel, ik waarschuw je!'
'Ach, wat aandoenlijk, *ma chérie*.' Met nog een snelle beweging trok hij haar jurk omlaag. Hijgend bekeek hij haar naakte borsten. 'Ah, net zo mooi als ik me had voorgesteld.'
Toen pakte hij haar op alsof ze niets woog en droeg haar naar de slaapkamer waar hij haar midden op het grote hemelbed liet vallen. Voor ze overeind kon komen, pakte hij met zijn sterke handen haar slipje vast en trok het uit.
Ze probeerde hem te schoppen, maar hij was te snel voor haar. Hij greep haar linkerenkel beet en bond die aan het bed vast. En daarna haar rechterenkel. Ze begon te schreeuwen.
'Dit is een penthouse, *ma petite coquette*. Het personeel is weg, er is niemand die je kan horen,' zei hij kalm.
Haar jurk zat nog om haar middel, maar verder was ze naakt en kwetsbaar. O god, hij zou haar verkrachten en ze was volkomen hulpeloos! De tranen sprongen in haar ogen en rolden langzaam over haar wangen.
'Huil maar niet,' zei hij. 'Ik beloof je plechtig dat ik je geen haar zal krenken.'
'Waarom doe je dit?' snikte ze.
'Het is beter zo,' zei hij. 'Je ziet er zo lief uit en je roze, natte kutje smeekt om aandacht.'

'Laat me gaan,' smeekte ze. 'Toe, nu is er nog niets gebeurd.'
Hij liep naar de deur en trok hem open. Robertson kwam de kamer binnen, slechts gekleed in een korte Romeinse toga.
'Goddank!' zei Brigette opgelucht, die dacht dat haar redding nabij was.
'En nu zul je leren wat echt genot is,' zei Michel. Hij schoof een stoel naast het bed zodat hij goed kon toekijken.

34

Vroeg in de ochtend kwam Boogie binnen. Lucky had op hem zitten wachten. 'We hebben het een en ander te bespreken, nu meteen,' zei ze. Ze ging hem voor naar haar werkkamer.
De kleine Maria kwam de keuken uitrennen en wilde met hen mee. 'Mamma, mag ik mee? Mag ik mee?' vroeg ze.
'Nee, lieverd,' zei Lucky vastberaden. 'Jij blijft bij CeeCee. Mamma moet zaken doen.' Ze riep CeeCee, die haar jengelende dochtertje afvoerde naar de keuken. 'Straks gaan we naar grootvader,' riep Lucky haar nog na, 'maar alleen als je zoet bent en je bord leeg eet.'
'Maria lijkt op mij,' zei Lucky, met haar hand door haar krullen strijkend. 'Als ze iets wil, wil ze het meteen. Heb je een leuke vakantie gehad, Boogie?'
Hij knikte. 'Het grote nieuws is dat Panther is overgenomen terwijl jij weg was.'
Boogie liet een lange fluittoon horen.
'Ja, het was voor mij ook een hele schok.' Ze stak een sigaret op en inhaleerde diep. 'Ik wil een volledig dossier over de vrouw die me dit geflikt heeft – familie, waar ze vandaan komt, informatie over andere bedrijven waar ze bij betrokken is, zakenpartners, alles. Als je er andere mensen voor moet inschakelen, prima, als het maar vertrouwelijk behandeld wordt. En liefst zo snel mogelijk.'
'Oké,' zei Boogie. Zijn lange, magere gezicht vertoonde een waakzame uitdrukking.
'Ik wil dat Morton Sharkey geschaduwd wordt. Daar broeit iets, maar ik weet niet wat. Ik wil ook informatie over zijn vrouw en kinderen, misschien dat zijn gedrag iets met hen te maken heeft.'
'Komt voor elkaar,' zei Boogie.
'Dan is er nog een mevrouw Smorg, en van haar heb ik alleen het adres van haar advocaat in Pasadena. Zoek uit wie ze is en waar ze woont. Zoek verder alles uit over Conquest Investments, een bedrijf dat op de Bahama's is gevestigd.'
'Zorg ik ook voor.'

Ze liep naar de kleine huisbar en overwoog of ze een whisky zou nemen. Het was nog te vroeg en bovendien had ze nog een kater van de vorige dag.
'Dat is het wel, geloof ik.'
'Gaat het wel goed met je?' vroeg Boogie bezorgd.
Ze haalde haar schouders op. 'Weet je, ik voel me volkomen hulpeloos tot ik een goed beeld heb van wat er gebeurd is.'
'Ik zal mijn best doen. Maar een deel van de informatie zal er op zijn vroegst pas begin volgende week zijn.'
'Dat begrijp ik. Ik ga het weekend met de kinderen naar Gino.' Ze gaf hem kopieën van alle benodigde papieren. 'Zodra je iets weet, kun je me daar bereiken.'
Toen Boogie weg was, ging ze snel terug naar de keuken. Maria zat met een tevreden gezicht haar cornflakes te eten, haar grote ogen waren gericht op een Bugs Bunny-filmpje op de televisie. 'Dag, mamma,' zei ze met een engelachtige lach.
'Wie was dat jengelende meisje dat ik net in de hal zag?' vroeg ze streng.
'Ikke niet, mamma,' zei Maria met een onschuldige blik.
'Hm, ik geloof toch echt dat jij het was,' zei Lucky. Ze kietelde haar dochter op haar buik.
Maria kronkelde van plezier.
'Volgens mij was jij dat meisje met de grote ogen en de grote mond,' plaagde Lucky.
'Ik wil naar pappa,' zei Maria ineens, omdat ze niet wist of Lucky kwaad op haar was of niet. 'Waar is pappa toch?'
'Pappa kan nu niet hier zijn, lieverd,' zei Lucky zacht. Hoe vertel je een tweejarige dat haar vader dood is en dat ze hem nooit meer zal zien? 'Hij is een film aan het maken.'
'Ik wil naar pappa,' herhaalde Maria. Haar kleine gezichtje betrok en er rolden een paar tranen over haar dikke wangen.
Lucky tilde haar op en drukte haar dicht tegen zich aan. 'Weet je wat? Straks gaan we naar opa Gino in Palm Springs.'
Maria sloeg haar armpjes om haar moeder heen. Ze slikte haar tranen weg.
'Mamma lief,' zei ze. 'Naar opa toe.'
Lucky gaf haar een stevige kus. 'Ik houd van je, lieverd.'

In het vliegtuig naar L.A. zat Alex onderuitgezakt in zijn stoel; hij was aan het bijkomen van een enorme kater. Hij was het niet van plan geweest, maar hij was de vorige avond op stap geweest met Russell, die daar overigens helemaal niet veel zin in had gehad en veel liever naar zijn hotelkamer was gegaan om zijn vrouw te bellen, dan met Alex alle nachtclubs af te gaan.
Maar ze hadden ze allemaal bezocht, en na elke tent had Alex zich wanhopiger gevoeld. Die meiden die hun borsten tegen je gezicht drukten, op schoot kwamen zitten alsof je de knapste man ter wereld was, vreselijk! Het enige wat ze wilden was geld, veel geld. Seks kreeg iets volkomen zielloos als het

op zo'n commerciële manier werd gebracht. En vooral toen ze doorkregen dat hij Alex Woods was, de beroemde filmregisseur, hadden de meiden zich op hem gestort als gieren op een vers stuk vlees. Iedereen wilde met een beroemdheid naar bed.

Hij was nijdig over Lucky's reactie op zijn telefoontje: ze had niet gereageerd zoals hij verwacht had. Dat was jammer, vooral voor haar, want er waren zat vrouwen die er alles voor over zouden hebben om tien minuten met hem door te brengen. Tin Lee zou alles doen wat hij haar vroeg, en zo kon hij nog heel wat vrouwen bedenken.

Eigenlijk wilde hij languit liggen en slapen om van zijn kater af te komen. Maar hij moest in L.A. slag leveren met de indrukwekkende ego's van Johnny Romano en Venus, want het zou bepaald geen Disneyland worden als die twee bij elkaar waren.

Toen hij op kantoor kwam, trof hij een stapel boodschappen aan die moesten worden afgehandeld. Lili kon heel wat werk verzetten, maar sommige dingen vereisten zijn persoonlijke aandacht.

'Johnny Romano wil een gesprek over het script,' liet Lili weten. 'Hij wil ook per se dat Armani zijn kleding ontwerpt, hoewel de afdeling kleding hem al heeft uitgelegd dat er in de jaren dertig nog geen sprake was van Armani.'

Toen Freddie hem Johnny Romano had aanbevolen, wist hij dat de superster problemen zou opleveren, maar hij was toch met hem in zee gegaan, omdat Johnny geknipt voor de rol was. Gelukkig had hij voor de andere hoofdrol een onbekende acteur genomen.

'O, dat regel ik wel,' zei hij kortaf. 'Hij komt vandaag toch wel voor de screentest met Venus?'

'Ik moest je zeggen dat hij het alleen doet om jou een plezier te doen.'

Alex grinnikte. 'Die sterren met hun ego... Ga je straks met me mee naar de set, Lili?' vroeg hij. Hij had behoefte aan gezelschap van een vrouw die hem goed gezind was.

'Als je dat graag wilt,' zei Lili. Ze vond het wel prettig als Alex behoefte aan haar had.

'Wat zou ik zonder jou moeten, Lili?' verzuchtte hij en hij wierp haar zijn allercharmantste glimlach toe, zich er heel goed van bewust dat ze altijd een van zijn trouwste fans zou zijn.

'Je zou je wel redden,' zei ze monter, volledig van het tegendeel doordrongen. Hij zou helemaal nergens zijn zonder haar organisatorische vaardigheden. Alex was niet makkelijk om voor te werken, maar ze slaagde er goed in hem tevreden te houden. Ze voorzag in al zijn behoeften, behalve die op het seksuele vlak. Lili was blij dat dat deel van hun relatie een gepasseerd station was: hij was een egoïstische minnaar geweest. Dat had ze niet erg gevonden, want ze wist dat hij niet in staat was om te geven. Zijn dominante moeder had heel wat schade aangericht.

'Goed, zullen we dan gaan?' zei Alex. 'Maar geef me eerst even een aspirientje, ik voel me beroerd.'

Leslie Kane las elke dag de filmbladen. Ze vond het belangrijk om precies te weten wat zich in de stad afspeelde; dat gaf haar een voorsprong op anderen. Vandaag las ze dat Lucky weg was bij Panther Studio's. Boeiend. Vervolgens las ze dat Mickey Stolli weer was aangesteld als hoofd van de studio. Heel boeiend, want Mickeys vrouw Abigaile had haar ontdekt en Mickey had haar een eerste kans geboden. Daarna las ze dat Venus kans maakte op de rol van Lola in *Gangsters*, de belangrijke nieuwe film van Alex Woods. Ze belde meteen haar agent op.

'Waarom kom ik niet in aanmerking voor die rol?' vroeg ze.

'Omdat het maar een bijrol is,' was het antwoord.

'Dat kan me niet schelen. Het is wel een bijrol in een film van Alex Woods. Ik wil het script lezen.'

'Ik zal vandaag nog met Alex praten.'

'Ja, doe dat. En, Quinne, wil je me in de toekomst alles voorleggen? Dan kan ik zelf de beslissingen nemen.'

Wie dacht hij dat hij voor zich had? Nog steeds het onschuldige meisje dat in een schoonheidssalon was ontdekt? Nee, die tijd lag achter haar. Ze was Leslie Kane, de lieveling van het Amerikaanse publiek, en daarom wilde ze met voldoende respect behandeld worden.

Ze besloot dat ze het zonder kruiwagen zou proberen; ze zou Mickey en Abigaile niet inschakelen. Dat kon altijd nog; Leslie wist dat ze de rol zo kon krijgen als ze een beetje druk uitoefende.

Soms vroeg Leslie zich af wat Abigaile zou zeggen als ze iets over haar roemruchte verleden aan de weet zou komen. Mickey kon zich haar niet herinneren, ook al had hij in haar tijd als callgirl wel eens een vrijgezellenfeest bijgewoond van een belangrijke producent. Hij en zijn vrienden hadden zich allemaal even weerzinwekkend gedragen: ze waren er alleen op uit geweest de meisjes te vernederen en zich te laten pijpen. Stelletje smeerlappen.

Goddank had ze de moed gehad eruit te stappen toen ze Eddie had ontmoet. Zo had hij tenminste nog iets voor haar gedaan.

Jeff Stoner kwam de slaapkamer binnen met een handdoek om zijn middel. Zijn haar was nat en hij zag er heel tevreden uit. Dat mocht ook wel; hij woonde samen met een van de meest succesvolle actrices van Hollywood.

'Gaan we vandaag de nieuwe Mercedes bekijken?' vroeg hij.

Ze had hem verteld dat ze een andere auto wilde kopen en ze wist dat Jeff dacht dat hij er vaker in zou rijden als hij hielp met het uitkiezen ervan.

'Misschien wel,' zei ze, hem in onzekerheid latend.

Jeff was een leuke vent, maar tegen Cooper kon niemand op.

Ze was nu al twee maanden aan het bedenken hoe ze Cooper kon terugkrijgen. Hij had zich min of meer opgesloten in zijn vroegere appartement en weigerde haar telefoontjes te beantwoorden. En wat had ze hem gedaan? Niets, ze had alleen van hem gehouden. Hij gaf haar de schuld van zijn scheiding en dat zinde haar helemaal niet.

Ze had van hem gehouden, maar nu begon ze een hekel aan hem te krijgen. Maar wat kon ze doen?

Johnny Romano zag er echt uit als een filmster, met zijn volle, sensuele lippen, zijn gladde glimlach en zijn diepgelegen, seksueel uitnodigende ogen. Hij was een Latino, een meter tachtig lang en smal gebouwd, hoewel zijn bovenlichaam door training flink gespierd was geworden.
Vrouwen konden niet genoeg van hem krijgen. Johnny Romano kon niet genoeg van vrouwen krijgen. Hij was aan ze verslaafd. Het veroveren van een vrouw was alles voor hem. Johnny was seksueel onverzadigbaar: het was niet ongebruikelijk dat hij met een of twee vrouwen per dag naar bed ging. Hij was zich goed bewust van de gevaren van aids en gebruikte ter bescherming altijd twee condooms. Verder was hij ervan overtuigd dat hij de ziekte nooit zou krijgen. Hij was verdomme een superster, en nog wel een heteroseksuele superster. De condooms waren meer een gebaar, een gebaar naar de goede God, want Johnny was een goede katholieke jongen.
Anderhalf jaar geleden had hij willen trouwen met Warner Franklin, een zwarte politieagente. Het ondankbare kreng had hem laten zitten en was ervandoor gegaan met een ruim twee meter lange Amerikaanse basketbalspeler. Johnny had het haar nooit vergeven. Sinds die affaire met Warner vertrouwde hij geen enkele vrouw meer.
Hij vond het leuk om een screentest met Venus Maria te doen; hij was altijd weg van haar geweest, ook al had ze in het verleden nooit met hem willen uitgaan. Nu ze een rol in *Gangsters* wilde, kon hij nog eens een poging wagen.
Hij liep met zelfverzekerde passen de set op; zijn gevolg beschermend om hem heen, klaar om in actie te komen als een gewone sterveling het zonder uitnodiging zou wagen de ster te benaderen.
Alex liep hem tegemoet om hem te begroeten. 'Johnny,' zei hij, terwijl ze elkaar een stevige, mannelijke hand gaven. 'Ik waardeer het enorm dat je gekomen bent, en dat zeg ik ook namens Venus.'
'O, het is niets,' zei Johnny grootmoedig. 'Voor jou doe ik alles.'
Ja, als het je uitkomt wel.
'Wat hoorde ik toch een raar verhaal over iemand die had voorgesteld dat Armani jouw kostuums zou moeten ontwerpen? We weten toch allemaal dat Armani er toen nog niet was? Ik weet niet wie dat heeft voorgesteld, maar dat moet wel een stomkop zijn.'
Zelfs de suggestie dat iemand hem dom zou vinden, bezorgde Johnny bijna een hartverzakking. 'Wat een idioot voorstel,' zei hij snel. 'Wie komt er nu met zo'n achterlijke idee aan?'
Alex zei: 'Ik weet in elk geval dat jij het niet geweest zult zijn.'
'Nee, natuurlijk niet.'
'Je hele garderobe wordt speciaal op het personage afgestemd. Je zult de ontwerpen prachtig vinden. Deze rol is je op het lijf geschreven, Johnny. Het wordt fantastisch.'

'Ik weet het,' zei Johnny zonder enige bescheidenheid. 'O ja, Alex, ik wil even met je praten over een paar wijzigingen in het script.'
'Maar natuurlijk,' zei Alex, terwijl hij dacht: *Sodemieter nou gauw op! Je denkt toch niet dat ik één woord in het script ga veranderen omdat jij dat wilt?*
'Waar is Venus?' vroeg Johnny.
'Ze is onderweg.'
'Ik heb Venus een poos niet meer gezien. Het is een leuke meid... alleen jammer dat ze met Cooper is getrouwd terwijl ze mij had kunnen hebben.'
O, Jezus! dacht Alex. Ze is niet met hem naar bed geweest en daar heeft hij de pest over in.
'Goedemorgen, Johnny,' zei Lili, die hem hartelijk een hand gaf.
Johnny wierp haar een lome glimlach toe. 'Hé, dag stuk! Mocht je van kantoor weg?'
'Alleen om jou te zien,' zei Lili ad rem.
Alex glimlachte. Lili wist altijd precies het juiste te zeggen tegen een superster.
Een paar minuten later verscheen Venus op de set, gekleed in een laag uitgesneden, strakke rode jurk, haar haar blonder dan ooit. Ze zag er spectaculair uit. Haar gevolg was iets kleiner dan die van Johnny: kapper, visagist en Anthony, die bij uitzondering met haar mee mocht.
Johnny floot bewonderend toen hij haar zag aankomen. 'Wat zie jij er fantastisch uit!'
'Dag, Johnny,' zei ze achteloos, zich er maar al te goed van bewust dat hij met haar naar bed wilde.
'Weet je?' vroeg hij, terwijl hij haar knellend omarmde, 'jij en ik gaan het helemaal maken. En dat werd tijd, want we zijn geknipt voor elkaar.'
'Zullen we beginnen?' vroeg Alex, die graag van start wilde voor ze elkaar in de haren vlogen.
'Ik ben zover,' zei Venus, die zich losmaakte uit Johnny's omhelzing.
Door toedoen van Emilio was ze in niet zo'n beste stemming: hij had vanochtend al gebeld om te zeggen dat hij meer geld wilde. En toen ze haar huis verliet, had de sukkel van de beveiliging die Emilio had binnengelaten haar een brief overhandigd die in het wachthuisje was achtergelaten toen die idioot even naar het toilet was. En de brief stond weer bol van de vuilspuiterij van een van haar fans. Wat een griezel was dat! Het had haar een erg onbehaaglijk gevoel gegeven.
Anderzijds had Rodriguez met veel raffinement de liefde met haar bedreven. Ze moest toegeven dat het telkens beter ging. Ze zou hem ter beloning een rolletje in haar videoclip geven. Hij was jong en gretig, en het kwam hem toe.
Alex was als een wervelwind op de set. Hij was overal tegelijk, wist wat er zich afspeelde en hield toezicht op alles wat er gebeurde. Niemand kreeg de kans om er met de pet naar te gooien: ze zouden niet durven.
De screentest verliep goed. Johnny was op dreef en Venus zat helemaal in haar rol.
Toen ze klaar waren, zei Alex: 'Jullie hebben allebei goed werk geleverd, be-

dankt.' Hij was onder de indruk van Venus' acteertalent. Als het op het doek ook zo goed overkwam, kon ze de rol krijgen.
'Ja, mijn Venus is een te gekke meid,' zei Johnny en hij gaf haar een klap op haar achterwerk.
Ze gaf hem ook een bemoedigend klopje op zijn kont en kneep hem toen hard, zodat hij het voortaan zou laten.
Johnny schoot in de lach. 'Meisje, jij bent me er eentje!'
Venus bedacht dat het een nachtmerrie zou zijn om met hem te werken: zijn ego was net zo groot als het Empire State Building.
Johnny's gezicht werd ernstig toen hij Alex aansprak: 'Zeg, wanneer kunnen we over het script praten? Ik wil een paar wijzigingen.'
'Weet je, Johnny, laat je aantekeningen maar uittypen, dan zal ik er naar kijken. Nu zit ik midden in de voorbereidingen en heb er geen tijd voor.'
Venus wist dat Alex Johnny in de maling nam. En het verbaasde haar niet dat Johnny te stom was om het door te hebben. Hij was zo druk bezig de grote filmster uit te hangen dat hij geen oog had voor iets anders. Het was jammer dat hij niet wat meer zelfspot had, zoals Charlie Dollar. Hij nam zichzelf als ster veel te serieus.
Toen ze wegliep, wist ze gewoon dat de screentest goed was gegaan.
Anthony was laaiend enthousiast dat hij zo dicht in de buurt van Johnny Romano was geweest. 'Je was fantastisch!' verzekerde hij Venus. 'Ik was diep onder de indruk.'
Ze besloot Anthony ook een beloning te geven. Ze zou Ron weer eens uitnodigen. Die twee hadden alleen maar een duwtje nodig.
Glimlachend liep ze naar haar limousine. Die rol was van haar, dat was wel duidelijk.

35

Brigette werd wakker in haar eigen bed in het appartement dat ze met Nona en Zandino deelde. Ze bleef even stil liggen en staarde naar het plafond. Ze had geen tranen meer over. De vorige avond was nog maar een vage herinnering. Ze wist nog wel dat Michel haar in een taxi had geduwd en had gezegd: 'Wat je ook doet, Brigette, dit is ons geheim. Je hebt er alleen jezelf mee als je rare verhalen gaat rondvertellen. En je zou toch zeker niet willen dat onze privé-opnamen gemeengoed zouden worden, wel?'
Urenlang hadden Michel en Robertson haar tot hun speeltje gedegradeerd. Michel had woord gehouden en haar niet aangeraakt, maar hij had alles bekeken. En Robertson had alles met haar gedaan wat ze kon verzinnen, ondanks de protesten van Brigette.

En ook al was die nachtmerrie nu achter de rug, ze voelde zich nog steeds erg kwetsbaar en vernederd.
Waarom had ze niet naar Nona geluisterd? Hoewel ook Nona natuurlijk niet had geweten dat Michel zo'n perverse man was. Zij had gedacht dat hij alleen een gladde playboy was.
De trieste waarheid was dat Michel er opgewonden van raakte als hij twee vrouwen samen bezig zag, vooral als een van de twee een onvrijwillig slachtoffer was, vastgebonden en hulpeloos.
Toen Santino Bonnatti haar had misbruikt, was er een wapen voorhanden geweest en dat had ze gebruikt zonder daar ook maar één moment spijt van te krijgen.
Maar in dit geval had ze zich niet kunnen verweren. Ze kon het alleen maar hulpeloos over zich heen laten komen.
Toen ze thuiskwam, sliepen Nona en Zandino al. Ze was op haar tenen naar de badkamer gelopen en had heel lang onder de douche gestaan voor ze naar bed was gegaan. Toen had ze uren wakker gelegen voor ze eindelijk in een onrustige slaap was gevallen.
Nu was het ochtend, en ze hoorde Nona en Zandino in de keuken. Ze besefte dat ze beter kon opstaan. Houd je hoofd koel, hield ze zichzelf voor. Vertel ze niet wat er gebeurd is. Anders loopt alles in het honderd.
Ze stapte uit bed. Toen ze haar ochtendjas pakte, zag ze de blauwe plekken op haar polsen. Toen ze omlaag keek, schrok ze van de andere blauwe plekken op haar enkels en aan de binnenkant van haar dijen. Ze trok de ochtendjas dicht om zich heen en knoopte de ceintuur stevig dicht.
'Hoe is het jou gisteravond vergaan?' vroeg Nona, toen ze Brigette de keuken zag binnenkomen.
Zou Nona iets vermoeden? Nee, dit was gewoon haar manier om haar uit te horen.
'Och, niets bijzonders,' zei ze ontwijkend. Ze deed de koelkast open en pakte de melk.
Nona was vast van plan alles aan de weet te komen. 'Wat een onzin. Vertel nou! Heeft hij je verleid? Is hij een fantastische minnaar?'
'Nee, niets van dat alles,' zei Brigette. 'Hij heeft zich gedragen als een heer.'
'Michel, een heer?' gniffelde Nona, die er geen woord van geloofde. 'Dat heb ik nog niet eerder gehoord.'
Brigette schonk een kop koffie in. Hoewel ze naar buiten toe een kalme indruk maakte, beefde ze van binnen.
Ze ging aan tafel zitten en pakte de krant. Zan keek haar stralend aan. Hij was altijd even goedgehumeurd.
'Oké, je hebt geen zin om te praten,' zei Nona een beetje teleurgesteld. 'Ga je mee, Zan, we zouden naar mijn ouders gaan.' Ze wendde zich tot Brigette. 'Vergeet niet om vandaag naar Antonio's studio te gaan om kennis te maken met de kapper, de make-upmensen en de stiliste. Dat is afgesproken.'
Brigette knikte. 'Oké.'

'Hier heb je het adres,' zei Nona en ze gaf haar een papiertje. 'Spreken we daar af?'
'Ik red me wel alleen.'
'We gaan vanavond naar de nieuwe film met Al Pacino. Zin om mee te gaan?'
'Nee, niet echt.'
'Heb je een afspraak met Michel?' zei Nona afkeurend.
'Nee, ik wil gewoon vroeg naar bed. Ik heb morgen opnamen.' Ze hoopte van harte dat Nona nu zou gaan.
'Heel verstandig,' zei Nona opgewekt. Ze pakte Zan bij de hand. 'Mijn ouders geven vrijdag trouwens weer een feest. Houd je die avond vrij?'
Toen Nona en Zan weg waren, pakte ze de telefoon en belde Isaac, het fotomodel van de Rock'n'Roll Jeans opnamen.
Hij klonk erg slaperig. Jammer voor hem. 'Met Brigette Brown, weet je nog wie ik ben? Van de foto's voor Rock'n'Roll Jeans.'
'Ja, natuurlijk,' zei hij, iets wakkerder. 'Sorry, ik heb nogal een zware avond gehad gisteren.'
'Ik wil je een gunst vragen,' zei ze, met de deur in huis vallend.
'Wat dan wel?'
'Dat kan ik niet over de telefoon bespreken. Kunnen we niet samen lunchen?'
'Leuk,' zei Isaac. Hij stelde een klein Italiaans restaurant aan Second Avenue voor.
Brigette arriveerde er als eerste en liep ongeduldig heen en weer over het trottoir.
Vijf minuten later kwam Isaac aanrijden op een aftandse Harley. Hij parkeerde hem op de weg en omhelsde haar alsof ze al jaren goed bevriend waren. Hij zag eruit als een rapzanger, met zijn pijpenkrullen en zijn wijdvallende kleding. 'Ik had jou ook willen bellen,' zei hij. 'Je bent me te snel afgeweest.'
'Daar ben ik goed in,' zei ze, een glimlach op haar gezicht toverend.
Bij de ingang werd Isaac begroet door een knappe zwarte vrouw. 'Hoe staat het leven, Isaac?'
'Uitstekend, Sadie,' antwoordde hij.
Sadie negeerde Brigette. Ze bracht hen naar een tafeltje bij het raam en gaf Isaac een menukaart.
'Ze heeft een oogje op me,' vertrouwde Isaac Brigette toe nadat Sadie weg was. 'Het is een beetje vervelend, want ze is getrouwd met de eigenaar, en ik heb geen zin om naar een ander restaurant te gaan want ze hebben hier de beste pasta van de hele stad. O, als ik alleen maar denk aan hun spaghetti met oestersaus... Zin om die te proberen?'
Bij de gedachte aan eten draaide haar maag zich om. Toch wierp ze een blik op de menukaart. 'Misschien een salade.'
Hij keek haar aan. 'Heb je de foto's gezien?'
'Ja, ik vond ze heel goed.'

'Goed, is dat alles? Wat dacht je van fantastisch, te gek, ongelooflijk?'
Ze lachte maar weer wat. Als ze niet lachte, zou ze in snikken uitbarsten. 'Ja, je hebt gelijk.'
'Weet je dat ik heb gehoord dat ze dat enorme billboard op Times Square gaan gebruiken?'
'Ja, dat heb ik ook gehoord.'
Sadie kwam terug om de bestelling op te nemen. 'Hetzelfde als altijd, Isaac?' Hij knipoogde naar haar. 'Ja, graag, en mijn vriendin wil een Caesarsalade.'
Toen Sadie weg was, vroeg hij: 'Wat voor gunst wilde je me vragen?'
Brigette boog zich naar hem toe en keek hem met onschuldige blauwe ogen aan. 'Kun jij een pistool voor me regelen?'
'Wát?' Hij maakte een hulpeloos gebaar met zijn handen. 'Hoe kom je er nou bij dat ik een pistool voor je kan regelen?'
'Je zei laatst dat ik naar jou moest komen als ik iets nodig had.'
'Jezus! En ik dacht nog wel dat je op mijn lieftallige persoonlijkheid kickte.'
'Maar kun je me helpen?' vroeg ze.
Hij streek door zijn haar en keek om zich heen of er niemand meeluisterde.
'Wat wil je met dat pistool?' vroeg hij op fluistertoon.
'Gewoon, om mezelf te kunnen verdedigen.'
'Als je een pistool bij je hebt, moet je het ook kunnen gebruiken.'
'Dat kun jij me toch wel leren?'
Zijn ogen schoten naar een naburig tafeltje waar een man en een vrouw zaten. Toen hij zeker wist dat ze niet luisterden, fluisterde hij: 'Ik zal zien wat ik kan doen.'
Sadie kwam de bestelling brengen en smeet Brigettes salade met een klap op tafel.
Isaac nam een grote hap pasta. 'Heerlijk,' zei hij genietend. 'Hoe is jouw salade?'
Ze nam bijna kokhalzend een hapje salade. 'Prima.'
'Heb je zin om vanavond te gaan dansen? Zullen we een paar bars af gaan? Zin om *soulfood* te eten?'
'Sorry, maar ik ben bezet,' zei ze, in de hoop dat door deze afwijzing haar kans op een pistool niet verkeken was.
Na de lunch nam ze een taxi naar de studio van Antonio, de beroemde Italiaanse fotograaf.
Een zakelijk geklede jongeman bracht haar naar een zijvertrek en zei op respectvolle toon: 'Sst, we mogen Antonio niet storen; hij is opnamen aan het maken. Ik zal iedereen zeggen dat je er bent.'
Ze ging voor een grote make-upspiegel zitten die omgeven was door lampen en keek naar haar spiegelbeeld. Ze zag er niet anders uit. Ze zag er in elk geval niet zo vernederd en bezoedeld uit als ze zich voelde. Ze zag er gewoon net zo uit als altijd.
Alleen was ze niet meer dezelfde. Ze voelde zich als tweedehands koopwaar. Vernederd door die Franse griezel en zijn smerige vriendin.

Na een paar minuten kwam Antonio's favoriete make-upman, Raoul, binnen. Raoul was een Puertoricaan met een enorme vetkuif en geëpileerde wenkbrauwen. 'Antonio wil een retro-look,' zei hij terwijl hij haar gezicht bestudeerde. 'Ik houd meer van dunne wenkbrauwen. We zullen ze epileren en ze hoog en scherp tekenen. Daarna geef ik je prachtige jukbeenderen en volle, rode lippen.'
De volgende die binnenkwam was Sami, de kapper. Het was een lange man met een bleke huidskleur en lang, blond haar dat hij in een vlecht droeg. 'Misschien moeten we je haar kortknippen en zwart verven,' zei hij. Hij stond nu naast Raoul en beiden bestudeerden haar spiegelbeeld.
Ze voelde zich net een ding. 'Misschien ook wel niet,' zei ze snel.
'Pardon,' zei Sami, met zijn handen in de zij, niet gewend dat iemand hem tegensprak.
'Ik weiger mijn haar te laten knippen,' zei ze koppig.
'En mag ik ook weten waarom?' zei Sami op een toon van wie-denk-je-wel-dat-je-bent.
'Ik heb een contract met Rock'n'Roll Jeans. En zij willen dat helemaal niet.'
'O,' zei hij beledigd. 'In dat geval zul je een zwarte pruik op moeten.'
'Dit wordt mijn eerste cover en het is belangrijk dat ik mijn eigen image presenteer en niet jouw idee van hoe ik eruit hoor te zien,' zei Brigette tot haar eigen verbazing.
Allebei de mannen keken haar woedend aan. Hoe durfde ze er een eigen mening op na te houden? Modellen hoorden er goed uit te zien, hun mond te houden en naar de deskundigen te luisteren.
'Weet Michel dat je er zo over denkt?' zei Raoul met een gemene ondertoon.
'Michel is mijn agent, niet mijn eigenaar,' snauwde ze.
Raoul en Sami trokken hun wenkbrauwen naar elkaar op en liepen met grote passen de kamer uit, waarschijnlijk om de beroemde Antonio te vertellen wat een lastig kreng ze was.
Vervolgens kwam Parker, de stiliste binnen. Het was een lange vrouw met kort, grijs haar en een verveelde glimlach. 'Ik hoorde net dat je het Tic en Tac moeilijk maakt,' zei ze met een wat hese stem.
'Ik kom voor mijn mening uit,' zei Brigette vermoeid. Ze kon er niet veel meer bij hebben; het zat haar tot hier.
'Je moet ze gewoon negeren,' zei Parker luchtig. 'Het belangrijkste is wat je gaat aantrekken.' Ze kneep haar ogen samen en deed een stapje achteruit. 'Ik zie iets heel moderns voor me. Wat vind je hiervan?' Ze pakte een korte witte jurk van Ungaro uit een rek vol kleding. 'Heel eigentijds. Geen sieraden. Simpele eenvoud.'
'Ik vind hem mooi,' zei Brigette.
'Gelukkig. Ik was al bang dat je mij er ook zou uitgooien.'
'Ik ben er echt niet op uit om lastig te zijn,' legde Brigette uit. 'Ik wil alleen wel een beetje zeggenschap hebben over het image dat ik naar buiten breng.'
'Je hebt groot gelijk,' zei Parker. 'Maar ik moet je waarschuwen. Antonio

houdt er heel uitgesproken ideeën op na, dus laat je niet van de wijs brengen als hij je morgen gaat vertellen hoe híj wil dat je eruit ziet. Hij is nu opnamen aan het maken met Robertson. Wil je even kijken?'
Brigette rilde van afkeer. Ze hoopte Robertson nooit meer te zien. 'Nee, dank je,' zei ze snel. 'Ik heb zo een andere afspraak.'
'Dat zal ik tegen Antonio zeggen. Als hij even pauzeert, komt hij bij je.'
'Moet ik op hem wachten?'
'Als je wilt dat Antonio morgen opnamen voor de cover maakt wel. Hij is erg temperamentvol.'
'Ik ook,' mompelde Brigette.
'Wat zeg je?' vroeg Parker die haar oren niet kon geloven.
'Niets.'
Vijf minuten later kwam Antonio binnen, met Raoul en Sami in zijn kielzog. Het was een korte, flamboyante Italiaan, wiens grote specialiteit het was om beroemdheden te fotograferen. Brigette herinnerde zich dat ze op haar tiende met haar moeder was meegegaan naar zijn studio. Hij had hen toen allebei gefotografeerd voor een moeder-dochterreportage voor *Harper's Bazaar*. Hij had al zijn aandacht aan Olympia besteed en had haar volkomen genegeerd. Ze was niet van plan hem eraan te herinneren.
'Heb je ergens problemen mee?' vroeg hij met een flink Italiaans accent.
Zijn donkere kraalogen namen haar doordringend op.
Ze keek even indringend terug. 'Alleen als jij het een probleem vindt dat ik voor de eerste cover op mezelf wil lijken.'
Antonio maakte een ongeïnteresseerd gebaar. Daar zat hij niet mee. En dit meisje was een natuurlijke schoonheid. 'Geen probleem,' zei hij. Raoul en Sami verbleekten. 'Morgenochtend om tien uur. Stipt!'
'Hij mag je wel,' zei Parker, toen hij weg was.
'Dat kan me geen bal schelen,' zei Brigette. En dat was waar: na de vorige nacht lagen al haar dromen aan diggelen. Ze was het zat om een hulpeloos slachtoffer te zijn. Van nu af aan, besefte ze, moest ze zich even hard en gevoelloos opstellen als al die andere mensen om zich heen. Weg met dat lieve image. Ze moest haar gevoel voor eigenwaarde terug zien te krijgen. En als het niet goedschiks ging, dan maar kwaadschiks.

36

Het was een goed idee geweest om naar Palm Springs uit te wijken. Gino was dol op zijn kleinkinderen en bracht elk vrij moment met ze door, terwijl zijn vrouw Paige met een toegeeflijke glimlach toekeek. Paige was in de vijftig, maar was nog steeds een aantrekkelijke, sexy vrouw.

Op zondag zaten Lucky en zij buiten bij het zwembad te kijken hoe Gino met de kleine Maria stoeide in het ondiepe water, terwijl baby Gino op een deken onder een gestreepte parasol lag te kraaien.
'Je moet vaker komen met de kinderen, Lucky,' zei Paige, die een piña colada dronk. 'Gino vindt het heerlijk om tijd met ze door te brengen.'
Lucky bekeek de wereld door de donkere glazen van haar Porsche-zonnebril. 'Je hebt gelijk. Ik zal vaker komen.'
'Dat zal hij zo heerlijk vinden.'
Lucky pakte haar Diet Coke. 'Weet je, Paige, het is zo leuk om Gino en jou samen te zien. Je past echt zo goed bij hem. En je weet hem in de hand te houden, en dat is geen kleinigheid.'
Paige lachte zachtjes. 'Gino is mijn grote liefde,' zei ze alleen. 'Ik kan me niet voorstellen waarom ik er zo lang over heb gedaan een besluit te nemen.'
'Nou ja, je was natuurlijk nog getrouwd,' zei Lucky nuchter.
'Ja, dat was niet eenvoudig. Maar je vader kan erg overtuigend zijn.'
'Dat meen je niet...' zei Lucky plagerig.
'Ik wou dat ik hem gekend had toen hij nog jong was,' zei Paige. 'Of misschien ook niet. Ik zou het vast niet hebben kunnen navertellen.'
Lucky beaamde dat. 'Hij zei laatst nog dat ik zijn leven zou moeten verfilmen. Ik heb geantwoord dat er niet één filmkeuring bestond die hem zou doorlaten.'
Ze schoten allebei in de lach.
Gino kwam aanlopen, hand in hand met de kleine Maria. 'Deze dame en ik gaan winkelen,' kondigde hij aan.
'Winkelen? Het is bloedheet!' zei Paige, die haar koperkleurige haar onder een grote zonnehoed had verstopt. 'Waarom wacht je niet tot het wat koeler is?'
Gino legde zijn hand op haar dij, een gebaar dat Lucky niet ontging. Gino, de Ram! Misschien ging hij gewoon door tot hij negentig was. Wat een man!
'Wij gaan samen een puppy kopen,' zei Gino terwijl hij Lucky een verwijtende blik toewierp. 'Dat schijn jij beloofd te hebben!'
'Helemaal vergeten,' zei Lucky, die zich ineens heel schuldig voelde.
'Ikke hondje kopen, mamma,' zei Maria.
'Zal ik meegaan?' bood Lucky aan.
'Nee, kind, blijf jij maar hier bij Paige, dan kunnen jullie over vrouwenzaken praten. Maria en ik hebben ook nog heel wat te bespreken.'
Maria giechelde onbedaarlijk.
'Oké, liefje. Vraag maar of CeeCee je je korte broek en een T-shirt aantrekt, dan mag je met je grootvader mee.'
'Een hondje!' kraaide Maria. 'Wij gaan een hondje kopen!'
Lucky keek Maria na toen ze wegliep. Ze deed enorm haar best zich te ontspannen en de zaken helder op een rij te krijgen. Ze was vastbesloten van een paar dagen ontspanning te genieten voor de veldslag zou losbarsten. Ze was immers niet van plan haar studio zonder slag of stoot prijs te geven.

Voor ze uit L.A. was vertrokken had ze Morton Sharkey thuis en op kantoor proberen te bereiken. Zijn privé-nummer had hij veranderd, en een gegeneerde secretaresse vertelde haar dat meneer Sharkey niet bereikbaar was. Ja, dat kon ze zich wel voorstellen. Morton Sharkey gedroeg zich als een heel stout jongetje. En stoute jongetjes worden altijd flink gestraft.

Toen Maria aangekleed was, liep Lucky met Gino en haar mee naar de auto.

'Zul je geen grote hond kopen,' waarschuwde ze Gino toen hij Maria in zijn blauwe stationwagen tilde en haar in het autozitje zette. 'Ik moet er niet aan denken dat er zo'n groot monster door mijn huis banjert.'

Gino hield zijn hoofd schuin en keek haar aan. 'Hoezo? Vertrouw je me niet?'

Ze lachte en omhelsde hem. 'Natuurlijk wel,' zei ze en ze voelde zich sentimenteel worden.

'Laat het dan maar aan ons over; we hebben heus wel goede smaak.'

Toen ze terugkwam bij het zwembad, vroeg Paige of ze zin had naar de golfclub te gaan om te lunchen. Dat aanbod sloeg ze af. Ze was dol op Paige en genoot van haar gezelschap, maar in een golfclub zitten lunchen met de andere dames was niet haar idee van een leuke activiteit.

Bovendien had ze veel te veel aan haar hoofd.

Niemand kon haar Panther ongestraft afpakken. Niemand.

Venus was met een repetitie bezig. Ze had een wit balletpakje aan, haar haar was opgestoken en haar gezicht vertoonde geen spoortje make-up. Zo zwoegde ze zwetend mee met haar getalenteerde dansgroep. Ze vond het heerlijk om videoclips te maken, de juiste bewegingen te ontdekken, een mini-scenario te creëren. Ze beschouwde haar clips als korte filmpjes van drie minuten. Het was altijd weer een uitdaging met iets nieuws en opwindends te komen.

Deze keer had ze Dorian Loui in de arm genomen, een jonge Chinese choreograaf die Ron haar had aanbevolen. Dorian had een mysterieus, rokerig bartafereel ontworpen, waarin Venus de hele rij mannen afwerkte, ze een voor een verleidde en bij elke man een kledingstuk uittrok. Precies de sfeer waar ze van hield. Zondige seks, verleidelijk verpakt. Het geheim van haar briljante carrière.

Ze had woord gehouden en Rodriguez een rolletje in de clip gegeven. Hij was de achtste man, en de laatste. Hij was naar de repetitie gekomen in kleding die deed vermoeden dat hij ging lunchen in de Bistro Gardens. Ze had één blik op hem geworpen en had hem weggestuurd om danskleding aan te trekken. In zijn hemdje en korte broek was hij klaar voor actie. Dorian ook, maar voor een ander soort actie.

'Zet hem maar uit je hoofd,' fluisterde ze tijdens de pauze in Dorians oor. 'Deze is echt ontzettend hetero.'

'Verdomme!' riep Dorian uit. 'En hij heeft nog wel zulke mannelijke dijen!'

Ze had nog niets gehoord over haar screentest. Freddie hoopte maandag iets te horen. Ze wilde hem zeggen dat het wel goed zat, maar hield zich in. Ze wilde niet arrogant overkomen.
Sinds ze Cooper de deur uit had gegooid, leek het met haar carrière alleen maar beter te gaan. Ze was dolblij met de clip van *Sin*: lekker controversieel – precies wat het publiek van haar verwachtte. En als ze de rol in *Gangsters* wist te krijgen, zou dat haar carrière een heel nieuwe dimensie verlenen. Met Alex Woods werken zou een echte doorbraak betekenen; als ze goed genoeg was voor Alex Woods, was ze dat ook voor alle anderen, was de boodschap.
Ze had Ron uitgenodigd voor de lunch. Hij arriveerde vijf minuten na Anthony op de set, die haar de post en telefonische boodschappen kwam brengen.
'Jullie kennen elkaar geloof ik al,' zei ze. Ze sloeg een handdoek om haar hals en liep van de set.
Ron haalde haar in toen ze naar buiten wilde gaan. 'Jij deugt niet,' zei hij berispend. 'Wat probeer je nou te bereiken?'
'Dat weet je best, Ron. Harris Von Stepp is een oude, saaie man die jou veel te kort houdt. Je bent veel te jong om met van die oude ballen om te gaan.'
'Het is wel een man met veel macht,' zei Ron.
Ze bleef staan en keek hem uitdagend aan. 'Je hebt een fantastische carrière opgebouwd. Waarom heb jij nog een man met macht nodig?'
'Hmm...' zei Ron, die geen afdoend antwoord wist.
'Hoor eens, Ron,' vervolgde ze. 'Ik heb een goede les geleerd toen ik Cooper heb laten vallen. Ik had mijn huwelijk in stand kunnen houden en zijn ontrouw kunnen accepteren. Ik heb besloten dat ik mezelf trouw moet blijven. En dat lukt me aardig.'
'Maar mis je Cooper dan niet?'
'Nee,' loog ze. 'Anthony gaat met ons mee voor de lunch. Nodig hem uit daarna iets met je te gaan drinken. Wat heb je toch te verliezen?'
Er was een pizzeria in het winkelcentrum onder de studio. Daar zouden ze gaan eten. Venus had een hoektafeltje gereserveerd en zat er al met Ron, Anthony en Dorian.
'Weet je wie er gisteren bij mijn huis opdook?' zei ze.
'Laat me raden,' zei Ron gevat. 'Pacino? Stallone? De Niro? Zeg het even als ik warm word.'
'Wat dacht je van Emilio?'
'Is hij weer terug?'
'Helaas wel. Het heeft me duizend dollar gekost om van hem af te komen.'
'Dom!'
'Anders had ik hem niet weggekregen. Ik had al gedreigd de politie te bellen, maar dat hielp niet. Ik wist niet wat ik anders moest doen.'
Ron knikte. 'Hij heeft je goed te pakken. Als je hem wegstuurt, stapt hij naar de roddelpers, en als je hem wel in je leven toelaat, kan hij hetzelfde doen.'
'Misschien kan mijn advocaat hem een verklaring laten tekenen waarin hij

zegt dat hij niets aan de pers vertelt als hij een toelage van een paar duizend dollar per maand krijgt. Wat denk jij?' vroeg ze hoopvol.
'Kijk eens wat een stuk daar binnenkomt,' zei Ron ineens vol bewondering.
'Dat, lieverd, is mijn Rodriguez,' zei Venus met een bezitterig lachje.

Lucky werd met een schok wakker. Ze was bij het zwembad in slaap gevallen. Gino en Maria waren nog niet terug, CeeCee had baby Gino naar binnen gebracht om een dutje te doen en Paige was gaan lunchen op de golfclub.
Mijn God! Midden op de dag in slaap vallen, het moest al niet erger worden. De zon was onverdraaglijk heet. Toen ze opstond, voelde ze zich een beetje duizelig. Ze dook het zwembad in een zwom een paar baantjes.
Dit was niet normaal. Haar hele leven viel in duigen en zij was in Palm Springs om een kleurtje op te doen! Als Gino terugkwam, zou ze zeggen dat ze een dringende bespreking in L.A. had en dat ze meteen weg moest. De kinderen konden hier rustig nog een poosje blijven.
Boogie had nog niet gebeld. Het was niets voor hem om lang over een opdracht te doen. Hij kon maar beter zorgen dat hij haar morgen een bende te vertellen had, want ze werd ontzettend rusteloos.
Ze kwam uit het water en liep naar de bar waar ze zich een whisky met ijs inschonk. Te gek! Nu dronk ze al overdag. Erger kon al niet...
Ze pakte haar handtas omdat ze een sigaret wilde. Zonder er bij na te denken ritste ze het vakje open waar ze de foto's bewaarde die ze in Lennies hotelkamer had aangetroffen. Ze haalde ze te voorschijn en bekeek ze.
Waarom kwel je jezelf zo? schreeuwde een stem in haar hoofd. *Verscheur ze toch en gooi ze weg!*
Maar nee, er wás iets met die foto's. Er klopte iets niet helemaal. Ze keek nog eens. Wat was het toch dat haar stoorde? Was het de blonde vrouw? De houding waarin Lennie stond? Hij keek bijna geschrokken naar dat naakte lichaam dat zich tegen hem aan drukte.
Het werd tijd om uit te zoeken wat Lennie precies had uitgevoerd op de dag voor het ongeluk. Ze kreeg het gevoel dat het belangrijk was om te weten.

Alex zat aan een tafeltje op het terras van de Four Seasons, met zijn moeder en Tin Lee. Hij had geen idee hoe dat zo geregeld was. In elk geval buiten zijn medeweten. 'Zondag ga je lunchen met je moeder en Tin Lee,' had Lili tegen hem gezegd.
Als hij Dominique niet kon ontlopen, kon Tin Lee er maar beter bij zijn, dus had hij ermee ingestemd.
Toen hij in het restaurant kwam, zaten de beide vrouwen al aan een tafeltje te kletsen. Voor de verandering maakte zijn moeder een opgewekte indruk. Tin Lee zag er zelfs stralend uit. 'Alex!' zei ze en ze kuste hem op de wang.
'Je ziet er moe uit,' zei Dominique na een kritische blik.
Ja, zo kende hij zijn moeder weer, altijd even complimenteus.

'Ik ben een film aan het voorbereiden,' zei hij. 'Dan heb ik het altijd verschrikkelijk druk. Mijn dag is minstens tien uur te kort.'
'Ik heb de afgelopen dagen een paar keer een boodschap voor je achtergelaten,' zei Dominique, die alleen aan zichzelf dacht.
Luisterde ze dan niet? 'Ik heb het erg druk,' zei hij nog eens. Hij wenkte de ober en bestelde een wodka martini.
'Het is lunchtijd,' zei Dominique betuttelend, haar rode lippen afkeurend samengeknepen.
'En weet je, moeder? Ik ben meerderjarig.'
Tin Lee legde haar hand op zijn arm. 'Alex, het is zo fijn je weer te zien. Ik heb je gemist.'
'Zie je nou wel,' zei Dominique, alsof ze persoonlijk verantwoordelijk was voor haar gevoelens. 'Het arme kind heeft je gemist.'
'Bedankt voor de prachtige rozen,' zei Tin Lee. 'En je aardige kaartje. Jammer dat je in Las Vegas moest overnachten. Als je het me gevraagd had, zou ik naar je toe zijn gekomen om je gezelschap te houden.'
Hij vond het niet bepaald leuk dat zijn moeder en een tijdelijk vriendinnetje kennelijk op zo'n goede voet met elkaar stonden.
'Tin Lee en ik hebben een gesprek gehad,' zei Dominique. 'Wist je, Alex, dat ze uit een heel goede familie in Saigon komt? Haar vader was chirurg.'
'Voor de oorlog,' zei Tin Lee snel. 'Ik was nog een baby toen.'
'Dat doet er niet toe,' zei Dominique, haar met één blik het zwijgen op leggend. 'Het punt is dat je een goede opvoeding hebt gehad.'
Tin Lee knikte. De ober kwam de menukaarten brengen. Alex bestelde eieren, aardappelpannekoekjes en gerookte zalm.
'Veel te vet,' zei Dominique afkeurend. 'Je wordt veel te dik, Alex. Je zou op dieet moeten gaan; je bent nu op een leeftijd dat je hartkwalen krijgt.'
Jezus Christus! Moest hij hier nog lang naar luisteren?
Op de een of andere manier wist hij zich door de lunch heen te slaan. Toen de ober de koffie kwam brengen, stond Tin Lee op. Ze verontschuldigde zich en ging naar het toilet.
Ze was nog niet weg, of zijn moeder brandde los. Hij had de gebruikelijke verwijten verwacht. Maar in plaats daarvan zei ze: 'Alex, ik vind dat je eindelijk een goede keus hebt gemaakt.'
'Pardon?' zei hij, inmiddels van zijn derde martini nippend.
Ze depte haar lippen met het servet. 'Tin Lee is een intelligent meisje uit een goede familie.'
Verstond hij haar wel goed?
'Het wordt tijd dat je gaat trouwen. Dit is een heel geschikt meisje.'
Was ze nu helemaal gek!
'Ik ben helemaal niet van plan om te trouwen,' zei hij, zich bijna verslikkend in zijn drankje.
'Je bent zevenenveertig,' zei Dominique. 'Mensen beginnen over je te speculeren.'

'O, wat zeggen ze dan?' vroeg hij strijdvaardig.
'Laatst zei een vrouw van mijn bridgeclub dat je een homo bent.'
'Ik, een homo? Ben je nou helemaal van de pot gerukt!'
'Wil je het alsjeblieft een beetje fatsoenlijk houden?' vroeg ze hooghartig. 'Ik kan niet tegen grove taal.'
'Hoor eens,' zei hij in een poging kalm te blijven, 'ik ben niet van plan te gaan trouwen, zet dat maar uit je hoofd. Bovendien vond jij toch dat alle Aziatische vrouwen hoeren zijn?'
'Tin Lee is een heel aardig meisje,' herhaalde Dominique. 'Je zou het slechter kunnen treffen.'
'Ik heb een Amerikaanse vrouw ontmoet die ik leuk vind,' mompelde hij. Waarom zei hij dat in vredesnaam? Hoe minder ze over zijn leven wist des te beter.
'Wie dan?' vroeg Dominique gretig.
'Ach, je kent haar toch niet,' antwoordde hij ontwijkend.
'Ik ben dol op Tin Lee. Ze is zo jong en mooi. Ze zou een goede moeder zijn. Ik ben wel aan kleinkinderen toe, Alex. Je laat me al zo lang wachten.'
Het draaide altijd om haar. 'Moeder,' zei hij luid. 'Ik heb slecht nieuws voor je. Tin Lee maakt geen schijn van kans.'
Dominique wierp hem een verpletterende blik toe. 'Het is tijd dat je eens volwassen gaat doen, Alex.'
'Nee!' barstte hij uit. 'Het wordt verdomme tijd dat jij je eens met je eigen zaken bemoeit en mij met rust laat!'
Toen stond hij op en ging weg.

Lucky liep van het zwembad naar binnen toen Inca, de huishoudster, paniekerig met haar armen zwaaiend het huis kwam uitrennen.
'Miss Lucky! Miss Lucky! Er is een dringend telefoontje!'
'Rustig maar, Inca. Wat is er aan de hand?'
'Kom gauw! Kom gauw! De man aan de telefoon zegt dat meneer Gino is neergeschoten!'

37

Sinds die avond in het appartement van Michel had Brigette hem en Robertson weten te vermijden. Dat was niet makkelijk geweest, maar het was haar gelukt.
De fotosessie voor de cover van *Mondo* was goed verlopen. Antonio had zich gedragen; hij was zelfs tamelijk charmant geweest, zoals homoseksuele Italiaanse sterfotografen dat kunnen. Een compliment voor Brigette.

Parker was diep onder de indruk geweest. 'Hij voorspelt je een grote toekomst,' zei ze. 'Anders had hij je er met zijn vlijmscherpe tong van langs gegeven.'
Na de sessie met Antonio was ze een paar dagen bezig geweest met een serie promotiefoto's voor de Rock'n'Roll Jeans-campagne, met Luke. Hij was heerlijk om mee te werken; hoe beter ze hem leerde kennen, des te meer ze zich op haar gemak voelde in zijn aanwezigheid.
Nona kwam er steeds op terug dat Michel een afspraak wilde maken. Ze had geknikt en iets vaags geantwoord, maar ze had Nona geen datum laten vastleggen.
Ze weigerde om naar het feest van Nona's ouders te gaan. In plaats daarvan ging ze een paar dagen bij haar grootmoeder Charlotte logeren in haar appartement op Park Avenue.
Het was geen onverdeeld genoegen geweest. Charlotte leefde alleen maar voor feestjes, lunches en ontvangsten; de rest van haar tijd besteedde ze aan het uitbreiden van haar toch al aanzienlijke garderobe. Niet bepaald Brigettes stijl.
Zonder iemand er iets over te vertellen had ze een makelaar in de arm genomen en had haar eigen appartement gehuurd. 'Ik ga verhuizen,' zei ze de volgende dag bij het ontbijt tegen Nona.
Nona legde de *New York Times* weg. 'Wat ga je?'
'Het bevalt me niet zo goed om met zijn drieën een appartement te delen.'
'Waarom niet?'
'Ik wil meer tijd voor mezelf.'
'Als je daar behoefte aan hebt...' zei Nona wat onzeker, bedenkend dat Brigette was veranderd sinds ze het grote contract voor de spijkerbroeken had gekregen.
Brigette was teleurgesteld dat Isaac haar nog geen pistool had weten te bezorgen. Ze belde hem op. 'En? Komt er nog wat van?' vroeg ze agressief.
'Rustig aan, meisje. Ik doe mijn ...'
'Je kunt er een te pakken krijgen of niet,' zei ze kortaf.
'Misschien heb ik er vanavond een. Zullen we iets afspreken?'
'Goed,' zei ze, tot haar eigen verbazing.
Er was geen enkele reden om alleen in haar appartement te zitten kniezen als ze ook kon uitgaan en een leuke tijd kon hebben. Ze was toch al tweedehands waar. Het maakte niet meer uit wat ze deed.

Santo werd kotsmisselijk van school. Hij verafschuwde er alles – de leerlingen, de docenten, het huiswerk. Hij vond het allemaal maar niks. Hij spijbelde zoveel hij kon en zwierf door Westwood, ging naar de bioscoop en zag alle nieuwe films. Wat had hij nou aan cijfers? Hij had geld zat. Als zijn moeder vandaag of morgen zou doodgaan, zou hij alles erven.
Soms fantaseerde hij over hoe zijn leven eruit zou zien als Donna dood was. Hij zou het grote huis krijgen en de auto's en het geld. Dan kon hij doen wat hij wilde.

Het zou natuurlijk een probleem zijn als George dan nog leefde. Het zou ideaal zijn als ze allebei tegelijk het loodje zouden leggen. Hij zou er helemaal geen bezwaar tegen hebben om ze zelf dood te schieten – ze gewoon met een geweer naar de andere wereld te helpen.

Hij had een pistool, een Luger, dat hij had gekocht van een jongen op school die om geld verlegen zat. Samen met een doosje kogels bewaarde hij die onder zijn matras. Op school kon je van alles en nog wat krijgen: tijdens de middagpauze zag je op het schoolplein drugs, wapens, pornotijdschriften en video's te kust en te keur.

Mohammed, het neefje van een Arabische dictator, was een wandelende apotheek. Hij kon je alles leveren: quaaludes, valium, librium, halcyon, coke, speedballs, weed. Een andere jongen, de zoon van een actiefilmster, deed in wapens: Uzi's, pistolen, half-automatische wapens. Hij kon alles voor je te pakken krijgen.

'Ik wil een geweer,' zei Santo.

'Komt voor elkaar,' zei de jongen. 'Geef me een paar dagen tijd.'

Het zou handig zijn om een geweer te hebben. Misschien zou hij de zielige oude George wel een keer uit de weg ruimen als hij laat thuiskwam van een van zijn zakenreizen.

Jezus, mam, sorry hoor, ik dacht dat het een inbreker was.

Dan zou hij van George af zijn, voorgoed.

In een hoek van het schoolplein was Mohammed zijn drugs aan het verkopen. Santo liep onopvallend naar hem toe en kocht zijn wekelijkse voorraad weed. 'Doe er ook wat coke bij,' zei hij.

'Ik wist niet dat je coke gebruikte,' zei Mohammed met zijn ondoorgrondelijke gezicht. Hij gebruikte zelf helemaal geen drugs; hij dealde alleen.

'Ik wil wel eens iets sterkers proberen.'

'Iets sterkers?' zei Mohammed, over zijn kin strijkend. 'Dan moet je heroïne roken, dat is beter dan crack.'

'Ook nooit geprobeerd.'

'Dan wordt het hoog tijd. Meiden worden er ontzettend geil van.'

'Ik ga een Ferrari kopen,' schepte Santo op, in de hoop indruk op de jongen te maken.

Mohammed knikte. 'Prima auto. Ik heb er zelf ook een.'

'Stukken beter dan mijn Corvette,' zei Santo.

'We moeten een keer gaan racen,' stelde Mohammed voor.

'Goed idee,' zei Santo.

Zijn eerste vriend. Te gek.

Een keer per week, op een vaste tijd, belde Donna's broer Bruno op om haar te verzekeren dat alles goed ging. Deze week had hij nog niet gebeld en Donna was zenuwachtig.

In haar achterhoofd hield ze altijd rekening met de mogelijkheid dat Lennie zou ontsnappen. Het was niet waarschijnlijk, want de grotten vormden een

waar doolhof waar je onmogelijk uit kon komen als je er de weg niet kende. En als hij wist te ontsnappen, was hij te ver van de bewoonde wereld om hulp te kunnen vragen.
Maar toch, dat Bruno niet belde was zorgelijk.
Juist toen ze in paniek begon te raken, belde Furio om te vertellen dat Bruno een auto-ongeluk had gehad en dat hij voor alles zorgde terwijl Bruno met een gebroken arm en been in het ziekenhuis lag.
Het was raar om met de geliefde te praten die ze zo lang geleden was kwijtgeraakt. Ze kon hem zich nog heel goed herinneren, maar hij had natuurlijk geen idee wat voor vrouw ze tegenwoordig was.
Zij had een zakenimperium. Furio had niets. De liefde die ze vroeger hadden gedeeld bestond niet meer.
Ze was nog steeds opgetogen over haar triomf over Lucky Santangelo. In Lucky's kantoor zitten en haar ontslaan was een van haar topbelevenissen geweest.
De Lucky die zichzelf als de eeuwige winnaar beschouwde, bestond niet meer. Donna had haar tot een verliezer gedegradeerd.
Ze had haar man laten verdwijnen. Ze had haar studio ingepikt. En vandaag nam ze haar vader te grazen.
Ja, wraak op zijn Siciliaans was zoet, heel zoet.

38

Het was ongelooflijk: Gino was neergeschoten. Zodra Lucky had uitgezocht wat er gebeurd was en hoorde dat Maria ongedeerd op het politiebureau zat, reed ze pijlsnel naar het ziekenhuis, terwijl ze onderweg wanhopige pogingen in het werk stelde om Paige te bereiken via haar autotelefoon. Uiteindelijk lukte het haar en kon ze zeggen dat ze zo snel mogelijk naar het ziekenhuis moest komen.
Toen zij daar zelf arriveerde, werd Gino net de operatiekamer binnengereden. 'O God,' fluisterde ze, 'pappa... pappa...'
Gino was onvernietigbaar; hij leefde nog en zei iets tegen haar. 'Die klootzakken... hebben me... eindelijk... te pakken genomen,' zei hij met verstikte stem.
Ze pakte zijn hand vast en rende mee met de brancard. 'Wie hebben je te pakken genomen, pappa?' vroeg ze op dringende toon. 'Zeg me wie het waren.'
'Weet ik niet,' fluisterde hij. 'Ik ben een oude man. Dacht dat die vetes allang afgelopen waren...' Zijn stem zakte weg. Er borrelde bloed uit een van zijn mondhoeken, dat in een straaltje over zijn kin liep.
Ze probeerde kalm te blijven. 'Waar is hij geraakt?' vroeg ze de arts.

'Ze hebben zijn hart op een haar na gemist,' antwoordde hij. 'De andere kogel zit in zijn dijbeen.'
Ze had een gortdroge mond van angst, maar wist toch uit te brengen: 'Zal hij het overleven?'
'We doen ons best.'
Maar als dat niet goed genoeg was? Wat moest ze beginnen als haar vader doodging? Dat was onvoorstelbaar.
Ze verliet het ziekenhuis en brak alle snelheidsrecords toen ze naar het politiebureau reed om Maria op te halen. Haar dochtertje zat zielig in een hoekje van de wachtkamer met haar duim in haar mond. Haar ogen stonden angstig, maar ze had een opgewekte labradorpup aan de lijn. 'Mammie, mammie!' riep ze uit toen ze Lucky zag. 'Een boef heeft opa neergeschoten! Een hele slechte boef!'
Lucky tilde haar op en drukte haar dicht tegen zich aan. 'Ik weet het, lieverd.' Ze wendde zich tot de agent en vroeg: 'Hoe is het gebeurd?'
'Volgens het politierapport liep meneer Santangelo naar zijn auto op het parkeerterrein bij het winkelcentrum. Volgens een ooggetuige dook er uit het niets een man op die twee schoten op hem loste. Toen ging deze onbekende er in een auto vandoor en vervolgens heeft een winkelier de politie gebeld.'
'Was het een beroving?'
'Ach, dit soort schietpartijen komen zoveel voor.'
'Was het een beroving?' vroeg ze nadrukkelijk.
'Daar ziet het niet naar uit.'
Ze draaide zich om en wilde weggaan.
'Mevrouw, inspecteur Rollins wil nog met u praten,' zei de agent.
'Nu niet,' zei ze. 'Ik ga nu naar het ziekenhuis. Vraag maar of hij morgen contact met me opneemt.'
Ze ging alle mogelijkheden na. Eerst was Lennie doodgegaan, toen was ze haar studio kwijtgeraakt, en nu was Gino neergeschoten. Dit was meer dan wat toevallige tegenslag.
Ze reed Maria naar huis, stelde haar gerust en liet haar met haar puppy achter bij CeeCee. Meteen daarna reed ze naar het ziekenhuis waar Gino nog steeds geopereerd werd.
Paige zat als een hoopje ellende op een bank in de gang, haar gezicht nat van de tranen. Ze stond op toen ze Lucky zag en omhelsde haar. 'Waarom zou iemand mijn Gino neerschieten?' vroeg ze snikkend.
'Dat schijnt niemand te weten, Paige.' Ze aarzelde even voor ze vroeg: 'Eh... had hij nieuwe zakelijke initiatieven ontplooid?'
Paige schudde haar hoofd.
'Weet je of hij vijanden had?'
'De politie heeft me net hetzelfde gevraagd.'
'Wat heb je tegen ze gezegd?'
'Dat het een oude man is die veel van zijn tuin houdt.'

'Precies,' zei Lucky nadenkend. Ze wist wat Gino zou zeggen als hij hier was. *Dit is iets voor criminelen onder elkaar, Lucky. Laat de politie er buiten. Dit lossen we onder elkaar wel op.*
Ja, dat had hij haar al jong geleerd. De politie zou de man die hem had neergeschoten nooit te pakken krijgen. Daarom was het haar taak om hem te vinden. Als Gino het overleefde, zou ze daar de kracht voor hebben. Maar als hij.... Ze durfde niet verder te denken.
Na een eeuwigheid kwam de chirurg uit de operatiekamer. Hij had grijs haar en grote borstelige wenkbrauwen. Hij leek gelukkig niet op zo'n gladde arts uit een televisieserie.
'We hebben beide kogels kunnen verwijderen,' zei de arts met een diepe stem. 'Hij heeft echter wel veel bloed verloren, en gezien de leeftijd van uw vader...'
Haar hart sloeg een slag over. Ze werd koud van angst hem te verliezen.
Paige vroeg gealarmeerd: 'Maar hij leeft nog?'
'Ja,' zei de arts. 'En als zijn conditie goed genoeg is, zal hij het misschien overleven. Er valt nog niet veel van te zeggen. Maar we doen ons best.'
Lucky wist dat ook Gino niet het eeuwige leven had, maar ze had nooit gedacht dat de kogel van een moordenaar een eind aan zijn leven zou maken.
'Hij redt het vast wel,' zei ze dapper. 'Gino is heel sterk.'
'Ik hoop het,' zei de arts, hoewel zijn ogen verraadden dat hij er zijn twijfels over had.
'Wanneer mogen we bij hem?' vroeg Lucky.
'Hij ligt nu op de verkoeverafdeling. Daar houden we hem een paar uur. Als alles goed gaat, brengen we hem daarna over naar de intensive care-afdeling. Daar mag u hem bezoeken.'
Lucky gaf haar stiefmoeder een arm. 'Kom,' zei ze, toen ze zag hoe bleek Paige er uitzag. 'Ik breng je voor een uurtje naar huis.'
Paige schudde haar hoofd. 'Ik blijf hier,' zei ze koppig. 'Ik wil in de buurt zijn voor het geval Gino me nodig heeft.'
Dat begreep Lucky wel. 'Oké. Ik kom zo terug. Kan ik iets voor je meebrengen?'
'Nee, dank je.'
Lucky verliet het ziekenhuis terwijl haar hersens op volle toeren draaiden. Vanuit de auto belde ze meteen naar CeeCee. 'Ik ben onderweg naar huis,' zei ze. 'Probeer Boogie te bereiken op zijn pieper. Als hij terugbelt, hou hem dan aan de lijn tot ik er ben.'
Wat had Gino bedoeld toen hij zei dat de vetes allang voorbij waren? Wat voor vetes? Hij had in de loop der jaren vast wel een paar vijanden gemaakt, maar dat speelde allemaal zo lang geleden. Gino was de afgelopen dertig jaar een fatsoenlijk zakenman geweest. Ze hadden een levenslange vete gehad met de familie Bonnatti, maar toen Carlos Bonnatti van de negentiende verdieping van zijn Century City-penthouse was gevallen, was daar een eind aan gekomen, want Carlos was immers de laatste Bonnatti...
Ze begreep er niets van. Waarom zou iemand een oude man willen neer-

schieten? Misschien had de politie gelijk en was het een willekeurige misdaad, een uit de hand gelopen beroving.
Maar wat hadden ze van Gino willen stelen? Het was een oude man met een stationwagen, in gezelschap van een klein meisje en een jong hondje. Hij was door zijn kleding nauwelijks een potentieel slachtoffer te noemen en hij had niet eens een horloge om!
Terwijl ze naar huis reed, bedacht ze dat Gino misschien niet veilig was in het ziekenhuis. Zou ze hem laten bewaken? Als het geen toevallige misdaad was geweest en iemand er wel degelijk op uit was geweest hem te vermoorden, dan zouden ze zich van zijn toestand op de hoogte stellen. Het zou inderdaad beter zijn als er in het ziekenhuis iemand op hem lette, en thuis moest er een gewapende bodyguard komen, zeker nu haar kinderen alleen thuis waren met CeeCee en Inca.
Ze huiverde bij de gedachte wat er had kunnen gebeuren. Stel dat Maria in het schootsveld had gestaan... Als de kogel haar dochtertje zou hebben getroffen... Daar durfde ze niet over te denken.
CeeCee begroette haar bij de voordeur. 'Ik heb Maria een licht kalmerend middel gegeven en naar bed gebracht.'
'Hoe gaat het met haar?' vroeg Lucky bezorgd.
'Het hondje zorgt voor afleiding.'
Lucky zuchtte. 'Ik denk dat ze te jong is om te begrijpen wat er is gebeurd. Heeft Boogie nog gebeld?'
'Hij is aan de lijn.'
Lucky liep snel naar de bibliotheek, ging achter Gino's bureau zitten en nam de hoorn op.
'Ik moest eerst alle gegevens controleren voor ik jou kon bellen,' zei Boogie.
'Laat dat maar even zitten, Boogie. Gino is neergeschoten.'
'Wat!'
'Hij ligt op de intensive care. Ze hebben twee kogels verwijderd. Ik wil bewaking in het ziekenhuis en thuis. Kun je dat meteen regelen?'
'Komt voor elkaar. Ik kom naar je toe, want ik heb je heel wat te vertellen.'
'Al het andere kan wachten,' zei ze. Haar studio viel in het niet nu haar vader in het ziekenhuis voor zijn leven aan het vechten was.
Ze legde de hoorn neer en begon in de laden van Gino's bureau te kijken; ze zocht systematisch naar een aanwijzing, iets wat erop duidde dat hij met een zakelijke transactie bezig was.
Ze vond helemaal niets, alleen een stapeltje formulieren waarmee hij geld had ingezet op basketbalwedstrijden. Een paar honderd dollar per keer. Hij had zelf nooit op grote schaal gegokt; hij had immers hotels in Las Vegas gehad en had van dichtbij gezien dat mensen soms al hun geld verspeelden. Het was niet erg waarschijnlijk dat iemand op hem had geschoten wegens speelschulden.
Inca klopte op de deur. 'Miss Lucky, inspecteur Rollins is er,' zei ze aarzelend.
'Laat hem maar binnen.'

Inspecteur Rollins was een kalende man van middelbare leeftijd met een nare grijnslach. Zijn manier van spreken was erg kortaf. 'Het spijt me van uw vader,' zei hij op een toon waaruit geen enkele spijt klonk. 'U bent Lucky Santangelo?'
'Dat klopt,' zei ze, zich afvragend hoe hij haar naam wist.
'Ik ben eens in uw familiegeschiedenis gedoken,' zei hij met een neerbuigend lachje. 'Ik dacht dat daar misschien wel iets bij zou zijn waar u me over zou willen vertellen.'
'Zoals wat?' zei ze, met haar vingers op tafel trommelend.
Inspecteur Rollins haalde zijn schouders op. 'U weet wel...'
'Wát?' zei ze ongeduldig.
Hij trok zijn gezicht in de plooi en zei: 'Als dit een afrekening van de mafia is, stellen we dat hier niet op prijs. We houden hier van onze rust.'
'Waar hebt u het in godsnaam over?' vroeg ze op scherpe toon, terwijl haar zwarte ogen vonkten.
Hij kwam dichterbij haar bureau, boog zich voorover en zette zijn dikke vingers op het werkblad. 'Ik heb het over uw familiereputatie. Ik heb een dossier van de FBI over de Santangelo's.'
Ze werd woedend. 'Mijn vader ligt in het ziekenhuis, en het enige wat u doet is dossiers opvragen bij de FBI! Waarom zoekt u niet uit wie er op mijn vader heeft geschoten?'
Het lachje verscheen weer op zijn gezicht. 'Ik had gehoopt dat u me kon vertellen wie het geweest zou kunnen zijn.'
Ze sprong overeind. 'Dit is niet te geloven!' riep ze woedend. 'Mijn vader heeft niets met de mafia te maken, als dat is wat u suggereert.'
'Kom nou, Lucky,' zei hij, alsof ze de grootste leugenaar was die hij ooit had ontmoet.
'Mevrouw Santangelo voor u,' zei ze koel.
De inspecteur ging rechtop staan en keek haar woedend aan. 'Oké, mevrouw Santangelo, uw vader heeft een strafblad. Hij is het land ontvlucht wegens belastingontduiking. Hij heeft een gevangenisstraf wegens moord uitgezeten. En nu gaat u me vertellen dat dit niets met de mafia te maken heeft?'
Ze verafschuwde de man, wat een klootzak! 'Als u uw werk zou doen, zou u me vertellen wat er gebeurd is in plaats van domme dingen te veronderstellen.'
Hij nam gas terug. 'Oké, ik weet dat jullie jaren geleden binnen de wet zijn gaan opereren, maar dat wil nog niet zeggen dat jullie geen vijanden hebben.'
Ja, alsof ze hem dat zou gaan vertellen. 'Inspecteur Rollins, als dit het enige is wat u kunt zeggen, stel ik voor dat u nu weggaat.'
Hij liep naar de deur, maar bleef toen staan. 'Als Gino dit overleeft, zullen we hem goed in de gaten houden,' zei hij met opgeheven vinger.
'Je kunt mijn reet op,' zei ze.
'Ik hoor het al: een echte Santangelo,' zei hij spottend.
Ze sloeg de deur achter hem dicht. Ze had geen behoefte aan een achterlijke inspecteur die zijn grote neus in hun zaken kwam steken. Alle zaken die

zij en haar vader deden, vielen keurig binnen de wet. En dat was al jaren zo. Het deugde niet dat Gino was neergeschoten en dat de politie hém als de misdadiger beschouwde. *We zullen hem goed in de gaten houden.* Wat een gelul!

'Ik ga weer naar het ziekenhuis,' zei ze tegen CeeCee. 'Als Boogie komt, moet je hem daar naartoe sturen.'

Ze ging de slaapkamer van Gino en Paige binnen en pakte een trui voor Paige. Voor ze de deur uitging, bleef ze staan bij de bar en nam een flinke teug whisky uit de fles. Daar was ze hard aan toe.

Toen ze in het ziekenhuis kwam, was er nog geen verandering in Gino's toestand gekomen. 'Hij vecht voor zijn leven,' zei Paige. Haar ogen waren opgezet en roodomrand.

'Hij slaat zich er wel doorheen,' verzekerde Lucky haar en ze sloeg troostend een arm om de schouders van haar stiefmoeder.

'Denk je dat echt?' vroeg Paige hoopvol.

'Natuurlijk,' zei ze met meer zelfvertrouwen dan ze voelde. 'Gino gaat niet op zo'n manier dood. Hij gaat gewoon dood in zijn eigen bed, waarschijnlijk terwijl hij de liefde met je bedrijft.'

'Dat vind ik een opwekkende gedachte,' zei Paige met een flauwe glimlach.

'En dan is hij vermoedelijk al achtennegentig,' voegde Lucky eraan toe. 'En nog zo energiek als wat.'

Ze deed haar invloed gelden en kreeg de beschikking over een klein kantoor met een telefoon. Toen bestelde ze eten en zorgde ervoor dat Paige iets binnenkreeg. Tegen zeven uur verscheen Boogie, vergezeld van twee mannen van in de dertig.

'Dit zijn Dean en Enrico,' zei Boogie. 'Dean blijft hier en Enrico gaat naar het huis. Ze zijn allebei op de hoogte van de situatie.'

Lucky knikte goedkeurend.

'We moeten praten,' zei Boogie.

'Rijd Enrico maar naar het huis,' zei Lucky. 'Als je terugkomt, gaan we er even rustig voor zitten.'

'Wie waren die mannen die met Boogie meekwamen?' vroeg Paige toen ze weg waren.

'Ik zorg voor een beetje bescherming in ons leven,' zei Lucky luchtig. 'Weet je, Paige, we kennen allebei het kleurrijke verleden van mijn vader. Vandaar deze voorzorgsmaatregelen.'

Paige haalde nog een zakdoekje uit haar tas en snoot haar neus. 'Ik begrijp er niets van.'

'Ik ben gewoon extra voorzichtig,' zei Lucky. 'Gino zou hetzelfde doen als ik in dat ziekenhuisbed lag.'

Toen Boogie terugkwam, namen hij en Lucky de lift naar het ziekenhuiscafetaria. Lucky ging aan het formica tafeltje zitten terwijl Boogie twee koppen koffie haalde. Hij kwam terug en zette een kopje voor haar neer.

Ze nam een gretige slok. 'Ik ben nieuwsgierig naar Donna Landsman, maar

ik weet niet of dit het juiste tijdstip is om me in te lichten. Het is belangrijker dat je uitzoekt wie Gino heeft neergeschoten en waarom.'
'Dat kan met elkaar in verband staan,' zei Boogie.
Ze trok haar wenkbrauwen samen. 'Hoezo dat?'
'Als je even luistert naar wat ik te vertellen heb, zul je het begrijpen.'
Ze kreeg een vervelend voorgevoel. 'Brand maar los.'
'Ik heb informatie ingewonnen over Donna Landsman; de bedrijven waar ze bij betrokken is, de geslaagde en de mislukte overnames waar ze de hand in heeft gehad. Maar ik heb ook informatie over haar privé-leven.'
'Ja?'
'Ze is getrouwd met George Landsman.'
Lucky nam nog een slok zwarte koffie. 'Is hij actief bij haar zaken betrokken?'
'Zeer actief. Hij zorgt voor het geld. Het is ook een accountant met een verrassende voorgeschiedenis.'
Ze boog zich naar hem toe. 'Hoezo?'
'Hij was de accountant van Santino Bonnatti.' Hij liet een lange stilte vallen. 'En Lucky, Donna Landsman is de weduwe van Santino Bonnatti, Donatella.'
Er liep een rilling over haar rug. 'O, mijn God!' riep ze uit.
En ineens werd alles volkomen duidelijk.

39

Nadat Alex zijn moeder op het terras had laten zitten, reed hij meteen naar zijn strandhuis, zijn privé-domein – onberispelijk en modern. Niemand kwam er ooit op bezoek. Vrouwen nam hij mee naar zijn appartement; zakelijke besprekingen vonden plaats op kantoor. Hij deed niet aan feesten en ontvangsten, dus dit huis was puur voor hemzelf, en daar waren indringers niet gewenst.
Hij had één keer de vergissing gemaakt zijn moeder er mee naartoe te nemen. Dat was genoeg geweest. 'Het is kil,' had ze gezegd toen ze alles bekeken had. 'Hier is een vrouwenhand nodig.'
Wat wist zij daar nu van? Ze woonde zelf in een appartement dat zo was volgestouwd met meubels en spulletjes dat het lachwekkend was. De minimalistische stijl van zijn huis beviel hem juist goed. Hij hield van strakke lijnen en ruime kamers.
Hij had een Japans echtpaar in dienst dat op het terrein woonde. Ze vertoonden zich nooit als hij er was, alleen als hij om hun aanwezigheid verzocht.
Het huis stond op een hoge rots en bood uitzicht over de oceaan. Het was ruim en had een enorm groot terras dat in een halve cirkel om het huis lag

en waarin twee watervallen, veel struiken en een vijver met exotische vissen waren verwerkt. Als hij tijd had om te mediteren – en dat was niet vaak – was dit er de aangewezen plek voor.

Alex beschouwde zijn huis als de vredigste plek ter wereld. Het was zijn privé-domein waar hij niets met de buitenwereld te maken had.

Hoewel hij bij de lunch al een paar martini's had gehad en hij zich had voorgenomen in het strandhuis nooit te drinken, maakte hij vandaag een uitzondering en schonk zich een groot glas wodka in. Toen pakte hij een exemplaar van zijn script en liep het terras op.

Hij had het zich niet gerealiseerd voordat hij haar privé-nummer kreeg, maar Lucky woonde ook aan het strand. Ze waren niet bepaald buren, want hij had gezien dat haar huis in Malibu stond. Het zijne stond verder langs de kust bij Point Dume. Maar toch... het was leuk te weten dat ze vermoedelijk net zo van de oceaan genoot als hij.

Hij had een paar boodschappen op haar antwoordapparaat ingesproken. Tot dusver had ze niet teruggebeld.

Hij pakte een ligstoel, trok zijn overhemd uit en begon met een rood potlood in de hand het script van *Gangsters* te lezen. De productiemensen werden helemaal gek van hem. Hij kwam elke dag met wijzigingen, en dat ging tijdens de hele opnameperiode van de film door.

Om een uur of vijf ging de deurbel. Na drie keer bellen stond hij op, trok zijn overhemd aan en ging naar de deur.

Daar stond Tin Lee.

'Wat doe jij hier in vredesnaam?' vroeg hij fronsend.

'Alex,' zei ze dapper, 'je moeder maakte zich zorgen over je. Ze stond erop dat ik even bij je zou langsgaan.'

'Wat is dit voor onzin?' barstte hij los, woedend over deze inbreuk op zijn privacy. 'Die vrouw heeft niets over mijn leven te zeggen. Ze had het recht niet je te vertellen waar ik woon. Verdomme!'

Tin Lee kwam voor zichzelf op. 'Hoezo heeft ze dat recht niet, Alex? We zijn geliefden. Waarom doe je zo koud tegen me?'

Godver! Dit was nu precies waar hij geen trek in had.

'Sorry,' mompelde hij, omdat hij besefte dat het haar schuld niet was. 'Ik word gek van mijn moeder, dat weet je. Je hebt gezien hoe ze is als ze op dreef is.'

Tin Lee strekte haar hand uit. 'Alex, dit is een spannende tijd voor je. Je filmopnamen beginnen straks, er gebeurt van alles... Mag ik alsjeblieft even binnenkomen?'

Hij wilde geen mensen ontvangen in zijn huis. Maar ja, hij kon haar ook niet wegsturen. Ze had een uur gereden om hier te komen. 'Natuurlijk, kom binnen,' zei hij met tegenzin.

Ze stapte de hal binnen en zag er frêle en tenger uit in haar witte zonnejurk en sandalen. 'Waarom woon je hier niet permanent?'

'Het is mijn toevluchtsoord voor het weekend,' zei hij. 'Ik kom hier om na te denken, om te werken.'

'Het spijt me als ik je daarbij stoor.'
'Hoor eens, dit is jouw schuld niet. Ik erger me rot omdat Dominique het bloed onder mijn nagels vandaan kan halen.'
Tin Lee voelde sympathie voor hem. 'Waarom trek je je zoveel van haar aan, Alex?'
'Omdat ze mijn moeder is. Begrijp je? Het is verschrikkelijk onlogisch, maar er is geen andere reden voor.'
Hij liep het terras op. Tin Lee volgde hem.
'Wil je iets drinken?' vroeg hij en hij overwoog zelf een tweede wodka.
'Nee, Alex,' zei ze moedig. 'Ik zou willen dat je met me naar bed ging.'
Dat was wel het laatste waar hij zin in had.
Voor hij haar kon tegenhouden had ze de witte jurk opengeritst. Hij viel in een hoopje om haar voeten.
'Nee!' riep hij.
'Ja, Alex,' zei ze overredend. 'Waarom zou je me buitensluiten als je naar me verlangt?'
Ze kwam op hem af lopen, een perfect gevormd, prachtig wezen in een wit bikinislipje en verder niets; haar kleine borsten deinden een beetje op en neer, haar bruine tepels waren opvallend hard.
Hij had niet zoveel moeten drinken. Hij merkte dat hij opgewonden werd.
Haar hand ging naar zijn broek en ze ritste zijn gulp open.
Hoe was die uitdrukking ook al weer? O ja: een stijve pik heeft geen geweten.
Hoor eens, hij was een vrij man en volwassen, hij kon doen wat hij wilde. Hij hoefde niemand trouw te zijn.
Tin Lee liet zich op haar knieën zakken, maakte zijn riem los en trok zijn broek en slip omlaag.
Hij legde zijn handen op haar achterhoofd met het glanzende zwarte haar en stootte hard haar kleine mond binnen.
Ze verslikte zich bijna, trok haar hoofd terug en zei: 'Alex, kunnen we niet naar de slaapkamer gaan?'
'Nee,' zei hij glashard. 'Ik vind het prettig buiten.'
Ze was naar hem toe gekomen. Nu moest ze de gevolgen onder ogen zien.

De muziek bonkte luid en sensueel, de set was donker en rokerig en sfeerverlichting zorgde voor de juiste decadentie.
Venus tripte op de adrenaline van het optreden; ze vond het heerlijk om te doen. Het probleem was alleen dat dit de achtste opname was en dat Rodriguez het elke keer verknalde. Hij was domweg geen professional.
Ze nam hem apart, maar hield zich voor dat ze het alleen zichzelf kon verwijten. 'Je moet je ontspannen, schat. Je hoeft alleen maar aan de bar te staan terwijl ik me om je lichaam heen slinger, je overhemd van het lijf ruk en je kus. Dat hebben we in het echt zo vaak gedaan, dus wat let je?'
Hij schaamde zich. Rodriguez wilde graag overal in uitblinken en dit liep

niet zo lekker. 'Het spijt me,' zei hij met neergeslagen ogen die overschaduwd werden door zijn lange wimpers.
'Denk maar aan mij, schat,' fluisterde ze verleidelijk. 'Vergeet die camera en concentreer je op mij.'
'Goed, schat,' zei hij. 'De volgende keer loopt het perfect.'
'Dat mag ook wel, want je begint me behoorlijk af te matten,' mompelde Venus voor zich uit toen ze terugliep om met Dorian te overleggen.
'We kunnen hem nu niet meer vervangen,' zei Dorian. 'We moeten de opnamen vandaag afronden.'
'Ik weet het.'
'Wanneer leren jullie het nou een keer?' verzuchtte Dorian. 'Er is maar één plek voor een stijve pik en die is thuis!'
Venus schoot in de lach. 'Misschien moet ik vragen of hij naar mijn trailer komt. Als ik met hem geneukt heb, is hij vast een stuk ontspannener.'
Dorian trok verbaasd een wenkbrauw op. 'Wat een taal!'
Na nog twee uur zwoegen lukte het Rodriguez wel. Iedereen slaakte een zucht van verlichting.
Toen ze klaar waren, haastte Venus zich naar de telefoon en sprak met Freddie. 'Ik dacht dat ik vandaag iets zou horen,' zei ze beschuldigend.
'Ik wacht op een telefoontje van Alex,' zei hij. 'Maar met die veranderingen bij Panther is het een chaos.'
'Ik weet het, maar de opnamen voor *Gangsters* kunnen elk moment beginnen. Ik moet ook aan mijn eigen werkschema denken.'
'Zodra ik iets van Alex heb gehoord, bel ik je.'
Ze was niet tevreden over zijn antwoord. 'Ligt het soms aan Mickey Stolli?' vroeg ze. 'Is hij er tegen?'
'Ik heb het er met Mickey niet over gehad.'
Ze wist niet of ze hem kon geloven. 'Oké, bel me zodra je iets hoort.'
Er kwam een van de dansers voorbij. 'Ik wilde je even laten weten hoe heerlijk het is om met je te werken, Venus,' zei de jongen met de juiste hoeveelheid eerbied in zijn stem.
'Dank je,' zei ze terwijl ze hem opnam. Hij was bijna even aantrekkelijk als Rodriguez. Wat had ze toch met knappe mannen? Een en al verpakking en geen calorieën, zou Ron zeggen.
Ze onderdrukte een giechelbui, zag dat Rodriguez een praatje aanknoopte met een van de make-upmeisjes en blies haastig de aftocht.
Haar chauffeur had de auto klaarstaan voor de studio. 'Naar huis!' riep ze uit. Ze liet zich op de achterbank ploffen. Elk spiertje deed pijn. Het enige wat ze wilde was lekker lang in een warm bad zitten.
Toen ze haar oprijlaan wilden inslaan, hield dezelfde beveiligingsman als de vorige keer hen aan.
Venus liet haar raampje zakken. 'Wat is er nu weer?' vroeg ze ongeduldig.
'Uw man, Cooper Turner, is er.'
'Waar?'

'Ik heb hem binnengelaten. Ik dacht dat het wel goed zou zijn omdat hij uw man is.'
Haar groene ogen knepen zich samen van woede. Was die man nu echt de grootste idioot van L.A.? 'Je bent ontslagen,' zei ze.
'Heb je het naar je zin?' vroeg Isaac.
'Ik heb het ontzettend naar mijn zin,' zei Brigette giechelend.
En dat was ook zo. Ze zat in een druk bezocht restaurant met Isaac, at soulfood met zijn vrienden. Ze had een paar wodka's achterover geslagen en had met een van de andere meisjes een joint gerookt op het damestoilet.
Aan het begin van de avond was ze nog een beetje gespannen geweest, maar door de joint voelde ze zich veel beter op haar gemak met deze nieuwe groep vrienden.
Isaac gaf haar een spare-rib. 'Ik ben blij dat je wat minder opgefokt doet, Brigette. Ik begon me al zorgen te maken. Je weet hoe je deze dingen eet, hè? Gewoon met je handen. Hoe vetter je vingers worden hoe beter.'
Ze pakte de spare-rib en begon het vlees er sensueel af te zuigen.
'Dat begint er op te lijken,' zei Isaac lachend.
Een uur later ging de hele groep naar een besloten club. Brigette was wel in de wat chiquere disco's van Manhattan geweest, maar Isaacs vrienden namen haar mee naar de Village; de club was donker, rokerig en erg funky.
Hij had nog geen pistool voor haar. 'Ik ben er mee bezig, Brigette,' verzekerde hij haar.
Inmiddels kon ze zich er niet meer druk om maken.
De vriendengroep bestond uit Isaac, twee broodmagere zwarte modellen, een blanke jongen die volkomen stoned was, een erg drukke Puertoricaan en een Chinese danser in travestie. Nona zou het maar niets vinden. Volgens haar moest ze met meer succesvolle mensen omgaan. Maar Brigette voelde zich prettig bij ze.
Ze bleven tot drie uur 's ochtends in de eerste discotheek, toen gingen ze naar een andere tent in Manhattan, die pas 's ochtends vroeg opening. Onderweg stopten ze voor pastramisandwiches en cheesecake. 'We kunnen wel wat krachtvoer gebruiken,' zei Isaac. 'We hebben nog een hele ruk voor de boeg, meid.'
Hij was ontzettend lief en vriendelijk. Toen hij haar op de dansvloer kuste, leek dat een volkomen natuurlijke zaak. Ze reageerde met veel passie.
'Heb je zin om met me mee naar huis te gaan?' vroeg hij zacht.
Ze had geen idee hoe laat het was. 'Ja,' zei ze.
Ze namen een taxi naar zijn eenkamerappartement in de Village. Meteen toen hij de deur had dichtgedaan, kuste hij haar, eerst op haar mond, toen op haar hals. Ze voelde zijn handen over haar lichaam gaan en voelde zijn hartstocht.
Ze reageerde fel en hartstochtelijk. Ze verlangde ernaar met een man te zijn. Ze verlangde naar Isaac. Het was de enige manier om de herinnering aan Michel en de vernederende onderwerping weg te vagen.

Isaac trok haar jurk uit. Ze vond het niet erg. Ze vond het zelfs wel prettig. Toen ze op het bed vielen, kwam hij bovenop haar liggen. Zijn handen speelden met haar borsten tot ze wist dat er geen weg terug meer was. Net toen hij bij haar wilde binnenkomen, schoot er iets door haar hoofd. 'We kunnen toch niet onbeschermd vrijen?'
'Onbeschermd?' zei hij lachend, zonder zich een ogenblik door haar opmerking te laten weerhouden. 'Bescherming genoeg hier in de buurt. Op elke straathoek staat wel een man met een pistool.'
Ze moesten er allebei om lachen.
Brigette zette het uit haar hoofd en gaf zich aan hem over.

40

Een week nadat hij was neergeschoten werd Gino uit het ziekenhuis ontsslagen. Zijn arts had gezegd dat hij het gestel van een os had. Ja, dat klopte aardig, dacht Lucky. Er waren meer dan een paar armzalige kogels nodig om Gino Santangelo naar de andere wereld te helpen.
Lucky had Gino niet willen vertellen wat er speelde toen hij nog in het ziekenhuis lag, maar zodra ze hem weer thuis hadden en hij in zijn eigen bed lag, zette ze de situatie voor hem uiteen.
'Santino Bonnatti heeft een weduwe achtergelaten,' zei ze, rusteloos heen en weer lopend naast zijn bed. 'Donatella.'
'Ja, en?' vroeg Gino, die overeind probeerde te komen.
'Donna is degene die de vendetta voert tegen de Santangelo's.'
'Een vrouw, bedoel je?' zei hij met een van afschuw vertrokken gezicht.
'Ja, Gino, een vrouw.'
'Bedoel je dat dat wijf een huurmoordenaar op me heeft afgestuurd?'
'Daar ben ik vrijwel zeker van,' antwoordde Lucky. 'Zij heeft de plannen gesmeed om mijn studio over te nemen. En op de een of andere manier heeft ze Lennie laten verongelukken. Dat auto-ongeluk was geen toeval.'
'Wat gaan we hier in vredesnaam aan doen?' vroeg Gino woedend. 'Wat gaan we hier goddomme aan doen?'
Lucky's ogen stonden donker en dreigend. 'Er is geen sprake van "wij", Gino. Je bent eenentachtig. Je hebt net een traumatische ervaring gehad. Je houdt je erbuiten.'
Gino's kaken verstrakten. 'Wie zegt dat?' vroeg hij.
'Ik.'
Ze keken elkaar aan. Vroeger zou hij geprobeerd hebben zijn eigenzinnge dochter naar zijn hand te zetten. Nu maakte hij geen schijn van kans.
'Ik heb Maria, de baby en CeeCee naar Bobby en zijn familie in Grieken-

land gestuurd,' zei Lucky zakelijk. 'Dit keer ga ik de zaak op mijn manier aanpakken.'
'En wat is jouw manier?' vroeg hij bezorgd, omdat hij heel goed wist hoe genadeloos zijn dochter kon zijn.
Ze lachte vreugdeloos. 'Ken je het familiemotto nog: "Een Santangelo laat zich niet naaien"?'
Hij schudde zijn hoofd. 'Wat ben je met haar van plan, Lucky? Neerschieten?'
'Nee... nee, niet meteen. Ik ben nu bezig voldoende aandelen terug te kopen, zodat ik haar eruit kan gooien zoals ze mij eruit heeft gegooid.'
'Luister naar me, Lucky,' zei hij waarschuwend, 'het is niet meer zo als vroeger. Je kunt niet meer alles met geweld rechtzetten.'
'Ik weet het,' zei ze. Maar ze dacht: hij begint nu echt oud te worden.
'Paige vertelde me dat een inspecteur zijn neus in onze zaken steekt. Ik zou in jouw geval maar voorzichtig zijn.'
'Inspecteur Rollins,' zei ze verachtelijk. 'Maak je geen zorgen, dat is een stom rund. Hij denkt dat het een afrekening van de mafia was.'
'Dat was het in zekere zin ook,' zei Gino, ongelovig zijn hoofd schuddend.
'Het belangrijkste is dat je bescherming hebt. Ik heb beveiligingsmensen voor dag en nacht aangenomen. Nu je veilig thuis bent, vertrek ik vanmiddag naar L.A. Je hebt je pistool toch nog wel?'
'Wat denk je: heeft de Paus nog een bijbel?'
Ondanks alles moest ze lachen. 'Doe kalm aan, Gino. Denk eraan dat je niet meer zo jong bent als vroeger, ook al denk jij er anders over.'
Hij lachte spijtig. 'In mijn hoofd ben ik stil blijven staan toen ik, pakweg, vijfendertig was. Toen was ik op mijn best.'
'Nou, je mag er nog steeds zijn,' zei ze. Ze liep naar zijn bed en kuste hem.
'Hoor eens,' zei hij ernstig. 'Eén telefoontje en dat wijf wordt uit de weg geruimd. Geen enkel probleem.'
'Nee, Gino, ik wil het anders aanpakken.'
'Opgeruimd staat netjes.'
'Ik wil het dit keer anders doen.'
'Oké, oké.'
Toen ze afscheid van elkaar namen, zei Gino: 'Doe niets wat ik niet gedaan zou hebben.'
Ze lachte naar hem. 'Nou, dat geeft me heel wat speelruimte.'
Beneden stond Boogie op haar te wachten. Hij had haar bagage al in de kofferruimte gezet en was klaar om te vertrekken. Lucky ging niet achter het stuur zitten. 'Rijd jij maar,' zei ze, wensend dat ze al in L.A. waren.
Boogie had een uitstekend beveiligingsteam samengesteld. Twee bodyguards wisselden elkaar af bij het huis in Palm Springs; Enrico had de kinderen en CeeCee naar Griekenland begeleid, en Dean bewaakte haar strandhuis.
Tijdens de rit naar huis viel ze in slaap, maar ze rustte er niet van uit doordat er zoveel gedachten door haar hoofd tolden.
Donna Landsman – Donatella Bonnatti. De vrouw had vier jaar gewacht

om wraak te nemen op de dood van die walgelijke man van haar, de kindermisbruiker, de pornokoning, en dat had ze op een heel slimme manier aangepakt. In Lucky's ogen was Donna een veel gevaarlijker tegenstander dan de mannelijke Bonnatti's ooit waren geweest.
Maar hoe slim ze ook dacht te zijn, ze had geen idee hoe snel en dodelijk de wraak van een Santangelo kon zijn.

Lucky herleefde wat zich in haar kantoor had afgespeeld. Ze had het moeten weten, ze had het in Donna's ogen kunnen lezen. Waarom had ze de haat niet gezien? Waarom was het niet eerder tot haar doorgedrongen?
Ze had Lennie vermoord. Mijn Lennie. Mijn grote liefde.
Donna Landsman verdiende niet in leven te blijven.
Lucky wist dat ze persoonlijk met haar zou moeten afrekenen. Wat Gino ook zei, er was geen andere weg.
Eerst zou ze ervoor zorgen dat ze haar studio terugkreeg. Dan zou ze bedenken wat een geschikte manier was om de aanslag op Gino en de dood van Lennie te wreken.
Boogie reed hard en respecteerde haar zwijgzaamheid. Op Boogie kon je altijd rekenen – hij had zich in het verleden al zo vaak bewezen. Hij was ook de beste privé-detective die ze kende: binnen twee dagen had hij alles boven water gehaald wat er over Donna Landsman te weten viel. Hij kende de gegevens van haar aangifteformulier van de belasting, haar banksaldi, haar creditcards. Hij wist wie haar artsen waren, welke maat kleding ze droeg, waar ze woonde, in wat voor auto's ze reed. Hij had haar zelfs een volledig verslag kunnen uitbrengen over de plastische chirurgie die ze had ondergaan. 'Ach, je kent me,' had hij bescheiden gezegd. 'Als ik eenmaal begin, is er geen houden meer aan.'
Hij was er ook achtergekomen dat Morton Sharkey er een heel jong vriendinnetje op nahield. Ze heette Sara Durbon en ze woonde in een appartement dat Morton voor haar betaalde.
De advocaat in Pasadena die de aandelen van mevrouw Smorg in beheer had, had geweigerd het adres van zijn cliënte te verstrekken. 'Maar daar zit ik niet mee,' zei Boogie geruststellend. 'Ik heb er iemand voor ingeschakeld. Binnen de kortste keren heb ik inzage in zijn dossiers.'
Boogies contacten waren nog steeds bezig de ambtenarij het hoofd te bieden om te achterhalen wie er aan het hoofd stond van Conquest Investments.
Iets na twaalf uur 's middags kwamen ze bij haar huis in Malibu aan. Boogie liep met haar mee de hal in. 'Wat ga je als eerste doen?' vroeg hij.
'Ik sla pas toe als ik alle informatie voor me heb,' zei Lucky. 'Vandaag moet ik wat privé-dingen afhandelen. Morgen ga ik bij Sara Durbon op bezoek, eens horen wat ze ons kan vertellen over haar getrouwde vriend.' Ze zweeg even en stak een sigaret op. 'Weet je, Boogie, Morton Sharkey is de man die ik moet hebben als ik mijn studio terug wil krijgen.'
'Ik wil dat je later op de dag iemand ontmoet,' zei Boogie. 'Ik kan ervoor zorgen dat hij om zes uur hier is.'

'Wie?' vroeg ze nieuwsgierig.
'Iemand die heel interessant is om mee te praten.'
Ze had geleerd om niet verder te vragen als Boogie in zo'n bui was.
Het was een opluchting om weer thuis te zijn, ook al puilde haar brievenbus uit en stond haar antwoordapparaat vol met boodschappen. Waaronder een paar van Alex Woods.
Ze liet Kyoko komen, die popelde van werklust. Hoewel hij ontslag had genomen bij Panther toen Lucky eruit was gewerkt, wist hij alles wat zich daar afspeelde, omdat een goede vriend van hem nog voor de studio werkte. Volgens de berichten ging Mickey Stolli tekeer als een dolle stier; hij ontsloeg mensen bij de vleet en stelde een heel ander team samen.
'Gaat hij het productieschema wijzigen?' wilde ze weten.
'Niet van wat al in productie is,' antwoordde Kyoko.
'En *Gangsters*?'
'Die heeft nog steeds het groene licht.'
'En is Landsman er vaak?'
'Gaat elke dag lunchen aan jouw vaste tafeltje.'
Lucky werd woedend bij de gedachte aan Donna die daar triomfantelijk zat en dacht dat ze gewonnen had, dat ze Lucky Santangelo te slim was afgeweest.
Maar niet lang meer... O nee, niet lang meer...
En Lucky's wraak zou haar een voorproefje van de hel geven. Een Santangelo laat zich niet naaien!

41

Wanneer zou er een eind aan deze kwelling komen? Lennie wist niet of hij het nog lang kon verdragen.
De laatste keer dat een van de mannen die hem gevangen hield eten naar de grot had gebracht, had hij het uit zijn handen geschopt. De man had een stroom van onverstaanbare verwensingen over hem uitgestort en was ervandoor gegaan.
Lennie kon het niet meer schelen. 'Verdomme! Het kan me geen bal meer schelen!' had hij hem nageroepen. 'Hoor je me, klootzak? Het kan me niet meer schelen of ik te eten krijg! Het kan me niet meer schelen of ik kan slapen! Ik ben nog liever dood dan dat ik nog langer gevangen blijf in dit gore rothol!'
Hij wist dat hij er uitzag als een waanzinnige met zijn lange, klitterige haar en zijn vuile, gescheurde kleren, maar dat deed er ook niet meer toe. Niemand die hem zag.
Een week geleden had hij een scherp stuk rots in de muur van de grot gezien. Het had een poos geduurd, maar hij had het los weten te krijgen. Sinds

die tijd probeerde hij uit alle macht de ketting om zijn enkel door te vijlen. Een paar uur per dag werkte hij eraan en bad om resultaat.
Ha! Wie hield hij nu eigenlijk voor de gek? Het kon nog wel een halfjaar duren voor hij de ketting door had.
De afgelopen paar dagen was slechts één van de mannen eten komen brengen. Niemand vertelde hem waarom. Niemand sprak een woord tegen hem en daar werd hij knettergek van!
Wat zou er gebeuren als allebei de mannen ineens doodgingen? Zou hij hier dan verhongeren? Was er wel iemand anders die wist dat hij hier zat?
In de loop van de weken, de maanden, had hij geprobeerd met ze te communiceren. Ze weigerden te luisteren. Het waren net robotten, achterlijke robotten.
Vandaag wilde hij een plan ten uitvoer brengen waar hij een poos over had nagedacht. Als de man zijn eten kwam brengen, zou hij hem vastgrijpen en het scherpe stuk rots tegen zijn keel drukken. Dan zou hij dreigen zijn keel door te snijden als hij hem niet vrijliet. Wanhopige mensen doen nu eenmaal wanhopige dingen.
'Hé, Lucky,' riep hij, 'hoe gaat het vandaag met je, meisje?'
Nee, hij moest haar niet meisje noemen – zo noemde Gino haar. Hij moest niet tussen haar en haar vader komen. Ze had een hechte band met haar vader. Daar was Lennie niet jaloers op, want hij wist hoeveel ze samen hadden doorgemaakt.
'Je houdt vast nog meer van me dan anders,' mompelde hij verhit. 'Jij en ik zijn zielsverwanten.' Toen begon hij het weer uit te schreeuwen. 'Waar zit je, Lucky? Wat voer je uit? Waarom kom je me verdomme hier niet weghalen?'
Laat in de middag hoorde hij iemand aankomen. Als zijn bewakers kwamen, hoorde hij hun voetstappen lang voordat hij ze kon zien. Hij staalde zich voor wat er zou komen. Nu moest het gebeuren. Dit was de dag waarop hij zou ontsnappen of sterven.
Jezus! Tijdens het wachten kon hij zijn hart horen bonken. Hij wachtte in de schaduw en luisterde naar de voetstappen die dichterbij kwamen. Hij verstrakte, klaar om actie te ondernemen. Zijn oefeningen hadden geholpen; hij voelde zich sterker dan in de beginperiode, ook al kreeg hij weinig te eten. Sterker en vastberadener om dit te overleven.
Toen de man binnenkwam, sprong hij bovenop hem en overrompelde de klootzak, greep hem met een ijzingwekkende kreet bij de keel.
Alleen was het geen man, maar een meisje, en zij zette het ook op een gillen. '*Aiuto! Aiuto!*' Het blad met eten dat ze bij zich had, kletterde tegen de grond. '*Aiuto!*' schreeuwde ze nog eens.
Hij verstond weinig Italiaans, maar voldoende om te weten dat ze om hulp riep. Hij had haar nek in een stevige greep. 'Wie ben je?' vroeg hij dwingend. 'Verdomme, wie ben je?'
Ze verzette zich, probeerde achteruit te trappen en hem uit balans te brengen. Daar slaagde ze in. Ze vielen allebei op de grond en gooiden de emmer water om waarmee hij zich moest wassen.

Nu rolden ze door de modder en probeerden allebei de overhand te krijgen.
Ze was als een verschrikt hert dat jammert van angst.
Het lukte hem haar tegen de grond te drukken en haar armen boven haar hoofd te houden.
Toen hij haar in die positie had, keek hij naar haar gezicht en het drong al snel tot hem door dat zij hetzelfde meisje was dat hij al eerder had gezien.
Ze riep iets in het Italiaans. Het klonk alsof ze bad. '*Mi lasci in pace!*'
'Ik wil dat je Engels spreekt,' zei hij. '*Parli Inglese.*'
'Wie... wie ben je?' fluisterde ze, haar gezicht een en al angst.
'Wie ben jij?' wilde hij weten.
'Furio niet hier,' stamelde ze. 'Hij zei ik eten brengen.'
'Zo, dus jij komt me eten brengen? Wie is Furio?'
Er kwamen tranen in haar ogen. 'Mijn pappa,' zei ze zacht.
'Ben je alleen?' vroeg hij.
Ze knikte. Ze was duidelijk heel bang.
'Ik word hier gevangen gehouden. Wist je dat? *Prigione!*'
Ze probeerde hem van zich af te duwen. De zachtheid van haar lichaam, haar geur die als rijpe nectar was, hadden een verleidende werking op hem. Hij had zoveel gemist de afgelopen tijd...
'Heb jij een sleutel om dit ding van mijn enkel los te maken?' vroeg hij.
Ze schudde haar hoofd.
Wat moest hij beginnen? Nu had hij haar in zijn macht. Maar hij moest haar straks weer laten gaan.
'Je moet me helpen,' zei hij, heel langzaam zodat ze het zou kunnen begrijpen. 'Ik ben wanhopig.'
'Mijn pappa zegt dat jij slechte man bent,' zei ze. '*Uomo cattivo.*'
'Ik niet, je váder is de slechte man. Hij heeft me ontvoerd. Gekidnapt. *Capisce?*'
Ze knikte zonder iets te zeggen.
'Ik kan je niet laten gaan,' zei hij. 'Pas als je hebt bedacht hoe je me hier uit kunt halen. Kun je dat?'
Ze keek hem aan.
'Ik proberen...' zei ze na een poosje.
Hij had geen enkele reden haar te vertrouwen, maar helaas had hij geen keus.

42

Alex wist dat Mickey Stolli een ontzettende lul was. Er liepen tientallen types als Mickey rond in Hollywood. Kleine, onaantrekkelijke mannetjes die karrevrachten macht hadden. Mannetjes die het op de middelbare school nooit was gelukt een meisje in bed te krijgen. Mannetjes zonder enig talent, die parasiteerden op de echte filmmakers en die met de eer gingen strijken van hun succesvolle films.

Alex noemde ze de Hollywoodbonzen, die hun reet niet van een gat in de grond konden onderscheiden. Mickey Stolli was er een van.

Als dit soort mannen macht kregen, gingen ze hun tekortkomingen compenseren. De films die zij het groene licht gaven, gingen altijd over hoertjes, strippers en mooie meiden die wachten op de ware Jacob die ze kwam redden. Grootse Hollywoodfantasieën. Projecteer al je frustraties op het witte doek, zodat elke sukkel zich ermee kan identificeren.

Sommige van die types misbruikten hun macht door met zoveel mogelijk vrouwen naar bed te gaan. Er was een producer die films uitbracht die een megabudget hadden. Zijn castingsessies waren legendarisch en vonden altijd bij hem thuis plaats. Hij had in de loop van de tijd heel wat grote actrices laten opdraven. Als ze naar zijn huis kwamen, maakte hij opnamen met een verborgen videocamera en als ze de rol echt graag wilden, neukte hij ze op film.

Op zaterdagmiddag nodigde hij zijn vrienden uit om zijn videocollectie te bekijken. Hun vrouwen werden in de waan gelaten dat ze bij hem thuis naar voetbal keken.

Andere mannen verwierven macht door een invloedrijke vrouw te trouwen. Mickey Stolli was getrouwd met Abigaile, de kleindochter van de ooit legendarische Hollywood tycoon Abe Panther. Door zijn relatie met Abigaile had Mickey zich tot hoofd van een studio weten op te werken. Niet slecht. Alex wist dat hij een vriendschappelijke relatie met zulke types moest onderhouden als hij als filmmaker in Hollywood wilde overleven. Anders kon hij het wel schudden. Toen Mickey Stolli naar hem toe kwam en zei hoe blij hij was dat Panther *Gangsters* produceerde, wist Alex dat er een prijskaartje aanhing.

'Je hebt een geschat budget van tweeëntwintig miljoen dollar,' zei Mickey.

'Dat is veel geld, Alex.'

'Je zult merken dat elk dubbeltje verantwoord is, Mickey.'

'O ja, dat begrijp ik wel. Je bent een fantastische filmmaker, Alex, Niet zomaar goed, echt fantastisch. Ik ben er trots op dat ik met je samenwerk.'

Wat wil die lul in vredesnaam van me?

'Dank je, Mickey.'

'Eh... ik wil je een gunst vragen.'

Daar zullen we het hebben. 'Zeg het maar.'

'Wil je de rol van Lola aan Leslie Kane geven?'

'Leslie wie?' vroeg Alex.

'Ze heeft aan een paar succesvolle films meegewerkt. Amerika is dol op haar. Leslie is het type dat elke man mee naar huis wil nemen om aan zijn vader voor te stellen.'

'Ik wilde de rol aan Venus Maria geven.'

'Venus?' snoof Mickey verachtelijk. 'Die is gif voor een film. Neem dat maar van mij aan. Ik kan het weten, want ik heb haar in een paar mislukte producties gehad.'

'Ze heeft een screentest gedaan met Johnny en ze was geweldig. Dit zou haar grote doorbraak kunnen worden.'
Mickey streek met zijn mollige hand over zijn kale hoofd. 'Dat interesseert me niet. Doe mij een lol, neem Leslie voor die rol, dan zul je nooit problemen krijgen over je budget. Begrijpen we elkaar goed?'
Alex zei niet meteen ja, maar zei dat hij er over zou nadenken.
Lili raadde hem dringend aan om het te doen. 'We krijgen alleen maar ellende met Mickey Stolli. Je kunt beter met Leslie Kane in zee gaan; het is toch maar een klein rolletje,' zei ze overredend.
'Heb je haar zien acteren?' vroeg Alex.
'Ach, dat zal wel meevallen. Het is te laat om naar een andere studio te stappen met *Gangsters*; we moeten bijna met de opnamen beginnen. Je kunt hier niet onderuit.'
Uiteindelijk had hij ja gezegd. Nu hoefde hij alleen Leslie Kane te laten opdraven, zodat hij kon zien wat een stommiteit hij had begaan.

'Wát?' riep Venus. 'Dat kan Alex Woods niet maken. Dat kan die klootzak echt niet doen.'
Ze zat in Freddies kantoor, haar wangen rood van woede. Freddie had haar net verteld dat Leslie Kane de rol van Lola zou krijgen.
'Het spijt me voor je,' zei Freddie, die geen spier vertrok. 'Alex wil je wel, maar de studio wilde per se Leslie Kane. Daar kan hij niets aan doen.'
'Natuurlijk kan hij daar iets aan doen, Freddie! schreeuwde ze uit pure frustratie. 'Het is zijn film. Hij heeft het voor het zeggen. Leslie is volkomen ongeschikt voor die rol. Zij is verdomme het saaie buurmeisje!'
Freddie haalde zijn schouders op. 'Ik heb nog drie andere scripts voor je liggen. Lees die maar, misschien zit er iets anders voor je bij.'
'O ja? Wat dan?' zei ze sarcastisch. 'Een film van Scorcese? Iets met Oliver Stone? Die staan vast voor me in de rij. Ik wilde deze rol.'
Behoorlijk overstuur liep ze zijn kantoor uit. Leslie Kane, nog wel. Eerst pakte ze Cooper af en nu had ze haar rol in *Gangsters*. Het was niet eerlijk. Mickey Stolli had het weer eens voor haar verpest.
Het was een rotweek geweest: ze werd gek van Emilio die een paar keer per dag belde over zijn waanzinnige eisen; vervolgens was Cooper ineens haar huis binnengekomen om haar om vergiffenis te smeken. Net toen ze week begon te worden was Rodriguez gearriveerd en had ze Cooper snel de deur uit gewerkt. Cooper was niet gewend aan concurrenten – zeker niet als die jonger en even aantrekkelijk waren. Hij was woedend geweest.
Ze zakte onderuit op de achterbank van de limousine en nam een impulsief besluit. 'Breng me naar de Panther Studio,' zei ze tegen de chauffeur.
Mickey Stolli zat aan de telefoon toen ze kwam binnenstormen. 'Weet je nog wie ik ben?' vroeg ze terwijl ze met haar handen in de zij voor zijn bureau stond.
Hij keek op en hield zijn hand op de hoorn. 'Hé, Venus, wat kom jij hier doen?'

Een zenuwachtige secretaresse zei: 'Het spijt me, meneer Stolli, ik kon haar niet tegenhouden.'
'Het geeft niet, Marguerite, we zijn oude vrienden,' zei Mickey galant. Mickey was vijftig, klein, kaal, zag altijd gebruind, had zijn eigen tanden nog en een stevig lijf, dank zij een dagelijks partijtje tennis, zijn grote hartstocht. Hij had een wat rauwe stem, waaraan je soms, als hij kwaad was, nog kon horen dat hij uit de Bronx kwam. Tot voor kort had hij de Orpheus Studio geleid, maar hij had niet overweg gekund met de Japanner wiens eigendom het was, dus toen Donna Landsman hem gevraagd had of hij wilde terugkomen naar Panther, had hij meteen zijn ontslag genomen. Panther was zijn hoofdprijs. Zijn studio. Het was of hij weer was thuisgekomen.
'Ik bel je straks nog, Charlie,' zei hij en hij legde de hoorn neer. Hij gaf Venus zijn volle aandacht. 'Wat kan ik voor je doen, liefje?'
'Alex Woods wil me in *Gangsters* hebben. Ik wil die rol graag spelen. Ik heb een goede screentest gedaan en nu geef je die rol aan Leslie Kane, die trut. Wat mankeert jou, Mickey?'
'Leslie Kane lokt mensen naar de bioscoop, en dat is nodig, want Alex Woods jaagt ze er soms uit.'
'Klets toch niet,' snauwde ze. 'Alex is een briljante filmmaker, en dat weet je.'
Mickey haalde zijn schouders op. 'Hij wil Leslie. Wat kan ik daar aan doen?'
'Dat lieg je, Mickey. Alleen omdat wij vroeger wel eens ruzie hebben ge...'
'Weet Freddie dat je hier bent?' viel Mickey haar in de rede.
'Nee,' antwoordde Venus. 'Omdat wij elkaar nog zo goed van vroeger kennen, dacht ik dat ik je beter zelf kon opzoeken.' Ze boog zich over zijn bureau. Zijn ogen verlekkerden zich aan haar borsten. 'Deze rol betekent veel voor me, Mickey. Wil je er nog eens over nadenken?'
'Levert mij dat iets op?' vroeg hij. Het zweet stond op zijn kale hoofd toen hij zag hoe de blonde superster met haar grote borsten pronkte.
Ze likte met haar tong langs haar volle lippen. 'Wat wil je dat het je oplevert?'
'Ik wil dat je me pijpt.'
Ze lachte meewarig. 'Pijpen? Is dat alles, Mickey?'
Hij voelde zijn pik stijf worden. 'Hoor ik je ja zeggen?' zei hij hoopvol.
'Ik zal erover denken als je me een ondertekend contract laat zien.'
Mickey keek hoe ze heupwiegend de deur uitliep met haar begerenswaardige kont. Venus Maria, dat was me er eentje! Hij was altijd op haar gevallen, ook toen hij nog met Warner Franklin naar bed ging, de zwarte agente, en die was er uiterst bedreven in hem overeind te krijgen.
Mickey fantaseerde over Venus die op haar knieën voor hem lag met haar blonde hoofd tussen zijn benen, likkend en zuigend en al die andere dingen waar ze zo goed in was. Hij kwam al klaar bij de gedachte alleen.
Van Leslie hoefde hij geen extraatjes te verwachten. Ze was bevriend met Abigaile en hij had wel geruchten gehoord dat ze call-girl was geweest, maar hij geloofde het niet echt. Leslie was veel te keurig.

Venus had gelijk. Leslie deugde absoluut niet voor Alex' film. Hij had Alex het mes op de keel moeten zetten om Venus voor Leslie in te ruilen, en nu kon hij het weer terugdraaien.

Als het nieuwe hoofd van Panther had hij volledige zeggenschap. Als hij Venus Maria wilde, kon niemand hem tegenhouden. En als zij hem wilde pijpen, tja, dan zat er misschien wel een rolletje voor haar in.

Abigaile Stolli en Leslie lunchten samen in Ivy. Leslie zag er even fris uit als altijd, haar lange rode haar in een paardenstaart, en met een geruite omajurk die haar prachtige lichaam verhulde. Dat uiterlijk paste goed bij haar: ondanks haar veelbewogen verleden was ze pas drieëntwintig en ze had haar seksueel onschuldig image weten te behouden.

Abigaile Stolli was begin veertig, een kleine vrouw met schouderlang kastanjebruin haar en een wat stompe neus. Ze was geen schoonheid, maar dat hoefde ook niet: Abigaile was een rasechte Hollywood echtgenote met veel macht en een interessante achtergrond. Abigaile was een echte Hollywood-prinses.

Iedereen maakte veel drukte om Leslie, het was Miss Kane voor en Miss Kane na. Ze genoot er met volle teugen van, en waarom ook niet? Ze had keihard moeten werken om te komen waar ze nu was.

'Bedankt voor je hulp, Abigaile,' zei ze. Ze hief haar glas verse jus d'orange en toostte op haar vriendin.

'Op *Gangsters*,' zei Abigaile. 'Je zult het voortreffelijk doen, dat weet ik zeker.'

'Ik hoop dat ik met Alex Woods overweg kan,' zei Leslie bezorgd. 'Hij heeft nogal een reputatie.'

'Als er problemen zijn, ga je meteen naar Mickey,' zei Abigaile moederlijk. Ze genoot ervan dat mensen haar zagen lunchen met zo'n beroemde ster. 'Hij regelt het wel met hem. Mickey regeert de studio met harde hand.'

'Blij dat te horen,' zei Leslie. 'Het zal vast prettig zijn om met hem te werken.'

'Bovendien is Mickey professioneel,' zei Abigaile trots.

Professioneel in wat eigenlijk? vroeg Leslie zich af. Toen ze met Eddie getrouwd was, had hij zich heel wat over Mickey Stolli laten ontvallen, de man die toen zijn baas was geweest bij Panther. 'Die vent is een waardeloze bedrieger. Hij steelt als de raven en gedraagt zich als een rat,' had Eddie vaak geklaagd. 'En hij brengt me in enorme problemen.'

Leslie was er nooit achtergekomen wat voor problemen dat precies waren; ze wist alleen dat het samenhing met geld achterover drukken en drugs.

'O ja, liever,' zei Abigaile, 'we geven morgenavond een klein etentje voor Donna en George Landsman. Geen groot gezelschap. Alex Woods, Cooper Turner, Johnny Romano. We zouden het heerlijk vinden als je ook kwam. En neem...' Ze zweeg, want ze kon niet meer op de naam komen van Leslies nieuwe vriend, ook al had ze hem al een paar keer ontmoet.

'Jeff,' souffleerde Leslie.

'Ja, Jeff, natuurlijk. Kun je morgenavond?'

Alsof ze zo'n kans zou laten lopen! 'Met alle plezier,' zei ze.

212

Jeff haalde haar op bij het restaurant in haar nieuwe bronskleurige Mercedes, dolgelukkig met zijn rol als inwonende dekhengst en chauffeur. Het was stukken beter dan eindeloos auditie doen voor *pilots* die toch nooit van de grond kwamen. Leslie had geen medelijden met hem; als hij ooit een ster werd, zou Abigaile zijn naam wel kennen.

'We gaan morgenavond eten bij Mickey Stolli,' zei ze tegen hem.

'Ik vind het prima, schat,' zei hij, de Mercedes door het verkeer loodsend.

Dat geloof ik graag, dacht ze. En ze begon te bedenken wat ze zou aantrekken om Cooper terug te winnen.

Maandagavond laat belde Mickey Alex op. 'Ik ben van gedachten veranderd. Geef die rol maar aan Venus.'

'Hoe dat zo?'

'Het is een beetje gecompliceerd; het houdt verband met de vriendschap van mijn vrouw met Leslie Kane. Hoor eens, je mag Venus en Freddie pas vertellen dat ze de rol krijgt als ik het zeg. Houd het even een paar dagen onder ons. Leslie krijgt een script dat haar veel beter zal aanstaan. En zo krijgen we zonder problemen de rol van Lola terug.'

Alex kon er met zijn verstand niet bij dat hij dit soort flauwekul moest slikken. 'Ik ben niet gewend om zo te werken, Mickey,' zei hij koel.

'Kom nou, Alex, wees eens een beetje flexibel. Je krijgt immers je zin?'

'Dat is waar, Mickey,' zei hij, maar hij walgde van zichzelf. Dit was niet zijn stijl.

'Mooi. O ja, Abigaile vroeg me of ik je eraan wilde herinneren dat je morgenavond bij ons thuis bent uitgenodigd. Leslie komt ook. Doe alsjeblieft of zij die rol nog krijgt, wil je?'

Alex beklaagde zich bij Lili, die wijs haar hoofd schudde. 'Jij hebt me zoveel over Hollywood geleerd, Alex,' zei ze. 'Een van de dingen die jij me op het hart hebt gedrukt is dat ik nooit naar de bekende weg mag vragen.'

'Oké, oké, Lili.' Hij ging zijn kantoor binnen en deed de deur achter zich dicht. Elke dag had hij gesprekken met tientallen acteurs voor de kleinere rollen. Zijn castingadviseurs stelden een lijstje van kandidaten op en lieten dan voor elke rol vijf of zes mensen opdraven. Alex wilde ze allemaal persoonlijk zien. Het was tijdverslindend, maar hij weigerde om anders te werken.

Hij had nog een paar minuten voor de castinggesprekken hervat werden en hij besloot Lucky nog eens te bellen. Hij had haar al vaak proberen te bereiken, maar was nooit verder gekomen dan het antwoordapparaat. Hij had gehoord dat Gino was neergeschoten en wilde er dolgraag meer over horen. Hij wilde zich er ook van vergewissen dat het goed met haar ging en wilde haar laten weten dat hij voor haar klaarstond als het nodig was. Zelfs als ze geen relatie met hem wilde, konden ze toch wel vrienden zijn.

Dit keer werd de telefoon beantwoord door een mens van vlees en bloed.

'Met Alex Woods,' zei hij. 'Kan ik Lucky spreken?'

'Sorry, meneer Woods, ze is even weg.'

'Met wie spreek ik?'

'Met Kyoko, haar assistent.'
Hij schraapte zijn keel en voelde zich belachelijk. 'Kyoko, ik probeer haar nu al een week te bereiken. Wil je vragen of ze me terugbelt?'
'Natuurlijk, meneer Woods.'
'Ze kan me thuis bereiken of op kantoor.' Hij legde de hoorn neer. Waarom vond hij Lucky toch zo aantrekkelijk? Het moest haar karakter zijn. Grillig en onstuimig, net als het zijne. En hij wilde haar dolgraag beter leren kennen.

Nona was onverwacht naar Brigettes appartement gekomen, iets waar Brigette niet blij mee was. Ze hadden ruzie.
'Wat is er?' vroeg ze geïrriteerd.
'Ik wil weten wat er met je aan de hand is,' herhaalde Nona. 'Je gedraagt je volslagen onmogelijk.'
'Waarom ben ik onmogelijk? Omdat ik niet alles doe wat je van me vraagt?' antwoordde Brigette.
'Het maakt niet uit wat ik je vraag, je doet helemaal niets. Ik schijn je manager te zijn en Michel is je agent, maar je wil niets met ons te maken hebben.'
'Daar heb ik mijn redenen voor,' zei Brigette geheimzinnig. Ze had geen zin in details te treden omdat ze een reusachtige kater had.
'Wat voor redenen?' vroeg Nona. 'Is het Isaac? Je schijnt geen dag meer buiten hem te kunnen. Je gaat elke nacht tot vier uur uit en de rest van de dag slaap je. Je carrière begint maar net, Brigette. Nu is de tijd om eraan te werken.'
'Ik kan doen wat ik wil,' zei Brigette dwars. 'Niemand kan de baas over me spelen.'
'Wat bedoel je daar nu weer mee?'
'Ach, ik hoef die flauwekul niet zo nodig. Ik heb er geen zin in.'
Nona slaakte een zucht van ongeduld. 'O, mooi is dat? En dat uit de mond van een meisje dat droomde van een grootse carrière en die alles zou doen om op de cover van *Mondo* te komen. Nu heb je die flauwekul ineens niet meer nodig. Ja, hoor eens, ik kan het bijltje er ook wel bij neergooien...'
'Prima, doe maar,' zei Brigette. Ze wilde niets liever dan naar bed gaan en een week slapen, liefst misschien voorgoed.
'Ik begrijp het niet,' zei Nona hoofdschuddend. 'Is er iets gebeurd waar ik niets van afweet?'
Brigette draaide zich om en liep naar de keuken.
'Ik heb gelijk, hè?' zei Nona, die haar achterna liep.
Brigette had zich met de dag ongelukkiger gevoeld. Ze kon het niet meer voor zich houden. 'Hoor eens,' zei ze woedend, 'er is niets gebeurd waar je me niet voor had gewaarschuwd.'
'Er is dus wel iets gebeurd. Ik had gelijk. Heeft het met Isaac te maken?'
'Met Michel,' zei Brigette moedeloos.
'Wat heeft hij gedaan?'

'Dat kan ik je niet vertellen,' zei Brigette en ze liet haar hoofd op haar armen zakken.
Nona ging naar haar toe en sloeg een arm om haar schouders. 'Toe, Brigette, zo erg kan het niet zijn.'
'Je had me gezegd dat het een perverse man was.'
'En? Heeft hij geprobeerd je het bed in te krijgen? Dan heb je hem vast wel weten af te poeieren.'
'Het is erger dan dat,' zei Brigette met neergeslagen ogen. 'Hij heeft me wijdbeens vastgebonden en toen kwam Robertson die zich flink op me heeft uitgeleefd terwijl hij toekeek en foto's nam. Het was de meest vernederende ervaring van mijn hele leven. Waarom denk je dat ik niet naar hem toe wil?'
'O God, Brigette. Waarom heb je me dit niet eerder verteld? We zouden hem kunnen aangeven bij de politie.'
'Ja, ik zie de krantenkoppen al voor me: rijke erfgename vastgebonden en gedwongen tot lesbische seks. Begrijp je dat dan niet? Mijn leven is naar de knoppen als dit naar buiten komt.'
'Het spijt me... Ik had geen idee...'
'Ik denk dat ik gewoon pech heb met mannen.'
'Wat een ongelooflijke zak!'
'Nona,' zei Brigette, 'je moet me beloven dat je dit aan niemand vertelt, ook niet aan Zan.'
'Je weet dat je op me kunt rekenen, maar we moeten hier toch iets aan doen? Dit mag niet ongestraft blijven.'
'Maar wat?' vroeg Brigette radeloos. 'Hij heeft foto's van me...'
'Weet je wie we het moeten vertellen?' zei Nona.
'Nou?'
'Lucky! Je zegt altijd dat ze overal een oplossing voor weet.'
'Ik kan het Lucky niet vertellen.'
'Waarom niet?'
'Lucky heeft haar eigen problemen. Gino, de studio... Dit kan ze er niet ook nog bij hebben.'
'Lennie zou willen dat je het haar vertelde. Hoor eens, we zouden nu naar L.A. kunnen vliegen.'
'Maar het is zo vernederend.'
'Je voelt je vast beter nu je het mij hebt verteld.'
'Ja...'
'Bedenk dan dat je je nog beter zult voelen als je het Lucky vertelt en zij er iets aan kan doen.'
'O God, Nona, waarom heeft hij het gedaan?'
'Omdat het een zieke man is, die verdient een lesje te leren. Geloof me, het is echt een goed idee om het Lucky te vertellen. Ik ga wel met je mee naar L.A.'
Brigette knikte. 'Misschien heb je wel gelijk.'
'Ik weet dat ik gelijk heb. Morgenochtend stappen we op het vliegtuig.'

43

Terwijl Kyoko de post verzorgde, bekeek Lucky de lijst van medewerkers van Lennies film en kruiste de mensen aan die ze wilde spreken. Eerst belde ze Ross Vendors, de Australische regisseur. Hij was thuis in Bel Air, in afwachting van zijn volgende film. Ross zei hoe erg hij het vond dat Lennie dood was, hoe goed hij had gewerkt en dat ze altijd welkom was om de half-gemonteerde film te komen bekijken.

'Ik vroeg me af,' zei ze voorzichtig, 'hoe Lennie de dag voor het ongeluk heeft doorgebracht.'

'Hij was in een fantastische bui, Lucky,' zei Ross, met zijn luide Australische machostem. 'Hij had het er aan één stuk door over dat jij de volgende dag zou komen, dat hij haast niet kon wachten tot je er was. We werden er niet goed van. "Lucky komt morgen... ik ben zo gek op haar... nooit gedacht dat een huwelijk zo goed kon zijn..." En zo ging dat maar door.'

Ze lachte. 'Echt waar?'

'Ik had het je al eerder willen vertellen, maar ik wilde je die eerste tijd niet lastigvallen.'

'Dat was heel attent van je, Ross.' Ze zweeg even voor ze verder praatte. 'Kun jij me misschien vertellen met wie Lennie veel omging op de set?'

'Lennie was nogal op zichzelf. Hij is een paar keer meegegaan om iets te drinken na het werk. Maar meestal ging hij naar zijn kamer om aan het script te werken. Jennifer was de enige die veel contact met hem had.'

'Jennifer?' zei ze neutraal, terwijl haar hart als een gek begon te slaan.

'De tweede regieassistente,' zei Ross. 'Leuke meid. Ze zorgde goed voor Lennie. Zorgde ervoor dat hij op tijd op de set verscheen, dat zijn auto klaarstond als hij hem nodig had. De dag voor je kwam heeft ze zelfs het opnameschema veranderd zodat hij naar de luchthaven kon gaan om jou op te halen.'

'O ja, Jennifer. Ik geloof dat ik haar wel eens gezien heb.' Ze zweeg weer. 'Ze is toch dat knappe blondje?'

'Ja, dat is Jennifer, een leuke meid.'

Ja, maar niet als ze naakt in de armen van mijn man heeft gelegen.

Op de lijst zocht ze het telefoonnummer van Jennifer Barron op. Ze kreeg haar antwoordapparaat. 'Hallo, met Jennifer. De komende zes weken werk ik voor Star Studio's aan *The Marriage*. Als u een boodschap inspreekt, bel ik u terug.'

Lucky belde naar Star Studio's, kreeg het productiekantoor van *The Marriage* en sprak met een assistent.

'De hele crew is op locatie,' zei de assistent. 'Ze zijn aan het filmen op Paradise Cove.'

Dat lag op tien minuten afstand van haar huis! Ze zei tegen Kyoko dat ze

even weg moest, zei tegen de bewaker dat ze hem niet nodig had, sprong in haar auto en reed erheen.
Het reusachtige parkeerterrein bij het Paradise Cove-strand stond vol met grote vrachtwagens en luxueuze caravans. Ze parkeerde haar Ferrari, stapte uit en liep wat rond. 'Waar is iedereen?' vroeg ze aan een figurant die langsliep.
'Ze zijn op het strand de trouwscène aan het opnemen.'
Ze liep naar het strand en kwam langs de cateringservice van Kraft, waar een groep figuranten zich tegoed deed aan gratis hapjes.
Stel dat Jennifer het blondje van de foto's was? Wat moest ze dan in vredesnaam tegen haar zeggen? Wat moest ze doen?
Rotwijf, jij bent met mijn man naar bed geweest!
Nee, ze wilde alleen maar vragen waarom, meer niet.
De crew was een stuk verderop op het strand; iedereen was bezig met voorbereidingen voor de volgende opname – iedereen behalve de acteurs, die op een rij in hun eigen regisseursstoel zaten terwijl er mensen van haar en make-up en allerlei assistenten om hen heen dromden.
Ze hield een van hen aan en vroeg of hij haar Jennifer Barron kon aanwijzen. 'Ze is, geloof ik, een van de regieassistenten.'
Hij wees naar de rij acteurs. 'Ze staat daar met Sammy Albert te praten.'
'Bedankt.'
Dertien jaar geleden was Sammy Albert een bekend acteur geweest, nu was hij de koning van de bijrollen – een acteur die in het vergeetboek was geraakt, met een slecht toupet en te witte tanden. Lucky had hem nooit ontmoet, maar kende hem wel van gezicht.
Ze was meer geïnteresseerd in de blonde vrouw die naast zijn stoel stond. Lucky herkende haar niet, want het meisje had een honkbalpet op, droeg een zonnebril en de standaardkleding van L.A.: een korte broek en een T-shirt. Lucky had geen flauw idee of het de vrouw van de foto's was of niet.
Ze liep naar haar toe en tikte haar op de schouder. 'Jennifer?'
'Ja?'
'Ik ben Lucky Santangelo. Jij hebt op Corsica met mijn man samengewerkt. Met Lennie Golden.'
'Dat klopt.'
'Kunnen we even ergens praten?'
'Natuurlijk.'
Ze gingen in de schaduw van een palmboom zitten. 'Jennifer,' zei Lucky, haar woorden zorgvuldig kiezend, 'allerlei mensen vertellen me dat Lennie en jij op locatie nauw hebben samengewerkt. Wat ik wil weten is hoe nauw precies?'
Jennifer keek verbaasd op. 'Denk je dat Lennie en ik een verhouding hadden?' riep ze uit. 'Hij praatte alleen maar over jou, Lucky.' Ze aarzelde even. 'Mag ik je Lucky noemen?'
'Ja, natuurlijk.'
Het meisje bloosde. 'Waarom dacht je dat wij samen iets hadden?'

217

'Ik eh... heb foto's gezien,' zei Lucky.
Jennifer keek verbaasd. 'Wat voor foto's?'
Lucky haalde een foto van Lennie met de blonde vrouw te voorschijn uit haar tas. 'Dit ben jij immers zonder de honkbalpet en de zonnebril?' vroeg ze.
Jennifer bekeek de foto en barstte opgelucht in lachen uit. 'Met zulke siliconenborsten?'
'Jij bent het dus niet?' vroeg Lucky.
'Absoluut niet,' zei Jennifer. 'Dat is de een of andere bimbo die op de set achter Lennie aanzat.'
'Werkte ze aan de film?'
'Ze was een van de figuranten,' zei Jennifer. Ze liet er nadenkend op volgen: 'Weet je wat raar is? De avond voor hij verongelukte, belde Lennie me om te vragen hoe ze heette.'
'Waarom?'
'Dat weet ik niet. Ik heb er nog een grapje over gemaakt en gevraagd of hij ook haar maten wilde hebben. Sorry hoor, maar dat is mijn gevoel voor humor. Lennie kon er wel om lachen.'
'Wat zei hij?'
'Voor zover ik me kan herinneren zei hij iets in de trant van "het is niet wat je denkt".' Jennifer bekeek de foto nog eens. 'Waar is haar vriend? Die was erbij toen deze foto werd genomen. Iemand heeft hem weggeretoucheerd.' Ze schudde haar hoofd. 'Heus, Lucky, Lennie kende haar niet eens.'
'Maar hij heeft je wel gevraagd hoe ze heette?'
'Ze viel hem lastig,' zei Jennifer. 'Eerder op de avond vertelde hij dat ze naar zijn kamer had gebeld.'
'En?'
'En niets. Hij zei dat hij haar had afgepoeierd.'
'Misschien is hij later van gedachten veranderd.'
'Dat betwijfel ik. Ik kende je man; hij was echt alleen in jou geïnteresseerd. En als hij een slippertje had willen maken met dat blondje, zou hij mij toch niet om haar naam en telefoonnummer hebben gevraagd. Daar zal hij wel een andere reden voor gehad hebben.'
Lucky pakte de andere foto's uit haar tas en gaf ze aan Jennifer. 'Deze lagen in zijn kamer,' zei ze. 'En de kamer zag eruit alsof een vrouw er de nacht had doorgebracht.'
Jennifer bekeek de foto's een poosje. 'Ik begrijp het niet,' zei ze verbaasd. 'Waarom zou hij met een naakte vrouw in de deuropening van zijn hotelkamer gaan staan? Het lijkt er eerder op of hij haar probeert weg te duwen.'
'Vind je?'
'Kijk nog maar eens goed.'
Jennifer had gelijk. Lennie zag er niet uit alsof hij zich op zijn gemak voelde. Waarom was haar dat niet eerder opgevallen?
'Hoe kom ik erachter wie ze is?'
'Mijn vriend Ricco heeft de figuranten voor die film geregeld. Ik weet dat

hij op het moment in Rome met een film bezig is, maar ik zal hem bellen. Misschien dat hij ons verder kan helpen.' Ze zweeg even. 'Weet je, Lucky, je man was mijn grote favoriet. Ik ben zo gewend dat filmsterren me lastigvallen en gepijpt willen worden dat ik Lennie ermee plaagde dat hij de enige was die niets van me wilde.'

'Bedankt voor je hulp, Jennifer. Dit is mijn privé-nummer. Bel me als je iets gehoord hebt.'

'Dat zal ik doen.' Jennifer keek op. 'O, God! Daar komt Sammy Albert. Die werd helemaal hitsig toen hij je naam hoorde.'

'Hij weet vast wel dat ik niet meer aan het hoofd van Panther sta,' zei Lucky droog.

'Ik denk het niet,' zei Jennifer met een lachje. 'En ik ga het hem niet aan zijn neus hangen.'

'Lucky Santangelo,' zei Sammy, zijn hand op haar schouder leggend. 'Een vrouw met lef. Ik heb je altijd al graag willen ontmoeten.'

'Sammy Albert,' zei ze, zijn toon imiterend. 'Ik ben een groot fan van je.'

'Natuurlijk,' grapte hij. 'Waaraan danken we de eer van je bezoek aan onze nederige set?'

'Ik woon vlakbij.'

'Kan ik bij je komen lunchen?' zei hij met een vette knipoog.

Ze walgde soms van acteurs. Ze schenen echt te denken dat vrouwen meteen voor ze in zwijm vielen. 'Sorry, Sammy, maar ik moet weg. Ik ben al te laat voor mijn volgende afspraak.'

'Jammer.'

Toen ze thuiskwam belde ze naar Gino in Palm Springs om te horen of het goed met hem ging. Ze vertelde hem dat Boogie die middag zou komen en dat ze hoopte dat hij meer informatie voor haar zou hebben. Gino waarschuwde haar en drukte haar op het hart voorzichtig te zijn.

Boogie arriveerde stipt om zes uur. 'Kom even mee naar de garage, Lucky,' zei hij. Ze volgde hem door een zijdeur.

Daar zat een kleine, ratachtige man vastgebonden op een stoel, armen en benen gekneveld, een prop in zijn mond, hevig zwetend. Hij had een bruin pak aan, zwarte schoenen en een geel T-shirt. Zijn schaarse haar hing in vettige slierten op zijn schouders.

'Dit is Sami,' zei Boogie. 'Dit is de idioot die Gino heeft neergeschoten.'

'Hier,' zei Boogie en gaf Lucky zijn pistool, 'misschien heb je zin hem te gebruiken.'

Sami's ogen puilden bijna uit hun kassen.

Lucky wist welk spelletje Boogie speelde. Ze nam het pistool in de hand en keek Sami dreigend aan. 'Misschien moet ik je meteen een kogel door je ballen schieten,' zei ze ijzig kalm. 'Om mijn vader te wreken.'

Sami kronkelde zich op zijn stoel en maakte paniekerige, gorgelende geluiden.

Boogie liep naar hem toe, haalde een mes uit zijn zak en ontdeed hem van de prop in zijn mond.

'Het was een opdracht... ik heb alleen maar een opdracht uitgevoerd,' zei Sami. In zijn haast om uitleg te geven tuimelden de woorden over elkaar. 'Als ik had geweten dat het om Gino Santangelo ging, had ik het nooit gedaan.'
Lucky bleef hem aanstaren en hypnotiseerde hem bijna met haar zwarte ogen. 'Wie was je opdrachtgever?' vroeg ze.
'Dat weet ik niet... Ik werd contant betaald door een man in een café. Ik wist echt niet dat het om Gino Santangelo ging.'
'Je kletst uit je nek,' zei Lucky. 'Natuurlijk wist je wie het was. Je hebt geld aangenomen om mijn vader te vermoorden.' Ze richtte het pistool op zijn kruis.
Er tekende zich een grote donkere plek af op zijn broek.
'Nu heb je zeker geen praatjes meer,' zei Lucky. 'Hoeveel heb je gevangen?'
'Vierduizend dollar,' mompelde Sami met gebogen hoofd.
'En wie was je opdrachtgever?' vroeg Lucky nog eens terwijl ze het pistool op hem gericht hield.
'Een man in een café.'
'In L.A.?' vroeg Boogie.
'Ja, er zit een striptent bij de luchthaven. Die man komt daar soms.'
'Hoe heet hij?'
'Ik weet het niet.' Hij keek Boogie smekend aan. 'Kun je niet vragen of ze dat pistool wegdoet?'
'Ik stel voor dat je uitzoekt wie het was,' zei Lucky opzettelijk heel kalm. 'Want als je morgen niet met zijn naam op de proppen komt, schiet ik die ballen van je aan flarden. En dat is geen bluf; ik heb het vaker gedaan.'
'Jij en ik gaan nu weg,' zei Boogie, die Sami een blinddoek omdeed. 'Mevrouw Santangelo geeft je vierentwintig uur om met een naam op de proppen te komen. Ik rijd je terug naar de stad en laat je gaan. Morgen breng ik je weer hiernaartoe, op dezelfde tijd. En dan héb je die naam.'
Lucky liep haar huis binnen. Ze was misselijk. Er kwamen zoveel herinneringen bij haar boven. Herinneringen aan haar jeugd, mannen die bij hun thuis kwamen, Gino die op fluistertoon gesprekken voerde, het besef dat zij anders was dan andere kleine meisjes, omdat haar vader de helft van de tijd op en neer vloog naar Las Vegas. En toen de wrede moord op haar moeder. Gino was in Las Vegas geweest toen het gebeurde. Zij was thuis geweest.
Had ze iets kunnen doen om haar mooie moeder te redden? Nee, maar soms was het schuldgevoel zo overweldigend dat ze het er benauwd van kreeg. Jaren later had ze wraak genomen. En nu zou ze dat weer moeten doen. Het was een naargeestige gedachte.

44

Abigaile blonk uit in het geven van diners. Ze vond het heerlijk om beroemde sterren te ontvangen; dat was een van de bezigheden waarin ze heel erg goed was. Het leek haar een goed idee om een etentje voor Donna en George Landsman te geven, omdat Donna formeel Mickey's nieuwe baas was geworden. Niet dat Abigaile ooit van het echtpaar Landsman had gehoord, maar wat maakte dat uit? Als je geld had, kon je in Hollywood in mum van tijd de top bereiken.

Ze had een indrukwekkende gastenlijst. Cooper Turner, die nog niet had laten weten wie hij meenam; Johnny Romano, die haar secretaresse had verteld dat hij iemand meenam, maar ook geen naam had achtergelaten.

Hoe pakten die mannen dat aan? Belden ze een vrouw een halfuur van te voren op om te zeggen dat ze zich moest optutten? De moderne omgangsvormen stelden niet veel meer voor.

Alex Woods nam een zekere Tin Lee mee, en Leslie Kane zou haar nieuwe vriend meebrengen met wie ze samenwoonde.

De secretaresse van Donna Landsman had gisteren gebeld om te zeggen dat Donna haar zestienjarige zoon zou meenemen. Daar was Abigaile razend om geworden, omdat ze helemaal geen onbekende puber aan haar eettafel wilde. Bovendien gooide het haar tafelschikking door de war.

Ze had genadig gezegd dat het goed was en had toen tegen haar eveneens zestienjarige dochter Tabitha gezegd dat ze het etentje moest bijwonen.

Tabitha, die vakantie had van haar Zwitserse kostschool, had niet erg enthousiast gekeken. 'Hè mam, moet ik echt met dat stelletje saaie ouwe lullen eten?'

'Ik zou Cooper Turner, Alex Woods en Johnny Romano geen saaie ouwe lullen noemen,' zei Abigaile koel, geïrriteerd door haar dochters gebrek aan respect.

'Ik wel,' kreunde Tabitha. 'Waarom nodig je Sean Penn niet uit?'

Tabitha was een probleemkind. Op haar veertiende was ze er vandoor gegaan met een achttienjarige Spaanse ober; op haar vijftiende had ze, toen haar ouders op vakantie waren, een wild feest gegeven waarbij het huis in brand was gevlogen; op haar zestiende wilde ze een neuscorrectie, liet ze haar haar knalrood verven en liet niet nader te omschrijven piercings aanbrengen. Eerlijk gezegd had Abigaile geen flauw idee wat ze met haar moest beginnen.

Het was pas tien uur 's ochtends, maar Abigaile stond erop dat haar personeel alles al in gereedheid bracht, zodat ze niets aan het toeval hoefde overlaten. Ze inspecteerde de eettafel: een volmaakt arrangement van gesteven beige linnen, kostbaar kristal en prachtig Victoriaans zilver. 'Heel mooi, Consuela,' zei ze tegen de huishoudster.

Abigaile rekende zichzelf tot de beste gastvrouwen van Hollywood. Haar etentjes waren legendarisch, en mensen hadden er alles voor over om een uitnodiging van haar te krijgen. Ze dacht met een triomfantelijk lachje terug aan een etentje dat ze een paar jaar geleden had gegeven, waarbij een zwarte politicus en een heel bekend feministe bijna slaande ruzie hadden gekregen en elkaar hadden uitgescholden.

'Kutwijf!' had de zwarte politicus tegen de feministe gezegd.

'Wát zeg je daar, zwarte klootzak?' had de feministe op haar beurt geroepen. En toen was het hek van de dam geweest. Ze waren al ruziënd het huis van de Stolli's uitgelopen, maar volgens haar personeel was het daarna achterin de limousine van de politicus tot een heftige neukpartij gekomen. Over dat etentje was in L.A. nog maanden nagepraat. Ja, Abigaile wist hoe ze zoiets moest aanpakken.

Ze lachte bij de herinnering en liep de eetkamer uit. Ze had nog heel wat te doen voor ze met haar gasten aan tafel kon. Een manicure, een pedicure, haar benen harsen, een schoonheidsbehandeling, naar de kapper, yoga, een jurk passen bij Nolan... Haar hoofd liep om. Ze wist niet hoe ze dat allemaal voor elkaar moest krijgen.

'Zin om vanavond met me uit te gaan?'

'Met wie spreek ik?' vroeg Venus, die amper wakker was. Ze kon Anthony wel vermoorden! Wat bezielde hem om zo vroeg een telefoontje door te verbinden?

'Met Johnny, schat.'

Haar hersens werkten nog niet. 'Johnny?'

'Hallo! Johnny Romano. Jij bent zo te horen nog niet helemaal op de wereld.'

'O, sorry, Johnny, het is nog vroeg. Je belt me wakker.'

'Het is over twaalven, schat.'

'Dat meen je niet!'

'Kijk zelf maar.'

Ze pakte haar wekker en zag dat het inderdaad al kwart over twaalf was. Ze zou haar slaap wel nodig gehad hebben, want meestal was ze om zeven uur al op.

'Heb je zin om bij Mickey Stolli te gaan eten? Niemand die ik liever zou meenemen dan jij.'

'Wie komt er nog meer?' vroeg ze geeuwend.

'Het is een etentje voor dat mens dat Panther heeft overgenomen,' zei Johnny. 'Geen idee wie er komen. Misschien Alex.'

Het drong tot Venus door dat hij nog niet had gehoord dat ze de rol van Lola niet zou krijgen. Ze besloot het hem niet te vertellen, hoewel het misschien een goed idee was om hem aan haar kant te hebben. Als ze met hem ging eten, kon ze het hem altijd nog vertellen.

'Ik weet niet zeker of ik kan,' zei ze. Zo won ze tijd om na te denken.

'Toe nou, schat,' drong hij aan. 'Jij en ik zijn een explosieve combinatie. Zeg nou maar ja.'
'Als ik met je meega, is dat op een strikt platonische basis. Ik ben niet een van die filmsterretjes die meteen met de benen wijd gaan.'
'Zeg, waarom denk je dat ik je zo graag mag?' vroeg hij verontwaardigd. 'Ik ben dol op vrouwen die niet zo makkelijk te krijgen zijn. Dat kom je niet vaak tegen. Hoewel ik natuurlijk niet begrijp hoe je me kunt weerstaan...'
'Weet je, Johnny,' zei ze, 'ik zal mijn uiterste best doen.'
'Is dat een toezegging?'
'Dat is een misschien. Bel me over een uur maar terug.'
'Venus,' zei hij zuchtend, 'wat maak je het me weer lastig.'
Waarom overwoog ze zelfs maar met hem uit te gaan? Omdat ze Mickey weer wilde zien, en het zou helemaal mooi zijn als Alex er ook was. Bovendien, waarom zou ze niet gaan? Ze moest juist haar gezicht laten zien en ze dwingen om hun mening te herzien.
Ze belde Anthony. 'Waarom heeft niemand me wakker gemaakt?'
'Je hebt gisteravond een briefje neergelegd dat je niet voor twaalf uur gestoord wilde worden,' zei Anthony.
'O ja?'
'Echt waar. Rodriguez heeft drie keer gebeld omdat hij wil weten wanneer je de video gaat bekijken. Hij wil er graag bij zijn.'
'Dat zal wel,' zei ze en ze kwam tot de conclusie dat Rodriguez vervelend begon te worden. 'Heb ik vandaag afspraken?'
'Ja.'
'Zeg alles af. Ik neem een vrije dag. Ik wil bij het zwembad zitten, eten waar ik zin in heb en helemaal niets uitvoeren. Bel over een paar uur naar Johnny Romano en zeg dat ik vanavond met hem meega naar de Stolli's. Vraag wat voor kleding gewenst is en hoe laat hij me komt ophalen.'
Ze bedacht dat het juist goed zou zijn om Alex Woods en Mickey Stolli persoonlijk te ontmoeten. Ze kon ze eraan herinneren dat ze Lola wás, en dat het een grote vergissing zou zijn de rol aan een ander te geven.

45

'Hallo,' zei Lucky.
'Hallo,' zei het meisje in het weinig verhullende topje en de spijkershort. Ze keurde haar nauwelijks een blik waardig.
Ze stonden naast elkaar op de make-upafdeling van het Dart-warenhuis.
'Heb je deze kleur al geprobeerd?' vroeg Lucky, een bronskleurige lippenstift ophoudend.

Sara keek er even naar. 'Nee, maar hij ziet er wel interessant uit.'
'Dat vind ik ook,' zei Lucky. 'Ben jij soms Sara Durbon?'
Nu had ze Sara's aandacht getrokken. 'Ja,' zei ze, haar korte broek wat omlaag trekkend, omdat hij was opgekropen tussen haar billen. 'Moet ik je kennen?'
'Nee, dat niet,' zei Lucky. 'We hebben wel een gemeenschappelijke vriend.'
'Een gemeenschappelijke vriend?' vroeg Sara, die met een magere wijsvinger over haar kin streek. 'Wie dan?'
'Morton Sharkey.'
'Is Morton een vriend van je?' zei Sara verbaasd.
'Inderdaad.'
'Ik heb nog nooit een vriendin van Morton ontmoet,' giechelde Sara. 'Hoe weet je wie ik ben?'
'Hij heeft het veel over je. Ik heb een foto van je gezien.'
'Prááát hij over me?' zei Sara verbaasd. 'Ik dacht dat ik topgeheim moest blijven, omdat hij getrouwd is enzo...'
'Hij moet wel erg gek op je zijn.'
'Ik begrijp het niet,' zei Sara met gerimpeld voorhoofd. 'Ik mag nooit iets tegen iemand zeggen.'
'Wat doe je voor de kost, Sara?' vroeg Lucky. 'Ben je soms actrice of fotomodel?'
'O, ik begrijp het al,' zei Sara begrijpend. 'Zijn vrouw heeft je op me afgestuurd. Dat ouwe kreng is erachter gekomen en stuurt jou om te zeggen dat ik moet oprotten of dat ze me wil afkopen of zoiets.'
'Zou ik je kunnen afkopen?' vroeg Lucky, zich afvragend wat Morton toch in dat magere scharminkel zag.
'Heeft die vrouw van hem je gestuurd?' wilde Sara per se weten.
'Nee. En ik wil alleen informatie ruilen voor geld. Valt daar over te praten?'
Sara kneep haar ogen samen tot spleetjes. 'Wat is dat toch met die Morton Sharkey? Eerst krijg ik al dat geld...'
'Welk geld?' vroeg Lucky snel.
'Laat maar,' zei Sara, die net op tijd haar mond wist te houden.
'Sara, jij en ik moeten eens goed met elkaar praten. Ik kan veel voor je doen.'
'Zoals wat?' vroeg Sara achterdochtig.
'Nou, als je actrice bent, kan ik je aan een rol helpen. Als je model bent, kan ik voor een opdracht zorgen.'
Sara's ogen stonden wantrouwig. 'Waarom zou je dat voor me doen? Ik stel helemaal niets voor.'
'Ik heb mijn redenen. Hoe oud ben je?'
'Eenentwintig,' loog ze.
'Ja, het is goed. Hoe oud ben je echt?'
'Zeventien,' zei Sara schouderophalend.
'Wat heb je uitgespookt? Ben je van huis weggelopen?'
'Hoe weet je dat?'

'Ik zal eerlijk tegen je zijn, Sara. Ik wil een persoonlijke rekening met Morton vereffenen, en ik ben bereid daar heel wat geld voor uit te trekken. Zeg me maar wat je hebben wilt, dan zul je het krijgen.'
'Wat ik maar wil?' zei Sara, met hebzucht in haar stem.
'Zeg het maar.'
'Oké, je kunt op me rekenen.'

'Ze heeft me nooit teruggebeld, Kyoko.'
'Wat vervelend, meneer Woods. Ik heb haar uw boodschappen wel doorgegeven.'
'Ja, natuurlijk.' Alex begon zich een idioot te voelen. Verliefde regisseur achtervolgt vrouw die absoluut niet in hem geïnteresseerd is. 'Is ze wel in de stad?'
'Ja, meneer Woods.'
'Dan bel ik later nog terug.'
'Tegen vier uur is ze thuis,' zei Kyoko die medelijden met hem had.
Alex legde de hoorn neer. Hij ging een film van tweeëntwintig miljoen maken en hij kon alleen maar aan Lucky Santangelo denken. Was ze dan helemaal niet nieuwsgierig naar wat zich in haar studio afspeelde?
Lili riep hem op via de intercom. 'Alex.'
'Wat is er?'
'Iedereen staat beneden op je te wachten.'
'Zeg maar dat ik er zo aankom.'
'Denk eraan dat je vanavond bij Mickey Stolli gaat dineren. Tin Lee komt om halfacht naar je appartement.'
'Jezus! Heb ik die uitnodiging aangenomen?'
'Dat weet ik niet, maar dat zal wel.'
'Oké, oké.' Zichzelf vervloekend liep hij het kantoor uit. Hij had een hekel aan dat soort etentjes.
Bij de deur hield Lili hem tegen. 'Johnny Romano heeft weer gebeld over de wijzigingen in het script.'
'Houd hem maar aan het lijntje, Lili, dat kun je als de beste.'
Beneden werd hij begroet door Russell. Ze hadden alle locaties rond, op één na, en vandaag was de laatste gelegenheid om die te vinden.
'Heb je een paar goede mogelijkheden?' vroeg hij.
'Je zult niet teleurgesteld zijn,' zei Russell.
Ze stapten in het busje, waar de anderen al zaten te wachten en gingen op pad. Ze hadden geluk. De tweede locatie die ze bezochten was precies wat hij zocht. 'Klaar,' zei hij tegen Russell. 'De rest hoef ik niet eens meer te zien.'
Het busje zette hem al weer vroeg bij zijn auto af. Hij keek op zijn horloge: het was bijna halfvier. Hij overwoog heel even terug te gaan naar kantoor, want hij had genoeg te doen. Toen stapte hij in zijn Porsche en reed naar Lucky's strandhuis.
Als Lucky Santangelo zijn telefoontjes niet wilde beantwoorden, zou hij haar opwachten als ze thuiskwam. En als ze dat niet leuk vond, had ze pech.

Lucky zat met Sara aan een hoektafeltje van het Hard Rock Café. Er schetterde keiharde rockmuziek, en Lucky had instinctief geweten dat Sara zich hier op haar gemak zou voelen en dus spraakzaam zou zijn.
Ze had haar al tweeduizend dollar gegeven en nu wachtte ze op het verhaal.
'Oké, Sara,' zei Lucky, toekijkend hoe het meisje een dubbele cheeseburger naar binnen werkte. 'Vertel me alles wat je weet, dan is die andere tweeduizend dollar ook voor jou.'
Sara, die geld boven al het andere in de wereld stelde, stak van wal terwijl ze de cheeseburger verorberde. 'Ik heb Morton Sharkey ontmoet toen ik in een massagesalon werkte op Hollywood Boulevard. Hij kwam op een dag binnen en wilde dat ik hem een seksmassage zou geven. Ik heb natuurlijk gezegd dat ik dat soort dingen niet deed. Dat was niet waar, maar in dat soort werk leer je gauw genoeg wat een man wil horen. Je ziet zo of er geld of rottigheid in zit. Ik wist dat er bij hem geld in zat, dus heb ik het onschuldige meisje uitgehangen. En voor ik het wist, bood hij me vijfhonderd dollar om hem af te trekken. Kun je je dat voorstellen? Vijfhonderd dollar voor zestig seconden! En hij bleef maar terugkomen.' Ze zweeg even om nog een grote hap van haar cheeseburger te nemen. Tomatenketchup droop langs haar kin en er kwamen een paar spatjes op haar topje terecht, wat haar niet scheen te storen. 'Goed, toen wilde hij me buiten mijn werktijd zien, dus toen heb ik hem in mijn flatje uitgenodigd. Maar dat vond hij niets en hij zei dat hij zelf een appartement voor me zou huren. Ik dacht nog dat hij me voor de gek hield, maar nee, hij meende het. Maar voor het zover was, kreeg ik bezoek van een vrouw.'
'Welke vrouw?' vroeg Lucky.
'Ze zag er goed gekleed uit. Ze kwam met een man bij me aan de deur. Ze boden me een heleboel geld als ze een videocamera in mijn slaapkamer mochten installeren. Het kon mij niet schelen, dus heb ik ja gezegd.'
'Hoe heette die vrouw?'
'Geen idee.'
Het moest Donna zijn. 'En wat gebeurde er toen?'
'Ze hebben de camera in een kast in de slaapkamer verborgen en zeiden me precies welke houding ik moest aannemen om de beste opnamen van Morty in actie te krijgen.' Sara giechelde. 'Morty was altijd in actie. Ik denk dat hij nooit bij zijn vrouw terecht kan, want het is de geilste oude man die ik ken.'
Lucky zuchtte diep. Een geile oude man met een stijve. Dat leidde altijd tot verraad. 'Wist hij dat er een camera was?'
'Natuurlijk niet,' zei Sara. 'Ik heb dus een videoband van hem gemaakt en aan die mensen gegeven. En ze hebben me inderdaad een smak geld gegeven. En toen kwam Morty erachter wat ik had gedaan.'
'Hoe dan?'
'Die vrouw begon hem te chanteren. God, wat was hij kwaad! Hij heeft me een ontzettend pak slaag gegeven; ik had niet verwacht dat hij daartoe in staat was.' Ze pakte wat frietjes en stopte die in haar mond.

'Heeft hij je geslagen?'
'Ik had het er wel naar gemaakt. Maar zoals ik tegen hem ook zei: ik had dat geld hard nodig. Waar zou ik anders zo'n bedrag kunnen verdienen?'
'Wat gebeurde er toen?'
'Nou, na een paar dagen heeft hij het me vergeven. Hij heeft me laten verhuizen, omdat hij me niet meer vertrouwde. Nu zit ik in een duur appartement en krijg ik een toelage van hem. Maar als zich iets beters aandient, ben ik vertrokken.'
'Ben ik iets beters?'
'Dat hangt er vanaf wat je te bieden hebt.'
Lucky leunde achterover en dicteerde de spelregels. 'In de eerste plaats is dit een vertrouwelijke bijeenkomst. Dat betekent dat je er niemand iets over mag vertellen. In de tweede plaats wil ik een kopie van die videoband.'
'Die heb ik niet.'
'Lieg niet zo.'
Sara grinnikte. Liegen was voor haar doodnormaal. 'Waarom denk je dat ik lieg?'
'Dom ben je niet, dus natuurlijk heb je een kopie laten maken.'
'Die is erg duur,' zei Sara met een sluw lachje.
'Hoe duur?'
Sara zoog haar wangen in en waagde het erop. 'Tienduizend dollar,' zei ze, het bedrag ter plekke uit haar duim zuigend. 'Tienduizend en geen cent minder.'

Toen hij Lucky's rode Ferrari de privé-weg zag inslaan, sprong Alex uit zijn auto en ging midden op de weg staan om haar tegen te houden.
'Wat doe jij in godsnaam?' zei ze, abrupt remmend. 'Ik had je wel dood kunnen rijden.'
'Wat denk je dat ik hier doe?' zei hij. Hij liep naar haar raampje. 'Het was duidelijk dat ik drastische maatregelen moest nemen om je te spreken te krijgen, want terugbellen doe je niet.'
Ze streek met haar hand door haar donkere haar. 'Je bent gek,' zei ze hoofdschuddend.
'Ja. Weet je dat we bijna buren zijn? Ik woon een stukje verderop.'
'O ja?' zei ze ongeïnteresseerd.
'Ga je met me mee om wat te drinken?'
'Alex,' zei ze geduldig, 'ik heb je over de telefoon toch uitgelegd hoe ik erover denk?'
'Dat weet ik,' zei hij. 'Je bent alleen met me naar bed gegaan om Lennie terug te pakken. Ik knapte er echt van op toen je dat vertelde. Maar goed, als je het zo wilt spelen, vind ik het best. Kom mijn huis bekijken.'
'Waarom?' zei ze, nog steeds met haar hoofd bij haar ontmoeting met Sara.
'Omdat ik dat leuk zou vinden,' zei hij op overredende toon. Hij wierp haar een glimlach toe. Zijn beroemde glimlach die wonderen kon uitrichten.

Ze wilde hem niet aanmoedigen, maar toch mocht ze hem wel. En ach, als Alex vriendschap met haar wilde, vond ze dat best, als hij maar besefte dat het geen romance was. 'Ik kan maar tien minuten blijven,' zei ze vastberaden. 'Ik rijd wel achter je aan.'
'Stap maar bij mij in de auto. Ik weet dat je dol bent op mijn rijstijl.'
'Ik zei dat ik achter je aan zou rijden, Alex. Anders ga ik niet mee.'
'Verlies me niet uit het oog.'
'Ik zou niet durven.'
Hij stapte in zijn Porsche en scheurde weg. Hij keek in zijn spiegeltje om te zien of ze hem volgde. Ze zat vlak achter hem in haar Ferrari.
Een kwartier later stonden ze bij zijn huis.
'Een stukje verderop?' vroeg ze met opgetrokken wenkbrauwen.
'We hebben de oceaan gemeen,' zei hij. Hij was ontzettend blij haar weer te zien.
Ze stapte uit en bekeek zijn huis van buiten. 'Heel aardig,' zei ze. Ze bewonderde de strakke architecturale lijnen.
'Ik heb het zelf gebouwd,' zei hij.
'In je vrije tijd zeker?'
'Geestig hoor.'
Ze liepen naar het huis. 'Begin je binnenkort met de opnamen?' vroeg ze.
'Volgende week.'
'En jij loopt in Malibu rond en probeert je voor mijn auto te gooien.'
'Ik zat met een paar onafgeronde kwesties in mijn hoofd.' Hij keek haar aan. 'Ik moest je gewoon zien, Lucky.'
'Oké, en nu ben ik er,' zei ze. Ze probeerde zijn blik te ontwijken.
Hij deed de voordeur open en liet haar binnen.
Ze stond in de enorme hal met de hoge ramen en liet een lange fluittoon horen. 'Schitterend,' zei ze vol bewondering. 'En ik dacht nog wel dat je alleen kon regisseren.'
'Dit huis betekent veel voor me,' zei hij met een gebaar naar de ruimte. 'Zeer privé. Ik neem hier nooit iemand mee naartoe.'
Lucky liep door de hal de woonkamer in en ging het terras op. 'Adembenemend,' zei ze. 'Mijn huis is hiermee vergeleken niet meer dan een bouwkeet. Is het te koop?'
Hij lachte. 'Nee.'
'Dat kan ik je niet kwalijk nemen.'
'Wil je iets drinken?'
'Water.'
'Met whisky?'
'Water,' zei ze, terugdenkend aan hun laatste ontmoeting.
Hij ging het huis binnen, schonk zichzelf een glas wodka in en voor haar een ijskoude Perrier. Toen hij terugkwam op het terras, was ze gaan zitten.
'Ik ben blij dat je gekomen bent,' zei hij toen hij haar het glas gaf.
'Je hebt gelijk, Alex,' zei ze peinzend. 'We hebben een aantal zaken niet afgerond.'

'Blij dat je het met me eens bent.'
'Als we elkaar willen blijven ontmoeten, moet je mijn gevoelens kunnen respecteren.'
'Dat is geen probleem.'
'Het zal een hele tijd duren voor ik over Lennies dood heen ben.'
'Dat is begrijpelijk.'
'Eerlijk gezegd heb ik spijt van wat er tussen ons is gebeurd.'
'Was het zo erg?' vroeg hij berouwvol.
'Je weet best wat ik bedoel, Alex. Het was ontzettend opwindend en we waren er allebei voor in de stemming. Maar mijn motieven deugden niet. Ik kan me niet zo snel over Lennie heenzetten.'
'Wat je probeert te zeggen is dat ik een kans maak als ik lang genoeg de rol van goede vriend speel...'
'Ik heb geen idee wat de toekomst zal brengen, Alex.'
Ze keken elkaar lang en doordringend aan. 'Ik vond het heel erg voor je dat je vader werd neergeschoten,' zei hij, de stilte verbrekend. 'Wat is er gebeurd?'
'Daar probeer ik achter te komen,' zei ze. 'Het ligt ingewikkelder dan ik dacht.'
'Gaat het goed met hem?'
'Gino is een sterke man. Hij komt er wel weer bovenop.'
Hij voelde zich volkomen op zijn gemak met Lucky. 'Waarom blijf je niet eten?' vroeg hij. 'De kok maakt wel iets lekkers klaar. We kunnen buiten zitten, naar de ondergaande zon kijken...'
'Het klinkt aanlokkelijk, maar ik heb andere verplichtingen vanavond,' zei ze. Ze stond op.
Hij dacht na. Zou er iemand anders in haar leven zijn? Had hij een concurrent?
'Ik moet nu naar huis,' zei ze.
Hij had ineens de nauwelijks te beheersen neiging haar in zijn armen te nemen en te kussen. Dat gevoel was nieuw voor hem. Voordat hij Lucky had leren kennen, had hij gedacht dat vrouwen er alleen waren om een glimlach op zijn gezicht te toveren. Nu was hij net een verliefde puber.
Ze liep naar binnen. Over haar schouder zei ze: 'Gebeurt er trouwens nog iets in mijn studio wat ik zou moeten weten?'
Het beviel hem dat ze het háár studio bleef noemen. Die vrouw was niet makkelijk te verslaan.
'Ik heb Donna Landsman nog niet ontmoet,' zei hij, met haar mee naar binnen lopend. 'Die eer valt me vanavond te beurt.'
Ze keek hem vragend aan. 'Je vroeg me toch net te eten?'
'Zeg, waarom ga je niet met me mee?'
'Waar naartoe?'
'Mickey Stolli geeft bij hem thuis een etentje ter ere van Donna.'
'Jezus!' riep Lucky uit. 'Slijmen kan Mickey toch als geen ander!'
'Zoals ik al zei: waarom ga je niet met me mee?'
Lucky overwoog de mogelijkheden. Oog in oog met Donna staan bij een

sociale gelegenheid. Mickey zou het in zijn broek doen als ze bij hem thuis verscheen. Het was een verleidelijk vooruitzicht. 'Wie komen er nog meer?'
'Dat kan ik mijn secretaresse laten navragen.' Hij keek op zijn beurt verbaasd. 'Ik dacht dat je andere verplichtingen had?'
'Ik kan natuurlijk altijd van gedachten veranderen.'
Ik ook, dacht hij. Hij zou Tin Lee voor de zoveelste keer laten zitten. 'Een etentje hier en naar de ondergaande zon kijken was niet goed genoeg voor je. Maar je gaat misschien wel mee naar Mickey?'
Ze lachte. 'De enige reden waarom ik het overweeg is dat het me heerlijk lijkt om tegenover Donna aan tafel te zitten en te horen wat ze te vertellen heeft. En Mickey en ik... Tja, we zijn aartsvijanden en ik wil graag zijn gezicht zien als ik binnenkom. Het leuke is natuurlijk dat hij er niets aan kan doen, omdat ik met jou meekom.'
'Weet je, Lucky, jij verstaat echt de kunst een man een goed gevoel over zichzelf te geven. Eerst ga je met me naar bed, maar zegt daarna dat het niets voorstelde. Nu ga je met me mee naar een etentje, maar alleen om andere gasten dwars te zitten. Hoeveel denk je dat mijn ego kan hebben?'
'Wil je dat ik meega of niet?'
Hun ogen ontmoetten elkaar. Er hing spanning in de lucht. 'Ja, ik wil dat je meegaat.'
'Bel me dan over een halfuur op.' Ze lachte zacht. 'Ik beloof je dat ik aan de lijn kom.'
Hij liep met haar mee naar haar auto. Ze stapte in de rode Ferrari en reed naar huis.
Het tij begon te keren.

46

De grootste aandeelhouder van een grote filmstudio in Hollywood zijn was veel bevredigender dan Donna Landsman zich had voorgesteld. Toen haar overname in de pers werd aangekondigd, kreeg ze bloemen van tientallen mensen die ze niet kende, onder andere van een aantal filmsterren en heel wat belangrijke directeuren uit de filmindustrie.
Donna had in haar leven nog nooit beroemdheden ontmoet, dus toen Abigaile Stolli belde om te vertellen dat ze een diner voor haar wilde geven, was Donna verrukt, zeker toen Abigaile vertelde wie er op de indrukwekkende lijst van genodigden stonden.
Donna had haar secretaresse laten bellen om te zeggen dat Santo mee zou komen. Toen ze het hem vertelde, werd hij meteen chagrijnig. 'Ik heb geen zin om te gaan,' mokte hij.

'Niets mee te maken,' zei Donna op voor haar ongewoon strenge toon. 'Je zult allemaal beroemde mensen ontmoeten waar je in de toekomst misschien iets aan zult hebben. Goede connecties zijn erg belangrijk.'
Bij nader inzien leek het hem niet zo'n heel slecht idee. Hij zou in elk geval een keer fatsoenlijk te eten krijgen. Hij had een hekel aan de kookkunst van zijn moeder, en de kok die ze in dienst had was nog erger. Dat mens maakte niets anders klaar dan pasta met tomatensaus en een saaie salade. Het was duidelijk dat zijn moeder wilde dat hij wat zou afslanken. Ze kon wat hem betrof de pot op – voordat ze zelf op dieet ging en al die plastische chirurgie had laten doen was ze ook geen schoonheid geweest. Hij herinnerde zich haar nog toen ze de vrouw van zijn vader was geweest – de oude Donatella. Het was net of die vrouw was doodgegaan en was vervangen door dit achterlijke mens dat zich veel te zwaar opmaakte.
'Gaat George er ook naartoe?' vroeg hij.
'Ja, natuurlijk,' zei Donna. 'Ik wou dat je beter met George kon opschieten. Je doet er geen enkele moeite voor.'
'Misschien als hij eens ophield te doen alsof hij mijn vader was,' zei Santino met een verwijtende blik. 'Ik vind het vreselijk als hij dat doet.'
'George heeft nooit geprobeerd de plaats van je vader in te nemen,' wees Donna hem terecht.
'Natuurlijk wel, ik krijg altijd op mijn donder van hem.'
Hij wist dat George woedend was geweest toen zijn moeder hem over de Ferrari had verteld; hij had ze in zijn kamer horen schreeuwen. Dat wil zeggen: Donna schreeuwde, George verhief zijn stem nooit. Donna had natuurlijk gezegevierd.
Santo vond George een mislukkeling, een onderkruipsel. Donna was hem veruit de baas. Santo begreep niet waarom ze bij hem bleef, terwijl ze zich veel beter kon laten scheiden van die laffe hufter. Als zijn moeder meer met filmsterren omging, zou ze misschien iemand ontmoeten die geschikter was. Arnold Schwarzenegger of Sylvester Stallone. Dat zou fantastisch zijn: een stiefvader voor wie hij respect kon hebben.
'Je moet wel een pak met stropdas aan,' zei Donna.
'Hoezo? Gaan we naar de kerk?' antwoordde Santino met een brutaal lachje.
'Zo hoort dat nu eenmaal,' zei Donna, die erover inzat wat ze zelf zou aantrekken. Ze verkeerde niet vaak in gezelschap van filmsterren en dat maakte haar onzeker.
Santo wist dat hij vrijwel alles bij haar voor elkaar kon krijgen, maar dat ze hem vanavond zou dwingen dat stomme pak aan te trekken. Hij ging naar zijn kamer en zat zich op te vreten. Snapte ze dan niet dat hij er in dat pak nog dikker uitzag dan anders?
Hij deed de deur van zijn slaapkamer op slot, liep naar zijn kast en keek erin. Achterin had hij het geweer verstopt dat hij onlangs op school van de zoon van een filmster had gekocht. Ha! Hij had een geweer en twee dozen

patronen. Dat was nog eens macht! Als hij wilde, kon hij ze allebei overhoop schieten. Eerst Donna, dan George. POW! Een koud kunstje!
Hij werd zo opgewonden van de gedachte dat hij een geweer had dat hij besloot Venus nog een brief te sturen. In zijn gedachten werd de band tussen hen met de dag hechter, zoals dat gaat bij mensen die verliefd op elkaar zijn.
Hij stelde zich voor dat ze zijn brieven las, zich afvroeg wie hij was en hoopte dat ze elkaar snel zouden ontmoeten en voorgoed bij elkaar konden blijven.
Hij ging de brieven tegenwoordig persoonlijk brengen; daarvoor koos hij de vroege ochtenduren uit. Hij sloop over de berghelling die achter haar woning lag en wrong zich zonder veel moeite door het struikgewas heen. Daarna klom hij over de muur en bezorgde zijn nieuwste epistel. Die stomme beveiligingsman lag altijd te pitten. De bewaking stelde geen reet voor.
Hij had zo zijn vaste ritueel. Een brief aan Venus schrijven. Zich aftrekken. Nog een brief aan Venus schrijven. Zich nog eens aftrekken. Ach, het leven was zo slecht nog niet.

Venus genoot van haar dagje luieren. 's Middags kwam Ron op bezoek en hield haar gezelschap bij het zwembad. Ze had gemerkt dat hij tegenwoordig steeds vaker naar haar huis kwam.
'Hebben Anthony en jij jullie relatie al bezegeld?' vroeg ze met een ondeugende glimlach.
'Dat soort dingen hoor je niet te vragen,' zei Ron geïrriteerd. 'Je bent gewoon een vreselijke bemoeial.'
'Waarom? Ik wil alleen maar dat je eens vertrekt uit dat mausoleum waar je woont.'
'Dat gaat je helemaal niets aan.'
'Ik vertel jou toch ook alles over Rodriguez?' zei ze. Ze nam nog een slokje van haar Diet Coke.
'Waar is hij vandaag?'
'Ik word helemaal gek van hem. Hij verkeert in de veronderstelling dat we een stelletje zijn. Hij denkt dat we na een paar keer lekker neuken Mr. en Mrs. America zijn. Die arme Anthony moet hem afpoeieren aan de telefoon.'
'Ik zag dat je een nieuwe beveiligingsman hebt.'
'Ja, die ander was een eikel. Telkens wanneer ik thuiskwam zat er weer iemand anders in mijn huis. Deze lijkt me iets beter bij de tijd. Ik hoop dat hij die griezel te pakken krijgt die hier steeds brieven bezorgt.'
'Wat voor brieven?'
'Heb ik je dat niet verteld? Ik krijg steeds gore pornobrieven van de een of andere idioot die denkt dat ik met hem ga trouwen. Die vent is echt hartstikke geschift.'
'Ik neem aan dat je de politie erover hebt ingelicht?'
Ze deed haar zonnebril af en hief haar hoofd naar de zon. Heerlijk. 'Ja, dat moet ik binnenkort eens doen. Anthony bewaart ze voor me.'
'Eén gestoorde fan is al genoeg om een kogel door je hoofd te krijgen.'

'Fijn, Ron. Dat is erg geruststellend. Ik voel me nu een stuk beter.'
Laat in de middag, toen Ron naar huis was gegaan, belde Anthony om te zeggen dat Rodriguez bijna in tranen op de stoep stond.
'Oké,' zei ze. 'Stuur hem maar door.'
Rodriguez kwam binnenvallen met een bos bloemen. 'Heb ik je beledigd, prinsesje?' vroeg hij, zijn vochtige ogen een en al liefde.
'Nee, Rodriguez,' zei ze kordaat. 'Je moet alleen goed beseffen dat we niet samenwonen. We zijn zelfs geen stelletje. Ik wil mijn vrijheid.'
'Maar wat zijn we dan wel?' vroeg hij gekwetst.
'Je bent mijn masseur,' zei ze in een poging zo eerlijk mogelijk te zijn. 'En daar betaal ik je voor.'
Hij keek diep teleurgesteld. 'Is dat alles wat ik voor je beteken?' vroeg hij bedroefd.
Ze vond dat ze hem beter niet kon sparen, maar hem de waarheid moest zeggen. 'Ja, Rodriguez, ik zie je echt als mijn masseur en meer niet.'
Ze wist dat ze kil en harteloos klonk, maar hij kon beter nu weten waar hij aan toe was. Stel dat hij allerlei illusies ging koesteren...
'Het spijt me dat ik je heb lastiggevallen,' zei hij afgemeten.
'Dat geeft niet,' zei ze met een blik op haar horloge. 'Heb je tijd voor een massage?' zei ze, in de hoop de klap wat te verzachten.
'Natuurlijk,' zei hij kortaf.
'Dan zie ik je zo.'
Ze ging naar boven, nam een douche, wikkelde een badlaken om zich heen en liep naar de massagekamer.
Rodriguez had zich omgekleed in een witte katoenen trainingsbroek en een wit T-shirt met korte mouwen: zijn werkkleding.
Voor de zoveelste keer viel haar op hoe aantrekkelijk hij eruitzag. Op een dag zou iemand hem misschien ontdekken en zou hij uitgroeien tot een ster.
Ze ging op haar buik op de massagetafel liggen. Rodriguez trok de handdoek weg. Valse schaamte was Venus vreemd. Bovendien had hij alles al gezien wat er te zien viel.
'Neem de citroenolie maar,' zei ze. 'Die ruikt zo lekker.'
Rodriguez schonk wat geparfumeerde olie op haar rug en begon die met zijn krachtige vingers uit te wrijven. Hij neuriede een lied. Dat was een goed teken; ze had in elk geval zijn hart niet gebroken.
Ze sloot haar ogen en ontspande zich; ze dacht aan Cooper. Hij was de vorige avond zo overtuigend geweest in zijn poging haar terug te winnen. 'Ik ben echt veranderd,' had hij gezegd. 'Als je wilt, kom ik bij je terug. En ik beloof je dat ik nooit meer vreemd zal gaan.'
Cooper, je bent dertig jaar onverbeterlijk geweest. Moet ik nu geloven dat je voor mij zou veranderen?
Gelukkig was ze niet naïef.
De handen van Rodriguez masseerden haar billen, wreven, kneden, streelden, en kwamen steeds dichter in de buurt van haar gleuf.

'Rodriguez,' zei ze slaperig, 'dit is een zakelijke relatie. Ik ben je vriendinnetje niet en zal dat ook nooit worden.'
'Dat weet ik,' zei hij terwijl hij haar billen iets uit elkaar trok.
'Niet doen,' zei ze zonder veel overtuiging.
'Als een Argentijnse vrouw nee zegt, kun je er soms rustig vanuit gaan dat ze ja bedoelt,' zei hij.
Ze voelde het puntje van zijn soepele tong.
Vooruit, dan maar... Deze ene keer nog. Daarna zou ze hem nooit meer aanmoedigen.

47

'Hij is er,' zei Boogie.
'Hoe heb je hem zover gekregen dat hij terugkwam?' vroeg Lucky.
'Hij heeft wel geprobeerd de stad uit te gaan, maar ik heb hem overgehaald dat uit zijn hoofd te laten.'
'En, heeft hij een naam voor ons?'
'Kom maar mee.'
Ze liep achter Boogie aan naar de garage. Hetzelfde scenario. Sami vastgebonden op een stoel; zijn rode oogjes die heen en weer schichtten alsof hij een dier in gevangenschap was en een uitweg zocht.
Dit keer had ze haar eigen pistool in de hand – een klein, automatisch zilveren pistool dat ze al jaren had. Ze was niet van plan het te gebruiken, maar het kon geen kwaad om het onderkruipsel de stuipen op het lijf te jagen. Hij had immers haar vader neergeschoten en had de kleine Maria op een haar na gemist. Hij had Gino voor geld willen vermoorden. Als het hem gelukt was, zou ze hem zonder pardon hebben doodgeschoten – dat miezerige kereltje.
Ze ging voor hem staan en hield haar pistool achteloos voor zich, zodat hij het wel moest zien. 'Heb je een naam voor me, Sami?' Haar stem weergalmde door de lege garage. 'Ik hoop voor je van wel, want ik heb vandaag niet veel geduld.'
Sami keek eerst naar haar pistool, toen naar Boogie, die tegen de muur geleund stond. 'Schiet een beetje op,' zei Boogie. 'Vertel het haar.'
'John Fardo heeft me gehuurd,' fluisterde Sami, die het zweet op het voorhoofd stond.
'Leg uit wie dat is,' instrueerde Boogie.
'John is chauffeur van een limousine. Een van zijn cliënten had hem de opdracht gegeven.'
'Welke cliënt?' vroeg Lucky. Haar zwarte ogen stonden kil en waakzaam.

234

'Dat weet ik niet,' zei Sami nog zachter. 'Echt niet! John werkt voor Galaxy Star Limo, dat bedrijf zit op Sepulveda.' Het zweet gutste over zijn ratachtige gezicht; hij bewoog onrustig op zijn stoel. 'Laten jullie me nu gaan?'
'Werk dat miezertje de deur uit, Boogie,' zei ze terwijl ze naar de deur liep. 'Zorg dat hij al het geld dat hij voor de klus heeft gekregen aan een liefdadig doel schenkt. Tot op de laatste cent.'
Toen ze wegliep, bedacht ze dat huurmoordenaars ook niet meer dezelfde types als vroeger waren. Gino bofte dat Sami zo'n lafhartige amateur was, die niet goed kon mikken.
Ze ging naar haar werkkamer, belde inlichtingen en vroeg het telefoonnummer van het limousinebedrijf op. Ze belde ze en vroeg op zakelijke toon: 'Klopt het dat John Fardo die voor jullie werkt de vaste chauffeur is van mevrouw Landsman?'
De receptioniste moest het even navragen, maar zei toen dat het inderdaad klopte.
'Bedankt. Ik wil contact opnemen met mevrouw Landsman. Rijdt John haar vanavond?'
'Ja, mevrouw, elke avond.'
Dat antwoord kwam niet als een verrassing.

Alex was in de zevende hemel toen Lucky belde en zei dat ze zou meegaan. Hij zei dat hij haar om zeven uur zou ophalen en probeerde meteen daarna Tin Lee te bereiken. Ze was niet thuis.
Dat zat hem behoorlijk dwars, omdat Tin Lee wist dat het etentje bij Stolli zou zijn. Hij belde Lili op haar huisadres.
'Hoe waren de locaties?' vroeg Lili.
Op de achtergrond hoorde hij de tv en hij vroeg zich af of ze alleen thuis was. 'Uitstekend, we zijn nu helemaal rond,' zei hij. 'Zeg, hoor eens, ik moet mijn plannen voor vanavond omgooien. Ik kan Tin Lee niet meenemen naar Stolli.'
'Heb je haar al gebeld?'
'Ik heb het geprobeerd, maar ze is niet thuis. Wat moet ik nu?'
Lili zette het geluid van de tv zachter. 'Dan moet je haar opvangen bij je appartement en haar zelf het slechte nieuws meedelen.'
'Ik wil eigenlijk in het strandhuis blijven.'
'Zal ik de Stolli's bellen om het af te zeggen?'
'Nee,' zei hij snel. 'Ik ga er wél naartoe.'
'Jij gaat wel,' herhaalde Lili geduldig, 'maar je wilt Tin Lee niet meenemen.'
'Precies.'
'Neem je iemand anders mee?'
'Inderdaad.'
'Dan moet je Tin Lee zo snel mogelijk proberen te bereiken.'
'Heel slim van je, Lili, maar ik zei net al dat ik haar verdomme niet te pakken kan krijgen.'

'Jammer voor je, Alex, maar daar kan ik weinig aan doen.'
Hij had zo het vermoeden dat Lili genoot van zijn romantische debacles.
'Oké, fantastisch,' zei hij, boos dat ze geen oplossing wist. 'Daar heb ik nog eens wat aan.'
Hij belde de portier van zijn appartement aan Wilshire. 'Om zeven uur verwacht ik een bezoekster. Wilt u zeggen dat ik ben opgehouden en dat ik niet naar het etentje kan komen. Vraag of ze naar huis gaat en wacht tot ik haar bel. Heeft u dat?'
'Ja, meneer Woods,' zei de portier.
'Weet u het zeker?'
'Ja, meneer Woods.'
Alex wist niet wat hij nog meer zou kunnen doen. Als hij terugreed naar de stad om het zelf af te handelen, zou hij te laat komen om Lucky op te halen. Het was het beste om hier te blijven.
Hij ging naar de badkamer en bedacht wat hij zou aantrekken. Iets zwarts natuurlijk. Hij droeg alleen maar zwart. Een zwart zijden overhemd, een zwart Armani-jasje, een zwarte broek.
Jezus, hij was zo nerveus als een tiener voor zijn eerste afspraakje. Het was te gek om los te lopen.
Toen hij zich had omgekleed, liep hij naar de huisbar en keek even verlangend naar een fles wodka. Maar hij zag er vanaf. Hij kon beter een joint roken om de ergste spanning te verdrijven. Hij keek op zijn horloge. Bijna zeven uur. Eén joint, dan was hij overal tegen opgewassen.

Mickey stapte in zijn auto en verliet het studioterrein. Sinds haar onaangekondigde bezoekje had hij niets meer van Venus gehoord. Hij wist niet of dat een goed of een slecht teken was. Nou ja, hij zou wel zien. Uiteindelijk zou ze wel overstag gaan. Hij had immers weer de leiding over de studio... Venus was een stuk, en hij kon niet wachten tot ze hem wat gunsten zou verlenen.
Hij vond het heerlijk om weer bij Panther terug te zijn. Hij had zich bij Orpheus nooit thuisgevoeld; het was niets voor hem om verantwoording af te leggen aan die Japanners en ervoor te zorgen dat iedereen netjes in het gareel bleef. Mickey hield ervan op zijn eigen manier zaken te doen en had er een hekel aan te moeten buigen voor de wensen van anderen.
Vanuit zijn auto belde hij Abigaile om te horen of de voorbereidingen voor die avond goed verliepen. Ze begon meteen te zeiken dat ze de naam van de partner van Cooper Turner en Johnny Romano niet wist.
'Dat maakt toch geen bal uit?' zei Mickey, met een zijdelingse blik op een blondje in een zwarte Mercedes.
'Wat moet ik dan op de kaartjes zetten?' jammerde Abigaile.
'Schrijf die dan als ze er zijn,' zei hij ongeduldig. Het knappe blondje schoot hem voorbij. Hij zag af van een achtervolging.
'Ik kan niet kalligraferen,' snauwde Abigaile. 'Ik heb iemand opdracht gegeven dat voor me te doen.'

Zijn vrouw kon ontzettend zeuren, maar hij moest toegeven dat het stukken beter tussen hen ging sinds ze een poos uit elkaar waren geweest. Twee jaar geleden had ze hem de deur uitgezet omdat ze hem met Warner had betrapt. Hij vond er niets aan om alleen te zijn. Het bestaan in zo'n hotel was doodsaai en hij had gesnakt naar een huiselijk leven. Hij had zelfs Abigaile gemist, wat hem verbaasd had.

Ja, Abigaile, die fantastische feesten gaf én zijn privé-leven organiseerde, was een echte aanwinst.

Maar dat betekende nog niet dat hij af en toe geen slippertje kon maken als hij daar zin in had...

Abigaile hing op en ergerde zich aan het feit dat Mickey er niets van begreep. Ze riep haar huishoudster. 'Consuela, we hebben nog geen namen voor deze twee kaartjes.'

Consuela schudde haar hoofd. Alsof dat iets uitmaakte; die Amerikaanse maakte zich druk over de onbenulligste dingen.

Abigaile hield het kaartje omhoog waar Mickeys naam op stond. 'Kun jij zo kalligraferen?'

Consuela keek haar met een nietszeggende blik aan.

'Dit handschrift,' zei Abigaile met enige stemverheffing. 'Kun je dat nadoen?'

'Natuurlijk,' zei Consuela, met een blik die uitdrukte: je-denkt-toch-niet-dat-ik-achterlijk-ben?

'Vraag of de butler je de naam wil geven van de dames die in gezelschap zijn van meneer Cooper en meneer Romano en schrijf die dan op de blanco kaartjes.'

'Goed, mevrouw.'

'Doe het alsjeblieft goed!'

Nu dit probleem was opgelost, moest ze beslissen wat ze zou aantrekken. Ze had twee dingen uitgekozen: een met kraaltjes bestikt tweedelig avondpakje van Nolan Miller en een blauwe Valentino-japon. Ze hingen gereed in haar enorme kledingkast en wachtten op het oordeel van Mickey.

Ze ging naar boven en wierp een blik op haar make-upspiegel. Eerder op de dag was er een professionele visagist gekomen om haar gezicht op te maken. Abigaile was erg voorzichtig met haar huid en stond erop dat er bepaalde producten werden gebruikt. Voor reiniging en huidverzorging gebruikte ze Peter Thomas Roth – zijn producten waren geurvrij en dat hielp lijntjes en rimpeltjes voorkomen. En daar had ze veel voor over. Ze had zijn huidverzorgingsartikelen leren kennen toen ze met vakantie in Aspen was en had sindsdien geweigerd iets anders te gebruiken. Over Peter Thomas Roth ging Estée Lauder met een vleugje Revlon om de ogen.

Ze was tevreden over haar gezicht en begon zich toen zorgen te maken over haar dochter Tabitha. In welke bizarre creatie zou Tabitha hen vanavond verrassen? Vorige week hadden ze haar voor een familie-etentje mee uit genomen naar Trader Victor. Ze had een gescheurde onderjurk aangehad,

haar armen zaten onder de namaaktatoeages en ze droeg lompe Doc Marten-laarzen. Ze had er niet erg aantrekkelijk uitgezien. Mickey had gezworen dat hij zich nooit meer met haar in het openbaar zou vertonen.
Abigaile besloot dat ze beter even kon gaan kijken en liep haastig naar haar dochters kamer.
Tabitha lag op haar bed, gekleed in een T-shirt en een gestreepte boxershort en keek naar Axl Rose op MTV. Bon Jovi schalde uit de cd-speler. De combinatie van lawaai was oorverdovend.
'Moet je je niet omkleden?' vroeg Abigaile luidkeels schreeuwend.
'Ja, straks,' antwoordde Tabitha. Ze speelde met het gouden ringetje dat sinds kort haar navel sierde.
'Ik hoop wel dat je die jurk aandoet die ik bij Neiman voor je heb gekocht,' schreeuwde Abigaile.
'Ja hoor,' antwoordde Tabitha vaag.
Abigaile huiverde en vluchtte de onbeschrijflijk rommelige kamer uit.
Ze zou het aan niemand willen toegeven, maar ze kon niet wachten tot Tabitha het huis uitging.

Venus trok een schitterende creatie aan van Alaïa – een rode japon met een blote rug en een zeer laag uitgesneden decolleté. Ze hoopte dat Mickey gek van geiligheid zou worden. Misschien zou ze zelfs indruk op Alex maken; die moest toch ook een greintje gevoel hebben.
Anthony was nog laat aan het werk. Ze liet hem naar haar slaapkamer komen om zijn oordeel te horen.
'Betoverend!' riep hij uit met de juiste hoeveelheid bewondering in zijn stem.
'Betoverend genoeg om me de rol van Lola te geven?'
'Ik kan me niemand anders in die rol voorstellen.'
Hij wist wat er van hem verwacht werd.
Johnny's limo kwam voorrijden. Het was een verlengd model, groter dan ze ooit had gezien. Ze vroeg zich af of zijn pik even groot was als zijn limo. Tja, daar zou ze wel nooit achterkomen.
Johnny floot bewonderend toen hij haar zag. Zij complimenteerde hem met zijn grijze pak en zijn zwarte gangsteroverhemd. Hij hielp haar instappen en liet zijn hand even over haar rug glijden. Ze deed alsof ze niets merkte.
De chauffeur van Johnny's limo was een prachtige zwarte vrouw. Voorin zaten met kaarsrechte rug twee vrouwelijke bodyguards.
'Is dat allemaal echt nodig?' vroeg Venus toen ze achterin zat.
'Natuurlijk, lieverd, en jij zou het ook moeten doen. Bovendien is het aftrekbaar,' zei hij met een lachje.
Man, wat heb jij grote tanden, dacht ze, toen hij een fles Cristal te voorschijn haalde en haar een glas inschonk. Op de achtergrond stond zachte rapmuziek op.
Ze nam een slokje champagne en dacht aan de brieven die ze kreeg. 'Wie verzorgt jouw fanmail?' vroeg ze.

'Die lees ik zelf nooit, daar heb ik geen trek in.' Hij sloeg de champagne achterover alsof het water was. 'Ik krijg nogal wat geschifte brieven.'
'Ik ook. De laatste tijd worden er obscene brieven op mijn huisadres bezorgd. Ze verschijnen zomaar op mijn stoep.'
Hij schonk zijn glas opnieuw vol. 'Hoe kan dat? Je hebt toch beveiliging?'
Ze haalde haar schouders op. 'Het is een raadsel.'
'Daar moet je iets aan doen. Neem wat extra mensen aan en laat wat bewakers over je terrein patrouilleren.'
'Dat is een goed idee.'
'Ik zal je wat mensen aanbevelen,' zei Johnny, die zijn hand achteloos op haar dijbeen liet vallen. 'Als we samenwerken, moeten we ons goed afschermen.'
Ze legde zijn hand terug. 'Daar had ik het al met je over willen hebben,' zei ze. 'Alex heeft besloten de rol aan Leslie Kane te geven. Ik lig eruit.'
'Dat bestaat niet!' riep Johnny woedend uit.
'Toch is het zo.'
'Van wie heb je dat gehoord?'
'Van Freddie Leon.'
'Wil je dat ik er iets aan doe?'
'Als je wilt, graag,' antwoordde Venus. 'Als je er maar niets voor terug verwacht.'
'Geen probleem,' zei Johnny, en hij nam nog een slok champagne. 'Als Johnny iets belooft, kun je erop rekenen.'
'Bedankt,' zei Venus ingetogen.

'Het is al laat,' zei Leslie, toen Jeff gejaagd het huis binnenkwam. 'Waar zat je?'
'O, mijn fitnesstraining liep wat uit, ik was de tijd vergeten,' zei hij buiten adem.
'Ik heb me al omgekleed en ben klaar om te gaan,' zei Leslie. 'We moeten om kwart over zeven de deur uit.'
'Ik ga even douchen en kleed me razendsnel om,' zei hij verontschuldigend.
Dacht hij dat ze achterlijk was? Hij was met een andere vrouw naar bed geweest; ze kon het aan hem ruiken. Los daarvan had ze een telefoontje van zijn vrouw gekregen. Ja, Jeff bleek getrouwd te zijn. Hij had blijkbaar de laatste tijd aan geheugenverlies geleden, want dat had hij haar nooit verteld.
'Ik ben Amber,' had de vrouw aan de telefoon gezegd. 'De vrouw van Jeff. En als je me niet gelooft, moet je achterin zijn fotoalbum kijken. Onze trouwakte zit verstopt achter de laatste foto.'
'Waarom bel je me?' had Leslie heel rustig gevraagd.
'Ik vond dat je het moest weten.'
'Bedankt, nu weet ik genoeg,' had Leslie gezegd.
Dat had zich een paar dagen geleden afgespeeld. Ze had geen idee waarom zijn vrouw haar had gebeld, en eerlijk gezegd kon het haar niet schelen, want Jeff was geen blijvertje. Jeff was een tussenstation. Ze wilde Cooper terug.
Ze had wel in zijn fotoalbum naar de trouwakte gezocht. Het klopte: hij was getrouwd en hij loog dus tegen haar.

Dom van hem om de relatie met zijn vrouw te hervatten, zeker vanavond. Ze liep naar de badkamer. Hij stond al onder de douche en zeepte zijn lichaam in met een washandje.
'Hoe was het in het fitnesscentrum?' vroeg ze. 'Waren er nog bekenden?'
'Nee, het was nogal stil,' riep hij om het geluid van stromend water te overstemmen.
God, wat was hij een slecht acteur. Geen wonder dat hij het nog niet gemaakt had.
Ze pakte een flesje parfum van de wastafel en spoot flink wat achter haar oren en in haar decolleté. Cooper was dol op luchtjes. Daar werd hij geil van.
Ze vroeg zich af wie Cooper vanavond zou meebrengen. In de roddelrubrieken had ze gelezen dat hij met verschillende vrouwen was gesignaleerd. Met de ex-vrouw van een sportheld, met een vrouw die een praatprogramma had op de tv en met een Duits fotomodel.
Ze hoopte dat het de eerste zou zijn; dat was de minste concurrentie.
Jeff kwam uit de douche en begon zijn ballen stevig droog te wrijven.
'Je haar is nat.'
'Ik gebruik je föhn wel even.'
Jezus, wat een sukkel. Echt dom. Wat was het toch met mannen? Je hersens gebruiken en een stijve gingen blijkbaar niet samen.

Coopers partner voor die avond, Veronica, was een beroemd fotomodel en mannequin, gespecialiseerd in sexy, maar respectabele lingerie. Hij had haar in het vliegtuig leren kennen, was een paar keer met haar uit geweest en vond haar aantrekkelijk en tamelijk intelligent voor een model. Ze eiste hem niet op. Dat waardeerde hij in een vrouw. Het enige wat hem niet aanstond was haar stem, die laag was als van een man.
'Hallo, Cooper,' zei ze toen hij aanbelde. 'Ik kom nu naar beneden.'
Veronica reisde veel, naar New York, Parijs en Londen, en bezat appartementen in L.A. en New York.
'Zal ik niet liever boven komen?' Hij hoopte stiekem dat ze hem zou pijpen. Tot nu toe had hij zich als een heer gedragen. Vanavond wilde hij wel eens iets anders.
'Dat is goed,' zei ze weinig enthousiast.
Hij nam de lift naar de veertiende verdieping.
'Kom binnen,' zei ze. Ze was chic gekleed in een roomkleurige, mouwloze japon, waarin haar licht gebruinde en gespierde armen mooi uitkwamen. Ze was een meter tachtig, had schouderlang blond haar, groene ogen, iets vooruitstekende tanden en een iets te lange neus. Het geheel was zeer aantrekkelijk.
Cooper kwam met een stijve het appartement binnenlopen.
'Cooper, je bent onverbeterlijk,' zei ze, want er ontging haar niets.
'Ik kan het niet helpen dat ik blij ben je te zien,' zei hij, en hij legde haar hand tegen zijn erectie.

'Bewaar het maar voor later,' zei ze met haar wat schorre stem.
Als hij bij Venus Maria zoiets had gedaan, zou ze zijn gulp hebben opengeritst en hem gegeven hebben wat hij wilde. Veronica was iets te koel naar zijn smaak. Ze was een beroemdheid op haar eigen terrein, misschien te beroemd. Maar net als elk succesvol model verlangde ze naar een filmcarrière. Dat was haar zwakke plek.
Hij veranderde van tactiek en liet zijn hand haar jurk binnenglijden. Ze droeg geen beha. 'Mooie borsten,' zei hij.
'Dat weet ik,' zei ze vol zelfvertrouwen. 'Zullen we gaan?'

Theedrinken bij Dominique was een verhelderende ervaring. Tin Lee zat stijf rechtop op de met zwaar damast beklede bank, bladerde door de fotoalbums van Dominique en bestudeerde Alex als kind. In het begin van het album waren er een paar foto's van Alex met zijn vader; ze speelden op het strand, reden paard en zwommen. Toen volgden de verjaardagsfoto's van Alex met allebei zijn ouders – alle drie zorgeloos lachend. Dominique had op een morbide manier drie volle bladzijden aan de begrafenis van Alex' vader gewijd. De foto's van Alex waren hartverscheurend – staande naast de doodskist, zijn kleine gezichtje een strak masker van rouw. Op alle foto's die volgden stond Alex met een ernstig gezicht afgebeeld. Er waren een paar foto's van Alex met zijn grootouders en achterin foto's van Alex in het uniform van de militaire academie; een eenzame figuur in streng grijs, met een verdrietige en eenzame uitdrukking op zijn gezicht.
'Alex had discipline nodig,' zei Dominique, enigszins verdedigend. 'Ik kon niet voor hem zorgen, ik moest verder met mijn eigen leven. Ik was nog jong toen zijn vader stierf en ik had bepaalde... behoeften. Er werd vast niet verwacht dat ik alles voor hem zou opgeven.'
'Dat begrijp ik,' zei Tin Lee, die er niets van begreep.
'Alex niet,' zei Dominique verbitterd. 'Ik krijg altijd de schuld van alles.'
'Waar krijgt u de schuld van?' vroeg Tin Lee nieuwsgierig.
'Van de dood van zijn vader,' zei Dominique met een strakke mond. 'Alex denkt dat ik Gordon voortijdig de dood in heb gedreven met mijn gevit. Maar hij kent de waarheid niet. Gordon was een hopeloze alcoholist en een vreselijke rokkenjager. Ik had alle reden om te vitten.'
'Hebben jullie er ooit over gepraat?' zei Tin Lee, die een slok thee nam uit een kostbaar porseleinen kopje.
Dominique schudde haar hoofd. 'Nee, Alex weigert met mij over persoonlijke dingen te praten. Hij bezoekt me alleen omdat hij zich anders schuldig voelt.'
'Mag ik iets zeggen?' vroeg Tin Lee. 'Misschien kunnen jullie niet zo goed met elkaar overweg omdat u altijd kritiek op hem hebt.'
'Ik kritiseer hem om zijn aandacht te krijgen,' zei Dominique op scherpe toon. 'En als ík hem niet kritiseer, wie dan wel?'
'Ik geloof dat het Alex erg ongelukkig maakt,' zei Tin Lee in de hoop dat ze nu niet te ver ging.

'Ga mij niet vertellen hoe hij in elkaar zit, meisje,' zei Dominique sarcastisch. 'Wat zich tussen mij en mijn zoon afspeelt is onze zaak, niet de jouwe.'
Tin Lee, die zich terechtgewezen voelde, stond op. 'Ik moet nu gaan, want Alex vindt het vervelend als ik te laat kom,' zei ze.
'Loop even mee voor je gaat,' zei Dominique, en ze ging haar voor naar de slaapkamer.
Tin Lee liep gehoorzaam achter haar aan. Dominique ging naar haar bureau en opende een fluwelen bijouteriedoos die daar stond. Ze pakte een prachtig diamanten kruisje dat aan een platina ketting hing. 'Kijk, deze is van Alex' grootmoeder geweest. Die is voor jou. Ik hoop dat je het vanavond zult dragen.'
'O, maar dat kan ik niet aannemen,' zei Tin Lee. 'Het is veel te kostbaar.'
'Neem het nou maar aan,' zei Dominique. 'Het is fijn te weten dat Alex iemand heeft die om hem geeft en niet op zijn geld uit is.'
Tin Lee stond voor de spiegel en hing het diamanten kruisje om haar slanke hals. 'Het is prachtig!' zei ze.
'Geniet ervan,' zei Dominique. 'En geniet van het diner. Het is een goed teken dat Alex je naar zo'n gelegenheid meeneemt.'
'Ik hoop dat we later in de week met ons allen uit eten kunnen gaan,' zei Tin Lee.
'Dat lijkt me leuk. Ik heb niet zoveel vrienden en voel me soms wat eenzaam.'
'Ik zal vragen of Alex u belt om een afspraak te maken.'
Tin Lee haastte zich naar beneden en wachtte tot haar auto werd voorgereden. Ze keek bezorgd op haar horloge. Ze was aan de late kant. Ze hoopte dat Alex niet al te kwaad zou zijn.

48

Alex plukte een gele roos uit zijn tuin en nam die mee voor Lucky. Toen hij zijn auto voor haar huis parkeerde, pakte hij de roos tussen duim en wijsvinger op, bang zich te prikken. Hij was niet zo goed in romantische gebaren.
Lucky deed zelf de deur open en zag er oogverblindend uit in een zwart avondtoilet van Yves Saint Laurent – een witte blouse met een lage halslijn en diamanten oorbellen. Haar zwarte haar omlijstte haar gezicht met een wirwar van krullen. Op de achtergrond zag Alex een bodyguard staan. Hij vroeg zich af waarom ze die nodig had.
'Kom binnen,' zei ze. 'Mijn huis verbleekt natuurlijk vergeleken met het jouwe.'
'Onzin,' zei hij galant. 'Het maakt een erg prettige indruk op me.'

'Maar ja, ik heb nu eenmaal kinderen, en jij niet, want je bent nooit getrouwd geweest.'
'Jee, kun je je nog herinneren wat we die avond besproken hebben?'
'Natuurlijk.'
'Maar je was ontzettend dronken.'
'Ja, maar ik kan goed tegen drank. Ik mag dan dronken zijn geweest, maar ik weet precies wat er gebeurd is.' Ze lachte zachtjes. 'Herinner je je Driving Miss Daisy nog? En, krijgt ze een rolletje in *Gangsters*?'
'Misschien wel,' zei hij. Hij gaf haar de gele roos. 'Je ziet er trouwens schitterend uit.'
'Dank je,' zei ze. Ze legde de roos op een tafeltje. 'Ik wist niet dat je tuinierde.'
'Nee, maar ik heb een goede tuinman. Het enige wat ik doe is plukken.'
'Hebben we tijd voor een drankje?'
'Als jij me gezelschap houdt...'
'Je weet waar het toe kan leiden.'
Hun ogen ontmoetten elkaar. Het was een intiem moment. Lucky wendde als eerste haar blik af – een teken van zwakte. 'Wat kan ik voor je inschenken?' vroeg ze. Ze vertikte het zich door hem te laten inpakken. Alex was een uiterst charismatische man, maar ze hield zich streng voor dat ze nog lang niet aan een nieuwe relatie toe was.
'Een wodka-martini.'
De telefoon ging.
'Als jij de telefoon aanneemt, schenk ik iets te drinken in,' zei Alex. Hij liep naar de bar.
Jennifer, de regie-assistente, was aan de telefoon.
'Mijn vriend Ricco, die in Rome werkte, is nu in L.A. en logeert in het Chateau Marmont,' zei Jennifer, die opgewonden klonk. 'Ik vind dat je moet horen wat hij te vertellen heeft. Ik heb over een halfuur een afspraak met hem.'
'Kan het niet later?' vroeg Lucky.
'Nee, want vanavond laat gaat hij terug naar Italië en daarvoor heeft hij een eetafspraak, dus het kan niet anders.'
Lucky keek even naar Alex die drankjes aan het mixen was. 'Goed dan,' zei ze.
'Kom dan meteen naar de lobby van het hotel. Ik wacht op je.'
Alex kwam met een glas naar haar toelopen. 'Kijk, hier ben ik goed in,' zei hij ongewoon opgewekt. 'Ik ben vroeger barkeeper geweest.'
'Vind je het goed als ik je bij de Stolli's thuis tref?' vroeg ze. 'Ik moet eerst dringend iets anders afhandelen.'
Lucky Santangelo was een lastige tante. 'Dit meen je niet,' zei hij.
'Ja, het spijt me echt.'
'Dan ga ik met je mee.'
Ze zweeg even en overwoog of ze dat wel wilde. 'Dan komen we te laat bij Stolli,' zei ze uiteindelijk.
'Nou en?' zei hij, een en al nieuwsgierigheid.

'Oké. Als jij rijdt, vertel ik je onderweg wat er aan de hand is.'
Hij sloeg zijn drankje naar binnen.
Waarom liep elke ontmoeting met Lucky toch op een avontuur uit?

Het vliegtuig van American Airline vertrok op tijd van Kennedy Airport.
'Denk je echt dat dit verstandig is?' vroeg Brigette.
'Ja. We kunnen Michel geen van tweeën afdoende aanpakken. Het is een perverse klootzak. Lucky weet vast wat ze met zulke types aan moet,' zei Nona.
'Ik vind het zo vervelend dat Lucky me altijd te hulp moet schieten,' zei Brigette.
'Wat bedoel je?'
'Nou, neem nu die ontvoering... Lucky heeft toen de schuld op zich genomen, terwijl ik Santino Bonnatti had doodgeschoten.'
'Ja, maar tijdens het proces heb je de waarheid verteld. Dat soort vervelende dingen gebeuren nu eenmaal, Brigette. Je moet er alleen mee leren omgaan.'
'Maar waarom vraag ik nu eigenlijk Lucky's hulp?'
'Omdat je op van de zenuwen bent. Je gaat elke avond met Isaac op stap en wordt stoned en dronken. Wil je op zo'n manier leven?'
'Nee, je hebt gelijk.'
'Tijd om de dingen onder ogen te zien. Bovendien wil ik dat je me helpt bij de voorbereidingen van mijn huwelijk...'
'Weet je dat ik Isaac heb gevraagd me een pistool te leveren?'
'Dat meen je niet?'
'Ja, echt.'
'En wat had je ermee willen doen?'
'Michel een lesje leren, denk ik.'
'Mijn God, je hebt zo al genoeg problemen.'
'Ja, eigenlijk wel.'
'Het is niet te laat om er iets aan te doen,' zei Nona troostend. 'Als we van Michel af zijn, zoeken we een betere agent. Je carrière begint nog maar net.'
'Je hebt gelijk, en Lucky is mijn enige hoop.'
Nadat ze gegeten hadden en naar een film hadden gekeken, vielen ze in slaap tot de steward hen wekte omdat ze bijna gingen landen.
'Ik heb een kamer in het Hilton gereserveerd,' zei Nona. 'Het leek me beter om niet onaangekondigd bij Lucky binnen te vallen.'
'Ik wil wel dat je er bij bent als ik haar vertel wat er is gebeurd,' zei Brigette angstig.
'Je kunt op me rekenen.'
Brigette legde haar hand op Nona's schouder. 'Je bent een vriendin uit duizenden,' zei ze.
'Ach,' zei Nona luchtig, 'ik probeer alleen mijn aandeel van tien procent te beschermen.'

Leslie en Jeff arriveerden als eersten bij Stolli, Jeff in zijn enige goede pak – een Armani, een cadeau van Leslie – en Leslie in een witzijden japon. Abigaile verwelkomde ze bij de deur. De vrouwen wisselden kussen in de lucht uit en gaven elkaar complimentjes. Jeff stond erbij te stralen. Wat bofte hij toch! Dat hij in dergelijk gezelschap verkeerde zou wonderen voor zijn carrière moeten doen. Godzijdank had hij een begrijpende vrouw die inzag dat hij dit voor hun beider toekomst deed.
'Mickey komt zo beneden,' zei Abigaile. Ze ging hen van de enorme hal voor naar de bar. Een aantrekkelijke barkeeper schoot overeind.
'Een witte wijn,' zei Leslie, die nerveus de rok van haar japon gladstreek.
'Tequila met ijs,' zei Jeff, die zich onzeker voelde.
Ze wierp hem een waarschuwende blik toe, want hij kon niet erg tegen drank, en dat wisten ze allebei.
'Eentje maar, lekkertje,' zei Jeff.
Ze haatte het als hij haar 'lekkertje' noemde.
Abigaile hoopte dat er snel nog iemand zou komen, of dat Mickey als de donder beneden zou komen. Ze was er niet dol op in haar eentje gasten bezig te houden, maar ze vond het geen enkel probleem als er een heleboel waren en ze zich met elkaar bezighielden. Nu moest ze deze twee bezighouden tot er iemand anders zou komen, terwijl ze haar handen vrij wilde hebben om te zien of alles goed ging. Om maar te zwijgen over toezicht uitoefenen op Tabitha, die weigerde uit haar kamer te komen om te laten zien wat ze aanhad. Het verwaande nest.
Op de achtergrond hoorde Abigaile de deurbel. Even later kwam Johnny Romano binnen, gevolgd door Venus Maria.
Abigaile trok een bezorgd gezicht. Hoe durfde Johnny de naam van zijn partner te verzwijgen als het om zo'n beroemdheid ging? Die man had geen manieren, maar ja, wat kon je anders verwachten van een filmster? Zeker niet als het ging om een Zuid-Amerikaan, die rijk was geworden door aan een hele serie ranzige films mee te werken. Voor het gemak vergat Abigaile dat Mickey die films had geproduceerd.
'Abbey, schat,' zei Johnny poeslief. Hij wierp haar zijn beminnelijkste glimlach toe en kneep snel in haar kont. 'De liefste echtgenote van Hollywood.'
Hij boog zich om haar te kussen.
'Dag, Johnny,' antwoordde Abigaile, die haar neus optrok toen ze zijn sterke, exotische parfum rook. 'Wat zie je er fantastisch uit! En, Venus, dat is lang geleden... Wat fijn je weer te zien.'
'Dank je, Abbey,' zei Venus kalm, hoewel ze inwendig kookte van woede toen ze Leslie zag. Johnny had er met geen woord over gerept dat zij er ook zou zijn. Abigaile bracht ze naar de bar. 'Je kent Leslie en eh...' Weer was Jeffs naam haar ontschoten.
Leslie zette grote ogen op van schrik en stamelde: 'Jeff.' Ze had Venus niet meer gezien sinds die rampzalige avond bij haar thuis. Dit was een nachtmerrie. Ze zou geen schijn van kans maken bij Cooper.

'Dag, Leslie,' zei Venus kil.
Leslie overwoog heel even het kreng te negeren. Toen zei ze met geknepen stem: 'Hallo.'
Jeff leek te zijn vergeten waar zijn loyaliteit hoorde te liggen. 'Venus!' riep hij met een bewonderende glimlach uit. 'We hebben elkaar al eens ontmoet. Bij Leslie thuis. Tjee, dat was me een avond, zeg.'
Beide vrouwen dachten hetzelfde. *Wat een rund!*
Johnny die Leslie, voor zover hij wist, nooit eerder had ontmoet, gaf haar een hand en hield die iets te lang vast. 'Ik heb goede recensies over je gelezen,' zei hij. 'Welkom in de stratosfeer.'
Leslie wist met moeite te glimlachen. 'Dank je.'
Ze vermoedde dat hij haar niet meer herkende. Zij en twee andere call-girls hadden een liederlijke avond met hem doorgebracht in een bungalow van het Beverly Hills Hotel. Hij had er tienduizend dollar voor neergeteld en had zich gedragen als een varken.
Johnny wierp haar een zwoele blik toe. Als hij bij Venus niets voor elkaar kreeg, zou die roodharige dame een leuke plaatsvervangster zijn.
Toen kwam Mickey beneden, gedoucht en geschoren, zijn kale hoofd glimmend. Hij was gekleed in een Turnbull & Asscher-overhemd, een pak van Doug Hayward en een rode Brionistropdas. 'Welkom, allemaal,' zei hij, maar hij verschoot van kleur toen hij Venus zag. 'Goedenavond, Venus,' zei hij met alle charme die hij kon opbrengen. 'Jou hadden we niet verwacht.'
'Ik weet dat je dol bent op verrassingen,' zei ze, automatisch flirtend. 'Vandaar.'
'Venus en ik horen bij elkaar,' zei Johnny.
'O ja?' zei Abigaile. Ze bekeek de japon van Venus en vond hem veel te bloot.
Johnny pakte Venus bij de arm. 'Nu we samen in *Gangsters* spelen, vonden we dat we voor wat extra publiciteit moesten zorgen. De roddelpers zal er van smullen.'
Mickey wierp een snelle blik op Leslie. Gelukkig stond ze met Jeff te praten en scheen het niet gehoord te hebben. Godzijdank.
Abigaile had het echter wel gehoord. Ze pakte Mickey bij de arm en zei: 'Excuseer ons even.' Ze nam hem mee naar het andere eind van het vertrek en zei op scherpe toon: 'Waar heeft Johnny het over? Heeft niemand nog tegen Venus gezegd dat ze die rol niet krijgt?'
Mickey knikte. 'Schat, alles is geregeld, maak jij je daar nu maar niet druk over.'
'Wie denk je dat je voor je hebt?' vroeg ze ijzig. 'Een van je hersendode sterretjes?'
'De plannen zijn veranderd,' zei Mickey met tegenzin. Hij kon het niet uitstaan als Abigaile zo arrogant deed.
'Hoe bedoel je?' snauwde Abigaile.
'Ik heb een betere film voor Leslie. Ik had gedacht haar eerst het script te sturen, om haar interesse te wekken. Ze wordt de tegenspeelster van Gere.'
'Richard?'
'Ja, natuurlijk, wie anders...'

Abigailes houding sloeg om als een blad aan een boom. Ze zag al voor zich dat ze binnenkort Richard Gere te eten zou krijgen. 'O, wat leuk. Dat zal ze enig vinden.'
'Kijk, Alex is nu eenmaal veel te hard voor Leslie. Dat geeft niets dan ellende. Ik bewijs haar echt een gunst door dit te doen. Maar ik wil niet dat ze het vanavond al hoort.'
'Waarom niet?'
'Omdat ik niet wil dat Venus er achterkomt. Die zou woedend op me worden. Alex trouwens ook. Ik kan het niet iedereen naar de zin maken. Ik sta nu eenmaal aan het hoofd van een studio.'
'Doe niet zo raar, Mickey, mensen zijn dol op je.'
Zo, die had hij weer in het gareel. 'Dank je, schat. Laten we ons ontspannen en genieten van een heerlijke avond. Maar geen woord hierover, afgesproken?'
Abigaile haastte zich weer naar haar gasten. Venus en Johnny waren naar het zwembad gelopen. Leslie en Jeff waren in verhit gesprek gewikkeld bij de bar. Cooper Turner en zijn partner maakten hun entree.
'Abigaile, liefje,' zei Cooper, en hij kuste haar op beide wangen. 'Dit is Veronica.'
'Dag, lieverd,' zei Abigaile. Ze moest haar hoofd in de nek leggen om het lange model te kunnen begroeten.
Leslie, die Jeff op zijn donder had gegeven omdat hij te veel aandacht aan Venus had besteed, keek op en zag Cooper aankomen. Haar houding veranderde meteen. 'Cooper,' zei ze met een lieve glimlach, 'wat fijn je weer te zien.'
'Dag, Leslie,' zei hij. 'Dit is Veronica.'
Leslie knikte, bleef glimlachen en dacht: *O God, hij is met dat ordinaire model dat voor catalogi van sexy lingerie poseert die je in de brievenbus krijgt of je ze nu wilt of niet. Ze valt een beetje tegen in werkelijkheid. Te lang, en wat een paardentanden!*
'Veronica,' zei Cooper, 'dit zijn Leslie Kane en haar vriend Jeff.'
'Dag, Cooper,' zei Jeff. Hij gaf hem een hand. Het kon hem niet schelen dat Cooper en Leslie een verhouding hadden gehad.
Venus en Johnny kwamen binnen. Volmaakte timing, want op dat moment kwamen ook de eregasten – Donna en George Landsman – binnen met hun zoon Santo.
Abigaile sloofde zich extra uit als gastvrouw. 'Donna, wat heerlijk je te ontmoeten. Mickey heeft me al zoveel over je verteld! Welkom in Hollywood! We zijn ontzettend blij dat Mickey weer terug is bij Panther.'
Mickey kwam ook in actie. 'Donna,' zei hij, George negerend, 'ik ben blij je bij ons thuis te mogen verwelkomen.'
Donna had Cooper Turner, Johnny Romano en Venus Maria al opgemerkt en was diep onder de indruk. Op zakelijk gebied stond ze haar mannetje, maar in gezelschap van zulke beroemdheden verkeren was een geheel nieuwe ervaring voor haar. Ze pakte Santo bij de arm, die zich achter haar verschool, en duwde hem naar voren. 'Dit is mijn zoon Santo,' zei ze.

'Dag, Santo,' zei Abigaile, die zich afvroeg waarom ze hadden toegelaten dat die jongen zo dik was geworden.
Santo zag Venus aan de andere kant van het vertrek en zijn hart begon sneller te slaan.
Venus, zijn Venus. In levende lijve, op maar een paar meter afstand.
'Ik moet even naar het toilet,' fluisterde hij.
'Moet dat nu?' vroeg Donna geërgerd.
'Ja.'
Abigaile zei vriendelijk: 'In de hal links, jongeman.'
Santo liep snel de kamer uit. Zou Venus hem gezien hebben? Jezus, hij had er niet op gerekend dat ze elkaar hier zomaar zouden ontmoeten.
Hij schoot het toilet in en sloeg de deur achter zich dicht. Goddank had hij een joint bij zich. Hij stak hem aan en inhaleerde diep. Hij probeerde tot rust te komen.
Toen Tabitha de trap afliep, zag ze een dikke jongen het gastentoilet binnengaan. Ze moest lachen. Ze zou hem aan het schrikken maken en onverwacht binnenlopen. Misschien zou haar moeder dan voortaan uit haar hoofd laten haar voor dit soort saaie etentjes te laten opdraven.
Ze gooide de deur van het toilet open. Santo was vergeten hem af te sluiten en sprong bijna tien meter de lucht in van schrik. Op heterdaad betrapt met een joint in zijn hand.
Tabitha had de situatie al snel door. Snel deed ze de deur dicht. 'Jij bent vast de zoon van Donna Dinges,' zei ze.
'Ja, Santo,' mompelde hij.
'Ik ben Tabitha Stolli. Als je mij een trekje van die joint geeft, zal ik het tegen niemand zeggen.'

Aaron Kolinsky, de portier van het flatgebouw waar Alex woonde, had last van zijn maag. Sommige huurders dreven je tot razernij met hun stompzinnige verzoeken.
'Wilt u mijn hond even uitlaten?'
'Laat mijn auto in de was zetten.'
'Ga even voor me naar de markt.'
Wat dachten ze wel dat hij was? Een dienstverlenend eenmansbedrijf? De andere jongen die er werkte was een nietsnut. Aaron stond eigenlijk over alleen voor.
Om zeven uur 's avonds hield hij het voor gezien. Hij had er schoon genoeg van. Van zeven uur 's ochtends tot zeven uur 's avonds was lang genoeg om knettergek te worden van dat rijke tuig en hun overdreven verzoekjes.
Lang voordat Tin Lee verscheen, was hij naar huis gegaan. Niet dat het iets uitmaakte, want hij was Alex' verzoek al lang vergeten.
Tin Lee meldde zich, zei dat ze naar het appartement van Alex ging, stapte in de lift en belde bij hem aan.
Niemand thuis.

Vijf minuten later stond ze weer beneden. Ze was ruim een halfuur te laat. Alex zou wel woedend geworden zijn en was vast alleen vertrokken.
'Heeft meneer Woods een boodschap voor me achtergelaten?' vroeg ze.
'Nee, mevrouw,' zei de jongen aan de balie, die meer belangstelling had voor de *Playboy* die hij stiekem op schoot had.
'Weet je het zeker?'
'Ja, er is geen boodschap voor u achtergelaten.'
'Heb je een telefoonboek voor me?'
Gelukkig stond Mickey Stolli er gewoon in. Ze schreef zijn adres in Beverly Hills op en liet haar auto halen. Als ze een beetje voortmaakte, zou ze op tijd voor het eten zijn. Alex zou trots op haar zijn als ze zoveel initiatief ontplooide.
Ze had het gevoel dat hun relatie er op vooruitging. En dat mocht ook wel eens. Ze had al zo lang geduld met hem. Tin Lee vond dat de tijd rijp was om haar rechtmatige plaats op te eisen.

49

Toen Lucky in Alex' Porsche zat en ze op weg waren naar Chateau Marmont, begon Lucky te vertellen, en ze merkte dat ze nauwelijks meer kon ophouden. 'Ik weet niet waarom ik je dit allemaal vertel,' zei ze. 'Het is allemaal familiegeschiedenis.'
'Het komt er dus op neer dat de Bonnatti's altijd een wrok tegen de Santangelo's hebben gekoesterd en dat Donna de traditie voortzet?' vroeg Alex.
Ze knikte. 'De vete gaat terug tot Gino en Enzio Bonnatti in de jaren twintig. Aanvankelijk waren ze zakenpartners; ze verdienden veel geld met de smokkel van drank en clandestiene cafés. Toen wilde Enzio het werkterrein uitbreiden met prostituées en drugs. Gino was ertegen en toen zijn ze uit elkaar gegaan. Gino is naar Las Vegas gegaan waar hij hotels heeft gebouwd. Enzio is een andere richting ingeslagen.' Ze zweeg even en stak een sigaret op. 'Enzio was mijn peetoom. Ik was heel vaak bij hem thuis. In zekere zin had ik een betere band met Enzio dan met Gino. Tot ik er op een dag achterkwam dat Enzio verantwoordelijk was voor de moord op mijn moeder, de dood van Marco en de dood van mijn broer. Het was een verpletterende ontdekking.'
'Jezus!'
'Ik was er kapot van. Maar ik twijfelde er geen moment aan dat ik er iets aan moest doen.'
'Waarom moest jij dat doen?' vroeg Alex, die zijn blik op de weg gericht hield.
'Gino lag in het ziekenhuis; hij had een hartaanval gehad.' Ze streek haar donkere haar naar achteren en herinnerde zich die ervaring met grote hel-

derheid. 'Ik ben naar Enzio's huis gegaan, heb hem naar boven gelokt en heb hem doodgeschoten.'
Ze haalde diep adem. 'Iedereen dacht dat het zelfverdediging was. Ik had de politie verteld dat hij had geprobeerd me te verkrachten. Maar het was geen zelfverdediging, Alex. Het was pure wraak.'
'En ze hebben je nooit gearresteerd?'
'Nee, Gino had goede connecties. Bovendien had ik ervoor gezorgd dat het er wel degelijk op leek dat ik uit noodweer had gehandeld.'
Het duurde even voordat Alex iets zei. 'Dat is me nogal een verhaal, zeg.'
'Ik weet het, Alex,' zei ze peinzend. 'Maar als je denkt dat het recht zijn loop neemt, kun je lang wachten. En als iemand die jou heel na staat vermoord zou worden, zou jij dan een rechtszaak beginnen die zich jarenlang zou voortslepen, of zou je het recht in eigen hand nemen?'
Hij stopte voor het rode verkeerslicht en keek haar aan. 'Ik weet niet wat ik zou doen, Lucky.'
'De Arabieren hebben gelijk: oog om oog...'
'Misschien wel,' zei hij langzaam.
'Zou je echt kunnen uitstaan dat de moordenaar in de gevangenis zijn hoger beroep zit voor te bereiden, terwijl de staat voor de kosten opdraait?'
'Nee, natuurlijk.'
'En dan loop je ook nog de kans dat je te horen krijgt dat hij God gevonden heeft en een totaal ander mens is geworden. Want we weten allebei dat die dingen gebeuren. Neem maar van mij aan, Alex, dat ik het iemand dubbel en dwars betaald zet als hij mij of mijn familie iets aandoet.'
'Ik ben met je eens dat er een afschrikwekkend effect van de doodstraf uitgaat en dat ze die vaker zouden moeten toepassen. Maar het recht in eigen hand nemen...'
'Waarom niet?' vroeg ze kwaad. 'Zit de wet dan zo goed in elkaar? Ik vind van niet.'
Zwijgend reden ze verder tot ze bij het hotel kwamen. Lucky drukte haar sigaret uit en stapte uit de auto. Chateau Marmont had een rijke geschiedenis van Hollywoodschandalen en was erg in trek bij acteurs en de rest van de artistieke gemeenschap. 'Ik ben dol op dit hotel,' zei ze toen ze naar binnen liepen. 'Ik verwacht altijd dat ik Errol Flynn of Clark Gable in de lobby tegenkom.'
'Ik wist niet dat je van oude films hield,' zei hij verrast.
'Ik ben gek op oude films. Dat is het enige waar ik op tv naar kijk. Oude films en soulmuziek zijn mijn twee grote liefdes.'
'Houd je van soul?'
'Ik ben er weg van. Marvin Gaye, Smoky Robinson-'
'David Ruffin, Otis Redding...'
'Hé, jij bent ook een fan,' zei ze lachend.
'Ik heb een enorme platencollectie.'
'Ik ook!'

250

'Leuk,' zei Alex, 'maar wat proberen we hier vanavond eigenlijk aan de weet te komen?'
'Die Ricco was verantwoordelijk voor de figuranten. Jennifer vertelde me dat het blondje van de foto's op de set rondhing. Ze heeft waarschijnlijk alleen een figurantenrolletje weten te bemachtigen om Lennie in de val te lokken.'
'En je denkt dat Ricco je kan helpen?'
'Hij heeft alle figuranten aangenomen. Met die vakbonden is het tegenwoordig niet zo makkelijk om bij de film te komen.'
'Ook op Corsica?'
'Het bleef een Amerikaanse productie.'
'En als je ontdekt dat Donna Landsman erachter zat, wat gaat er dan gebeuren?'
Ze keek hem lang en spottend aan. 'Kom nou, Alex, je hebt vast geen zin om als medeplichtige te worden aangemerkt.'
Hij had het gevoel dat hij in een van de scènes van zijn eigen films meespeelde. Lucky hanteerde andere regels dan de meeste mensen.
Jennifer wachtte al in de lobby. 'Wat fijn dat je kon komen,' zei ze, haastig op hen toe lopend.
'Dit is Alex Woods,' zei Lucky.
'Aangenaam,' zei Jennifer. Haar knappe gezichtje bloosde. 'Ricco wil graag dat we meteen naar zijn kamer komen. Ik zal hem bellen en zeggen dat we onderweg zijn.' Ze liep naar de balie en pakte de huistelefoon.
'Knap meisje,' zei Alex.
'Jouw type?' vroeg Lucky.
'Nee, Lucky, jij bent mijn type.'
'O, val je niet zo op Californische blondjes? Dat is ongewoon.'
Jennifer kwam terug, en ze liepen gedrieën naar de lift.
In zekere zin was Lucky blij dat Alex bij haar was. Het was niet eenvoudig om uit te zoeken hoe Lennie in de val was gelokt, maar haar intuïtie zei dat het beslist een val was geweest. Ze hadden haar niet alleen Lennie afgenomen, maar ze hadden ook nog gewild dat zij zou denken dat hij haar bedroog. Donna Landsman was een kil, berekenend kreng.
Ricco zwaaide de deur open. Het was een kleine, donkere Spaanse man met een levendige gelaatsuitdrukking en een smal snorretje. Hij had een drukke manier van praten en gebaarde veel met zijn handen.
'Jennifer, mijn Jennifer,' begroette hij haar hartelijk. Hij omhelsde haar. 'Is ze niet het mooiste meisje wat jullie ooit hebben gezien?'
Gegeneerd door het compliment zei Jennifer: 'Ricco, dit zijn Lucky Santangelo en Alex Woods.'
'Ik dacht al even dat ik dood was en in de hemel van filmmakers was,' riep Ricco uit. 'Meneer Woods, wat een eer u te ontmoeten. Ik ben weg van uw films. Misschien kunt u me in de toekomst nog eens gebruiken. En mevrouw Santangelo, Panther heeft prachtige films gemaakt.'

'Dank je,' zei Lucky. 'Ik denk dat Jennifer wel heeft verteld waar het over gaat.'
'Inderdaad, inderdaad,' zei Ricco. 'Jennifer heeft het me verteld en ja, ik kan me die blonde vrouw nog heel erg goed herinneren. Het was een schoonheid. Ze kwam naar me toe en vroeg: "Ricco, geef me een rolletje in de film." Ik heb meteen gezegd dat ze geen tekst kreeg. Dat maakte haar niet uit. Ik begreep niet waarom zo'n mooie vrouw een rolletje als figurant wilde, maar goed.'
'Kan ik haar ergens bereiken?' vroeg Lucky.
'Ja, ja. Mijn assistent heeft in ons adressenbestand gezocht en we hebben een adres in Parijs voor u. Kijk, alsjeblieft.' Hij gaf haar een velletje papier.
'Dat stel ik zeer op prijs,' zei Lucky.
'Voor u doe ik alles.'
Lucky en Alex namen afscheid en gingen weg. Jennifer liep mee.
'Het leek me belangrijk dat je hem zelf even kon spreken,' zei Jennifer.
Lucky knikte. 'Ik ben blij dat ik hem gesproken heb.'
'Het ziet ernaar uit dat iemand wilde dat je zou denken dat Lennie je bedroog,' zei Jennifer. 'Maar ze konden natuurlijk niet weten dat hem de volgende dag een vreselijk ongeluk zou overkomen.'
'Daar zou ik niet zo zeker van zijn.'
'Wat bedoel je?'
'Volgens mij was het allemaal in scène gezet,' zei Lucky langzaam. 'Ik kan je verzekeren dat Lennies dood geen ongeluk is geweest, Jennifer.'

Tin Lee reed rechtstreeks naar het huis van de Stolli's. Ze liet haar auto wegzetten en ging de voordeur binnen. De butler nam haar op en vroeg: 'Kan ik u van dienst zijn, mevrouw?'
'Ik ben de partner van meneer Woods,' zei ze en ze gaf haar naam op.
Hij raadpleegde zijn lijst. 'Natuurlijk, komt u verder.'
Ze liep de ruime hal door en ging de woonkamer binnen. Abigaile zag haar aankomen. 'Jij hoort zeker bij Alex,' zei ze. 'Ik ben Abigaile Stolli.'
'Ja, mevrouw Stolli,' zei Tin Lee die zich niet op haar gemak voelde omdat ze alleen was gekomen.
'Waar is Alex?' vroeg Abigaile om zich heen kijkend.
'Is hij er nog niet?'
'O, ik begrijp het al... Hij heeft zeker gezegd dat jullie elkaar hier zouden treffen? Geeft niets, lieverd, hij zal zo wel komen. Haal iets te drinken bij de bar.'
Tin Lee volgde haar advies op en werd meteen in beslag genomen door een licht aangeschoten Jeff.
'Tin Lee,' zei hij met een scheve lach. 'Hoe gaat het met je?'
Ze was blij een vertrouwd gezicht te zien. Jeff en zij hadden dezelfde toneelcursus gevolgd. 'Prima, Jeff. En hoe is het met jou? Het is lang geleden dat we elkaar gezien hebben, wel een jaar, denk ik. Met wie ben jij hier?'
'Ik woon samen met Leslie Kane,' zei hij trots.
'Dé Leslie Kane?'

252

'Ja, en met wie ben jij hier, mijn kleine Japanse?'
'Ik ben geen Japanse,' zei Tin Lee stijfjes. 'Maar ik ben hier met Alex Woods.'
'Zo, dat is niet gek! Wij hebben het allebei wel gemaakt, geloof je ook niet?'

Leslie was naar Cooper gegaan en probeerde een gesprek met hem aan te knopen. Helaas bleef Veronica naast hem staan alsof ze aan hem vastzat met superlijm, en bovendien hield hij met een half oog Venus in de gaten, die druk met Mickey in gesprek was.

'Ze hebben me gevraagd of ik wat pr-werk voor de film wil doen,' zei Leslie.
'Ze willen dat ik naar Londen en Parijs vlieg. Ga jij ook mee?'
'Dat was nog niet bij me opgekomen,' zei Cooper, die nog steeds naar Venus keek.
'Het zou de film wel goed doen.'
'Je zult het er alleen ook prima afbrengen.'

Ze had de pest in over zijn houding. Toen hun verhouding nog geheim was en hij haar kon neuken wanneer hij wilde, kon hij niet van haar afblijven. En nu alles in de openbaarheid was gekomen, behandelde hij haar als oud vuil, en dat zinde haar absoluut niet.

'Mag er in dit huis gerookt worden?' vroeg Veronica aan Cooper.
'Roken is slecht voor je,' zei Cooper afkeurend.
'Ik doe alleen maar dingen die slecht voor me zijn,' zei Veronica. Toen ze lachte, werden haar paardentanden weer zichtbaar. 'Ik ga wel een sigaret roken bij het zwembad,' zei ze, er volkomen van overtuigd dat ze kon doen wat ze wilde.

'Ik loop met je mee,' zei Cooper.
'Nee, wacht even,' zei Leslie, en ze legde haar hand op zijn arm om hem tegen te houden. 'Ik moet je even spreken.'
'Ga je gang, Cooper,' zei Veronica met haar diepe stem die op zijn zenuwen werkte. 'Ik zie je zo wel.' Ze liep het terras op.

Cooper keek Leslie aan alsof ze oppervlakkige kennissen waren. 'Wat is er?' vroeg hij geërgerd.
'Ik wil je iets vragen.'
'Ga je gang.'
'Wat heb ik gedaan dat je zo afstandelijk tegen me doet?'
'Niets,' zei Cooper, die zich in het nauw gedreven voelde.
'Tot je vrouw erachter kwam, gingen we elke dag met elkaar naar bed. Nu doe je alsof je me nauwelijks kent. En je woont niet eens meer bij je vrouw.'

Cooper zweeg even. Hij wist dat hij Leslie niet fatsoenlijk had behandeld, maar dat betekende niet dat ze nog rechten op hem kon doen gelden. Ze was immers een ex-call-girl, en niet een onschuldige maagd. 'Hoor eens,' zei hij, in de hoop voorgoed van haar af te komen, 'beschouw het maar als een affaire die bij de film hoorde.'

Haar ogen schoten vol tranen. 'Wat?'
'Het was leuk zolang we samen aan de film werkten. Dat komt zo vaak voor.'

'Bedoel je te zeggen dat het in jouw ogen helemaal niets voorstelde?'
'Toen wel, Leslie, nu niet meer.'
Ze werd overspoeld door gemengde gevoelens. Ze haatte hem en ze hield van hem. Er zat een brok in haar keel en ze zou het willen uitschreeuwen. 'Maak er niet zo'n toestand van,' zei Cooper. 'Door jou is mijn huwelijk op de klippen gelopen, Leslie. Het is misschien niet eerlijk, maar dat verwijt ik jou wel.'
'Dat verwijt je mij?' zei ze, naar adem happend.
'Ja,' antwoordde hij. 'Blijf dus alsjeblieft uit mijn buurt, Leslie, dat lijkt me voor alle partijen beter.'

'Ik heb een borrel nodig voor we naar Stolli gaan,' zei Lucky. 'Kunnen we even ergens iets drinken?'
'We zijn toch al te laat,' zei Alex, 'dus het maakt niet meer uit.'
'Eentje maar. Ik ben niet van plan zo door te zakken als de vorige keer dat ik met je op stap was.'
'Waarom niet?' zei hij luchtig. 'Ik heb genoten van elke minuut van ons avontuur.'
Ze gingen de bar van Le Dôme binnen. Hij bestelde een wodka en Lucky een Pernod met water.
'Je probeert me nu dus duidelijk te maken dat je denkt dat Donna Landsman verantwoordelijk is voor Lennies dood?' zei Alex toen de drankjes op tafel stonden.
Lucky knikte, overtuigd van haar gelijk. 'Precies.'
'Ook zonder dat je er bewijzen voor hebt?'
'Ach, kom nou toch. Wie heeft er nu behoefte aan bewijs? Ik weet zeker dat ze een huurmoordenaar in de arm heeft genomen om Gino uit de weg te ruimen. Haar chauffeur was de tussenpersoon.'
'Hoe weet je dat?'
'Omdat ik die vent in mijn huis heb gehad, vastgebonden op een stoel in mijn garage. Gelukkig was de stakker een echte amateur. Hij heeft bekend. Donna mag dan een goed zakeninstinct hebben, maar van huurmoordenaars heeft ze de ballen verstand.'
Hij was geschokt. 'Je hebt die man bij je thuis gehad?'
'Ja.'
'Maar waarom heb je hem dan niet aan de politie overgeleverd?'
'Gebruik je verstand, Alex. Wat had ik dan moeten zeggen? "Dag, inspecteur, wilt u deze huurmoordenaar arresteren? Ik denk trouwens ook dat Donna Landsman het ongeluk van mijn man in scène heeft gezet. En ze heeft bovendien iemand gehuurd om mijn vader te vermoorden. Deze man, namelijk. Dat vrouwtje deugt niet en moet achter de tralies verdwijnen." Ze zien me aankomen!'
'Ja, daar heb je, denk ik, gelijk in.'
'Ik weet zeker dat ik gelijk heb.'

'God, jij maakt van je hart geen moordkuil, zeg.'
'Jouw films zijn even onverbloemd.'
Hij dronk zijn glas wodka leeg en bestelde een nieuwe. 'Ja, de gevoelens die ik in het echte leven niet kan uiten, stop ik in mijn films. Er komt heel veel woede naar buiten. Mijn theorie is dat ik daarom nooit een Oscar heb gewonnen. Mijn films worden natuurlijk wel genomineerd, want ik kan een bepaalde stellingname goed naar buiten brengen, maar veel leden van de Academy schrikken terug voor de woede. En daarom stemmen ze niet op me.'
'Is dat een nieuw inzicht of ben je in therapie?'
'Ik heb vroeger een goede psychiater gehad; iemand die me heel veel duidelijk heeft gemaakt. Maar ik luister liever naar jou. Ik weet dat ik mijn eigen leven moet bepalen. Dat is de sleutel tot innerlijke rust.'
'Dat zie je heel juist. Neem mij nou, ik heb niet bepaald een rustig leven gehad, maar ik heb geleerd me er niet tegen te verzetten. Je kunt er zeker van zijn dat ik nooit een maagzweer zal krijgen.'
'Je bent een gelukkige vrouw, Lucky. Je bent getrouwd geweest met een man die van je hield en je hebt drie prachtige kinderen.' Hij zweeg even. Weet je, ik heb nooit van iemand gehouden en ik heb nooit een diepgaande relatie gehad. Ik heb er zelfs nooit behoefte aan gehad. Ik heb alleen een nauwe band met mijn moeder, maar die relatie is door en door ziek.'
'Neem het heft in eigen handen,' zei Lucky. 'Je hebt er de innerlijke kracht voor.'
'Misschien heb je gelijk.'
Hij keek haar lang aan. Ze voelde zich ineens nauw met hem verbonden. Ze had al haar wilskracht nodig om haar blik te kunnen afwenden.
Ze besefte dat Alex gelijk had: er waren tussen hen nog een aantal zaken niet afgehandeld, maar dit was het verkeerde moment.

50

'Ik ben stoned,' zei Tabitha giechelend. 'Dit is behoorlijk sterke weed. Waar heb je die vandaan?'
'Op school gekocht,' zei Santo, die vond dat ze er maar raar uitzag in haar oranje Spandex micro-rokje dat haar kruis nauwelijks bedekte, en een topje dat haar middenrif vrijliet. Zijn ogen bleven rusten op een gouden ringetje dat in haar navel zat. Hij kreeg de onbedwingbare behoefte het eruit te trekken. Zou ze het uitgillen? Zou haar stuk getrokken huid bloeden? Hij had echt zin om het te proberen.
'Zeg, waar zit jij op school?' vroeg ze, met een hand door haar rode piekhaar strijkend.

'Hoezo?' vroeg hij achterdochtig.
'Het is niet beleefd een vraag met een tegenvraag te beantwoorden.'
'Waar zit jij op school?' vroeg hij. Hij zag dat haar vingernagels zwart gelakt waren, alsof ze zo uit een vampierfilm was weggelopen.
'Ik zit op kostschool in Zwitserland,' zei ze. Ze pakte de joint af en stak hem tussen haar lippen. 'Ik wil ook nog een trekje. Anders vertel ik iedereen dat jij je hier stond af te rukken.'
'Dat zou je niet durven,' zei Santo, die nog steeds moest bekomen van de schrik dat hij Venus in levende lijve had gezien, nog mooier en met meer sex-appeal dan op foto's.
'Ik kan doen wat ik wil,' schepte Tabitha op. 'Ik ben de dochter des huizes.'
Hij had meisjes zoals zij wel op straat zien rondhangen op zaterdagavond. Meestal stonden ze op het trottoir over te geven of waren met elkaar aan het vechten voor ze naar de een of andere smerige rockgroep gingen. Rijke punkers. Met dat soort mensen ging hij niet om. Hij gaf de voorkeur aan mensen met dure Rolexen, creditcards met onbeperkte limiet en heel dure auto's.
Tabitha nam nog een trekje. 'Zo, jouw moeder is dus degene die Lucky Santangelo heeft ontslagen bij Panther?'
'Ja, ik geloof het wel,' mompelde hij.
'Mijn vader heeft de pest aan Lucky Santangelo,' zei Tabitha zakelijk. 'Zij heeft hem indertijd ontslagen. Ik heb haar nooit ontmoet, maar ik heb goede verhalen over haar gehoord. En mijn overgrootvader is helemaal weg van haar.'
'Heb jij een overgrootvader?'
'Ja, anderen dan niet? Weet je wie hij is?'
'Nee.'
'Abe Panther,' schepte ze op. 'De oprichter van Panther Studio's.'
'Zo, nou, mijn vader is vermoord,' zei Santo, die ook wat punten wilde scoren.
Tabitha negeerde die schokkende informatie volkomen. 'Waarom ben je zo dik?' vroeg ze.
'Waarom ben jij zo onbeleefd?' vroeg hij op zijn beurt. Hij had de pest aan haar, haar stomme kleding en haar lelijke kapsel. Wie dacht ze dat ze was? Ze was zelf een monster om te zien.
'Ik geloof dat we maar eens naar het feestje moeten gaan,' zei Tabitha. 'Ga je mee, dikke?'
'Ik wil niet dat je me zo noemt,' zei hij, en hij haatte haar nog meer.
Ze giechelde. 'Als je me nog een joint geeft, zal ik het nooit meer zeggen.'

Abigaile keek om zich heen. Tot haar opluchting leek iedereen het goed naar de zin te hebben. Ze wierp een blik op de klok. Het was halfnegen. Waar bleef Alex Woods? Het was de enige gast die nog ontbrak. Ze vond het niet beleefd aan tafel te gaan als hij er nog niet was.

Ze liep naar de bar en zei: 'Tin Lee, heeft Alex gezegd hoe laat hij ongeveer zou komen?'
'Ik dacht dat hij hier al voor mij zou zijn,' antwoordde Tin Lee. 'Hij zal wel opgehouden zijn. Zoals je weet, begint hij maandag met de productie; hij heeft het erg druk.'
'Hij had even kunnen bellen als hij verlaat was,' zei Abigaile, die haar ergernis nauwelijks kon verhullen.
'Hij zou het vast niet erg vinden als we zonder hem begonnen,' verzekerde Tin Lee haar.
'Hmm...' bromde Abigaile ontstemd.
Op weg naar de keuken kwam ze Tabitha tegen die Santo op sleeptouw had. O God, die kleren! Mickey zou een hartaanval krijgen als hij haar zo zag. Ze versperde haar dochter de doorgang. 'Tabitha, ik wil je even spreken,' zei ze, innerlijk ziedend van woede.
'Mam, dit is Santo,' zei Tabitha. Haar oranje micro-rokje kroop omhoog.
'Ja, ik ken Santo al,' zei Abigaile met grote beheersing. 'Kom, ik wil even met je praten.'
Tabitha begon al behoorlijk stoned te worden en giechelde stompzinnig.
'Waar gaan we het over hebben, mam? Over seks? Doen pa en jij het nog wel eens?'
Abigaile pakte haar dochters arm beet en wilde haar net de hal uitwerken toen Alex Woods en Lucky Santangelo binnenkwamen.
Abigaile bleef meteen staan. Tabitha maakte van de gelegenheid gebruik om zich los te rukken en ervandoor te gaan.
'Sorry, Abbey,' zei Alex met weinig overtuigingskracht, 'ik zat vast in een vergadering.' En voordat ze een woord kon zeggen, waren Lucky en hij doorgelopen naar de woonkamer.
Ze liep snel achter hen aan en probeerde wanhopig Mickeys aandacht te trekken. Hij was echter in zo'n intiem gesprek met Venus verwikkeld dat hij het niet zag.
Tin Lee sprong van haar barkruk en rende op Alex af. 'Ik was te laat bij je appartement,' begon ze uit te leggen, maar toen zag ze Lucky en zweeg.
Alex' ergste nachtmerrie was werkelijkheid geworden. 'Wat doe jij hier?' vroeg hij volkomen verbijsterd. 'Heb je mijn boodschap niet gekregen?'
'Wat voor boodschap?'
'Jij bent zeker Alex' partner,' zei Lucky, die de situatie snel doorhad en medelijden opvatte voor het arme meisje dat volkomen van haar stuk was gebracht. 'Sorry dat ik hem zo heb opgehouden. Alex en ik hadden een zakelijke bespreking. Hij vroeg of ik even meeging om iets te drinken.'
'Het is ongetwijfeld goed als je blijft eten,' zei Alex snel. 'Ik zal het even tegen Abigaile zeggen.' Hij liep naar Abigaile toe die nog steeds Mickeys aandacht probeerde te trekken. 'Abbey,' zei hij, 'Lucky blijft eten.'
'Lucky Santangelo is niet Mickeys grootste vriendin,' antwoordde Abigaile ijzig. 'Ze hebben nogal een voorgeschiedenis.'

'Ze is toevallig mijn partner.'
'Nee, Alex,' antwoordde Abigaile, 'je partner is Tin Lee, die hier al een halfuur op jou zit te wachten.'
'Mijn partner is Lucky Santangelo,' zei hij. Hij vertikte het om voor haar te buigen. 'Voor Tin Lee moet je maar een plaatsje vrijmaken.'
'Er is geen plaats meer vrij aan tafel, Alex.'
'Dan zet je er maar een stoel bij, Abigaile.'
Ze keken elkaar woedend aan.
'Ik zal kijken wat ik kan doen,' zei ze nijdig.

Lucky nam de situatie op. Ze kende alle aanwezigen, behalve George, de echtgenoot van Donna Landsman. Zonder een moment te aarzelen liep ze op Donna af en zei: 'Ach, wat toevallig dat we elkaar weer tegenkomen.'
Donna schrok toen ze haar zag. Ze probeerde zich te beheersen, beseffend dat het niet verstandig zou zijn een scène te schoppen. Dat Mickey Lucky had uitgenodigd was echter een grote vergissing; een waar hij voor zou boeten. 'Hoe gaat het met je?' vroeg ze koel.
'Best goed, eigenlijk,' antwoordde Lucky, Donna strak aankijkend. Ze probeerde het beeld van de oude Donatella te vergelijken met de nieuwe Donna. Er was geen enkele overeenkomst. 'Weet je, ik heb tijd gehad om na te denken, dingen op een rijtje te zetten en eens goed te kijken naar wat er de afgelopen tijd allemaal is gebeurd.'
Cooper kwam aansluipen en pakte haar van achteren vast. 'Hallo, Lucky! Wat leuk je weer te zien!'
'Cooper! Heb je Donna Landsman al ontmoet?'
'Jazeker.'
'Is het niet prettig te weten dat we nu zo'n ervaren vakvrouw aan het hoofd van Panther hebben? Je hebt toch veel ervaring in de filmindustrie, Donna?'
George kwam haar te hulp. 'Mickey Stolli zal zich uitstekend van zijn taak kwijten.'
Lucky nam George met één enkele blik op. Hij adoreerde zijn vrouw, was voor haar vermoedelijk nooit met een ander naar bed geweest, was een financieel wonder en had geen flauw idee wat Donna uitspookte.
Ze wendde zich weer tot Cooper. 'Heb jij al contracten met Panther afgesloten?' vroeg ze.
'Dat zul je mijn agent moeten vragen,' zei Cooper met een gladde glimlach.
'O, Donna zal vast proberen je onder contract te krijgen. Agenten en managers verdringen zich om haar dikke reet te kussen en baantjes los te krijgen. En met een reet van haar omvang kunnen er heel wat tegelijk bij.'
Voordat Donna iets kon terugzeggen, was Lucky doorgelopen. Donna bleef witheet achter. Hoe durfde dat magere scharminkel van een Santangelo te zeggen dat ze dik was! En waarom zag ze er nog zo koel en beheerst uit? Was het niet genoeg dat ze haar man en haar studio en bijna haar vader was kwijtgeraakt? Wat moest ze nog meer doen om haar op de knieën te krijgen?

'Hoorde je dat?' vroeg Donna aan George, haar gezicht rood van woede.
'Hoorde je dat?'
George probeerde haar te kalmeren. 'We gaan geen scène maken. Je mag de anderen niet laten merken dat ze je gekwetst heeft.'
'Wat doet dat mens hier?' vroeg Donna. 'Ik dacht dat Mickey de pest aan haar had.'
'Ik zal het uitzoeken.'
'En snel graag,' snauwde Donna. Haar triomfantelijke intocht in Hollywood was bedorven.

Abigaile was er eindelijk in geslaagd Mickey bij Venus weg te lokken. 'Heb je gezien wie er is?' vroeg ze, verbaasd dat hij niets had gemerkt.
'Alles gaat fantastisch, schat,' zei hij met een domme glimlach op zijn gezicht. 'Wat is het probleem?'
'Het probleem is Lucky Santangelo.'
'Wat is er met haar?'
'Ze is hier! Alex heeft haar meegenomen. En hij heeft hier al een partner rondlopen.' Ze keek haar man woedend aan alsof het zijn schuld was. 'Wat ben je van plan te doen?'
Mickey haalde zijn schouders op. 'Daar kan ik niet veel aan doen. Wat zei Alex?'
'Hij zei dat ik maar een stoel moest bijschuiven.'
'Dat lijkt me een goed idee.'
'Ik wíl dat mens niet in mijn huis. Zij is degene die jou heeft ontslagen bij Panther!'
'Ja, dat is wel zo, maar in een stad als Hollywood moet je met iedereen overweg kunnen. Je weet maar nooit wanneer je ze weer nodig hebt. Dus vraag het dienstmeisje maar of ze een extra bord op tafel zet, Abigaile. Maak je niet zo druk.'
'Het is heel vervelend,' zei Abbey. 'Mijn hele tafelschikking komt in de war.'
'Schat, je kunt mijn reet op met je tafelschikking,' zei Mickey zo vriendelijk mogelijk. 'Doe gewoon wat ik je gevraagd heb.'
Abigaile blies de aftocht.
Mickey ging meteen naar Lucky toe. 'Ik zie dat Lucky Santangelo ons met een bezoek vereert,' zei hij opgewekt.
'Dag, Mickey.' zei ze op koele toon. 'Hoe staat het leven?'
'Uitstekend. Ik zit weer bij Panther, daar waar ik thuishoor. Het enige wat ik nog moet doen is een streep halen door al die flutfilms die jij op stapel had staan. *Gangsters* is de enige goede die er bij zit.'
'Ik vermoedde al dat je heel wat veranderingen zou doorvoeren. Alleen jij kunt Panther weer op het oude niveau brengen. Ver beneden peil.'
Johnny kwam aanlopen en mengde zich in het gesprek. 'Lucky, meisje, ik zal er niet omheen draaien: je bent mijn absolute favoriet.'
'Iedereen is jouw favoriet, Johnny. Wordt het niet tijd voor een andere tekst?'

'Waarom? De oude tekst doet het nog prima.'
Jeff kwam aanzwalken en viel bijna over een barkruk. Hij wilde de kans niet mislopen om even een praatje te maken met dit groepje beroemdheden. 'Ik heb u altijd al willen ontmoeten,' zei hij tegen Lucky, enigszins met dubbele tong. 'U bent mooi, rijk en beroemd. Er zouden meer vrouwen zoals u in Hollywood moeten zijn. Ik ben Jeff. Ik ben acteur.'
'Wat een verrassing, Jeff.'
Hij lachte naar haar.
Alex kwam Lucky redden en zei: 'Wil je even iets tegen Venus zeggen? Mickey wilde eerst dat Leslie Lola zou spelen, maar nu is hij van gedachten veranderd. Nu wil hij Venus wel, maar zij denkt nog dat ze de rol niet krijgt. Wil je haar zeggen dat ze op de rol kan rekenen, maar vanavond nog niet mag laten merken dat ze het weet.'
'Ben ik soms je boodschappenmeisje?'
'Doe het nou even, Lucky. Alsjeblieft?'
Ze slaakte een zucht. 'Goed hoor, ik heb verder toch niets aan mijn hoofd.'

Tabitha ging met Santo op een bank zitten en gaf hem een kort overzicht van de aanwezigen.
'Zie je die vrouw met dat lange rode haar? Dat is Leslie Kane, een voormalige call-girl. Mijn vader gelooft het niet en mijn moeder ook niet, maar ik weet het zeker.'
'Hoe weet je dat dan?' vroeg Santo.
'De manicure van mijn moeder heeft het me verteld en die weet alles. En de man met wie ze is, is een waardeloze, werkloze acteur die haar uitvreet en bij haar inwoont. Die met dat zwarte haar is Lucky Santangelo. Dat stuk is Alex Woods. Weet je wie dat is?'
'Natuurlijk weet ik dat,' zei Santo, die vond dat Tabitha hem lullig behandelde.
'Hij schijnt alleen van spleetogen te houden. Ik denk dat zij bij hem hoort, die met die rare naam.'
'Hoe weet je dit allemaal?'
'Ik observeer,' zei Tabitha, die met het ringetje in haar navel speelde. 'Kijk, dat is Cooper Turner, die neukt alles wat los en vast zit. En Venus Maria is al geen haar beter.'
'Wát zeg je daar?' zei Santo die rood aanliep.
'Je hebt me best gehoord. Venus is een eersteklas del. Die duikt met iedereen het bed in.'
'Ik wil niet dat je zo over Venus praat,' zei hij woedend.
'Hoezo niet? Ken je haar?'
'Ja, ze is fantastisch.'
'Ha! Dan zie je maar weer hoe weinig jij weet. Op het moment gaat ze met haar masseur naar bed omdat ze niemand anders kan vinden sinds ze Cooper de deur heeft uitgezet. Vanavond gaat ze het met Johnny Romano

proberen. Die neukt al zijn vriendinnetjes achter in zijn limo. Wedden dat zij vanavond aan de beurt is?'
'Wat een vuilspuiter ben jij, zeg,' zei Santo.
'O ja?' treiterde Tabitha. 'Maar dat is altijd nog beter dan jij als je spuit.'

'Wat doen we hier in vredesnaam?' zei Lucky tegen Venus. 'En wat doe jij hier met Johnny Romano?'
'Oké, ik ben betrapt! Erg, hoor,' zei Venus schaapachtig lachend. 'Ik ben alleen met hem meegegaan omdat ik Mickeys gezicht wilde zien als ik binnenkwam. Hij verkeert in de veronderstelling dat ik hem zal pijpen als hij me dat rolletje in *Gangsters* geeft. Ik houd hem aan het lijntje, misschien kan ik hem nog aanklagen wegens ongewenste intimiteiten op de werkvloer.'
'Goed idee,' zei Lucky. 'Dat haalt vast de cover van *Newsweek* wel.'
Venus lachte. 'Ja, maar niemand zou het geloven. Ze zouden meteen zeggen dat ik degene was die hem lastigviel.'
'Ik heb goed nieuws voor je,' zei Lucky. 'Ingewikkeld gedoe vanwege Mickey. Volgens Alex krijg jij de rol van Lola en ligt Leslie eruit, maar je mag er vanavond nog niets over zeggen.'
'Weet je het zeker?'
'Ik heb het van Alex zelf gehoord.'
'O God, wat een opluchting! Nu hoef ik Mickey niet te pijpen.'
'Dat heb je toch niet serieus overwogen?'
Venus lachte. 'Wat denk je wel van me? Hoe kom jij hier trouwens met Alex Woods?'
'O, dat is een vriend van me.'
'Lucky, je hebt het tegen je beste vriendin, hoor! Alex verslindt je met zijn ogen. Je weet wat voor blik ik bedoel.'
'Mag ik jou eens iets vragen?'
'Ja?'
'Ben ik een Alex Woods-type?'
'Schat, jij bent zo'n apart geval dat je ieders type bent.'
Ze schoten allebei in de lach.
Alex kwam aanlopen. Hij lachte naar Venus. 'Hoe gaat het met je?'
'Stukken beter nu ik het nieuws heb gehoord.'
'Hou het nog even onder ons. Morgen kunnen we erover praten.'
'Ik mag Johnny wel muilkorven – hij was vastbesloten mijn eer te verdedigen en me de rol te bezorgen.'
'Maar vertel hem niet waarom!'
'En over muilkorven gesproken,' zei Lucky. 'Wat was je op de terugweg met hem van plan?'
'Helemaal niets,' zei Venus lachend. '*Nada!*'

Abigaile deed wat Mickey gevraagd had en liet het dienstmeisje een plaats extra dekken. Ze vond het vreselijk als de dingen niet liepen zoals zij het wilde.

Haar dochter zag eruit alsof ze was afgewezen als figurant voor een slechte Madonna-clip; de zoon van Landsman was dik en onaantrekkelijk; iedereen kreeg de zenuwen van Lucky Santangelo; Mickey was net een geile schooljongen die achter Venus aan zat alsof hij nooit eerder een paar borsten had gezien. Abigaile weigerde haar volmaakte avond door wat dan ook te laten bederven. Ze glimlachte monter en klapte in haar handen. 'We kunnen aan tafel. Zullen we naar de eetkamer gaan?'

51

Ze heette Claudia, en Lennie vond haar een engel. Ze had hem de wil om te leven teruggegeven en daar ging het om. Ze gaf hem hoop op een toekomst. Hij hoorde dat hij op Sicilië was. Hoe hij daar was gekomen of waarom hij daar was bleef een raadsel. Claudia had hem alles verteld wat ze wist. Ze had ontdekt dat haar vader, Furio, en zijn vriend, Bruno, werden betaald om Lennie in de grot gevangen te houden. Iemand in Amerika had hen daarvoor ingehuurd: ze dacht dat het Bruno's zus was.
'Wie is dat?' vroeg hij.
Claudia zei dat het een ontzettend rijke vrouw was die in Los Angeles woonde. Voor zover Claudia wist, waren behalve Bruno en Furio niemand op de hoogte van zijn bestaan. Bruno was kort geleden bij een auto-ongeluk betrokken geweest en lag met een gebroken been in het ziekenhuis. Furio had voor zaken het dorp verlaten, en daarom had hij haar toevertrouwd hem eten te brengen.
Claudia was eenentwintig en werkte als naaister in een nabijgelegen dorp. Ze had op school wat Engels geleerd en had thuis vijf broers en zusters.
'Mijn vader... hij vertrouwt me,' zei ze. 'Hij vertrouwt niemand anders. Nu ik jouw verhaal hoor, weet ik niet wat ik moet denken.'
Een paar uur nadat hij haar die eerste dag had overmeesterd, moest hij haar laten gaan; maar niet nadat ze lange tijd hadden gepraat. Hij probeerde haar uit te leggen wie hij was, dat hij was ontvoerd, en met wie ze in Amerika contact moest opnemen. Hij had haar zelfs Lucky's telefoonnummer gegeven om te bellen.
'Niet mogelijk,' zei ze.
'Waarom niet?' had hij gevraagd.
'Niet mogelijk', had ze herhaald.
Voordat ze de grot had verlaten, had hij haar laten beloven dat ze zou terugkomen om hem te helpen. 'Je moet een manier zien te vinden om deze ketting van mijn enkel te halen. Het moet, Claudia, anders zullen ze me hier laten sterven.'

Ze kwam de volgende dag terug met twee sigaretten, een appel en een doosje lucifers. Kostbare schatten.
Ze bezocht hem nu elke dag, bracht hem van alles en nog wat en praatte met hem. Hij hoorde over haar leven in het kleine dorpje waar zelfs geen bioscoop was; over haar vriendje, aan wie haar vader de pest had; en over haar wrede oudere broer die door iedereen werd gehaat.
'Je moet bellen,' smeekte hij. 'Vraag om hulp.'
'Nee,' zei ze hoofdschuddend. 'Mijn pappa zal weten dat ik het was. Ik moet je op mijn manier helpen.'
'En wanneer gaat dat gebeuren?' vroeg hij bot. 'Ik word er gek van hier gevangen te zitten.'
'Geduld, Lennie. Ik zal je helpen. Dat beloof ik.'
'Wanneer, Claudia, wanneer?'
'Ik wil op een dag naar Amerika,' zei ze met ogen die glommen bij de gedachte.
'Help me en het zal gebeuren,' verzekerde Lennie haar.
De volgende dag bracht ze hem een schetsmatige landkaart.
'Als ik de sleutel breng, moet je onmiddellijk vertrekken. Ik hang de sleutel terug voor pappa hem zal missen. De kaart zal je de weg wijzen.'
'Waarom kun jij me hier niet vandaan helpen?'
'Nee.' Ze schudde haar hoofd, waarbij haar lange haar om haar prachtige, onschuldige gezicht wervelde. 'Ik ga terug naar mijn dorp. Jij gaat de andere kant op. Ze zullen je achtervolgen.'
'Wanneer gaat dit gebeuren?'
'In het weekeinde als mijn vader bier drinkt... als hij slaapt. Dan probeer ik de sleutel te pakken.'
Nog maar een paar dagen. Hij kon het nauwelijks geloven.
Nog maar een paar dagen en hij zou vrij zijn.

52

Toen de gasten de eetkamer van de Stolli's binnengingen, nam Mickey Abigaile terzijde. 'Ik heb het opgelost,' zei hij, tevreden over zichzelf. 'Ik heb Santo een honderdje gegeven en gezegd dat hij met Tabitha naar de film moet gaan en dat ze daarna een hamburger kunnen gaan eten.'
Abigaile keek bedenkelijk. 'Wat zal Donna daarvan zeggen?'
'Wat kan ons dat schelen? Ik moet er niet aan denken dat mijn dochter in die kleding met ons aan tafel zit. Stel je voor.'
'En ging Santo akkoord?'
'Hij accepteerde het geld. Wat wil je nog meer?'

'In dat geval zal ik hun borden maar weghalen,' zei ze met een aanstellerige zucht.
'Dat heb ik het dienstmeisje al laten doen.'
'Dank je, Mickey.'
Hij gaf een knipoog. 'Zoiets kun je aan mij wel overlaten.'
'Dat blijkt,' zei Abigaile, instemmend knikkend. Mickey had waarschijnlijk gelijk: zonder Tabitha zou ze zich beter kunnen ontspannen, hoewel het gezelschap van die avond niet haar voorkeur had.
Ze heroverwoog de tafelschikking. Ze had zichzelf tussen Cooper en Johnny Romano gedacht; de ereplaats; Mickey zou Leslie en Donna Landsman naast zich hebben; voor Lucky had ze een plaats tussen Venus en Alex vrijgemaakt; aan de andere kant van Alex plaatste ze Tin Lee – ze was benieuwd hoe hij dat zou oplossen; George kwam naast Tin Lee te zitten; en aan de andere kant van Leslie zat Jeff, en daarnaast Veronica.
Ze vond dat ze al bij al meesterlijk werk had verricht. De tafelschikking was toch al niet eenvoudig, maar Abigaile beschouwde zichzelf graag als een expert op dat gebied.

Toen ze de eetkamer binnengingen, nam Alex Lucky's arm, Tin Lee liep achter ze aan.
'Ik wil hier helemaal niet zijn,' fluisterde Lucky. 'Ik vind het vreselijk.'
'Je bent er nu eenmaal; maak er wat van,' zei Alex.
'Niemand dwingt me iets te doen wat ik niet wil.'
'Je doet het om mij te plezieren,' zei hij, in de hoop haar daarmee over te halen. 'Ten slotte ben ik ook met je meegegaan naar Ricco.'
'Niemand heeft anders een pistool tegen je pik gehouden,' flapte ze eruit. 'Je wilde het zelf.'
Hij bracht hun gesprek op een ander onderwerp. 'Hoe dacht je die andere situatie aan te pakken?'
'Ik denk dat ik naar Parijs vlieg,' zei ze achteloos. 'En je kunt niet met me mee. Dit moet ik alleen doen.'
'Je vliegt dat hele eind op de gok?'
'Niet helemaal op de gok. Ik heb Boogie gebeld, en hij heeft wat mensen op de zaak gezet.'
'En Boogie is...?'
'Mijn privé-detective. Hij is bijzonder bijdehand en weet binnen de kortste tijd alles over wie dan ook.'
'Je houdt er je eigen detective op na?'
'Ik moet die vrouw onder vier ogen spreken. We weten allemaal dat met geld bijna alles te koop is. Ik weet zeker dat ik haar kan omkopen.'
'Waarom wacht je niet tot die vent wat betrouwbare informatie heeft gekregen?'
'Ik moet dit nu doen.'
'Je bent behoorlijk impulsief.'

'Moet je haar zien,' zei Lucky met een driftig hoofdgebaar naar Donna die de eetkamer binnenkwam. 'Ik herinner me nog dat Santino haar uit Sicilië liet komen. Het was een boerentrien die geen woord Engels sprak. Wist je dat ik naar haar trouwerij ben geweest?'
'Al het andere buiten beschouwing gelaten kun je haar toch eigenlijk alleen maar bewonderen om wat ze heeft bereikt.'
'Krijg de tering, Alex!' zei Lucky tegen hem. 'Ze heeft mensen vermoord. Ik kan totaal geen bewondering voor haar opbrengen, en dat hoort voor jou ook te gelden.'
'Ik bedoelde niet...'
'Het kan me niet schelen wat je bedoelde. En hou je nu maar weer bezig met je vriendin; ze voelt zich verwaarloosd.'

Nog voor Lucky aan tafel wilde schuiven, sprak Mickey haar aan. 'Je hebt wel lef,' zei hij met lage, dreigende stem.
Lucky keek hem aan. 'Dat kun je van jou niet zeggen. Abigaile heeft je aardig onder de duim.'
'Wat ben je toch een sekreet...'
'Weet je wat, smijt me er maar uit,' zei ze uitdagend. 'Dan hebben jullie aan tafel iets om over te praten.'
'Ik wou dat ik dat kon,' zei hij schor.
Haar donkere ogen vernauwden zich. 'Dacht je soms dat ik hier graag was? Ik verzeker je, Mickey, dat ik hier alleen maar ben om je te pesten.'

Tabitha en Santo zaten voor Stolli's huis in Tabitha's BMW waarvan de motor stationair liep.
'Ik haat die stomme ouders van me,' zei Tabitha somber.
'En ik de mijne,' zei Santo instemmend.
Een aanknopingspunt. 'Dan hebben we tenminste iets gemeen.'
'Jouw pa heeft me een honderdje gegeven. Alsof ik zelf niet genoeg heb.'
'Ik moet in deze duffe auto rijden omdat mijn moeder denkt dat hij veilig is,' zei Tabitha minachtend. 'Wat voor auto heb jij?'
'Ik krijg een Ferrari,' snoefde hij.
'Niet slecht.'
'Mijn moeder koopt alles wat ik wil, omdat ze zich schuldig voelt.'
'Waarover?'
'Omdat ze na de moord op mijn vader met die lul van een George is getrouwd.'
Hij had eindelijk haar aandacht. 'Echt waar? Meen je dat? Is hij vermoord?' zei ze opgewonden. 'Hoe dan?'
'Neergeknald,' zei hij, denkend dat hij heel koelbloedig klonk.
'In een hinderlaag gelokt?'
'Nee. De politie zei dat hij een paar kinderen had gemolesteerd. Een van hen heeft hem overhoop geschoten.'

'Dat noem ik nog eens een te gek verhaal.'
'Maar het is niet waar.'
'O, wat is er dan wel gebeurd?'
'Het had iets met mijn moeder te maken die mijn pa met een andere vrouw betrapte.'
'Wie heeft hem dan neergeschoten? Je moeder?'
'Dat zou me niet verbazen. Ze gingen altijd tegen elkaar tekeer. Nu je het zegt... ik kan me best voorstellen dat mijn moeder het heeft gedaan.'
'Te gek!' zei Tabitha geïmponeerd.
'Heb je gezien hoe mijn moeder eruitziet?'
'Net als die andere ouwe Hollywood-wijven: een kop van plastic.'
'Vroeger was ze dik.'
'Net als jij?'
'Hou je beledigingen voor je, wil je.'
'Daar kun je iets aan doen, hoor. Kijk maar naar mij. Ik ben zo mager omdat ik alles weer uitkots. Als je wilt kan ik het je leren. In het begin is het behoorlijk onsmakelijk, maar het went.'
'Meteen nadat ze mijn vader kwijt was is ze gaan afslanken en zo. Daarna is ze met die zuiplap getrouwd. Ik haat ze allebei.'
'Dat kan ik je niet kwalijk nemen,' zei Tabitha, die onrustig zat te draaien.
'We zouden naar mijn huis kunnen gaan om mijn Corvette op te halen,' stelde Santo voor in de hoop haar aandacht vast te houden.
'Heb je daar nog meer weed?' vroeg ze hoopvol.
Hij knikte.
'Waar wacht je nog op?'
'Was het niet de bedoeling dat we naar de bioscoop zouden gaan en een hamburger zouden gaan eten?'
Tabitha keek hem geringschattend aan. 'Word wakker, Santo. We gaan wat weed roken en komen later wel weer terug. Het kan ze geen reet schelen wat we doen.'

'Op een keer,' zei Veronica met haar hese en te luide stem, 'liep ik in Parijs over de catwalk met alleen maar een beha en slipje aan, en er stond een Japanse hoogwaardigheidsbekleder naar mijn kont te staren toen ik struikelde en boven op hem viel. Ik heb dat arme mannetje bijna verpletterd.'
Jeff brulde van het lachen. Cooper glimlachte beleefd. Hij werd langzamerhand gek van Veronica's te zware stem.
Hij keek over tafel naar Venus. Ze was druk met Lucky aan het praten. Hij probeerde haar aandacht te trekken, maar ze negeerde hem totaal. Wat een idioot was hij toch om zo'n loyaal iemand als Venus te bedriegen. Hij miste haar vreselijk en was tot alles in staat om haar terug te krijgen.
Donna leunde voor George langs, negeerde Tin Lee en zei tegen Alex: 'Ik ben heel blij dat mijn studio jouw film gaat doen.'
Alex keek haar met een ijzige blik aan en vroeg zich af of het klopte waar

Lucky haar van verdacht. 'Waar kom je oorspronkelijk vandaan?' vroeg hij.
'Uit Italië,' antwoordde Donna. 'Hoezo?'
'Ik dacht een licht accent te horen.'
George kwam tussenbeide. 'Je ouders komen wel uit Italië, Donna, maar jij bent in Amerika geboren.'
'Ja, dat is waar,' loog ze.
'Echt waar?' vroeg Lucky, die de griezelige kunst verstond om verschillende gesprekken tegelijk te volgen. 'Uit welk deel van Italië komen je ouders dan?'
'Uit Milaan,' loog Donna.
Lucky wierp haar een kille blik toe. 'Mijn grootouders kwamen uit Bari. De Santangelo's.' Een betekenisvolle stilte. 'Misschien heb je wel eens van ze gehoord.'
'Nee,' mompelde Donna, woedend dat ze zich dit moest laten welgevallen. Ze vond het vreselijk om situaties niet in de hand te hebben en in gezelschap te moeten verkeren van die lui uit Hollywood die dachten dat ze mijlenver boven anderen verheven waren. Ze vond het vooral vervelend om met Lucky Santangelo te maken te hebben. Dat paste niet in haar plan.
Blijkbaar was Lucky Santangelo niet makkelijk klein te krijgen. Wat zou ze in godsnaam nog kunnen doen om dat loeder op de knieën te kunnen dwingen?
Donna begon andere mogelijkheden te overwegen.

53

Lucky excuseerde zich en ging van tafel. Toen ze de eetkamer uit was, liep ze de voordeur uit, gaf de parkeerwacht twintig dollar om haar naar het nabijgelegen Beverly Hills Hotel te rijden en reed vandaar naar huis.
Ze wist dat ze Alex had kunnen zeggen dat ze vertrok, maar ze wist ook dat hij zou hebben aangedrongen dat ze bleef, en daar had ze geen zin in. Ze walgde ervan met Donna Landsman in dezelfde kamer te moeten zitten: het was verstikkend om dezelfde lucht in te ademen als die vrouw.
Donna Landsman had Lennie vermoord. Ze verdiende het niet om nog te leven.
Toen ze eerder die dag met Boogie had gesproken, had hij haar het nieuws over de aandeelhouders verteld. Ze had afgesproken dat ze hem later bij haar thuis zou ontmoeten.
Toen ze over de snelweg reed, moest ze aan Alex denken. Hij was interessant, getalenteerd, aantrekkelijk en daarbij een uitdaging. Hoe meer tijd ze met hem doorbracht, des te meer ze zich tot hem aangetrokken voelde.

Het had geen zin. Ze was nog niet aan een nieuwe relatie toe.
Ze vroeg zich af hoe het met haar kinderen ging. Het deed haar pijn dat ze Lennie nooit meer zouden zien. Hoewel ze wist dat het veiliger voor ze was om in het buitenland te zijn, kon ze er niets aan doen dat ze hen miste. Kinderen hadden een ongelooflijke veerkracht; ze leefden bij de dag, ongeacht wat er gebeurde. Waarschijnlijk hadden ze de tijd van hun leven.
Toen ze thuis kwam en de garage in reed, zwaaide de beveiligingsman naar haar.
Boogie was er al en zat in de keuken naar CNN te kijken. Hij deed de tv uit en sprong op.
'Laten we naar de woonkamer gaan,' zei ze, nieuwsgierig naar wat hij te melden had.
Ze gingen op de bank zitten en Boogie stak van wal. 'Het heeft wat tijd gekost,' zei hij, 'maar we hebben uiteindelijk ontdekt wie mevrouw Smorg is.'
'Ha,' zei Lucky, die met haar vingers op de koffietafel trommelde.
Boogies lange gezicht bleef onbewogen. 'Inga Smorg, alias Inga Irving, is de huidige mevrouw Abe Panther.'
Lucky was geshockeerd. Inga! Abes vrouw... Dat was een grote verrassing. Als Abe hoorde dat Inga had geholpen Lucky eruit te werken, zou hij een hartverzakking krijgen. Inga moest het aandelenpakket achter Abes rug om hebben gekocht als een appeltje voor de dorst. De onbewogen Zweedse was altijd al jaloers geweest op Lucky's nauwe band met Abe, en toen de gelegenheid zich had voorgedaan, had Inga haar laten vallen en tegen haar gestemd.
'En hoe zit het met Conquest Investments?' vroeg ze terwijl ze een sigaret uit het pakje op tafel viste. Ze rookte weer als een ketter.
'Nog een van mevrouw Smorgs geheimpjes,' zei Boogie. 'Morton Sharkey en zij werken samen. Conquest is van hen beiden; ze doen fifty-fifty.'
'Wil je me vertellen dat ze samen een offshorebedrijf hebben? En dat Abe daar niets vanaf weet?'
'Inderdaad. Ze gebruikt de naam die ze had voor ze met Abe trouwde.'
'Dus als ik Inga en Morton vóór mij kan laten stemmen, heb ik genoeg aandelen om de studio weer in handen te krijgen?' zei Lucky bedachtzaam.
'Dat klopt.'
'Dat moet niet moeilijk zijn, Boogy. Ik hoef alleen maar aan Abe te vertellen wat er zich afspeelt.'
'Wees voorzichtig, Lucky. Abe is een oude man; je wilt toch niet dat hij zich teveel opwindt?'
'Ik ga eerst met Inga praten. Misschien hoef ik haar alleen maar te zeggen dat ik Abe ervan op de hoogte zal brengen dat zij aandelen van Panther in haar bezit heeft om haar op andere gedachten te brengen.' Ze stond op en liep naar het raam. 'Mooi, vertel me nu eens wat meer over die blondine in Parijs.'
'Ze heet Daniella Dion. Ze is een heel dure call-girl die voor een beruchte

Franse hoerenmadam werkt, Madame Pomeranz; een vrouw die erom bekend staat mooie meiden aan politici en VIP's te leveren.'
'Dat klinkt vrij normaal.'
'Daniella kent het vak door en door. Ze is ermee begonnen toen ze vijftien was: acht jaar geleden. Tot aan zijn dood was ze de maîtresse van een tachtigjarige industrieel. Hij liet haar geld na, maar zijn vrouw bevocht zijn testament. Daniella kreeg uiteindelijk niets. Twee jaar geleden is ze weer gaan werken.'
'Wanneer kan ik haar ontmoeten?'
'Voor twintigduizend dollar per dag, exclusief kosten, vliegt ze voor een "afspraakje" naar Los Angeles.'
'Regel dat maar.'
'Dat heb ik al gedaan. Ze komt over twee dagen. Ze denkt dat een vriend haar inhuurt als een verjaardagscadeautje voor Johnny Romano.'
'Héél vindingrijk, Boog.'
'Ik moest er zeker van zijn dat ze zou komen.'
Lucky lachte droogjes. 'Het zou me verbazen als ze voor twintigduizend dollar thuis zou blijven. Het is de duurste neukpartij waar ik ooit van heb gehoord.'
'Er zijn vrouwen die het voor meer doen,' zei Boogie met gezag.
Lucky blies een lange sliert rook naar het plafond. 'Sinds wanneer ben jij een kenner?'

Nona en Brigette zaten in hun hotelkamer te overwegen of ze een auto zouden huren en naar Lucky's huis rijden om haar te verrassen, of dat ze eerst zouden bellen.
'Ik ben ervoor om eerst te bellen,' zei Brigette. 'Het is te laat om zomaar aan te komen waaien.'
In feite zag ze er tegenop om Lucky haar verhaal te vertellen. Ze schaamde zich en voelde zich dom, en eerlijk gezegd wist ze niet hoe Lucky het zou opnemen.
Nona gaf haar de telefoon. 'Ga je gang,' drong ze aan. 'Ze is vast nog wel op.'
Ze toetste met tegenzin Lucky's nummer in. 'Waar denk je dat ik ben?' zei ze opgewekt, toen Lucky opnam.
'Hier?'
'Hoe wist je dat?'
'Als iemand zegt "raad eens waar ik ben", kun je er donder op zeggen dat het om de hoek is. Wat doe je hier?'
'Eh... ik moest hier voor een fotosessie zijn. Ik zit met Nona in het Hilton.'
'Waarom zit je in een hotel terwijl je hier kunt overnachten?'
'We wilden je niet lastigvallen. Jij hebt het al druk genoeg met al je kinderen.'
'De kinderen zijn met Bobby in Europa.'
'Dat wist ik niet.'

269

'Als je wat meer contact hield, wist je dat misschien wel.'
Lucky, eh... Nona en ik dachten... eh... Kunnen we morgen gaan lunchen?'
'Dit is geen makkelijke tijd voor mij. Wat dacht je ervan om morgen bij mij thuis te komen eten?'
'Uitstekend.'
'En als je van gedachten verandert,' vervolgde Lucky, 'kom dan dit weekeinde logeren.'
'We zouden wel willen, maar we zijn hier maar één dag.'
'Ik stuur een auto. Hij staat om halfzes voor de ingang van het hotel.'
'Gebruik niet mijn echte naam. Ik heet nu Brigette Brown.'
'Ik begrijp het,' zei Lucky terwijl ze zich afvroeg waarom Brigette zo gespannen klonk. 'Zie je morgen, lieverd.'
'Ze wilde dat we bij haar kwamen logeren,' zei Brigette toen ze oplegde.
'Waarom heb je geen ja gezegd?' vroeg Nona. 'We hadden morgen naar het strand kunnen gaan.'
'Ik dacht dat we gingen winkelen, een beetje met geld smijten.'
'O, Brigette, Brigette, wat moet ik toch met je aan?'
'Winkelen werkt therapeutisch, Nona.'
'O, zeker.'
'Zal ik Isaac bellen?' vroeg Brigette, die zich beter voelde nu ze Lucky had gesproken. 'Hij zal zich afvragen wat er met me is gebeurd.'
'Wat moet je toch met een vent die voortdurend high wil zijn?'
'Wat is daar mis mee?'
'Je staat aan het begin van een grootse carrière. Verpest het niet.'
'Je lijkt mijn moeder wel.'
'O, geweldig. En dat omdat ik de verstandigste probeer te zijn.'
'Ach, je hebt gelijk. Mijn moeder zou nooit zoiets gezegd hebben. Ze zou het te druk gehad hebben met rocksterren naaien.'
'We weten allemaal dat je geen gewone jeugd hebt gehad,' verzuchtte Nona.
'En ik net zo min.'
'Ik denk dat we van geluk mogen spreken als we onze ouders overleven, denk je niet?' zei Brigette.
'Precies,' viel Nona bij. 'Laten we gaan slapen.'
'Het is pas kwart over elf!'
'Brigette...'
'Het is al goed.'

Alex keek naar de deur in afwachting van Lucky. Na vijf minuten begreep hij dat ze niet terug zou komen. 'Neem me niet kwalijk,' zei hij terwijl hij van tafel opstond. Hij verliet het vertrek, vond een bediende en vroeg: 'Heeft u mevrouw Santangelo gezien?'
'Nee, meneer Woods.'
Hij ging naar de voordeur en vroeg het aan de parkeerwacht. 'Is mevrouw Santangelo vertrokken? Heeft ze mijn auto genomen?'

'Nee, meneer Woods, ze heeft een taxi besteld.'
Hij overwoog er ook vandoor te gaan, maar Abigaile en Mickey zouden hem dat nooit vergeven, laat staan Tin Lee, die met een uitdrukkingsloos gezicht naast hem zat. God, hoe had hij zich toch in zo'n situatie kunnen manoeuvreren?
Lucky deed waar ze zin in had. Ooit was hij net zo geweest. Nu was hij een echt Hollywooddier dat zich aanpaste om zijn film geproduceerd te krijgen, en Lucky had hem weer in de steek gelaten.
Hij keerde terug naar de eetkamer. 'Abigaile,' zei hij, 'Lucky voelde zich niet zo lekker en is naar huis gegaan.'
Abigaile wisselde een blik met Mickey.
Donna glimlachte vergenoegd. Ze had gewonnen. Ze had dat kreng weggejaagd.
Ze moest nu alleen nog maar uitdokteren hoe ze haar voorgoed kon laten verdwijnen.

54

Er kwam geen eind aan het diner van de Stolli's.
Jeff dronk zich helemaal lazarus; Leslie werd steeds chagrijniger; Mickey schaamtelozer; Abigaile baziger; Alex bozer; Tin Lee beroerder; Johnny geiler; Venus ging steeds meer flirten; George werd stiller; Donna somberder; Veronica luider; Cooper afweziger.
Meteen na de koffie sprong Alex op. 'Kom op,' zei hij tegen Tin Lee terwijl hij haar ruw van haar stoel plukte. 'Zeg gedag.'
Ze stonden voor het huis naast hun respectievelijke auto's.
'Wil je dat ik met je mee naar huis ga?' vroeg Tin Lee, die uitnodigend een hand op zijn arm legde.
'Weet je, Tin Lee,' zei hij, zich realiserend dat het niet eerlijk was haar nog langer aan het lijntje te houden, 'het wordt niets tussen ons.'
'Wat zeg je?' zei ze, en ze haalde haar hand weg.
'Ik kan je niet gelukkig maken.'
O, dacht ze verdrietig. Het ik-kan-je-niet-gelukkig-maken smoesje, hetgeen ruwweg betekent: jij-kunt-mij-niet-gelukkig-maken.
Haar ogen vulden zich met tranen. In de loop der maanden was ze steeds meer van Alex gaan houden, en hoewel hij zeker niet de beste in bed was, kreeg ze steeds meer behoefte aan zijn gezelschap. Iets in haar zei dat hij haar ook nodig had, want ze had een kalmerende invloed op zijn behoorlijk turbulente leven. Natuurlijk wist hij dat.
'Alex,' begon ze.

Hij onderbrak haar. 'Ik heb nu geen zin om te praten,' zei hij kortaf.
'Als we nu niet praten, wanneer dan wel?'
'Hoor eens, ik begin met mijn film en heb het heel druk. Ik zou eigenlijk niet eens moeten uitgaan.'
'Ik heb vanmiddag je moeder bezocht,' zei ze rustig. 'We hebben een interessant gesprek gehad. Ze heeft me familiekiekjes laten zien. Je was een schattig jongetje, Alex.'
'Waarom ben je naar haar toe gegaan?' vroeg hij, woedend op Dominique omdat ze die intimiteit had toegestaan.
'Je moeder is erg alleen, Alex. En ze houdt veel van je.'
'Ik wil niet horen wat jij van mijn moeder en mij vindt,' zei hij geïrriteerd.
'Dominique is je vriendin niet, begrepen?'
Tin Lee zuchtte. 'Wat verwacht je van een vrouw, Alex. Wat maakt je gelukkig?'
Hij antwoordde niet meteen. Hij dacht na over haar vraag. 'Met rust gelaten worden,' zei hij ten slotte. 'Dat is wat ik wil. Rust.'

Venus en Johnny Romano vertrokken vlak na Alex. Terwijl Johnny ontspannen op de achterbank van zijn limo achteroverleunde, strekte hij zijn lange benen en schonk hij Venus nog wat champagne in. 'Ontzettend saai, kindje,' begon hij. 'Die mensen hebben geen idee hoe ze zich moeten vermaken.'
'Misschien is dit wel hun idee van zich vermaken,' antwoordde ze.
Johnny streek zijn zwarte haar naar achteren, het haar dat stijf van het vet stond en dat hem zo op een Latijnse filmheld deed lijken. 'Nou, het lijkt me een leven van niks.'
'Abigaile denkt er anders over.'
Hij nam een slok uit de fles. 'Waarom mocht ik van jou eigenlijk niets over de film zeggen?'
Ze glimlachte triomfantelijk. 'Omdat ik die rol heb gekregen!'
Hij grijnsde ongegeneerd. 'Hé, kindje, dat komt vast door iets wat ik me heb laten ontvallen.'
'Dat zal het zijn, Johnny.'
'We gaan het vieren,' zei hij. 'Zin om nog even bij mij langs te komen?'
'Wat versta jij onder vieren?'
'Wijs hem niet af voor je hem hebt gezien,' zei hij met een verlekkerde blik.
'Wil je hem zien, kindje?'
'Wat zien?' vroeg ze, alsof ze zijn dubbelzinnigheid niet begreep.
Hij grijnsde en klopte wellustig op zijn stijve pik, die in zijn strakke, zwarte broek duidelijk was te zien.
Venus keek weg en deed of ze moest geeuwen. 'Ik ben meer geïnteresseerd in een goede nachtrust... alleen.'
'Hé, kindje, Johnny Romano heeft zich nog nooit aan iemand opgedrongen. Was ook niet nodig. Maar ik zeg je dit,' voegde hij er opschepperig aan toe, 'je hebt geen idee wat je allemaal mist.'
'Nou zeg, jouw ego is behoorlijk groot,' zei ze.

'Ja, net zo groot als die daar,' zei hij op zijn pik wijzend.
Ze moest er wel om lachen. Johnny's opmerkingen waren van een ongekende meligheid.
'Zeg,' zei hij, terwijl ze zich nog wat champagne inschonk, 'heb je het gezicht van dat dikke ventje gezien toen hij jou zag?'
'Welk dik ventje?'
'Die van Landsman. Hij had je nog niet gezien of hij kwam al bijna klaar.'
'Johnny!'
'Misschien is hij wel je grootste fan.'
'Ik heb hem niet eens gezien.'
'Je bent een kouwe, zeg. Hij zal nog minstens vijf maanden over je praten en jij hebt het arme joch niet eens gezien.'
'Ik heb wel gezien hoe die dochter van de Stolli's voor jou met haar navelring paradeerde.'
'Zestien? Te jong.'
'Meen je dat?' zei ze geamuseerd. 'Zeventien is zeker meer jouw smaak?'
Hij lachte. 'Je bent geestig. Dat kan leuk worden tijdens de opnamen.'
'Dat weet ik wel zeker, Johnny. Eerst gaan we heel hard werken en dan komt de lol.'
'Ik huur een huis in Vegas. Er is plaats voor nog iemand.'
'Dank je, Johnny, ik krijg mijn eigen huis. Dat is het leuke van een ster zijn; ik kan krijgen wat ik wil. En wat ik nu wil is met rust gelaten worden.'

'Ik heb morgen een vroege fotosessie,' zei Veronica met een betekenisvolle blik naar Cooper.
Hij begreep de hint en stond op.
'Ik vind die catalogi met die foto's van jou prachtig,' zei Mickey, terwijl hij afwezig op zijn kale kop krabde. 'Heel sexy, Veronica. Uitgesproken sexy.'
'Dank je, Mickey,' antwoordde Veronica, hoog boven hem uittorenend.
Mickey kwam wat dichterbij. Hij hield van grote vrouwen. 'Heb je er ooit over gedacht filmactrice te worden?' vroeg hij.
'Nu je het erover hebt, inderdaad. Ik heb vorige week een contract getekend met William Morris voor een film en een paar reclamespotjes.'
'Leuk voor je.'
Ze schonk hem een van haar paardachtige lachjes. 'Ik ben blij dat je er zo over denkt.'
Hij likte zijn dikke lippen af. Dit was nog eens een stuk. Hij zou maar wat graag zijn pik tussen haar grote borsten klemmen en haar onderspuiten.
'Bel me maar een keer op. Misschien dat ik iets voor je kan doen.'
'Dat doe ik, Mickey.'
Cooper kuste Abigaile op beide wangen. 'Heerlijk eten, Abbey, dank je,' zei hij zonder het te menen.
'We moeten dit nog eens over doen,' zei Abigaile, altijd blij Cooper als gast te hebben.

'Zeker,' zei Cooper en dacht: vergeet het maar. Hij nam Veronica's arm en leidde haar naar buiten. 'Het spijt me van dit alles,' fluisterde hij terwijl ze op zijn auto wachtten.
'Ik ben ervan overtuigd dat je van plan bent me daarvoor te compenseren,' kirde Veronica uitdagend.
'Absoluut,' antwoordde hij zonder na te denken, terwijl zijn gedachten bij Venus waren. Het had hem woedend gemaakt haar in gezelschap van Johnny Romano te zien.
Hij reed naar het appartement van Veronica, stapte uit en vergezelde haar naar binnen.
In de lift pakte ze hem plotseling beet, drukte hem met zijn schouders tegen de wand en kuste hem met de vindingrijkste tong die hij ooit had gekend. God, wat was ze sterk!
Dit was de omgekeerde wereld. Gewoonlijk was hij degene die het initiatief nam.
'Hé,' protesteerde hij, toen haar handen meteen naar beneden gleden en over zijn penis begonnen te wrijven. 'Laten we niet te hard van stapel lopen.'
'Doe niet zo preuts, Cooper,' zei ze met het puntje van haar tong in zijn linkeroor. 'Je reputatie is me bekend. De meiden zijn er razendnieuwsgierig naar.'
'Welke meiden?'
Ze lachte op een lage, hese toon. 'We hebben een clubje van supermodellen en als spelletje doen we wie de meeste miljonairs en filmsterren in bed krijgt.'
'Dat klinkt indrukwekkend,' zei hij sarcastisch.
'Nee,' zei ze terwijl ze haar hand stevig op zijn pik drukte, 'dit noem ik indrukwekkend.'
En voor hij iets kon zeggen, liet ze de lift tot stilstand komen en begon ze haastig zijn riem los te maken.
Cooper voelde zich als een meisje tegenover een jongen die zich niet kon beheersen. Was dit een verkrachting? O God, Venus, waar ben je als ik je nodig heb?
In een ommezien had ze zijn broek op zijn enkels laten zakken en was ze druk in de weer om zijn onderbroek omlaag te trekken.
Hij bedacht dat elk moment iemand de lift zou kunnen laten komen, dat de deuren zouden opengaan en hij voor iedereen te kijk zou staan.
'Laten we naar je flat gaan,' zei hij.
'Ik wil het hier doen,' antwoordde ze zwaar hijgend terwijl ze haar jurk openritste, zodat die van haar lange, soepele lichaam gleed.
Het beroemdste lingeriemodel ter wereld droeg helemaal geen lingerie. Ze was lang, had een zachte huid met een geschoren kut en grote, prominente tepels. Ze was ook heel erg naakt. 'Kus me,' zei ze terwijl ze hem een van haar borsten voorhield. 'Kus me, zuig eraan. Kom op, liefje, laat me zien wat je ervan kunt.'

'Kom ik nu op je lijst van miljonairs en filmsterren?' kreunde hij, zacht in haar tepel bijtend.
'Misschien kom je wel boven aan de lijst,' beloofde ze terwijl ze een van haar lange benen om zijn middel sloeg en hem zonder pardon naar binnen probeerde te loodsen.
'Weet je zeker dat ze hier geen beveiligingscamera's in de lift hebben?' vroeg hij. Hij voelde zijn erectie afnemen.
'Dat hoort bij het spel, lief,' zei Veronica met schorre stem. 'Neem me; ram erop los.'
Staande neuken. Precies wat hij nodig had.
Hij vroeg zich af wat Venus nu aan het doen was. Zat ze in Johnny's beruchte limo? Probeerde hij haar met champagne te verleiden terwijl hij zei dat ze de meest sexy vrouw was die hij kende?
Johnny was te goedkoop. Venus zou niets van zijn doorzichtige trucen moeten hebben.
Nu hij aan Venus dacht, liet zijn erectie het helemaal afweten en hij glipte uit Veronica, die dat niet kon waarderen. 'Wat is er met je?' vroeg ze op de toon van een sergeant-majoor.
Jezus, hij wilde niet dat ze naar haar peloton van supermodellen terugging met het verhaal dat hij een zak was.
'Het lukt me niet in een lift... te publiekelijk,' verklaarde hij. 'Ik val daar niet op.'
'Seks in het openbaar windt me op,' zei Veronica, die haar lange tong naar hem uitstak en als een slang heen en weer liet schieten. 'Ik heb het ooit in een toilet van het Witte Huis gedaan. Niemand heeft het ooit geweten.'
'Behalve de president,' grapte hij.
Ze vatte hem niet.
'Laat me je helpen je angst voor liften te overwinnen,' zei ze, waarna ze op haar knieën viel en zijn penis in haar mond ramde, zijn ballen inbegrepen.
Deze actie maakte hem een beetje nerveus, niet geil. Ze had de grootste mond die hij ooit was tegengekomen. Hij voelde zich steeds slapper worden.
'Dit wordt niks,' zei hij en hij probeerde zijn pik terug te trekken voor ze zijn ballen vermorzelde.
'Wind ik je niet op, Cooper?' vroeg ze met haar diepe, donkere stem. 'Elke man in Amerika wil met me neuken. Ze bladeren door mijn catalogus, kijken naar hun dikke echtgenotes, en hup. "Aaah... Veronica... mijn droom van een meid. Ik wil haar tieten in mijn mond, mijn tong in haar kut".'
'Het probleem is dat ik thuis geen dikke vrouw heb,' zei Cooper, die snel zijn broek van de vloer van de lift pakte en weer aantrok. 'Ik ben aan een borrel toe,' voegde hij er zakelijk aan toe.
'O, heb je een borrel nodig om een stijve te krijgen, is dat het?' vroeg ze hatelijk.

Ze begon hem ondanks haar uiterlijk steeds meer tegen te staan, er was niets vrouwelijks aan haar.
'Ik was met Venus Maria getrouwd,' zei hij. 'Eigenlijk ben ik dat nog steeds. We wonen gescheiden.'
'Ze is kleiner dan ik had gedacht.'
'Ze is een bijzondere vrouw.'
'Waarom ben je dan bij haar weg?'
Goede vraag.
Iemand schreeuwde in de liftkoker. 'Zitten jullie vast?'
Veronica stapte rustig in haar jurk. 'Doe mijn rits dicht,' beval ze.
Hij deed wat ze had gevraagd en zette toen de lift weer in werking. De lift vervolgde rammelend zijn weg.
Veronica streek haar jurk glad. 'Hoe oud ben je, Cooper?' vroeg ze.
'Dat is publiek geheim,' zei hij met een onbewogen gezicht, maar heimelijk furieus dat ze zo iets persoonlijks durfde vragen.
'Hmmm...,' zei ze op de toon van een kenner. 'Misschien heb je een extra dosis testosteron nodig.'
Het kreng! 'Niet als ik met mijn vrouw vrij,' zei hij, waarna de glimlach van haar paardachtige gezicht verdween.

De enigen die na het diner nog waren gebleven waren Abigaile en Mickey, Donna en George, een dronken Jeff en een nuchtere Leslie. Die stond al sinds een halfuur te springen om weg te gaan, maar er was geen beweging in Jeff te krijgen. Hij lag met een stomme grijns languit op de bank. 'Weet je, Mickey,' zei hij. 'Ik zou binnenkort wel eens iets willen produceren.'
Als ik jou was zou ik eerst leren acteren, dacht Mickey gemelijk. Als hij ergens de pest aan had was het die meute goedogende knapen die naar Hollywood kwamen met het idee dat ze goede acteurs, producenten of regisseurs zouden kunnen zijn. Deze Jeff was een geboren mislukkeling. Iemand zou Leslie daar eens op moeten wijzen.
'Hebben jullie enig idee waar de kinderen kunnen zijn?' vroeg Donna met een afkeurende trek om haar mond.
'Geen idee,' zei Mickey ongeïnteresseerd. 'Misschien was het een langere film dan ze hadden verwacht.'
'Ik ben teleurgesteld,' zei Donna ondanks de waarschuwende blik van George.
'Hoe dat zo?' vroeg Mickey.
'Je hebt Santo te eten gevraagd en hem vervolgens naar de bioscoop gestuurd. Dat is niet erg wellevend.'
'De kinderen hadden geen zin in gezelschap van een stelletje oude mensen zoals wij,' zei Mickey openhartig. 'Tabitha let wel op die jongen van jullie.'
'Er hoeft niet op hem gelet te worden,' zei Donna ijzig. 'En ik wil ook niet dat hij op het slechte pad wordt gebracht.'
'Wat wil je daarmee zeggen?' kwam Abigaile snel tussenbeiden. Ze moesten niet denken dat ze háár dochter konden bekritiseren.

'Santo is een goede jongen,' zei Donna.
'Wou je zeggen dat Tabitha een slechte invloed op hem heeft?' vroeg Abigaile bits.
'Misschien kan ik beter even naar huis bellen,' stelde George voor.
'Ga je gang,' zei Donna, die haar ergernis probeerde te onderdrukken.
'Gebruik de telefoon achter de bar maar,' zei Mickey.
Leslie stond op om naar het toilet te gaan.
'Kan ik je even spreken, lieverd,' zei Mickey, die haar naar de gang was gevolgd.
'Natuurlijk, Mickey,' zei Leslie, die zich niet meer op haar gemak voelde sinds Cooper met dat magere, ruim één meter tachtig lange model met de siliconentieten was weggegaan.
'Je ziet er moe uit,' zei hij.
'Vind je?'
'Weet je, Leslie,' vervolgde Mickey terwijl hij een arm om haar heen legde, 'hoofdrolspeelsters moeten er onder alle omstandigheden stralend uitzien. Wie is die gozer die je hebt meegenomen?'
'Bedoel je Jeff?'
'Wat moet je met zo'n mislukkeling? Is hij goed in bed? Zo niet dan kan ik je een andere vent bezorgen die beter in bed is én ook nog over hersens beschikt.'
'Ik vind het niet prettig als je je met mijn persoonlijk leven bemoeit, Mickey,' zei ze vanuit de hoogte. 'Ik speel dan wel in een film van jou, maar dat geeft je nog niet het recht kritiek op mijn vrienden te hebben.'
'Schatje,' zei hij geduldig. 'Ik probeer je wat algemene regels bij te brengen. Begin nooit wat met een acteur. Het zijn opgeblazen egotrippers. Maar dat zul je inmiddels wel gemerkt hebben.'
'Hoor eens, ik geef toe dat Jeff vanavond een beetje, eh... opgewonden doet, maar dat is alleen omdat hij het hier naar zijn zin heeft.'
'Daar twijfel ik niet aan,' zei Mickey met een sneer.
'In elk geval hoef je je geen zorgen over hem te maken. Het is niet serieus. Ik gebruik hem op de manier zoals jullie mannen vrouwen gebruiken.'
'Ik heb mijn hele leven nog geen vrouw gebruikt,' zei Mickey verontwaardigd.
Nee natuurlijk niet, dacht ze. *En dat vrijgezellenfeestje dan, waar je dat meisje met wijd gespreide benen op de eettafel hebt gelegd en, om je vrienden te amuseren, gebak uit haar kut hebt gegeten?*
'Maar maak je geen zorgen, ik neem hem nu mee naar huis,' zei Leslie. 'Ik heb trouwens een idee, Mickey.'
'Wat?'
'Zou Cooper niet een goede keus voor *Gangsters* zijn?'
'De bezetting staat al vast, Leslie.'
'Ik weet het,' zei ze met ogen die glommen van de pret. 'Maar kun je het je voorstellen? Cooper Turner in *Gangsters* met Johnny Romano en mij? Een te gekke combinatie!'

'Maar je hebt toch net een film met Cooper gemaakt?'
'Ja, en dat wordt een succes. Waarom zoek je geen ander script voor ons samen? We vormen een geweldig duo op het scherm.'
'Inderdaad,' zei hij en hij bedacht dat dit precies de opening was die hij zocht. 'Het is niet zo'n slecht idee. Als ik iets anders zou vinden, zou je dat dan liever doen dan *Gangsters*?'
'Ja,' zei ze. 'Als het maar met Cooper is.'
'Een leuke komedie bijvoorbeeld, heb ik het bij het rechte eind?'
'Fantastisch.'
'Ik ga er aan werken, schatje. Kom morgen naar de studio om te lunchen.'
'Graag, Mickey.'
'En neem nu je mislukkeling mee. Ik wil niet dat hij op onze bank gaat overgeven.'

'Ik hoor een telefoon gaan,' zei Tabitha zangerig. Ze lagen allebei uitgeteld en stoned op Santo's bed.
Toen ze bij hem thuis waren, hadden ze eerst nog een joint gedeeld, waarna Tabitha in zijn kamer was gaan rondsnuffelen in de hoop op iets sterkers.
Hij herinnerde zich de heroïne die Mohammed hem had verkocht. 'Meiden gaan er helemaal van uit hun bol,' had Mohammed gezegd. Tabitha was een meid. Ze had parmantige kleine tieten die door het ridicule topje nauwelijks werden bedekt. Hij zou het niet erg vinden om ze aan te raken; hij had nog nooit een meisje aangeraakt. Daarom rookten ze de heroïne, waarna ze op een prachtige wolk boven de aarde dreven en op alles en iedereen neerkeken.
Santo voelde zich opeens fantastisch. Alles was zo mooi dat hij door vreugde werd overweldigd. Wow! Tabitha had hetzelfde gevoel.
Ze voelden zich allebei zo aangenaam en ontspannen dat het vanzelfsprekend was dat ze hun kleren uittrokken en die gierend van de lach naar elkaar toesmeten.
Santo moest voortdurend aan Venus denken, aan haar blauwe ogen, het blonde haar en hoe ze er had uitgezien in die gewaagde rode jurk.
Hij was naakt, keek omlaag en zag hoe ongelooflijk hard hij was. Zijn lul leek wel een raket die bijna gelanceerd werd.
Voor hij het wist, zat Tabitha schrijlings op hem en waren ze aan het neuken.
Ze bewoog snel, bereed hem als een paard. Hij kon alleen haar parmantige kleine tieten zien en haar navel met het gouden ringetje, dat op en neer wipte. Het was een krankzinnige belevenis.
Toen ze van hem afgleed, konden ze alleen nog maar vreselijk lachen en over het bed rollen.
Hij vroeg zich af of hij haar zijn verzameling zou laten zien, of misschien zelfs een paar van zijn keurig gekopieerde brieven aan Venus zou voorlezen. Iets zei hem dat ze misschien jaloers zou zijn. Hij wilde niet dat Venus en zij ruzie over hem zouden maken.

'Je bent zo gek nog niet, Santo,' zei Tabitha met tegenzin terwijl ze haar armen strekte. 'Dit moeten we nog eens doen.'
'Wanneer je maar wilt.'
'Ik heb trek,' zei ze. Ze sprong van het bed.
Ze renden naakt de trap af en plunderden de koelkast in de keuken. Gelukkig had het personeel zich voor de nacht in hun eigen woongedeelte achter het zwembad teruggetrokken.
'Waar is de slaapkamer van je ouders?'
Hij bracht haar naar Donna's kamer. Ze liet zich midden op het grote oude hemelbed vallen en smeet gillend van de lach de geborduurde zijden kussens naar Santo.
'We moeten dit straks wel weer opruimen,' zei hij, heel even bezorgd. 'Mijn moeder zal merken dat we in haar kamer zijn geweest.'
'Nou en?' zei Tabitha. 'Kom hier, dan doen we het nog eens op dit bed.' Het kostte geen moeite hem over te halen.
Inmiddels waren ze weer in zijn kamer en ging de telefoon. 'Niet op letten,' zei hij en greep haar kleine borsten.
'Weet je het zeker?'
'Zal ik je eens wat laten zien?'
'Wat dan?'
Hij stapte het bed uit en ging naar zijn afgesloten kast. Hij maakte de kast open en haalde zijn pas verworven schat te voorschijn.
'Allemachtig!' riep ze uit. 'Dat is nog eens een wapen!'
'Heel geschikt om ze mee te vermoorden,' antwoordde Santo en hij lachte als een gek.
'Hè?' zei Tabitha met knipperende ogen.
'Vandaag of morgen jaag ik ze allebei een kogel door hun rotkop,' zei hij met veel branie.

55

Johnny Romano was minder opdringerig dan Venus had gedacht. Toen ze bedankte voor zijn uitnodiging met hem mee naar huis te gaan, had hij haar weigering sportief opgevat. Zijn limo stond nu voor haar huis.
'Ik moet zeggen dat ik er naar uitkijk die film met jou te maken,' zei hij, terwijl hij zijn opvallend lange, elegante vingers liet kraken.
'Ik niet minder,' zei ze terwijl ze een ring met een enorme diamant aan zijn pink zag en om zijn pols een met diamanten bezet naamplaatje. Hij moest op zijn minst voor een half miljoen aan diamanten dragen. 'Het script is briljant, echt iets voor jou.'

Hoewel Johnny een grote ster was, werd hij nog graag geprezen. 'Denk je?' vroeg hij gretig.
'Beslist.'
'Ik heb nu acteerlessen,' zei hij met een jongensachtig enthousiasme. 'Lach niet: die leraar komt twee keer per week bij mij aan huis. Hij heeft nog met De Niro gewerkt.'
'Dat is slim, Johnny. Je kunt je vak nooit genoeg perfectioneren.'
'Dat mijn carrière weer op de rails staat, dank ik aan Lucky.'
'Hoe dat zo?'
'Herinner je je de tijd toen ze Panther pas had overgenomen?'
'Hoe zou ik dat ooit kunnen vergeten? In één keer van undercover-secretaresse tot studiobaas.'
'Ik speelde toen in heel wat klotefilms. Geweld. Seks. Ze noemden ze mijn "motherfucka-films", want dat was het enige wat ik ooit zei. Ik heb er een fortuin aan verdiend, maar Lucky wees me erop dat ik nooit de held was. "Wees een held," zei ze tegen me, "dat is wat het publiek wil zien", en verdomd, ze had gelijk.'
'Fijn voor je, Johnny. Er gaat niets boven vooruitgang.'
Hij schoof over de bank naar haar toe. 'Heb je je vanavond een beetje geamuseerd, schatje?'
'Het ging wel.'
'Vond je het niet vervelend om je ex met dat aantrekkelijke stuk te zien?'
'Cooper en ik zijn verleden tijd.'
'Hij moest zich schamen.' Zijn dij drukte tegen die van haar. 'Gelukkig voor mij.'
'Ik zou er niet op rekenen, Johnny,' zei ze, bij hem vandaan schuivend.
'Ik moet je iets grappigs vertellen.'
'Wat dan?'
'Veronica was vroeger een man.'
'Ga weg!'
'Ik heb haar jaren geleden in Zweden ontmoet, toen ik daar als kelner werkte. Ze was net geopereerd.'
'Ach, dat meen je niet!'
Hij lachte. 'Cooper zal het vast niet merken.'
'Je bent een slecht mens, weet je. Waarom heb je niets tegen hem gezegd?'
'En een prachtige romance verzieken? Ik denk er niet aan. Zeg, ik zag je de hele avond in druk gesprek met Mickey...'
'Hij krijgt een stijve van me. Wat kan ik er aan doen?'
'Kindje toch, je weet de dingen wel bij hun naam te noemen.'
'Het geheim van mijn succes,' zei Venus met een zelfverzekerd lachje. 'En nu, Johnny, zou ik het op prijs stellen als je me liet uitstappen.'
Hij deed wat ze vroeg en zei haar welterusten zonder opdringerig te zijn.
Ze was opgelucht, omdat ze geen zin had om een hitsige Latino af te moeten wimpelen.

Ze begon haar antwoordapparaat af te luisteren. Er was een klagerige boodschap van Rodriguez en een vrolijke van Ron.
'Ik heb je advies opgevolgd en ben verhuisd, lekker dier,' zei Ron. Hij zei niet waar naartoe, anders zou ze hebben teruggebeld.
Ze ging naar haar volledig in het wit ingerichte kleedkamer en stapte onderweg al uit haar rode jurk.
De telefoon ging. In de hoop dat het Ron was nam ze hem in de slaapkamer op.
'Hoi, met Cooper.'
'O... hoi.'
'Je zag er vanavond hééél sexy uit.'
'Wat wil je, Cooper?' zei ze terwijl ze op de rand van het bed ging zitten en zich afvroeg of hij de waarheid over Veronica had ontdekt.
'Ik wilde alleen maar even gedag zeggen.'
'Dat is niet erg origineel.'
'Ik heb alles al gezegd.'
'Jij? Dat lijkt me sterk.'
'Ik dacht...' zei hij.
'Wat?'
'O, wat een goed huwelijk we eigenlijk hadden.'
'Hoe kun je dat nu zeggen terwijl je erop uit was zoveel mogelijk vrouwen te neuken?'
'Ik weet het,' zei hij schuldbewust. 'Ik heb altijd gedaan wat ik wilde en die vrouwen hoorden er als vanzelfsprekend bij. Toen ontmoette ik jou, werd verliefd en zijn we getrouwd. Ik dacht geen moment dat ik zou moeten veranderen. Ik was egoïstisch en verschrikkelijk stom. Nu realiseer ik me dat ik een grote fout heb gemaakt.'
'Wat is er gebeurd? Heeft het fotomodel je laten vallen? Kreeg je niet de kans om ... eh, je weet wel?'
'Kans genoeg. Het probleem was dat ik niet wilde.'
'Meen je dat?' zei ze. Ze was niet van plan zijn avond te verpesten met Johnny's verhaal.
'En hoe is het jou vergaan? Heeft Romano je in de auto lastig gevallen? Hij maakt er grapjes over tegen zijn vrienden, wist je dat? Hij zegt dat er minstens gepijpt moet worden als een meisje eenmaal in zijn limo zit.'
'Je kent me wel beter.'
'Mag ik naar je toekomen?'
'Waarvoor?'
'Om te praten... meer niet, ik meen het.'
Ze wist dat ze nee zou moeten zeggen, maar ze voelde zich week worden. Hij maakte gebruik van haar aarzeling. 'Heel toevallig sta ik bij jou om de hoek.'
'Goed,' zei ze tegen beter weten in. 'Kom maar langs.'

Johnny Romano's limo reed de Sunset Boulevard af. Hij leunde achterover en babbelde over de telefoon met Leslie.
Ze zat met haar draadloze telefoon in haar hand en keek eens goed naar Jeff. Hij lag languit en gekleed op het bed en snurkte als een os. Meneer Romance slaat weer toe.
'Je hebt me je nummer gegeven, dus laat ik er geen gras over groeien,' zei Johnny. 'Ik vraag me af wat je aan het doen bent.'
'Waar is Venus?'
'Waarom zou ik iets met Venus willen als ik jouw nummer heb, kindje?' zei hij met een sexy macho-stem. 'Wat dacht je ervan om samen iets te gaan drinken?'
Jeff boerde en rolde op zijn zij. Hij stonk naar drank.
Leslie dacht aan Cooper. Hij was waarschijnlijk met dat mens met dat paardengebit aan het vozen. Ze voelde zich verdrietig. Ze had haar hele leven van Cooper gehouden en een paar fantastische weken lang had ze hem voor zichzelf gehad. En nu wilde hij niets meer van haar weten. Het was niet eerlijk.
'Ik kan in een paar minuten bij je zijn,' zei Johnny. 'Zeg maar waar ik met mijn limo naartoe moet, dan ben ik er in mum van tijd, liefje.'

Alex reed meteen naar Lucky's huis aan het strand.
Een beveiligingsman hield hem bij de deur tegen. 'Goedenavond, meneer Woods,' zei de bewaker beleefd. 'Mevrouw Santangelo zei al dat u misschien langs zou komen.'
'Prima.'
'Ze zei ook dat ze niet gestoord wilde worden.'
'Heeft ze dat gezegd?'
'Mevrouw Santangelo heeft gezegd dat ze morgen contact met u zal opnemen, meneer Woods, en ze wilde vanavond niet gestoord worden.'
'O... goed... in orde.'
Alex stapte weer in zijn auto, woedend om Lucky's spelletjes. Het ene moment stortte ze haar hart bij hem uit, het volgende behandelde ze hem als een vreemde. Hij begreep dat ze zorgen had, waar waarom liet ze hem niet helpen?
Hij reed naar huis met een gevoel dat hij nog niet kende. Zou dit nu liefde zijn? Als dat zo was, vond hij liefde maar niks.
Hij besloot dat hij zich moest vermannen, Lucky Santangelo moest vergeten en doen waar hij het beste in was. Films maken.

De beveiligingsman wachtte tot Alex weg was. Toen belde hij Lucky op. 'Meneer Woods is geweest. Ik heb gezegd dat u morgen contact met hem zult opnemen.'
'Dank je, Enrico,' zei ze.
Je doet wat je moet doen, zei ze tegen zichzelf. *Je moet hem niet aanmoedigen. Alex komt te dichtbij en dat wil ik niet.*

Ze zat op bed en pakte Lennies foto in de zilveren lijst. Ze miste hem heel erg. Zijn vriendelijke lach, zijn gezelschap, zijn vrijen, zijn conversatie. Hij was onvervangbaar.
Voorlopig ten minste.
'Er wordt bij ons thuis niet opgenomen,' zei George en hij legde de hoorn op het toestel. 'Misschien moeten we thuis maar op Santo wachten.'
'Een goed idee,' antwoordde Donna met een boze blik op Mickey. 'Ik wou dat je eerst met me had overlegd voor je mijn zoon met je dochter op pad stuurde.'
Mickey haalde zijn schouders op. 'Ik dacht de kinderen een plezier te doen. Ik kon toch niet voorzien dat ze niet op tijd terug zouden zijn.'
'Ze zullen zo wel komen,' zei Abigaile. 'Tabitha is een zeer betrouwbaar meisje.'
'Ja, als je haar ziet, begrijp je meteen dat ze zeer betrouwbaar is,' zei Donna sarcastisch.
'Wát zei je?' zei Abigaile, die Donna's toon wantrouwde.
'Ik begrijp niet dat je je dochter zo laat rondlopen,' zei Donna.
'Ze is in elk geval niet zo'n bleke papzak,' antwoordde Abigaile, zonder zich te bekommeren om wat Mickey ervan vond.
Mickey kwam snel tussenbeide en gaf Abigaile een por zodat ze haar mond zou houden. 'Ik weet zeker dat ze elk moment hier kunnen zijn,' zei hij. 'Zo gauw ze er zijn, breng ik Santo naar huis. Geen enkel probleem.'
Donna keek hem woedend aan. Hoe durfden ze haar zoon weg te sturen, alleen omdat ze niet wilden dat hij mee aanzat aan hun vervelende diner? Ze verafschuwde de Stolli's. Ze nam zich voor om Mickey te ontslaan als ze iemand anders had gevonden. Eigenlijk was de hele avond een ramp geweest.
Hun limousine stond op de oprijlaan. Donna marcheerde ernaartoe en wachtte tot de chauffeur uitstapte om het portier voor haar open te houden.
De man gaf geen sjoege. Hij hing over het stuur en zat duidelijk te slapen. Donna was geërgerd en George tikte op het ruitje. Geen reactie. George opende het portier en de chauffeur, John Fardo, viel naar buiten.
'O nee!' gilde Donna. George boog zich over de man en voelde zijn pols.
'Haal hulp,' zei hij gespannen.
Donna haastte zich terug naar de voordeur van de Stolli's en belde aan. Mickey deed open. 'Onze chauffeur is ziek,' zei Donna. 'Bel de eerste hulp.'
Mickey liep naar buiten. 'Volgens mij is hij dronken,' zei hij terwijl hij naar de man op de grond keek.
John Fardo kreunde en kwam langzaam bij bewustzijn.
'Gaat het een beetje, John?' vroeg Donna.
'Ja, ja, prima... uitstekend,' mompelde hij, gegeneerd over het incident. Hij kon zich alleen nog maar herinneren dat iemand hem uit de auto had

gesleurd, hem een flink pak slaag had gegeven en hem weer achter het stuur had gezet met de waarschuwing: 'Blijf voortaan uit de buurt van de Santangelo's!' Daarna had hij het bewustzijn verloren.

Hij stond met veel moeite op. 'Het spijt me, mevrouw Landsman, ik weet niet wat me is overkomen. Ik zal wel... eh, gevallen zijn.'

'Gevallen?' zei ze bits.

Hij hoopte dat ze in het schaarse licht zijn gezwollen gezicht niet zouden zien. 'Het gaat wel weer. Ik zal u naar huis rijden.'

Het echtpaar Landsman stapte in.

Mickey haalde zijn schouders op en liep terug naar het huis. 'Hun chauffeur was dronken,' zei hij tegen Abigaile, die op het punt stond naar boven te gaan.

'Wat vond je van het etentje?' vroeg ze over haar schouder.

'Het gebruikelijke succes,' zei hij achter haar aanlopend.

'Hoe kun jij dat nu weten?' zei ze bits. 'Je hebt de hele avond boven het decolleté van Venus gehangen.'

'Liefje, je bent toch niet jaloers op mij en Venus? Ze werkt alleen maar voor mijn studio.'

'Je hebt teveel aandacht aan haar besteed, Mickey. Dat is niet netjes tegenover mij.'

'We moeten aardig zijn voor onze actrices.'

'Ha!' snoof ze woedend en ze bleef even staan.

Mickey greep haar bij haar kont. 'Kom hier, honnepon,' zei hij flikflooiend. 'Je weet dat jij de enige voor me bent.'

Het eerste wat Donna bij thuiskomst opmerkte was Tabitha's BMW die op de oprijlaan stond. 'Godzijdank, ze zijn hier,' zei Donna tegen George. 'Ik begon me zorgen te maken.'

'Hij is zestien, Donna. Je maakt je veel te druk over hem. Santo heeft discipline nodig, geen verwennerij.'

'Waarom zou hij Tabitha mee naar huis hebben genomen?' vroeg Donna zich af. 'Waarschijnlijk omdat die belachelijke Stolli's hem lieten weten dat hij niet welkom was. Santo was natuurlijk boos.'

Dat moet ik nog zien, dacht George. Donna had geen idee wat een verwend kreng ze opvoedde.

Ze gingen naar binnen.

'Santo!' riep Donna in de gang terwijl ze het licht aandeed.

'Ze zullen wel op zijn kamer zijn,' zei George.

'Waarom zou hij haar mee naar boven nemen?' zei Donna.

Dat is niet zo moeilijk te raden, dacht George, die zijn vrouw naar de privélift volgde.

'Ik kan er nog steeds niet bij dat ze Lucky Santangelo vanavond hadden uitgenodigd,' mopperde Donna. 'Een totaal gebrek aan inzicht van Mickey's kant. Ik zal hem van nu af aan goed in de gaten houden.'

'Ja, lief,' zei George, die vlak naast haar in de kleine maar luxueuze lift stond. De deur van Santo's kamer was dicht.
'Klop eerst even aan,' zei George.
'Waarom zou ik?' zei Donna en ze gooide de deur open. 'Dit is mijn eigen huis.'
Santo lag bewusteloos op zijn bed. Tabitha lag halfnaakt over hem heen, al even stoned. De cd-speler stond keihard aan. Op het nachtkastje zag ze een half opgegeten pizza, een omgevallen bak popcorn, een halve joint en een lege fles whisky die elk moment van het kastje kon vallen.
'Lieve god!' jammerde Donna. 'Wat heeft ze mijn kind aangedaan?'

56

Lucky nam Boogie mee naar haar afspraak met Sara, waarbij ze haar het geld zou geven. Ze ontmoetten elkaar in het Hard Rock Café, waar Sara zich de laatste keer zo te zien op haar gemak had gevoeld. Sara kwam binnen, ging zitten en bestelde meteen een dubbele cheeseburger.
'Eet je thuis nooit?' informeerde Lucky.
'Ik heb een gezonde eetlust,' antwoordde Sara, die meteen met grote happen haar hamburger begon op te eten. Ze propte haar mond zo vol dat er geen kruimel meer bij kon. 'Goed, hoe gaan we dit afhandelen?' vroeg ze, toen ze uitgegeten was. 'Ik wil eerst geld zien voor ik de band geef.'
'Je gaat met me mee naar mijn auto waar ik een videorecorder heb,' zei Lucky. 'We draaien de band af en als er op staat wat je zei, krijg je je geld. Heel eenvoudig.'
'O ja, heel eenvoudig,' zei Sara met een sneer terwijl ze Lucky wantrouwig aankeek. 'Hoe weet ik dat je me niet gaat ontvoeren? Me als blanke slavin verkoopt of zoiets?'
'Je zult me moeten vertrouwen,' antwoordde Lucky kalm. Ze vroeg zich af of het meisje aan de drugs was; ze deed in elk geval vreemd.
'Ik vertrouw niemand,' zei Sara, trots op haar keiharde houding. 'Iedereen denkt alleen maar aan zichzelf.'
'Als je je geld wilt, zul je wel moeten,' zei Lucky kalm.
'Wie is dat?' vroeg Sara, onbeschoft op Boogie wijzend.
'Mijn compagnon.'
Sara kneep haar ogen samen. 'Hoe weet ik dat hij me niks zal doen?'
Lucky begon haar geduld te verliezen. 'Wil je het geld of niet?' zei Lucky kortaf.
'Het is al goed,' antwoordde Sara snel, die zo'n meevaller niet wilde laten lopen. 'Waar staat je auto?'
'Buiten.'

'Ik zal je maar meteen vertellen dat mijn vrienden weten waar ik ben. Als ik niet terugkom, gaan ze meteen naar de politie,' zei Sara met een harde blik.
'Heel verstandig,' zei Lucky droog. 'Ik ben blij dat je weet hoe je jezelf moet beschermen.'
Ze gingen naar buiten, waar de limousine geparkeerd stond.
'Te gek,' zei Sara, onder de indruk van de limo. 'Weet je,' zei ze, aan een stuk door kletsend terwijl ze instapte, 'ik heb een klant... eh, ik bedoel een vriend gehad, die altijd met zo'n krankzinnig grote limo naar de massagesalon kwam en dan wilde hij een speciale massage op de achterbank terwijl de chauffeur ons rondreed. Die grote slee had donkere ramen zodat niemand naar binnen kon kijken. Soms zette hij dat glazen tussending open, zodat zijn chauffeur kon meegenieten. Van mij hoefde dat niet zo nodig, maar die oude viezerik betaalde goed.'
Waarom had Morton juist dit vreselijke kind uitgekozen om hem in moeilijkheden te brengen? Ze hadden absoluut niets met elkaar gemeen. 'Wist Morton dat je al die avontuurtjes had gehad voor je hem ontmoette?'
Sara giechelde hysterisch. 'Morton dacht dat ik een keurig meisje was dat toevallig in die massagesalon werkte.'
Lucky boog zich naar voren en stopte de band in de videorecorder. Het beeld flikkerde een moment voor het scherp werd.
Ze keek naar het scherm. Morton zat in zijn driedelig kostuum in Sara's slaapkamer, op de rand van het bed. En daar kwam Sara binnen.
Sara: 'Dag, pappa.'
Morton: 'Ben je vandaag braaf geweest op school?'
Sara: 'Heel braaf, pappa.'
Morton: 'Weet je het zeker?'
Sara: 'Ja, pappa.'
Morton: 'Kom op mijn schoot zitten en vertel me er alles over.'
Sara: 'Ik heb wel iets ondeugends gedaan...'
Morton: 'Dan moet ik je billenkoek geven.'
Sara: 'Ik weet het niet, pappa. Ben jij op het bureau wel een lieve jongen geweest?'
Morton: 'Nee, ik heb ook iets stouts gedaan.'
Sara: 'Dan krijg je billenkoek.'
En zo ging het maar door. Lucky keek er als in trance naar. Ze wist dat er mensen waren die alleen maar konden klaarkomen als ze hun fantasieën konden uitleven, maar zij vond het maar ziekelijk gedoe. Wat was er mis met gewone seks? Waarom toch al die fantasieën en hulpmiddelen?
Toen Morton zijn kleren uittrok, zette ze de recorder uit en zei: 'Mooi, ik heb genoeg gezien.' Ze opende het raampje en zei tegen Boogie die buiten wachtte: 'Geef haar het geld, dan kunnen we gaan.'
Sara stapte uit de auto en bleef onhandig op het trottoir staan. Boogie overhandigde haar een papieren boodschappentas. 'Hier,' zei hij. 'Wil je het natellen?'

Sara greep de tas en keek erin, waarbij ze nauwelijks haar opwinding kon verbergen. 'Is dit alles wat ik moet doen?'
'Ja,' zei Lucky. 'Doe het geld in een safe en ga naar huis. En niets tegen Morton zeggen.'
'Komt hij er dan niet achter?' vroeg Sara.
'Misschien,' zei Lucky. 'Daar zat je de vorige keer ook niet mee en hij trouwens ook niet. Betaalt hij je huur nog steeds?'
'Ik ga het geld gebruiken om met mijn vriendin de stad uit te gaan,' vertrouwde Sara hen toe. 'Ik houd L.A. wel voor gezien. Je had die griezels eens moeten zien die de massagesalon bezochten. Spelletjes en nog eens spelletjes: iets anders willen ze niet. En de meesten wilden het liefst dat ik tien was.'
'Bespaar me de details,' zei Lucky.
'Nou,' zei Sara, met de tas onder haar arm geklemd. 'We gaan een gokje wagen in Las Vegas. Ik en mijn vriendin. Als ik nog iets kan doen... Heeft u telefoon?'
'Maak je geen zorgen, Sara. Als we iets nodig hebben, nemen wij wel contact met je op.'
Boogie stapte in, en de limo scheurde weg.

Santo gaf George de schuld. Zijn moeder zou hem nooit zo wreed hebben gestraft als George haar niet had aangemoedigd. Hij was verdomme al zestien. Het was toch te gek als hij op zijn eigen kamer niet eens met een meisje mocht vrijen?
George stelde een waslijst van straffen op, en Donna ging ermee akkoord. Santo had haar nog nooit zo kwaad gezien. Haar gezicht was lijkbleek en vertrokken van woede, en ze kon hem nauwelijks aankijken.
1. Geen Ferrari.
2. Zes weken geen zakgeld.
3. Na school niet meer uit.
4. Geen creditcards.
Godver! Hij was alleen maar betrapt op vrijen; ze deden net alsof hij die lul van een president had vermoord.
Donna zei geen woord toen George Santo vertelde waaruit zijn straf bestond.
'Kom nou, mam,' jammerde hij. 'Zo erg was het nou ook weer niet.'
'Drugs zijn heel slecht,' zei George dreigend alsof hij de federale wet had overtreden, wat waarschijnlijk ook het geval was. 'Je moeder en ik staan dat in ons huis niet toe.'
'Haar huis,' mompelde Santo bitter.
'Nee,' zei Donna, ontzet over het gedrag van haar zoon. 'Dit huis is ook van George. En hij zal ervoor zorgen dat je leert je fatsoenlijk te gedragen.'
Hij kon niet geloven dat ze de kant van George koos. Dat was ondenkbaar. Wat een ongelooflijke trut!

Hij vroeg zich af welke straf Tabitha van haar ouders had gekregen nadat haar vader haar was komen halen. 'Ik wil haar nooit meer met mijn zoon zien,' had hij Donna horen zeggen terwijl Mickey haar als de donder meenam.

Toen George was uitgeraasd en Donna bleef weigeren tussenbeide te komen, ging hij naar zijn kamer en staarde somber naar het scherm van zijn computer.

Geen Ferrari.
Geen zakgeld.
Geen privileges.
Geen tv.
Wat een puinhoop.

Hij begreep er niets van. Hij had het helemaal niet met Tabitha willen doen; hij had zich al die tijd onthouden voor Venus. Nu was die stomme Tabitha weg en was alles verpest.

En als die dingen die ze over Venus had gezegd nu eens waar waren? Dat Venus gewoon een sloerie en een hoer was.

Hij bedacht opeens dat het eigenlijk helemaal niet Tabitha's schuld was. Het was de schuld van Venus. Als hij haar niet bij het etentje van de Stolli's had gezien, en als Tabitha hem al die dingen niet had verteld, zou hij niet zo stoned zijn geworden dat hij niet meer wist wat hij deed.

Ja, het was Venus' schuld dat hij geen Ferrari kreeg. Het was haar fout. Zij had zijn leven verpest, en hij zou het haar betaald zetten.

'Dit is voor jou,' zei Cooper, die zich over Venus boog.
Ze draaide zich in bed om en rekte zich lui uit. 'Wat?' mompelde ze slaperig.
'Sinaasappelsap, warm rozijnenbrood, koffie, de hele mikmak, en bovendien dit...'
Ze probeerde te gaan zitten. Cooper stond naast het bed. Hij had een zilveren dienblad bij zich met alles wat hij had opgesomd. Maar hij was ook helemaal naakt en op de rand van het blad lag zijn stijve penis.
Ze begon te giechelen. 'Wat doe jíj in godsnaam?' riep ze uit.
'Niets,' zei hij zonder een spier te vertrekken.
'Waar ben ik mee bezig,' kreunde ze, en ze realiseerde zich dat ze de nacht had doorgebracht met de man waarvan ze zou gaan scheiden.
'Je bent weer verliefd geworden op je man,' zei hij met een verleidelijke glimlach.
'O, nee... één keer is genoeg, dank je, Cooper. Ik kan enorm veel plezier met je hebben, maar ik heb me wel gerealiseerd dat je als echtgenoot geen groot succes bent.'
'Hoeveel kerels zullen jou ontbijt op bed brengen?' vroeg hij. 'Waar krijg je zoveel service?'
'Mmm...' zei ze nog steeds glimlachend. 'Sinaasappelsap, warm rozijnenbrood, koffie, een stijve... Misschien moet ik er nog eens over nadenken.'

'Hoor eens,' zei hij terwijl hij zijn pik van het blad haalde en op de rand van het bed ging zitten. 'Ik weet dat wat ik heb gedaan onvergeeflijk is. Als je mij hetzelfde had gelapt, was ik er waarschijnlijk vandoor gegaan. Waar het op neerkomt is dat ik mijn les heb geleerd en wil dat we het weer bijleggen.'
'Hmm...' mompelde ze zwoel.
'Vannacht was ik bij een van de meest gewilde vrouwen van Amerika. En weet je wat? Ik heb haar laten zitten en ben als een gek naar jou toegerend.'
'Ha!' riep ze uit en ging nog rechter zitten.
'Wat bedoel je met "ha"?'
'Volgens meneer Romano – die zulke dingen natuurlijk weet – is Veronica vroeger een man geweest.'
'Jezus, Venus! Dat is belachelijk. Dat kan niet waar zijn!'
Ze giechelde. 'Ik denk dat je de juiste beslissing hebt genomen, Coop.'
Hij fronste zijn voorhoofd. Zou dát zijn gebrek aan interesse verklaren? Zijn overlevingsinstinct moet hem te hulp zijn geschoten, hem hebben gered van... ja, van wat eigenlijk?
'We horen bij elkaar, Venus,' zei hij met overtuiging en zonder haar de kans te geven hem op een zijspoor te brengen. 'Dat weet je best.'
'Cooper,' zei ze met een ernstig gezicht, 'die film waarin ik ga spelen is voor mij heel belangrijk, en...'
'Was het vannacht dan niet heel bijzonder?' kwam hij ertussen, haar met zijn lichtblauwe ogen indringend aankijkend. 'Was het niet geweldig? We zijn een heel bijzonder stel, dat zegt iedereen.'
Ze glimlachte bij de herinnering aan de fantastische manier waarop hij vrijde. 'Ik moet toegeven, Coop, dat jouw techniek alles overtreft...'
'En laat me je verzekeren dat ik er van nu af aan alleen nog maar voor jou ben.'
Ze wilde hem graag geloven. Maar het was Cooper die het zei; een man met een levenslange reputatie van vrijbuiter. Ze had het al een keer met hem geprobeerd. Zou ze zo dom zijn om het nog eens te proberen?
Hij liet zijn kans niet voorbij gaan. 'Ik vraag je alleen maar om me nog één kans te geven. Kom op, liever, je weet dat het juist is.'
Ze voelde zich verzwakken. 'Ach... misschien zouden we elkaar wat vaker kunnen zien; zoiets als opnieuw kennis maken.'
'Ik dacht dat we vannacht al hadden kennis gemaakt.'
Ze schoot weer in de lach. 'O ja, en daar lust ik vannacht wel meer van, en morgennacht, en – als alles goed gaat – nou, misschien kunnen we dan overwegen weer samen te gaan wonen.'
'Afgesproken,' zei hij met een brede lach.
'Nu moet je me verontschuldigen,' zei ze en ze sprong uit bed. 'Ik moet mijn agent spreken.'
'Ik vind het heerlijk als je serieus wordt,' zei hij terwijl hij haar arm greep en haar op het bed trok.
Ze lachte. Wat maakte het uit. Van een nieuwe poging zou ze niet doodgaan.

289

Lucky kwam achter een van de marmeren zuilen in de hal van zijn Century City-bureau vandaan en sprak Morton aan. 'Dag, Morton,' zei ze terwijl ze haar Porsche-zonnebril afzette en hem met haar donkere ogen indringend aankeek.
Hij week een stap terug.
'Verbaasd me te zien?'
'Eh... Lucky,' stamelde hij. 'Dit, eh... is wat je noemt een verrassing. Wat kom je hier doen?'
'Jou opzoeken.'
'O ja,' zei hij zenuwachtig.
Ze kwam dichterbij. 'Sinds je dat grapje bij Panther hebt uitgehaald, heb ik je niet meer kunnen bereiken, hoewel ik elke dag een boodschap heb achtergelaten, tegen je secretaresse heb gezegd dat het dringend was, en je een paar maal heb gefaxt. Heeft je moeder je niet geleerd dat het onbeschoft is om niet te reageren?'
'Het spijt me, Lucky, ik heb het verschrikkelijk druk gehad.'
'Je hebt me belazerd, Morton,' zei ze op vlakke toon, 'en dat vind ik niet leuk.'
Hij ging in de verdediging. 'Ik heb gedaan wat het beste was.'
'Voor wie?' vroeg ze ijzig. 'Je was mijn zakelijk adviseur. Je hebt me geholpen Panther in mijn bezit te krijgen, maar vervolgens heb je me achter mijn rug om belazerd.' Ze zweeg even. 'Ik begrijp het niet, Morton. Tenzij iemand je heeft gedwongen om op zo'n onethische manier te handelen.'
Hij liep langzaam in de richting van de lift, probeerde afstand tussen hen te scheppen. 'Eh, Lucky, je hebt nog steeds veertig procent van Panther in bezit. Ik ben ervan overtuigd dat er meer winst inzit nu Mickey aan het hoofd staat...'
Ze ging pal voor hem staan, zodat hij niet weg kon lopen. 'Net als vroeger, hè? Niemand weet beter dan jij dat hij de studio de vernieling in heeft gewerkt.'
'Zulke dingen gebeuren nu eenmaal,' mompelde hij, te beschaamd om haar aan te kijken. 'Zaken zijn zaken.'
'Fout nummer één, Morton: je hebt de kant van Donna Landsman gekozen.'
'Mevrouw Landsman is een keurige zakenvrouw.'
'Nee. Voor zover je het nog niet wist, mevrouw Landsman is de weduwe van Santino Bonnatti.'
De paniek was op zijn gezicht te lezen. 'Waar heb je het over?'
'Herinner je je de Bonnatti's nog? Ik weet zeker dat ik je dat verhaal vaak heb verteld.'
Hij keek haar zwijgend aan en dacht: daarom wilde Donna Landsman zo graag Panther in haar bezit krijgen.
'Gelukkig voor jou heb ik een goede bui,' vervolgde Lucky op een vriendelijk toon. 'Daarom geef ik je een kans om het goed te maken. Mijn advocaat

290

zal je onmiddellijk in de gelegenheid stellen jouw vijf procent aan me te verkopen, plus de helft van de Panther-aandelen die je in Conquest Investments hebt. Dat geeft me weer een meerderheidsbelang. Vervolgens doe je voor mij hetzelfde wat je voor Donna deed. Ik zal in mijn bureau zitten als je haar meebrengt en ik haar vertel dat zij eruit ligt. O ja, en zorg ervoor dat Mickey Stolli haar vergezeld. Ik wil hem persoonlijk een schop onder zijn dikke reet verkopen.'

Mortons stem haperde. 'Dat... dat kan ik niet maken.'

'Ja zeker, Morton, óf je dat kan.' Ze zweeg een poosje. 'O ja, Morton, hoe gaat het met je vrouw? En met de kinderen?' Ze zweeg weer een poosje. 'Ik neem aan dat Donna de videoband nog niet aan hen heeft laten zien?'

Hij trok wit weg. 'Welke band?'

'Morton, je bent een goed zakenman, maar je moet je realiseren dat je nergens bent als je met iemand als Donna in zee gaat – of met mij. Nu heeft niet alleen Donna je ballen in de tang, maar ik heb ook een kopie van de band.'

'O, God!' kreunde hij. 'Doe me dit alsjeblieft niet aan.'

'Kwestie van meewerken, Morton,' zei ze kalm. 'Dan zorg ik er voor dat alle kopieën van de band, ook het origineel, worden vernietigd. En als je niet meewerkt, tja, dan zorg ik persoonlijk dat je vrouw hem ziet, want je bent een heel ondeugende jongen en verdient billenkoek.'

Hij liet zijn schouders hangen en dreigde flauw te vallen. 'Jezus! Wat heb ik gedaan?' mompelde hij.

Lucky zuchtte en schudde haar hoofd. 'Weet je het nog steeds niet? Nette mannen moeten niet achter de rug van hun vrouw om met anderen scharrelen; zeker niet met minderjarige hoertjes. Dat is niet goed. Het huwelijk is een contract. En in mijn wereld heeft een contract nog betekenis.'

Ze draaide zich om en liep weg, Morton met een asgrauw gezicht achterlatend.

Leslie bleef die nacht bij Johnny Romano en ging pas tegen de vroege ochtend naar huis. Ze ging haar slaapkamer in en zag tot haar ergernis dat Jeff nog precies zo lag als ze hem had achtergelaten, geheel gekleed en snurkend. De idioot had zelfs niet gemerkt dat ze de hele nacht was weggeweest.

Ze ging naar de badkamer, nam een douche, kleedde zich aan en maakte zich opnieuw op. Daarna ging ze naar Jeffs kast en pakte al zijn kleren in een koffer die ze naar de voordeur sleepte.

Toen ze dat had gedaan, ging ze zitten om hem een kort briefje te schrijven.

Lieve Jeff,
Zo gaat het niet langer. Ik ben tot drie uur weg. Als ik thuis kom, wil ik dat je weg bent. Leg de sleutels maar op de keukentafel.
Leslie

Ze legde het briefje op de koffer en reed naar de Four Seasons, waar ze een kamer nam voor één dag.

Als Leslie ergens een hekel aan had, waren het wel confrontaties.

Alex ging vol energie en werklust naar zijn kantoor. Hij was vroeg wakker geworden en had besloten dat hij Lucky beter kon vergeten en zich weer op zijn film moest concentreren. Toen hij dat besluit eenmaal had genomen, voelde hij zich een stuk beter.

'Hoe staan de zaken?' vroeg hij en hij gaf France in het voorbijgaan een klap op haar achterste.

'Alex!' zei France. Het was geen protest, maar een manier om 'dank je' te zeggen.

Lili was blij hem in zo'n goede bui aan te treffen 'Hebben we onze oude Alex terug?' vroeg ze en ze volgde hem naar zijn kantoor.

'Wat bedoel je?' gaf hij als antwoord.

'Je bent de laatste tijd nauwelijks jezelf geweest,' zei Lili opgewekt.

'Praat geen onzin,' zei Alex.

'Ik zeg alleen maar waar het op staat.'

'Goed,' zei hij kortaf, om zich vervolgens op belangrijker dingen te storten. 'Dit is de afspraak. Leslie ligt eruit. Venus komt terug. Praat met haar agent, neem contact op met Mickey en zorg ervoor dat ze om vier uur hier is. Ik wil vandaag Johnny's kleding doornemen. Regel dan een tekstlezing met de hele bezetting voor donderdag. Heb je dat?'

'Ja,' zei Lili gelukkig. 'Sturen we iedereen bloemen?'

'Zeker niet,' zei Alex vastbesloten. 'We gaan aan het werk, Lili. We gaan een film maken. Laten we alles op een rijtje zetten.'

Na haar ontmoeting met Morton had Lucky een afspraak met Inga. Ze had haar die ochtend al vroeg gebeld en een gesprek voorgesteld.

'Waarover?' had Inga wantrouwig gevraagd.

'Over iets waarvan je liever niet wilt dat Abe het hoort.'

Dat was genoeg om Inga tot actie te bewegen. Ze ging akkoord met een lunch in het restaurant van het Beverly Wilshire Hotel.

Toen Lucky binnenkwam, zat Inga al aan een tafeltje. 'Dag,' zei Lucky terwijl ze ging zitten, met haar rug naar het raam zodat ze de hele zaal kon overzien.

Inga knikte, en haar brede, nauwelijks gerimpelde Scandinavische gezicht verraadde zoals gewoonlijk niets van haar gevoelens.

'Ik had naar je toe kunnen komen,' zei Lucky, 'maar ik dacht zo dat je liever niet wilde dat Abe ons gesprek zou horen.'

'Gaat het over Abe?' vroeg Inga, haar krachtige kin naar voren stekend.

'Nee,' zei Lucky, die zich afvroeg of Inga er bezwaar tegen zou hebben als ze aan tafel zou roken. 'Eigenlijk niet, hoewel het in zekere zin wel iets met hem te maken heeft.'

'Hoezo?' vroeg Inga.
Ja. Inga zou zich zeker ergeren als ze rookte. 'Zullen we wat bestellen?' zei ze.
Ze wenkte de ober. Hij kwam meteen met de menu's aan.
'Gewoonlijk eet ik tussen de middag niet,' zei Inga. 'Misschien een appel en een stukje kaas.'
'Sober hoor,' zei Lucky, die het menu inkeek en biefstuk met friet bestelde.
'Ik heb iets stevigs nodig,' zei ze met een zuinig lachje. 'De laatste tijd hebben zoveel mensen me in de rug gestoken dat ik behoorlijk verzwakt ben. Vanmiddag ga ik misschien wat gewichttraining doen. Heb jij dat wel eens gedaan? Het is een uitstekende therapie.'
'Nee,' zei Inga. 'Om in conditie te blijven zwem ik elke dag tien baantjes.'
'Knap hoor,' zei Lucky, die Abe in gedachten aan de kant van het zwembad zag toekijken.
Inga bestelde een salade en wachtte ongeduldig op wat Lucky te zeggen had.
'Hoe goed ken jij Morton Sharkey?' vroeg Lucky ten slotte terwijl ze met haar ellebogen op tafel leunde.
Inga haalde haar schouders op. 'Niet zo goed,' zei ze op haar hoede.
'Hoe heb je hem leren kennen? Via Abe?'
'Ja,' zei Inga.
Lucky knikte. 'Ik herinner me hem uit de tijd dat ik Panther wilde kopen. Abe raadde me Morton aan. Hij had hem bij een paar overeenkomsten geholpen en hij vertrouwde hem. Ik moet zeggen dat ik hem ook vertrouwde. Dat was dom van me. Ik vertrouwde hem zelfs nog toen hij me overhaalde om privé een groot deel van mijn aandelen te verkopen. Hij stelde me voor mijn kapitaal te spreiden, om zestig procent Panther te verkopen en het geld elders te investeren. Daar ben ik mee akkoord gegaan. Natuurlijk had ik eenenvijftig procent moeten behouden, maar... ik ben op Mortons advies af gegaan. Hij zei dat hij bonafide investeerders wist en dat er niets mis kon gaan...'
Inga werd onrustig. 'Waar wil je naar toe?'
'Je weet waar ik naar toe wil, Inga,' zei Lucky op scherpere toon. 'Je bent niet achterlijk. Of zal ik je met mevrouw Smorg aanspreken?'
'Abe is negentig,' zei Inga ineens. 'Ik heb de afgelopen dertig jaar met hem samengewoond. Ik verzeker me van een goede toekomst door een deel van Panther in bezit te hebben.'
'Prima, wat mij betreft,' zei Lucky kalm. 'Maar waarom heb je de kant van Donna Landsman gekozen?'
'Dat was Mortons advies.'
'O, je bedoelt je partner, Morton Sharkey, degene met wie je Conquest Investments bezit?'
'Abe heeft nooit iets voor mij gedaan,' zei Inga bitter. 'Ik heb geen geld, er staat niets op mijn naam. Ik weet dat alles naar zijn kleinkinderen gaat als hij doodgaat.'
'Je bent met hem getrouwd, Inga,' zei Lucky op vlakke toon. 'De wet van

de staat Californië geeft je recht op de helft van zijn bezit.'
Inga keek in het niets en overdacht haar beweegredenen. 'Abe heeft nog voor we trouwden een aantal onherroepelijke voorwaarden gesteld. Ik heb zijn huwelijkse voorwaarden getekend en verklaard dat ik geen aanspraak op zijn bezittingen zou maken. In zijn testament laat hij me honderdduizend dollar na. Dat is alles.' Ze zuchtte diep. 'Ik ben geen jonge vrouw meer. Ik wil een bepaalde levensstijl zien te behouden.'
'Door jezelf te beschermen heb je mij belazerd,' zei Lucky kortaf. 'Door de kant van Morton te kiezen heb je me alle kans ontnomen.'
'Ik moest doen wat hij zei; hij beheert mijn investeringen.'
Lucky stelde haar eisen. 'Laten we het volgende afspreken, Inga. Als je niet wil dat Abe iets over je geheime activiteiten hoort, verkoop je me onmiddellijk je aandelen. Je hebt zelf zes procent en de helft van de aandelen van Conquest, dat zijn er nog eens vijf. Daarmee geef je me elf procent terug.' Ze zweeg om op adem te komen. 'Mijn advocaat heeft de papieren klaar liggen. Je krijgt de maximale prijs. Wees slim, koop met dat geld IBM.'
Inga realiseerde zich dat ze geen keuze had. 'Goed dan,' zei ze stijfjes. 'Ik zal doen wat je voorstelt.'

'Ik heb een godvergeten hoofdpijn,' mopperde Mickey.
'Het spijt me voor je,' zei Leslie medelevend.
Ze zaten samen in de Panther Studio's.
'Niet echt een kater,' zei Mickey schouderophalend, 'hoewel ik nogal wat gedronken heb.'
'Het was een leuk feestje,' zei Leslie zonder het te menen, maar wat zou het? Mickey vond dat leuk om te horen.
'Het was misschien leuk voor jou,' zei hij heftig. 'Maar ik werd ermee geconfronteerd dat mijn dochter met die jongen van Landsman aan het neuken was. In hun huis. En ik moest haar ophalen.'
'Nee! Het is niet waar,' zei Leslie, zogenaamd geschokt.
'Wat mankeert die kinderen tegenwoordig toch, Leslie?' zei hij somber. 'Ze doen alsof seks en drugs niets te betekenen hebben. Toen ik zestien was, was het kopen van condooms al een heel avontuur.'
'Het spijt me te horen dat Tabitha je zoveel zorgen baart,' zei Leslie. Het kind leek duidelijk op haar vader.
Hij dronk een glas mineraalwater. 'Niets dan gedonder... Het kind moet blijkbaar haar eigen weg gaan. Maar over een paar weken gaat ze weer naar haar kostschool.'
Leslie prikte wat in haar salade. Het werd tijd dat het gesprek op haar kwam. 'Goed, het zal je ongetwijfeld genoegen doen dat ik je raad heb opgevolgd.'
'Welke raad, schatje?'
'Jeff heeft afgedaan.'
Mickey bromde instemmend. 'Goeie zet. Een meisje zoals jij kan elke vent

krijgen die ze wil. Je moet zorgen dat je een ster wordt, Leslie. Dat betekent hard werken.'
'Ik ben ervan overtuigd dat je gelijk hebt,' mompelde ze.
'En nu ik het over werk heb, ik heb een script voor je gevonden.'
'Echt?'
'Ik heb over je carrière nagedacht. *Gangsters* is daarvoor niet geschikt; je bent te goed voor zo'n armzalige rol.'
'Wat voor script, Mickey?' vroeg ze begerig.
'Het gaat over een jongen en een meisje in Parijs die verliefd op elkaar worden, uit elkaar gaan en dan weer verliefd worden. De hele reutemeteut; het publiek zal er op geilen.'
'Dat klinkt goed. Stuur je het script ook naar Cooper?'
'Ja hoor, natuurlijk stuur ik het hem. Maar Leslie, je moet je bedenken dat Cooper net een verlopen hoer is; geef hem genoeg geld en hij zal op zijn hoofd gaan staan en het alfabet opdreunen. Het gaat hem alleen maar om het geld.'
'Dat is niet aardig van je,' zei Leslie, die haar vroegere minnaar wilde verdedigen.
'Ik heb het je gezegd, je moet die acteurs zien voor wat ze zijn.'
'Ik zal het script lezen,' zei ze beminnelijk, zijn kritiek negerend. 'Als het me bevalt, doe ik het.'
'Liefje,' zei hij bot. 'Mij bevalt het, dus ga jij het doen. Heb ik je ooit verkeerd advies gegeven?'
Het had geen zin te gaan bekvechten. Ze kon hem beter te vriend houden.
'Nee echt, Mickey, jij en Abigaile zijn altijd heel aardig voor me geweest.'
'Mooi, schatje, onthoud dat,' zei hij over de tafel naar haar knipogend. 'Je ziet er vandaag stukken beter uit, niet zo gespannen. Heel goed dat je Jeff eruit hebt gedonderd.'
'Dank je, Mickey,' zei ze zedig.
Ze vertelde hem echter niet over haar nachtelijk avontuurtje met Johnny Romano. Dat was eenmalig geweest om over haar teleurstelling met Cooper heen te komen. En niet zo erg opwindend ook. Johnny Romano was nog altijd een gretig varken dat alleen op zijn eigen bevrediging uit was.
Het zou nooit meer gebeuren.

'Kleding: schitterend. Houding: perfect,' zei Alex.
'Dank je.' Venus straalde. Ze zaten op zijn kantoor en genoten van hun ontmoeting. 'Als jij zoiets zegt is het een groot compliment.'
'Ik heb met Freddie gesproken.'
'Ik ook.'
'Alles is geregeld,' zei Alex. 'De contracten zijn onderweg.'
'Je weet hoe spannend ik het vind om in *Gangsters* te kunnen spelen,' zei Venus. 'Ik heb het je geloof ik al eerder gezegd: de critici vinden me verschrikkelijk. Dit keer wil ik dat ze niet naar Venus kijken, maar naar Lola.' Ze keek

295

hem indringend aan. 'Ik weet dat jíj er bij mij kunt uithalen wat ik tot nu toe niet heb kunnen geven.'
'Als ik het er niet uithaal, kan niemand het,' zei Alex, die nooit bescheiden was waar het zijn kunnen betrof. 'Ik zal persoonlijk dat script met je doornemen. Vandaag testen we kleding, haar en make-up. Morgen is er een tekstlezing met de hele bezetting.'
'Dit is toch zo'n bijzondere dag voor me,' zei Venus, overlopend van enthousiasme. 'Niet alleen heb ik de rol van mijn leven gekregen, maar ik heb ook besloten mijn man een nieuwe kans te geven.'
'Cooper?' zei Alex met een opgetrokken wenkbrauw.
Ze lachte gelukkig. 'Het is de enige man die ik heb.'
'Hij komt dus terug, begrijp ik?'
'Ik moet bekennen,' zei ze schaapachtig grinnikend, 'dat hij onweerstaanbaar is.'
'Dat zul jij in *Gangsters* zijn,' zei Alex, met een brede grijns. 'Onweerstaanbaar.'

Op de weg terug naar huis had Lucky alle tijd om na te denken. Alles viel ten slotte op zijn plaats.
Ze zou haar studio terugkrijgen.
Ze zou nooit haar man terugkrijgen.
Als ze de macht over Panther terughad, zou ze zich met Donna Landsman bezighouden. Het was uitgesloten dat Donna ongestraft bleef voor de moord op Lennie.
Ze had die gedachte tot nu toe in haar achterhoofd gehouden. Ze zou het gauw genoeg onder ogen moeten zien.
Ze zuchtte diep. Wanneer zou de familie Bonnatti eindelijk eens verstandig worden?

57

'Mijn vader is terug,' zei Claudia, die haar handen zenuwachtig ineen sloeg. 'Hij zegt dat ik hier niet meer mag komen.'
'Jezus, Claudia,' zei Lennie, die wanhopig probeerde zijn frustratie te onderdrukken. 'Wanneer heb je de sleutel?'
'Dit weekeinde... als mijn pappa slaapt.'
'Waarom kun je niet gewoon de Amerikaanse Ambassade bellen? Hulp inroepen. Haal me uit deze klotesituatie.'
Haar knappe gezicht bleef onbewogen. 'Lennie,' zei ze ernstig, 'dit dorp is mijn thuis. Ik help je te ontsnappen, maar mijn vader mag het niet weten. Niemand mag het weten. We doen het op mijn manier.'

Af en toe had hij het gevoel dat hij in een Italiaanse film speelde. Prachtige boerendochter met weelderige boezem en stevige dijen redt knappe Amerikaanse vreemdeling uit gevangenschap. Jezus! Universal zou er meteen op ingaan!
'Claudia,' zei hij, opzettelijk langzaam pratend om haar niet af te schrikken. 'Is er niet een manier om me vandaag nog hier weg te krijgen? Hoe zit het met je vriend? Kan hij me niet helpen?'
Ze keerde zich woedend naar hem om. 'Nee!'
Hij had haar kwaad gemaakt. Hij moest oppassen. Hij besefte dat ze er moeite mee had om haar vader te verraden. Hij realiseerde zich nu dat ze het helemaal niet aan haar vriend had verteldd.
'Het is al goed,' zei hij sussend. 'Je kunt me niet kwalijk nemen dat ik ongeduldig ben.'
'Waar is de landkaart die ik je gaf?' vroeg ze. 'Als mijn vader hem ziet...'
'Maak je niet ongerust. Ik heb hem verborgen.'
Ze was vandaag nerveus, angstig. Wat als ze van gedachte veranderde en hem hier liet wegkwijnen?
Nee, dat zou ze niet doen. Ze hadden een band gesmeed, een verbond. Ze viel een beetje op hem en hij op haar. Niet dat hij daarmee minder van Lucky zou houden. Het waren vooral de omstandigheden.
'Claudia,' zei hij en hij spreidde zijn armen, 'kom eens hier.'
Ze kwam behoedzaam naar hem toe. Vandaag droeg ze een jurk als die van Sophia Loren in *Two Women*. Een dunne, katoenen jurk met van voren over de hele lengte knoopjes, zodat haar blote benen en lichtgekleurde huid waren te zien. Ze droeg eenvoudige sandalen. Behalve wat zachtroze lipstick had ze geen make-up gebruikt. Haar kastanjebruine haar viel tot op haar middel. Hij zag dat ze een klein litteken op haar linkerwang had, en haar wimpers waren onwaarschijnlijk lang.
Ze stond vlak bij hem. Hij zag dat ze elk moment in tranen kon uitbarsten. Hij snoof haar geur op en vroeg wat er mis was.
Haar onderlip begon te trillen. 'Ik, ik ben zo in de war...' stamelde ze.
'Ik weet dat het moeilijk voor je is,' zei hij in een poging haar op haar gemak te stellen. 'Je hebt het idee dat je je vader verraadt, en tegelijk weet je dat wat hij doet verkeerd is. Misdadig zelfs.'
Ze knikte en zei niets.
Hij stak zijn hand uit en raakte haar arm aan. 'Als ik vrij ben, Claudia, zal ik je niet vergeten. Ik zou graag willen dat je me in Amerika komt opzoeken.'
'Onmogelijk,' zei ze hoofdschuddend. 'Niemand mag weten dat ik je heb geholpen.'
'Hoor eens,' zei hij. 'Als je me pen en papier brengt, zal ik mijn adres en telefoonnummer opschrijven. Ik zal er dan altijd voor je zijn, of ik zal je geld sturen. Wat je maar wilt.'
'Ik weet dat wat mijn vader heeft gedaan slecht is,' zei ze. 'Daarom help ik je ook.'

'Is dat de enige reden?'
'Lennie,' zei ze. 'Ik mag je graag... heel graag.'
Hij trok haar naar zich toe en kuste haar vol overgave. Ze verzette zich, heel even maar. Toen gaf ze zich aan zijn kus over, gooide haar hoofd in haar nek en gaf hem met haar zachte lippen een heerlijke kus.
Vergeef me, Lucky, maar ik moet me ervan verzekeren dat ze terugkomt en dit is de enige manier die ik ken.
Daarbij gaf het hem hoop door een ander te worden aangeraakt. Hij putte kracht uit de aanwezigheid van haar lichaam. Er was nog toekomst. Hij was nog niet dood.
Ze onderzocht en streelde zijn gezicht met haar handen. 'Mijn Amerikaanse gevangene,' murmelde ze liefdevol, 'ik zal je bevrijden. Echt.'
Hij begon als vanzelf de knoopjes van haar jurk los te maken, zodat hij haar volle borsten kon zien.
Ze was werkelijk een van de goddelijkste vrouwen die hij ooit had ontmoet, een zachte huid, grote tepels die zich oprichtten toen hij zich vooroverboog om ze te kussen. Ze smaakten zo zoet dat hij zich niet meer kon beheersen.
Ze ging op de grond liggen en hield haar armen boven haar hoofd in een houding van volledige overgave. Haar okselhaar was dik en op de een of andere manier heel sexy. Hij prikkelde haar tepels met zijn tong.
'We zouden dit niet moeten doen,' zei Claudia hijgend. 'Het is niet goed.'
Hij merkte dat ze zich niet terugtrok.
'Niemand zal het ooit weten; dit blijft tussen ons,' zei hij terwijl hij snel de rest van de knoopjes losknoopte, wat een beetje onhandig ging doordat de stof zo dun was.
Ze droeg een ouderwetse slip, die helemaal tot haar middel reikte. Gretig stak hij er zijn hand in, door de dichte bos schaamhaar op zoek naar de vochtigheid van haar verlangen.
Ze hield haar adem in en stikte bijna van begeerte. Ze was zijn laatste kans om vrij te komen.
'Dit weekeinde... kom je terug om me te helpen,' zei hij terwijl hij zijn penis in haar vochtige zachtheid stak.
'Ja, Lennie, ja; ik beloof het je.'

58

'En dat,' zei Brigette nerveus aan haar haar plukkend, 'is het hele verhaal. Het spijt me. Ik weet niet hoe ik in dat gedoe verzeild ben geraakt...' Ze beet op haar lippen en wachtte vol spanning op Lucky's reactie.
Lucky stond op van de tuintafel waaraan ze zojuist de maaltijd hadden

beëindigd. 'Je hoeft je niet te verontschuldigen,' zei ze sussend. 'Je hebt gewoon veel pech gehad. Niet alle mannen zijn als Santino Bonnatti en Michel Guy. Hoewel, je schijnt de ergste types aan te trekken.'
'Michel leek zo lief,' zei Brigette verdrietig. 'Ik bedoel dat ik hem vertrouwde. Hij was ouder en vriendelijk, en... misschien heb ik hem ook wel aangemoedigd.'
'Hij heeft misbruik van je gemaakt, Brigette,' zei Lucky fel. 'Iedere man die een vrouw vastbindt en dwingt seks te hebben met een andere vrouw is, nou ja, zonder meer een klootzak.'
'Ik heb haar gewaarschuwd,' kwam Nona tussenbeide. 'Hoewel ik geen idee had dat die vent zo pervers was.'
'En Robertson, ging die ermee akkoord?' vroeg Lucky.
Brigette haalde haar schouders op. 'Hij zei haar wat ze moest doen en ze deed het. Ik neem aan dat ze stoned was.'
'Ongetwijfeld,' viel Nona bij. 'Heel wat van die modellen denken aan niets anders dan stoned worden en aan neuken. Ze vinden het prachtig.'
'Het kan zijn dat ze het prachtig vinden,' zei Lucky kortaf. 'Maar Michel Guy zal het weten, dat verzeker ik je.'
'Ik heb het je toch gezegd,' zei Nona met een triomfantelijke blik.
'Wat ben je dan van plan?' vroeg Brigette.
'Ik zal tijd vrij maken om meneer Guy in New York op te zoeken.'
'Hij zal het ontkennen,' zei Brigette. 'Hij zal zeggen dat ik hem heb aangemoedigd; dat weet ik wel zeker.'
'Wie denk je dat ík geloof?' zei Lucky alsof ze in zichzelf praatte. 'Jou of hem?'
'Mij,' zei Brigette met een klein stemmetje.
'Jou natuurlijk, lieverd.'
Brigette sprong op en omhelsde Lucky. 'Dank je,' zei ze. 'Je bent geweldig.'
'Weet je, als Lennie nog leefde, zou hij Michels ballen hebben afgeknepen,' zei Lucky.
'Ik mis Lennie heel erg,' fluisterde Brigette verdrietig. 'Ik mis hem elke dag.'
Lucky knikte met tranen in haar ogen. 'En ik ook,' zei ze kalm. 'Wij allemaal.'

De volgende ochtend in alle vroegte charterde Lucky een vliegtuig en vloog naar New York.
Ze zei tegen Brigette en Nona dat ze in haar huis in L.A. moesten blijven tot ze terugkwam, en dat zou, als alles goed ging, later op de dag zijn. Daniella Dion kwam naar de stad, en zij was de volgende op de lijst van mensen met wie Lucky nog een appeltje had te schillen.
Ondertussen was haar advocaat de juridische details aan het uitwerken die noodzakelijk waren om haar studio terug te krijgen.
Morton had haar de avond tevoren nog laat gebeld. Hij was in paniek. 'En als Donna Landsman de band aan mijn vrouw laat zien?' had hij gevraagd.

'Hoe kan ik haar tegenhouden?'
'Dat is iets wat je met Donna moet regelen,' had ze geantwoord, niet echt geïnteresseerd na wat hij haar had aangedaan.
'Jezus, Lucky, als dit bekend wordt, ben ik geruïneerd.'
'Je had meteen naar mij toe moeten komen,' zei ze, toch wel wat medelijden voelend. 'Ik had het kunnen regelen.'
'Ik heb een vergissing begaan,' zei hij op deerniswekkende toon.
Een grote fout, Morton.
Vandaag voelde ze zich sterk, onoverwinnelijk. Soms was haar innerlijke kracht zo groot dat ze dacht alles aan te kunnen.
Het vliegtuig maakte een probleemloze landing. Op de luchthaven stond een auto voor haar klaar. De chauffeur nam de snelweg naar de stad, reed over het slechte wegdek van de stad naar de straat waar Michel Guys kantoor zat. Lucky marcheerde onaangekondigd binnen, daarbij twee secretaresses trotserend.
'U kunt meneer Guy niet zonder afspraak ontmoeten,' zei een van de in verlegenheid gebrachte secretaresses die haar achterna rende.
'Laat me je corrigeren,' zei Lucky. 'Ik kan doen wat ik wil.'
Michel Guy zat in zijn kantoor met zijn voeten op het bureau een dikke Havanna te roken.
Hij was in het geheel niet op Lucky's verschijning berekend. Hij haalde zijn voeten van het bureau, de sigaar uit zijn mond en zei geschrokken: '*Oui?* Wat kan ik voor u doen?'
'Enig idee wie ik ben?' zei Lucky op hem neerkijkend.
Hij keek haar aan. Ze was beslist geen model, maar ze was een uitzonderlijk mooie vrouw met een gezicht dat hem vaag bekend voorkwam. 'Nee,' zei hij ten slotte. 'Moet ik u kennen?'
'Misschien dat je mijn naam kent. Lucky Santangelo?'
Ah, nu wist hij wie ze was. Hij had pas nog een interview met haar in *Newstime* gelezen. 'U bezit een studio in Hollywood,' zei hij, zich afvragend wat ze in godsnaam op zijn kantoor kwam doen. 'Wat kan ik voor u doen?'
'Ik dacht dat je misschien zou willen weten wie mijn pleegdochter is.'
'Uw pleegdochter?' zei hij niet begrijpend.
De secretaresse stond bij de deur naar Lucky te staren.
'Het is in orde, Monica, je kunt ons alleen laten,' zei Michel, die haar wegwuifde.
Lucky ging ongevraagd zitten en stak een sigaret op. 'Ze heeft het je kennelijk niet verteld.'
'Wie vertelde me wat niet?' zei Michel geïrriteerd en tegelijk nieuwsgierig.
Toen Lucky plotseling opstond en over zijn bureau leunde, was haar stem koud en hard. 'Zal ik jou eens wat zeggen, Michel? Je bent een laaghartige klootzak met een pikkie van niks.'
'*Pardon?*,' zei hij, geschrokken van haar optreden.
'*Schifoso*. Enig idee wat dat in het Engels betekent?'

'Ik ben Fransman,' zei hij.
'Een ongelooflijke smeerlap,' zei ze, rook in zijn gezicht blazend. 'Dat betekent het.'
'Wat wilt u eigenlijk?' vroeg hij, en besloot dat hij beter hulp kon inroepen.
'Ik ga je een anekdote vertellen,' zei Lucky, die weer ging zitten. 'Let op, Michel, ik zal het kort houden.'
Deze onverwachte onderbreking had lang genoeg geduurd. 'Ik heb het op dit moment erg druk,' zei hij. 'Ik stel voor dat u een afspraak maakt.'
'In Vegas heb ik hotels gebouwd, twee stuks,' zei ze zijn verzoek negerend. 'Tijdens de bouw weigerde een van mijn investeerders om het geld op te hoesten dat hij me schuldig was, ook al hadden we een duidelijke afspraak. Die nacht ben ik zijn flat binnengedrongen, met een paar vrienden voor het geval hij dom genoeg zou zijn om me tegen te werken. Toen hij wakker werd, ontdekte hij dat er een scherp mes tegen zijn penis werd gehouden.' Een lange, betekenisvolle pauze. 'En... wat denk je dat hij deed?'
'Ik heb geen idee,' zei Michel, die dacht dat ze krankzinnig moest zijn.
'Hij kwam met het geld over de brug, en ik kreeg mijn hotel. Uiteraard behield hij zijn geliefde pik.' Ze zweeg even. 'Uiteindelijk was iedereen dik tevreden.'
Hij stond op en loerde naar de deur. 'Wat wilt u van mij?'
'De naam van mijn pleegdochter is Brigette Stanislopoulos. Misschien zegt de naam Brigette Brown je meer.'
Alle kleur verdween uit zijn gezicht. 'O,' zei hij op vlakke toon. 'Ik had geen idee wie ze was.'
'Dat geloof ik best. Ik durf te wedden dat je dacht dat het een of ander grietje was dat je mee naar bed kon nemen. Misschien kon chanteren? Een speeltje?' Haar stem was als een scherp mes. 'Ze is pas negentien, Michel. Schaam je je niet?'
Hij had alles over Lucky Santangelo gelezen. Ze was machtig. Ze had connecties. Hij voelde er niets voor om gecastreerd op het vliegtuig naar Frankrijk te worden gezet.
'Zoals ik al zei, had ik geen idee,' zei hij haastig. 'Toen die vrouw me vroeg foto's te maken...'
'Welke vrouw?' vroeg Lucky, die onmiddellijk wist wie ze was.
'Ze heeft me een fortuin betaald,' antwoordde Michel, die over zijn woorden struikelde. 'Als ik geweten had dat Brigette familie van u was, had ik het nooit gedaan.'
'Welke vrouw?' herhaalde Lucky ijzig.
'Donna Landsman. Ze betaalde me om compromitterende foto's van Brigette te maken. Het... het zit me niet lekker.'
'Je meent het? Het zit je niet lekker...' zei Lucky kalm terwijl ze een briefopener met een ivoren handvat van het bureau pakte. 'Zie je dit, vuile viezerik,' zei ze op een heel andere toon. 'Ik zou dit een flink eind in je Franse reet

moeten steken, want dat is wat je verdient. Maar in plaats daarvan gaan jij en ik die foto's halen.'
'Ik heb ze naar mevrouw Landsman gestuurd,' zei hij snel.
'Ik weet zeker dat je de negatieven en een serie afdrukken hebt achtergehouden.'
'Nee.'
Ze speelde met de briefopener en bestudeerde aandachtig het ferme handvat. 'Heb je wel naar mijn anekdote van daarstraks geluisterd? Ik verzeker je, Michel, een mes bij je pik is niets vergeleken met wat ik met jou van plan ben als je niet als de donder met die spullen over de brug komt. Laten we dus meteen naar je appartement gaan, of waar je ze ook bewaart. En laten we geen tijd meer verliezen. *Capisce?*'
De dodelijke blik in haar ogen overtuigde hem ervan dat hij maar beter kon gehoorzamen.

Lucky bleef niet rondhangen. Toen ze van Michel Guy de foto's en de negatieven had gekregen, vloog ze meteen weer naar L.A. Ze had hem ook een brief laten tekenen waarin hij afstand deed van zijn rechten als Brigettes agent. 'Geloof me, Michel,' had Lucky tegen hem gezegd. 'Je komt er al met al nog makkelijk af.'
Hij geloofde haar meteen. Met Lucky viel duidelijk niet te spotten, en Michel was slim genoeg om dat in te zien.
Boogie wachtte haar op LAX op. Ze reden zonder iets te zeggen naar huis. Toen ze thuis kwamen, was Brigette al naar bed. Lucky schoof de envelop met de compromitterende foto's en negatieven onder haar deur door, en ging toen zelf naar bed.
De volgende ochtend was ze al weer vroeg op en terwijl ze zich aankleedde, zette ze de televisie aan.
In het ochtendnieuws was veel te doen over Morton Sharkey en Sara Durbon. Morton had de vorige avond om elf uur zowel Sara als zichzelf een kogel door het hoofd gejaagd.

59

Het nieuws van Sharkeys dood kwam als een grote schok voor Lucky; ze had zich niet gerealiseerd dat hij in zo'n labiele toestand had verkeerd. Volgens het politierapport was Morton bij Sara binnengelopen op het moment dat die voorbereidingen trof om naar Las Vegas te gaan. Ze hadden slaande ruzie gehad, aldus de buurvrouw. En die was beslecht met twee pistoolschoten. De buurvrouw had de politie gebeld. Voor de politie arriveerde, was Sara's vriendin langsgekomen om haar op te halen, en zij had de lichamen gevonden. Ze was gillend het gebouw uit gerend. Lucky was er kapot van, want wat hij ook had gedaan, hij had het niet verdiend om zo te sterven. Het was des te tragischer dat hij Sara had meegesleept: arme Sara, die alleen maar hamburgers wilde eten en geld verdienen.

Lucky probeerde onmiddellijk Mortons vrouw te bereiken. Candice was radeloos van verdriet en kon niet aan de telefoon komen. Daarom sprak Lucky met hun oudste dochter, die Lucky's condoleance accepteerde.

Er was maar één persoon verantwoordelijk voor zijn dood en dat was Donna Landsman. Als zij Morton niet had gechanteerd, was hij nooit in zo'n wanhopige staat beland.

Lucky wist dat ze Donna's set foto's van Brigette moest zien te bemachtigen, en ook de compromitterende videoband van Morton met Sara, zodat hij tenminste een eerzame dood zou hebben. Hij had het fatsoen gehad zijn aandelen aan Lucky over te doen, en haar advocaat verzekerde haar dat aan het eind van de dag ook met Inga alles zou zijn geregeld. De volgende dag zou Panther weer van haar zijn.

Via Kyoko's vriend die bij de studio werkte, wist ze wat Stolli voor de volgende dag had gepland. Hij zou met Freddie Leon bij The Palm gaan lunchen.

'Zo gauw hij de studio heeft verlaten,' zei Lucky tegen Boogie, 'zorg je ervoor dat zijn meubels worden weggehaald en de mijne worden teruggezet. Als hij terugkomt van de lunch, zal ik hem opwachten en hem begroeten. Zorg dat Donna Landsman er ook is.'

Boogie knikte. 'Dat lijkt me geen probleem.'

Brigette was door het dolle heen toen ze de foto's vond. 'Ik beloof je dat ik nooit meer iets zal doen waardoor je je voor mij zal moeten schamen,' zei ze met overtuiging. 'Ik ga nu niets anders doen dan werken, werken en nog eens werken. Ik verzeker je dat je trots op me kunt zijn.'

'Het was jouw schuld niet,' zei Lucky. 'Onthoud dat goed.'

'Heb je, eh, die foto's bekeken?' vroeg Brigette gegeneerd.

'Nee,' loog Lucky. Ze had moeten kijken of het wel de juiste waren, en ze vertelde Brigette maar niet dat er nog een set was. Boogie was al op zoek naar een professionele brandkastenkraker voor een inbraak in Donna's huis.

'Wat zei Michel?' vroeg Brigette.

'Vergeet die vuile praktijken maar,' zei Lucky. 'Wees blij dat je contract met hem niet meer geldt, dat hij geen commissie vraagt voor die spijkerbroekcampagne en dat ik je bij een ander topagentschap zal onderbrengen.'

'Dank je, Lucky,' zei Brigette, opgelucht en blij. 'Dat zou niemand anders voor elkaar hebben gekregen.'

Later op de dag belde Lucky met Johnny Romano. 'Heb je tien minuutjes tijd voor me als ik langskom?'

'Voor jou altijd, kindje, alle tijd van de wereld.'

Ze reed naar zijn huis, een neo-classicistische villa in Bel Air met meer marmer dan bij een mausoleum wordt gebruikt. Een schitterend zwart meisje in een strak, wit pakje en hoge naaldhakken bracht haar naar het ruime vertrek waar Johnny pool speelde met een paar van zijn rijke vriendjes. Hij begroette haar met een stevige omhelzing en een kus.
'Zou je iets voor me willen doen?' vroeg ze. 'Het is een wat vreemd verzoek.'
'Het kan me niet gek genoeg zijn,' zei Johnny, die samen met haar naar een futuristische flipperkast liep.
'Het gaat hierom...' begon ze, terwijl ze toekeek hoe Johnny met zijn nieuwste speeltje speelde. 'Het gaat om een krankzinnig dure Franse call-girl.'
'Vertel op,' zei hij nieuwsgierig.
'Ze vliegt morgen vanuit Parijs naar L.A. in de veronderstelling dat ze is ingehuurd als verjaardagscadeautje voor jou.'
Hij lachte. 'Voor mij?'
'Ja, inderdaad.'
'Maar kindje, ik ben helemaal niet jarig!'
'Dat weet ik.'
Zijn lome ogen lichtten op. 'Houd je je soms bezig met een soort perverse seks? Als dat zo is, kun je er op rekenen dat ik van de partij ben.'
'Het is nog gecompliceerder dan dat. Het heeft met Lennie te maken,' zei ze, en ze vertelde hem over haar verdenkingen. 'Terwijl jij met haar bezig bent, zit ik in de andere kamer met een afluisterapparaatje.'
'Speurderswerk, hè,' zei hij, instemmend knikkend. 'Dat mag ik wel! Wanneer gaat zich dit afspelen?'
'Ze komt vanavond aan. Ik heb een bungalow bij het Beverly Hills Hotel voor haar gereserveerd. Boogie haalt haar van de luchthaven en brengt haar regelrecht daar naartoe. Wil je me helpen?'
'Kindje, op Johnny Romano kun je altijd rekenen; ik sta geheel tot je beschikking.'

De immigratiebeambte keek naar de onwaarschijnlijk mooie blondine in het Chanel-mantelpakje, rook een of ander exotisch parfum, en besloot dat ze al zijn aandacht waard was.
'Hoe lang bent u van plan in Amerika te blijven?' vroeg hij, terwijl zijn ogen afdwaalden naar de volle borsten met de prominente tepels die door de stof van haar blouse zichtbaar waren.
'Misschien een paar dagen,' zei Daniella Dion vaagjes.
'Bent u hier voor zaken of voor uw plezier?' vroeg hij, zich over de balie buigend om iets meer te kunnen zien van haar sensationele benen, die dankzij het extreem korte rokje heel goed uit kwamen.
'Een combinatie van beide.'
'En in welke branche werkt u?'
'Lingerie,' zei ze.
'Lingerie,' herhaalde hij met een droge keel.

'Inderdaad,' zei ze met een enigszins uitdagend lachje.
Hij stempelde haar paspoort en zag met tegenzin hoe ze van zijn balie wegliep. Hij zou nu het liefst naar huis gaan om zijn mollige vrouwtje te pakken. Die blondine had hem behoorlijk opgewonden.
Daniella kuierde op haar gemak door de douane en zag buiten de chauffeur staan met een groot wit karton waarop haar naam stond.
'Als u me wilt volgen, Miss Dion,' zei Boogie beleefd, terwijl hij haar bagage overnam. 'Is dit al uw bagage?'
Ze knikte.
'Dan gaan we meteen naar de auto,' zei hij, en hij leidde haar via de lift en door de uitgang naar de limousine.
Hij hield het portier voor haar open en keek toe hoe ze instapte. Ze was inderdaad spectaculair. Zelfs Boogie was onder de indruk.
Hij ging achter het stuur van de limo zitten en reed weg. 'We gaan rechtstreeks naar het Beverly Hills Hotel,' zei hij, haar in het achteruitkijkspiegeltje bekijkend. 'tenzij u eerst nog ergens naartoe wilt.'
'Nee, dank u.'
'Is dit uw eerste bezoek aan L.A.?' vroeg hij om maar iets te zeggen.
'Ik ben moe,' zei ze, een beetje humeurig. 'Ik heb geen zin om te praten. Kunt u de tussenruit sluiten?'
Hij sloot de ruit en belde Lucky in het hotel. 'We komen eraan,' zei hij.

'Dag, kindje. Ik heb voor vanavond een afspraakje moeten afzeggen om je van dienst te zijn,' zei Johnny, die door de luxueuze bungalow van het Beverly Hills Hotel ijsbeerde.
'Dan sta ik bij je in het krijt,' zei Lucky. 'Als ik de studio terug heb, kun je met het script van je keuze naar me toe komen, dan doen we zaken. Dat beloof ik je.'
'Je bent me niets verschuldigd, Lucky. Jij bent degene die mijn carrière de juiste wending heeft gegeven.'
'Daar heb je zelf hard voor moeten werken.'
'Dat is waar, maar jij hebt voor de ommekeer gezorgd.'
'Nee. Ik heb je alleen maar geleerd het slim aan te pakken. Waarom denk je dat Clint Eastwood zo lang populair is gebleven? En Robert Redford? Ze speelden geen mannen die vrouwen sloegen. Zij zijn de helden waar iedereen dol op is. Ik wist dat ook jij zo'n vent kon zijn. En nu ben je het.'
'En of ik dat ben, kindje,' zei Johnny.
Zijn machogedrag stoorde haar niet. Ze wist wat ze aan Johnny had; hij deed haar denken aan een speelse jonge hond.
'Kunnen we de vragen nog eens doornemen?' vroeg ze.
'Ga je gang, meisje,' zei Johnny.
'Mooi. Als je haar in bed hebt, zeg je: "Ik weet van jou en Lennie op Corsica." Dan zal ze waarschijnlijk zeggen: "Waar heb je het over?" Dan zeg jij: "Je bent betaald om hem erin te laten lopen."'

'En dan?'

'Nou ja, ze ligt naakt bij je in bed; kwetsbaar en in een ander land. Het hangt van de situatie af, maar ik denk dat ik dan binnenkom en haar zelf wat vragen stel.'

'Maar Lucky,' grinnikte hij verlegen. 'Je gooit er een smak geld tegenaan, maar wil je echt dat ik met haar naar bed ga?'

'Doe wat je niet laten kunt.'

Hij schudde zijn hoofd. 'Ik heb nog nooit voor een vrouw betaald en, kindje, ik ben ook niet van plan daarmee te beginnen.'

'Mag ik je er even aan herinneren dat ík betaal, en ze is heel duur. Misschien moet je wel waar voor mijn geld zien te krijgen.'

'Er is geen condoom dat groot genoeg is om Romano, het magisch oog, veilig in een hoer te kunnen steken.'

Romano, het magisch oog! 'Heel keurig geformuleerd,' zei ze terwijl ze haar best deed niet te lachen.

'Ik zeg het je zoals het is.'

'Goed,' zei Lucky, die hoopte dat Johnny de situatie zou aankunnen. 'Vergeet niet, dat ze je verjaardagscadeau is. Als ik weet wat ik wil weten, moet je zelf weten wat je met haar doet.'

Daniella zat achterin de limo en keek ongeïnteresseerd naar buiten. Ze hield niet van reizen, en de vliegreis was lang en vermoeiend geweest, hoewel ze er inmiddels aan gewend moest zijn lang in het vliegtuig te zitten, omdat ze voor haar werk vaak naar het buitenland moest. Een van haar vaste klanten was een Saoedische prins, die er een fortuin voor over had als ze hem één keer per maand in zijn paleis in Saoedi-Arabië kwam opzoeken; een ander was een Indische vorst die haar een paar keer per jaar naar Bombay liet komen; en dan was er nog de Australische mediamagnaat die haar twee keer per jaar naar Sydney liet komen om hem en zijn vrouw op hun huwelijksdag te vermaken.

Op de dag dat haar banktegoed een bepaalde hoogte had bereikt, was ze van plan ermee te stoppen en te verdwijnen. Ze zou dan zo'n leuke oude boerderij in Toscane kopen om er verder met haar dochtertje in alle rust te kunnen leven.

Het kon Daniella niet schelen of ze daar ooit nog een man zou zien. Het waren zonder uitzondering beesten. Ze betaalden voor seks en dachten dat ze hun bezit was. De idioten. Ze bezaten haar nooit; ze leenden hoogstens haar lichaam voor de tijd die ervoor stond.

Ze opende haar tasje en haalde er een massief gouden poederdoos uit – een cadeau van de prins – en bestudeerde haar gezicht. *Ik ben mooi*, dacht ze, *maar is dat het enige dat ze zien?*

Ja, zei ze tegen zichzelf, *dat is het enige wat ze zien.*

Ze haalde een valiumtablet uit haar tasje, stak hem in haar mond en spoelde hem weg met een slok Evian. Toen stak ze haar hand in haar blouse en

kneep in haar tepels om ze hard te maken. Toen ze opgewonden was, stak ze haar hand onder haar rok, spreidde haar benen en begon ritmisch over haar clitoris te wrijven.
Ze was zo ervaren in de kunst van het masturberen dat het haar maar een paar seconden kostte om een bevredigend orgasme te bereiken.
Zwaar hijgend leunde ze met gesloten ogen tegen de rugleuning en liet het bevrijdende gevoel bezit van haar nemen.
Al vroeg in haar carrière had ze besloten dat geen enkele man de gelegenheid zou krijgen om haar te laten klaarkomen. Ze wilde macht over hen, niet andersom. Sindsdien had ze zich voor een afspraak altijd bevredigd. Op die manier wist ze dat ze haar gevoelens altijd zou kunnen beheersen, wat ze ook met haar deden.
Ze trok haar rok recht, ging rechtop zitten en bereidde zich voor op een avondje met Johnny Romano. Hij was weliswaar een beroemde filmster, maar voor Daniella geen ongebruikelijke klant. Ze had al heel wat filmsterren als cliënt gehad. Ze had koningen en prinsen gehad. Politici. Eén keer zelfs een president.
Vanavond zou in niets van de andere avonden verschillen. Het was gewoon haar werk.

60

Daniella dronk Pernod met water.
Johnny dronk Cristal-champagne
Daniella rookte sterke Franse sigaretten.
Johnny rookte een joint.
En hij keek naar haar... en bleef maar kijken, want ze was de mooiste blondine die hij ooit had gezien. Ze zat tegenover hem als de jonge Catherine Deneuve, koel en beheerst, de benen over elkaar geslagen, een en al aandacht, volmaakt in alle opzichten.
Ze wisselden een paar vriendelijkheden uit zoals: hoe was de reis en: dit is geen gek hotel. Nu wachtte ze geduldig tot hij het initiatief zou nemen. En ook al wist hij dat Lucky in de aangrenzende slaapkamer zat met afluisterapparatuur die alles oppikte wat ze zeiden, hij had voorlopig geen zin om een eind aan deze kleine komedie te maken.
Daniella besefte dat ze beter tot daden kon overgaan. 'Waar hou je van, Johnny?' vroeg ze met een lage hese stem. 'Wat wind je nou het meeste op?'
Zoals je er uitziet, wilde hij zeggen. *Ik houd van je accent... ik houd van je gladde, roomkleurige huid... je benen... je gezicht... ik houd van je chique verschijning.*

Hij kon niet geloven dat ze een hoertje was; het moest een vergissing zijn.
'Ooit een van mijn films gezien, kindje?' vroeg hij, onderwijl met zijn vingers knippend – een nerveuze gewoonte die hij had opgedaan toen Warner hem had laten vallen. 'Ben ik beroemd in Parijs?'
'O, reken maar, Johnny,' antwoordde ze, niet zeker wetend of het zo was. 'Heel beroemd.'
De waarheid was dat ze hem nauwelijks kende en dat ze in elk geval niet één film van hem had gezien. Hoewel ze zich een hoofdartikel in Paris-Match herinnerde met een foto van hem, omringd met blondines. Typisch.
'Ik neem aan dat ze me in het Frans nasynchroniseren, hè?' vroeg hij in een wanhopige poging indruk te maken.
'Inderdaad.'
'Ik hoop dat ze er de juiste acteur voor inhuren,' zei hij bezorgd. 'Wat vind je van de stem die ze gebruiken?'
'Die is uitstekend,' zei ze, hoewel ze geen idee had waarover hij het had.

In de andere kamer kon Lucky haar oren niet geloven. Wat wilde Johnny eigenlijk? Een goede recensie?
Misschien had ze Daniella zelf de vragen moeten stellen. Maar daar was het nu te laat voor.
Terwijl zij in het hotel was, organiseerde Boogie een inbraak in Donna's villa. Hij had een van de personeelsleden van Landsman omgekocht en die had hem een plattegrond van het huis geleverd, zodat hij precies wist waar ze moesten zijn. Het echtpaar Landsman was uit eten, en de man die ze hadden ingehuurd was een expert die de brandkast zou kraken, de spullen waar Lucky om had gevraagd zou meenemen en de brandkast weer zou sluiten, zodat Donna pas zou ontdekken dat er iets weg was als ze toevallig in de brandkast moest zijn.
Lucky zuchtte eens diep. Morgen zou ze Panther weer in haar bezit hebben. Ze kon haast niet wachten tot ze Donna's gezicht zou zien. En dat van Mickey. Die twee verdienden niet anders.
Johnny was nog steeds aan het doordrammen over zijn filmcarrière in Frankrijk. Wat mankeerde hem toch? Ze had Johnny gekozen omdat hij de dekhengst van de eeuw scheen te zijn. Kennelijk was hij een trage starter, of die vrouw liet hem totaal onverschillig.

Daniella stond op en gleed sensueel uit het jasje van haar roze mantelpak. Daaronder droeg ze een mouwloze witte blouse. 'Ik heb het warm,' fluisterde ze, zich koelte toe wapperend.
'Ja, het is hier warm,' gaf Johnny toe. 'Zal ik de airco aanzetten?'
Stomme Amerikaan, dacht Daniella. Hij mocht dan een filmster zijn, maar een idioot was hij zeker. Waarom maakte hij geen avances?
Nou goed dan... het was duidelijk dat zij hem zou moeten verleiden. Ze hoopte dat hij niet zo zou zijn als haar laatste Amerikaanse filmster, Len-

nie Golden. Die was totaal onverschillig geweest voor haar charmes.
Daniella had zoiets nog niet eerder meegemaakt. Ze was toen gechoqueerd geweest, onder de indruk zelfs, want er was niets aantrekkelijkers dan een onkreukbare man.

Langzaam maakte ze de knoopjes van haar blouse los, waarna ze de blouse van zich af liet glijden en de witte, kanten beha zichtbaar werd die de tepels vrijliet. De borsten waren ingesloten, alleen de tepels staken naar buiten. Johnny kreunde van waardering. Daarna trok ze de rits van haar rok open en stapte uit haar rok. Daaronder droeg ze een ouderwetse, witte jarretellegordel, nylon kousen en een kanten G-string.

Ze kwam rustig heupwiegend naar Johnny toe, bleef met gespreide benen voor hem staan met haar kruis op ooghoogte. 'Jouw beurt,' zei ze verleidelijk.

Hij werd onmiddellijk opgewonden. Deze vrouw was de droom van zijn leven: een dame in de salon; een hoer in de slaapkamer. Hij vroeg zich af of ze ook nog kon koken.

'Heb je er nooit over gedacht filmactrice te worden?' vroeg hij terwijl hij de binnenkant van haar dijen streelde.

'Nee,' zei ze, 'Nooit.'

'Het zou kunnen. Je ziet er fantastisch uit, kindje.'

'Dank je,' zei ze, haakte zijn vingers onder haar G-string en hielp hem die naar omlaag te trekken zodat haar blonde schaamhaar nog maar enkele centimeters van zijn gezicht was verwijderd.

Hij keek naar het haar, toen naar haar tepels, die roze en stijf waren. Jezus! Genoeg is genoeg. Meer kon hij niet verdragen. Hij stond op. 'Sla je armen om mijn nek,' beval hij. Ze deed wat hij zei. 'En klem nu je benen om mijn middel.'

Ook dat deed ze.

Hij droeg haar naar de slaapkamer en zette haar op de rand van het bed neer.

Ze lag achterover en keek verwachtingsvol naar hem op. Hij greep haar enkels en spreidde haar benen.

'Zal ik je uitkleden,' vroeg ze toen ze zijn kloppende erectie zag.

'Straks,' zei hij. 'Eerst ga ik je kut likken.'

'Nee!,' zei ze meteen, wetend dat het dom was om te protesteren tegen wat de klant ook wilde, maar ze was te moe om zich daar druk over te maken.

Johnny was niet zo gauw uit het veld te slaan. 'Kindje, de meeste vrouwen smeken om een beetje aandacht van mijn tong.'

'Laat me het bij jou doen,' stelde ze voor en ze probeerde overeind te komen.

Hij drukte haar weer omlaag. 'Je bent mijn cadeautje; Ik heb de keuze. Dus doe je ogen dicht en geniet ervan.'

Johnny was helemaal vergeten dat Lucky in de andere kamer wachtte. En zelfs als hij het zich had herinnerd, zou het niet hebben uitgemaakt. Dit was iets wat niet kon wachten.

Lucky besefte dat ze beslist de verkeerde vent had uitgekozen. Probeerde Johnny haar op te winden? Wat mankeerde hem eigenlijk?
Haar portable ging. Ze nam hem op.
'Opdracht volbracht,' zei Boogie.
'Heb je ze allebei?'
'Ja, allebei.'
'Doe ze in je safeloket. Ik wil ze niet in mijn huis hebben. Als ze er achterkomt, zou ze kunnen terugslaan. Goed werk, Boogie!'
Ze zette de telefoon uit en luisterde naar de geluiden in de naastgelegen kamer.
Kreunen en zuchten. Hijgen en steunen. Iemand had een heleboel lol van haar geld.
Het zal zeker twintig minuten hebben geduurd voor aan het kreunen en steunen een einde kwam en Johnny ter zake kwam. 'Eh, Daniella,' hoorde ze hem zeggen.
'Ja?'
'Ik weet wat er tussen jou en Lennie Golden is gebeurd.'
Lucky hield haar adem in. *Nu komt het,* dacht ze. *Nu kom ik eindelijk de waarheid te weten.*
'Wat bedoel je?'
'Lennie was mijn beste vriend,' zei Johnny. 'Hij werkte op Corsica aan een film, toen jij op het toneel verscheen... en hem in de val liet lopen.'
Het bleef een tijdje stil. 'Hoe weet je dat?' vroeg Daniella ten slotte.
'Ik heb de foto's gezien.'
Weer een stilte. 'Ik doe waar ik voor betaald word. Ik werd betaald om Lennie te verleiden. Maar het was zinloos.'
'Wil je zeggen dat je niet met hem hebt geneukt?'
'Precies. Hij gaf er de voorkeur aan de hele nacht over zijn vrouw te praten.'
'Ga weg, je meent het?'
'Hij wou niets met me te maken hebben.'
'Lucky luisterde aandachtig. *Lennie... haar Lennie...* Hoe had ze hem zo verkeerd kunnen beoordelen!
Johnny kwam er helemaal in. De vragen werden steeds sneller en directer.
'Wie heeft je betaald?'
'Dat kan ik niet zeggen.'
'Natuurlijk kun je dat wel.'
Daniella stapte uit bed. Johnny greep haar bij haar arm en hield haar tegen.
'Ik mag je echt,' zei hij.
'Regel één,' zei Daniella. 'Wees nooit aardig tegen een hoer die je ter wille is geweest.'
'Je bent geen hoer. Je bent een prachtige vrouw die toevallig geld vraagt voor wat de meeste vrouwen hier voor niets aanbieden. Als je het mij vraagt, heb je een morele voorsprong. Je hebt ook de fraaiste tieten die ik ooit heb gezien.'

'Ze zijn voor jou, Johnny; voor één nacht. Morgen ga ik weer naar Parijs.'
'Als je blijft, betaal ik natuurlijk meer.'
'Waarom zou je?'
'Omdat ik het leuk vind met jou samen te zijn. Je zou dit weekeinde in mijn huis kunnen logeren.'
'Ik geloof best dat je me kunt permitteren, maar ik ben er niet zeker van dat je veel plezier aan me zult beleven.'
'Waarom niet?'
Ze haalde haar schouders op.
'Goed... je wilt dus niet acteren; je bent hier niet omdat ik beroemd ben, wat betekent dat je hier niet bent omdat ik Johnny Romano ben. Je bent hier omdat je wordt betaald. Dat is uitstekend. Een keurige, zakelijke overeenkomst. Weet je? Je bent de eerste griet waarmee ik ooit voor geld heb geneukt; alleen is het mijn geld niet.'
'Boeiend,' zei ze terwijl ze een geeuw onderdrukte.
Hij sprong van het bed af. 'Je zult zo een vriendin van me ontmoeten.'
'Voor een triootje reken ik extra.'
'Geen seks, schatje, alleen maar praten. Wacht hier even.'
'Jezus!' zei Lucky, toen hij de kamer binnenkwam. 'Je hebt er wel de tijd voor genomen.'
'Ik dacht dat je wilde dat ik je geld goed zou benutten.'
'Dat is je dan ruimschoots gelukt. Ik vond het niet echt leuk om te moeten luisteren.'
'Je zou blij moeten zijn met wat ze zei. Je hebt het gehoord; Lennie heeft niet met haar geneukt.'
'Kun je misschien wat over je slip aantrekken? Ik weet dat je goed bedeeld bent, Johnny; je hoeft hem me niet voor mijn neus te houden.'
'Daniella mag er beslist zijn,' zei hij dromerig. 'Wacht tot je haar ziet. Lennie moet wel heel veel van je hebben gehouden om haar te weerstaan.'
'We hielden van elkaar, Johnny,' zei ze kalm.
'Heb je enig idee hoe het er op locatie aan toegaat? Na drie weken wordt het zo saai dat je zelfs een schaap zou naaien.'
'Hoe welsprekend,' zei Lucky, die hem naar de andere kamer volgde.
Daniella zat rechtop in bed en had een laken over zich heen getrokken.
'Mag ik je Lucky Santangelo voorstellen,' zei Johnny. 'De vrouw van Lennie Golden. Misschien kun je herhalen wat je me daarstraks hebt verteld. Ik laat jullie alleen.' Hij verliet het vertrek.
Lucky keek naar de Franse call-girl. Ze was bijzonder mooi, mooier dan op de foto's. 'Eh... ik ga er vanuit dat je weet dat Lennie een auto-ongeluk heeft gekregen nadat hij zogenaamd de nacht met jou had doorgebracht,' zei ze wat ongemakkelijk.
'Het spijt me heel erg,' zei Daniella met neergeslagen ogen. 'Ik kan je twee dingen verzekeren. Eén: hij heeft de nacht niet met me doorgebracht. En twee: ik wist niet dat ze van plan waren hem te vermoorden.'

'Je wist dus dat hij is vermoord?' vroeg Lucky met kloppend hart.
'Ik ben niet gek,' zei Daniella. 'Ik besefte dat ze hem er op de een of andere manier wilden inluizen. Mijn taak was hem te verleiden. De fotograaf moest ons in bed betrappen. Je man had echter geen zin om met me naar bed te gaan.' Ze zweeg even. 'Ik heb nog nooit meegemaakt dat een man me onder zulke omstandigheden afwees, en de omstandigheden waren perfect.' Daniella liet het laken vallen waarbij ze haar volmaakte borsten toonde. 'Kijk naar me, Lucky. Ik ben niet bescheiden; mijn schoonheid is alles wat ik heb. Ik ben er om mannen te plezieren.'
Lucky haalde diep adem. 'Wie heeft je ingehuurd, Daniella?'
'Mijn madam in Parijs heeft alles geregeld. Ze werd benaderd door een Amerikaanse. Ik kreeg de opdracht naar Corsica te gaan en de man te ontmoeten die me bij de film zou kunnen betrekken, en daarna moest ik je man verleiden.'
'Hoe zit het met die foto's van jou en Lennie samen?'
'Ze haalden mijn zogenaamde vriend van de foto die op de set was gemaakt. Ik speelde een naïeve fan; Lennie was buitengewoon vriendelijk.'
'En die andere foto?'
'Ik ging die avond naar zijn hotelkamer, stond bij de deur, liet mijn kamerjas vallen en smeekte hem binnen te mogen komen. De fotograaf heeft die opname in de gang gemaakt.'
'Waarom ben je zo eerlijk tegen mij?'
Daniella haalde haar schouders op. 'Ik heb geen reden om het niet te zijn. Het kost je een heleboel om me hier naartoe te laten komen, dus moet het veel voor je betekenen. Je man is dood. Ik neem aan dat het een troost voor je is dat hij je trouw is gebleven.'
'Ik waardeer je oprechtheid.'
'Soms is oprechtheid het enige dat ons rest.'
Lucky ging terug naar de salon. Johnny zat een dunne sigaar te roken en keek naar een worstelwedstrijd op de televisie.
'Ik ga er vandoor,' zei ze. 'Ik ben je heel dankbaar.'
Ze stapte in haar auto en reed naar huis.
Lennie, mijn lief, wat heb ik gedaan? Ik ben met Alex naar bed gegaan om me te wreken. Nu besef ik dat ik niets had om me op te wreken.
Ik heb je bedrogen en voel me vreselijk, want ik had moeten weten dat je me nooit zou bedriegen.
Vergeef me, lieverd. Ik zal altijd van je blijven houden.

61

'Ik krijg vandaag mijn studio terug,' zei Lucky.
'Te gek,' zei Brigette. 'Hoe heb je dat nu weer voor elkaar gekregen?'
'Wist je dan niet dat ik alles kan?' zei Lucky met een grijns alsof het niets bijzonders was.
'Ik begin het te geloven,' giechelde Brigette.
Nona en zij stonden met gepakte koffers in de gang.
'Ik wou dat je langer kon blijven,' zei Lucky.
'Wij ook,' antwoordde Nona. 'Alleen kan Brigettes billboard elk moment worden geplaatst en er is het een en ander met de pers georganiseerd. Bovendien gaan we kennismaken met die nieuwe agent die je hebt geregeld.'
Lucky nam Brigette even apart. 'Hoe zit het met die knaap waar je mee omging?'
'Isaac is heel leuk,' zei Brigette. 'Maar ik begrijp nu dat het geen type voor mij is.'
'Laat je wat mannen betreft niet ontmoedigen omdat je de verkeerde bent tegengekomen,' waarschuwde Lucky.
'Beslist niet. Ik beloof het.'
'Lennie waakt over je; hij zal ervoor zorgen dat je de juiste vindt.'
Brigette omhelsde haar. 'Dank je, Lucky. Ik zal je vreselijk missen.'
'En ik jou,' zei Lucky, op haar beurt Brigette omhelzend. 'Ik kom binnenkort eens bij je langs.'
Ze bracht ze naar de limo, ging weer naar binnen en meldde zich bij Gino die niet anders dan anders klonk. Niets kon Gino van zijn stuk brengen; hij was zo sterk als een beer.
Wanneer zou haar leven weer normaal worden? Bedroefd besefte ze dat haar leven zonder Lennie nooit meer normaal zou worden.
Om halftwee zat ze net als vroeger bij Panther achter haar bureau, temidden van haar eigen meubels en met Kyoko achter zijn bureau in het personeelskantoor.
'Donna Landsman komt om halfdrie,' zei Boogie. 'Ze denkt dat ze een vergadering heeft met de productiehoofden.'
'Prachtig,' zei Lucky. 'Dat is precies wat ik wil.'
'Mickey heeft hier om halfdrie een afspraak met een van zijn buitenlandse distributeurs. Hij zal ongetwijfeld op tijd zijn.'
Boogie had gelijk. Mickey reed precies één minuut na Donna Landsman het terrein op. Ze ontmoetten elkaar toen Donna uit haar limo stapte, waarna ze samen het gebouw betraden. Beter kon niet.
Mickey zag Kyoko in het personeelskantoor en keek bezorgd. 'Waar is Isabel?' vroeg hij geïrriteerd.
'Ze komt zo terug, meneer Stolli.'

In zichzelf mopperend over secretaresses leidde Micky Donna zijn bureau binnen, waar hij als aan de grond genageld bleef staan.

Lucky gaf haar draaistoel een zet en begroette hen. 'Verrassing!' zei ze. 'Lijkt het niet alsof de oude tijden zijn teruggekeerd?'

Mickey's mond viel open.

Donna's gezicht sprak boekdelen.

'Wat moet dit voorstellen?' riep Mickey. 'Wat is er in godsnaam aan de hand?'

'Ik ben terug,' zei Lucky kalm, genietend van hun frustratie. 'Zoals ik had beloofd.'

'Hoe kan dat nou?' zei Donna. Haar gezicht was wit en vertrokken van woede.

'Heel eenvoudig,' zei Lucky. 'Ik heb nog eens zestien procent van de aandelen weten te bemachtigen en heb mezelf weer aangesteld. En laat ik je dit vertellen, Donna. Je zult nooit meer een meerderheidsaandeel krijgen, dus kun je je aandelen maar beter aan mij verkopen.' Ze zweeg een moment, zodat Donna het nieuws kon laten bezinken. 'Natuurlijk zul je er behoorlijk wat geld bij inschieten, maar ach, het is maar geld,' vervolgde Lucky.

'Maar ik heb godverdomme een contract!' riep Mickey woedend uit.

'Vecht het aan,' zei Lucky op vlakke toon. 'Ik zou je maar wat graag in de rechtszaal ontmoeten.'

'Waar zijn mijn meubelen? Mijn dossiers? Mijn prijzen?' schreeuwde hij.

'Ik heb alles bij je thuis laten bezorgen, Mickey. Ik weet zeker dat alles veilig op je oprijlaan staat. Abigaile zal er heel blij mee zijn.'

'Dit zal je berouwen,' zei Mickey pissig. De aderen op zijn voorhoofd stonden op springen.

'Kom, Mickey... we kunnen immers niet altijd winnen? Het spijt me voor je, Mickey, je hebt dit keer op het verkeerde paard gewed.'

Donna keek Lucky, haar aartsrivaal, woedend aan. 'Hier zul je spijt van krijgen,' zei ze verbeten. 'Ik laat me door niemand dwarsbomen, door niemand.'

'Ach,' zei Lucky, 'ik sta te trillen op mijn benen.'

Donna draaide zich om en verliet op hoge poten het vertrek. Mickey volgde haar op de voet.

'Kyoko,' riep Lucky, buiten zinnen van vreugde, 'breng de champagne. Dit gaan we vieren.'

'Wie is die vrouw die Johnny bij zich heeft?' vroeg Alex aan France, toen Johnny Romano de grote kantine binnenkwam waar de tekstlezing zou plaatsvinden.

'Geen idee,' zei France. 'Misschien zijn vriendin.'

'Ik wist niet dat hij er een had.'

'Volgens Johnny elke dag een ander,' zei France plagerig.

Een ogenblik later kwam Venus binnenrennen en ging naast Johnny zitten. 'Mag ik je een goede vriendin uit Parijs voorstellen?' zei Johnny. 'Daniella, dit is Venus.'
'Dag, Daniella,' zei Venus hartelijk.
Daniella knikte gereserveerd. Een tekstlezing voor een film bijwonen behoorde niet bij haar werk, maar Johnny betaalde, dus wat deed het er toe. Ze had naar Parijs gebeld en haar oppas gezegd dat ze nog een paar dagen zou wegblijven. Johnny was tijdens het bellen binnengekomen. 'Met wie bel je?' had hij gevraagd.
'Ik vertel mijn oppas dat ik later kom.'
Hij keek verbaasd. 'Heb je een kind?'
'Geen probleem. Ze is eraan gewend dat ik veel weg ben.'
'Hoe oud is ze?'
'Acht.'
'Je moet heel jong zijn geweest toen je haar kreeg.'
'Zestien.'
'Ik veronderstel dat je toen op jezelf was aangewezen, dat je haar alleen moest opvoeden. Ben je daarom... eh... in het vak gegaan?'
'Inderdaad.'
Alex kwam binnen en ging aan het hoofd van de tafel zitten, met zijn eerste assistent aan één kant, en zijn tekstproducent aan de andere kant. Na een paar minuten stond hij op om zijn acteurs toe te spreken. 'Ik verwacht niet dat iemand van jullie vandaag zal schitteren,' zei hij terwijl hij de tafel rondkeek. 'Vergeet niet dat het er nu alleen maar om gaat te zien hoe de tekst loopt, en om de interactie. Eigenlijk is dit een werkervaring waarvan jullie moeten genieten.' Hij gooide een zwarte haarlok naar achter en grijnsde breed. 'Als iemand problemen met zijn tekst heeft, maak dan een aantekening en kom naar mij. Ik sta volkomen open voor andere ideeën. Goed, nog vragen? Zo niet, laten we dan beginnen en geniet ervan, want dat is waar het bij film om zou moeten gaan.'
Met een blos op haar wangen stootte Venus Johnny aan. 'Dit is de eerste keer dat ik dit voor een film moet doen. Gewoonlijk sturen ze je meteen naar de make-upafdeling en de kapper en zetten je voor de camera.'
'Ja, dit is bijzonder,' zei Johnny. Hij draaide zich om en keek naar Daniella die achter hem zat, en toen weer naar Venus. 'Heb jij je ooit beziggehouden met zielsverwantschap?' vroeg hij. 'Is het je bijvoorbeeld wel eens overkomen dat je iemand ontmoette en dacht: dit is hem! Dat je helemaal verloren was?'
Venus lachte. 'Is dat jou met haar overkomen?'
'Ik denk het,' zei Johnny.
'Mijn gelukwensen,' zei Venus en ze kneep in zijn arm. 'Weer een dekhengst minder.'
'Eén ding spijt me echter,' zei hij met een brede grijns.
'Vertel op.'

'Dat jij en ik het nooit hebben gedaan.'
'Daar is het nu te laat voor.'
'Kindje, het is nooit te laat.'

Donna zat in haar limousine en had last van brandend maagzuur. Lucky had weer gewonnen. Het kon toch niet waar zijn. En Morton, de lafaard, had zichzelf doodgeschoten. Als hij er nog was geweest, zou Lucky nooit genoeg aandelen hebben kunnen terugkopen.
Hoe kwam het toch dat alles wat ze had ondernomen om Lucky te straffen was mislukt? Zelfs de huurmoordenaar die ze had ingehuurd om Gino te vermoorden had hem alleen maar kunnen verwonden.
Oorspronkelijk was het haar plan geweest om Lennie en Lucky weer te verenigen, maar in gedachten schreef ze al een ander scenario. Waarom zou Lucky hem terugkrijgen? Waarom zou ze hem niet vermoorden en zijn vingers één voor één naar haar opsturen? Dat zou voorgoed die glimlach van haar gezicht halen.
Ze vroeg zich af of Bruno of Furio tot zoiets in staat waren. Of zouden ze verwachten dat ze daarvoor iemand anders zou inhuren?
Ze moest er eens over nadenken. Zoiets moest goed worden overwogen. Ze kreeg een inval. Ze zou het zelf doen! Zij zou naar de grot gaan en Lennie doodschieten. Daarna zou ze het lijk fotograferen en de foto's naar Lucky sturen.
Ja, zo zou ze dat arrogante wijf laten weten dat haar man al die tijd nog had geleefd. Dan zou tot haar doordringen dat ze haar man had kunnen redden als ze een beetje had nagedacht en als ze haar energie aan hem had besteed in plaats van aan perikelen rond de studio.
Donna was tevreden over haar oplossing. Ze kon het George niet vertellen, want hij wist niets van Lennie. Ze zou zeggen dat haar vader ziek was en dat ze een paar dagen naar Sicilië moest. Dan zou ze zich in een hotel inschrijven, een auto huren, naar de grot rijden en doen wat ze moest doen.
Lucky Santangelo dacht dat ze zo slim was. Ze had haar studio terug, maar zou voorgoed haar man kwijt zijn.
Ze verdiende niet beter.

De felicitaties stroomden meteen binnen: in Hollywood verspreidt het nieuws zich als een lopend vuurtje.
Freddie was een van de eersten die belde. 'Wat was ik blij dit te horen,' zei hij. 'Wat is er gebeurd?'
'Het was alleen maar een machtsspelletje van een vrouw die geen notie had van wat filmmaken betekent,' zei Lucky.
'Ik kan alleen maar zeggen dat ik blij ben dat je weer terug bent.'
'Dank je, Freddie.'
'Weet Alex het?'

'Ik denk het niet.'
'Hij houdt een tekstlezing voor de film. Ga het hem zelf vertellen.'
'Misschien doe ik dat wel,' zei ze bedachtzaam.

Alex was tevreden over de gang van zaken. Soms waren de tekstlezingen een ramp; het was voorgekomen dat hij had beseft dat hij de verkeerde spelers had gekozen en dat er wijzigingen in de rolbezetting nodig waren voor ze konden gaan filmen. Dit keer liep alles gesmeerd. Venus was geweldig als Lola, en Johnny was werkelijk geknipt voor zijn rol. Ook de mindere goden waren uitstekend.

Tijdens de lunchpauze ging Alex bij Venus en Johnny zitten. Johnny's nieuwe vriendin, Daniella, leek heel aardig, hoewel ze niet veel zei. Ze was inderdaad een schoonheid. Alex had het onbestemde gevoel dat hij haar al eerder had gezien.

Om halfdrie kwam iedereen weer bij elkaar. Niet lang daarna fluisterde Lili hem in het oor dat Lucky Santangelo Panther weer had overgenomen.

'Je maakt een grapje,' zei Alex. 'Waar heb je dat gehoord?'
'Het kwam uit een heel betrouwbare bron,' verzekerde Lili hem.
'Kijk eens aan,' zei hij, 'we gaan dus weer voor mevrouw Santangelo werken.'

Hij had besloten Lucky de tijd en de ruimte te geven waar ze zo nadrukkelijk om had gevraagd. Voorlopig had hij de film om zich mee bezig te houden, en er was geen minnares zo veeleisend als een film.

Om halfvijf waren ze klaar. Johnny ging er meteen vandoor, met Daniella aan zijn zijde.

Venus stond op en omhelsde Alex. 'Dit is de mooiste week van mijn leven,' zei ze gelukkig. 'Ik weet dat met Cooper alles goed komt, en dat ik door jouw film de doorbraak kan maken waar ik altijd op heb gehoopt.'

'Je bent een goede actrice,' zei Alex. 'Het is duidelijk dat nog nooit iemand je de gelegenheid heeft gegeven het naar buiten te brengen.'

'Dank je,' zei ze, opgetogen over zoveel lof.
'Heb je gehoord dat Lucky haar studio terug heeft?' zei hij.
'Geweldig!' riep Venus uit. 'Sinds wanneer?'
'Sinds vandaag. Lili hoorde er al iets over voor het gebeurde.'
'Dat is echt te gek! En wie denk je dat er op dit moment komt binnenlopen?'

Hij draaide zich om. Het was Lucky in hoogst eigen persoon.
'Hé,' zei Alex, en hij zag weer hoe mooi ze was. 'We hadden het net over jou.'
Lucky glimlachte. 'In goede of in slechte zin?'
'Altijd in goede zin,' zei hij, op zijn beurt glimlachend.
'Tja, ik dacht dat ik als je nieuwe werkgever maar beter even persoonlijk kon langskomen.'
'Hé, hallo,' zei Venus met een brede lach. 'Jij bent net onkruid. Onuitroeibaar! Een ander had het allang opgegeven. Hoe flik je dat toch telkens?'

'Ik heb zo mijn manieren,' zei Lucky raadselachtig.
'Mooi, ik ben ervandoor,' zei Venus. 'Er wacht thuis een man op me.'
Lucky trok haar wenkbrauwen op. 'Een man?'
Venus grijnsde nog steeds. 'Hij krijgt een tweede kans van me!' En weg was ze.
Alex kuchte.
'Alex,' zei Lucky, 'Nu ik de studio weer in handen heb, moet ik je erop wijzen dat je budget alle perken te buiten gaat. Kunnen we het daar even over hebben?'
Hij lachte. 'Er is niemand met wie ik liever praat dan met jou. Je bent alleen wat moeilijk te bereiken.'
'Hmm... vertrouw er maar op dat ik jouw budget goed in de gaten zal houden. Daar kun je op rekenen.'
'Ik hoop dat je ook af en toe op de set verschijnt.'
'Ik ben er nu toch al?'
'Ga je misschien een weekeinde mee naar Las Vegas?'
'Wie weet? Wanneer vertrekken jullie?'
'We filmen eerst drie dagen in Malibu, maar aan het eind van de week gaan we naar Vegas.'
'Wees maar niet verbaasd als ik plotseling verschijn.'
'Lucky,' zei hij met een veelbetekenende blik, 'een leukere verrassing kan ik me nauwelijks voorstellen.'
'Goed,' zei ze, een beetje blozend. 'Dit was een bliksembezoek. Ik moet er vandoor.'
Hij nam haar bij de arm en liep met haar mee naar de deur. 'Bevalt mijn nieuwe houding je?'
'Wat voor houding is dat?' vroeg ze.
Hij lachte en voelde zich geweldig omdat de tekstlezing zo goed was verlopen. 'Ik heb nu een pas-op-ik-maak-een-film-houding. Dat betekent dat ik je zeker zes maanden met rust zal laten.'
'Is dat lief bedoeld of als een dreigement?'
'Wat je maar wilt.'
Ze keken elkaar glimlachend aan, en toen stapte ze in haar auto en reed weg, haar hoofd vol van de dingen die de afgelopen weken waren gebeurd. Nu kwam Donna Landsman aan de beurt. Dat duldde geen uitstel meer. Het was nu of nooit...

62

'Je bent drie dagen weggebleven; ik dacht dat je me in de steek had gelaten,' zei Lennie, zo opgelucht Claudia te zien dat hij nauwelijks meer op zijn benen kon staan.
'Het spijt me; mijn vader is teruggekomen,' zei Claudia verontschuldigend.
'Ja, ik weet het,' zei hij bitter. 'Meneer vrolijk is weer terug. Hij smijt me het eten toe alsof ik een hond ben. Ik kan er niets aan doen, maar ik haat je vader, Claudia. Je zou bij hem weg moeten gaan, hij is een en al slecht karma.'
'Wat is slecht... karma?'
'Ik hoop dat je er nooit achter zult komen.'
'Vanavond zal mijn pappa teveel *vino* drinken. Als hij slaapt, zal ik de sleutels stelen en hier brengen. Heb je de landkaart?'
Hij klopte op zijn zak. 'Veilig en wel.'
Ze gaf hem een kleine zaklantaarn. 'Hier... die zul je nodig hebben.'
'Dank je,' zei hij.
'Als ze ontdekken dat je ervandoor bent, zullen ze je achterna komen,' zei ze bezorgd. 'Maar ze zullen er morgen pas achterkomen, als Furio je je eten komt brengen.'
'Kun je hier zo laat nog naartoe komen?'
'Ook ik zal voorzichtig zijn.'
'Kan je vriend niet beter meekomen?'
'Nee!' zei ze vinnig. 'Als hij het zou weten, zou hij me niet toestaan je te helpen.' Ze aarzelde, duidelijk wanhopig. 'Als hij dat van ons wist...'
'Er valt niets te weten, Claudia,' verzekerde hij haar. 'Je was hier om me te helpen, dat is alles. Niemand zal ooit te horen krijgen wat er tussen ons is voorgevallen.'
Ze knikte en vertrouwde erop dat hij haar niet zou verraden. 'Zo gauw ik de sleutel heb, kom ik hier. Je moet klaarstaan om meteen te vertrekken.'
Hij wist niet hoe hij in afwachting van haar terugkeer de volgende uren moest doorkomen. Maar hij zou er hoe dan ook de kracht voor moeten vinden.

63

Donna kwam ziedend van woede thuis. Ze ging tekeer tegen de huishoudster, die op staande voet haar ontslag nam. Ze marcheerde de keuken in en schreeuwde tegen de kok, die ook weg wilde, maar zijn baan niet kon missen.

George was nog op zijn kantoor. Ze belde hem en spuwde haar gif. 'Besef je wel dat onze juridische adviseurs ongelooflijke idioten zijn?' schreeuwde ze. 'Op de een of andere manier heeft Lucky Santangelo het beheer over Panther teruggekregen. Ik wil weten hoe dit heeft kunnen gebeuren, George. Ik eis een verklaring.'

'Het was zakelijk gezien toch al geen goede onderneming,' zei George, die in het geheel niet van zijn stuk was gebracht. 'En je moet toegeven, Donna, dat je niets van de filmindustrie afweet. Dit kon wel eens een goede oplossing zijn.'

'Goed!' gilde ze, woest over zijn stompzinnigheid. 'Goed! Ben je krankzinnig? *Stupido!*'

'Wat zeg je?'

'Onze juridische adviseurs zijn te stom om voor de duvel te dansen,' zei ze enigszins gegeneerd, omdat ze ongewild weer met haar vroegere accent sprak.

'Ik zal het uitzoeken.'

'Ja, doe dat.'

Opeens dacht ze aan de foto's van Brigette Stanislopoulos die ze in bezit had; de eigenlijke moordenaar van Santino. Het had haar veel tijd en geld gekost om haar te achterhalen, maar het was haar gelukt – vlak nadat het meisje zich bij een modellenbureau had laten inschrijven. Een klein onderzoek had Michel Guys seksuele voorkeur aan het licht gebracht. Een grote som geld had haar van zijn medewerking verzekerd.

Het was een geniale inval geweest! Nu zou ze die foto's wereldwijd aan de pornobladen verkopen. Wat zou Lucky Santangelo daarvan vinden? Haar stiefdochter die voor iedereen te kijk werd gezet...

Een kille glimlach speelde om haar mond. *Je kunt niet alles in de hand hebben, Lucky. Je bent niet onoverwinnelijk.*

Ze was op weg naar haar kluis, toen Santo uit school kwam.

'Waarom ben je zo vroeg thuis?' vroeg ze, toen ze hem in de hal tegenkwam.

'Waarom ben jíj zo vroeg?' vroeg hij, zonder blijk te geven van berouw over het voorval met Tabitha.

Ze hadden de laatste tijd niet veel met elkaar gesproken. Ze verlangde weer naar haar kleine jongen, de onschuldige jongen die ze had vertroeteld en grootgebracht. Nu was hij een lompe boerenpummel met een grote mond die vreselijke dingen met immorele meisjes deed. Hij had haar verraden en dat beviel haar helemaal niet.

'Waar ga je naar toe?' vroeg ze, toen hij langs haar heen probeerde te glippen.

'Naar boven,' zei hij gemelijk. 'Me opsluiten op mijn kamer.' Hij wierp haar een vuile blik toe. 'Dat is toch wat je wilt?'

'Het is je eigen schuld, Santo,' zei ze met stemverheffing. 'Je hebt je schaamteloos gedragen.'

'Nee,' snauwde hij. 'Wat ik deed was normaal.'

Het maakte haar razend dat hij probeerde zijn gedrag te rechtvaardigen. 'Als je vader had kunnen voorzien dat je een seksmaniak en een drugverslaafde zou worden, zou hij je liever gedood dan je als zijn zoon erkend hebben,' zei ze woedend.

'Ik ben geen drugverslaafde,' sneerde hij. 'Doe niet zo ouderwets, mens. Iedereen rookt weed.'

Ze had het laatste woord. 'Maar niet mijn zoon. Van zijn leven niet.'

Hij rende de trap op en smeet de deur van zijn kamer achter zich dicht, ervan overtuigd dat hij de vreselijkste moeder had die er bestond.

Donna wachtte tot hij weg was, ging naar de studeerkamer, deed de deur achter zich dicht en liep snel naar haar privé-kluis, die zich achter een fraaie Picasso bevond. Er zaten belangrijke papieren in en wat sieraden: de kostbaarste spullen waren veilig bij de bank ondergebracht.

Ze stelde de cijfercombinatie in en opende de kluis. Ze haalde alles overhoop op zoek naar de videoband van Morton Sharkey en de foto's van Brigette.

Ze begreep er niets van. Ze had die spullen er zelf ingestopt en nu kon ze ze niet vinden! Was ze soms gek aan het worden?

Ze haalde alles systematisch uit de kast.

Geen band. Geen foto's.

Zou George achter haar combinatie zijn gekomen?

Nee. George zou het niet in zijn hoofd halen om in haar privé-kluis te komen.

Ze moest kalm blijven en eens goed nadenken. De band en de foto's moesten ergens anders zijn en reken maar dat zij ze zou vinden!

Santo liep meteen naar zijn computer. Hij was domweg eerder van school weggegaan omdat niemand hem kon tegenhouden. Wat konden hem wiskunde of geschiedenis verdommen! Hij had die flauwekul niet nodig, omdat hij vandaag of morgen het Bonnatti-fortuin zou erven. Zijn vader had al een deel voor hem vastgezet, en als Donna het loodje zou leggen, kreeg hij ook haar geld. School kon hem de pot op. Eerst zou hij afrekenen met die vuile rothoer, met Venus Maria.

Hij ging achter zijn computer zitten en begon aan een nieuwe brief. Een brief vol haat en rancune.

Hij zou haar krijgen...

64

Lennie wachtte vol ongeduld, maar de uren kropen uiterst traag voorbij.
Hij vroeg zich af of Claudia ooit nog zou terugkomen. Hij was zo vol van de gedachte dat hij zijn vrijheid zou terugkrijgen dat hij niet kon stilzitten, maar hij moest zijn krachten sparen voor de ontsnapping – als het daar al van zou komen.
De man die Claudia's vader was kwam hem op zijn gebruikelijke lompe manier zijn eten brengen en vertrok.
Lennie stopte een stuk brood in zijn zak voor onderweg. Daarna ging hij op de rand van zijn geïmproviseerde bed zitten en bestudeerde de schetsmatige landkaart die Claudia hem had gegeven. Ze had beloofd hem uit het labyrint van grotten te leiden. Daarna moest hij het verder zelf uitzoeken en zouden ze ieder hun eigen weg gaan.
Vrijheid. Wat een prachtig woord. Hij zei het een paar keer hardop om zichzelf moed in te spreken.
Hij dacht aan zijn kinderen. Als het aan hem lag, zou hij ze nooit meer in de steek laten. Zijn filmcarrière kon de pot op, want van nu af aan zou hij bij zijn gezin blijven. Niets zou hem nog van Lucky kunnen scheiden.
Na een lange tijd kwam hij tot de conclusie dat er iets verkeerd moest zijn gegaan. Claudia kwam niet meer terug.
Zijn hoofd begon zo hard te bonken dat hij dacht dat het zou barsten. Hij ging op zijn bed liggen, volkomen overweldigd door zijn teleurstelling.
Hij moest uiteindelijk in slaap zijn gevallen, want toen Claudia eindelijk kwam, moest ze hem wakker schudden. 'Lennie,' zei ze gespannen. 'Sta op, snel.'
Hij deed zijn ogen open en wist even niet waar hij was. Was ook dit een droom? Nee, Claudia boog zich wel degelijk over hem heen.
'We moeten meteen gaan,' zei ze terwijl ze de sleutel gaf. 'Als mijn vader wakker wordt...'
Ze hoefde niets meer te zeggen. Hij ging rechtop zitten en stak moeizaam de sleutel in het slot van de roestige ketting om zijn opgezwollen enkel.
Het slot was zo verroest dat het weigerde open te gaan. 'Jezus!' zei hij in paniek. 'Dit is niet de goede sleutel.'
'Toch wel,' zei ze. Ze knielde neer om hem te helpen.
Ze hadden er allebei de grootste moeite mee, maar uiteindelijk kregen ze de sleutel er met geweld in en wrikten ze het slot open.
Hij was eindelijk vrij! Hij pakte de ketting op en slingerde hem met kracht door de grot.
Claudia liet de sleutel in haar zak glijden. 'Kom, we moeten gaan,' zei ze. 'Het is al laat.'
Een tijd lang stond hij alleen maar te trillen. Hij had zo lang gevangen geze-

ten dat hij niet wist hoe het was om vrij te zijn.
Claudia nam hem bij de hand. 'Volg me,' zei ze. 'Als we de grot uit zijn, moeten we een rotswand beklimmen.'
'Een rotswand?' vroeg hij benauwd.
'Het is niet gevaarlijk,' verzekerde ze hem. 'Ik doe het overdag zo vaak. Maar nu is het donker en zal het moeilijker zijn.'
'Meen je nu echt dat we een rotswand moeten beklimmen als we hier uit zijn?'
'Ja, Lennie,' zei ze zelfverzekerd. 'Als ik het kan, kun jij het ook. Kom op.' Ze nam de zaklantaarn van hem over en ging hem snel voor door het stikdonkere labyrint.
Toen ze daar met alleen een kleine zaklantaarn hun weg zochten, bleef hij vlak achter haar lopen en probeerde de slijmerige rotswanden en de langsschietende ratten te negeren.
Intussen hoorde hij het geluid van de zee steeds sterker worden. Jezus! De zee moest wel heel dichtbij zijn.
'Het is vloed,' zei Claudia op een zakelijke toon. 'We zullen door het water moeten waden; laat je niet ontmoedigen.'
Toen ze het labyrint van grotten verlieten, verlichtte de maan hun pad. De zee klotste voor de ingang en de wind gierde.
Ze waadden kniediep door de kolkende zee. Lennie had het door en door koud.
'Houd mij maar vast,' schreeuwde Claudia boven de wind uit.
'Doe ik,' riep hij terug.
Ze scheen met de zaklantaarn op een paar rotsen.
'Daar moet je naartoe,' zei ze. 'Haast je; het water stijgt nog steeds.'
Dit was nog beangstigender dan zijn gevangenschap.
Ze vochten zich een weg door de golven die tegen de rotsen beukten. Tegen de tijd dat ze die hadden bereikt, waren ze door en door nat en ijskoud.
Claudia was zo lenig als een gazelle. Ze sprong van rots naar rots, draaide zich om, gaf Lennie een hand en trok hem omhoog.
Toen hij over de scherpe rotsen klauterde, reet een scherp stuk steen zijn voet open. 'Godver!' riep hij uit, toen hij zijn bloedende voet zag.
'Kom op!' zei Claudia bemoedigend.
Ten slotte kwamen ze onderaan een grillige rots.
Lennie keek omhoog en zijn maag keerde zich om. Die te moeten beklimmen leek hem vrijwel onmogelijk.
'Volg me,' zei Claudia gehaast.
Hij deed wat ze zei. Zo klommen ze, zich aan struiken en bomen vastklampend, langzaam naar boven waar ze na nog enkele meters bij een rotsachtig, door mensen aangelegd pad kwamen.
Lennie was al een paar keer uitgegleden en gevallen. De nachtmerrie leek steeds erger te worden. Als Claudia niet zo sterk en moedig was geweest, had hij geen schijn van kans gemaakt.

Toen ze boven waren, lieten ze zich op de grond vallen.
Na een paar minuten stond Lennie op, nam de zaklantaarn van haar over en scheen op de zee onder hen.
Hij schrok flink. Ze hadden hem in de ingewanden van de aarde vastgehouden, op een plek die niemand zou hebben kunnen vinden. Het was een wonder dat hij het had overleefd, en dat was alleen aan Claudia te danken.
'Je moet opschieten, Lennie,' zei ze bezorgd. 'Wees voorzichtig. Neem het pad rechts en treuzel niet.'
'Hoe kan ik je ooit bedanken, Claudia?'
'Dat hoef je niet,' zei ze. 'Ga naar je vrouw en kinderen. Wees gelukkig, Lennie.'
En voor hij iets kon terugzeggen, kuste ze hem zachtjes op zijn mond en verdween in het duister.
En hij was opnieuw op zichzelf aangewezen.

65

Zaterdagochtend was het schitterend weer; het soort weer waarbij de mensen beseften waarom ze ondanks de aardbevingen, rellen, overstromingen en branden in Los Angeles woonden. Dit was L.A. ten top: een helderblauwe lucht, een mild zonnetje, een stad omgeven door palmen, grazige heuvels, weelderig groen en imposante bergen.
Lucky kon niet slapen. Ze stond vroeg op, ging het terras op en keek uit over de oceaan. Na een paar minuten besloot ze langs de vloedlijn te gaan joggen. Ze deed een sportbroekje en een T-shirt aan, rende naar beneden en ging het strand op.
Een halfuur later stond ze voor het huis van Alex. Ze stond stil, jogde op de plaats, en vroeg zich af wat hij aan het doen was.
Een steile stenen trap leidde naar het plateau waar zijn huis stond. Ze dacht erover hem op te zoeken. Het was nog vroeg: misschien lag hij nog in bed, of was Tin Lee blijven slapen.
Wat dan nog? Het hek onderaan de trap was open, wat moest betekenen dat hij het vast niet erg vond om bezoek te krijgen.
Ze nam de trap met twee treden tegelijk, totdat ze bijna niet meer kon.
Ze stond een ogenblik stil. *Wat ben je aan het doen?* dacht ze. *Waarom moedig je hem aan? Je hebt hem weggestuurd en hij is weggegaan. Wat wil je nu eigenlijk? Wil je hem terug?*
Onder geen voorwaarde. Ik heb gewoon behoefte aan zijn aanwezigheid en een goed gesprek. Het heeft niets met seks te maken. Wat is er mis met een platonische vriendschap?

Platonisch. Nonsens. Je bent dol op hem.
Kom nou!
Maar toch...
Bovenaan de trap was nog een hek; ze haalde de knip eraf en betrad zijn domein.
Alex zat op het terras; op tafel stonden een laptop, zijn script, een pot koffie, sinaasappelsap, toast en muesli.
'Hallo...' Ze zwaaide en liep naar hem toe. 'Onverwacht bezoek.'
Hij keek geschrokken op. 'Lucky,' zei hij blij. 'Wat een leuke verrassing.'
'Ik rende wat langs het strand en stond toen ineens voor je huis,' zei ze, alsof het toeval was geweest. 'Is dat koffie voor één persoon of kan ik ook een kopje krijgen?'
'Ga zitten, ik zal mijn huishoudster roepen.' Hij drukte op een bel en er verscheen een ernstig kijkende Japanse vrouw. 'Nog een kop, Yuki.'
Lucky liet zich in een stoel vallen en strekte haar lange, gebruinde benen.
'Ik wist niet dat je aan sport deed,' zei Alex plagerig. Hij had zich nauwelijks teruggetrokken of zij kwam al naar hem toe.
Ze lachte. 'Dat doe ik normaal ook niet. Ik moest gewoon een heleboel spanning kwijt.'
'Daar weet ik wel betere manieren voor,' zei hij terwijl hij het script opzij legde.
Yuki bracht een tweede kopje en schonk koffie voor haar in. Lucky bedankte haar en nam een slok. 'Ik kan nauwelijks tot maandag wachten,' zei ze. 'Dan kan ik gewoon weer flink aan de slag gaan.' Ze zette haar zonnebril af en legde die op tafel.
'En ik kan nauwelijks wachten met de opnamen voor *Gangsters*,' zei Alex. 'Als ik film, ben ik in mijn element.'
'Je filmt om te vluchten.'
'Je hebt gelijk,' zei hij enigszins verbitterd. 'Soms vraag ik me af waarvoor ik eigenlijk vlucht. Ik heb geen band met mijn moeder; ik heb geen vrouw, geen kinderen, in feite helemaal geen familiebanden.'
'Jouw leven bestaat uit filmen,' merkte Lucky op. 'Jouw familie bestaat uit de spelers en de filmploeg.'
'Ja, ook dat is waar,' zei hij, en hij nam een hap van een dun sneetje toost. 'Weet je, ik ben een van de weinige regisseurs die echt om zijn acteurs geeft. Ik heb ooit met een producent gewerkt die, nadat ik met wat acteurs had geluncht, naar me toekwam en op pissige toon zei: "Eet jij met de acteurs?", alsof hij het over een lagere diersoort had.'
'Ik houd ook van acteurs,' zei Lucky. 'Ik ben zelfs met een acteur getrouwd. In mijn ogen zijn ze alleen maar lichtelijk gestoord en hebben ze veel aandacht nodig.'
'Jij beschouwt iedereen als lichtelijk gestoord,' merkte hij op. 'Je had psychiater moeten worden.'
'Ik zou een goede geweest zijn,' zei ze terwijl ze een stuk van zijn toost pikte.

'Mooi,' zei hij. 'Krijg ik nog te horen hoe het met dat Franse hoertje is afgelopen?'
'Weet je... ze heeft me verzekerd dat ze nooit met Lennie naar bed is geweest.'
'Oh.'
'Ik geloof haar. Ze had geen reden om te liegen. Ze dacht dat ze betaald kreeg om Lennie te verleiden voor een artikel in een tijdschrift. Ze was zeer verrast dat hij niet voor haar charmes viel en ik kan je verzekeren dat het haar niet aan charme ontbreekt. Ze is een prachtige vrouw.'
Hij nam haar nieuwsgierig op. 'Hoe ben je daar achter gekomen?'
'Ik heb haar laten overvliegen als een verjaardagsgeschenk voor Johnny Romano.'
Lucky wist hem altijd weer te verbazen. 'Wát heb je gedaan?'
'Ik had nog iets van Johnny te goed, en die was zo lief het spelletje mee te spelen.'
'Is het zo'n weelderige blondine?'
'Dat klopt.'
'Ik dacht al dat ik haar herkende. Hij heeft haar meegenomen naar de tekstlezing. Heb je haar niet gezien?'
'Nee, Johnny was al weg toen ik kwam.'
'Ik heb haar toch echt al eens eerder gezien.'
Lucky lachte. 'Die twee hebben elkaar gevonden. Echt iets voor Johnny om op een hoertje te vallen. Daniella had de volgende ochtend op het vliegtuig naar Parijs moeten zitten.'
'Dat heeft ze dan niet gedaan.'
'Hoe gaat het met je moeder?' vroeg Lucky, die nog wat koffie inschonk.
'Ik heb haar al een tijdje niet meer gesproken.'
'Waarom niet?'
'Tijdens het gesprek dat wij laatst hadden, heb je me een paar dingen duidelijk gemaakt. Je had gelijk; ik zou me niet schuldig moeten voelen als ik haar een poosje niet wil zien.'
'Je hebt het kennelijk begrepen.'
'Dominique was nu niet bepaald de geweldigste moeder die er is,' zei hij en hij dacht aan zijn moeilijke jeugd.
'Iemands zwakke punten doorzien is de sleutel tot een goede relatie,' zei Lucky wijsgerig. 'Neem haar voor wie ze is, dan houdt ze op je lastig te vallen.'
'Haar laatste stunt was dat ze me Tin Lee wilde opdringen. Het resultaat was dat ik haar voorlopig niet meer wil zien.'
'Tin Lee is een lieve meid,' zei Lucky, die nog wat toost nam. 'En ze is duidelijk dol op je.'
'Ja, ze is heel lief en geduldig. Hoewel ik volgens mijn psychiater, die ik al in een halfjaar niet meer heb gezien, een reden had waarom ik alleen met oosterse vrouwen wilde omgaan.'
'O ja? En die was?'

'Het doet er niet toe, want jij bent in mijn leven gekomen en toen is me duidelijk geworden dat er niets mis is met een doodgewone Amerikaanse vrouw.'
Ze keek hem niet-begrijpend aan. 'Doodgewoon?'
Hij lachte. 'Je weet wat ik bedoel.'
'In dat geval voel ik me gevleid.'
Ze zaten een tijdje vriendschappelijk zwijgend bijeen. 'En jij, Lucky, hoe voel jij je?'
Ze pakte haar zonnebril en zette hem weer op, zich verschuilend achter de donkere glazen. 'Niet al te best. Ik ben met jou naar bed geweest om me op Lennie te wreken. Nu ben ik erachter gekomen dat ik geen enkele reden had me te wreken.'
Hij kreeg genoeg van haar smoesjes; ze gaven hem een rotgevoel. 'Je was toch niet van plan om in het klooster te gaan?' zei hij, misschien iets te scherp.
Ze weigerde zich boos te maken. 'Het was te vroeg, Alex,' zei ze kalm.
Hij stond op en veranderde van onderwerp. 'Wat zijn je plannen voor vandaag?'
Ze haalde haar schouders op. 'Ik heb geen plannen. En jij?'
'Ik ga aan mijn script werken, misschien nog even naar de sportschool, een beetje kickboksen. Ik doe dat vrij regelmatig.'
'Dat zou ik best eens willen proberen.'
'Ga dan mee.'
'Dat lijkt me wel leuk.'
'Dan kom ik je over een uur ophalen.'
Ze sprong overeind. 'Ik heb een beter idee: rijd me even naar huis, dan kan ik me omkleden. Ik heb geen zin ook nog dat hele stuk terug te rennen.'
Hij schudde misprijzend zijn hoofd. 'Geen uithoudingsvermogen.'
'Dat kun je wel zeggen.'
Ze keken elkaar aan en proestten het uit.

Venus ontwaakte, tastte om zich heen en was kinderlijk blij Cooper naast zich te vinden. Ze draaide zich om en kroop knus tegen zijn brede rug aan. 'Weet je,' murmelde ze, 'je bent een groot vrijbeest, maar heeft iemand je ooit verteld dat je ook heerlijk bent om mee te knuffelen?'
'Weet je?' vroeg hij slaperig, waarna hij zich omdraaide en haar warme lichaam dicht tegen zich aan hield.
'Wat?' vroeg ze genietend.
'Je hebt me van de vrouwen afgeholpen. Ik ben genezen. Het is net zoiets als je bedrinken.'
'Eén drankje en ik schiet je ballen eraf,' dreigde ze voor de grap.
Hij probeerde rechtop te gaan zitten. 'Je bent teveel in het gezelschap van Lucky geweest,' zei hij afkeurend. 'Je klinkt al net als zij.'
'Dat zou ik niet erg vinden, ik vind Lucky fantastisch.'

'Ik ook. Ze is alleen zo grof in de mond.'
'Coop! Voor een beruchte vrouwenversierder kun je af en toe behoorlijk preuts zijn.'
'Vrouwen zijn er om naar te kijken en niet om te vloeken.'
'Héél geestig.' Ze legde een been over hem heen en kwam nog dichter tegen hem aanliggen. 'Weet je wat ik graag zou willen?' zei ze.
'Wat, kindje?' zei hij, haar blonde haar strelend.
'Dat,' zei ze triomfantelijk. 'Ik wil een kindje; ons eigen kindje.'
'Jij bent altijd degene geweest die zei...'
'Ik weet het,' onderbrak ze hem. 'Ik zei dat ik dat niet wilde. Maar ik heb nagedacht. Als *Gangsters* klaar is, wil ik zwanger worden.'
'Dat zou wel leuk kunnen zijn,' zei hij aarzelend.
'Leuk!' riep ze uit en ging rechtop zitten. 'Cooper, kom op, zeg. Wij zouden de allermooiste kindertjes van de hele wereld krijgen!'
'Hebben we het over een kindje of over kindertjes?' vroeg hij.
'Een of twee lijkt me wel wat.'
'O, een of twee dus?' zei hij en hij greep speels naar haar borsten.
'En als de baby hiervan geniet, wat blijft er voor mij dan nog over?'
'Jullie kunnen elkaar afwisselen.'
'Dan ben ik nu aan de beurt,' zei hij, en hij nam een van haar tepels in zijn mond en begon stevig te sabbelen.
De huistelefoon ging over. 'Pak jij hem even, Coop,' zei ze, zich bevrijdend.
'Het is jouw huis.'
'Ons huis,' verbeterde ze hem terwijl ze haar kamerjas pakte. 'Voor zover ik het kan beoordelen, ben je hier voorgoed ingetrokken.'
'Wat een beoordelingsvermogen!' zei hij en hij nam de telefoon aan. 'Ja?'
'O... eh, meneer Turner... de broer van Miss Venus is er. Hij zegt dat het dringend is.'
'Het is je broer,' zei Cooper, met zijn hand de hoorn afdekkend. 'Sinds wanneer is Emilio weer in L.A.?'
'Wat wil hij?' vroeg Venus verontrust.
'De bewaker zei dat het dringend was.'
'Blijf je erbij als hij komt?'
'Bereid je er maar op voor dat ik hem een schop onder zijn dikke reet verkoop en hem zo weer de deur uitzet als het nodig is.'
'Dat is precies wat Emilio nodig heeft.'

Santo werd wakker met een knagende kiespijn. Hij zei het tegen zijn moeder en verwachtte dat ze medelijden zou hebben. Dat had ze niet.
'Ik verrek van de pijn,' jammerde hij, over zijn wang wrijvend.
Donna belde de tandarts en maakte een spoedafspraak.
'Rijd jij me er heen, mam?'
'Nee,' antwoordde ze kortaf. 'Het wordt tijd dat je leert wat straf betekent. Als je mij met respect behandelt, zal ik jou net zo behandelen.'

Stom wijf. Hoe kon hij haar nu respecteren terwijl ze met die mislukkeling van een George was getrouwd?
'Je wilt me dus niet wegbrengen?' vroeg hij onthutst.
'Nee, Santo,' antwoordde ze zonder hem zelfs maar aan te kijken.
Ze kon de pest krijgen. In elk geval kreeg hij zo de gelegenheid om de deur uit te gaan.
Hij rende naar boven, greep zijn jasje en de uitdraai van de brief die hij de avond tevoren aan Venus had geschreven. Hij had zich drie uur lang over de computer gebogen om te beslissen wat hij zou schrijven. Ten slotte was het een kort maar krachtig briefje geworden.
Zijn moeder belde hem over de huistelefoon om te zeggen dat hij moest opschieten, omdat de tandarts speciaal voor hem naar zijn praktijk zou gaan.
Hij keek of zijn kast op slot was en rende naar beneden.
'Dag,' riep hij, toen hij langs de open deur van de eetkamer liep.
Niemand zei iets terug.
Laat ze ook barsten. Een dezer dagen zou hij ze dwingen aandacht aan hem te besteden.

George zette zijn bril af, keek uit het raam en zag Santo wegrijden. 'Wat doet hij zoal de hele dag?' vroeg hij.
'Achter zijn computer zitten.'
'Waarvoor?'
'Dat heb ik hem nooit gevraagd,' zei ze. Ze nam een slok van haar koffie.
'Het is duidelijk dat hij hulp nodig heeft.'
'Ik weet het.'
George knikte bedachtzaam. 'Ik zal eens naar een goede psychotherapeut informeren.'
Donna wist niet of ze dat wel een goed idee vond; Santo die met een vreemde praatte en familieaangelegenheden naar buiten zou brengen. Voorlopig besloot ze met het voorstel van George in te stemmen. Maar als ze terugkwam van Sicilië zou ze haar eigen beslissing nemen.
'O ja,' zei ze. 'Dat vergat ik je bijna te vertellen. Een van mijn broers heeft gebeld om te vertellen dat mijn vader ziek is. Ik zal naar Sicilië moeten. Ik dacht erover om maandag te gaan. Hij heeft het aan zijn hart.'
'Zal ik meegaan?'
'Nee, blijf jij maar hier om op de zaken te letten.'
'Weet je het zeker...'
'Ja, ik weet het zeker.' Ze zweeg even. 'Tussen twee haakjes,' zei ze, 'heb jij toevallig iets uit mijn kluis gehaald?'
'Ik zou er niet over peinzen om in je kluis te komen, Donna. Waarom? Ben je iets kwijt?'
'Niet kwijt... ik zal het ergens anders hebben opgeborgen. Ik weet zeker dat ik het zal vinden.'
George pakte de krant weer op en begon te lezen.

'Ik ben boven,' zei Donna.
Als George niet in haar kluis was geweest, wie dan wel? Santo misschien? Zou hij de foto's en de videoband hebben gepakt?
Nee. Hij wist niet eens dat ze een kluis had.
Toch... het zou geen kwaad kunnen even op zijn kamer te kijken.

Nadat Santo bij de tandarts was geweest, ging hij meteen door naar het huis van Venus Maria. Hij reed er eerst een paar keer langs voor hij zijn auto aan de overkant van de straat parkeerde. Hij bleef in zijn auto een tijdje naar het huis zitten kijken.
Het poorthuisje van de bewaker was dicht bij de ingang van het terrein. Hij zag er een man van middelbare leeftijd zitten, die een tijdschrift las en een appel at.
Als dat waakzaam was... Venus zou voor een betere beveiliging moeten zorgen. Aan die zak had ze niets.
Hij kende een plek aan de achterkant van het huis waar hij ongezien op het terrein kon komen. Overdag was het wel riskant, maar wat dan nog? Hij moest het nu eenmaal doen, want het werd tijd dat die hoer eindelijk eens begreep met wie ze te maken had. Als ze zijn brief eenmaal had gelezen, zou ze beseffen dat hij haar smerige trucs doorhad.
Venus verdiende te worden gestraft zoals hij was gestraft. En wie zou dat beter kunnen doen dan hij?

Santo's kamer was beslist netter dan de avond tevoren. Voor een tiener was hij vrij keurig; er hingen geen vreselijke posters van halfnaakte vrouwen aan de wand, er lag geen vuile kleding op de grond, en er waren gelukkig ook geen drugs meer te bekennen.
Donna zat op de rand van zijn bed en dacht aan haar drie kinderen die het huis al hadden verlaten. Ze wilde niet dat Santo ook zou gaan. Voor haar was hij nog steeds haar kindje, haar lieve kleine jongen. Eigenlijk was hij het enige dat ze nog had.
Ze vroeg zich af of George haar niet dwong om te hard voor hem te zijn. Hij vond dat ze strenger voor hem moest zijn, maar ze was bang dat het tot een kloof tussen haar en Santo zou leiden. Het laatste wat ze wilde was haar zoon verliezen.
Ze zag dat hij zijn computer had laten aanstaan. Ze liep er naartoe om hem uit te zetten.
Er stond iets op het scherm. Toen las ze wat er stond.

    Hoer!
    Kutwijf!
    Je pijpt ze allemaal.
    Ik haat je.

God nog aan toe! Voor wie was dit bestemd?
Was het voor haar bedoeld?
Ze kreeg het opeens vreselijk koud.
Santo, haar eigen vlees en bloed, had zich ten slotte tegen haar gekeerd.

66

'Waarom blijf je me toch steeds lastigvallen?' vroeg Venus.
Emilio keek haar beschuldigend aan. 'Je zou best wat aardiger tegen me kunnen doen,' zei hij verontwaardigd. 'Ik ben ten slotte je broer.'
Zou hij het ooit een keer begrijpen? 'Nee, Emilio, dat ben je niet!' zei ze woedend. 'Toen jij die verhalen over mij aan de media verkocht, was je voor mij mijn broer niet meer.'
'Dan zal ik een boek moeten schrijven,' zei hij met een geslepen blik, want hij wist dat ze dat vreselijk zou vinden.
'Ga je gang en schrijf maar; je kunt niets pijnlijkers meer over me naar buiten brengen dan wat je al aan de pers hebt verteld.'
'Ik stel voor dat je je zus eens met rust laat,' viel Cooper zijn vrouw bij.
'Ik stel voor dat jij je erbuiten houdt,' zei Emilio onbeschoft.
'Als je zo doorgaat, breek ik je beide benen nog een keer.'
'Bedreig je me, Cooper?' vroeg Emilio minachtend. 'Want dat zou pas echt nieuws zijn.'
'Ik heb je de laatste keer duizend dollar gegeven; wat wil je nu weer?' jammerde Venus.
'Die ben ik kwijtgeraakt.'
'Waaraan?'
'Ik had een rotavond. Ik werd beroofd.'
'Beroofd? Mijn reet.'
'Dat overkomt iedereen in L.A. wel eens.'
'Ik wou dat ik je dat geld niet had gegeven,' zei Venus. 'Ik had medelijden met je, maar nu begrijp ik dat dat niets helpt. Dit keer zal ik de beveiliging opdracht geven je weg te sturen.'
'Luister naar je zus,' zei Cooper. 'Wees verstandig en blijf uit haar buurt.'
'Ik walg van jullie rijke stinkerds,' sneerde Emilio. 'Jullie hebben geen flauw idee hoe het leven voor mij is.'
'Gooi hem het huis uit, Cooper, ik ben hem spuugzat,' zei Venus ten einde raad.
Cooper greep Emilio bij zijn arm.
Emilio rukte zich met kracht los. 'Blijf met je poten van me af, man,' snauwde hij. 'Ik ga al.' Hij ging weg en smeet de deur achter zich dicht.

'Jezus!' zei Cooper. 'Weet je zeker dat jullie dezelfde ouders hebben?'
'Helaas wel.'
'Wat een idioot.'
'Van het ergste soort.'
'Kom, we laten onze dag niet door hem verpesten.'
'Gelijk heb je... man van me.'
Cooper lachte en trok haar loom naar zich toe. 'Kom hier, vrouw.'
Ze lachte op haar beurt. 'Dat hoef je geen twee keer te zeggen.'

Emilio stond buiten en was ziedend. Waarom zou hij weggaan? Alleen om ze een plezier te doen? Ze behandelden hem als een stuk vuil. Als haar broer verdiende hij toch echt een betere behandeling.
Hij keek naar zijn gehavende huurauto die op de oprijlaan stond. Zij had drie te gekke auto's in haar garage. Een Mercedes, een Corvette en een jeep. Ze zou geen centje pijn lijden als ze er een aan hem gaf...
Hij liep om het huis heen en overwoog haar slaapkamer binnen te dringen om een paar van haar juwelen te jatten. Ze had er genoeg; een diamanten armband of twee zou ze niet missen.
Toen hij bij de achterkant van het huis kwam, zag hij in de struiken een dikke jongen die zich verdacht gedroeg.
'Hé,' riep Emilio. 'Wat spook jij daar uit?'
Santo keek naar Emilio en wilde ervandoor gaan.
Emilio zag een kans om de held uit te hangen. Zonder aan de consequenties te denken rende hij achter hem aan, en toen ze nog maar een paar meter van de omheining waren, liet hij Santo struikelen.
Santo vocht als een bezetene, en hoewel Emilio niet een van de fitsten was, wist hij hem te overmeesteren. Hij zat boven op de jongen en riep om hulp.
Bij de buren begon een hond te blaffen. Een dienstmeisje kwam uit de keuken rennen, zag wat er aan de hand was, ging weer naar binnen en sloeg alarm. Meteen daarna kwam Cooper naar buiten, gevolgd door Venus.
'Wat is er aan de hand?' riep Venus.
'Ik heb deze smeerlap betrapt,' hijgde Emilio. 'Zie je wel dat ik op je let, zusje!'
Cooper pakte zijn portable en belde de beveiliging. 'Wat voer jij hier uit?' vroeg hij terwijl hij op Santo afliep.
'Ik ben verdwaald,' mompelde Santo. 'Ik wist niet dat dit privé-terrein was.'
'Verdwaald? Je bent over die muur geklommen om op het terrein te komen,' zei Venus woedend. Toen zag ze de envelop die hij in zijn hand hield. Ze keek eens goed en herkende toen het kriebelige handschrift. 'O nee!' riep ze uit. 'Jij bent het. Jij bent dat zieke ettertje dat me al die smerige brieven schrijft.'
'Wat voor brieven?' vroeg Cooper.
'Vuilspuiterij,' zei ze terwijl ze de envelop uit Santo's hand rukte.
De bewaker kwam met getrokken pistool aanrennen.

'Je bent te laat,' zei Emilio met een heldhaftige blik. 'Het was maar goed dat ik er nog was.'
Venus wierp een blik op het briefje. 'Moet je dit zien!' zei ze. Ze gaf het briefje aan Cooper.
Hij bekeek de brief en vervolgens Santo die op de grond lag. 'Wacht eens even,' zei hij. 'Ben jij niet die zoon van Landsman? Was jij toen niet bij de Stolli's? Wat doe jij hier, godverdomme?'

Lucky en Alex waren op de sportschool aan het kickboksen. 'Waar heb je dit geleerd?' vroeg Lucky met stralende ogen en een blos op haar wangen.
'Fantastisch, hè?' zei Alex enthousiast. 'Dit heb ik in Vietnam geleerd... een van de weinige goede dingen die ik daar heb geleerd.'
'Wow!' riep ze uit. 'Ik moet zeggen: dit is weer eens iets heel anders.'
'Daarom doe ik dit ook.'
'Ik ben kletsnat.'
'Laten we thuis douchen.'
'Alex,' zei ze met een strenge blik. 'Weet je nog wat we hebben afgesproken? We zijn alleen vrienden.'
'Kom zeg, ik bedoelde niet meteen samen.' Hij stak zijn vinger op. 'Jij denkt ook maar aan één ding, Lucky...'
Ze lachte. Ze voelde zich prettig in gezelschap van Alex. 'Je mag me naar huis brengen. Ik heb nog een heleboel werk te doen.'
'Kunnen we vanavond niet platonisch uit eten gaan?'
'Nee.'
'Lunchen? Dan trakteer ik op een hotdog.'
'Ik eet geen hotdogs.'
'Je bent toch een Amerikaanse?'
'Weet je eigenlijk wel wat ze erin stoppen?'
'Laat maar zitten,' kreunde hij. 'Wat dacht je dan van een pasta-salade?'
'Een pasta-salade... ben je gek geworden?' riep ze uit. 'Ik ben van Italiaanse afkomst. Ik stel voor dat we een groot bord spaghetti bolognese eten. Daarna gaan we allebei naar huis om te werken. Is dat geen goed idee?'
'Jij in jouw huis en ik in het mijne?'
'Wat is daar mis mee?'
'Mag ik je iets vragen?'
'Ga je gang.'
Hij keek haar ernstig aan. 'Wanneer ben je weer aan een relatie toe?'
Ze nam de tijd om te antwoorden. 'Dat is geen vraag die ik nu kan beantwoorden,' zei ze ten slotte. 'Maar als ik er aan toe ben, zul jij de eerste zijn die het hoort.'

'Wát zeg je?' zei George, met een hoofd als een boei. Hij was aan de telefoon.
'Wie is dat?' vroeg Donna ongeduldig.
'We komen eraan,' zei George, die de hoorn op de haak smeet, iets wat hij

niet gauw deed. 'Nou,' zei hij hoofdschuddend alsof hij zijn oren niet kon geloven. 'Dat briefje dat je op Santo's computer zag, was niet voor jou bedoeld.'
'Hoe weet je dat?'
'Kennelijk heeft hij anonieme brieven aan Venus Maria gestuurd. Hij is op hun terrein betrapt, toen hij zijn laatste epistel wilde bezorgen.'
'Nee!' zei Donna geschokt.
'Echt waar,' antwoordde George. 'We kunnen er beter meteen naar toegaan voor ze de politie erbij halen.'

'Ik heb een verrassing,' zei Nona. 'We nemen een taxi naar Times Square.'
'Mijn billboard!' zei Brigette opgewonden.
'Ja.'
'Weet Isaac het?'
'Waarschijnlijk staat hij er al met open mond naar te kijken.'
'Zal ik hem bellen?' vroeg ze gretig.
'Begin nou niet weer,' waarschuwde Nona. 'Isaac is niets voor jou.'
'Stil maar, hij is verleden tijd.'
Ze gingen naar beneden, hielden een taxi aan en waren er binnen vijf minuten. Nona betaalde de taxi terwijl Brigette eruit sprong en enthousiaste kreten slaakte. 'Niet te geloven!,' riep ze uit. 'Fantastisch!'
'Je ziet er geweldig uit!' zei Nona, die naast haar kwam staan. 'Tjonge, wat zal die zak van een Michel Guy spijt hebben dat hij je moest laten gaan!'
Ze keken naar het reusachtige reclamebord met Brigette en Isaac in niets meer dan een strakke spijkerbroek en een stralende lach.
Een cameraploeg van *Entertainment Tonight* kwam voorbij en begon te filmen.
Nona stootte Brigette aan. 'Als ze eens wisten dat jij hier stond... Weet je wat? Ik ga het ze vertellen.'
'Onder geen voorwaarde,' zei Brigette paniekerig. 'Ik zie er niet uit.'
'Onzin, je ziet er fantastisch uit. Kom, we gaan de publiciteitsmachine in beweging zetten. Meid, zet je maar schrap, want je gaat het helemaal maken.'
Nona liep naar de cameraploeg. 'Neem me niet kwalijk,' zei ze. 'Bent u dat reclamebord aan het filmen?'
De cameraman draaide zich naar haar om. 'Ja, dit wordt vast een geruchtmakende campagne. Hij zal beslist heel wat reacties losmaken.'
'Wat vindt u van het model?'
'Ze is een schoonheid.'
'Ik ben Nona, haar manager. En het model, Brigette Brown, staat daarginds. Onthoud haar naam; zij wordt het volgende supermodel.'
De cameraman kon zijn geluk niet op. 'Kunnen we haar spreken?'
'Natuurlijk,' zei Nona. 'Loop maar mee.'

Ze gingen lunchen in een klein Italiaans restaurant op het strand. Lucky bestelde de spaghetti waar ze zo'n trek in had, en Alex koos voor een biefstuk. Ze bestelden er een fles rode wijn bij.

'Ik ben echt blij voor je dat alles weer op z'n pootjes terecht komt,' zei Alex, die nog wat wijn bijschonk. 'Geen problemen meer van de kant van Donna Landsman?'

'Gek,' zei Lucky peinzend. 'Ik denk nooit aan haar als Donna Landsman. Voor mij zal ze altijd een Bonnatti blijven.'

'Probeer het te vergeten, Lucky.'

Ze keek hem aandachtig aan. 'Nee, Alex, je begrijpt het niet. Ik zal haar nooit kunnen vergeten, tenzij ik er iets aan doe.'

'Je hebt er al iets aan gedaan; je hebt je studio toch terug.'

'Donna is een Siciliaanse. Ze zal het nooit opgeven.'

'Wat zou ze dan nog meer kunnen doen?'

'Wat haar maar invalt,' zei Lucky grimmig.

'Je kunt je niet je hele leven met lijfwachten omringen.'

'Dat ben ik ook niet van plan.'

'Wat ben je dan wel van plan?'

Ze staarde even naar de zee, naar een blonde knaap die in de branding aan het surfen was. 'De Santangelo's lossen hun problemen op hun eigen manier op,' zei ze ten slotte. 'Dat is nooit anders geweest.'

'Als ik jou was, zou ik het recht niet in eigen hand nemen,' zei Alex. 'Je bent er één keer in geslaagd, maar een tweede keer kon wel eens teveel zijn. En ik zeg het je maar vast: ik kom je niet opzoeken in de gevangenis. Ik peins er niet over.'

'Vertrouw me nou maar; ik weet wat ik doe.'

'Nee, vertrouw mij maar eens een keertje,' zei hij vastberaden. 'Ik heb in Vietnam dingen meegemaakt die me tot op de dag van vandaag achtervolgen. Doe alsjeblieft geen dingen waar je later spijt van krijgt.'

Ze nam een slok wijn. 'Kom op, Alex, je bent schrijver,' zei ze luchtig. 'Je zou hiervan moeten genieten.'

'Lucky,' zei hij ernstig, 'beloof me dat je eerst met mij komt overleggen als je iets van plan bent.'

'Ik volg een bepaalde tactiek,' zei ze. 'En ik beloof nooit iets als ik niet weet of ik het kan nakomen.'

Hij keek haar lang en doordringend aan en vroeg zich af hoe ver ze zou willen gaan om af te rekenen met Donna.

Nee, ze zou vast niets drastisch doen. Ze was niet meer het onbezonnen meisje dat Enzio Bonnatti had doodgeschoten. Ze was een vrouw met verantwoordelijkheden die niets zou doen wat haar familie in gevaar zou brengen.

'Denk er aan,' zei hij, 'dat je drie jonge kinderen hebt. Als je iets doms zou doen, kun je voor de rest van je leven in de gevangenis belanden. Ik denk niet dat je je kinderen dat zou willen aandoen; zeker niet nadat ze Lennie hebben verloren.'

Ze zuchtte. 'Het wordt tijd om me thuis te brengen, Alex. Ik heb nog een heleboel te overdenken.'
Hij reed haar naar huis. 'Ga je morgen joggen?' vroeg hij, toen ze voor de deur stonden.
'Misschien,' zei ze vaag.
'Koffie. Zelfde tijd. Zelfde plaats.' Hij kuste haar ingetogen op de wang en hoopte dat ze hem binnen zou vragen.
Dat deed ze niet. Ze liep zonder om te kijken naar binnen.
De beheersing zelve. Maar vandaag was ze eindelijk eens naar hem toe gekomen. Er zat vooruitgang in.
Lucky luisterde het antwoordapparaat af. Er was een paar keer opgehangen, maar Venus en Boogie hadden een boodschap ingesproken.
Ze had geen zin om terug te bellen.
Ze ging naar boven, naar haar slaapkamer, en gooide de terrasdeuren open zodat ze de zee kon zien en ruiken.
Deze kamer deed haar heel erg aan Lennie denken.
Lennie... haar liefste... haar leven...
Zo lang Donna nog leefde, zou ze geen rust kunnen vinden.

67

Donna en George stapten in hun Rolls en reden met een noodgang naar het huis van Venus.
'God zij dank dat ze ons hebben gebeld in plaats van de politie,' zei Donna, die al voor zich zag wat de gevolgen daarvan hadden kunnen zijn.
George was het met haar eens. 'Je moet echt iets aan Santo gaan doen,' zei hij. 'Hij heeft een andere omgeving nodig: een school waar ze hem discipline bijbrengen, bijvoorbeeld.'
'Ik weet het,' zei Donna met tegenzin.
Bij de poort werden ze aangehouden door de beveiliging. Venus liep met Cooper in de tuin en keek allesbehalve vrolijk.
'Waar is hij?' vroeg Donna.
'In het poorthuisje,' antwoordde Cooper.
Donna keek door de ruit naar binnen. Santo zat in elkaar gedoken in een hoekje.
Venus deed niet al te moeilijk over het voorval. 'Ik ben blij dat het niet een of andere gek is. Doe me een plezier en zorg ervoor dat ik geen brieven meer krijg.'
'Maak je geen zorgen,' zei George. 'Je kunt van mij aannemen dat Santo je nooit meer zal lastigvallen.'

'Neem hem alsjeblieft mee, dan zullen we de zaak verder vergeten,' zei Cooper, die niets liever wilde dan dat deze zaak zo gauw mogelijk achter de rug was.

Santo hoorde dat ze over hem spraken alsof hij er niet bij was. Hij werd razend.

Toen liet Venus haar assistent komen, die een envelop meebracht waarin de kopieën zaten van alle brieven die hij haar had gestuurd. Jezus! Zijn moeder zou al die krankzinnige brieven onder ogen krijgen...

'Bekijk deze eens,' zei Cooper, die een van de brieven aan George liet zien. 'Als ik jou was, zou ik die jongen zo gauw mogelijk naar een psychiater sturen. Hij heeft dringend hulp nodig.'

'We zijn heel blij dat jullie de politie niet hebben gebeld,' zei George.

'Dat soort publiciteit kan ik missen als kiespijn,' zei Venus.

De bewaker begeleidde Santo naar de Rolls. De jongen liet zich op de achterbank van de auto vallen.

Donna draaide zich om en keek woedend naar haar zoon. Ze walgde van hem. Voor het eerst zag ze hoe hij werkelijk was: het evenbeeld van Santino. *Durf het onder ogen te zien,* zei ze tegen zichzelf, *Santo is net als Santino. Een smerig, op seks belust zwijn.*

'Ik word doodziek van je,' zei ze, haar beheersing verliezend. 'Je bent een walgelijk zwijn, net als je vader. Je lijkt echt op hem.'

'Mijn vader was een fantastische man,' durfde Santo nog te zeggen. Hij haatte haar. 'George kan niet aan hem tippen.'

'Houd je mond,' zei Donna buiten zinnen. 'Wacht maar tot we thuis zijn.'

Venus haalde een pak sinaasappelsap uit de koelkast. 'Die is nog eens ziek!' riep ze uit terwijl haar blonde krullen dansten. 'Heb je die brieven gelezen?'

'Ik heb ze vluchtig bekeken,' antwoordde Cooper. 'Schenk mij ook wat in, schat.'

'Goed dat ik hem gepakt heb,' zei Emilio, hen aan zijn aanwezigheid herinnerend.

'Ja... dat is waar,' zei Venus, die Cooper een glas sap aanreikte.

'Het was helemaal niet zo makkelijk,' zei Emilio, opschepperig. 'Ik had ook weg kunnen gaan.'

'We waarderen je snelle ingrijpen, Emilio,' zei Cooper.

'Hij had wel een pistool kunnen hebben.'

'Dat had gekund.'

Emilio hing de grote held uit. 'Zie je, zusje, ik ben er nu eenmaal om je te beschermen.'

'Stil maar,' zei ze bits. 'Je krijgt je cheque heus wel! Dit keer verdien je hem.' Ze pakte de telefoon op. 'Ik bel Johnny Romano; hij heeft de beste bodyguards van de stad.'

'Goed idee,' zei Emilio, die patserig door de keuken liep en zich afvroeg hoeveel hij zou krijgen.

'Is dat niet de put dempen nadat het kalf is verdronken?' zei Cooper wijsgerig.
Venus zuchtte. 'Ik zal me er toch prettiger bij voelen.'
Ze belde Johnny en vertelde wat er was gebeurd.
'Daniella en ik gaan een paar dagen naar Las Vegas,' zei hij. 'Ik zal een paar van mijn mensen naar je toesturen. Ze zullen een nieuw beveiligingsteam voor je samenstellen. Ik stuur meteen de honden mee.'
'Dank je, Johnny, dat is ontzettend aardig van je.'
'Weet je,' zei Cooper bedachtzaam. 'Ik heb in mijn hele carrière nog nooit een bodyguard gehad.'
'Jawel, jij hebt altijd vrouwen gehad die over je lichaam waakten.'
'Geestig hoor! Ik denk gewoon dat de tijden zijn veranderd.'
'Er hoeft maar één maniak rond te lopen,' zei Emilio, die het geweldig vond weer bij de familie te horen.
'Hij heeft gelijk,' zei Venus huiverend. 'Santo was gelukkig een bekende, maar het had ook een of andere psychopaat kunnen zijn.'
'Met een pistool,' haastte Emilio zich eraan toe te voegen.
'Je hoeft niet bang te zijn, Venus,' zei Cooper. 'Ik ben er om je te beschermen.'
Ze sloeg haar armen om hem heen en omhelsde hem stevig. 'Nou, Coop, ik had nooit gedacht dat je nog eens zo'n macho zou worden.'

Johnny hing op. 'Dat was Venus,' zei hij.
'Wie?' vroeg Daniella, die haar getuite lippen likte.
Johnny keek haar spottend aan. 'Je zult toch wel van Venus Maria hebben gehoord.'
'Nee.'
'Ze is een superster. Ze speelt met mij in *Gangsters*. Je hebt haar gisteren ontmoet.'
'O, ja.'
'Hé, we kunnen beter opschieten. Ik heb een verrassing voor je in Vegas. Je zult het prachtig vinden.'
'Wat voor verrassing, Johnny?'
Hij lachte. 'Dat zul je wel zien.'

Lucky zat in haar kamer en probeerde te werken. Ze was blij te zien dat Mickey in die korte tijd dat hij Panther had geleid, niet al te veel schade had aangericht. Ze zag dat hij verschillende films had laten vallen die zij had willen doen en dat hij een deal had gesloten met een stel producenten waar ze niets van moest weten. Gelukkig niets dat niet kon worden teruggedraaid. Maandagochtend zou ze haar eigen team weer installeren en alles eens goed bestuderen. Eén ding was zeker: het was geweldig haar studio weer terug te hebben.
Hoe ga je Donna aanpakken? schreeuwde een stem in haar binnenste. *Wat ga je met haar doen?*

Kon ze het riskeren om niets te doen?
Onmogelijk. Donna was veel te gevaarlijk. Ze deugde net zo min als haar overleden echtgenoot, Santino. Dat was een ding wat zeker was.
Ze heeft Lennie vermoord, ging de stem verder. *Ze heeft hem in de val gelokt. Ze heeft een huurmoordenaar op Gino afgestuurd en geprobeerd Brigette te ruïneren. En alsof dat nog niet genoeg was, heeft ze me de studio afgepikt. Dankzij Donna zijn Morton Sharkey en Sara Durbon dood. Ben je van plan om niets te doen en haar ongestraft te laten, of ga je er iets aan doen?*
Lucky stond op en begon door de kamer te ijsberen. Haar hoofd liep om, ze wist bij god niet wat ze moest doen. Ze wist dat ze onder de gegeven omstandigheden in staat was een huurmoordenaar op haar af te sturen; Boogie regelde zoiets in een handomdraai. Maar dat was niet de manier waarop de Santangelo's hun zaken regelden. De Santangelo's geloofden in persoonlijke vergelding.
Toch hield iets haar terug. Alex had gelijk. Ze kon niets doen wat ernstige gevolgen voor haar kon hebben.
Ze had enorme zin in een joint. Ze ging naar haar geheime lade en stak er een op. Daarna liep ze rusteloos door het huis, verward en op haar hoede. Ze miste haar kinderen, maar ze kon ze niet naar huis halen zolang Donna nog vrij rondliep.
Wanneer ga je dat mens aanpakken?
Het kan niet. Ik ben niet meer die ik vroeger was. Alex heeft gelijk; ik heb nu verantwoordelijkheden.
Ach kom. Je bent een Santangelo; je bedenkt wel iets.
Ik ben niet meer zo zeker van mijn zaak...
Natuurlijk wel. Je weet precies wat je moet doen.

Ze zaten op het terras van de Ivy. 'Wat een leuke verrassing,' zei Dominique terwijl ze haar korte, zwarte pruik betastte. 'Samen uit eten. Waar is Tin Lee vanavond?'
'Houd eens op over Tin Lee,' zei Alex geïrriteerd. 'Dat is een van de redenen waarom ik je wilde spreken.'
'Hoezo?'
'Ik vond het tijd om eens met je te praten.'
'Waarover, Alex?'
'Over de manier waarop je me behandelt.'
'Ik ben heel aardig tegen je.'
'Nee, dat ben je niet. Ik ben zevenenveertig, zoals je me vaak genoeg vertelt, en ik ben niet van plan om nog langer naar je voortdurende stroom van kritiek te luisteren. Als je er niet mee ophoudt, kom ik je niet meer bezoeken.'
Ze keek hem afkeurend aan. 'Alex! Ik ben je moeder... Hoe kun je zulke harde dingen tegen me zeggen?'
'Toen mijn vader stierf, heb je me in de steek gelaten en me naar de militaire academie gestuurd. Je wist dat ik er ongelukkig was, en toch liet je toe dat

ik er verkommerde tot ik oud genoeg was om er zelf weg te kunnen gaan. Het was er vreselijk.'
'Je had de discipline nodig, Alex.'
'Nee,' zei hij met stemverheffing. 'Wat ik nodig had was een moeder die van me hield.'
'Ik hield van je.'
'Klets niet,' zei hij grof. 'Je ging elke avond met een andere vent stappen.'
'Nee, Alex, ik...'
'Ik ben naar Vietnam gegaan,' onderbrak hij haar. 'Je hebt me nooit geschreven. En je hebt me nooit opgezocht al die jaren dat ik in New York woonde.'
'Het was niet makkelijk...'
'Nee,' ging hij verder, opgelucht eindelijk te kunnen zeggen wat hij zolang had opgepot. 'De enige periode waarin je een beetje fatsoenlijk tegen me bent geweest, was toen ik naam begon te maken.'
'Onzin.'
'Als ik mislukt was, had je me helemaal laten barsten.'
'Dat is niet waar,' sputterde Dominique tegen.
'Ik pik het niet langer,' zei hij kwaad. 'Het wordt tijd dat je beseft dat ik mijn eigen leven leid. Ik laat me door jou geen schuldgevoel meer aanpraten.'
Hij wachtte tot ze zou gaan schreeuwen en huilen, maar dat deed ze niet. Ze keek hem alleen maar aan en zei: 'Dit is de eerste keer dat je me aan je vader doet denken. Gordon was een schoft, maar hij was sterk van karakter, en ik geloof dat ik ondanks alles wel van hem heb gehouden.'
'Fijn, mam,' zei hij voorzichtig. 'Mag ik er vanuit gaan dat we elkaar begrijpen?'
Dominique knikte. 'Ik zal echt mijn best doen.'

Venus en Cooper betraden Spago als de sterren die ze waren. De hele zaal keek naar hen, en het werd opeens stil.
Venus kneep in de hand van haar man. Het was heerlijk weer met Cooper samen te zijn; ze hoorden bij elkaar. 'Ik geloof dat we nogal indruk maken,' fluisterde ze.
'Jij maakt altijd indruk,' antwoordde hij, geamuseerd door de aandacht die ze kregen.
'Dit geeft de roddelpers wat om over te denken,' zei ze lachend. 'Heb je de laatste kop gelezen?'
'Had ik niet een verhouding met een marsvrouwtje?' zei hij spottend. 'En sliep jij niet met drie NBA-spelers tegelijk? Hmm... daar zul je je handen wel vol aan gehad hebben...' zei hij grinnikend. 'Maar ja, ik weet hoe getalenteerd je bent...'
Ze giechelde. 'Het is onvoorstelbaar wat ze allemaal verzinnen, en niemand legt ze een strobreed in de weg.'
'Dat komt omdat niemand de tijd heeft om een rechtszaak tegen ze te beginnen.'

'Lieverd,' ze kneep nog eens in zijn hand, 'ik houd zoveel van je.'
'En ik van jou, Venus.'
Ze kregen een tafel voor twee in een hoek en bestelden pizza met eend, een specialiteit van het huis.
Wolfgang Puck kwam ze begroeten. 'Zijn jullie weer bij elkaar?' zei hij stralend.
'Ja, met wie zouden we anders moeten zijn?' zei Venus met een alleraardigst lachje.
De kelner bracht een fles champagne van het huis. Ze brachten een toost uit en klonken op de ouderwetse manier.
'Wat ben je toch knap,' zei Venus bewonderend. Hoewel Cooper al jarenlang een gevierde ster was, kreeg hij niet genoeg van complimenten. Het had met zijn onzekerheid te maken; een kant van hem die haar heel dierbaar was.
Hij trok een gezicht. 'Ooit was ik knap, maar ik word langzamerhand een oude man. Een paar weken geleden heb ik weer eens gejogd: ik kon een week lang niet meer normaal lopen!'
'O, daarom ben je bij me teruggekomen,' zei ze plagerig. 'Je bedacht dat je dagen als play-boy zijn geteld.'
Hij moest lachen. 'Ja, je slaat de spijker op zijn kop.'
Venus nam een slok van haar champagne. 'Niet meteen kijken,' zei ze, 'maar met wie denk je dat Charlie Dollar zojuist kwam binnenlopen?'
'Krijg ik een hint?'
'Een van je vroegere vriendinnetjes.'
'Die ben ik allemaal vergeten, want die verbleekten naast jou, lieverd. Ik heb mijn midlife-crisis gehad. Ik was als een oude man die wil weten of hij hem nog overeind kan krijgen.'
'Je weet het leuk te brengen.'
'Nou, ga je me nog vertellen wie het is of moet ik me omdraaien?'
'Om je nieuwsgierigheid te bevredigen: het is Leslie Kane.'
'Leslie en Charlie, je meent het!'
'Jaloers?'
'Vreselijk,' grapte hij, waarna hij stiekem omkeek. 'Ik zie haar liever met Charlie dan met die lul die ze laatst bij zich had.'
'Voel je je verantwoordelijk?'
'Ik heb haar niet erg aardig behandeld.'
'Ach, wat sneu nou voor haar.'
'Een beetje medelijden is wel op zijn plaats. Leslie is geen slechte meid.'
'Ik zou het niet op de spits drijven, Coop,' zei Venus, die haar gevoel voor humor voelde wankelen. 'Ze is een voormalige hoer die mijn man heeft versierd.'
Hij hief hulpeloos zijn handen. 'Het is al goed; ik heb het begrepen.'
Venus zwaaide naar Charlie. 'Zolang we elkaar maar begrijpen,' zei ze afgemeten.

'Natuurlijk, schat,' zei Cooper, die niet van plan was de zaak nog eens te verpesten.
Venus dronk nog wat champagne. 'Lucky heeft niet meer teruggebeld,' zei ze. 'Ik wou haar het verhaal over mijn grote bewonderaar vertellen, die lieve Santo Landsman. Ze zal uit haar dak gaan als ze het hoort.'
'Misschien is het niet zo'n goed idee om het rond te bazuinen,' zei Cooper, die aan de mogelijke gevolgen dacht.
'Iets aan Lucky vertellen kun je niet rondbazuinen noemen.'
'Denk er eerst even over na.'
'Je zegt het maar, lief.' Ze leunde over tafel met een ondeugende uitdrukking op haar gezicht. 'Kom op, vertel me nu eens de waarheid. Ik heb het je al zolang willen vragen.'
'Wat?'
'Hoe ver ben je precies gegaan met die vent, die Veronica?'
'Venus!'
'Ja?' zei ze, zich voor de domme houdend.
'Als je hiermee doorgaat, zal ik je een pak slaag moeten geven.'
'Nee maar, Coop, wat opwindend! Wanneer?'
Hij schudde zijn hoofd. 'Je bent werkelijk onverbeterlijk.'
Ze grijnsde. 'Vertel op!'

68

George en Donna hadden zijn computer in beslag genomen, maar ze waren nog niet in zijn kast geweest.
'Wat zit daar in?' vroeg Donna, die woedend door de kamer struinde. 'Nog meer vuiligheid?'
Hij wist dat het slechts een kwestie van tijd was voordat dat mens kans zag ook in die kast te komen. Ze had zijn kamer al een keer doorzocht en in zijn la met ondergoed een paar joints gevonden, die ze uiteraard onmiddellijk in beslag had genomen. Ze maakte nog meer stennis toen ze de kast niet open kreeg. George vroeg om de sleutel.
Hij zei dat de sleutel zoek was.
George geloofde hem niet. 'Morgenochtend laat ik een slotenmaker komen,' zei hij dreigend.
Als zijn moeder ooit zijn materiaal over Venus en de porno zou vinden, zou ze door het lint gaan. Hij zou zijn koffer het huis uit moeten smokkelen tot de rust een beetje was teruggekeerd. Misschien zou het veiliger zijn als hij hem in de achterbak van zijn auto verstopte.
Hij was woedend. 'Ik snap niet waar jullie je zo druk over maken,' zei hij.

'Dat ik Venus Maria schreef, was een geintje; iemand op school had gezegd dat ik het niet zou durven.'
Donna keek hem dreigend aan, alsof hij een stuk vuil was. 'Hoe durfde iemand je aan te zetten tot het schrijven van zulke vuilspuiterij! Wie was dat?'
Hij haalde zijn schouders op en hoopte dat ze allebei zouden opdonderen.
'Een van de jongens. Wat doet het er toe?'
'Het doet er heel veel toe,' zei George, die zich duidelijk superieur waande.
'Jouw probleem is, Santo, dat je geen verantwoordelijkheid wilt nemen. Je verwacht dat alles vanzelf gaat. Maar deze keer ben je te ver gegaan.'
Wie had die engerd het recht gegeven zich in zijn leven te mengen? Als George niet zonodig moest laten zien dat hij kloten had, zou er geen vuiltje aan de lucht zijn geweest.
'Je hebt huisarrest tot we beslist hebben wat we met je aan moeten,' zei Donna, die hem een minachtende blik toewierp.
Wé? Wat had George er verdomme mee te maken? Hij had geen moer over hem te zeggen.
Ze verlieten op hoge poten zijn kamer. Een stelletje vervelende oude zeikerds.
Santo ging naar zijn badkamer. Hij had er genoeg van te worden uitgefoeterd.
Hij keek in de spiegel en kamde zijn haar met gel strak naar achteren. En ja, met zijn haar naar achteren leek hij sprekend op zijn vader. Het vervulde hem met trots dat hij zo op Santino leek. Hij was een echte Bonnatti.
Hij ging naar de slaapkamer, opende de la van zijn bureau en haalde er de trouwfoto van zijn vader en moeder uit. Santino en Donatella. De prins en het herderinnetje. Toen ze met zijn vader trouwde, kende Donna geen woord Engels. Santo kende haar hele verleden, en haar nieuwe maniertjes konden haar afkomst niet verbergen.
Santino Bonnatti was een geweldige man geweest; Santo herinnerde zich hem nog goed. Zijn pa had dure kleding voor hem gekocht, hem mee naar voetbalwedstrijden genomen en soms naar chique restaurants. Ze deden altijd alles samen.
Soms wilde Donatella met hen mee, maar Santino wilde dat niet. 'Je moet één ding over vrouwen weten,' had zijn vader hem toevertrouwd. 'Zorg ervoor dat ze in de keuken blijven waar ze thuishoren.'
Maar na zijn vaders dood was zijn moeder niet thuis gebleven. Ze had door middel van plastische chirurgie haar uiterlijk laten veranderen, was tientallen kilo's afgeslankt en een monster geworden. Het leek wel of ze op Santino's dood had gewacht om te veranderen en met die slappe, zwakzinnige accountant te kunnen trouwen.
Nu begreep hij pas echt waarom zijn vader altijd vriendinnetjes had gehad.
O zeker, hij wist ook van die vriendinnetjes. Hij herinnerde zich zelfs de naam van de laatste: Eden Antonio, een geile blondine. Santino had Eden een zakelijk partner genoemd, maar Santo wist dat zijn vader haar suf neukte.

In het huis dat Santino voor Eden had gekocht was hij doodgeschoten. Boem! Ze hadden gewoon zijn kop van zijn romp geschoten.
Als Santino nog had geleefd, zou hij nu geen kamerarrest hebben gehad.
Als Santino hem met een meisje had betrapt, zou hij hem niet hebben gestraft.
Als Santino die briefjes had gevonden, zou hij ze niet zo weerzinwekkend hebben gevonden.
Nee, Santino zou erom hebben gelachen. 'Laat die jongen toch met rust,' zou hij tegen Donna hebben gezegd. 'Laat hem zijn eigen boontjes doppen.'
Hoe vaak had hij Santino dat niet horen zeggen. Dan rende ze Siciliaanse vervloekingen mompelend naar de keuken, waarna ze weer naar de woonkamer ging om in gebroken Engels haar man uit te schelden.
Waarom was zijn vader doodgegaan en niet zijn moeder? Het was niet eerlijk. Het had andersom horen te zijn.
Hij maakte zijn kast open en haalde de koffer met zijn Venus-verzameling te voorschijn. Hij moest hem naar zijn auto zien te smokkelen om hem in de kofferbak te verbergen, dan zou hij misschien over een paar dagen in de gelegenheid zijn Mohammed te vragen zijn collectie zolang te bewaren. Ondertussen zou hij de koffer onder zijn bed bewaren waar Donna al had gezocht.
Toen herinnerde hij zich zijn pistool. Zijn .12 semi-automatische Magnum. Verdomme! Als zijn moeder die zou vinden, zou ze pas echt een zenuwinzinking krijgen.
Het pistool bewaarde hij in zijn kast achter een stapel winterkleding. Ze zou echt moeten zoeken om hem te vinden, maar zijn moeder kennende zou haar dat wel lukken.
Misschien moest hij ook het pistool in zijn auto verstoppen. Ja, dat zou wel zo verstandig zijn.
Als ze naar bed waren, zou hij een paar keer naar zijn auto op en neer lopen. Hij zou eerst de koffer verbergen en daarna het pistool.
Hij haalde de Magnum meteen uit de kast en verborg hem onder het bed naast de koffer.
Hij moest nu alleen nog wachten tot ze naar bed waren.

Donna dronk haast nooit alcohol, want ze hield er niet van om de controle over zichzelf te verliezen. Die avond zat ze zo in de put door het gedrag van haar zoon dat ze haar man vroeg een wodka-martini voor haar klaar te maken.
Het werden er twee, toen drie.
Tegen de tijd dat ze met George aan tafel ging, was ze niet meer zo vast ter been en gedroeg zich nog agressiever dan gewoonlijk.
'Waarom drink je?' vroeg George op misprijzende toon.
Ha! Alsof ze zich tegenover George zou moeten verantwoorden. Waarom moest hij zonodig de baas spelen? Het werd tijd dat ze hem zijn plaats wees.

'Dat gaat je niets aan,' snauwde ze.
'Ik weet hoe vervelend je het allemaal vindt,' zei George, die haar wilde kalmeren.
'Je hebt geen idee hoe vervelend ik het vind,' antwoordde Donna nukkig, waarna ze haar glas rode wijn in één keer leegdronk, gewoon om hem te pesten. 'Absoluut geen idee.'
Na het eten zei George dat hij nog wat werk te doen had. 'Er zijn nog wat papieren die je moet tekenen voor je vertrekt,' zei hij.
Bestond er dan niets anders in haar leven dan mannen die haar papieren voorhielden die ze moest ondertekenen.
Ze liet de butler nog een martini-wodka klaarmaken en nam die mee naar haar slaapkamer. De afgelopen twee jaar hadden George en zij ieder hun eigen slaapkamer. Ze vond het zo prettiger. Als ze zin had om te vrijen – wat maar zelden gebeurde – liet ze hem opdraven. Wat dat betreft had hij geen keuze.
Ze ging naar haar badkamer, kleedde zich uit en bekeek zich aandachtig in de spiegel.
Alle liposuctie ter wereld kon haar niet het lichaam teruggeven dat ze als jong meisje op Sicilië had gehad. Ze was een jonge meid geweest... begeerd door Furio... de schoonheid van haar dorp. Ze was een andere weg ingeslagen dan in haar jeugd voor haar was weggelegd. Met succes. Sinds ze al het overtollige vet was kwijtgeraakt, hield ze ervan haar lichaam te bewonderen. Maar aan George was het niet besteed; kort na hun huwelijk was hij zijn belangstelling voor haar kwijtgeraakt. Ze had gedacht dat het leiden van een studio haar opwindender relaties zou bezorgen. Een filmster zou niet gek zijn. Lucky had een filmster, waarom zij dan niet?
De kamer begon te draaien. Ze was niet zoveel alcohol gewend. Ze was ook niet gewend om te verliezen.
Ze nam een warm bubbelbad, zette het glas martini op de rand, liet zich languit in het bad zakken en pakte de telefoon.

De telefoon ging. Lucky nam op. De stem van een vrouw, enigszins vervormd, heel erg dronken... 'Ben jij dat, rotwijf?'
'Met wie spreek ik?'
'Bedenk dat zelf maar... je bent immers zo godvergeten ... bijdehand.'
Lucky probeerde rustig te blijven. 'Donna?'
'Jij denkt dat je... Ach, je bent gewoon een slet... een stom wijf...'
Lucky verstrakte. 'Wat wil je?'
'Je bent namelijk niet zo slim,' zei Donna, die af en toe weer in haar Italiaanse accent verviel. 'Je geliefde Lennie is dood. Je had de mogelijkheid hem te redden, maar nee... Je had het veel te druk met je studio om te beseffen dat hij misschien nog leefde. Ha! Je hebt Panther weer in je bezit en ik hoop dat je er gelukkig mee bent. Dit was nog niet het einde... Dit was nog maar het begin.'

Er werd opgehangen.
Waar had Donna het over? Een kans om Lennie te redden? Er was helemaal geen kans geweest om hem te redden; hij was bij dat auto-ongeluk om het leven gekomen. Zo'n smak had niemand kunnen overleven.
Tenzij hij niet in die auto had gezeten...
Maar hij had wel in de auto gezeten. De portier had hem immers zien wegrijden. Maar het lichaam van de chauffeur was wel gevonden... Waarom hadden ze Lennie dan niet teruggevonden?
Lucky's hoofd begon te tollen. Had ze soms iets over het hoofd gezien?
Laat die Donna Landsman toch barsten. Ze probeerde haar alleen maar in verwarring te brengen.
Ze ging naar boven, naar haar slaapkamer, opende de lade van het nachtkastje en haalde haar pistool te voorschijn.
Ze ging weer naar beneden.
Rookte nog een joint.
Na een paar trekjes ging ze weer buiten zitten, met het pistool op haar schoot.
Ze moest nu echt snel een besluit nemen. Heel snel.

69

Donna snurkte luid. Santo legde zijn oor tegen haar slaapkamerdeur en luisterde gespannen. Zo te horen zou ze niet voor de ochtend beneden komen, zodat hij alleen George moest zien te ontlopen.
Hij sloop naar beneden en keek om het hoekje van de studeerkamer. George zat over een stapel papieren gebogen. Als hij snel was, kon hij met zijn koffer en pistool naar beneden sluipen om ze in zijn auto te verstoppen voor George ook maar iets in de gaten zou hebben.
Hij ging weer snel naar boven en haalde de koffer onder zijn bed vandaan.
Hij was zwaar, want er zaten niet alleen zijn Venus-spullen in, maar ook zijn verzameling pornobladen.
Hij sloop langs de kamer van zijn moeder, die nog steeds goed hoorbaar snurkte.
Hij sleepte de zware koffer achter zich aan en begon aan de tocht naar beneden. Hij vond het vervelend dat hij zijn verzameling niet bij zich kon houden, maar dat rotwijf had hem geen keus gelaten.
Aan de andere kant, wat kon Venus hem nog schelen? Ze was een sloerie die hem had verraden, die zijn brieven aan andere mensen had laten lezen en hem had vernederd. Had ze dan niet beseft dat ze strikt persoonlijk waren, dat die persoonlijke blijken van liefde in de brieven alleen hen beiden aangingen?

Ze had van hun liefde iets alledaags en smerigs gemaakt. Nu haatte hij haar. Halverwege de trap struikelde hij en viel. De koffer sprong open en de video's, posters, foto's en pornobladen tuimelden eruit.
George kwam uit zijn werkkamer en stond onderaan de trap naar hem te kijken. 'Waar dacht jij naartoe te gaan?' vroeg hij.
'Dat gaat je geen moer aan,' antwoordde Santo, die overeind kroop.
Donna verscheen boven aan de trap en deed het licht aan. 'Wat gebeurt hier?' schreeuwde ze. 'Wat doe je?'
Ze klonk als de oude Donatella. Haar haar stond alle kanten uit en met haar uitgelopen make-up zag ze eruit als een krankzinnige. Ze droeg een transparant nachthemd waar ze niets onder droeg. Het was geen prettig gezicht.
'Wat heb je in die koffer?' vroeg ze, nog onvast op haar benen. 'Wou je er net als je zusters vandoorgaan? Die hoeren, *puttane*.'
'Mijn zusters zijn geen hoeren,' zei Santo, die vond dat zijn zusters zo slim waren geweest bijtijds weg te gaan. 'Ze zijn voor jou gevlucht. Omdat je over iedereen de baas wil spelen. Nou, mij kun je niet de baas.'
'En of ik dat kan,' zei Donna, die wankelend naar beneden kwam. 'Je bent pas zestien. Je bent van mij, hoor je me... mijn kind!'
Hij probeerde weg te kijken, want hij kon dwars door haar nachthemd heen zien.
Ze bukte zich, nam een van de pornobladen op en smeet die in zijn gezicht. 'Je bent ziek,' gilde ze. 'Dat is wat je bent... ziek. Pervers, net als je vader.'
'Ik ben blij dat ik op hem lijk,' schreeuwde hij terug. 'Ik wíl ook op hem lijken!'
'Rot maar op!' riep Donna, die zich aan de leuning moest vasthouden. 'Het kan me niet meer verdommen. Donder maar op.'
'Ik ga al,' zei hij terwijl hij haastig zijn spullen oppakte en probeerde ze weer in de koffer te proppen.
'Rot maar op!' schreeuwde ze. 'En denk niet dat je je auto kunt meenemen. Je kunt vertrekken in de kleren die je aanhebt... maar verder niets. Ik heb het lang genoeg met je uitgehouden.'
'Wát!' riep hij uit. 'Ik ben degene die het met jou heeft moeten uithouden.'
'Ik meen het,' gilde Donna. 'Ik wil je hier niet meer zien, Santo. Je bent dik en lelijk. Je bent lui. Je bent net zo'n vuile viezerik als je vader. Een grote smeerlap. Je kunt vanavond nog vertrekken.'
Santo keek naar George, die zwijgend onderaan de trap stond. De oudere man had een vreemde, triomfantelijke uitdrukking op zijn gezicht. 'Je hoort wat je moeder zegt,' zei George, duidelijk tevreden. 'Ga je spullen pakken en maak dat je wegkomt.'

Lucky was de rust zelve. Ze ging naar boven, deed haar haar in een paardenstaart en trok een eenvoudige zwarte coltrui, een zwarte spijkerbroek en haar laarsjes aan. Ze stak het pistool achter haar broekband en verliet het huis.
Donna probeerde haar gek te maken en dat pikte ze niet meer. Ze stapte in haar Ferrari en reed hard naar het huis van Donna. Ze ging wraak nemen.

Santino sjouwde de koffer naar zijn slaapkamer. Hij had een rode waas voor zijn ogen... kleine dansende duiveltjes die hem tot kwaad wilden aanzetten.
Dik! Ze had hem nog niet eerder dik genoemd. Lelijk! Hoe kwam ze erbij? Ze had altijd gezegd dat hij knap was.
Je bent een vuile viezerik, net als je vader.
Ze zou willen dat ze Santino's schoenen mocht poetsen.
Zonder er bij na te denken haalde hij het geladen pistool onder zijn bed vandaan.
Laat ze barsten! Laat ze allebei barsten. Ze zouden hun verdiende loon krijgen.
Hij rende de gang op en viel zijn moeders kamer binnen.
Ze stond halverwege de kamer. Toen ze hem hoorde binnenkomen, draaide ze zich om. 'Wat denk je...'
Voor ze haar zin kon afmaken, hief hij het zware pistool en richtte op haar maagstreek. Toen haalde hij de trekker over.
Het schot reet haar vrijwel uiteen. Toen ze viel, spatte het bloed en de ingewanden alle kanten op.
Een gevoel van absolute rust overviel hem. Als in trance kwam hij dichterbij, hield het pistool tegen haar hoofd en schoot nog een keer.
Toen verliet hij haar kamer.
George stond als aan de grond genageld en met een van afgrijzen vertrokken gezicht onder aan de trap naar boven te kijken.
Hij was een makkelijk doelwit.
Een fluitje van een cent.

70

Lennie liep de hele nacht door. Hij hield de bergen langs de kust aan en kwam ten slotte op een kustweg die naar de afgelegen stranden liep.
Na een tijdje werd het land vlak, met hier en daar wat rotspartijen en een enkele boom. Hij vergat zijn pijnlijke enkel en gewonde voet en concentreerde zich op het bereiken van een veilige haven.
Een paar uur later begon het te schemeren. Hij liet zich aan de voet van een grote boom vallen en schrokte de stukken brood naar binnen die hij had bewaard. Hij had nog nooit zo lekker gegeten.
Hij zocht in zijn zakken. Hij had Claudia's zaklantaarn en de kaart, die hij af en toe raadpleegde; ongeveer zeshonderd dollar; een creditcard, die inmiddels wel zou zijn geblokkeerd; zijn paspoort en voor een paar duizend dollar aan travellercheques. Het was maar goed dat hij in het buitenland altijd zijn paspoort en geld bij zich droeg. Nog beter was het dat zijn ontvoerders het geld dat hij in de grot had verstopt, niet hadden gevonden.

Hij liet het plan om naar een Amerikaanse ambassade te gaan varen. Als hij dat deed, zou hij zijn verhaal moeten vertellen en zouden er vragen worden gesteld. Dat zou tot publiciteit leiden. Hij wilde ook niet dat Claudia door hem in de problemen zou komen.
Hij was nu van plan zo snel mogelijk naar huis te gaan. Naar Amerika, naar Lucky en de kinderen. Meer wilde hij niet.
Toen het dag werd, zag hij dat hij in een schilderachtig dal kwam. Inmiddels zou hij toch wel eens veilig zijn: hij had de hele nacht gelopen.
Je bent vrij, zei hij tegen zichzelf tijdens het lopen. *Vrij, vrij, vrij.* Het was een vreemd gevoel.
Na een tijdje bereikte hij de buitenwijk van een stad en zag mensen lopen. Hij bleef nergens staan om hulp te vragen, maar liep gewoon verder.
Een schoolkind wees naar hem; een schurftige hond kwam op hem afrennen en gromde; een oude, geheel in het zwart geklede vrouw zag hem voorbijgaan en sloeg een kruis. Menselijk contact; op een vreemde manier troostgevend.
Uiteindelijk kwam hij bij een klein spoorwegstation. De oude man achter het loket keek hem vreemd aan en vertelde hem dat er over een uur een trein zou gaan. Hij kocht een kaartje naar Palermo, en daarna ging hij naar een kleine winkel in de buurt, waar hij brood, kaas en wat worst kocht. Buiten scheen de zon. Hij ging op een bankje zitten en probeerde langzaam te eten, genietend van elke hap.
Toen de trein kwam, was hij uitgeput. Hij ging op een plaatsje bij het raam zitten en genoot voor de verdere duur van de reis van een welverdiende slaap.
In Palermo vond hij een toeristenwinkel waar hij een overhemd, een broek en een paar schoenen kocht die hij van de verkoopster in een achterkamer mocht aantrekken. Hij keek in de spiegel en schrok. Hij zag zichzelf voor het eerst sinds zijn ontvoering. Hij was mager en grauw en had een flinke baard en lange, klitterige haren.
De verkoopster sprak een beetje Engels. Hij vroeg of er een kapper in de buurt was en ze verwees hem naar een pleintje op vijf minuten afstand.
Hij ging er meteen naartoe om zijn doffe baard te laten afscheren en zijn haar te laten kortwieken. Het was een hele verbetering, hoewel hij er nog steeds niet fantastisch uitzag.
Hij had het gevoel dat hij helemaal alleen op de wereld was, maar dat vond hij wel prettig. Hij was weer verantwoordelijk voor zijn eigen toekomst.
Binnen een uur vertrok hij met de veerboot naar Napels, nam daar de trein naar Rome, ging meteen door naar de luchthaven om met zijn travellercheques een goedkoop ticket naar Los Angeles te kopen. Over een uur zou er een vliegtuig vertrekken. Hij kocht wat tijdschriften en een goedkope zonnebril om te voorkomen dat hij toch zou worden ontdekt.
Pas toen hij in het vliegtuig naar huis zat, voelde hij zich weer helemaal op zijn gemak.

71

Santo had het gevoel dat hij in een film meespeelde. Hij was de held.
Hij had ze vermoord. Donna en George. Hij had de slechterikken gedood en dat was een goede zaak. Hoeveel mensen wisten hun droom te verwezenlijken?
Nu het eenmaal zover was, wist hij niet wat hij verder moest doen. Er zat overal bloed... er zaten zelfs wat spatten op zijn kleren. Zou hij de rotzooi opruimen? Donatella zou al dat bloed in haar huis niet leuk vinden; woest zou ze zijn.
Iemand heeft mijn moeder vermoord. Een insluiper. Ja. Zo was het gebeurd. Er was iemand binnengeslopen en die had de arme George en Donna vermoord. Vreselijk.
De vraag was natuurlijk waarom ze zo in koelen bloede waren vermoord.
Dat lag voor de hand. Het was de schuld van Venus. Nu zou hij ook haar moeten straffen.
Hij ging naar zijn moeders slaapkamer en bleef even staan kijken naar haar onaantrekkelijke lichaam dat in een grote, donkerrode plas bloed op de grond lag. Haar nachthemd was verkreukeld en bebloed. Ze bood geen fraaie aanblik.
Hij liep naar haar toilettafel, haalde er een schaar uit en ging weer naar haar toe. Toen begon hij voorzichtig het aanstootgevende nachthemd van haar lichaam te knippen, waarna hij haar ledematen op een symmetrischer manier schikte.
Tevreden over zijn werk ging hij naar beneden en bekeek Georges lichaam dat als een voddenbaal onderaan de trap lag.
Santo liep een paar keer om hem heen, waarbij hij probeerde geen bloed aan zijn gympen te krijgen.
Georges mond stond open en zijn ogen staarden hem nog aan.
Jammer dat ze niet naast elkaar konden liggen, zijn moeder en zijn stiefvader. Maar ja, je kon niet alles hebben.
Even later pakte Santo zijn pistool op en ging naar buiten, naar zijn auto. Hij legde het pistool voorzichtig op de vloer en reed naar het huis van Venus Maria. Dit keer zou niemand hem kunnen tegenhouden.

Toen Lucky naar de villa van Landsman reed, kwam haar met grote snelheid een auto tegemoet. Ze wist nog net op tijd naar de kant van de weg te sturen. Ze zag in het voorbijgaan de bestuurder en herkende hem als de zoon van Landsman.
Ze parkeerde haar auto voor het hek en bleef even in de auto zitten.
Het was heel aardig om te rationaliseren, redelijk te denken en je voor te stellen dat mensen heus hun straf niet zouden ontlopen, maar de werkelijk-

heid was vaak anders. Ze wist wat haar te doen stond. Ze had ten slotte geen keus. Als zij niet ingreep, zou Donna de Santangelo's nooit met rust laten. Donna Landsman, voorheen Bonnatti, had Lennie vermoord.
Een Santangelo laat zich niet naaien.
Lucky stapte uit haar auto en liep om het terrein heen tot ze een onafgesloten zijpoort vond. Dat was een goed voorteken. Ze glipte het poortje door en zag dat er geen licht in het huis brandde.
Snel en zonder geluid te maken liep ze om het huis heen en zag toen tot haar verbazing dat de voordeur openstond. Nog een goed voorteken?
Ze ging voorzichtig naar binnen.
Onder aan de trap lag het lijk van George Landsman; zijn hoofd was er praktisch afgeschoten.
Lucky's hart begon als een razende te kloppen. Hij was dood. De man was dood. Iemand was haar voor geweest.
Ze deinsde achteruit en greep nerveus naar het pistool dat ze achter haar broekband had gestoken. Toen liep ze om Georges lichaam heen en ging naar boven. Er hing een griezelige stilte in het huis. In een flits zag ze Santo weer voorbijschieten; zijn gezicht een vage, witte vlek. Vluchtte hij voor de moordenaar? Of wás hij de moordenaar?
Ze huiverde. De deur naar de ouderslaapkamer stond open. Ze betrad de kamer voorzichtig en met ingehouden adem.
In het midden van de kamer lag Donna, naakt en met gespreide ledematen, open en bloot.
Gerechtigheid.
Ze liep langzaam de kamer uit, rende toen naar beneden en verliet het huis.
Bij haar auto gekomen, begon ze vreselijk te beven.
Donna Landsman zou nooit meer iemand lastig vallen.

Santo had een opdracht. Niemand zou hem meer kunnen tegenhouden. Hij wist dat alles wat gebeurd was Venus Maria's schuld was, daaraan was geen twijfel mogelijk.
Zij was verantwoordelijk voor de dood van zijn moeder.
Het was haar schuld dat George dood was.
Ze was een smerig kreng dat dubbel en dwars verdiende wat haar te wachten stond.
Haar beveiliging was zo lek als een zeef en die stomme broer van haar zou nu wel weg zijn.
Dit keer zou hij haar te grazen nemen; het was afgelopen met de liefdesbrieven. Ze had hem bedrogen. Hopelijk zou ze zijn pistool meer waarderen dan zijn brieven.
Het pistool gaf hem kracht.
Het pistool stelde hem in staat zich schietend uit elke situatie te redden.
Hij was Sylvester Stallone, Clint Eastwood, Chuck Norris. Hij was het summum van de Amerikaanse held.

Hij reed tot voor het poorthuisje.
'Ja?' De man opende zijn veiligheidsruit een stukje en bekeek hem wantrouwend. 'Waar kan ik je mee van dienst zijn?'
Zonder iets te zeggen richtte Santo zijn pistool op de man en schoot hem recht in het gezicht.
Beng! Geluidloos zakte de bewaker in elkaar en het bloed spatte tegen de ruit.
Net als in de film, dacht Santo opgewonden.
Hij lachte zachtjes en reed naar het huis.

Venus zuchtte wellustig; een lange zucht van buitengewoon groot genot. Niemand vrijde zo lekker als Cooper. Van zijn vingertoppen tot zijn lenige tong was hij een meesterlijk minnaar die haar naar het land van de extase voerde, die haar orgasmes bezorgde die ze niet eerder had gekend.
Hij had haar tweemaal laten klaarkomen en beide keren had ze tijdens de climax vol overgave geschreeuwd en gesidderd van genot.
'Draai je om,' zei hij.
'Niet nog eens,' zei ze.
'Draai je om.'
'Ik kan niet meer.'
'Kom op!'
Ze ging op haar buik liggen. Hij spreidde haar benen en begon de zachte huid aan de binnenkant van haar dijen te likken. Ze had haar hoofd in de lakens begraven. Ze kon hem niet zien, alleen zijn brandende tong voelen.
Het was onwaarschijnlijk dat hij haar weer zo snel kon laten komen.
Echt onmogelijk.
En toch... de genotzalige gevoelens overrompelden haar al weer. De ongelooflijke, alles verterende opbouw van een storm die zou losbarsten...

Santo parkeerde de auto voor de villa.
Het was een lekker gevoel om een missie te hebben.
Het uitvoeren van deze missie zou hem de erkenning geven waarnaar hij zijn hele jeugd had verlangd.
Hij was niet langer de zestienjarige papzak. Hij was Santo Bonnatti. Hij was een grote kerel zoals zijn vader was geweest. En niemand zou hem kunnen tegenhouden!
Hij stapte uit, stond voor het huis van de hoer, richtte zijn pistool en schoot zonder pardon het slot uit de deur.

Venus hoorde een pistoolschot, maar was dermate in vervoering dat ze het nauwelijks tot zich liet doordringen.
'O, schat...' fluisterde ze. Toen werd ze meegesleept in een alles overdonderende wellust die de aarde deed schudden.
Ze gilde van genot; luid, vol overgave, een gillen dat door merg en been ging.

Toen Santo het huis binnenging, zag hij de drie honden niet die op hem afrenden.
Pas toen ze hun vervaarlijke tanden in zijn vlees zetten en het vlees van de botten trokken, begon hij te schreeuwen, luid en vol overgave, een geschreeuw dat door merg en been ging.
Hij schreeuwde het uit tot het hem zwart voor de ogen werd.
En toen werd het stil.

72

Alex sliep voor het eerst in maanden goed. Zonder slaappillen, zonder valium; hij legde zijn hoofd op het kussen en viel in een diepe, ontspannen slaap.
's Ochtends werd hij fris wakker, draaide zich om en zocht, zoals hij gewoon was, de afstandsbediening van de tv.
Het toestel stond ingesteld op het filmnet, waar hij de vorige avond naar had gekeken. Er was een slechte film bezig over een drugsdeal die misging. Allemaal flauwekul.
Hij had het goede gevoel dat er eindelijk orde in zijn leven kwam. Hij had zijn moeder dingen gezegd die hij jaren eerder had moeten zeggen. Het was te hopen dat ze hem nu inderdaad met rust zou laten.
Hij zapte naar het volgende kanaal. Nog een film. Nog meer zinloos geweld. De afstandsbediening betekende macht. Hij schakelde over op ochtendgymnastiek en keek er een tijdje gedachteloos naar en overwoog of hij zo'n apparaat zou bestellen waarmee je ongelooflijk veel extra kanalen kon ontvangen. Misschien maar niet. Gebrek aan tijd. Gebrek aan belangstelling.
Op het volgende kanaal was uitsluitend nieuws. Een ernstige zwarte nieuwslezer was midden in een bericht. 'Vanochtend vroeg zijn in hun villa in Bel Air de ontzielde lichamen gevonden van de in bedrijfsovernames gespecialiseerde multimiljonaire Donna Landsman en haar echtgenoot en financieel adviseur, George Landsman. Beiden waren door kogels om het leven gebracht. De gruwelijke ontdekking werd gedaan door een van de dienstmeisjes die onmiddellijk de politie waarschuwde.'
Alex schoot overeind. *Mijn God, Lucky, wat heb je nu weer gedaan?*
Hij greep de telefoon. Ze nam meteen op.
'Lucky', zei hij op sombere toon. 'Ik heb zojuist het nieuws gezien.'
'Goedemorgen, Alex', zei ze opgewekt, alsof er niets was gebeurd.
'Waarom, Lucky? Waarom heb je het gedaan?'
'Ik heb niets gedaan,' antwoordde ze rustig. 'Iemand anders, maar ik niet.'
'Kom nou.'

'Ik zweer het, Alex, ik heb er niets mee te maken.'
'Je beweert dus dat het een gelukkig toeval is? Dat iemand anders haar naar de andere wereld heeft geholpen?'
'Houd nu eens op, Alex,' zei ze geïrriteerd. 'Als je me niet wilt geloven is dat jouw probleem; niet het mijne.'
'Ik kom naar je toe.'
Haar stem klonk vastberaden. 'Nee, dat wil ik niet.'
'Ik kom toch,' zei hij vasthoudend.
Ze wilde hem niet zien; hij was te opdringerig naar haar zin. Het werd weer tijd wat gas terug te nemen. 'Hoor eens,' zei ze geduldig, 'ik bel je straks nog wel.'
'Ik reken erop,' zei hij streng, wat haar nog meer irriteerde. 'We moeten praten.'
'Goed.'
Alex sprong zijn bed uit en ging naar de badkamer. Jezus! Wat had ze gedaan? Zijn hersens werkten op volle toeren. Ze had hulp nodig, de beste advocaten...
Wat er ook gebeurde, op hem kon ze rekenen.

Lucky ging naar beneden en zette in de keuken het koffiezetapparaat aan. Het leven kon soms een rare wending nemen. Zouden de Santangelo's nu eindelijk van de Bonatti's verlost zijn?
O god, ze hoopte het zo. De vete had meer dan genoeg levens gekost.
Toen ze de avond tevoren was thuisgekomen, had ze Gino in Palm Springs opgebeld en gevraagd of hij er iets mee te maken had. Hij had haar verzekerd dat het niet het geval was. Gino zou er niet om liegen. Bovendien had ze zelf gezien dat de moordenaar, Santo, Donna's zoon, in zijn auto van de plaats van het misdrijf was weggevlucht, waarbij hij bijna frontaal met haar in botsing was gekomen. Ze vroeg zich af hoe lang de politie erover zou doen om de zaak op te lossen.
Alex geloofde niet dat ze niets met de moorden te maken had. Dat kon ze hem niet kwalijk nemen. Ze had hem immers verteld dat ze iets aan de situatie ging doen, en nu was het gebeurd. Waarom zou hij in haar onschuld geloven?
Nu kon ze eindelijk de kinderen naar huis halen. Het was een heerlijk gevoel dat ze nu allemaal veilig waren en snel weer bij elkaar zouden zijn.
De koffie stond te pruttelen. Ze pakte een mok van de plank en schonk in.
'Hé...'
Haar verbeelding speelde haar zeker parten. Ze dacht dat ze Lennies stem hoorde...
'Hé, hallo!'
Ze draaide zich geschrokken om. Daar stond Lennie met een brede lach.
'Heb je me gemist?' vroeg hij. 'Nou, ik jou in elk geval wel.'
Ze keek hem sprakeloos aan, wist niet wat haar overkwam. 'God nog aan

toe... Lennie!' bracht ze ten slotte uit.
'In eigen persoon,' liet hij zich ontvallen.
Ze was volkomen van haar stuk, duizelig, verward. Dit kon toch niet waar zijn... Toch was het zo! Lennie was terug... Haar Lennie... Haar liefste...
'Je leeft nog!' riep ze uit. 'Waar kom je vandaan? O... hoe is het mogelijk...! Lennie!'
Hij nam haar in zijn armen en drukte haar stevig tegen zich aan alsof hij haar nooit meer zou laten gaan. 'Lucky... Lucky... wat heb ik van dit moment gedroomd; het was het enige wat me voor de waanzin behoedde.'
Ze hing in zijn armen, betastte zachtjes zijn gezicht, genietend van het feit dat hij werkelijk terug was. 'Lennie...' fluisterde ze met ogen vol tranen. 'God allemachtig, Lennie... Wat is er met jou gebeurd?'
'Dat is een heel verhaal, mijn lief, een lang verhaal. Het enige wat je nu moet weten is dat ik van je houd, dat ik hier ben, en dat ik je, zoals ik mezelf heb beloofd, nooit meer zal verlaten.'

Epiloog
Een jaar later

De opzienbarende première van Alex Woods' *Gangsters* was in Hollywood een gebeurtenis van de eerste orde. Iedereen van enige betekenis was aanwezig, en als ze er niet waren, waren ze op reis of deden ze alsof.
De première werd gehouden in Mann's Chinese Theater op Hollywood Boulevard. Er lag een rode loper over het trottoir – een welkomstgebaar voor de vele beroemde gasten. Strategisch geplaatste laserlampen wierpen hun lichtbundels omhoog, zodat de lucht tot in de wijde omgeving was verlicht.
Voor het theater stond een opgewonden menigte die door de politie met dranghekken in bedwang werd gehouden, zodat de sterren ongehinderd het theater konden binnengaan.
De lange rij limousines strekte zich honderden meters uit. De tv-camera's stonden in het gelid en op scherp, net als de *paparazzi*. Hectische pr-medewerkers haastten zich naar de sterren als ze uit hun limo stapten en leidden hen veilig langs de meute mediamensen.
Het was een evenement van de eerste orde.

Abe Panther, die gemakkelijk onderuitgezakt op de achterbank van zijn limo zat, knipoogde naar Inga Irving. 'Dit is de eerste keer in jaren dat ik van huis ben,' zei hij, terwijl hij de rook van zijn grote sigaar uitblies.
'Je slooft je altijd vreselijk voor Lucky uit,' zei Inga toegeeflijk. 'Zij hoeft maar een kik te geven en je rent al.'
'Lucky is als de kleindochter die ik nooit heb gehad,' mijmerde Abe. 'Ze is een pittige meid, waarvan we er vroeger in Hollywood veel meer hadden. Ik ben dol op die vrouw.'
Inga, die Abes bewondering voor Lucky had leren accepteren, knikte.
Inga had zich voor de gelegenheid prachtig gekleed. Lucky had haar royaal voor haar aandelen betaald, waarna ze het geld in juwelen had geïnvesteerd. Tegen Abe zei ze dat het kopieën waren. De man was over de negentig en nog even gierig als altijd.
Abe leunde hijgend naar voren. 'Ik heb iets voor je,' zei hij knorrig terwijl hij iets zocht in de zak van zijn smoking uit 1945, die hem nog steeds als gegoten zat. 'Nu we twee jaar getrouwd zijn, bedacht ik dat ik wel nooit meer van je af zal komen.' Hij hijgde nog meer, toen hij haar een leren juwelendoosje overhandigde.
Ze maakte het open en sloeg haar hand voor haar mond. Er zat een schitterende, acht-karaats diamanten ring in.
'Nee, Abe,' zei ze, en op haar anders zo stoïcijnse gezicht verscheen een brede glimlach. 'Denk maar niet dat je ooit van me zult afkomen.'
Abe grinnikte. 'Dat vermoedde ik al.'

Abigaile en Mickey Stolli zaten samen met Tabitha en haar vriendje – Risk Mace, een langharige, zwaar getatoeëerde rockster – achter in de limo bij Abe. Tabitha was van een onopvoedbare punker veranderd in een Hollywoodprinses. Toen ze haar exclusieve Zwitserse kostschool had verlaten, had ze haar vader verteld dat ze actrice wilde worden. Mickey had voor een agent gezorgd, die haar op zijn beurt naar een auditie voor een kleine rol in een komische tv-serie had gestuurd. Tot ieders verbazing had ze die rol gekregen en was het publiek enthousiast over haar. Binnen een halfjaar was Tabitha een van de grotere tv-sterren geworden.

Mickey was trots op haar. Wie had ooit gedacht dat zijn dochter een voorbeeld zou worden voor tieners in heel Amerika?

Hij trok aan zijn sigaar en dacht: *hmm... ik heb mijn kind niet slecht opgevoed. Ze weet in elk geval voor zichzelf te zorgen.*

Abigaile leunde achterover en dacht: *wat moet Tabitha in godsnaam met die vreemd uitgedoste rock and roller? Waarom zoekt ze niet een nette studiomedewerker; iemand die eventueel aan de top kan komen en een boel geld verdient?*

Wat Abigaile niet wist, was dat Risk vele malen miljonair was. Als ze dat had geweten, zou ze hem waarschijnlijk in een ander licht hebben gezien.

Tabitha verveelde zich. Ze begreep nog steeds niet waarom ze ermee akkoord was gegaan met haar ouders naar deze première te gaan. Er waren wel leukere dingen te doen. Risk zou wel denken dat ze een ongelooflijke trut was. Haar vader had erop gestaan; hij wilde goede sier maken door met zijn beroemde dochter aan zijn arm te verschijnen. Mickey moest bij de première zijn omdat Johnny Romano een hoofdrol in zijn eerste onafhankelijk geproduceerde film zou spelen. Ja, Mickey Stolli, voormalig chef-studio, was nu actief op het gebied van onafhankelijke producties, de wereld van de mislukte studiobazen.

Tabitha hoopte dat er een rol voor haar zou zijn weggelegd: ze wilde dolgraag in een film spelen.

Leslie Kane stapte voor het theater uit een witte, verlengde limo en het publiek raakte door het dolle heen. Daarna stapte haar begeleider uit, en toen ze zagen wie het was, stegen het gegil en de opwinding tot ongekende hoogten.

Toen drie pr-medewerkers de beide sterren naar binnen begeleidden, kwamen de *paparazzi* en de tv-ploegen onmiddellijk in actie.

Charlie Dollar en Leslie Kane – het lieve vrouwtje en de schurk – wat een waanzinnige combinatie!

Beiden waren vertrouwd met deze heksenketel. Charlie had zijn exclusieve zonnebril op en lachte breeduit; Leslie lette erop dat de fotografen haar van haar beste kant fotografeerden. Niet dat er slechte kanten aan haar zaten, maar ze had al vroeg geleerd dat ze zich niet van onderaf moest laten fotograferen, zoals wanneer ze uit een auto stapte.

Ze gaf Charlie een arm en glimlachte.
Hij zwaaide naar de menigte die uitzinnig haar instemming betuigde. Leslie Kane en Charlie Dollar: dat was voorpaginanieuws.

Ron Machio, die de eerste versie van de film had gezien, was blij voor zijn beste vriendin. Hij wist hoe fantastisch Venus er in speelde; het was zonder twijfel de rol van haar leven.
Anthony, in zijn nieuwe smoking, draaide het geblindeerde raampje naar beneden.
'Niet doen,' zei Ron bazig. 'Dan kunnen de fans naar binnen kijken.'
'Ik wil dat iedereen me in een limo ziet,' zei Anthony trots. 'Stel je voor dat ze ons ook in Londen op de tv zien, dan weten ze dat ook ik een ster ben.'
'Je bent geen ster,' zei Ron. 'Je bent niet meer dan de assistent van Venus.'
'Maar ik woon met jou samen,' zei Anthony fier. 'Daarom ben ik een ster.'
Er verscheen een glimlach op Rons gezicht. 'Je zegt heel lieve dingen.'
Tegenover hen zat Emilio. Hij keek somber. Waarom moest hij nou perse met de flikkerbrigade in een auto terechtkomen? Verdiende hij dan geen eigen limo?
Sinds hij die halfgare insluiper op Venus' terrein had gepakt, was ze best wel aardig voor hem geweest. En als reactie daarop verkocht hij geen verhalen over Venus meer aan de pers en werkte hij nu als tijdelijk assistent voor haar. Het was maar goed dat hij Santo die eerste keer had gepakt; als dat niet was gebeurd, zou Venus Johnny Romano niet hebben gebeld. En zou hij haar zijn honden niet hebben uitgeleend. En zonder die honden op haar terrein zou Venus hier vanavond niet hebben gezeten...
Feitelijk was dat dus ook zijn verdienste. Niet dat iemand dat trouwens wist te waarderen!
Soms, als Venus en Cooper met hem uit eten gingen bij de Hamburger Hamlet, deden ze net of ze hem een groot plezier deden. Dat zat hem behoorlijk dwars; was hij soms niet goed genoeg voor die chique restaurants die zij bezochten?
Toen Venus hem voor de première had uitgenodigd, had hij gevraagd: 'Hoe moet ik daar dan naartoe?'
'Je kunt met Anthony en Ron meerijden,' had ze geantwoord. 'Zij zullen er wel op toezien dat je je fatsoenlijk gedraagt.'
'Maar zusje,' had hij geprotesteerd, 'ik dacht dat ik een vriendinnetje mee kon nemen in mijn eigen limo!'
'Nee, Emilio,' had ze vastberaden gezegd. 'Ik vertrouw je niet. Je gaat met hen mee.'
En daar viel niet meer aan te tornen.

Brigette keek uit het raampje. 'Wat een mensen zeg,' riep ze uit. 'Te gek! Ongelooflijk!'
'Rustig maar,' zei Nona. 'Vergeet niet dat jij ook een beroemdheid bent.'

'Ja, je hebt misschien wel gelijk,' zei Brigette, die er nog steeds niet aan gewend was.
Zandino straalde. Nona en hij waren inmiddels een halfjaar getrouwd. Nona was nu vijf maanden zwanger, en ze waren allebei heel gelukkig.
Brigette kon niet rustig blijven zitten. 'Ik ben echt blij dat Lucky en Lennie ons hebben uitgenodigd,' zei ze. 'Dit is zó fantastisch!'
'Misschien kom je wel de man van je dromen tegen,' zei Nona. 'Er zijn een heleboel leuke mannen in Hollywood.'
'De man van mijn dromen bestaat niet,' zei Brigette nadenkend. 'Zeker niet in Hollywood. Ik begin zelfs te geloven dat hij niet kán bestaan.'
'Je bent een ster, Brigette, een supermodel, je weet nooit wie er straks achter je aanloopt; iemand die op je valt. Sean Penn, Emilio Estevez. Wie had je gewild?'
Brigette grinnikte. 'Geen idee. Maar als ik de ware zie, laat ik het je weten.'
Hun limo stopte voor het theater. 'Uitstappen!' zei Nona. 'Gedraag je als een ster!'
'Doe niet zo bazig.'
'Als ik er niet was, zou er niets met je te beginnen zijn,' zei Nona zelfverzekerd.
'Ha, wedden dat niemand weet wie ik ben?'
'Doe ik. Om tien dollar.'
Brigette stapte uit de auto, haalde diep adem en keek naar de menigte.
'Brigette! Brigette! Brigette!'
Ze scandeerden haar naam. Ze was volkomen overrompeld. En ook een beetje opgewonden.
Een knappe jonge pr-medewerker greep haar bij de arm, klaar om haar langs de fotografen te leiden.
'Ik krijg tien dollar van je,' fluisterde Nona ergens achter haar.
Brigette glimlachte en richtte haar aandacht op de pers.

Johnny Romano en Daniella, die sinds een jaar zijn vrouw was, maakten rustig hun entreé en liepen over de rode loper. Johnny had Daniella's negen jaar oude dochtertje aan de hand. Het was een schattig gezinnetje om te zien. Johnny, zo donker en sexy; Daniella, zo blond en mooi, en het meisje dat het evenbeeld van haar moeder was.
De pers vond hun verhaal buitengewoon romantisch. Daniella, een Franse journaliste, die naar L.A. was gekomen om Johnny voor een tijdschrift te interviewen. Na één interview waren ze al verliefd geworden. Daarna had hij haar dochter laten overkomen, was met Daniella in het huwelijk getreden, en nu vormden ze een perfect Hollywoodpaar.
Daniella was tevreden.
Johnny was nog nooit zo gelukkig geweest.
Het was echt een huwelijk uit liefde.

'Je ziet er geweldig uit,' zei Cooper.
'Kom nou,' antwoordde Venus en ze trok een vies gezicht. 'Ik ben dik.'
'Je bent niet dik, je bent zwanger... Dat maakt wel enig verschil.'
'Ik zou er slank en sexy moeten uitzien,' zei ze bezorgd. 'Dat verwachten mijn fans van me. Ik zou iets heel uitdagends aan moeten hebben.'
'Je rol in de film was uitdagend genoeg. Iedereen die hem heeft gezien zegt dat je zeker genomineerd zult worden. En ik ben het er volkomen mee eens.'
Ze keek hem onzeker aan. 'Denk je dat echt, Coop? Dat zeg je niet alleen om me gelukkig te maken?'
Hij glimlachte veelbetekenend. 'Ik heb wel andere methoden om je gelukkig te maken.'
'Ja, kijk, hier zie je het resultaat,' zei ze terwijl ze zachtjes op haar uitdijende buik klopte.
Hij legde zijn hand op de hare. 'Ik houd zo vreselijk veel van jou,' zei hij. 'Ik had nooit gedacht dat dat mij nog zou overkomen.'
'En dan te bedenken dat we het bijna hadden verpest,' verzuchtte ze.
'Maar dat is mooi niet gebeurd.'
'Ik weet het. Nadat Veronica je één avond had belaagd, kwam je al weer naar mij toerennen! Je zou hem/haar, of wat dan ook, wel mogen bedanken.'
'Haha, heel geestig.'
'Heb ik je al verteld hoe knap je er vanavond uitziet?'
'Dank je,' zei hij en hij lachte naar zijn zwangere vrouw. Ze wist hem steeds weer het gevoel te geven dat hij een vorst was.

Alex was moe, maar het was een aangename moeheid. Hij had de montage van de film al zes weken geleden afgerond, en sindsdien hadden ze verschillende voorvertoningen gehad die waanzinnig goed waren ontvangen; de film was het gesprek van de dag.
Hij wist dat *Gangsters* de film was waarmee hij een Oscar kon winnen. En twee van zijn spelers – Venus en Johnny – zouden zeker worden genomineerd. Hij was bijzonder tevreden.
Hij was ook dolblij voor Lucky. Ze had altijd vertrouwen in hem en zijn film gehad, en nu was het tijd dat Panther er de vruchten van kon plukken.
Hij bleef even bij Lucky stilstaan. Hij had altijd een grote affectie voor Lucky gevoeld, maar sinds Lennie terug was, had hij zich op de achtergrond gehouden, omdat ze hem heel duidelijk had gemaakt dat ze veel van Lennie hield en hem altijd op de eerste plaats zou stellen.
Het mooie was dat ze alle drie goede vrienden waren geworden. Lennie was een fantastische vent; Alex vond hem niet alleen aardig, maar hij had ook groot respect voor hem.
Dominique zat tegenover hem in de limo, met naast zich haar vriend, een tango-dansende makelaar die ze in een club in Wilshire had leren kennen. Het was een vriendelijke man, al wat ouder, maar nog heel kwiek.
Dominique was een totaal andere vrouw geworden; ze hield haar kritiek nu

voor zich. Alex vroeg zich af hoe lang dat zou duren...
Vanavond werd hij vergezeld door Lili en France. Ze hadden allebei heel hard aan de film gewerkt en hij vond dat daar wel iets tegenover mocht staan.
Nu *Gangsters* klaar was en in roulatie ging, werd het tijd om orde op zaken te stellen in zijn persoonlijk leven. Hij was dan ook van plan op vakantie te gaan; hij zou naar Italië te reizen. Verder zou hij wel zien. Misschien wachtte daar wel ergens zo'n ongeremde, mooie, onvoorspelbare, donkerharige vrouw op hem...
Wie weet...

'Nou, lieverd,' zei Lucky, en haar donkere ogen glinsterden, 'dit is het dan: de première van *Gangsters*. Ik ben zo opgewonden!'
'Met recht,' zei Lennie. 'Je hebt er heel wat tijd in gestoken om te zorgen dat alles goed zou verlopen.'
'Dank je,' zei ze. Ze realiseerde zich wat een verrassend jaar het was geweest en hoe gelukkig ze was dat ze Lennie weer terughad.
'Je ziet er vanavond werkelijk schitterend uit,' zei hij. Hij gaf een kneepje in haar hand. 'Soms word ik 's ochtends wakker en kan ik me nauwelijks voorstellen dat ik weer veilig thuis ben en naast je lig.'
'Ik kan het ook nog niet helemaal geloven,' zei ze, blij dat alles zo goed was afgelopen. 'Het was allemaal net een nachtmerrie.'
'Dat we hier samen zo goed doorheen zijn gekomen is een wonder,' zei hij hoofdschuddend.
'Op de een of andere manier is het ons gelukt; we zijn weer samen en we zijn hier.'
'Ik heb al die tijd dat ik weg was aan jou gedacht. Jij hebt me in leven gehouden.'
'En jij was steeds in mijn gedachten,' zei ze lief. 'Ook al heb je me niet één keer gebeld of geschreven.'
'Mijn vrouw, de grappenmaakster,' zei hij enigszins verbitterd.
'Jij was anders de acteur bij uitstek voor geestige rollen,' wees ze hem terecht.
'O, nee,' zei hij. 'Voor mij is het afgelopen met acteren; je zult mij niet meer voor de camera zien staan.'
Ze wist dat het haar nog veel moeite zou kosten om hem te overreden zijn carrière weer op te pakken. Sinds hij terug was, had hij zich afgezonderd, bleef hij liever thuis bij de kinderen dan zich onder de mensen te begeven. Ze had er niet echt moeite mee, maar ze wist dat ze voor zijn eigen bestwil moest zorgen dat hij weer contact met de werkelijkheid kreeg. Nu was hij nog tevreden met niets doen. Maar er zou een tijd komen dat hij er genoeg van zou krijgen.
'Je vriend Alex zal vanavond wel heel gelukkig zijn,' zei Lennie. 'Ik weet nog dat ik niet wist wat ik aan hem had toen ik hem voor het eerst ontmoette.'
'O ja?' zei Lucky zo neutraal mogelijk.

'Ja, maar het is een aardige vent. Ik mag hem wel.'
'Daar ben ik blij om, want terwijl jij er niet was, is Alex een goede vriend voor me geweest.'
Hij wierp haar met zijn groene ogen een onderzoekende blik toe. 'Was dat alles?'
Ze aarzelde geen moment. 'Ja, dat was alles.'
'Hij is stapel op je.'
'Welnee.'
'Zeker wel.'
Ze zwegen een ogenblik terwijl hun limo het theater naderde.
'En Claudia?' vroeg Lucky, de stilte verbrekend. 'Je hebt me verteld wat ze voor je heeft gedaan... Is het daar bij gebleven?'
'Natuurlijk,' zei hij snel.
'We kunnen haar dus een keertje gaan opzoeken?'
'Misschien...'
'Hoe dan ook,' zei Lucky, 'ik heb echt zin in vanavond, en daarna heb ik een grote verrassing voor je.'
'Wat?'
'Raad eens.'
'Dat heeft bij jou geen zin. Jij geeft het woord "onvoorspelbaar" een geheel nieuwe betekenis.'
'Ik neem een halfjaar vrij van de studio.'
Hij schoot overeind. 'Wát ga je doen?'
'Je hebt me goed verstaan. We gaan een reis om de wereld maken... jij, ik, de kinderen. Even geen werk, alleen maar plezier maken. Ik vind dat we dat hebben verdiend.'
'Lieverd, dat hoef je voor mij niet te doen...'
'Het is voor ons allemaal,' onderbrak ze hem, waarna ze hem veelbetekenend aankeek. 'En als we terugzijn, kun je beslissen wat je gaat doen.'
'Ik weet het,' zei hij bedachtzaam. 'Ik heb erover nagedacht... Het lijkt me leuk om te gaan regisseren...'
'Dan heb ik toevallig een studio voor je!'
'Wat ben jij vanavond geestig.'
Ze grinnikte, en haar donkere ogen schitterden. 'Ik zie je graag gelukkig.'
'Je maakt me gelukkig, altijd. Ik ken in de hele wereld geen betere vrouw, en ik houd meer van je dan ik ooit onder woorden kan brengen.'
'Ik houd ook van jou, Lennie,' fluisterde ze. 'En dat zal altijd zo blijven.'
Ze keken elkaar glimlachend aan en knepen in elkaars handen. Ze waren weer bij elkaar, en het was alsof het nooit anders geweest was.